U0653669

从书坊到书斋

明清通俗小说的雅化研究

李明军　著

上海交通大学出版社
SHANGHAI JIAO TONG UNIVERSITY PRESS

内容提要

本著作以通俗小说观念的变化为线索，梳理了明清时期通俗小说的雅化历程。书坊主追逐市场热点，炮制大众喜闻乐见的通俗小说；文人则在书斋中以严肃的态度创作通俗小说，在小说中注入传统诗文的精神。从书坊到书斋，明清通俗小说经历了从下里巴人到阳春白雪的进阶，达到古典文学的巅峰，近代小说观也随之产生。《三国演义》《水浒传》《西游记》《金瓶梅》《红楼梦》《儒林外史》《希夷梦》《岭南逸史》《镜花缘》《林兰香》，这些小说究竟讲了什么？何以成为经典？作者又有哪些故事？明清文人的想法又是如何借这些小说表达的？喜爱中国古典小说的读者，可以在本书中找到答案。

图书在版编目（CIP）数据

从书坊到书斋：明清通俗小说的雅化研究 / 李明军著. —上海：上海交通大学出版社，2021. 10

ISBN 978-7-313-25586-0

Ⅰ. ①从… Ⅱ. ①李… Ⅲ. ①通俗小说—小说研究—中国—明清时代 Ⅳ. ①I207.41

中国版本图书馆CIP数据核字（2021）第212226号

从书坊到书斋——明清通俗小说的雅化研究

CONG SHUFANG DAO SHUZHAI——MINGQING TONGSU XIAOSHUO DE YAHUA YANJIU

著　　者：李明军
出版发行：上海交通大学出版社　　地　　址：上海市番禺路951号
邮政编码：200030　　电　　话：021-64071208
印　　制：上海新艺印刷有限公司　　经　　销：全国新华书店
开　　本：880mm×1230mm　1/32　　印　　张：16.625
字　　数：382千字
版　　次：2021年10月第1版　　印　　次：2021年10月第1次印刷
书　　号：ISBN 978-7-313-25586-0
定　　价：75.00元

前言　从书坊到书斋

一、从下里巴人到阳春白雪

古代文学有雅和俗两条线，平行前进，时而交叉汇集。所谓“雅”，既指艺术形式之典雅，也指思想内涵之雅正，之所以雅，是因为文人的参与改造、加工润色。从表面上看，雅文学对俗文学借鉴较多，很多雅文学样式时常是对俗文学的改造，可以称为雅化或文人化。

就诗歌来说，上古时期最先产生的俗文学是歌谣，周王朝时期的采诗之官及儒士将民间歌谣进行搜集整理并加工润色，就是《诗经》中的“国风”,《诗经》后来不仅成为儒家经典，而且成为古代诗歌的源头。民间歌谣继续发展，两汉时被汇编为乐府诗，文人参与整理、润色，贡献仿作，文人诗由此产生。先是五言诗，再是七言诗，文人在格律上下工夫，出现了律诗，诗歌有了古体和近体之分。在诗歌雅化到极致、生机活力渐失之时，文人又从民间曲子词中发现新大陆，模仿、改造民间曲子词，发展出词这一诗歌样式，到了宋末，词走向雅化，文人又转而从民间歌词中发展出散曲。

戏剧的情况也类似。文人的参与，使民间杂戏发展为元杂剧，由南方的温州杂剧发展出传奇剧，传奇剧一定型就是文人化的、雅化的，而杂剧到了明代也进一步文人化，特别是单折短剧被用来抒写情志。清初文人在戏剧中抒发故国之思和怀才不遇之慨，使戏剧从内在精神上文人化了。到了清代中期，杂剧的雅化达到了极致。在戏剧雅化的过程中，民间戏剧仍生机勃勃，到了乾隆年间，所谓的花部戏盛行一时。

通俗小说的情况比较复杂。上古神话也是故事，但那时的人用想象解释自然，他们不认为神话是虚构的故事。从保存下来的文献看，先秦的史传名为实录，实多含故事，诸子百家中的寓言更是借编故事来讲道理。汉代的杂史杂传、魏晋的志人志怪，都是文人以文言写就的故事，虽名为史、传，虽强调真实不虚，但多是道听途说、民间传说，不过用文言记录而已。唐传奇开始有意虚构，但仍以传为名，标榜实录。文言小说和民间故事一直无法融汇，即使到了明清时代，文言小说和白话小说在题材上相互借用，但作为文体，依旧壁垒分明，所以《四库全书》不收通俗小说。

通俗小说之产生，其源甚远。上古就有故事，从考古发掘出的汉代说唱俑看，汉代有说唱技艺，而所说唱者为故事。敦煌文献中有不少变文、俗讲，说明隋唐时说唱技艺有新的发展。从元稹所记听讲“一枝花话”的情形看，唐代的民间说唱比较发达。但通俗小说[1]真正兴起是在宋元时期，这与城市的繁荣、市民阶层的兴起有关。市民需要娱乐，比起演唱词曲，听故事更有趣味。所以通俗小说一开始就是“俗”的，不仅语

1. 用白话写作的小说，有的学者称之为白话小说，特别是西方学者，如美国学者韩南的“*The Chinese Vernacular Story*”（即《中国白话小说》）。但中国学者多称通俗小说，“通俗”即浅显易懂，为大众所喜闻乐见。通俗小说主要指白话小说，但如《燕山外史》《蟫史》，虽用骈文写成，但叙事模式和思想内涵与同时代的白话小说相通，常被归为通俗小说。所以通俗小说的外延稍大于白话小说，用以论述较为准确。

言通俗（用白话俗语讲），思想也是世俗的（话本小说讲的是市井悲欢、发迹变泰、世俗欲望）。但通俗小说一旦被文人关注，文人必然会对通俗小说进行雅化。对话本小说的整理、润色，必然需要文人参与，而文人一旦参与，必然会进行改造、润色，使话本小说变得整齐典雅，并融入自己熟悉的诗文、自己的想法，通俗小说就有了文人色彩。

通俗小说的雅化或文人化从明代中期开始，宋元时期的话本是在明代整理的，在明代产生了被称为章回小说的长篇通俗小说。无论是整理还是编创，主体都是文人，于是通俗小说的“俗”悄悄发生变化，形式愈发整齐，语言愈发雅致，结构愈发讲究，诗文点缀愈发用心，更主要的是故事所表现的思想情感。起初，文人在故事中渗入一点自己的思想。清初，时代巨变，部分文人用通俗小说抒写故国之思，文人情怀日益凸显。清代中期，文人独立创作的通俗小说被用来抒情、言志和炫学，通俗小说的雅化达到顶峰。与同时期仍在发展的民间故事相比，文人独创的通俗小说在很多方面都有自己的特点。本著作要探讨的就是明清时期通俗小说的雅化（或文人化）问题，梳理通俗小说是怎样一步步雅化的，探讨通俗小说是从哪些方面雅化的。

二、对通俗小说文人化现象的研究

明清通俗小说研究兴起之时，通俗小说的文人化现象就受到研究者的关注。十九世纪末二十世纪初，受晚清小说界革命的影响，明清通俗小说受到关注。有的学者受西方小说史观念的影响，梳理中国古代小说的发展脉络，编写中国小说史，有代表性的是鲁迅的《中国小说史略》，这部小说史专列《清之以小说见才学者》一章，注意文人参与对通俗小说发展的影响。很多学者对一些比较重要、有突出特色的小说如《儒林外史》《红楼梦》《野叟曝言》《歧路灯》《绿野仙踪》等的作者、版本和本事进行考证、研究，这些小说多由文人独立创作。

二十世纪七十年代至八十年代中期，通俗小说研究出现了一次热潮，特别是对《三国志通俗演义》《水浒传》《金瓶梅》《西游记》《儒林外史》《红楼梦》等名著的研究渐成规模，专门的研究学会相继成立，专门的刊物相继创办，大型专题研讨会开始定期举行。这一时期的研究对小说版本、作者的考证取得了较大成就，对小说的主旨进行多角度的思考和论述，对小说艺术进行深入分析。《三国志通俗演义》《水浒传》《金瓶梅》这几部小说的考证和研究成为通俗小说研究的热点。

二十世纪八十年代后期开始，明清通俗小说研究趋向多元化。有的研究者呼吁回归小说文本，但曹雪芹的家世、《红楼梦》的成书过程等问题仍没有彻底解决，故学者继续研究。这一时期的研究开始关注小说的编创方式，探讨小说的主旨，用西方叙事学理论解读通俗小说；在研究方法上，既使用传统的方法，又运用现代小说理论，文化批评成为热点，产生了一大批论文和著作。

随着通俗小说研究的深入，通俗小说的文人化问题逐渐引起学者的关注，对文人独立创作的通俗小说的特质，认识越来越深刻。鲁迅在《中国小说史略》中称《野叟曝言》“以小说为庋学问、文章之具”，称《蟫史》为“于小说见才藻之美者”，触及文人小说的自我表现特征。[1]郑振铎在《清初到中叶的长篇小说的发展》一文中认为《水浒传》《西游记》等都没有脱离原始式样，清初小说也沿袭明代小说的作风，到乾隆时期，文人创作的通俗小说才一改面貌，这个时期的文人在通俗小说中写自己的经验与生活，表现他们那个阶层的理想与现实，他们创作通俗小说不再为了娱乐他人，也不再以“慰安自己的游戏的态度”创作；“他们开始以‘一把辛酸泪’，以自己的血，以自己的心，以自己的情感与回忆来写。于是，在我们的小说坛上便现出了一个新的境界。”[2]二十世纪八九十年代以来，有的研究者以文人创作的通俗小说为样本，探讨文人心态。研究《儒林外史》的文章如朱泽吉《吴敬梓的用世思想与〈儒林外史〉的主题》联系吴敬梓的经世思想解读《儒林外史》，[3]傅继馥《一代文人的厄运：〈儒林外史〉的主题新探》将《儒林外史》作为那个时代文人精神的载体，[4]类似的文章还有韩石的《披洒在落照时分的心灵之光：论〈儒林外史〉中一种新的生活理想及其时代和声》[5]、陈美林《知识分子人生之路的探寻》[6]等。研究《红楼梦》的文章如王政《论曹雪芹文化

1. 鲁迅：《中国小说史略》，东方出版社1996年版，第195页。
2. 郑振铎：《郑振铎古典文学论文集》，上海古籍出版社1984年版，第461页。
3. 朱泽吉：《吴敬梓的用世思想与〈儒林外史〉的主题》，《河北师院学报（哲学社会科学版）》1981年第1期。
4. 傅继馥：《一代文人的厄运：〈儒林外史〉的主题新探》，《社会科学战线》1982年第1期。
5. 韩石：《披洒在落照时分的心灵之光：论〈儒林外史〉中一种新的生活理想及其时代和声》，《明清小说研究》1991年第2期。
6. 陈美林：《知识分子人生之路的探寻》，《江淮论坛》1994年第5期。

心理层面的深刻矛盾》[1]、吴建国《〈红楼梦〉的文化选择与心理困惑》[2]、唐富龄《失落与追寻：论〈红楼梦〉的悲剧意识》[3]等都力图挖掘作品的文化内涵，解释其中的文人情结。王琼玲的《清代四大才学小说》对清代中后期四部炫示才学的通俗小说进行了深入考证和论述。[4]张俊在《清代小说史》中对清中期的小说作了点面结合的把握后，指出清中期小说的主要特征就是文人化色彩。[5]陈平原的《中国小说中的文人叙事——明清章回小说研究（上）（下）》论述了明清通俗小说的文人化叙事。[6]

有的研究者称清代中期文人独立创作的通俗小说为士大夫文学或士人小说。孙逊在《明清小说论稿》中认为，通俗小说从民间土壤中萌生，一开始是市民文学，后来逐渐演变为“上层文人士大夫的文学”，审美趣味发生了明显变化。[7]王进驹在《士人文学的高峰：从小说类型特征看〈儒林外史〉的成就》中将《儒林外史》称为“士人小说”。[8]宁宗一在《从小说文体演变看〈儒林外史〉与〈红楼梦〉的类型品位》中认为，《儒

---

1. 王政：《论曹雪芹文化心理层面的深刻矛盾》，《汕头大学学报（人文社会科学版）》1987年第1期。

2. 吴建国：《〈红楼梦〉的文化选择与心理困惑》，《华东师范大学学报（哲学社会科学版）》1990年第1期。

3. 唐富龄：《失落与追寻：论〈红楼梦〉的悲剧意识》，《红楼梦学刊》1990年第1期。

4. 王琼玲：《清代四大才学小说》，台湾商务印书馆1997年版。

5. 张俊：《清代小说史》第四章第一、四、五节和第五章第一节，浙江古籍出版社1997年版。

6. 陈平原：《中国小说中的文人叙事——明清章回小说研究（上）（下）》，《郑州大学学报（哲学社会科学版）》1996年第5—6期。

7. 孙逊：《明清小说论稿》，上海古籍出版社1986年版，第28页。

8. 王进驹：《士人文学的高峰：从小说类型特征看〈儒林外史〉的成就》，《广西师院学报（哲学社会科学版）》1993年第1期。

林外史》《红楼梦》与以前的“小说家”小说相比有很大的不同，可以称为“作家小说”“学者型小说”。[1]美国的学者对明清通俗小说的文人化问题很感兴趣。夏志清在《文人小说家和中国文化——〈镜花缘〉新论》中称《镜花缘》为文人小说。[2]浦安迪认为明代被称为“四大奇书”的四部通俗小说《三国志通俗演义》《水浒传》《西游记》《金瓶梅》蕴含了修齐治平之道，是典型的“文人小说”。他在《逐出乐园之后：〈醒世姻缘传〉与17世纪中国小说》中将“文人小说”与文人画、文人剧类比。[3]何谷理认为，文人独立创作的通俗小说有着“严肃的理性思考和艺术追求”，文人对通俗小说的创作态度非常严肃，一部小说常常用数年甚至数十年的时间；这些小说的内容，或关注国事，表达个人见解，或思考道德和哲学问题，与此前以娱乐、营利为目的的通俗小说有很大不同。[4]国内研究者在论述文人独立创作的通俗小说时也采用了“文人小说”的概念。屈小玲在《清代文人小说与中国文学传统》中认为，清代的文人小说与明代的通俗小说有明显不同，明代通俗小说关注市民的世界，表达市民意识，而清代的文人小说关注士人的精神世界，表现士人的情感，体现了“士的个体意识”。[5]王先

1. 宁宗一：《从小说文体演变看〈儒林外史〉与〈红楼梦〉的类型品位》，《社会科学战线》1994年第1期。

2.〔美〕夏志清：《人的文学·文人小说家和中国文化——〈镜花缘〉新论》，福建教育出版社2010年版，第25—61页。

3.〔美〕浦安迪：《逐出乐园之后：〈醒世姻缘传〉与17世纪中国小说》，载乐黛云、陈珏编选《北美中国古典文学研究名家十年文选》，江苏人民出版社1996年版，第312页。

4.〔美〕何谷理：《明清文人小说中的非因果模式及其意义》，载乐黛云、陈珏编选《北美中国古典文学研究名家十年文选》，第478页。

5. 屈小玲：《清代文人小说与中国文学传统》，《重庆师范学院学报（哲学社会科学版）》1989年第3期。

霈在《以文为戏的文学观对明清艺人小说与文人小说之不同影响》中将文人小说与艺人小说对举，认为文人小说与艺人小说有不同的特质，体现了不同的文学观念。[1]

自二十一世纪初，更多学者从不同角度研究通俗小说的雅俗分流的问题，论述通俗小说的文人化现象。李舜华在《明代章回小说的兴起》中论述了书商小说和文人小说的交融，论述了文人在小说观念之变化、小说体制规范之形成中的重要作用。[2]纪德君的《艺人小说、书贾小说与文人小说——中国古代通俗小说的不同类型及其编创特征》将通俗小说分为几个类型，论述了文人小说与其他几类通俗小说在编创方式上的不同。[3]傅承洲的《文人独创与章回小说的新变》论述了文人独创给章回小说带来的新要素。[4]朱萍的著作《明清之际小说作家研究》[5]、雷勇的论文《作者文人化及其对清代白话小说创作的影响》论述了文化修养较高的文人参与小说写作对通俗小说的影响。[6]张永葳的论著《稗史文心：明末清初白话小说的文章化现象研究》从文章学的角度论述了通俗小说的文人化现象。[7]王平的著作《中国古代小说叙事研究》论述了明清时期

1. 王先霈：《以文为戏的文学观对明清艺人小说与文人小说之不同影响》，《华中师范大学学报（哲学社会科学版）》1990年第3期。

2. 李舜华：《明代章回小说的兴起》，上海古籍出版社2012年版。

3. 纪德君：《艺人小说、书贾小说与文人小说——中国古代通俗小说的不同类型及其编创特征》，《社会科学》2013年第6期，第180—184页。

4. 傅承洲：《文人独创与章回小说的新变》，《江海学刊》2017年第5期，第178—185页。

5. 朱萍：《明清之际小说作家研究》，中国传媒大学出版社2009年版。

6. 雷勇：《作者文人化及其对清代白话小说创作的影响》，《南开学报（哲学社会科学版）》2003年第5期，第114—119页。

7. 张永葳：《稗史文心：明末清初白话小说的文章化现象研究》，上海三联书店2013年版。

通俗小说的叙事艺术。[1]

从通俗小说发展的阶段上说，很多研究者认为明清之际的通俗小说出现了文人化倾向。张永葳的《稗史文心：明末清初白话小说的文章化现象研究》、朱萍的《明清之际小说作家研究》、李忠明的《17世纪中国通俗小说编年史》[2]、莎日娜的《明清之际章回小说研究》[3]等著作，许振东的《17世纪苏州地区创作传播白话小说的文人群落》[4]《17世纪白话小说的文人阅读与传播——以苏州地区文人为例》[5]、莎日娜的《妙笔文心，雅俗共鉴——试论明末清初通俗小说的文人品性》[6]等论文都以明清之际的通俗小说作为研究对象，探讨其文人化特征形成的原因。朱萍的《文人小说的理性高度——〈西游补〉的意蕴与风格初探》[7]、陈才训的《陈忱〈水浒后传〉的文人英雄观——以〈水浒传〉为参照》[8]、许军的《评明清之际李闯时事小说中的文人思考》[9]、雷勇的《〈隋唐演义〉：文人化的历史叙事》[10]均

---

1. 王平：《中国古代小说叙事研究》，河北人民出版社2001年版。

2. 李忠明：《17世纪中国通俗小说编年史》，安徽大学出版社2003年版。

3. 莎日娜：《明清之际章回小说研究》，北京师范大学出版社2004年版。

4. 许振东、曲金：《17世纪苏州地区创作传播白话小说的文人群落》，《中华文化论坛》2006年第3期，第88—95页。

5. 许振东：《17世纪白话小说的文人阅读与传播——以苏州地区文人为例》，《广州大学学报（社会科学版）》2006年第11期，第79—83页。

6. 莎日娜：《妙笔文心，雅俗共鉴——试论明末清初通俗小说的文人品性》，《内蒙古大学学报（人文社会科学版）》2005年第6期，第31—35页。

7. 朱萍：《文人小说的理性高度——〈西游补〉的意蕴与风格初探》，《淮海工学院学报（社会科学版）》2009年第4期，第26—29页。

8. 陈才训：《陈忱〈水浒后传〉的文人英雄观——以〈水浒传〉为参照》，《南京师范大学文学院学报》2011年第1期，第74—79页。

9. 许军：《评明清之际李闯时事小说中的文人思考》，《上饶师范学院学报》2006年第2期，第64—70页。

10. 雷勇：《〈隋唐演义〉：文人化的历史叙事》，《南开学报（哲学社会科学版）》2016年第1期，第105—113页。

以具体作品为例，探讨通俗小说的文人化现象。清代中期，通俗小说完成了文人化进程，产生了大量文人小说。李明军的《抒情、言志到炫学——清代通俗小说文人化的历史轨迹》梳理了清代通俗小说的文人化历程；[1]《立言不朽——清中叶通俗小说的文人化与小说观念的变化》论述了清代中期通俗小说观念的新变问题[2]。王进驹的专著《乾隆时期自况性长篇小说研究》[3]和论文《从清代"盛世"文人的生活困境看文人长篇小说的创作动因》[4]《"自况"性：乾隆时期文人长篇小说对传统的超越和转化》[5]从文人表现、自我形象塑造的角度论述了清代中期通俗小说文人化的深层原因和重要意义。

对于被称为话本和拟话本小说的白话短篇小说，有不少学者从文人化角度论述其发展演变的规律和特征。傅承洲的论著《明清文人话本研究》[6]及系列论文《明清话本的文人创作与商业生态》[7]《文人话本的衰微过程与原因》[8]《艺人话本与文人话本》[9]

---

1. 李明军：《抒情、言志到炫学——清代通俗小说文人化的历史轨迹》，《临沂师范学院学报》2007年第1期，第48—53页。

2. 李明军：《立言不朽——清中叶通俗小说的文人化与小说观念的变化》，《山西师大学报（社会科学版）》2007年第4期，第65—68页。

3. 王进驹：《乾隆时期自况性长篇小说研究》，中国社会科学出版社2006年版。

4. 王进驹：《从清代"盛世"文人的生活困境看文人长篇小说的创作动因》，《苏州大学学报（哲学社会科学版）》2004年第4期，第51—54页。

5. 王进驹：《"自况"性：乾隆时期文人长篇小说对传统的超越和转化》，《东方丛刊》1999年第3期，第200—220页。

6. 傅承洲：《明清文人话本研究》，人民文学出版社2009年版。

7. 傅承洲：《明清话本的文人创作与商业生态》，《江苏社会科学》2007年第5期，第213—217页。

8. 傅承洲：《文人话本的衰微过程与原因》，《东南大学学报（哲学社会科学版）》2007年第2期，第116—119页。

9. 傅承洲：《艺人话本与文人话本》，《湖北民族学院学报（哲学社会科学版）》2002年第4期，第34—38页。

《文人创作与明代话本的文人化》[1],刘勇强的《文人精神的世俗载体——清初白话短篇小说的新发展》[2],朱家英的《〈三言〉与话本小说的文人化——略析民间文学与作家文学之关系》[3]都论述了白话短篇小说的文人化问题。孙旭的《西湖小说与话本小说的文人化》[4]、邓溪燕的《试论李渔拟话本小说的文人化特征》[5]等论文以具体作家、作品为例，论述了话本小说的文人化特点。

总而言之，学者们对通俗小说的文人化研究取得了成绩，对吴敬梓、曹雪芹、夏敬渠、李绿园等重要小说家的考证、对小说版本的考证，为通俗小说文人化的研究打下了坚实基础。特别是进入二十一世纪以来，很多学者将研究范围放宽，把名著置于众多小说之中，在文学创作背景上探讨文人化的小说史意义。不少研究成果联系社会文化思潮对文人小说进行解读，并关注通俗小说与诗文、词曲、戏剧、讲唱文学、文言小说等文体的联系。有的研究成果通过对小说的细读，对作品进行多角度的解读，进行纵深开掘，探寻文人小说的深刻内涵。

1. 傅承洲：《文人创作与明代话本的文人化》,《求是学刊》2001年第5期，第80—86页。

2. 刘勇强：《文人精神的世俗载体——清初白话短篇小说的新发展》,《文学遗产》1998年第6期，第74—86页。

3. 朱家英：《〈三言〉与话本小说的文人化——略析民间文学与作家文学之关系》,《商丘师范学院学报》2014年第11期，第54—56页。

4. 孙旭：《西湖小说与话本小说的文人化》,《明清小说研究》2003年第2期，第19—28页。

5. 邓溪燕：《试论李渔拟话本小说的文人化特征》,《湘南学院学报》2005年第6期，第56—57页。

三、文人群体与通俗小说的文人化

综合各位学者的研究成果，通俗小说的文人化主要是形式的整齐化、规范化、雅致化，艺术技巧的成熟，思想内涵的提升。通俗小说的文人化与其他文学样式的雅化过程相似：诗由民间歌谣雅化为文人诗，词由民间小唱演变为文人词，戏剧由院本杂戏演变为文人杂剧、文人传奇，形式整齐，语言雅化，趣味高雅，创作动机为抒写情志，小说由市井说话演变为案头读本。不过通俗小说的文人化有自己的特点。相对于书坊为营利而编刊的通俗小说，文人小说[1]确实变得精致了：如文人编写的拟话本小说集，题目整齐对偶，结构非常讲究，体制也比较规范；像《红楼梦》这样的章回小说化用诗词意境描写场景、塑造人物，被称为诗化小说。但通俗小说有其独特性：反映现实生活，使用白话语言叙事，为塑造人物甚至采用俚俗语，而且在形式上强化说话体制，使用说书的套语，戏拟说书人的口吻。文人独立创作的通俗小说以俗为雅，不仅艺术形式与书商小说有所不同，更重要的是内在精神的区别，文人小说表达文人对社会、历史、人生的独特感悟，抒发文人的情怀，实际上，也正是这种情怀促使文人创作通俗小说，使通俗小说的观念、创作方式、叙事艺术都发生了变化。

1. “文人小说”指文人独立创作、表达自己见解的通俗小说。这类小说与书商为营利而编刊的通俗小说有很大区别。自郑振铎、鲁迅提出相关概念后，“文人小说”逐渐为中国学者和西方的中国古代小说研究者所接受。

要弄清文人情怀和文人化的意义，首先要明确文人的概念。在中国文化中，文人是一个比较复杂的概念。春秋之前，“文人”指有道德人格的“文德之人”。战国时，“文人”指文辩之士。汉代出现了词章家。《汉书·艺文志》将经学著作与诗赋分为二类。东汉时分儒林、文苑。学术、文章分途，学者、文人有不同所长。东汉人王充在《论衡》中将儒者分为儒生、通人、文人和鸿儒，“文人”指“采缀传书以上书奏记者”[1]。这种文人与学者的区分从东汉一直延续到唐宋，到了明代，文人与学者的区分更明显。在明代，工“雕虫篆刻之技”的有文之士被称为文士。[2]明人吕柟将儒分为才儒、雅儒、博儒、通儒、高儒、老儒、理儒，其中的雅儒即为文士。[3]清朝人修的《明史》中，文苑中人亦被称为文士。

一般所说的文人是狭义的文人，他们从传统儒士中分化出来，专门创作诗赋、散文等文学作品，属于词章家。明人就将专事诗文创作的词章家称为文人，但明代的文学创作队伍甚为庞杂，人数远超唐、宋。通过科举考试进入仕途的精英身处官僚体制中仍不忘自己文化精英的身份，讲学论道，写诗作文，往往凭文学创作在文坛产生影响，甚至成为文坛盟主，文学史中所列举的诗文作家多属于这个群体，这些人应该属于文人。

生员队伍庞大，科举录取名额有限，不少生员只好放弃举

1.（汉）王充撰，黄晖校释：《论衡校释》，中华书局1990年版，第607页。
2.（清）顾炎武：《顾亭林诗文集》，中华书局1983年版，第170页。
3.（明）吕柟撰，赵瑞民点校：《泾野子内篇》卷之二《云槐精舍语第三》，中华书局1992年版，第13页。

业，以诗文才华游走缙绅间，成为所谓的山人，有的布衣诗人很有名，为缙绅所推重。这些被称为山人、才子、名士、高士的读书人也属于文人。

明代通俗文学发达，除了传统的诗人、词人、古文家，出现了通俗文学如戏曲、小说的创作者，通俗文学作品的读者群包括下层知识分子和平民。因为教育普及，也因为好名之风，再加上商人出于牟利目的的鼓吹，明代出版诗文集成风，达官贵人死后“必有诗文刻集”[1]。上自皇帝，下至名工匠，皆有诗文集付梓，太监、武将中好文者也往往有诗文集。方外僧道、闺阁女子也纷纷刊行诗文集。诗文创作队伍庞大，造成了文人界限的模糊。

明清时期文人群体复杂，也与科举社会的流动有关。科举功名虽然不能作为区分文人与非文人的唯一标准，但确实是一个重要参考。从明初开始，科举考试与学校教育便结合在一起。官学负责监督生员的日常课业，管理对生员的资助，为生员提供基本图书资料。学校与科举考试关联，管理教育庞大的生员群体。寒微出身的士人也有机会读书，士人通过地方考试成为生员，生员在府、州、县的学校学习，定期参加考核，直到参加乡试成为举人。明代确定的秀才、举人、进士三级科名一直延续到清代后期。生员免除徭役，免费住宿，每月享有廪食，这种全国性的资助制度，使读书人能完成学业。明代后期，生员人数膨胀，乡试竞争压力大增。朝廷严格控制进士名

1.（明）唐顺之：《唐荆川先生文集》卷七《答王遵岩》，载《丛书集成续编》第116册，上海书店1994年影印版，第83页。

额，高阶科考竞争更为激烈。政府为了缓解财政紧张，出卖生员资格，生员的素质降低。

1644年的改朝换代没有带来大的变动，清初的统治者努力争取有地位的汉人的支持，士大夫的家庭成员更容易获得科名，朝廷甚至默许士大夫之子孙以不完全合法的手段获得科名，引起落榜考生和一些官员的反对。原有的社会秩序保持不变。清廷的统治权力巩固后，对士人的要求趋于严格。康熙时因为平三藩、征台湾，财政紧张，短时间内放开生员捐纳。这些战争在短时间内为寒素出身的人提供了向上流动的机会。全国平定后，生员数额稳定，进士数目下降，出身寒微的进士比率急剧下降，寒微之士在科举竞争中居于劣势。与八旗子弟相比，汉族平民受教育的机会较少。到了康熙后期，即使是初阶科名，汉人平民也很难获取。有经济能力、出身书香家庭的人可以捐买监生，这使出身贫寒的读书人获得初阶科名的机会更加渺茫。竞争日益激烈，学者、官员家庭有各种优势，富裕之家有条件读书，受到更好的教育，寒素之士很难获取书籍，越来越难与官家子弟竞争，科举成功率越来越小。即使是比较聪慧而且读书用功的名门望族出身的子弟，也难保在高阶科举考试中及第，除了文才，考试的成功有时要靠运气，这也是不少人将科举功名与风水等神秘文化联系在一起的原因。政府采取很多防止串通作弊的办法，但舞弊还是难以避免，明清笔记不乏考试作弊的记载。科场失利的考生愤愤不平，经常写讽刺性的文字，讽刺科举制度或者攻击考官。

有功名的人都被称为读书人，但有的功名可以用钱买到，生员、监生的身份都可以买到，生员中资深的廪生可依例纳捐，成为贡生，资深的增生、附生可以通过捐纳成为贡生。清代正途出身的贡生有五类，数量很多。生员有资格捐纳贡生，有监生资格没有科名者也可捐纳，非正途捐纳的贡生人数大大增加。通过考试而获得科名身份的文人受教育的水准较高。最低一级学品是生员，经乡试入选为举人，经会试入选为进士。较深资历的生员可成为贡生。朝廷从进士、举人和贡生中选拔官吏。捐纳而得的监生大都不进京就读于国子监。贡生有时也可通过捐纳而得。生员、捐监生等虽然跻身士绅阶层，但属于下层士绅。

论述通俗小说的文人化问题，应该采用广义的文人概念。文人不仅包括进士、举人、贡生、秀才、诸生，还包括没有获得科举功名的山人、科场失意后放弃科举功名的读书人，他们能够阅读典籍，有较高的文化水平。获得高阶功名的终属少数。因为科举名额的限制，一些富有才华的读书人科举失意，像蒲松龄、吴敬梓等人的文学才华出众，只是不善于写应试文章而已。广义的文人指擅长文学写作的人，是文化实践及知识活动的参加者。从这个意义上说，文人也就是一般所说的知识分子，[1]是道义的承担者，[2]以重振“斯文”、维系道统为己任。熟读儒家经典，对儒家精神有较深理解的读书人，不论功名高低，都应该属于广义的文人。清代中期，很多科场失意的文人

1. 周天：《文人的悲剧》，北岳文艺出版社1988年版，第3页。

2.〔美〕狄百瑞著，李弘祺译：《中国的自由传统》，香港中文大学出版社1983年版，第64—65页；〔日〕中村元著，徐复观译：《中国人之思维方法》，台湾学生书局1991年版，第101页。

怀兼济天下之志，关注现实政治，坚持理想人格，借通俗小说抒发文人情怀，炫示才学。

与文言小说家相比，通俗小说家的科举身份较低，进士、举人出身的只有极少一部分。科举身份较低的贡生、诸生创作通俗小说的较多，很大一部分通俗小说是作者科场失利后创作的——累试不第，借小说以发泄内心的不平。蒲松龄屡次参加科举，均未中式，七十一岁才援例补为贡生，他在《聊斋志异》中表达了对科场不公的不满。凌濛初十八岁补廪膳生，后累困场屋，抑郁不得志，直到崇祯七年（1634）被拔为副贡，得授上海县丞，“二拍”是他于场屋不得志时所编写，他自己说是“聊舒胸中垒块”[1]。科举身份低微的贡生、秀才是通俗小说创作的主要群体。通俗小说家多习过举业，极少数几人做过官，有的坐馆授徒，有的做过幕僚，更多的是科举不得意。这些作者创作小说的目的多为发泄心中不平。还有一部分通俗小说的作者姓名不详，但从所署笔名和小说文本，可推知其熟知举业，有的小说内容涉及科举，有的小说参以八股笔法。

据有关统计，明清通俗小说的作者可知姓名者249人，只知别号者349人，知道姓名和别号的作者中，97人有科举经历，其中59人科举身份明确。[2]其他通俗小说或未署名，或作

1.（明）凌濛初：《二刻拍案惊奇》小引，载《古本小说集成》第五辑第七册，上海古籍出版社1994年影印版，第1页。

2. 主要根据以下著作统计：孙楷第《中国通俗小说书目》（人民文学出版社1982年版）、江苏省社会科学院明清小说研究中心编《中国通俗小说总目提要》（中国文联出版公司1990年版）、石昌渝《中国古代小说总目》（山西教育出版社2004年版）、朱一玄、宁稼雨、陈贵声编著《中国古代小说总目提要》（人民文学出版社2005年版）。

者不可考，但从小说正文看，从序、跋、题词提供的线索看，不少人与科举有联系。明代到清代嘉庆初年，通俗小说作者的姓名和科举功名比较明确的有33人，其中进士7人，举人6人，贡生6人，秀才诸生13人，特科1人，不同功名的层次相差不多。不过明代进士功名的文人编写的是历史演义和英雄传奇，与书商小说亦不无关系，洪楩的祖父是进士，父亲是举人，洪楩在嘉靖间荫詹事府主簿，他编写了《清平山堂话本》。《七十二朝人物演义》的作者或为袁黄，袁黄为万历十四年（1586）进士，曾任知县，后任兵部职方司主事，得赠尚宝少卿。《岳武穆精忠传》的作者邹元标为万历五年（1577）进士，曾任刑部观察政务、吏部给事中等职。《有夏志传》署名钟惺，钟惺为万历三十八年（1610）进士，历任礼部郎中、福建提学佥事等。《鸳鸯针》的作者吴拱宸为崇祯九年（1636）举人。《梼杌闲评》的作者李清为崇祯四年（1631）进士，明亡后不仕。《岳武穆尽忠报国传》的编者于华玉为崇祯十三年（1640）进士，曾任浙江西安、孝乌知县。这些作者多为假托，有的小说是对书商小说的编订，并非创作。而清代有进士功名的文人参与创作或改编的则为个人独创的文人小说。实际上清代可知科举身份的通俗小说作家写的小说只有两部是历史演义，诸生杜纲的《南史演义》（乾隆、嘉庆间）、秀才吕抚的《二十四史演义》（康熙、雍正间）。《二十四史演义》“半是《纲鉴》旧文”，“事事悉依正史”[1]，实际是简明历史读物。其他小说皆为文

1. 丁锡根编著：《中国历代小说序跋集》（中），人民文学出版社1996年版，第1070页。

人小说。《野叟曝言》的作者夏敬渠为诸生，郁郁不得志。《儒林外史》的作者吴敬梓是秀才，乾隆元年（1736）被举荐参加博学鸿词科试，没有参试。《梦中缘》的作者李修行为康熙年间进士，曾担任教习。《幻中真》的作者刘璋为康熙三十五年（1696）举人，曾任深泽县令。《歧路灯》的作者李绿园为乾隆元年（1736）恩科举人，曾任知县等职。《水石缘》的作者李春荣在乾隆年间补博士弟子员，后弃举子业，以游幕为生。《雪月梅》的作者陈朗为乾隆三十四年（1769）进士，曾任刑部主事、郎中，出守抚州。《红楼梦》的续补者高鹗为乾隆六十年（1795）进士，曾以内阁侍读考选江南道御史。《如意君传》的作者陈天池为秀才，乡试不中后弃举业。很多小说家没有获得功名。可见，就通俗小说的创作而言，最低层次功名和最高层次功名的文人在写作水平上并无大的差别。在清代，科举功名越来越难获得，许多读书人科举失意，只好改做其他营生，但仍以文人自居，保持文人情怀。

四、通俗小说雅化的历程与文人化特征

本著作的研究范围是明代到清代嘉庆中期，具体说来即明洪武元年（1368）至嘉庆十五年（1810），之所以将时间下限定在嘉庆中期，是因为此时通俗小说的文人化已经完成，一部分文人小说家在乾隆时期开始创作的通俗小说，至嘉庆中期完成。清代后期属于通俗小说的衍变期，虽然也有新的小说现象产生，但主要是对清代中期通俗小说的模仿。本著作在部分章

节中论述文人小说的影响时，会提及清代后期的部分小说。

文人关注通俗小说，借小说抒写文人情怀，推动通俗小说的文人化，是一个渐进的过程。本著作根据通俗小说的创作和刊刻情况，同时结合社会政治、经济特别是文化思潮的发展演变，将明清通俗小说的发展分为明代前中期、明代后期至清代前期、清代中期三个阶段。明清时期不少通俗小说的创作时间不很明确，只能根据小说刊刻时间和有关记述考证推测，所以研究的分期只是大致的时间范围。不过为了论述的严密，还是要确定时间界限，明代前中期指明洪武元年（1368）至万历二十六年（1598），明代后期至清前期指明万历二十七年（1599）至清康熙四十年（1701），清中期指清康熙四十一年（1702）至清嘉庆十五年（1810）。这样的阶段划分主要考虑通俗小说的写作、刊刻情况，所以与一般的历史划分有所不同。

在明代前中期，书商小说和文人小说之间的界限比较模糊。白话长篇小说即使源于说话，属累积型创作，但最后编定仍需要较高的文字水平和文化素养，很多书坊主在放弃科举后从事刻书业，能自己编写通俗小说。明代前中期编写、刊刻的书商小说和文人小说，质量和艺术上还是有所差别，这种差别与编写者的文化修养和文学素养有关，但更可能与通俗小说的题材类型和目标读者有关。书坊刊刻的一些历史演义小说以营利为目的，面向大众，为了尽快刊刻发行，赶市场热点，没有时间做更细致的加工，所以文笔粗糙，艺术水平较低。而被称为“四大奇书”的《三国志通俗演义》《水浒传》《西游记》《金瓶梅》不是为书坊营利而编写，期待读者是文化层次较高的读书人，所以用较长时间对小说进行艺术加工，艺术水平和刊刻质量都较高。通俗小说的预设读者对小说的内容、叙事方式和风格有直接影响。嘉靖年间，通俗文学观发生了变化，文人将通俗小说与史传、诗、文相提并论，认为通俗小说可以是天地之至文。

明代后期，通俗小说编刊的商业化运作日益普遍，不过即使是重视市场营利的通俗小说也隐含文人因素。通俗小说借用或戏拟市井文学特别是说书话本的形式，同时引入传统文学的叙事、抒情因素，进一步雅化，文人色彩逐步增强。书坊主和小说编撰者在雅俗之间徘徊，出于市场考虑，要迎合市井大众的趣味，以曲折的故事吸引尽可能多的读者，而在艺术和刊刻质量上不是很重视；出于读书人身份的自觉，又融入文人的理解。文人的参与对章回体制的确立有重要作用。章回体制的确立不仅是外在形式的问题，而且与思想精神的变化密切相关。早期章回小说在体式上存在一些缺陷，如结构松散、使用套语、采用缀段性结构等。[1]但也有学者认为，章回小说的叙事缺点恰恰是文人的有意设计或模拟。即使是说话体制，实际是由文人将这种体制定型、规范，一步步精致化的，使之成为寓意表达的架构，形成一种叙事方式，具备独特的审美风格。

万历后期，很多书坊刊刻通俗小说，但主要刊刻前代小说。明代前中期创作的《三国志通俗演义》《水浒传》等小说，引起了读者的兴趣，书商自己动手或聘请其他文人模仿旧作编

1.〔美〕浦安迪：《中国叙事学》，北京大学出版社1996年版，第36—39页。

写新作，主要是历史演义、英雄传奇。受《西游记》的影响，大量神怪小说出现。书坊刊刻了很多公案小说集，这些公案小说情节简单，只能算梗概，缺乏具体描写。整体而言比较粗糙，乃拼凑而成，与书商追求利润、无暇顾及艺术有关。不少通俗小说附有评点，这是受文人评点八股文的影响；书坊刊刻通俗小说时增加插图和评点等，也是为了吸引读者。文人评点在通俗小说成熟、定型和文人化进程中起重要的推动作用。通俗小说的思想和艺术水平都有较大提升，读者层次不断提高。

越来越多的文人参与通俗小说的编写。特别是白话短篇小说集的大量刊刻，小说的现实性不断增强，白话短篇小说的雅化对章回小说的文人化有一定影响。这个时期出现的时事小说反映了政治斗争，体现了通俗小说的创新意识。文人加入通俗小说的修订、改编和创作，促进了通俗小说水平的提高。很多文人为书坊编写、校勘通俗小说，为书坊刊刻的通俗小说作序跋、批点，使通俗小说的体制得以成熟、固定，有的通俗小说开始关注士人生活，表现文人趣味，如周清原的《西湖二集》专门写与杭州有关的故事，体现文人的审美趣味，表现文人的人生追求。

明清易代给士人的冲击，推动了明清之际通俗小说的转变。士人在通俗小说中表现个体生存和文化选择的复杂心态，促进了通俗小说的文人化。《三国志通俗演义》《水浒传》《西游记》《金瓶梅》等小说在这一时期经过文人的评改，成为小说经典。不少文化修养水平较高的文人参与通俗小说的编创，对通俗小说进行评点，总结通俗小说的创作经验。这个时期出现了以写通俗小说为职业的作家，如烟水散人、天花藏主人为书商编写小说，以维持生计，同时将自己的人生梦幻编织进通俗小说中，借他人之酒杯，浇胸中之垒块。这个时期产生的大量白话短篇小说集标榜道德劝惩，但有些作者也会反思历史、感悟人生，形式上的雅化进一步走向精神上的文人化。《清夜钟》《醉醒石》《鸳鸯针》都有文人化特点，而李渔、艾衲居士的白话短篇小说表现人生哲学和历史观，在形式上进行创新，彰显了个性。这个时期的通俗小说与文人写心剧在精神上有相通之处。

康熙前期，文人独立创作的通俗小说增多，文人化特征越来越突出。才子佳人小说沿袭明末清初才子佳人小说的情节模式，又力图求新求变。白话短篇小说因为缺少李渔、艾衲居士这样高水平文人的参与，创新不足，出现了衰亡趋向。

康熙后期到嘉庆初年的政治、经济和文化政策对通俗小说产生了重要影响。从康熙后期到乾隆初年，通俗小说的创作相对低落，白话短篇小说缺少创新，走向衰落。章回小说延续前一时期的文人化趋势。这一阶段的通俗小说保留着前一阶段的特点，但较为明显地体现了文人小说的特征。出生于明清之际的士人将易代沧桑之感体现在通俗小说中，使通俗小说具备了抒情特征和文人气象。文人独立创作的通俗小说数量虽然不多，但文人化色彩鲜明，在抒情言志、炫耀才学等方面对后来的文人小说有所影响。乾隆时期是清朝的鼎盛时期，也是通俗小说的繁荣期——文人化达到高峰。戏剧的文人化走向极致，有的剧作家创作短篇杂剧时不再注重故事，不为演出，只为抒情言志。传奇的书面化色彩日益浓重，成为一种书斋化的创作，适合案头阅读。有的学者将这类文人化的传奇称为“文人传奇”[1]。很多层次较高的文人直接创作通俗小说，在通俗小说中抒情、言志、炫学，文人小说开始成为通俗小说的主流。《儒林外史》《红楼梦》等文人小说代表了通俗小说的最高成就。通俗小说的创作观念发生了重要变化，无论是作者还是批评者，都强调通俗小说的抒情言志作用。小说关注文人自身，作者化身为男主人公，表达人生感悟，抒写文人情怀，寄托人生理想，而理想的幻灭往往使小说有或淡或浓的感伤色彩，这种幻灭和感伤与时代有关，是盛世衰音，又是文人从激情到幻灭的心路历程的反映。

从乾隆后期到嘉庆初年，文人小说继续发展。这个时期编写的通俗小说在数量上超过了上一阶段。[2]前一阶段文人小说确立的一些规范，被这个时期的通俗小说所继承，且有所发展。新的小说类型出现，小说更加贴近现实，反映最新的社会变动。以小说见才学的现象进一步发展。这个阶段产生了长篇公案小说，公案小说开始与侠义小说合流，这些小说都以市井大众为期待读者，强调故事性和通俗性。文人小说和书商小说的分化更为明显。文人小说和市井大众的距离虽不像陶家鹤等文人小说评点者所说得那样大，但文人小说反映的人物、事件确实难以吸引普通大众。

1. 郭英德：《明清文人传奇研究》，北京师范大学出版社1992年版。

2. 浦琳、邹必显说书及清代说唱的繁荣情况，可参考胡士莹《话本小说概论》第十五章，中华书局1980年版。

归纳起来，通俗小说的文人化主要体现在以下几个方面。

一是小说作者的文人化。明代通俗小说的编写者主要是书坊主和书坊主雇佣的下层文人。明末清初，参与通俗小说创作的文人层次逐渐提高。文人参与通俗小说创作，推动了通俗小说在体制、艺术等方面的完善，而且使通俗小说逐渐有了文人化、个性化的色彩。到了清代中期，有较高文化素养的文人借通俗小说抒情、炫学。

二是编创方式的文人化。明代的书坊主编刊通俗小说是为了营利，编写方式多为抄袭、模仿、拼凑等，艺术水平较低。明清之际，一些文人在书斋中独立创作的通俗小说，艺术形式较精致，思想较深刻。这种书斋式的创作很快形成潮流。不少文人花数年时间创作一部小说，完成后不急于刊刻，而是藏于家中，或以抄本形式在朋友圈子中流传，多年后才由书坊刊刻。

三是阅读的文人化。明代书坊编刊的通俗小说，目标读者是有一定识字水平的市井大众，虽然文化水平较高的读者也能从中读出文人情怀。到了清代中期，通俗小说的阅读分层现象越来越突出。文人在书斋中写作，[1]以抒情、言志、炫学为目的，他们渴望知音，以文化修养水平较高的文人为期待读者。文人读者阅读小说的稿本或抄本，产生强烈共鸣，为小说写序跋，作批注，表达对小说的欣赏和理解。通俗小说虽然仍没有为正统文学所接纳，不为官方目录所著录，但作为文学类型已为社会所承认，在文学中的地位进一步确定。

---

1. 关于“密室创作”，参见〔日〕中野美代子著，北雪译《中国人的思维模式》序，中国广播电视出版社1992年版。

四是通俗小说观念的文人化。早期的通俗小说强调道德劝惩，历史演义小说又强调“史鉴”，标榜正史。文人创作通俗小说，将传统诗文的审美观引入小说，使通俗小说的创作观念逐渐发生变化。文人将通俗小说的写作称为立言，认为小说可以藏之名山、传之后世。文人为小说写序跋、评点，总结小说的艺术规律，强调作文之法，关注人物形象的塑造。

五是关注焦点的文人化。通俗小说的创作从书坊回到书斋，关注焦点也由外转向内，从对外在社会现实的关注，转而表现个人情怀，关注个人价值的实现。从书坊回到书斋，把通俗小说作为个人抒写的媒介，使文人小说具备了强烈的情感色彩。清代中期的文人小说多有感伤情调，感伤中有作家的身世之感。士人关注现实，关怀文运，坚持儒家理想，但现实的严酷、理想的破灭，使文人产生幻灭感，这种幻灭感在小说中表现为一种感伤情调。

六是叙事艺术的文人化。文人创作通俗小说，将古文、八股文等文章的写作方法和优雅文辞引入通俗小说，作家的审美情趣渗入小说，使通俗小说走向雅化。文人独立创作的通俗小说为了表达较为深刻的思想内涵，在叙事技巧上进行探索。特别重要的是，文人小说将传统诗文的艺术手法应用于小说，又借鉴了戏剧和文言小说的一些艺术技巧，使通俗小说在艺术上接近传统文学。

本著作用三章论述通俗小说的文人化历程。描述文人化历程时，分为几个时期，因为不同的时期有不同的特点，所以采用不同的描述方式。后面几章论述通俗小说的文人化特征。像通俗小说观念的变化、通俗小说编写方式的变化等问题，在前面描述通俗小说文人化历程时已经论述，后面不再专门论述。有的问题在前面只是提及，则需要在后面的专题中展开论述。这样前后相互补充，既避免重复，又尽量使论述全面、详尽而系统。

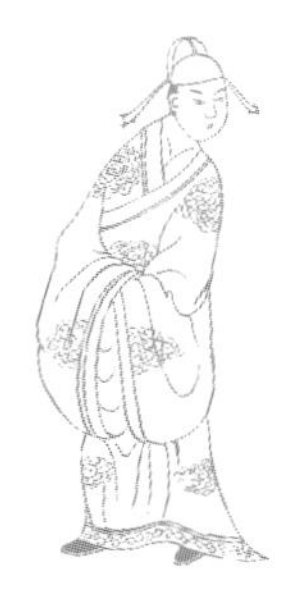

目 录

第一章
通俗小说的兴起与两种小说观念

通俗小说包括被后人称为话本小说或拟话本小说的白话短篇小说和白话长篇小说。宋元时期出现的话本小说，一般被认为是说书艺人的底本或是说书艺人表演的记录。宋元讲史话本存《全相平话五种》，说经话本存《大唐三藏取经诗话》，至于小说话本，今天所见的主要保存在明人编辑的话本集《清平山堂话本》《熊龙峰刊四种小说》中，但这些话本应该经过明人的加工、改动。《清平山堂话本》《熊龙峰刊四种小说》刊刻时，白话长篇小说《三国志通俗演义》《水浒传》等已刊刻传播，编辑者对话本进行改动时，亦可能受到白话长篇小说的影响。明代后期的拟话本小说体制固化，在很多地方借鉴了章回小说。词话在明代前期取代了说话，成为当时流行的民间说唱技艺。孙楷第称词话为通俗小说之先河，[1]但从现存的《明成化说唱词话》看，说唱词话与宋元小说话本和讲史平话在形式上有很大的不同。明代前中期编刊最多的历史演义小说，多由书坊根据读者阅读需求和文化消费市场反响请下层文人编写，或者书坊主亲自动手编写，多直接从史书中取材，掺杂民间传说。元末明初至万历中期，最早出现的白话长篇小说《三国志通俗演义》《水浒传》的成书时间不明。有的学者认为元末

1. 孙楷第：《沧州集》，中华书局1965年版，第124页。

明初即使出现了《三国志通俗演义》《水浒传》，可能也只是对宋元时期的《三国志平话》《大宋宣和遗事》进行扩充、改写。现存最早的《三国志通俗演义》《水浒传》都已被大幅修改，如《水浒传》，有的学者结合时代背景对小说文本进行分析，认为《水浒传》不可能成于元末明初。[1]元末明初至万历中期编刊的白话长篇小说还有《大宋中兴演义》《唐书志传通俗演义》《全汉志传》《南北宋志传》《皇明开运英武传》《孔圣宗师出身全传》《春秋列国志传》《残唐五代史演义》《三遂平妖传》《隋唐两朝志传》《封神演义》《鼎镌京本全像西游记》《新刻金瓶梅词话》等，这些小说大都与嘉靖年间有关：或始撰于嘉靖年间，或整理点校于嘉靖年间，或始刊于嘉靖年间。嘉靖至万历前期刊刻或撰写的章回小说大都与讲史有关。明代后期章回小说的续书大量出现，历史演义小说以两汉、唐、宋为中心向前后拓展。也就在明代后期，《三国志通俗演义》《水浒传》《西游记》《金瓶梅》不断修订再版，愈加精致。这些通俗小说名著的评点本陆续出现，对通俗小说创作起了促进作用。文人以各种形式参与通俗小说的创作，使章回体制逐渐完善，白话短篇小说的体制也逐步定型，同时文人精神也渗入通俗小说。也就在通俗小说体制逐步完善的过程中，章回小说形成了历史演义、英雄传奇、神怪、世情等题材。

1. 黄霖主编：《20世纪中国古代文学研究史·小说卷》，东方出版中心2006年版，第208—211、270—271页。

第一节　文人主导下通俗小说两个系列的分野

论及明清通俗小说的文化品位，有艺人小说和文人小说之分，或曰庶民小说和文人小说。[1]但在明代，艺人小说（庶民小说）和文人小说的界限比较模糊。有的研究者认为明代前中期的白话长篇小说源于说话，所以其品位接近艺人小说，很多小说乃集体创作，而集体创作是艺人小说的一大特点。即使是《金瓶梅词话》，也有集体创作的痕迹。在明代，极少有说唱艺人编写小说特别是白话长篇小说，因为编写白话长篇小说需要较高的识字水平和文化素养，所以通俗小说特别是白话长篇小说的编写者都是有较高文学素养的读书人，很多书坊主在放弃科举后从事刻书业，所以有的书坊主能够自己动手编写、校注通俗小说。不过，从明代前中期编写刊刻的通俗小说看，编写者的文化修养和文学素养仍有高低之分。书坊刊刻的一些历史演义小说文笔粗糙，艺术水平很低，同宋元话本的水平差不多，这既因为书坊以营利为目的，面向大众读者，短平快地粗制滥造，又因为小说编写者的文学素养不是很高。从小说编写者的角度看，将通俗小说大致分为文人小说和书商小说，还是有一定道理的。有的研究者将《三国志通俗演义》《水浒传》《西游记》《金瓶梅》归入文人小说，将书坊主组织编

1. 参考纪德君《艺人小说、书贾小说与文人小说——中国古代通俗小说的不同类型及其编创特征》，《社会科学》2013年第6期，第180—184页。

写的通俗小说归为书商小说。

书商在通俗小说的发展中起了不可忽视的作用。嘉靖三十一年（1552），书商杨涌泉得到《精忠传》一书，请熊大木将这部书改编为“辞话”[1]。嘉靖、隆庆年间，余邵鱼见《三国志通俗演义》《水浒传》畅销，而此类奇书并不多见，于是自己编写了《春秋列国志传》，刊刻后果然大受欢迎，多次翻印，直到万历三十四年（1606），余象斗因为原板“蒙旧”，重新刻板印刷。万历二十二年（1594），余象斗看到《水浒传》大受读者欢迎，“坊间梓者纷纷”[2]，于是出资刊刻了《水浒志传评林》。书坊刊刻的通俗小说，或是对前人作品的修订，或是书坊主编写或组织编写的新小说。前人的通俗小说在书坊的不断修订中越来越精致、完善，最终成为名著。书坊主组织编写的通俗小说则借鉴前人小说的形式，写市井大众喜欢的题材。明代中期书坊大量刊刻历史演义小说，模仿的是《三国志通俗演义》。明代前中期的书商同时是通俗小说的编写者，其小说理念体现在小说编写上：一方面有意识地迎合大众口味，另一方面又对读者的喜好起一定的引导作用。明代的通俗小说编创在很大程度上受到书商的控制，书商将通俗小说作为营利工具，通俗小说成为文化商品。为了降低成本，书商刊刻的小说质量粗糙，而且反复改编，大多仓促编成。为了迎合大众，书商小说往往追逐热点。

明代前中期书商编刊的通俗小说多为历史演义小说。评点者大都

1.（明）熊大木：《大宋中兴通俗演义》，载《古本小说集成》第四辑第一百三十九册，上海古籍出版社1994年影印版，第1页。

2.（明）施耐庵：《水浒志传评林》卷首序，载《古本小说集成》第三辑第一百三十二册，上海古籍出版社1994年影印版，第1页。

认为历史典籍特别是官修史书是历史演义小说的源头，他们批评宋元讲史话本虚妄荒诞，误导读者，且“言辞鄙谬”[1]，但历史演义小说的直接源头应该是宋元讲史平话。书坊后来编刊的历史演义小说多从史籍中取材，又采用传说，对史料加以裁剪，适当虚构。《大宋中兴通俗演义》《唐书志传通俗演义》这样的小说，艺术虚构很少，没有表现编写者对历史的感悟。据说由书商熊大木编撰的《全汉志传》《南北两宋志传》，虚构成分有所增加。

历史演义的预期读者是市井大众，编写目的是传播历史知识，同时借历史故事进行教化，达到劝善惩恶的效果。市井大众对历史充满兴趣，宋元的说话艺术中，讲史是重要门类。完整保存的宋元讲史话本就成为早期历史演义小说的基础。明代前中期的书坊主迎合大众对历史的好奇心，编刊历史演义小说以营利，但出于读书人身份的自我体认，又以教化大众为己任，为历史演义小说正名，于是张扬“教化说”。余邵鱼在《列国源流总论》中说，编写《列国志传》的目的是让“浅夫鄙民”了解列国历史。熊大木也说自己编撰《大宋中兴通俗演义》是为了使“愚夫愚妇”对历史有所理解。历史演义小说的期待读者是所谓的“愚夫愚妇”，所以要以通俗浅近的语言隐栝史事，使普通民众知晓历史而受到教育。明代中期署熊大木之名的几部小说都是历史通俗读物。

作为书坊主，利润是主要追求，补史和教化更多是一种宣传。随着商业操作的日益世俗化，书坊刊刻的通俗小说迅速传播，也越来越粗糙。即如《三国志通俗演义》《水浒传》这样的前人名著，在翻刻中也

1.（明）罗贯中：《三国志通俗演义》卷首序，载《古本小说集成》第三辑第五十册，上海古籍出版社1994年影印版，第4页。

不断被删改，以正音、注释、插图等方式加以包装，成为世俗化的娱乐消费品。总体上看，书商模仿《三国志通俗演义》编写的历史演义小说艺术粗糙，半文半白，不够流畅，类型混乱，体例芜杂，像《唐书志传通俗演义》《大宋中兴通俗演义》就以注释形式将野史小说掺杂于正文中。《列国志传》模仿《三国志通俗演义》，又侧重写英雄角逐。《按鉴演义东西汉志传》和《南北两宋志传》写英雄传奇，又有神怪色彩，讲史枯燥。《南宋志传》《东汉志传》分别写赵匡胤和刘秀的传奇故事，语言粗陋，体制不规范。《英武传》夹杂大量韵文，结构杂乱。

但明代前中期的书坊主和通俗小说的编撰者又是读书人。大多数书坊主即使经商，仍不忘文人身份，即使以刻书为业，仍将读书科举视作正途。嘉靖年间，建阳书商余继安建清修寺，作为“子孙讲学之所”，又买下良田一百五十余亩，作为“子孙读书之资、宾兴之费”。[1] 余象斗刊刻小说《南北宋志传》《东西汉志传》时仍不忘科举功名，直到万历十九年（1591）才放弃功名，专力经营书坊。熊大木遍览群书，编有多部通俗小说，多由杨氏清江堂、清白堂等书坊刊刻，他自己的书坊主要刊刻科举类图书，很少刊刻通俗文学。像余象斗、熊大木这样的文人书商编刊通俗小说，讲述历史故事，普及历史知识，进行道德劝诫，即使面向市井大众，也有文人情结，他们以士人的身份评价历史，融入一己之见。[2]

书坊主雇佣或聘请的通俗小说编写者也是接受过儒学教育、以科

---

1. 谢水顺、李珽:《福建古代刻书》，福建人民出版社1997年版，第236页。

2. 孙楷第在《中国通俗小说书目》中怀疑《北宋志传》非熊大木所作。参见孙楷第《中国通俗小说书目》，第56页。实际上，署名熊大木编撰的通俗小说皆为别的书商出版，有的研究者认为这些通俗小说很可能是其他书商的假托，所谓熊大木现象需要可靠的资料支持。参见李舜华《明代章回小说的兴起》，第86页。

举功名为念的读书人。这样的读书人在明代前中期是一个庞大的群体。嘉靖年间参加铨选的监生就有数万人，到了明末，生员人数达五十万，所以与科举应试有关的品种销售最广。福建地区的书坊以刊刻科举应试用书和医学书而出名。嘉靖八年（1529）礼部奏刊《易经蒙引》时说，当时与科举考试有关的图书，“尽出建宁书坊”[1]。余象斗放弃科举功名后所刻图书主要是“讲说、文笈之裨业举者”[2]。帮助书商编写校订图书的写手都是儒生，或是出身寒门的生员，借为书商编写图书谋生；或者科场失意，放弃科举之路，成为专业写手。他们在编写通俗小说时，会融入个人感悟，甚至将自己化身为小说中的次要角色，或者将自己写作的咏史诗、言志诗插入小说中，借小说将自己无法刊刻行世的诗文传世不朽。[3]即使艺术上比较粗糙的英雄传奇故事和历史演义小说，字里行间往往蕴含着郁勃之气：或抒发沙场征战的豪情，表达对开国立功的追慕；或渲染对生命和家庭的留恋，以及对乱世功名的厌倦。

总体上说，明代前中期的通俗小说创作由文人主导，书商和编写者以接受儒学教育的读书人为主。早期白话长篇小说《三国志通俗演义》《水浒传》由都察院等官署和武定侯等贵族刊刻，先在文人圈子里传播，才引起书商的关注。《西游记》的早期版本世德堂本为坊刻本，序言中称此书出自王府。“四大奇书”的编撰都与市场无直接关系，材料的取舍、结构的设置、文字的修饰，都有文人化的特点，作者在小说中抒情言志。明代中期的文人称这种个人化、密室化的写作方式为

1. 谢水顺、李珽：《福建古代刻书》，第335页。
2. 肖东发：《建阳余氏刻书考略（上）》，《文献》1984年第3期，第230—247页。
3. 郑振铎：《郑振铎文集》第五卷《三国志演义的演化》，人民文学出版社1988年版，第207页。

“发愤著书”。嘉靖年间，随着商业的发展、城市的繁荣、社会思潮的转变，通俗文学观发生了变化，文人将通俗小说与史传、诗、文相比，认为通俗小说和史传一样，可以是天地之至文。伴随着通俗小说的文人化，章回小说走向繁盛。小说作者借小说批判社会，抒发才不得其用的悲慨。《金瓶梅》的作者被目为嘉靖年间的大名士，《西游记》或谓“出今天潢何侯王之国”，或曰“出八公之徒”，或谓“出王自制”，[1]总之都强调这些小说的作者是文人。[2]此类小说在志趣相投的文人圈子里传阅。不少文人为这些小说作序、点评，如为《水浒传》作序、点评的就有李开先、王圻、郎瑛、汪道昆、胡应麟等文人。

《三国志通俗演义》《水浒传》《西游记》《金瓶梅》与其他小说的区别主要在于不受书坊操控，乃作家自发创作，一开始并没有想着营利，所以完成后很长时间才刊刻。到明代后期，通俗小说编刊的商业化运作才变得普遍。明代后期通俗小说的编刊越来越重视市场，不过即使是市场运作的通俗小说中也往往隐含着文人因素。与此同时，通俗小说也进一步雅化，借用或戏拟市井文学特别是说书话本的形式，同时引入传统文学的抒情因素，文人色彩更浓。商业的俗化与文人的雅化并行。书坊主和通俗小说的编撰者在雅俗之间徘徊，出于市场的考虑，必须通俗，吸引尽可能多的读者；出于读书人身份的自觉，又发愤著书，在小说中融入文人精神。明清之际，不少通俗小说由私人集资刊刻，在朋友圈子里传阅。在这样的通俗小说中，小说作者的个

1.(明) 吴承恩著，(明) 华阳洞天主人校：《西游记》，载《古本小说集成》第四辑第六十七册，上海古籍出版社1994年影印版，第2页。

2. 有的研究者强调《三国志通俗演义》《水浒传》的通俗性、市民性，认为施耐庵应该是一位书会才人。与此相对，日本、欧美学者强调这些小说的文人性，认为罗贯中、施耐庵、吴承恩是文人。参见〔日〕内田道夫编，李庆译《中国小说世界》，上海古籍出版社1992年版，第88—89页。

体人生感悟更为突出。陈元之在《刊〈西游记〉序》中反对通俗小说是“东野之语，非君子所志”的观点，[1]认为通俗小说内含天道。

明代前中期白话长篇小说文体的确立与文人的参与有关，而章回小说的演变反映了文人精神世界的变迁，文人精神世界的变迁又与社会政治和文化思潮紧密相关。《三国志通俗演义》《水浒传》《西游记》《金瓶梅》四部小说的版本不断精致化，在明末形成了“四大奇书”的概念。[2]值得注意的是，《三国志通俗演义》最后才被封为奇书。在明代中期的小说序跋和批评中，《水浒传》《西游记》《金瓶梅》被称为“小说”，而《三国志通俗演义》《列国志传》等通俗历史故事被称为“演义”，“小说”在艺术上优于“演义”，其读者群为文化层次较高的文人。源于宋元时期说话艺术的“小说”是对民间说话的重写，融入作者的主体精神，使小说成为自我寄寓的载体。演义强调“按鉴”“实录”，以普及历史知识、裨补风教为目的。小说则“作意好奇”，强调自我抒怀，假小说以发愤。有的学者认为小说《水浒传》是《金瓶梅》和《石头记》的源头。郑振铎认为嘉靖本《水浒传》的出现是一个标志，意味着章回小说黄金时代的到来，后来的《金瓶梅》《西游记》《封神演义》《西洋记》等都受《水浒传》的影响。胡适将《水浒传》和《红楼梦》视为白话文学的最高典范。[3]

到了明代后期，演义的内涵发生了变化。清初，历史演义成为章

1.(明) 吴承恩著，(明) 华阳洞天主人校：《西游记》，载《古本小说集成》第四辑第六十七册，第8页。

2.“奇书”这一称谓出现在明末小说的序跋和评点中。明末清初，西湖钓叟在《续金瓶梅序》中将《水浒传》《西游记》《金瓶梅》合称“三大奇书”。清初李渔在《古本三国志序》中称《三国志通俗演义》《水浒传》《西游记》《金瓶梅》为“四大奇书”。据李渔说，“四大奇书”的称谓出自冯梦龙。

3.胡适：《白话文学史》引子，东方出版社1996年版。

回小说的主要类型之一，由于作家的主体精神融入历史演义，演义和小说的界限变得模糊。演义和小说概念变化的过程、章回小说演变的过程，都与社会思潮的变化相呼应。弘治到嘉靖，复古思潮盛行。嘉靖时期出现的章回小说受社会思潮影响，强调以演义阐释历史，让愚夫愚妇从中接受教育，借此恢复传统儒家的道德传统。也就在同一个时期，宣扬道德教化的传奇剧盛行，这些传奇剧以历史上的忠臣孝子故事教化民众，与演义有相通之处。与此同时，郎瑛、李开先等文人肯定《水浒传》的艺术成就，李贽一方面倡导发愤著书，另一方面又大谈忠义，体现了复古与性灵思潮的交汇。清初的金圣叹提出著书自娱说，认为《水浒传》的作者饱暖无事，伸纸弄笔，借题发挥，写出心中锦绣。从教化劝世到发愤著书再到著书自娱，体现了晚明性灵思想的融入，随着通俗小说的文人化，假小说以教化的通俗演义仍存在，而且数量不少，但已不是章回小说发展的主流。

白话长篇小说在发展中形成了几个类型，不同类型的消长和糅合，促进章回小说的演变。早期章回小说常常是历史演义、英雄传奇、神魔、世情的混杂，但以历史演义为主，《三国志通俗演义》及熊大木等书商的仿作皆为历史演义。《水浒传》《西游记》《金瓶梅》分别为英雄传奇、神怪小说、世情小说，但都有历史、传奇与神魔几个类型混杂的现象，历史、传奇、神怪三个世界交叉，构成了时代隐喻。神魔世界与民间传说、英雄史诗的母题相关，如宋江从九天玄女那里得到启示，孙悟空从石头中诞生，都是从英雄史诗的母题演化而来的。早期章回小说在讲述乱世历史时，穿插烟粉、灵怪、公案等因素，表现市井百姓的人生渴望。演义混合讲史和说铁骑儿，同时融入说经的因素。说铁骑儿描述中兴诸将汇聚各路豪杰，在边廷立功，与讲史相通。演义融入说经因素，便有了哲理意蕴，有了宗教性思考。僧道频繁出入小说世界，冷眼旁观，成为小说世界的预言者，在宇宙秩序下思考历史的循环，反思富贵声色角逐中自我存在的价值，使历史叙事有了悲剧意蕴。早期的章回小说将小说纳入史传，反映了在历史情境下对个体存在的思考，渗透儒家理性精神。理性精神与个体存在的矛盾表现为天人的矛盾，个体意识觉醒后，面对情与理的冲突，个体有选择困惑，在历史循环中形成一种空幻感。源于说话的叙述结构逐渐精致化。

明代前中期的章回小说对历史的解读，反映了士人精神的变化。从历史到传奇、神魔，再到世情，章回小说类型的发展隐喻了文人精神世界的演变。自成化、弘治至万历，政治、经济和思想发生了一系列变化，社会的剧烈变动体现在通俗小说中。成化、弘治时期，文人以师道自任的复古精神表现在诗文和戏曲中，在稍后的章回小说编撰和序跋中也有所体现。章回小说将历史通俗化，以此教化民众。另一方面，文人又假《水浒传》倡发愤著书之说，对抗来自理性的压抑，张扬个性，而豪杰之气消磨，梦幻破灭，又产生一种无所适从的苍凉，既放纵声色，以财色追求代替豪杰事业，又反思欲望，批判欲望横流的社会，对财色追求进行讽刺。这一切都反映了儒学的危机。在这样的背景下，《三国志通俗演义》《水浒传》《西游记》不断修订再版，直至成为精致的文本。章回小说中的女性形象成为文人审视自己的一种隐喻，情感的注入、对儒家价值体系的反思、对历史与人性的反思，预示着《红楼梦》的出现。

第二节　通俗小说的期待读者群与读者的文人化

明清时期的文献记载中，关于小说读者群的资料很少，小说情节中关于小说阅读的零散描写有很大的局限性，有的纯属出于情节需要的想象。《红楼梦》中描写贾宝玉、林黛玉、薛宝钗等人对戏文的阅读，贾母对才子佳人小说的批评，或是小说情节的需要，或是为了表达作者的小说观念。而小说里的读者，主要是贵族或富商子弟，这就涉及经济因素对阅读的影响。

通俗小说的读者群与三个问题有关：一是能否读懂，这关系到识字和文化水平；二是购买能力，这关系到通俗小说的书价；三是对通俗小说的兴趣，这关系到通俗小说的品位和期待读者。

明代的识字率普遍提高，科举制度是选拔官员的主要途径，应举者迅速增加，在明代前中期形成一个庞大的群体。嘉靖年间参加铨选的监生就有数万人，到了明末，生员人数达五十万，这些有文化的人是图书的重要读者。因为商业经营需要记账、书写契约等，不少儒生科举不成便弃书从商，商人受崇文风气的影响而喜欢读书为文，因之具备了较高的文化水平。随着实用性书籍的广泛传播，手工业者需要阅读技术小册子，需要识文断字。城市中的牙人、医生等都有一定的识字水平，城市居民的识字率超过农村居民。即使在农村，由于科举制度形成的崇文风气，农民也希望自己的孩子读书应举，大量落第士子为社会提供了充足的师资力量，读书识字的成本不高，有些穷乡僻壤也有村学、村塾、乡学、义学、宗学等各种启蒙学堂，城市居民更重视童蒙教育。印刷术的发展，也使民间书坊、书铺迅速发展。各类童蒙教材和传统识字课本大量印刷，使小学教育得以普及。随着社会识字率的普遍提高，加上社会变得相对自由开放，妇女的社会地位有所提高，女性识字率也相应提高。

一些学者将识字群体分为高端识字群体和功能性识字群体，有志于功名的读书人属于高端识字群体，所从事的职业或身份要求具备基本识字能力的人形成功能性识字群体，像胥吏、职员、商贩、僧侣、道士都得有基本的识字能力。这两个群体可能数量相当。一部分人长期学习儒家经典，获取了完全识字能力；具有处理日常事务的功能性读写能力的民众在总人口中占有较高比例。具有“完全识字能力”的高端识字群体可以轻松阅读包括通俗小说在内的书籍，有基本识字能力的功能性识字群体阅读通俗小说有一定难度，但其中也有不少人可以读小说。有的学者提出间接接受的概念，认为市井大众可以通过听戏、说唱等途径接受小说，坊刻全像本的读者对象是不识字的读者，不识字的读者通过识字的中介接受故事。[1]从文本传播的意义上说，通过中介了解故事情节不能称为阅读。实际上，具有完全识字能力的高端识字群体和部分有基本识字能力的功能性识字群体为通俗小说提供了读者基础。

书价影响通俗小说的刊刻传播。各种通俗小说的版本极少标明价格，关于明清时期书价的资料也很少。明代万历年间金阊书坊刊刻的

1.〔日〕磯部彰：《〈西游记〉受容史の研究》，东京多贺出版株式会社1995年版，第27页。

《封神演义》每部定价纹银二两。《春秋列国志传》售一两银子。有的研究者以《封神演义》《春秋列国志传》的价格为例，与明代的物价和官员俸禄比较，认为通俗小说的书价昂贵，其主要读者应该是包括官员、商贾、文人在内的富裕群体。[1]实际上这两部通俗小说印刷精美，都附有图像，而且是大部头图书，价格自然较高，并不能代表通俗小说的书价。

书价与图书种类、纸张和刻印质量、印刷数量等因素有关。明代福建地区的书坊为营利计，盗版印刷，粗制滥造，薄利多销，书价低廉。当时有人指责福建书坊破坏了图书市场，因为福建书坊以射利为目的，为了节约刊刻成本，常常对原书进行删减，这样定价较低，买的人也多，“一部止货半部之价，人争购之”[2]。吴、越、闽三地刻书最多。吴地所刻书最精，因而书价最高；闽地刻书最多，因而书价最低，也最畅销。[3]当时各类童蒙教材、识字课本以及各种普及实用型书籍大量印刷，福建麻沙本遍天下，一般民众皆能购买，说明当时的书价并不太高。就通俗小说来讲，嘉靖到万历初刊刻的通俗小说多刻印粗糙，书价自然较低。万历中期以后，大量印刷粗糙、价格低廉的通俗小说在社会上广为流行，如余象斗编撰的小说卷帙少，文字粗糙，刻工成本低，书价低廉；但同时也有一些书坊刊刻的通俗小说有精致的绣像，印制精美，价格因为较贵，面

1.〔日〕磯部彰：《关于明末〈西游记〉の主体受容层研究》，《集刊东洋学》第44期，第55—56页。〔日〕大木康：《关于明末白话小说之作者与读者——据矶部彰氏之论》，《明代史研究》1984年第121期，第1—15页。

2.（明）郎瑛：《七修类稿》卷四十五《事物类·书册》，清光绪六年广州翰墨园刻本。

3.（明）胡应麟：《少室山房笔丛》卷四《经籍会通四》，清光绪二十二年广雅书局刻本。

向文人、富商、官员——他们购买这些精致的刊本作为案头点缀，加以收藏。

当时的一般收入很少有记载。据散见于笔记、地方志、小说等文献中的零散资料估算，明代中叶城市日工每人一月收入约为银一两二钱。[1]私塾教师一年束脩在六两到二十两之间。[2]官员的俸禄不是很高，一个县令每月的俸禄只能买几部书。[3]但官员的收入不限于俸禄，“家火银”“公廨银”等额外收入大大超过俸禄，如万历年间一个叫俞集的知县“首除税外羡银千余两”[4]。谢肇淛在《五杂组》中说，做到了九卿，“国家养廉之资”丰厚，即使家有千金也是正常的。[5]明代国子监五经博士为从八品，正德年间月俸改以白银支付，每月俸禄折四两二钱银子，可以买《鹤林玉露》八十四册。至于当时的消费，据刊于万历二十一年（1593）的《宛署杂记》记载，每只鸡四分银子，每只狗五分银子。明代周晖《金陵琐事》记载了天启元年（1621）的物价，一只鹅五百文，一只鸭二百文，猪肉一斤四十余文。按照这个物价，三口之家每月最多需要二两银子即可过上较为宽裕的生活。在江南一些地方，物价更低，家庭需要支出的生活费用更少。所以从社会购买力来说，即使是市井百姓，在日常消费品支出较低而对娱乐有较多需要的情况下，通俗小说的书价是可以承受的，书价不能构成传播通俗小说的障碍，因此不能以书价来确定通俗小说的读者群，在收入

1. 参考黄冕堂《明史管见·明代物价考略》，齐鲁书社1985年版，第346页。

2.（明）周汝登：《东越证学录》卷十三《社学教规》，清木活字印本。

3. 沈津：《明代坊刻图书之流通与价格》，台北《图书馆馆刊》1996年第1期，第101—118页。

4.《万历新昌县志》卷十一《乡贤志》，载《天一阁藏明代方志选刊》，上海古籍书店1964年影印版。

5.（明）谢肇淛：《五杂组》卷十五《事部三》，明万历四十四年潘膺祉如韦馆刻本。

可以支付的情况下，对通俗小说的兴趣才是主要的。《明史·王行传》称明初卖药之家收藏了大量图书。卖药徐家的徐媪喜听稗官小说，王行“为媪诵之”，徐翁授以《论语》，让王行尽读家中藏书，“遂淹贯经史百家言”[1]。一般认为说唱词话表演时的听众是市井大众，而说唱词话文本的读者是文人，因为说唱词话的刊刻本价格昂贵。实际上，明代听书的价格并不便宜，听众广泛，并非以市井大众为主，[2]所以关键还是娱乐需要。明代中期，书坊大量刊刻通俗小说，《水浒传》就有很多书坊争相刊刻，《列国志传》也重刊数次，说明通俗小说在当时比较畅销。

除了购买之外，借阅也是通俗小说传播的重要途径。明代国子监和各州郡学官有书可供阅读，但供借阅的书中应该没有通俗小说，士大夫私人藏书亦常供借阅，一些开明的士大夫将自己的藏书借给贫寒士子，但这种借阅的规模更为有限，何况出借的主要是经史子集，士大夫相互之间借阅传抄通俗小说的情况，在明代中期以后逐渐增多。清代，特别是清中期以后，形成了租书市场，所租借的图书中有很大一部分是小说、戏曲。

抄写也是通俗小说传播的重要途径，或因为通俗小说未刊刻，只能相互传抄，或因为通俗小说刻本稀少或书价太贵，于是选择传抄。《金瓶梅》的早期传抄属于第一种情况。明代中叶的小说抄本用的是粗劣的纸张，只是为了阅读，而到了明代后期，有的藏书家收藏抄本，抄本使用的纸张、抄写的方式和装订都很讲究。正德年间的叶盛在日

1.（清）张廷玉等撰：《明史》卷二百八十五《文苑传·王行》，中华书局1974年版，第7329页。

2. 据张岱称，明末柳敬亭说书一日说一回，价格为一两。（明）张岱：《陶庵梦忆》，中华书局2008年版，第91—92页。

记里说，当时很多农工商贩都争着抄写，“家畜而人有之”[1]。长篇小说的抄写需要耗费时间和精力，成本很高，手抄本在社会上流通，价格甚至超过刊刻本，传播的范围有限。据记载，正德年间一部《残唐五代史演义》曾卖到几十两银子，应该是手抄本。长篇小说主要在文人之间传抄，据庸愚子（蒋大器）说，当时的“士君子之好事者”争相誊抄《三国志通俗演义》。[2]《金瓶梅》《隋唐志传》一开始皆以手抄本形式流传。清代中期，读者还可以租借手抄本阅读。文人之间的传抄在一定程度上推动了通俗小说的发展，促进了通俗小说的刊行，向更广大的读者群传播。

通俗小说的期望读者才是决定通俗小说艺术水平和刊刻质量的关键。明代中叶的通俗小说批评者认为《三国志通俗演义》和《水浒传》代表了通俗小说的两个类型：一是演义，一是小说。沿袭《三国志通俗演义》传统的坊刻历史演义小说的读者是市井大众，而受《水浒传》影响的《西游记》《金瓶梅》的读者是精英文人。有的研究者将通俗小说的读者分为文人和庶民两类。以是否参加科举获得中低阶功名来划分文人和庶民阶层，存在着一定问题。文人和庶民的界限是模糊的。文人是一种文化身份的认同，而不是社会身份，好文的藩王、文职官员和有文化的商人都自诩文人。在李贽看来，《水浒传》的读者是文人士大夫，实际上“四大奇书”的读者范围要大得多，包括通过科举入仕的文人官员、中阶功名获得者、有较高文化修养的商人、不入仕的名士、出家的僧道等等，甚至包括下层文人、闺阁女子和有阅读能力的市民。历史演义的编刊者将读者定位为市井大众，但精英文人无疑

1.（明）叶盛：《水东日记》卷二十一《小说戏文》，清康熙叶氏赐书楼印本。
2. 丁锡根编著：《中国历代小说序跋集》（中），第887页。

也是阅读者。

明代的帝王、贵族是通俗小说的特殊阅读者，他们在通俗小说的兴起和发展过程中起了一定作用。明初，太祖和成祖一度禁止小说、戏曲，认为过度娱乐化可能会败坏社会风气，一般认为明代前期通俗小说的沉寂与朝廷的文化政策有关。但另一方面明廷又肯定了小说、戏曲的教化功能。明初统治者学赵匡胤杯酒释兵权，希望开国功臣尽情娱乐，而小说、戏曲是当时主要的娱乐形式。到了明代中期，文化压制政策有了很大改变，小说、戏曲得以复苏，帝王也喜欢。明宪宗喜好杂剧、词话，明武宗厚赏进词话者。[1]宣德之后，宫中设内书堂教宦官识字读书，[2]通文墨的宦官阅读小说、戏曲本子以为消遣，明代内府刊刻《三国志通俗演义》，一些宦官会买来读。据记载，明武宗想读《金统残唐记》，中官半夜到市场上购买。嘉靖年间，武定侯郭勋编写《英烈传》，令内官为皇上唱演。[3]明代前中期，宫廷藩王起了重要作用。《古今书刻》记载都察院本《三国志通俗演义》《水浒传》，《酌中志》载内府刻本《三国志通俗演义》，郭勋曾主持刊刻《三国志通俗演义》《水浒传》，《大宋中兴通俗演义》有嘉靖内府抄本，[4]不少坊刻本以“京本”“本衙藏版”标榜。值得关注的是皇帝、藩王、宦官对通俗小说的态度。统治者为维护社会秩序而禁止小说、戏曲的传播，但从个人兴趣出发，他们私下里又以小说、戏曲为娱乐。宦官粗通文墨，读小说时只对故事情节感兴趣，纯为消遣娱乐，即使像郭勋这样的贵族

1.(明) 李开先著，卜键笺校：《李开先全集·张小山小令后序》，文化艺术出版社2004年版，第533页。

2.(清) 夏燮：《明通鉴》卷十九，清同治十二年宜黄官廨刻本。

3.(明) 刘若愚：《酌中志》卷二十二，清道光刻本。

4. 孙楷第：《日本东京所见小说书目》，人民文学出版社1981年版，第30页。

和明武宗这样的皇帝，阅读通俗小说也只为取乐，与市井大众并无本质区别。[1]

从现存明代通俗小说版本的刊刻质量和艺术水平看，书坊编刊通俗小说时有较为明确的预期读者。市井大众是主要读者。实际上，白话小说的阅读需要较高的文化水平，与宋元说话可用“俚耳”听完全不同，就小说的思想内涵而言，像“四大奇书”以及《儒林外史》《红楼梦》这样的小说，虽然能识字且有一定文化的市井大众也能读懂，但这类小说所关注的问题，市井大众未必感兴趣。有的学者从辨析通俗小说的读者群入手，提出了通俗小说特别是章回小说的定位问题，认为明清章回小说实际上有两个系统，这两个系统的小说的外在形式相同或相似，但内在精神有很大不同，其作者和读者亦不相同，文人小说以精英知识分子为读者，市井小说以市井大众为读者。美国学者浦安迪认为明代四大奇书为文人小说，是为文人读者而著。日本学者矶部彰认为，虽然书商希望更多的读者购买小说，为了吸引读者，在小说的通俗性和可读性方面下功夫，进行各种形式的包装和宣传，包括在小说中增加插图，但能够读懂这些小说且愿意购买的还是经济较为宽裕且有较高文化修养的读书人，通俗小说的读者群并非如一般所认为的那样广大。

通俗小说的读者有期待读者和现实读者。现实读者有更多的制约因素，直接决定小说的印数和书坊的利润，但真正影响小说编撰形式和内容的还是期待读者。通俗小说的期待读者和现实读者相互交叉，

1. 谢肇淛《五杂组》卷七、卷十五记载看画、看杂剧，将宦官与妇女并提。沈德符《万历野获编》卷五《勋戚·武定侯进公》、钱希言《戏瑕》卷一《水浒传》称郭勋为“跗注大僚”，将他与村学究相比。(明) 沈德符：《万历野获编》，中华书局2004年版。(明) 钱希言：《戏瑕》，明刻本。

比较复杂。文人小说的期待读者是文人，但现实读者包括市井大众，书商小说的期待读者是市井大众，文人也会阅读，不过那些艺术水平较低的书商小说，文人不会有太大兴趣。读者预期对通俗小说的编创有直接影响，比如书商的历史演义以市井大众为期待读者，必然要迎合市井大众的喜好，追逐社会热点，人物塑造、情节安排、套语使用都要符合市井大众的审美趣味。为降低成本，书商小说印制粗糙，而且反复改编，大都为急就章，建阳坊刻本就较为典型。书商小说多为历史演义，是因为市井大众对历史故事感兴趣。明代的书坊主迎合大众对历史的好奇之心，以通俗浅近的语言檃栝史事，编刊历史演义小说，作为读书人的书坊主和小说编撰者，以教化大众为己任，演义的期待读者群为所谓的愚夫愚妇。演义强调依据正史，小说强调虚构，融入主体精神，写出人生情理，成为自我寄寓的载体，叙事比演义精致得多，期待的读者为文人雅士。期待读者的不同，体现了小说精神的分流。文化程度较低的俗士、村学究、生员、宦官、商人，甚至王侯、官僚，都是演义的期待读者；而小说的期待读者是文化程度较高的文人、官员、儒商、名士、僧道，这些人属于精英文人，有着强烈的个体精神。正因如此，郎瑛、李贽、谢肇淛等文人推崇《水浒传》，而认为《三国志通俗演义》是村俗笔墨。

通俗小说的预设读者群对小说的内容、叙事方式和风格有直接影响。被称为文人小说的四大奇书与书商的通俗小说[1]虽然都用白话讲故事，但有精粗之别，叙事手法和思想内容的差异更为明显。文人小说还包括明清之际文人模拟宋元话本体例写的白话短篇小说集，与宋元

1. 浦安迪称四大奇书为文人小说。参考〔美〕浦安迪著，沈亨寿译《明代小说四大奇书》序，中国和平出版社1993年版，第1页。

和明代前期的话本有着本质的不同。文人小说在清代中期达到高峰，出现了《红楼梦》《儒林外史》这样的经典之作。[1]有的研究者将才子佳人小说也归为文人小说，因为这类小说借虚拟世界描写下层失意文人的白日梦。但也有研究者认为这类小说属于庶民文学，以市井大众为读者。作为章回小说源头之一的宋元话本的读者主要是市井大众，但宋元话本并非章回小说的唯一源头，章回小说的体例特别是其中的历史演义明显借鉴了史书，明代中期成熟的文人传奇也对章回小说有一定影响。更主要的是，章回小说的作者糅合这些元素，创造了一种新的文体，渗入了历史哲学、生存体验、文人意识。这类小说的作者具有很高的文化素养，深受儒家思想的影响，表现在小说中的儒家意识，也只有同等文化层次的文人才能很好地理解。

1. 何谷理在《明清白话文学的读者层辨识——个案研究》一文中认为褚人获的《隋唐演义》面向精英读者，与此相对的是非精英读者。见乐黛云、陈珏编选《北美中国古典文学研究名家十年文选》，第439—476页。何谷理还将明清通俗小说分为“文人小说”和“书商小说”，这种分法被中国的一些学者所接受。

第三节 “发愤说”与两种小说观念的形成与融合

到明代中期，随着《三国志通俗演义》《水浒传》的刊行和仿作的大量出现，文人士大夫开始关注通俗小说，他们通过书信交流阅读小说的体会，在笔记中记载小说的传阅情况，应书商之请为通俗小说写序跋，作点评。文人在序跋和点评中表达了自己的小说观。明代中叶参与通俗小说评点的文人如王圻、郎瑛、李贽、汪道昆、胡应麟等将通俗小说作为“解睡之具”[1],阅读批点皆“甚快活人”[2],但同时在评价历史演义时常常强调其补充正史的作用，向大众普及历史知识，并寓教化于其中，在评价源于小说话本的《水浒传》等小说时，则认为其中蕴含了文人情怀，认为这类小说是发愤之所作。

“羽翼信史”“裨益风教”被视作历史演义的特点和价值，在序跋、评点中被反复强调。历史演义强调实录精神。《三国志通俗演义》所依据的是陈寿的《三国志》,《列国志传》采用了《左传》《战国策》《吴越春秋》《十七史纲目》等书的内容。庸愚子认为，宋元讲史平话演绎的是野史，虚妄荒诞，误导听众，演义要向读者讲述、传播真正的历史，纠正讲史平话的谬误。演义既然是演绎正史，必然与正史有所区别，一方面“据正史”而“陈叙百年，该括万事”，另一方面又“采

1.(明) 高儒:《百川书志》，上海古籍出版社2005年版，第90页。
2.(明) 李贽:《续焚书》，中华书局2009年版，第33页。

小说，证文辞，通好尚”，去除了史书和平话的缺点，变得“非俗非虚，易观易入”，[1]成为一种新的叙事文体。“以俗近语”将历史“隳括成编”，作为正史之补，亦有《诗经》里巷歌谣之义。不过《三国志通俗演义》虽声称是演绎正史《三国志》，实际上更多取材于裴松之的注释和后世通鉴类的较为通俗的编年体史书。其他历史演义也多参照《资治通鉴》《资治通鉴纲目》《十七史详节》等通俗类史书，杂采野史、笔记、传说中的材料。这也就是历史演义的编撰者所标榜的“按鉴演义”，所按之“鉴”即通鉴，而通鉴类史书的编写目的是将历史条理化、通俗化，反思历史，传播历史知识。在编写目的上，历史演义和通鉴类通俗史书是一致的。

历史演义小说“羽翼信史”，要根据正史加以损益，原则是不违背基本史实，目的是演历史之“义”而“裨益风教”。庸愚子在《〈三国志通俗演义〉序》中说，读者阅读《三国志通俗演义》，读到古人忠孝处，便会反思自己是否忠孝。熊大木在《〈大宋演义中兴英烈传〉序》中说，历史演义不能只记录“显然不泯”的历史事实，否则就失去了补正史的意义。[2]历史和历史演义终究不同。实际上，即使是史书记载，亦常常抵牾，真假难辨。李大年在为熊大木编撰的《唐书志传通俗演义》作序时，认为这部书虽“出其一臆之见”，有“紊乱《通鉴纲目》之非”，[3]但有行世之价值，即使是小说中的诗词檄文也有文理，无论俗人还是骚客，都喜欢看。实际上《大宋演义中兴英烈传》和《唐书志传通俗演义》还是为史书所拘，艺术虚构成分很少，没有演绎出

1.（明）高儒：《百川书志》，第82页。

2.（明）熊大木：《大宋中兴通俗演义》卷首序，载《古本小说集成》第四辑第一百三十九册，第3页。

3. 丁锡根编著：《中国历代小说序跋集》（中），第960页。

"义"。《全汉志传》和《南北两宋志传》这两部历史演义的编者据说也是熊大木，小说的味道就增加了。织里畸人在《南宋志传》序中认为演义就应该"诙诡谲诳"，而《南宋志传》做得还不够，没有做到"凭臆创异"。[1]就《南宋志传》来说，史书上记载的宋太祖赵匡胤"儒行翩翩"，真实的赵匡胤则任侠杀人，甚至作奸犯科，"不异鲁朱家之为"[2]，而《南宋志传》拘于正史，没有写出这些故事。

明泰昌年间，张誉在《〈三遂平妖传〉序》中认为，小说应该"以真为正，以幻为奇"，《西游记》过于幻，《三国志通俗演义》过于实，这是因为题材的问题。明末，对《三国志通俗演义》的评价有了提高。杨尔曾在《〈东西两晋演义〉序》中认为《水浒传》《金瓶梅》《痴婆子传》或批评朝政，或讽刺社会，或摹写情色，都有悖于伦理，不如《三国志通俗演义》《东西两晋演义》有益于社会伦理教化。明末乱象频生，国事日艰，有责任感的文人反思心学，批判纵欲的风气，倡导以道德教化救挽世风，借小说进行道德劝诫，正是在这样的背景下，表现忠义的《三国志通俗演义》受到推崇。另一方面，明末的文人对《三国志通俗演义》进行润饰，使这部小说越来越精致，文人味道渐浓。清初的李渔在《古本三国志序》中认为《三国志通俗演义》"据实指陈"，"堪与经史相表里"，所以"奇又莫奇于《三国》矣"。[3]在序中，李渔肯定了《三国志通俗演义》的教化意义。[4]

强调实录精神，以传播历史、宣扬教化为核心的演义观，与明代中叶的复古思潮有一定关系。明代成化至正德年间的复古思潮，实

1. 丁锡根编著:《中国历代小说序跋集》(中)，第974页。
2. 丁锡根编著:《中国历代小说序跋集》(中)，第973页。
3. 丁锡根编著:《中国历代小说序跋集》(中)，第899页。
4. 丁锡根编著:《中国历代小说序跋集》(中)，第902—903页。

质上是原始儒家精神的复苏，表现在文学上就是前后七子对台阁体的反拨，戏曲领域的复古稍后于诗文。弘治年间开始，一些文人主张将戏文用于乡村建设，借戏文实施教化，移风易俗，重建礼乐秩序。嘉靖年间，唐顺之、王慎中、李开先等八才子登上政治舞台，为实现儒家治平理想，慨然以复古为己任，倡导文学复古、乡村建设、重建礼乐秩序，但不久先后被贬，人生道路和文学取向发生转化。最早刊行的《三国志通俗演义》有庸愚子和修髯子的序，前者作于弘治七年（1494），后者作于嘉靖元年（1522），与复古思潮在同一时期。其他演义小说的序跋也都强调借通俗小说传播历史，以儒家道德教化民众。而重建道统、史统的责任感，对良知、臆见、壮心的强调，又与诗、文、戏曲领域由复古向性灵的转化相似，预示着历史演义的新变。后来，历史演义逐渐向英雄传奇倾斜，在乱世传奇中表达市民的欲望，小说作者一方面标榜实录，强调教化，另一方面借历史传奇写“胸中蕴蓄之奇”，这与文人小说的发愤之说在某些方面有相通之处。

历史演义的预期读者群是有一定识字水平的市井大众，史书“文古”而“旨深”，只有具备较高文化水平的读书人能读懂，于是有人“以俗近语”将历史“檃栝成编”，[1]既传播史识，又进行教化。熊大木在《叙〈西汉志传〉首》中说，之所以刊刻《西汉志传》，是因为从西汉到明代，年代久远，后人或许对“当年之兴革，人事之可否”有所了解，但很多重要的历史细节，特别是对汉代兴衰的历史规律，后人一无所知。《西汉志传》甫一刊刻，“懵然者”读了也会感

---

1. 丁锡根编著：《中国历代小说序跋集》（中），第888页。

叹“有如亲见于西汉世者矣”[1]。余邵鱼在《列国源流总论》中说，他编撰《列国志传》，是以《春秋左氏传》为基础加以演义，目的是使市井大众了解历史。熊大木编撰《大宋中兴通俗演义》，目的是“使愚夫愚妇亦识其意思之一二”[2]，所谓“意思”，不仅指历史知识，还包括对历史的理解。既然要传播史实，历史演义就需要实录。三台馆山人在《叙〈南北宋志传〉序》中说《南北宋志传》所讲之事都合乎历史真实，虽然是外史、外传，但也不违背历史，可以“传古今，昭法戒”[3]。

为了彰显纪实性，有的历史演义甚至采用编年体串联史料。历史演义不仅要总结历史规律，还要寓劝惩教化之意，寄托兴亡之感。修髯子在《〈三国志通俗演义〉引》中说，读《三国志通俗演义》可以知“正统必当扶”“忠孝节义必当师”，是非了然。[4]历史演义或多或少寄托了文人的情志。修髯子说，大家都认为三国多才俊之士，而“我独沉吟未深信”[5]。真正的才俊只有诸葛亮，因为诸葛亮体现了文人情怀和政治理想。《东汉志传》的作者称自己为光武帝奋起于乱世之事所激而编撰小说，东汉光武帝“得间气之所生”[6]。余邵鱼认为《三国志通俗演义》《水浒传》之类的小说为发愤之所作，“沉郁草莽”之“骚人墨客”，“对酒长歌”，“壮心动涉江湖”[7]，借编撰演义小说“写其胸中蕴蓄

1.（明）熊大木：《全汉志传》卷首序，载《古本小说集成》第二辑第二十七册，上海古籍出版社1994年影印版，第1—2页。

2.（明）熊大木：《大宋中兴通俗演义》卷首序，载《古本小说集成》第四辑第一百三十九册，第2页。

3.（明）陈继儒：《南北宋志传》卷首序，载《古本小说集成》第二辑第四十三册，上海古籍出版社1994年影印版，第3—4页。

4. 丁锡根编著：《中国历代小说序跋集》（中），第888页。

5. 丁锡根编著：《中国历代小说序跋集》（中），第889页。

6. 丁锡根编著：《中国历代小说序跋集》（中），第889页。

7. 丁锡根编著：《中国历代小说序跋集》（中），第861页。

之奇”[1]。要有所寄托，要写出胸中之奇，就要有所虚构。后来，历史演义逐步从历史向小说偏移，甚至以历史为背景，讲英雄传奇。

这个时期的小说批评者也将《水浒传》与《史记》相比。天都外臣（汪道昆）认为，雅士之所以欣赏《水浒传》，是因为《水浒传》可与《史记》比拟。李贽将《水浒传》与《史记》并论，称其为宇宙内五大部文章之一。之所以将《水浒传》与《史记》相比，不只因为《水浒传》采用了史笔，前八十回采用了类似人物列传的写法，更主要是因为《水浒传》和《史记》在发愤著书上是相通的。通俗小说的情志抒写、发愤著书，以个人化的写作为前提。但明代中叶的文人认为，《三国志通俗演义》和《水浒传》虽然“旧必有本”，但最后的成书需要某个作家的润饰。特别是《水浒传》的作者在旧本三十六天罡之外增加七十二地煞，人物形象众多，情节更为曲折，可“耸动人之耳目”[2]。后来的王圻、张凤翼、汪道昆、李贽等文人都认为作者之所以编撰《水浒传》，是为了发抒情志，在发愤而作这一点上，《水浒传》和《孤愤》《春秋》《庄子》《史记》等经典是相通的。郎瑛、李贽、谢肇淛等文人推崇《水浒传》，而认为《三国志通俗演义》是村俗笔墨。明代的胡应麟将唐人小说与宋元小说对比，认为唐人作意好奇，假小说以寄笔端，出自文人才士之手，而宋元小说“率俚儒野老之谈”[3]。小说与演义之分近于唐人小说与宋元小说之分。演义讲述历史故事，标榜实录和教化；小说则强调幻设为文和个体精神的寄寓。

明代中期散见于序跋、点评中的“发愤”说，与当时的社会文化

1. 丁锡根编著：《中国历代小说序跋集》（中），第861页。
2.（明）郎瑛：《七修类稿》卷二十三《辩证类·三国宋江演义》。
3.（明）胡应麟：《少室山房笔丛》卷二十九《九流绪论下》。

背景和重视通俗文学的环境有关。“发愤”说强调作家的个体感悟，可以改造、润饰旧本，“借他人题目，发自己心事”[1]。《水浒传》的最后写定者根据自己的理解整合故事、增加细节、润饰文字，融入自己的态度甚至情感。李贽说，所谓“作者”，指“兴于有感”“情有所激”，不得已而作，是发愤而作。[2]正统、保守的文人官僚对《水浒传》这样的小说持批评、斥责的态度，[3]但王圻、汪道昆等文人认为，《水浒传》的成功恰恰在于将“机械变诈”的社会现实写得“可骇可愕”，引人“目览耳听，口诵舌翻”，[4]而作者将怀才不遇的个人郁愤融入字里行间。

嘉靖以后的文人常将《三国志通俗演义》与《水浒传》比较，大都认为《水浒传》优于《三国志通俗演义》。胡应麟认为《三国志通俗演义》和《水浒传》“浅深工拙”[5]，差别很大。谢肇淛认为《水浒传》“有至理存焉”，而《三国志通俗演义》《残唐记》等小说“俚而无味”[6]，少有值得称道之处。万历时期的容与堂本《水浒传》第二十三回批语说，“村学究”读不懂《水浒传》，无法领会《水浒传》的传神之处。天都外臣在序言中说，《水浒传》的精妙之处只有“雅士”方能领会，“不可与俗士谈也”[7]，而俗士没有多少识见，只能看看《三国志通俗演义》。谢肇淛评《金瓶梅》时也说，《金瓶梅》不可“与褒

1.(明) 李贽著，张建业主编：《李贽全集注》第三册，社会科学文献出版社2010年版，第138页。

2.(明) 李贽著，张建业主编：《李贽全集注》第七册，第329页。

3.(明) 田汝成：《西湖游览志余》卷二五《委巷丛谈》，清光绪二十二年钱塘丁氏嘉惠堂刻本。

4.(明) 许自昌：《樗斋漫录》，载《北京图书馆古籍珍本丛刊》第65册，书目文献出版社1996年版，第303页。

5.(明) 胡应麟：《少室山房笔丛》卷四十一《庄岳委谈下》。

6.(明) 谢肇淛：《五杂组》卷十五《事部三》。

7. 丁锡根编著：《中国历代小说序跋集》(下)，第1463页。

儒俗士见”。[1]

对《水浒传》的认识和评价有一个变化过程。最早将《水浒传》与《史记》相比的是嘉靖八才子。谢肇淛将《西游记》《金瓶梅》与《水浒传》并论。李开先将《水浒传》比作《史记》，他创作的传奇《宝剑记》，借林冲的故事抒发自己的情怀。李贽称《水浒传》为“古今之至文”，鼓吹假小说以发愤，他一方面借《水浒传》谈忠义，另一方面又将发愤理解为抒写情志，假游戏笔墨以消磨壮心。李贽认为《水浒传》的主旨是忠义，如果帝王、文臣、武将读了《水浒传》，为忠义所感，则忠义就不在梁山，而在“君侧”“朝廷”“干城腹心”了，这也是“发愤”的意义之所在。这种对发愤的理解体现了文人精神世界中的纠结，这种纠结影响了后世文人的小说观，后世的小说娱乐说中实含有一种难言的悲情，清初金圣叹既认为施耐庵是心闲无事，著书自娱，又感叹人生短暂，生命无常，富贵难求。时光流逝，功业无成，金圣叹感慨不已，其小说、戏曲的评点也充满悲情。

明代中叶的文人认为《水浒传》由说话发展而来，但长篇巨著，不仅与短篇话本不同，篇幅也大大超过讲史平话。《水浒传》这样的长篇巨制，人物众多，头绪繁杂，而小说以宋江为中心，以巧妙的“序事之法”串联不同事件，使叙事“委曲详尽，血脉贯通”，[2]其叙事技巧可与《史记》相比，而叙事难度甚至超过《史记》。胡应麟虽对《水浒传》有微词，但也承认这部小说“述情叙事，针工密致”[3]。与小说话本和讲史平话的另一不同在于，《水浒传》在情节之外注意人物的刻

1.（明）谢肇淛：《金瓶梅跋》，载丁锡根编著《中国历代小说序跋集》（中），第1080页。

2.（明）李开先：《李开先全集·词谑》，第1276页。

3.（明）胡应麟：《少室山房笔丛》卷四十一《庄岳委谈下》。

画。明代中叶的胡应麟认为《水浒传》“排比一百八人，分量重轻，纤毫不爽”[1]。托名李贽的评点认为这部小说将人物写得很精彩，读过之后，各种人物“声音在耳，不知有所谓语言文字也”（容与堂本第二十四回评语）。[2]一般认为《三国志通俗演义》《水浒传》等小说中的人物形象是类型化、面具化的，到《金瓶梅》中，随着情节的进一步淡化，人物形象更加突出，变得丰满，实现了从叙事到写人的转换。[3]章回小说对人情世态的反映更为深广、真实。胡应麟称赞《水浒传》“曲尽人情”[4]，天都外臣在序中认为《水浒传》写尽了社会众生相，是对现实的反映，世上先有一部《水浒传》，施耐庵、罗贯中只不过是以笔墨将其“拈出”，他们不可能凭空虚构出这样一部可以“与天地相始终”的作品。[5]为了写出人情、物理，可以进行适当的虚构，文字可以假，但情必须真。虚构要合乎情理，像《水浒传》中的怪异描写、战阵描写就荒诞、不合情理。表达人生体验，也需要在写实的基础上进行必要的虚构。《水浒传》开篇写天罡、地煞被放出，结尾以一梦结尾，结构与《西厢记》相似，而以梦结局，又极有深意，意谓中间所写都是说梦，作者借此发泄胸中之不平。

明代前中期的通俗小说观念是对传统小说观念的沿袭和发展。以

1.（明）胡应麟：《少室山房笔丛》卷四十一《庄岳委谈下》。

2. 容与堂本、袁无涯本皆有李卓吾序、评。对李贽序、评的真假，学界多有争议，一般认为是叶昼假托。可以肯定是明代中叶文人所为，代表了明代中叶文人的小说观。参见张少康、刘三富《中国文学理论批评发展史》（下卷），北京大学出版社1995年版，第228—240页。

3.〔美〕韩南著，包振南译：《中国小说的里程碑》，载包振南等编选《〈金瓶梅〉及其他》，吉林文史出版社1991年版，第4页。

4.（明）胡应麟：《少室山房笔丛》卷四十一《庄岳委谈下》。

5.（明）施耐庵集撰，（明）罗贯中纂修：《李卓吾批评忠义水浒传》卷首《〈水浒传〉一百回文字优劣》，载《古本小说集成》第二辑第一百二十七册，上海古籍出版社1994年影印版，第1—2页。

"小说"指称一种文体，应始于东汉，桓谭在《新论》中提到了"小说家"，认为小说家是"合丛残小语，近取譬论"而作短书。[1]班固在《汉书》的《艺文志》中列小说一家，认为小说家出于稗官，所谓稗官就是天子之士将道听途说的街头巷语整理好，加上譬喻，达于帝王，起到另一种讽谏作用。史统散而小说兴，到了唐宋时期，志人、志怪变为传奇，同时白话小说兴起，小说开始分为两途。传统小说观念从一开始就强调补史、教化，后世小说观的内涵不断变化，但补史、教化一直被坚持。明代学者论及小说，强调实录和教化，编写小说目录，将虚构性的故事排除在小说之外。通俗演义溯源于宋元说话，其精神仍上承稗官小说。明代中叶的小说评点者所说的"小说"源于宋元时期的话本小说，继承了与文言相对的口头小说传统，不同于传统小说观的教化实录，口头小说强调娱乐、虚拟和通俗。但更多的情况下，明人评论通俗小说，常以小说称《水浒传》《西游记》《金瓶梅》等，用演义指《三国志通俗演义》《列国志传》等。郎瑛认为小说起于宋仁宗时，将奇事演为小说，作为娱乐。天都外臣在万历十七年（1589）的《〈水浒传〉叙》中亦称《水浒》为小说，认为小说始于宋仁宗时。之所以称《水浒传》等为小说，是因为在他们看来，《水浒传》源于汉魏俳优小说、唐代市人小说、宋元话本的口头小说传统，称《水浒传》为小说，强调了娱乐性、虚构性。[2]天都外臣在《水浒传叙》中又强调，《水浒传》"可与雅士道，不可与俗士谈也"，相比之下，《三国志通俗演义》"俗士偏赏之"。[3]"演义"指援引古事、敷陈其义而加以

1.(唐) 李善:《文选》，上海古籍出版社1986年版，第1453页。

2.(明) 王圻纂集:《稗史汇编》卷一百三《文史门·杂书类·院本》:"惟虚故活耳。"(北京出版社1993年影印版)。

3.丁锡根编著:《中国历代小说序跋集》(下)，第1463页。

引申。“演义”之名当始于《三国志通俗演义》，万历年间，杨尔曾在《〈东西两晋演义〉序》说，取史书而演之，“以通俗谕人”[1]，称为演义。自《三国志通俗演义》后，凡以俗近之语将史书檃栝成编，以通俗谕人者，皆以演义为名。演义是依史书而演，语言通俗，面对愚夫愚妇，强调实录、教化，后来，历史小说逐渐突破实录，渐多虚构，接近小说，于是演义开始被用来指称小说。

明代前中期的演义和小说之分实际上是世俗与文人的分野。胡应麟论小说，重视文言小说，轻视白话小说；强调实录，轻视虚构；重视小说中的讽刺箴规。但他又认为小说虽然“浮诞怪迂”，“淫诡而失实”，但是可以“洽见闻”[2]，所以即使是大雅君子，知道小说诞妄不经，还是爱读。[3]胡应麟认为，六朝小说多“传录舛讹”，唐人小说开始“作意好奇”。[4]唐前小说出自文人之手，多虚构而藻绘可观，宋代之后小说多为俚儒野老之谈，多写实而乏辞采。虽然胡应麟重写实，但又重辞采，所以在唐人和宋人小说之间宁选前者。虚构必须合乎情理，像《柳毅传》这样的小说之所以“文士亟当唾去”，是因为“鄙诞不根”，“特诞而不情”。[5]胡应麟的小说观与容与堂本《水浒传》评中的小说观相近，容评推许“写生”之文，即使幻设为文，也合乎情理，但像九天玄女这样的情节，则荒诞不经，不合情理，是“三家村里死学究见识”[6]。谢肇淛认为《西游记》为寓言，容评认为《水浒传》为发

1.(明) 杨尔曾 :《东西晋演义》序，载《古本小说集成》第二辑第三十册，第1页。
2.(明) 胡应麟 :《少室山房笔丛》卷二十七《九流绪论上》。
3.(明) 胡应麟 :《少室山房笔丛》卷二十九《九流绪论下》。
4.(明) 胡应麟 :《少室山房笔丛》卷三十六《二酉缀遗中》。
5.(明) 胡应麟 :《少室山房笔丛》卷三十六《二酉缀遗中》。
6.(明) 施耐庵集撰，(明) 罗贯中纂修 :《李卓吾批评忠义水浒传》，载《古本小说集成》第二辑第一百三十一册，第2854页。

愤之作。从小说观出发，胡应麟虽然轻视通俗演义，但又推崇《水浒传》，不仅因为其故事有所本，并非凿空无据之作，而且因为《水浒传》即使虚构也注意情理，《水浒传》为雅士之书，《三国志通俗演义》"浅陋可嗤"[1]。谢肇淛肯定虚构，认为《水浒传》《西游记》高于《三国志通俗演义》《大宋宣和遗事》，因为《三国志通俗演义》《大宋宣和遗事》事太实而近腐，"俚而无味"[2]。

胡应麟的小说观有复古倾向。明代前中期崇古成风，诗文如是，小说观亦如是。胡应麟认为小说愈古愈好，宋不如唐，唐不如汉。杨慎亦认为唐人小说不如汉人。李开先将《水浒传》与《史记》相比，认为《水浒传》得《史记》之精髓。[3]杨慎、胡应麟、汪道昆都当复古之风盛行之时，其论小说，既承古小说观念，又体现出思想领域的新变化，如鼓吹民间文学、通俗小说，肯定新变。假借通俗小说，幻设为文，议论天下，史统既散，士子搜集庶民谚语横议天下，以小说指称《水浒传》，意义就在这里。胡应麟称《三国志通俗演义》为街谈巷语，所谓"通俗演义"，指平话、词话之流。胡应麟以复古为正统，对《三国志通俗演义》之类的通俗演义持鄙薄态度，而高儒、庸愚子则肯定演义之俗，认为演义是小说与史书的结合，演义是正史之补，实录性与教化性沿袭传统小说观，但又肯定通俗，推动演义的发展。

1.（明）胡应麟：《少室山房笔丛》卷四十一《庄岳委谈下》。
2.（明）谢肇淛：《五杂组》卷十五《事部三》。
3.（明）李开先：《李开先全集·词谑》，第1552页。

第四节　作为文人精神载体的通俗小说的体制的确立

之所以称明清白话长篇小说和白话短篇小说为通俗小说，主要依据叙事语言。郑振铎认为元末明初施耐庵的《水浒传》是嘉靖本《水浒传》的祖本，用的是半文半白的语言，至嘉靖本，白话技巧方臻于纯熟，此后《西游记》《金瓶梅》等小说皆用白话写就。[1]从语言上看，《水浒传》和《三国志通俗演义》应该属于两个传统，一是宋元小说使用的白话语体，一是宋元讲史使用的浅近文言。讲史话本使用的语言是文言和白话的混合：在描写主要人物发迹变泰时，用活泼俚俗的口语；而叙述历史事件时，语言变得古板，风格与《资治通鉴》等通鉴类史书相似。[2]《三国志通俗演义》以《三国志平话》为基础，杂糅各种史料，进行加工润色，其语言杂糅讲史平话、小说和史书的语言风格，这种语言风格为后来的历史演义小说所模仿。《唐书志传》《南北宋志传》《大宋中兴演义》等通俗小说的语言皆为几种语言风格的混搭，只不过不如《三国志通俗演义》融汇得自然。《水浒传》《西游记》《金瓶梅》的语言接近宋元小说，不过《水浒传》的后半部分叙述沙场征战时，虽仍为白话，但变得书面化，显得平淡枯燥。实际上明代通俗小说的语言与口头文学的关系较远，只在某种程度上保存了口头文

1. 郑振铎：《郑振铎文集》第五卷《水浒传的演化》。
2. 萧相恺：《宋元小说史》，浙江古籍出版社1997年版，第105页。

学的形式。[1]所谓白话和文言的关系，实际上很复杂。明代嘉靖年间，白话与文言混合，形成了多个层次的语言系统，包括传统的文言、小说使用的白话和演义使用的文白混杂体。嘉靖、万历时期，李贽、胡应麟、天都外臣等人推崇《水浒传》，因为《水浒传》用了白话。庸愚子、修髯子（张尚德）认为《三国志通俗演义》以俗近语演绎史书，源于史书传统和宋元讲史，[2]其半文半白的语言被称为演义体语言。这两种语体针对不同的读者，小说主要在文人中传阅，演义流行于市井大众中。

通俗小说包括白话短篇小说和白话长篇小说，白话长篇小说和白话短篇小说之间相互影响。收录宋元小说话本的《清平山堂话本》《熊龙峰刊四种小说》是在白话长篇小说《三国志通俗演义》《水浒传》出现后编辑的，其对宋元话本小说的加工可能受白话长篇小说的影响，明代后期拟话本小说的体制的固化，受章回小说的影响更为明显。白话长篇小说之所以称为章回小说，主要是因为这类小说分回或则，以说书人的口吻讲故事，故事中经常穿插各种韵文，小说的开篇和结尾使用相似的模式和套语，[3]这些特点与宋元时期的说话有渊源，特别是说经和讲史平话被有的学者认为是章回小说的直接源头。[4]值得注意的是，早期的章回小说都与历史有关，都是在历史纪事的基础上加以演绎渲染。有的研究者认为，章回小说体制的形成与史传有密切关系，《三国志通俗演义》等通俗小说直接受通鉴纲目类史书的影响，在历史

1.〔美〕韩南著，尹慧珉译：《中国白话小说史》，浙江古籍出版社1989年版，第5页。

2. 丁锡根编著：《中国历代小说序跋集》（中），第887—888页。

3. 关于章回小说的定义，可参考陈美林、冯保善、李忠明《章回小说史》，浙江古籍出版社1998年版，第15页。

4. 胡适：《胡适古典文学研究论集》，上海古籍出版社1988年版，第687页。

演义小说的章回体制形成和发展的过程中，韵文穿插逐渐减少，增加了诏令、奏疏、史赞等内容，叙事者的口吻更像是史官；[1]像《水浒传》这样被后世称为英雄传奇的章回小说则借鉴了纪传体史书的写法，小说前半部分就是若干人物传记的串联。

当然，《水浒传》在外在形式上更多借鉴了话本。话本由题目、篇首、入话、头回、正话、结尾几个部分组成，[2]章回小说有题目、楔子、开篇、正文、结尾等。小说开篇的引子被称为楔子，实际是话本中的篇首、入话和头回的融合，收束全文的“结”被称为收煞、尾声、余韵，借用了戏剧术语。因为缺乏资料，无法证明章回小说在多大程度上借鉴了话本。由于宋元话本特别是小说话本篇幅较短，无须分段、标目，但故事情节的一个段落往往以诗起，以诗结，实际上隐含了分段、标目的意思。至于讲史话本，因为篇幅较长，往往需要分卷、分则、标目，不过卷、则、标目的文字粗糙，且不整齐，有的标目与内容不相符，有的标目只出现在目录里，或见于插图，偶尔在正文中标出。讲史话本的这些特点，说明讲史话本中的分卷、分则、标目比较随意，并非有意将故事分为相对独立又互相关联的段落。宋元小说和讲史话本在一些地方存在不同，如套语的使用、韵文的穿插、故事段落的起结方式等，讲史话本中较少使用说书人套语，较少穿插韵文，虽然也有开场诗和散场诗，但没有小说话本那样规范。这些外在体制上的差别既与题材有关，亦与听众、读者的不同有一定关系。现存《三国志通俗演义》的早期刻本分卷、分则，全书二十四卷，每卷

---

1. 参见纪德君《从历史演义看古代小说章回体式的形成原因及成熟过程》，《西北师大学报（社会科学版）》1998年第3期，第14—17页。

2. 胡士莹：《话本小说概论》，第37页。

十则，每则前都有七言标题，开场和结尾大都无诗，只在卷末有古风一首，正文中穿插诗歌、书表、奏章等。这种体制在一定程度上受到史书特别是通鉴纲目类史书的影响。与《三国志通俗演义》早期刊本的分卷分则不同，早期的《水浒传》刊本即分回标目，每回以诗开头，以诗收尾，正文中插入诗、词、骈文等程式化韵语。这种形式上的差别或许说明两书有不同的源头。

嘉靖年间，郭武定本《水浒传》回目工整，刊落了小说中的大量韵文。孙楷第称词话为通俗小说之先河。[1]如《三国志通俗演义》和《水浒传》，《西游记》也经过词话体阶段。词话如何在语言形式上一步步精致化，文人精神如何一点点渗透其中，有待深入研究。可以肯定的是，章回体制的确立过程与文人精神的渗入过程一致。文人对早期白话小说进行修订，书坊不断再版，章回体制逐渐完善。后来，"则"全部变为"回"，回目变得工整，最后成为精致化的对偶句。以明代"四大奇书"为例，嘉靖本《三国志通俗演义》是现存最早的版本；《水浒传》的早期版本有嘉靖时的郭武定本，据说郭武定本前还有更早的本子，但现存最早的完整版本是万历十七年（1589）天都外臣序本，即使是天都外臣序本，也不见原本，仅存清代的覆刻本。刊于万历三十八年（1610）之后的容与堂本是现存《水浒传》的最早完整原本，此后不久有袁无涯本，一般认为袁无涯本接近嘉靖郭武定本，天都外臣序本、容与堂本源于比郭武定本更早的版本。[2]《西游记》的现存最早完整本是世德堂本，《金瓶梅词话》被认为是《金瓶梅》的早期

1. 孙楷第：《沧州集》，第124页。

2. 参考章培恒《献疑集·关于〈水浒〉的郭勋本与袁无涯本》，岳麓书社1993年版，第222—240页。

完整版本。按刊刻时间将“四大奇书”现存版本加以排列比照，可以看出章回小说体制演化的轨迹，四大奇书的版本不断修订，章回体特征不断凸显、定型。清初，毛宗岗评本《三国演义》、金圣叹评本《水浒传》、张竹坡评本《金瓶梅》以及汪象旭评本《西游证道书》标志着“四大奇书”的最后定型。明代中后期兴起的通俗小说批评，对章回小说体制的定型有重要推动作用。

小说文本的内容和形式同等重要。文学的自觉首先是文体的自觉，而某一种文体的独立首先是形式上的自觉。要提升小说地位，为小说在传统文学中争取一席之地，不能仅仅讨论小说的主题和内容。对章回小说来说，嘉靖年间《三国志通俗演义》《水浒传》的刊刻、传播引起了关于章回小说文体自觉的批评，特别是将《水浒传》与《史记》加以比较，认为《水浒传》是文人精心结撰的作品，有意味深长的形式和深刻的自我寄托。章回小说的发生有着文学衍变和时代发展的必然性，是因为时代精神表达的需要。章回小说中某一类情节、人物或物象、细节在小说中反复出现，有了深刻的内涵，具有意象功能。以“四大奇书”为代表的文人小说对程式化的人物、情节以及语言修辞进行有意识地处理，形成有独特意蕴的意象或意象群，与诗文在表达方式上有相通之处，形成一种抒情境界，到清代中期，出现了被称为抒情小说的《红楼梦》《儒林外史》等通俗小说。[1]意象将形式和内容联系起来，形成小说的内在叙事结构，寓意丰富，使小说内涵超出作者预期的表达目标，沉淀了一个时代的精神。小说中诗词穿插的方式、套话的有意运用、叙事角度的选择、时空观念的处理、功能性意象的

1.〔美〕高友工：《中国叙述传统中的抒情境界——〈红楼梦〉与〈儒林外史〉的读法》，载〔美〕浦安迪《中国叙事学》，第200—219页。

使用，促使章回小说一步步雅化。外在形式的雅化与内在精神的文人化相匹配，促使章回小说成为文人抒情言志的载体。通俗小说的叙述手法，包括口吻、视角、程式化的语词、夹杂韵文的形式、精心设计的人物、意象等，结合在一起，形成不同的风格和表现手法。

章回小说的雅化、文人化与明传奇的雅化并行，且相互影响。明代的传奇经历了文人化、格律化、体制化的过程。宋元时期面向市井社会的南曲戏文在元末明初开始雅化，出现了以道德教化为宗旨的《琵琶记》。《琵琶记》现存最早版本也刊刻于弘治至嘉靖间，与《三国志通俗演义》早期的刊刻时间相近，现存的《琵琶记》版本也经过了明人的修改。与通俗小说一样，传奇在明代前期一度沉寂，至嘉靖时期复兴。所以章回小说的形成过程与传奇相似，可能都发端于元末明初，在嘉靖前后确立。明代中后期的《西游记》和《金瓶梅词话》中不仅韵文种类和数量多，而且小说中的人物以韵文自报家门，这种说唱文学中常见的写法在早期的《三国志通俗演义》和《水浒传》中却没有出现。有的学者认为，这种写法受到了明代中后期成熟的传奇剧的影响。这种自报家门的写法与传奇剧中副末开场、自报家门的方式相似，传奇剧分出，每出有标目，有上场诗和下场诗，念白中以韵文叙事，这些特点都与章回小说的体制有相通之处。章回小说和传奇剧体制都是在明代中期成熟，传奇剧的创作者自然是文人，而《西游记》《金瓶梅词话》这样成熟的通俗小说的作者也不再是说书艺人或下层文人，而是有深厚文化修养的文人。从元末明初到嘉靖时期，讲史平话向章回小说逐渐演变的过程非常复杂，文人的参与、文人精神的渗透在这一转化过程中起了至关重要的作用，章回体制的确立不只是外在形式的问题，形式的变迁和内容的变化密切相关。一般将《三国志通俗演义》称为章回小说的开山之作。[1]章回小说结构松散，带有民间叙事的特点，任意起讫，无限连缀，使用套语，采用缀段性结构。[2]但也有学者认为，章回小说叙事上的缺点，恰恰是文人有意识的设计，是文人对口头传统技巧的精致化，体现了中国传统的世界观。[3]

明清时期的通俗小说是一种新的小说文体，表面上采用传统的叙述形式，反映普通人的欲望和情感，写他们为食色欲望所控制而产生的悲喜剧，对人性有着深刻的思考，因此具备了人文内涵。有的学者强调明清章回小说的文人特性，认为小说中那些带有市井文学特点的套语和看似随意的韵文穿插，实际上是文人有意识的模拟。特别是章回小说中采用的叙事方式，在真正的市井文学中并没有典型性。以韵文穿插为例，韵散结合也是通俗小说的特点。宋元说话中插入韵文，是为了韵律之美，用以调整节奏，也是为了炫耀才学。章回小说中的韵文穿插结合了传奇小说和宋元话本的特点，早期的《三国志通俗演义》《水浒传》等小说中穿插了大量的韵文，包括诗、词和四六文。胡应麟认为《水浒传》一开始是面向俗人而作的，所以穿插很多四六文，令人生厌，但小说中有不少“游词余韵”“极足寻味”，为神情之所寄寓，后来书坊翻刻《水浒传》，将小说中穿插的有味道的诗词全部删去，只保留故事情节，不堪卒读。[4]天都外臣在《〈水浒传〉叙》中也说，罗氏著作《水浒传》一百回，每回都插有韵文致语，到嘉靖年间重刻《水浒传》，将韵文致语删去。明代的章回小说中穿插的四六文为

1. 游国恩等主编：《中国文学史》（四），人民文学出版社1964年版，第14页。
2.〔美〕浦安迪：《中国叙事学》，第55—62页。
3. 林顺夫：《小说结构与中国宇宙观》，载李达三、罗钢主编《中外比较文学的里程碑》，人民文学出版社1997年版，第343—347页。
4.（明）胡应麟：《少室山房笔丛》卷四十一《庄岳委谈下》。

俗人所喜，像胡应麟这样的文人则读而生厌，不过其中的诗词却很有韵味和深意，“非深于词家者，不足与道也”，所以村学究才删去韵文致语，将小说中的“奇文”削去，成为“施氏之罪人”。[1]明代中期的文人之所以关注小说中的韵文，也是因为诗词能彰显文人的才学和品位，他们更容易想到传奇小说中的“诗才”，而不是宋元说书艺人在说话中穿插的浅俗韵文。韵文在章回小说中的作用逐渐改变，不仅是炫才和点缀，而且成为章回小说的重要文体特征，成为章回小说的有机部分，具有深刻的寓意和抒情意味。明代中期文人的参与，从作序跋、写评点到改编、创作，使通俗小说的文人因素逐渐增加。

1.(明) 钱希言:《戏瑕》卷一。

第二章
通俗小说的雅化历程

明代后期，无论是政治还是社会文化思潮，都发生了重大变化，对通俗小说产生了重要影响。通俗小说走向兴盛，书坊大量刊刻历史演义、英雄传奇、神怪小说和公案故事集，而且出现了文人独立创作的通俗小说。特别是明清易代给汉族士人带来了极大冲击，这种冲击通过社会思潮而影响文学，明清之际的通俗小说发生了明显转变。明清易代的历史变迁、文化冲突对汉族士人的精神世界造成冲击，汉族士人面对个体生存和文化选择的复杂心态借助通俗小说加以表达，促进了通俗小说的文人化。清初的《水浒后传》《女仙外史》等作品隐含民族情绪和时代感伤。这个时期对通俗小说的转型至关重要。《三国志通俗演义》《水浒传》《西游记》《金瓶梅》等小说不断刊刻，很多文人参与评点。通俗小说由俗到雅，为《红楼梦》《儒林外史》等文人小说的创作作了重要铺垫。大批文人参与通俗小说的编创，促进了通俗小说艺术水平的提高。一些文化修养很高的文人对通俗小说进行评点，或为通俗小说作序跋，总结创作经验，为后来的创作提供了重要借鉴。明末清初，相对专业的通俗小说作家开始出现，像天花藏主人、烟水散人等，他们为了维持生计，为书商编写大量小说，同时将自己的人生梦幻表现在通俗小说中，借他人之酒杯，浇胸中之块垒。在这个时期产生了大量白话短篇小说集，这些白话短篇小说集标榜道德劝惩，但也有不少作者受时代影响，开始反思历史，感悟人生，白话短篇小说由形式上的雅化进一步走向精神上的文人化。这个时期的通俗小说与文人写心剧在精神上有相通之处。

根据通俗小说的创作和刊刻情况，这一时期可以分为万历后期（1599—1620）、晚明（1620—1644）、明清之际（1644—1660）、清代前期（1661—1701）四个阶段。

第一节　万历后期通俗小说的成熟定型与品位的提升

万历后期，很多书坊大量刊刻通俗小说，但刊刻的主要是前代的小说，新编创的通俗小说数量不多，艺术质量也不高，大都是仿作，题材以历史演义、英雄传奇、神怪小说为主。大批编刊的公案小说乃书坊拼凑而成，艺术粗糙。除了少数作者，大部分通俗小说的编创者文化修养不高；书商追求利润，亦无暇顾及艺术。这些艺术水平较低的通俗小说，大多为福建建阳的书坊所编刊。

《三国志通俗演义》《水浒传》等成书于明代前中期的历史演义和英雄传奇的刊刻，引起了读者的兴趣。书商一方面反复刊刻影响比较大的旧作，一方面自己动手或聘请其他文人模仿旧作编写新作，主要编刊历史演义，尤其是《三国志通俗演义》及其续书。《三国志通俗演义》于嘉靖年间面世，在社会上迅速传播，特别是福建的书坊不断重刻，建阳地区的书坊模仿《三国志通俗演义》快速推出系列历史小说，这些小说大都是简单模仿，极少创新，且刊印得也粗糙。从春秋战国到宋代，几乎每个朝代的历史都被编写为历史演义：《春秋列国志传》演绎春秋战国历史，《西汉演义》讲述秦末汉初的历史，《东汉十二帝通俗演义》从王莽篡汉写到汉灵帝继位，《东西两晋志传》从西晋统一天下写到东晋灭亡，《隋唐两朝志传》从隋末之乱写到唐末起义，《残唐五代史演义》写晚唐、五代的历史，《南北两宋志传》写后唐到北宋真宗时的历史。其中《春秋列国志传》值得注意。这部历史演义小说的编者是余邵鱼——余象斗的族叔。余象斗在1606年重新刊刻了这部小说，苏州龚绍山也刊刻过两次，说明这部讲述列国混战故事的小说在当时很受读者欢迎。崇祯年间，冯梦龙将这部小说加以改编，书名改为《新列国志》，清初蔡元放进一步修改，名字改为《东周列国志》。讲述隋唐之交的历史故事的《隋唐两朝志传》《唐书志传通俗演义》《隋史遗文》《隋唐演义》等相继刊刻，形成一个“说唐”系列。该系列小说名为讲史，实际偏重于讲述英雄人物的传奇，受《水浒传》的影响，呈现出历史演义和英雄传奇交叉的倾向。

受《西游记》的影响，神怪小说纷纷出现，且以佛道类小说为主，如《北游记》《咒枣记》《飞剑记》《铁树记》《二十四尊得道罗汉传》等。这些神怪小说大都取材于宗教传说和民间故事，平铺直叙，情节单调，半文半白，明显是书商在短时间内炮制的。像《二十四尊得道罗汉传》篇幅小，故事单薄，没有描写，只交代了二十四尊罗汉的来历，应该算作宣传宗教的通俗读物。南州散人吴还初编写的《天妃济世出身传》较为成熟，有小说的样子。该书讲妈祖的故事：妈祖本为北天妙极星君之女玄真，降生林长者家，有非凡神力。她济世安民，收服鳄精、猴精，为民除害，最后全家登仙。小说的情节比较曲折，但多平铺直叙，少有细致的描写，以文言为主，人物对话与身份不符。这部小说有着鲜明的民间色彩。天妃救助百姓后，立即要求百姓报答自己，或显灵，或托梦，让百姓为自己传名并供养自己。做好事就要有好报，这是民间的朴素观念。吴还初还编写过公案小说集《新民公案》(1605)。

此期艺术水平较高的神怪小说还有邓志谟编写的《铁树记》《咒

枣记》《飞剑记》等。邓志谟一生不仕，以教书和编书为生，他编写的书既有实用图书和类书，也有《铁树记》等神怪小说及《山水争奇》《风月争奇》《童婉争奇》等“争奇”系列小说。他曾在建阳余氏家当私塾先生，他编写的作品多由余氏刊刻。《铁树记》《飞剑记》《咒枣记》属系列小说，于万历三十一年（1603）写就，讲道教的神仙故事，取材于道教典籍和民间传说，主人公有许逊、吕洞宾、萨守坚。不过邓志谟用心构思，艺术水平较高，而且在故事中融入了自己的感受。余氏书坊还刊刻了吴元泰编写的《东游记》、余象斗编辑的《北游记》《东游记》和《南游记》。余象斗有意刊刻《四游记》，因为神怪小说有广大的读者。而抢时间编刊，致使这些小说在艺术上禁不住推敲。

大批公案小说集亦在此期刊刻，《廉明公案》《新民公案》《皇明诸司公案》《海刚峰先生居官公案传》等公案故事集收录的故事情节简单，只能算故事梗概，少有形象细致的描写。这类小说集大量刊行，说明公案类小说迎合了读者的猎奇心理。与耕堂于万历二十二年（1594）刊刻了《包龙图判百家公案》，这部由安遇时编辑的公案故事集很受欢迎。南京周氏万卷楼在万历二十五年（1597）刊刻了《包孝肃公百家公案演义》，第二年余象斗亲自编刊了《廉明公案》。《廉明公案》显然是急就章，不少故事直接抄自他书，还存在有目无篇的情况。虽然编写粗糙，但不妨碍这部小说集的畅销——不久即重印。余象斗趁热打铁，又编写了《皇明诸司公案》。《皇明诸司公案》分为人命类、奸情类、盗贼类、诈伪类等，编写较为用心。同期刊刻的《新民公案》则编排混乱，这部全名为《郭青螺六省听讼录新民公案》的公案故事集应该是受书商委托，模仿畅销公案小说仓促编成的。

公案小说之所以畅销，不仅因为读者对社会热点感兴趣，而且这类公案小说集还有实用价值，可以给断案以及写诉状、判词提供范例。《新民公案》的每篇故事不仅记录了断案的全过程，而且最后还附判词。公案小说以讲故事为主，没有细致的描写，不注重人物形象的塑造。特别是由建阳书坊刊刻的公案故事集，大都是仓促编写而成的，艺术粗糙，刊刻也不精致。这一时期具有实用价值的小说还有《江湖历览杜骗新书》，这部小说集借讲故事揭露了各种骗术，读了可以对诈骗行为有所防范。

一些艳情小说也出现了，代表作有《痴婆子传》《闲情别传》《绣榻野史》《昭阳趣史》。艳情小说纯为营利而编刊，这类赤裸裸宣扬情欲的小说吸引了包括不少文化修养较高的士人在内的大量读者。这类小说产生在纵欲成风的明代后期，又受到明代中期盛行一时的中篇传奇的影响，如《天缘奇遇》描写一个才子和几个女子发生关系，虽强调"情"，实则受"欲"的驱使。艳情小说的书名常由几位主人公特别是女性的名字组成，内容多是一个男子与几个女子纵欲，最后"曲终奏雅"，大谈借淫止淫，告诫读者纵欲之害。而男主人公与那么多女子发生性关系却没有受到报应，反而功名富贵与美人兼得，甚至长生成仙，小说给出的理由是他和众女子前生有缘。这些迎合读者低级趣味的艳情小说，从根本上仍然可以看出性别歧视、男权中心等社会文化问题。产生在《金瓶梅词话》之后的艳情小说，有不少受《金瓶梅词话》的影响，却舍弃了《金瓶梅词话》的批判性和对人性的反思。

这个时期的不少通俗小说附评点，有的评点是托名，有的小说标明是评点本，实际上没有评点或者只有极少的评点文字。明代小说盛行评点之风，是受文人评点八股文的影响。通俗小说语言易晓，无须评点，书坊刊刻通俗小说时增加插图和评点等，是为了吸引读者，在激烈的市场竞争中获胜。余象斗在万历二十二年（1594）刊刻的《京本增补校正全像忠义水浒志传评林》就附有署名“后学仰止庄余宗登父评较”[1]的评点。余象斗刊刻的《春秋列国志传》也增加了插图、评点。苏州龚绍山刊刻的《春秋列国志传》则以名士陈继儒的评点、著名刻书艺人刘君裕的绘图为卖点。袁无涯刊刻的小说大都有插图和评点，评语多署李卓吾批，图则署刘素明、刘君裕刻。很多书坊刊刻通俗小说都假托李卓吾（李贽）、陈眉公（陈继儒）、墨憨斋主人（冯梦龙）、钟伯敬（钟惺）、李笠翁（李渔）等名人评点，虽多系伪造，但还是扩大了通俗小说的影响，有些评点对通俗小说的创作、欣赏有较高的理论见解。袁无涯刊刻的《忠义水浒全传》托名李贽评点，实为叶昼评点，叶昼的评点体现出很高的理论水平。袁无涯刊刻的《李卓吾先生批评三国志》《忠义水浒全传》《李卓吾先生批评西游记》等较为精致，提高了通俗小说的文学地位和市场品位，促进了通俗小说的发展。

明代前中期，特别是《三国志通俗演义》《水浒传》等通俗小说刊刻传播开后，通俗小说的读者群不断扩大，引起了推崇民间文学之真淳自然风格的文人的关注。受经济利益的驱动，书坊主争相重刊名著，编刊新作。但明代前中期参与通俗小说编创、评点的文人很少，《金瓶梅词话》被认为出自大名士之手，可仍带有市井文学的痕迹，而且该书刊刻时已到了明代后期，这部世情小说的开山之作与神怪小说的巅峰之作《西游记》共同对后世通俗小说产生了重大影响，特别是《西

1.(明) 施耐庵：《水浒志传评林》，载《古本小说集成》第三辑第一百三十二册，第1页。

游记》的刊刻行世，引起了神怪小说的编创热潮。十七世纪，不少文人参与通俗小说的编创、评点，使通俗小说的水平有所提高。叶昼的《忠义水浒全书》评点、陈继儒的《春秋列国志传》评点、玉茗堂的《南北两宋志传》评点、林梓的《于少保萃忠全传》序、李贽的《三国演义》《西游记》《残唐五代史演义》评点、徐渭的《唐书志传通俗演义》评点等，多为书坊假托，但这些小说都有文人痕迹，通俗小说编创队伍的整体水平不断提高，开始出现专业的小说作者，书坊分工越来越细，到了后来，书坊主负责选题，文人专门编写、评点，通俗小说的艺术水平不断提高，体裁也走向成熟和定型。

在通俗小说成熟定型和文人化的进程中，文人的评点有重要的推动作用。影响最大的是李贽。现存署名李贽评点的小说大都为假冒，但李贽的思想和文学观确实对通俗小说的编创、评点有理论指导意义。以李贽对明代后期社会思想的影响，即使是假托李贽的评点，仍然产生了轰动效应，促进了通俗小说评点的兴盛。虽然当时对通俗小说发展起决定作用的仍然是书坊主（书坊主以营利为目的，影响了通俗小说的艺术水平，所以《西游记》《金瓶梅词话》产生前后社会上流行的通俗小说大都水平低劣），但有较高文化素养的文人加入通俗小说的创评队伍，对旧作加工、润色，提高其艺术性和文学品位，使《三国志通俗演义》《水浒传》这样的名作越来越精致，逐步走向经典化。

此期编刊的通俗小说中的评点，即使不出自陈继儒、李贽、汤显祖等名人之手，也是文学素养较高的文人所为，把同一书坊在不同时期刊刻的通俗小说文本的回目、章节、文字、评点进行对比，就会看出通俗小说在艺术上的进步。

在发展完善的过程中，通俗小说的刊刻中心也发生了转移。福建建阳一度成为通俗小说的刊刻中心，建阳地区的书坊刊刻了包括《三国演义》在内的大量历史演义小说和神怪小说。以余氏家族为代表的建阳书商善于抓住社会热点策划选题，在短期内出版符合读者趣味的小说。建阳地区的书坊主大都是放弃科举仕途、转而以文学才能务生的士人，有较高的文化素养和文学修养，像余象斗这样的书坊主，除了刻板和绘图之外，选题、编校、写作等几乎兼通，他的书坊刊刻的通俗小说很多是他自己编辑整理的，有时还与吴还初、邓志谟等读书人合作编写通俗小说。这些书坊操作编刊的通俗小说以营利为目的，以娱乐性为标准，以故事情节的离奇曲折为追求，以中下层读书人和识字的市井大众为预想读者，被有的研究者称为书商小说。书商小说不仅无暇顾及文学性，同时为了降低书价以扩大销量，在刊刻时尽量压低成本，所以建阳书坊刻印的图书大都质量粗劣。书商小说的编写方式主要是模仿，比较典型的是历史演义小说和公案小说集的编写，如前所述，因为《三国志通俗演义》畅销，所以到后来几乎每个朝代都有相应的历史演义小说。

通俗小说的刊刻中心转移到苏州、南京、杭州等江南地区，建阳地区的书坊随之衰落，逐渐失去中心地位。[1]建阳刻书业的衰落，与稿源不足有很大关系，也因为建阳书坊刊刻的图书质量不高，特别是通俗小说，无论是文学水平还是刊印质量，都比较粗劣，一开始因为成本低、书价低，薄利多销，在文化市场竞争中占有一定优势，但随着经济的发展、城市文化消费要求的提高，特别是读者层次的提高，质量粗劣的通俗小说逐渐失去了市场竞争能力。建阳书坊刊刻的很多小

1. 关于通俗小说刊刻中心的转移情况，参考李忠明《明末通俗小说刊刻中心的迁移与小说风格的转变》，《南京师大学报（社会科学版）》2004年第4期，第132—138页。

说不仅纸质低劣，印刷较差，而且为了降低刻板成本，甚至对通俗小说进行删减，有时为了标榜所谓的“全本”，增加故事情节，文字反而减少，出版所谓的“简本”。建阳书坊常常将社会上流传的通俗小说稍加改动而再刊，声称是新刻，结果文学性、可读性越来越差。建阳书坊刊刻的《三国志传》就是对《三国志通俗演义》的改头换面。其他地区的书坊刻本也有质量比较差的刻本，但还是比建阳书坊好一点。

据胡应麟记载，当时刻本质量最好的是苏州、常州，其次是金陵，再次是杭州。[1]苏州、南京、杭州书坊刊刻的通俗小说，比建阳书坊刊刻的“建本”的质量好很多。苏州书坊刊刻的《三国志通俗演义》《水浒传》等评点本、定本，如金圣叹评点本《水浒传》、毛氏父子评点本《三国演义》等，无论是文字还是印刷，都很精致。南京书坊人瑞堂刊刻的小说《隋炀帝艳史》、世德堂刊刻的小说《西游记》都比较精美。芥子园刊刻的四大奇书，纸墨精良，插图精工，甚至“可作彼都人士诗读”[2]。苏州、南京、杭州地区的书坊刊印其他书类，本就注重质量，一旦注意到通俗小说的市场价值，转而刊刻通俗小说，自然在质量上超过建阳书坊，很快在文化消费市场上占据优势。

或认为建阳刻书业的衰落，与这个地区的书坊曾遭受火灾有一定关系，包括余氏书坊在内的多家书坊在这次火灾中失去了大量书版，再加上通俗小说市场形势的变化，以低成本、低书价取胜的建阳书坊在日渐追求精致文化消费的市场上逐渐失去了优势，只有余氏忠正堂、三台馆、双峰堂以及杨氏清白堂等书坊因为转型及时，不断发掘新题

1.(明)胡应麟:《少室山房笔丛》卷四《经籍会通四》。

2.蛮:《小说小话》，载黄霖、韩同文选注《中国历代小说论著选》(修订本)下编，江西人民出版社2000年版，第268页。

材，逐渐恢复了生气。

通俗小说刊刻中心的转移与更多文人参与通俗小说编刊发生在同一时期，说明通俗小说的品位不断提升、读者群不断扩大的同时，读者的层次也不断提高。文化层次和身份地位比较高的文人从欣赏通俗小说，发展到亲自修订、评点小说。文人的参与、读者的增加和读者层次的提高，促进了通俗小说的发展繁荣。值得注意的是通俗小说的社会影响的扩大。万历以后，通俗小说的读者，上自皇帝，下到识字的百姓，人数越来越多。据刘若愚《酌中志》记载，明神宗在处理朝政之余，喜欢读书，而他读的书就包括《仙佛奇踪》之类的小说。而据《天启宫词原注》记载，明熹宗喜欢听《水浒传》故事。随着通俗小说思想性、文学性的增强，文化程度很高的精英文人成为通俗小说的重要读者，读者由半文盲的下层百姓，到具有中等文化程度的中下层读书人，再到精英文人，读者层的变化与编创队伍的变化相仿佛。明末清初袁于令创作的《隋史遗文》和褚人获创作的《隋唐演义》讲述隋唐历史，但与同样演绎隋唐历史的《隋唐两朝志传》《大唐秦王词话》这样的小说在思想和艺术上的差别比较明显：《隋唐两朝志传》《大唐秦王词话》编刊于明代中期，是书商操作编刊的通俗故事，面向中等文化程度的读者；而《隋史遗文》《隋唐演义》的作者是有较高文化修养的文人，他们的预想读者中，包括文化程度很高、具有较高社会地位的精英文人。[1]

通俗小说的作者和读者的日趋文人化，使通俗小说的思想内容和艺术形式都有了较大提升。就评点而言，这个时期的评点方式与内容

1.〔美〕何谷理：《明清白话文学的读者层辨识——个案研究》，载乐黛云、陈珏编选《北美中国古典文学研究名家十年文选》，第439—476页。

都有了很大变化。此前的通俗小说因为面向识字的市井大众，评点主要是标注字词读音、标明地理方位、解释历史常识等；这一时期的通俗小说评点则注重章法结构、艺术技巧的点评和人物形象、思想内涵的挖掘。此前的通俗小说评点多由书商自己或书商雇佣的下层士人完成，而此期的通俗小说评点需要较高的文化修养和文学素养，一些文化层次很高的文人应书商之请，为书坊刊刻的通俗小说写序跋，作评点。文人的加入，使通俗小说的文学品位有所提高，文学性增强，吸引了更多文人的加入：良性循环促进了通俗小说的发展。虽然高层次的文人很少直接编写通俗小说，但他们出于兴趣，为书坊刊刻的通俗小说作序跋，扩大了通俗小说的影响，再加上明代后期通俗小说刊刻中心转移到了苏州、南京、杭州等江南地区，这些书坊刊刻的通俗小说的质量有很大提高，通俗小说的文化品位得以大大提升。也就在这个时期，《西游记》《金瓶梅》创作完成，《西游记》刊刻传播，《金瓶梅》在文人圈子中流传，得到了袁宏道等名士的极高评价。《西游记》的作者吴承恩是文化层次很高的文人。从思想和艺术水平看，《金瓶梅》的作者兰陵笑笑生有较高的文学素养，大名士之说应该比较可信。虽然像吴承恩、兰陵笑笑生这样文化层次很高的文人直接写作通俗小说的情况不多，但他们的参与标志着通俗小说创作的新变化。

第二节　晚明通俗小说的创新与文人化

晚明时期，越来越多的文人参与编创通俗小说，通俗小说的艺术水平有所提高。此期白话短篇小说集大量刊刻，而且出现了白话短篇小说选本《今古奇观》。白话短篇小说的现实性不断增强，既注意故事情节，又注意人物形象的塑造，特别是白话短篇小说的雅化对章回小说的文人化有一定的启发和影响。相比之下，这个时期的章回小说比较萧条，数量不多，质量也没有很大进步，书坊不断重印《西游记》《三国志通俗演义》《水浒传》《金瓶梅》等名著，《开辟衍绎通俗志传》《有夏志传》《有商志传》等小说在这一时期继续流行；公案类小说在艺术上毫无进步。但这个时期出现的时事小说，反映政治斗争，是历史演义的发展，在某种程度上体现了通俗小说的创新意识。

这一时期编刊的公案类小说《名公案断法林灼见》《国朝名公神断详刑公案》《国朝名公神断详情公案》《古今律条公案》《明镜公案》等在艺术上仍没有进步，情节简单，语言枯燥，没有人物塑造，有的甚至只是法律条文的图解说明，根本不能称为小说。这类小说集多由福建建阳地区的书坊刊刻，与同一时期的“三言”中公案题材的小说相比，缺陷更为突出。这些公案小说集的故事中，破案经过也不够曲折，没有悬念，表现不出断案官员的才智。有的作品表面上是长篇体制，实际上是短篇故事的简单连缀。这些公案故事集的价值可能是对法律条文的普及，为解决法律纠纷提供借鉴，性质上属于实用通俗读物，即工具书。这类小说很快消亡，直到清代嘉、道年间，公案小说与侠义小说合流，产生了《三侠五义》《施公案》等被称为侠义公案小说的作品，公案小说才以新的形式得以复兴。

与白话短篇小说的繁荣形成鲜明对比，白话长篇小说在低谷徘徊，比较冷清。不少书坊继续刊刻《三国志通俗演义》《水浒传》及其仿作。不过这个时期加工改造的《新列国志》比起上一个时期的《西汉演义》《东西两晋志传》《春秋列国志传》《隋唐两朝志传》《东汉十二帝通俗演义》等在小说艺术上高出很多。这个时期编刊的神怪小说数量不多，不过像《七曜平妖传》《韩湘子全传》等在质量上稍高于历史演义，而且这个时期的神魔小说出现了一些新因素。像《禅真逸史》《禅真后史》都是历史题材，重点又放在主人公行侠仗义、锄奸扶善、行军打仗方面，同时接受了《三国志通俗演义》和《水浒传》的影响，而且综合了当时流行的其他小说类型，比如小说中有很多荒诞不经的情节，融合了神怪小说的因子。《禅真逸史》《禅真后史》较早地体现了通俗小说的跨类型融合现象。

虽然章回小说的创作整体萎靡，但还是有些许新意。譬如关注时事，《警世阴阳梦》《魏忠贤小说斥奸书》《辽海丹忠录》等一系列时事小说问世。时事小说是历史演义的新变，相比传统的历史演义，题材上有所突破，艺术描写上也比此前书商编刊的历史演义小说有较大进步。时事小说多由文人编写，在一定程度上体现了文人的社会责任感和政治热情。这类小说的大量产生也与明清之际复杂多变的社会政治现实有关。在时事小说大量产生之前，一些戏曲就开始反映时事，这类戏曲被称为时事剧。[1]时事小说具有新闻性、真实性，真实、及时地反映当时发生的社会重大事件。这个时期的时事小说最关注的是魏忠贤事件。明中叶以后，宦官专权成为严重的政治问题，天启年间的魏忠贤更是达到了阉宦专权的极致，他位高权重，号称“九千岁”。魏忠贤由底层社会迅速爬到政权的顶层，可以说是个奇迹，其发迹变泰在市井百姓中成为传奇，甚至引起艳羡，而士大夫则对魏忠贤现象进行反思和严厉批判。魏忠贤垮台之后，其故事很快被编成小说。这类小说在当时销路很好，无论是市井百姓还是关心国事的士人，包括上层社会中受阉党迫害的官员，都会对魏忠贤的故事感兴趣。正因如此，书商争相编刊所谓的“魏忠贤小说”，如《皇明中兴圣烈传》《魏忠贤小说斥奸书》《警世阴阳梦》等。

除了魏忠贤故事，这个时期的另一个焦点是辽东问题。明朝嘉靖以来，朝廷就一直受到辽东问题的困扰。万历以后，后金努尔哈赤势力崛起，在与后金的对峙中，明朝将领熊廷弼、袁崇焕、卢象升、洪承畴等都以失败告终，特别是袁崇焕和毛文龙的是非更充满了谜团。辽东问题引起书坊和小说家的注意，据说天启五年（1625）内阁大臣冯铨曾将《绣像辽东传》呈给天启帝，这部小说被认为是最早的时事小说。[2]其他反映辽东问题的时事小说还有《镇海春秋》《辽海丹忠录》《近报丛谈平虏传》等。这些小说大都艺术较差，而且与史实不符，如《镇海春秋》为了美化毛文龙而篡改历史，将毛文龙写成民族英雄、朝廷柱石，将袁崇焕写成妒贤嫉能的小人。《辽海丹忠录》也为毛文龙翻

1.（明）张岱《陶庵梦忆》卷七《冰山记》记载：“魏珰败，好事作传奇十数本，多失实，余为删改之，仍名《冰山》。城隍庙扬台，观者数万人。”

2. 陈大康：《明代小说史》，上海文艺出版社2000年版，第629页。

案，不过还是客观记述了袁崇焕的军功。《近报丛谈平虏传》汇总各种邸报、传闻而成，甚至说明事件出处。这部小说虽然时事性较强，但很难称为小说。

与章回小说的低落相比，这个时期的白话短篇小说迅速兴起并走向繁荣。冯梦龙的白话短篇小说创作，在当时产生了重要影响，对白话短篇小说的创作起了示范作用。冯梦龙“三言”的编创方式，在当时也有代表性。书商与文人合作，文人根据文化市场信息，提出选题，得到书商肯定后着手写作，最后由书商刊刻发行；或由书商考查图书市场后，确定选题，请文人编写；或由文人选择自己喜欢或擅长的题材，编写好后再找书商刊刻，如天然痴叟看到白话短篇小说集受市场欢迎，于是编写了《石点头》，通过冯梦龙联系书坊，最后由苏州书坊主叶敬池刊刻。这些合作方式不仅使通俗小说符合社会审美趣味，保证了通俗小说的销路，而且提高了其艺术水平。白话短篇小说也迅速走向繁荣。

白话短篇小说篇幅短小，故事性强，可以快速阅读，深受读者喜爱，而且刊刻成本低，所以书商和下层文人合作，编辑、整理、编写白话短篇小说集。福建书商熊龙峰的忠正堂就刊刻过多种话本，现存《张生彩鸾灯传》《苏长公章台柳传》《冯伯玉风月相思小说》《孔淑芳双鱼扇坠传》等四种。嘉靖时期的洪楩比熊龙峰早一些，他以清平山堂的名义刊刻过《六十家小说》。《六十家小说》现存话本二十九种，多为宋元话本，结构和语言都比较粗糙，而且不少故事情节明显迎合市井趣味。这些话本中有十一种被冯梦龙改编。把冯梦龙的《古今小说》与《清平山堂话本》中的同题材小说进行比较，可以看出冯梦龙小说的雅化倾向。

《古今小说》对《清平山堂话本》的改编首先是语言的润色。《清平山堂话本》中的小说使用直白浅显的口语，冯梦龙改编后，语言变得典雅，而且诗词的引用也趋于雅化，《清平山堂话本》中穿插的诗词大都粗俗直露，《古今小说》中的诗词多含蓄雅致。更重要的是冯梦龙对话本小说体制的完善定型。《清平山堂话本》中的小说，题目长短不齐；在《古今小说》中，题目形式整饬，风格统一。《清平山堂话本》中的小说有着明显的说书人痕迹，入话的形式尤其混乱；《古今小说》中经改编的八篇作品，入话整齐统一，其中七篇以诗词加议论或故事的形式入题，而且入话故事与正话故事互相阐发，紧密相关。《清平山堂话本》多为宋元话本的原始形态，行文中常出现情节拖沓或不连贯的现象；《古今小说》中的情节变得合理而且曲折，富有感染力，比较典型的是《古今小说》中的《闲云庵阮三偿冤债》对《清平山堂话本》中的《戒指儿记》的改写。虽然《古今小说》和《清平山堂话本》都以讲述市井人物故事为主，但冯梦龙对《清平山堂话本》中的作品不但进行了精心挑选和细致的整理加工，而且在思想上有所升华，更符合儒家正统思想。

《古今小说》的雅化，一是由于冯梦龙作为正统文人，有着很高的文学艺术素养和高雅的审美趣味；二是由于冯梦龙的通俗小说观，虽然他在《〈古今小说〉叙》中肯定通俗，但他并不赞成盲目迎合大众的审美趣味，他强调通俗文学要“不害于风化，不谬于圣贤”[1]。他将自己的文学观念和审美理想渗入小说人物和故事中，使小说具有雅的品质。与宋元说话重视娱乐、迎合市井“猎奇”“猎艳”的心理不同，冯梦龙

1.（明）冯梦龙：《警世通言》叙，载《古本小说集成》第四辑第六册，上海古籍出版社1994年影印版，第6页。

重视通俗小说的教化功用，其创作动机是通过小说来劝诫世人，他甚至认为通俗易懂的小说可以作为“六经国史之辅”[1]。

冯梦龙将自己编写的第一部白话短篇小说集命名为《古今小说》，天许斋刻《古今小说》扉页识语中说，天许斋购得一百二十篇小说，“先以三分之一为初刻”[2]。书坊本来是想以《古今小说》作总集名，然后分为三刻，冯梦龙后来给小说集命名时，改为《喻世明言》《警世通言》《醒世恒言》，强调教化用意，显示自己的创作意图。[3]冯梦龙为了凸显教化意识，在作品中大量插入议论。冯梦龙的《古今小说》于1622年刊刻，《醒世恒言》于1627年刊刻，凌濛初的《拍案惊奇》于崇祯元年（1628）年刊刻。凌濛初只用不到一年时间就完成了《拍案惊奇》，因为凌濛初在1627年秋天的乡试落榜后，集中时间编写小说。[4]《拍案惊奇》刊刻后反响很好，书商再请凌濛初编写续集，尚友堂重刊《拍案惊奇》时改名为《初刻拍案惊奇》，四年后《二刻拍案惊奇》出版。

白话短篇小说集在文化消费市场上大受欢迎，“三言”“二拍”被叶敬池、叶敬溪、衍庆堂、尚友堂、兼善堂、三桂堂等苏州、南京的书坊反复刊刻。受“三言”“二拍”的影响，《型世言》《石点头》《西湖二集》《鼓掌绝尘》《欢喜冤家》等大量白话短篇小说集产生，而且有人搜集整理出版白话短篇小说选本，抱瓮老人从“三言”“二拍”中

1.（明）冯梦龙：《醒世恒言》叙，载《古本小说集成》第四辑第九册，第7页。

2. 衍庆堂本《醒世恒言》内页题识：“本坊重价购求古今通俗演义一百二十种，初刻为《喻世明言》，二刻为《警世通言》，海内均视为邺架珍玩矣；兹三刻为《醒世恒言》。”参考丁锡根编著《中国历代小说序跋集》（中），第780页。

3. 或以为冯梦龙亦为书商，“墨憨斋”为书坊名。但冯梦龙的作品皆由其他书坊刊刻，未见墨憨斋刊刻的小说行世。则墨憨斋或仅为冯梦龙的名号。

4. 即空观主人《〈二刻拍案惊奇〉小引》：“丁卯之秋事，附肤落毛，失诸正鹄。”参考丁锡根编著《中国历代小说序跋集》（中），第789页。

选取了四十篇作品，加以修订、润色，以《今古奇观》为名，由吴郡宝翰楼刊刻出版，这个选本极为盛行，竟然有取代“三言”“二拍”之势。《今古奇观》的编选标准是“一曰著果报，二曰明劝惩，三曰情节新奇，四曰故典琐闻、可资谈助”[1]，强调通俗性、趣味性、警戒性，以道德教化为目的，所以“三言”“二拍”有荒诞或情色情节的篇目不收。《今古奇观》体现了白话小说的创作倾向。晚明白话短篇小说在倾向上朝两个极端发展：一方面张扬人的自然欲望，另一方面强调小说的教化意义，以警世、劝诫为宗旨，《型世言》《石点头》比较典型。

《型世言》之名意为“树型今世”[2]，以故事进行道德劝诫，为世人树立道德楷模。这部小说的第一篇故事就是《烈士不背君　贞女不辱父》，宣扬忠君、孝亲、守节；第二、三、四篇宣扬的是孝道；第五、六篇极力鼓吹贞节。其他篇目以不同的故事对道德问题反复渲染。每篇故事前都附有翠娱阁主人写的“叙”“引”“题词”，阐述本回故事的主旨，小说中插入很多议论，又以眉批形式加以评点，使小说的道德教化主旨极为突出。

《石点头》也宣扬封建道德，不过比起《型世言》来，《石点头》的故事较为生动。冯梦龙给《石点头》写序并加以评点，在序中称这部小说集的作者天然痴叟为“浪仙”。《石点头》收了十四篇小说，这些小说一般没有入话故事，只在小说开始时用议论引出正话。冯梦龙在给《石点头》写的序中说，这部小说集的创作目的是讲说因果，劝

1. 孙楷第：《沧州集》，第198页。

2.（明）陆人龙：《型世言》，载《古本小说集成》第五辑第十一册，上海古籍出版社1994年影印版，第104页。这部小说的成书时间，一般认为应该在1632年前。参见《中国话本大系》所收《型世言》前附陈庆浩所作导言（《中国话本大系·型世言》，江苏古籍出版社1993年版）。

人为善。其中《王本立天涯寻父》讲述了孝子王本立的故事。小说写王本立的父亲为了逃避官府逼税，也为了妻儿的日子好过一些，决心离家出走。小说详细描写了告别场景，通过对话和行动描写表现了丈夫的恋恋不舍和妻子的悲哀。这段描写是王本立长大后离家寻父故事的铺垫。王本立离家寻父前和他母亲对话的场景也写得细致真实。另一篇小说《江都市孝妇屠身》写孝妇的故事。孝妇将自己卖给屠夫杀肉出售，让丈夫拿到钱回家侍奉母亲。这篇小说的极端道德观让人难以接受。不少白话小说写主人公为了孝道而牺牲自己的生命，以极端的行为表现道德楷模，但这篇小说写得更为残忍。小说作者赞赏女主人公的道德意志。《侯官县烈女歼仇》对女子贞节的歌颂也到了无以复加的地步，渲染得过分了。

《石点头》对教化的鼓吹与《型世言》有所区别，《型世言》直接将白话小说当作封建道德的教科书，《石点头》写得更像小说，通过形象塑造表现道德取舍，其中有的小说还写出了人物的内心活动，表现了人性的复杂性。《瞿凤奴情愆死盖》描写瞿凤奴与孙三郎的爱情，二人最后殉情而死，可谓生死不渝，但他们之间的感情是有问题的。孙三郎不仅是有妇之夫，还是瞿凤奴母亲方氏的情人，方氏为了与孙三郎长期保持情人关系，劝女儿与三郎交往。方氏引诱女儿与孙三郎私通时，竟然表示希望其女与孙三郎成亲，而她自己"情愿以大作小"[1]。瞿凤奴与孙三郎结合后，对孙三郎一往情深，为孙三郎守节，后来二人双双殉情。小说对他们的关系有所非议，但又褒扬其坚贞，同情其悲剧，既肯定情欲，又宣扬道德，态度非常复杂。《潘文子契合鸳鸯

1.(明)天然痴叟:《石点头》，载《古本小说集成》第五辑第十四册，上海古籍出版社1994年影印版，第263页。

家》则是一篇同性恋故事。小说开始评价同性恋之可笑，然后介绍两个同性恋青年的家庭。王仲先以继续求学为借口要求延缓婚期，他的父母答应了。小说对王仲先引诱潘文子的过程写得淋漓尽致。王仲先和潘文子在同一个书院读书，王仲先设计诱奸潘文子，潘文子最初严词拒绝，但王仲先对天盟誓，只爱潘文子一人，而且此情终生不渝，潘文子后来不仅同意了，甚至还认为同性之情比夫妇之爱更深。王仲先和潘文子一起到罗浮山隐居，后来同日而死。作者说王仲先和潘文子是“天地间大罪人”，但又认为他们的故事是“人类中大异事”，对这种同性恋故事充满了同情。

白话短篇小说集《欢喜冤家》则肯定人的合理欲望，作者在序中强调他要专写情爱，写男女怎样由欢喜变为冤家。西湖渔隐主人在《欢喜冤家》的序中说，自古至今，男女之间的感情都充满矛盾，非常复杂，欢喜和冤家可以转化。集子中二十四篇小说的主题和故事模式很相近，小说中的男女往往一见倾心，发生性关系，但不久就因为各种原因产生厌倦，怀疑、仇恨、凶暴代替了情爱，欢喜和冤家相连。但是这些小说对情爱发展变化的心理过程不感兴趣，小说的写作目的仍然是从一个另类的角度说明道德问题，从本质上看，小说中所写的恨和凶暴是对非法情爱的道德惩罚，说到底这些小说还是道德报应故事。虽然有一些色情描写，但写得还是比较含蓄。

小说对女性的命运比较关注。在有的小说中，女性即使一时出轨，但对自己的丈夫还是有着爱或亲情，在情夫和丈夫之间取舍，最后还是选择丈夫，所以女性最后被原谅。《李月仙割爱救亲夫》中，李月仙爱上了情人章必英，她在丈夫遇害后嫁给了章必英，后来才得知自己的丈夫就是章必英设计杀害的，李月仙向官府告发，让章必英受到了惩罚。不过传统意义上的淫妇的结局都很不幸,《香菜根乔装奸命妇》中的莫氏被丈夫推入酒瓮溺死。《铁念三激怒诛淫妇》的香姐想害死丈夫，与情人铁念三白头偕老，结果竟被铁念三杀死，因为铁念三只想和香姐偷情，并不想和她白头偕老，她为了情人要杀害自己的丈夫，更让铁念三瞧不起。

在《欢喜冤家》创作刊刻的时候,《肉蒲团》《金瓶梅》被反复刊刻,《隋炀帝艳史》《龙阳逸史》等小说集也在这个时期出现，这些小说都表现人的欲望。白话短篇小说集《宜春香质》和《弁而钗》写的都是同性恋故事，宣扬自然欲望的合理性，小说中虽然也谈善恶因果，但常常是曲终奏雅，道德说教淹没在色欲描写之中。《弁而钗》分为四集，分别表现情之贞、侠、烈、奇。《弁而钗》的作者认为小说中的同性恋故事“始以情合、终以情全，大为南风增色”[1]。小说中的故事说明同性恋中也有至情，不过小说又常常把同性间的肉体关系与道德联系在一起。在有的故事中，同性恋中被动的一方对这种关系持排斥态度，后来遇到困难，对方主动给予帮助，被动一方出于感动和报恩，答应了对方的要求，后来竟然产生了感情。《情奇记》中的李又仙为了报答匡时的救助之恩，扮为女装，以身相许。小说中被动一方男子一旦与对方发生关系，有了感情，往往严格遵守传统道德对女性的要求。这类故事以真情和道德为同性恋现象辩护，是晚明社会风气的反映。晚明时期，对人的自然欲望的肯定，导致人欲横流甚至道德沦丧。《弁而钗》这类小说既迎合市井社会的低级趣味，也体现了文人精神世界的空虚和庸俗。

1.(明) 醉西湖心月主人:《弁而钗》，载侯忠义主编《明代小说辑刊》第二辑第二册，巴蜀书社1995年版，第797页。

在这个时期，文人加入通俗小说的修订、改编和创作，促进了通俗小说水平的提高。像袁于令这样有着较高文学修养的文人对通俗文学的创作与传播比较热心，他编写了通俗小说《隋史遗文》，给《李卓吾先生批评西游记》作《题辞》，还刊刻了《剑啸阁批评两汉演义传》。袁于令与冯梦龙过从甚密，而冯梦龙对通俗文学有着浓厚的兴趣。冯梦龙对通俗小说的繁荣特别是苏州地区通俗小说的编刊起到重要的推动作用。冯梦龙在万历四十一年（1613）曾劝书商刊刻《金瓶梅词话》，为沈德符所拒绝，后来苏州的一个书坊刊刻了这部小说。冯梦龙还亲自校勘《忠义水浒传》，建议书坊刊刻。后来冯梦龙还将《石点头》推荐给书坊，建议书坊刊刻这部小说集。冯梦龙自己改编、创作了多部通俗小说，他修订了《三遂平妖传》，接着编写了拟话本小说集《古今小说》《警世通言》《醒世恒言》等，这三部拟话本小说集在当时产生了很大影响，促进了白话短篇小说的发展。

在江浙地区，书坊主与文人往往有着密切的交往，有的书坊主自己就是文人，有较高的文化修养，杭州的陆云龙、陆人龙兄弟就很典型。陆云龙放弃科举后从事刻书业，其堂称翠娱阁，书坊为峥霄馆，他刊刻了自己创作的通俗小说《魏忠贤小说斥奸书》，峥霄馆还刊刻了陆人龙创作的时事小说《辽海丹忠录》和方汝诰的《禅真后史》等。陆云龙从事文化产业，关注流行文化和社会审美趣味，重视消闲价值和实用价值，但陆氏兄弟毕竟是有着很高文学修养的文人，有较高的审美标准，他们自己编写的通俗小说有着鲜明的文人特点。兄弟二人合写《型世言》并加以评点，《型世言》的道德劝诫思想、小说体制的完善等都体现了白话短篇小说的雅化特征。

在这个时期，很多文人汇集在苏州、杭州，为书坊编写、校勘通俗小说，或者为书坊刊刻的通俗小说作序跋、批点，推动了通俗小说的文人化，使通俗小说的体制得以成熟、固定，有的通俗小说开始关注与士人有关的故事，或者表现文人趣味，通俗小说的层次、品位有所提高。古吴金木散人、陆氏兄弟（陆云龙、陆人龙）、西湖渔隐主人、周清原等通俗小说的作者都与杭州有关。周清原写的《西湖二集》中的小说都与杭州有关，书前所附诗歌表现了作者对西湖文化风貌的认识，显示了才学。集中描写的西湖故事，多体现文人的审美趣味，表现了文人阶层的人生理想。《西湖二集》有文人特点，体现了通俗小说艺术品位的提升。明代杭州地区的文人对与杭州西湖有关的故事感兴趣，此后的《西湖佳话》《西湖拾遗》等都显示了文人的审美取向。有学者提出"西湖小说"的概念。[1]《西湖二集》的写作目的不是为了赞美杭州的文化风景。书前湖海士所作序言中说，这部小说集的编写者周清原有旷世逸才，却怀才不遇，贫困潦倒，借小说抒写胸中之慷慨。《西湖二集》中第一个故事的引子讲了明初杭州著名文人瞿佑。瞿佑很有才学，但沦落不偶，于是作《剪灯新话》"发抒胸中意气"；接着提到了才子徐渭。《西湖二集》和《剪灯新话》《四声猿》在精神上是相通的，都以表现自我为目的。周清原甚至在小说中直接谈自己，表达了自己的内心情感。

集子中的很多故事都与文人有关，小说中的文人渴望从政，实现自己的抱负。第三个故事写宋代文人甄龙友，甄龙友怀才不遇，直到晚年才获得功名。第八个故事写元末明初的文人宋濂。第十五个故事写晚唐文人罗隐。罗隐是个才子，性格高傲，很有抱负。他年轻时家

1. 刘勇强：《西湖小说：城市个性和小说场景》，《文学遗产》2001年第5期，第60—72页。

境贫寒，受到势利之人的嘲笑。后来他做了官，但他的平生志愿，实现的不到十分之一。第十七个故事写元末明初的文人刘基。第二十三个故事写的是元代诗人杨维桢。小说中的这些文人对自己的才能都很自信，渴望实现人生价值。因为科场失意，怀才不遇，周清原对科举考试制度表示怀疑，进而对侥幸获得功名而做官的文人的才能和道德责任提出质疑。第四个故事写一个蠢汉金榜题名，既说明了命运无常，又讽刺了科举考试制度。第二十个故事中，一个深谙世事的妓女帮助她的情人轻而易举地博取了功名，作者借妓女之口嘲讽了那些得志的士子。周清原在小说中经常批判官场，指斥贪官污吏，批评缺少自我献身精神的官员。第十九个故事将使女与入仕的读书人相比，认为那些官僚是假读书之人，这班人接受朝廷的俸禄，在国家危难之时却不能仗节死难，还不如那个有节义的使女。

周清原的小说有文人化特色和才学化倾向，这与周清原对文人身份的自觉有关，也与他的写作动机有关。周清原并不愿意写白话小说，对自己不得不借白话小说来表达思想感情深表感慨。他的小说借鉴史传的写法，纪传体故事中的主人公多为历史上的文人学士。他的很多小说穿插大量材料，有的还有附录，实际上是用故事的形式处理历史题材，即使不是历史故事，也多具有历史背景。他的小说引子往往先讲解一首诗或者一个典故，接着讲一个开场故事或一组轶闻，在讲述主要故事前又先以另一个故事作为开场白，充分展示了作者的才学和识见。

这个时期杭州地区的书坊编写刊刻的小说，既迎合读者的欣赏趣味，又表达了编写者的感受和评价，在文人腔调与市井趣味之间寻求平衡。比如《宜春香质》《弁而钗》写同性恋的故事，《醋葫芦》写妒妇的故事，市井大众对这类故事比较感兴趣。《宜春香质》《弁而钗》署西湖心月主人，《醋葫芦》署西子湖伏雌教主，编写者应当都是杭州一带的文人，而这几部小说都由杭州的笔耕山房刊刻。笔耕山房紧跟市场，迎合读者的喜好，但这些小说作者和书坊主又是文人，创作通俗小说谋利时，也不忘鼓吹道德教化，大谈至情、真情。翠娱阁刊刻的《型世言》以“树型当世”为目的，《魏忠贤小说斥奸书》《辽海丹忠录》歌颂忠贞，批判奸佞。《弁而钗》虽然写同性恋，但强调同性恋中的“情”，而且将所谓的“情”纳入道德规范。这个时期的苏州成为白话短篇小说的创造刊刻中心。苏州书坊刊刻的“三言”“二拍”《石点头》《今古奇观》等小说都有比较强烈的教化倾向。

这个时期建阳刊刻的通俗小说数量不多，主要是重刊《三国志通俗演义》《水浒传》等传统名著、公案律条类小说和历史演义小说。比起前一个时期，福建书商的文化水平有所降低，更比不上杭州、苏州、南京等江南地区的文人书商。福建刊刻的通俗小说中，除了重刊的传统名著外，公案律条类小说和历史演义小说的艺术水平大都很低，比如建阳书坊刊刻的《盘古至唐虞传》《有夏志传》等历史演义，只能算通俗历史读物。

福建地区的书坊对历史演义小说充满兴趣，从远古开始，往后依次编写每个朝代的历史故事，形成历史演义系列。《盘古至唐虞传》的书尾识语说，这部小说为钟惺、冯梦龙所编写，书坊准备“悉遵鉴史通纪”，将盘古至明朝的每个朝代的历史都编成演义，以通俗故事教育人，不像当时流行的那些纪传小说“无补世道人心”。[1]如此粗糙的小

1.(明) 钟惺:《盘古至唐虞传》，载《古本小说集成》第一辑第三册，上海古籍出版社1994年影印版，第150页。

说不可能出自钟惺、冯梦龙之手。这些艺术水平低劣的历史演义小说已经无法满足层次较高的读者。南京、苏州、杭州等地编刊的通俗小说，不仅刊刻精美，而且文人编写通俗小说，使艺术水平有很大提高，品种也有所增加，建阳书坊刊刻的公案律条类小说和粗糙的历史演义，无法与杭州、苏州等江南书坊刊刻的通俗小说相比，已经很难引起读者的兴趣。福建书坊将《三国志通俗演义》和《水浒传》合刻，总名为《英雄谱》，署“晋江杨明琅穆生甫题”的序言说。之所以将这两部小说合刻，是因为这两部小说都写英雄之士，后世的英雄豪杰读了英雄之谱，会相与慷慨悲歌，共吐其牢骚不平之气。[1]杨明琅说，为君、为相、为将者都应该读这个英雄谱，读了英雄谱，英雄就会为朝廷所用，国家就会安定，天下就会太平。[2]这种分上下栏合刻的形式比较独特，也说明建阳书坊在内容上缺少创新能力，只能在刊刻形式上玩点花样。后来有书坊将才子佳人小说《玉娇梨》和《平山冷燕》合刻，称为《七才子书》，应该是借鉴了《英雄谱》的刊刻方式。

1.(明) 罗贯中、施耐庵:《二刻英雄谱》叙，载《古本小说集成》第一辑第八册，第11页。

2. 丁锡根编著:《中国历代小说序跋集》(下)，第1475—1476页。

第三节　明清之际通俗小说的文人化与个性化

明清易代之际的社会动荡为通俗小说提供了素材，但也使通俗小说的编刊、传播受到影响。明清易代之际，先是起义席卷全国，接着清兵入关。江南百姓的反抗引起了清兵对江南的镇压，苏州、江阴、嘉定等城市遭到严重破坏。因为战乱，文化消费市场萧条，通俗小说的创作、刊刻大受影响。清初对江南地区的政治镇压和思想控制对士人影响很大，也影响了通俗小说的创作、刊刻。不过江南的经济不久即恢复，文化消费产业随着城市商业而复苏，苏州、杭州、南京仍然是通俗小说的刊刻中心，江浙一带很多文人加入通俗小说的编创队伍，编写了大量白话短篇小说集，白话短篇小说的文人化色彩越来越突出，而且出现了个性化的写作。这个时期的章回小说则以模仿、续作为主。续作中《西游补》比较有特色，这部小说假借《西游记》，表达作者对历史、人生的见解。反映明末社会现实的时事小说《梼杌闲评》的艺术水平较高，但也没有新意。整体来看，这个时期通俗小说的创新不足，比较有新意的只有才子佳人小说。小说评点在这一时期走向成熟，出现了金圣叹等理论水平较高的通俗小说评点家。

这个时期的章回小说创作以模仿、续作为主，《后水浒传》《西游补》《续西游记》等为续作，《岳武穆尽忠报国传》《新列国志》等为改编之作。青莲室主人所作的《后水浒传》写的是杨幺起义，小说前有署“采虹桥上客题于天花藏”的序言，这篇序言回顾了宋代惨痛的亡国历史，认为宋末国运已衰，庙堂上都是奸诈之人，草野中无法无天之人横行，这个时候即使有贤臣能将也无力回天，何况朝堂大臣嫉贤妒能，如果朝廷能用杨幺这样有雄才大略之人，恢复大业很有希望，惜英雄豪杰屡遭排挤打压。这部小说借古讽今，感叹奸臣当道、政治黑暗，英雄豪杰报国无门，其中寄寓了文人怀才不遇的悲慨。时任浙江西安知县的进士于华玉与门生余邦缙编刊的《岳武穆尽忠报国传》写的是岳飞抗金的故事，是对岳飞系列小说的改编。此前有假托李卓吾评的《武穆精忠传》和假托“玉茗堂原本”的《岳武穆王精忠传》等。于华玉有感于时局动荡，希望有岳飞这样的英雄出现。这部小说在艺术上不成功，但于华玉这样的正统文人参与通俗小说的创作，既说明通俗小说吸引了正统文人的注意，也体现了这个时期通俗小说创作、刊刻与世运的关系。这一时期的通俗小说续书中，《西游补》比较独特。《西游补》借虚拟世界表达对历史、政治和人生的思考，有“讥弹明季世风之意”[1]。《西游补》的作者，一说为董说，一说为董说的父亲董斯张。[2]《西游补》题“静啸斋主人”，《西游补答问》亦题“静啸斋主人志”，而董斯张有静啸斋主人之号。不过董说自小学佛，[3]中年后于苏州灵岩寺出家为僧，而《西游补》中有佛理；静啸轩为董家书斋

1. 鲁迅：《中国小说史略》，第139页。

2. 高洪钧：《〈西游补〉的作者是谁》，《天津师范大学学报（社会科学版）》1985年第6期，第81—83页。

3.（明）董说：《丰草庵诗集》卷一《故纸中忽见余八岁时手书梵册，因读先人示语，感而成咏》诗云：“记得竹床残暑后，枇杷树下教《心经》。”自注云：“余八岁时皈闻谷大师，赐名智龄。”卷十一《夜坐》诗自注云：“余儿时读《圆觉经》。”参考（明）董说《丰草庵诗集》，清初刻本。

名，董说亦能以静啸斋为号。[1]所以董说创作的可能性比较大。这个时期的通俗小说续作和改编之作虽然创新不多，但受时代剧变的影响，常常在叙事中寄寓文人情怀，反思历史，表达政治观点，有着较为鲜明的文人化特点。

这个时期的时事小说继续发展，如《梼杌闲评》在艺术上有所提高，但题材与此前刊刻的时事小说有所重复。另一部时事小说《剿闯通俗小说》写李自成起义事。书前有署“西吴九十翁无竞氏”的序言，序言中称赞吴三桂忠君爱国，为此而舍孝弃家，是真正的奇男子、大丈夫。此书当成于明清易代之际、社会混乱之时，其时对很多人物事件的评价是非难辨。《新世弘勋》由《剿闯通俗小说》改编而来，与其他写李自成的通俗小说一样，《新世弘勋》极力丑化李自成，将李自成写成一个市井无赖。与这个系列的其他小说一样，《新世弘勋》肯定甚至颂扬清政权，认为明朝气数已尽，清朝取代明朝是顺应天命和民意；但是字里行间含有对明朝灭亡的同情，所以讨好清政权可能只是一种手段，是为了使小说不被查禁。与《新世弘勋》相比，《海角遗编》有着更为突出的民族意识。《海角遗编》根据同名杂史改写而成，又名《七峰遗编》。杂史《海角遗编》署“漫游野史”著，序言作者署名“七峰樵道人”。小说《海角遗编》则署“七峰樵道人”著，此“七峰樵道人”与为杂史《海角遗编》作序的七峰樵道人或为同一人，但亦有可能是假托。小说《海角遗编》两卷六十回，[2]以时间为序描写抗清事，重点写常熟军民抗清事，歌颂忠义之士，嘲讽降清的文武官员，

1. 冯保善：《也谈〈西游补〉的作者》，《明清小说研究》1988年第2期，第235—240页。

2.《海角遗编》的抄本有四十回、三十回、六十回等。国家图书馆藏《海角遗编》清末抄本二卷六十回。北京师范大学图书馆藏《海角遗编》清抄本三十回。

痛惜抗清的失败。作者关注国事，总结南明灭亡教训，满怀激愤。小说最后以《题〈海角遗编〉后》两首七律作结，表明创作目的。从小说中穿插的诗词看，作者有较高的文学修养，但小说写得较为粗糙，艺术性不高，每一回的篇幅参差不齐，有的只有两三百字。当时多数时事小说在艺术上都比较粗糙，明显为仓促编写而成，只有陆应旸的《樵史通俗演义》艺术水平较高。《樵史通俗演义》共四十回，从天启末年写到李自成兵败，一半篇幅写李自成事迹，八回写弘光政权始终，分析南明政权的灭亡原因，对魏忠贤、李自成写得较为详细。小说文笔流畅，叙事条理清晰，是时事小说的代表作。

这一时期编刊的白话短篇小说不仅数量多，而且艺术水平较高，《清夜钟》《醉醒石》《鸳鸯针》等都有文人化特点，而李渔、艾衲居士的白话短篇小说更具个性。《觉世雅言》是"三言""二拍"等小说集的选本。《清夜钟》写李自成起义，崇祯帝自缢，当成于崇祯十七年（1644）之后。[1]这部白话短篇小说集充满了政治热情，倡导道德实践。薇园主人在自序中说，他编写这部小说集是借小说宣扬教化，"鸣忠孝之铎"，"振贤哲之铃"。[2]第一篇讲述翰林院编修汪伟和夫人耿氏殉国殉节的经过，歌颂忠臣和烈妇。第二篇写胡一泉的两个儿媳

1. 参见江苏省社会科学院明清小说研究中心编《中国通俗小说总目提要》，第313页。据《中国通俗小说总目提要》，《清夜钟》署"薇园主人述"，自序末印章则为"江南不易客"和"于鳞氏"。或谓薇园主人即陆云龙，参见马幼垣、刘绍铭、胡万川编《中国传统短篇小说选集》，台北联经出版公司1990年版，第12页。陆云龙为明朝诸生，著章回小说《魏忠贤小说斥奸录》；其弟陆人龙著《型世言》《辽海丹忠录》等。《清夜钟》第二回的回末总批云"尝作《唐贵梅演义》"，而《型世言》第六回讲了唐贵梅殉节之事，则《清夜钟》的批语或为陆人龙所作，兄弟合作创作、批点小说的情况，在明清时期并不少见。《清夜钟》原收故事十六篇，残存十篇。该小说集的成书时间当为顺治二年至三年。参见路工《访书见闻录》（上海古籍出版社1985年版，第152—153页）。

2.（清）薇园主人：《清夜钟》序，载《古本小说集成》第四辑第十三册，上海古籍出版社1994年影印版，第6页。

不忍告发婆婆与别人通奸，而婆婆竟让奸夫调戏两个儿媳，她们不堪凌辱，又不忍让公公、丈夫出丑，双双投河自杀。小说称道这两个女子的孝。第七篇写一个十三岁的孩子为了救自己的母亲，将父亲的妾杀死。人们都赞扬小孩的孝心，甚至皇上也对小孩的行为表示嘉许。作者认为小孩的行为是出于赤子之心。第八篇小说写寡妇钱氏为丈夫报仇的故事。钱氏的丈夫被他的两个兄弟杀害，钱氏为了抚养孩子，默默忍受了十多年，非常小心，不让凶手起疑心，等孩子长大成人后，钱氏留下指控凶手罪行的证据，抑郁而死。这篇小说以冷峻的笔调描述家庭成员间的钩心斗角，值得注意的是，这篇小说像其他几篇小说一样，强调用个人意志而非超自然力量完成因果报应。

东鲁古狂生的《醉醒石》也鼓吹忠孝节义，目的是以儒家精神扬善惩恶，让世人醒悟。《醉醒石》共收十五个故事。[1]第一个故事讲姚一祥幼年丧父，其母将他送到南京读书，他把钱都花到了歌妓身上，没有入学。后来他被任命为司狱官，工作勤恳，为人忠厚。新到任的按台过去曾受姚一祥周济，作为报答，新按台让姚一祥选七个案子予以开释，每个案子可以收取千金。姚一祥利用这个机会处理了一批冤案，但拒绝收取钱财。姚一祥去世前梦入地府，预知他的子孙将因为他的阴德而显贵。第二个故事写洪武年间贼寇猖獗，主人公刘浚不管别人讥笑，挑选忠勇士兵加以训练。他带兵去肃清土匪，同僚拒绝增

1.《醉醒石》题“东鲁古狂生编辑”，清初刻本十五回，乾隆五十四年瀛经堂覆刻本删除了第五回。这部小说集的成书时间当为清初，最早刊刻于顺治、康熙年间。小说中称明朝为“先朝”或“明朝”“明季”，但有的篇目又尊称朱元璋为“太祖高皇帝”（第九回）或避崇祯帝之讳（第一回），则此书中部分篇目成于明代末年。孙楷第《中国通俗小说书目》卷三著录明刊原本。叶德均《醉醒石的成书年代》考证此书为清初之作，见叶德均《戏曲小说丛考》，中华书局1979年版，第609页。

援，致使他被俘杀害。刘浚的儿子刘琏请求地方官府出兵剿匪，地方官府不仅不去剿匪，还把罪责推到刘浚身上。刘琏带着一群豪杰击溃了匪众，祭献父亲，然后回乡。乡人把刘琏的功绩上报，那些官员都来居功。在小说最后，刘浚被立祠祭献，刘琏得授知县。这两篇小说都讨论了官员的职责和道德问题。特别是第二篇小说批判文臣武将在国家有事时不愿承担责任，相互推诿，这是对明代后期官场政治的反映。第五个故事歌颂了女子的贞烈，但也涉及官员的职责问题，顺带着讽刺了官场的不正之风。小说写姚指挥使有气节，有识见，读书用心，做事卖力。他少私寡欲，妻子为子嗣考虑，要为他纳妾，他拒绝了，因为担心海贼生事，也担心纳妾影响夫妻关系。但他那贤惠的妻子还是找了一个相貌、品性都很好的女子给他作妾，他不得已只好接受，不久他的妾怀孕生子。后来倭寇侵犯，姚指挥以身殉职，其妻妾抱着孩子逃难，路遇官兵，官兵要霸占姚指挥的妾，为了保护夫人和孩子，姚指挥的妾假装答应官兵的要求，待夫人抱着孩子走远后，她怒骂官兵，全节而死。官府在上报姚妾死节事迹时，怕刘总兵面上不好看，把凶手由官兵换成了倭贼。

小说集的一些故事则是从反面思考道德和职责问题，这些反面故事多与士人和官员有关。第六个故事写唐代的李徵很高傲，参加科举考试时故意违反程式，落榜后反而骂主考官。他参加了十次科考，好不容易才考上，做了官，又因为倨傲而得罪同僚，长期得不到提拔。他心怀怨愤而出游，回到家中，郁愤发狂变成了老虎。李徵的朋友李俨有一天经过山区，李徵变的老虎向李俨打招呼，告诉李俨自己变形的经过。李徵变作老虎后不愿吞食生灵，后来饥饿难耐，终于吃动物，进而吃人。这个故事讽刺了文人的高傲。第十一个故事写一个姓魏的读书人和妻子生活比较困窘，他的妻子希望他有朝一日能够做官，赚很多的钱。丈夫做了推官后，妻子嫌赚钱太慢，有一天她一个人在家，收下了丈夫下属的贿赂，魏推官知道后默许了，但他总有一种负罪感，担心妻子继续收取贿赂，终于抑郁成疾，只好告假回籍。后来神灵托梦说，魏推官本可以做到吏部尚书，因为受贿一事，失去了资格。作者认为，国亡是因为道德沦丧，所以重整传统道德非常重要。这部小说集虽以道德劝诫为目的，但没有将道德绝对化，对社会现实的反映，对官场黑暗、将帅无能的批判比较深刻，可以看出一个下层文人的兼济情怀和忧患意识。小说中写官员在国家有事时相互推诿，有了功劳后又觍颜冒功，官兵无道，比盗贼还坏，都是其他白话短篇小说集没有涉及的。在宣扬美德的小说中，主人公有很强的道德责任感和自我意志，坚持自己的主张，泰然应对别人的讥笑。

另一部白话短篇小说集《鸳鸯针》的文人特点也很鲜明。这部小说集关注文人的生存境遇，表达文人的人生理想。《鸳鸯针》题“华阳散人编辑”，[1]据《明遗民诗》及《丹徒县志》记载，明遗民吴拱宸曾隐

1.《鸳鸯针》全称《拾珥楼新镌绣像小说鸳鸯针》，署华阳散人编辑，蚓天居士批阅，存一卷，卷首序题“独醒道人漫识于蚓天斋”，则蚓天居士或即独醒道人。另有《拾珥楼新镌绣像小说一枕奇》，署名、第一卷同《鸳鸯针》；《拾珥楼新镌绣像小说双剑雪》署题、版式亦同《鸳鸯针》，不过封面镌“芸香阁编著”“东吴赤绿山房梓”。二书或为离析《鸳鸯针》以炫世求售。参见孙楷第《中国通俗小说书目》，第114页。亦有研究者认为三书实为一书，书商改名再版出售求利，参见袁世硕为《鸳鸯针》所作前言。《鸳鸯针》卷三提及弘光帝南京登基，又称明朝为“我朝”，则作者当为明末人，由明入清；小说中不避“玄”字讳；作序者独醒道人编《枕上晨钟》，《枕上晨钟》书前有不睡居士甲寅年序，甲寅年当为康熙十三年。则《鸳鸯针》当成于明末、顺治间，刊刻于康熙初年。小说作者华阳散人或为明代遗民吴拱宸，吴拱宸为崇祯九年举人，卒于康熙初年，号华阳散人，有诗文集《觚斋集》。参见王汝梅：《〈鸳鸯针〉及其作者初探》，载《明清小说论丛》第一辑，春风文艺出版社1984年版，第343—355页。

居茅山华阳洞，号华阳散人。[1]《鸳鸯针》的序署“独醒道人”，“独醒”具有象征意义。“独醒道人”还编有《笔獬豸》，《笔獬豸》原有三篇故事，每篇六章，但仅存两篇。《鸳鸯针》原有四卷，每卷四回，共十六回，现只存第一卷，其他卷只存故事梗概。《鸳鸯针》同样鼓吹教化，独醒道人在序中说，这部小说集要将“金针”“和盘托出，痛下顶门毒棒”[2]。但《鸳鸯针》更为关注文人的生活，前三卷都写文人生活，第四卷也涉及文人。小说中的文人都有才华，但科场失意，沦落潦倒，奸邪小人却春风得意。不过这些有才华的文人在经历磨难后苦尽甘来，最终出人头地。小说第一卷写杭州秀才徐鹏子的故事，徐鹏子历经坎坷，最后获得了功名富贵。这一卷故事为命运喜剧，对科场舞弊现象有所讽刺。一个无赖文人招摇撞骗，利用徐鹏子取得了功名，徐鹏子考中进士做了官，负责判一个案子，正是那个无赖犯案，徐鹏子以德报怨，放过了那个无赖。第二卷写时大来的人生遭际，南昌府秀才时大来贫穷潦倒时得侠盗风髯子赠银相助，多次被人陷害都为风髯子所救。时大来后来冒籍考中进士，做了刑部主事，审判“黄侠”抢劫案，原来“黄侠”正是恩人风髯子。时大来审明抢劫杀人实为飞天夜叉杜小二所为，保释了风髯子。后来俺答逼近北京，时大来与风髯子、高进之打败了俺答，三人都升了官。时大来以德报怨，开脱了曾几次陷害他的任提学的罪责，还将任提学的女儿任赛儿说给风髯子为妻。这个故事说明，只要有才学，早晚都会出人头地；还说明只要坚守忠义，为国家作贡献，即使做过强盗也无妨。第三卷和第四卷讽刺无才无德

1.（清）卓尔堪辑：《明遗民诗》，中华书局1961年版，第565页。

2.（清）华阳散人：《鸳鸯针》序，载《古本小说集成》第一辑第四十五册，上海古籍出版社1994年影印版，第5页。

的小人。第三卷写一个恶棍利用关系，说服朋友替考，取得了功名，事情败露后逃走，与草莽为伍，最后被抓获。这部小说集对失意文人深表同情，对无耻文人则严厉嘲讽，这种对文人的关注与一般话本小说多关注市井社会有很大区别。

《清夜钟》《醉醒石》《鸳鸯针》等白话短篇小说集都强调主流价值观，以至于这种主流价值观成为一种结构原则，与明末以因果报应进行道德劝诫的白话短篇小说集有很大不同。

对白话短篇小说进行创新，有鲜明文人化、个性化倾向的是《无声戏》《十二楼》和《豆棚闲话》。《无声戏》和《十二楼》的作者是李渔。李渔生活于明末清初，易代之后，李渔放弃了科举，以编刊通俗文学作品和表演戏剧谋生。李渔将通俗文学商品化，又在通俗文学中注入了更多文人因素，在白话短篇小说的文人化进程中有着重要的地位。据说《肉蒲团》《合锦回文传》也为李渔所作，但白话短篇小说集《无声戏》和《十二楼》最能代表李渔通俗小说的特点和成就。

《无声戏》分一集、二集，现存"一集"十二回和"二集"五回，杜濬将这十二篇小说编为《无声戏合集》。[1]《无声戏》二集中的部分篇目可能被改写并收入李渔的另一部白话短篇小说集《十二楼》。[2]《无声戏》写于《十二楼》之前，而《十二楼》前面有杜濬写于1658年的

1.《无声戏》一集题觉世稗官编次、睡乡祭酒批评，觉世稗官即李渔，睡乡祭酒即杜濬。杜濬在《无声戏合集序》中说："笠翁近居湖上……予因取《无声戏》一集，及《风筝误》《怜香伴》诸传奇读之。"《无声戏》的版本较为复杂，有《无声戏合集》《无声戏小说》《无声戏合选》《觉世名言连城璧》等版本，其中有书商为利润而盗刻者，可见此书在当时受欢迎之程度。

2. 黄强：《李渔研究》，浙江古籍出版社1996年版，第380页。日本尊经阁所藏伪斋主人序本《无声戏》或为《无声戏》一集原刊本，收十二篇故事，后来的《无声戏》合集收了其中七篇，另五篇选自《无声戏》二集，其余七篇被重新改编后收入《十二楼》。

序，则《无声戏》写于1658年前。《无声戏》刊刻后影响很大，浙江布政使张缙彦被弹劾，就与他曾协助李渔刊刻《无声戏》一事有一定关系。从现存《无声戏》中的篇目看，李渔的小说注重艺术技巧，讲究形式美，回目对偶，情节构思非常用心，喜欢采用戏曲中常常使用的巧合、误会等手法使情节曲折变化。李渔认为小说与戏曲相通，将小说称为无声之戏。但李渔有时为了使故事情节曲折新奇，在一篇故事中多次使用误会巧合，尽管他尽力将巧合、误会安排得貌似合乎情理，但生造痕迹仍很明显。在李渔后来的白话短篇小说集《十二楼》中，对形式美的有意追求更为明显，文人化的特点更为鲜明。但李渔的小说又保留了话本小说的特点，甚至有意识地将话本小说中的某些要素集中发挥。

李渔的小说表现了他的人生态度，他在小说中倡导一种顺乎自然、通情达理的实用价值观。李渔喜欢讲述新奇的故事，选择能制造喜剧效果的题材，他的小说经常写一夫多妻的婚姻、复杂的人物关系。李渔的很多小说有意与前人唱反调，颠倒常见的主题，推翻定论。《无声戏》的第一个故事是对才子佳人主题的反写，小说中的男主人公奇丑无比，而且有恶疾，却娶到了三个绝色美女，这三个美女还给他生了儿子。叙事者议论，女子貌美有才，就会对婚姻抱有奢望，奢望越大失望越大，美且有才的女子很可能会嫁给最丑最笨的男人，所以女子貌美实际上是恶报。李渔用玩笑的方式讲述这个异常的故事，表达了“不要奢求”的人生哲学。《无声戏》第二篇写一个清官错判了一个案子，而案子之所以被错判，是因为那个清官对自己的道德太过自信而刚愎自用。相对于贪官，清官有时更为可怕。这个故事说明有道德的人未必有才能，没有才能就会犯错误，甚至造成严重的后果。《无声戏》第六篇写的是一个同性恋故事，叙述者认为同性恋虽然显得有点异常，但仍类于夫妇，并没有违背伦常。第七个故事是对《卖油郎独占花魁》的反写，小说中纯朴的主人公不如卖油郎幸运，他所崇拜的美貌妓女骗走了他的钱财。李渔的小说也宣传道德教化，谈因果报应，但更像一种幌子，只是适应社会主流意识的一种手段，有时小说中一个细小的情节就消解了道德说教。

李渔第二个白话短篇小说集是《十二楼》，[1]每一篇故事都会出现一座楼，这些"楼"是情节布局的重要因素，也各有象征意义，表现了他的人生哲学。第三篇小说中的楼叫"三与楼"，这座楼分为三层，象征了三重境界。第十二篇小说中的楼叫"闻过楼"，闻过楼建在城乡接合处，表达了小说中的隐逸者的思想，这也是作者李渔的一种人生态度。《十二楼》的每篇小说都分为多回，故事情节可以充分展开。每回的入话和结尾都写了与作者个人有关的内容，有四篇小说的入话引用了李渔的诗。第十二篇小说的入话不仅引了李渔的诗，还谈了他的经历。

李渔小说中叙述者的议论也是个人化的。李渔喜欢用小说表现观念。《十二楼》的第一篇《合影楼》写一个道学家和一个风流才子入赘到同一个家庭，他们的人生观念不一致，导致关系破裂，两家从此不相往来。他们的儿女见到对方映在池塘上的影子产生了爱慕之情，在道学家和风流才子的共同朋友的帮助下，最终得以结合。这个姓路的朋友不太道学也不太风流，在他的劝说下，两家拆除了象征人生观念隔阂、隔离爱情的樊篱。这篇小说表达了李渔道学与风流合一的观

1.《十二楼》的作者、评者同《无声戏》，宝宁堂本有杜濬序，序末标注时间为顺治戊戌（十五年）中秋，则此书写成于顺治十五年前后。此书在当时影响很大，多次翻刻，有《醒世恒言十二楼》《觉世名言绣像十二楼》《觉世名言》《今古奇观续编十二楼》等刊本。

念。第三篇《三与楼》谈的也是一种人生观念，小说中的虞素臣不求闻达，纵情诗酒，把全部精力放在建造园亭上，对园亭建造精益求精，以致债台高筑。他建成一座楼，这座楼分为三层，分别以“与人”“与古”“与天”为名，所以整座楼名为“三与楼”。所谓“与人为徒”“与古为徒”“与天为徒”，指与朋友交流、与古人交流、与自然交流，代表了人生的三重境界。第九篇《鹤归楼》表述了“惜福安穷”“安分守己”的人生哲学。小说中的段玉初惜福安穷，做官后一直谨慎小心，不敢纵情享受，恐遭“造物之忌”。他被朝廷派去出使金国，担心妻子思念，临别时故意惹妻子怨恨自己。他被金国扣留，用他的人生哲学面对苦难，保持了身心健康。他被放回国，看到妻子身体健康，因为妻子对他满怀怨恨，没有思念之苦。和段玉初形成对照的是他的朋友郁子昌。郁子昌出使金国也被扣留，他的妻子思念成疾而死，他自己也因愁苦很快衰老。第十二篇《闻过楼》写顾呆叟恬淡自守，几次落榜后决定隐逸。他厌倦了城市生活，搬到乡间居住，但他的表兄殷太史和其他几位朋友想就近接受他的指教，想方设法逼他搬回城里。最后顾呆叟为他们的善意所感动，迁入了朋友们在城乡之间为他建造的房子，而殷太史为了随时得到顾呆叟的指导，也搬到顾呆叟的新家附近，将自己住的楼称为“闻过楼”。这篇小说有很强的自传性，顾呆叟和《三与楼》的主人公一样，有作者李渔的影子，是李渔人生观念和理想的表达。

李渔的小说常常在小说中加入新的东西，使小说情节变得曲折。第四篇《夏宜楼》写了一个机巧物事千里镜，男主人公借助千里镜看到了远处几个女子在池中洗澡、嬉戏、采莲，又看到了女主人公詹小姐。詹小姐觉得发生在园子里、池塘边的事被人清清楚楚地看见，着实不可理解，故认为男主人公是个神仙，嫁给男主人公入洞房之后才知道千里镜的事。第五篇《归正楼》写了一个聪明、大胆而傲慢的盗贼的故事，这个盗贼靠行骗发了财，金盆洗手后开始做善事，他为一个妓女赎身，这个女子是被丈夫逼迫为娼的，出钱盖了一座尼庵，让那个女子在里面修行。后来他自己也出了家，在尼庵旁建了一座道院，在里面做了道士。这种以宗教赎罪的描写与《肉蒲团》的描写有相通之处。第十篇《奉先楼》和第十一篇《生我楼》写了时代背景。《奉先楼》写舒秀才在起义军造成的混乱中与妻儿失散，得到清军的救助，他的妻子与丈夫失散后，为了抚养儿子，忍辱嫁给了一个满族将军，这位将军知道情况后，非常赞赏她的自我牺牲行为，将她和儿子一起归还舒秀才。这篇小说中要讨论的是贞节问题，女主人公嫁给满族将军是为了保住舒家七代单传的一根独苗，她牺牲贞节保住了这个孩子，得到了丈夫和其他人的赞赏。这篇小说对满族将军的描写非常值得注意，小说描写了起义军的残酷和恐怖，把满人写成了解救者。这种写法或许是一种策略。

艾衲居士的《豆棚闲话》在文人化的艺术创新上走得更远。[1]艾衲

1.《豆棚闲话》瀚海楼刊本收小说十二篇，署圣水艾衲居士编，鸳湖紫髯狂客评，而乾隆四十六年书业堂刊本、乾隆六十年三德堂刊本则题“圣水艾衲居士原本，吴门百懒道人重订”。其中第十一篇回末总评云：“艾衲道人士胸藏万卷，口若悬河，下笔不休……于是《豆棚闲话》不数日而成。”此书当成于清初康熙十八年之前，至于作者圣水艾衲居士，或谓清初剧作家范希哲，参见谭正璧、谭寻《古本稀见小说汇考》，浙江文艺出版社1984年版，第196页。或谓即《西游补》作者董若雨，参见郑振铎《明清二代的平话集》，《小说月报》第二十二卷第八号，第1073页。或谓艾衲居士即《济公全传》作者王梦吉，参见〔美〕韩南著，尹慧珉译：《中国白话小说史》，第191页。清初张九徵书房名艾衲亭，王九龄书房名艾衲山房；张九徵为顺治九年进士，曾任河南提学佥事，王九龄为康熙二十一年进士，曾任内阁学士、礼部右侍郎、督察员左都御史等；两人皆不可能为《豆棚闲话》作者。据小说内容和叙、评看，圣水艾衲居士当生于明末，历经战乱，入清后多年去世，曾应科举而不第，愤世嫉俗，多牢骚不平之气。

居士应为由明入清的文人。或以为艾衲居士即范希哲，别号四愿居士的范希哲写了多种传奇。[1]另一种观点认为艾衲居士为清初的浙江人，评者鸳湖紫髯狂客是他的朋友，也有可能艾衲居士和鸳湖紫髯狂客是同一人。[2]还有一种观点认为艾衲居士是杭州作家王梦吉或王梦吉的友人，王梦吉即西湖香婴居士，曾校订章回小说《济颠大师全传》。[3]范希哲为明代遗民，曾创作杂剧《豆棚闲话》，他与李渔关系密切，同李渔一起从事戏曲创作和演出，所创作的传奇主旨与李渔相近，[4]有可能同李渔一样创作通俗小说。《豆棚闲话》前有一篇序，用了很多典故，可以看出作者很有才学。《豆棚闲话》十二卷十二则，紧邻的两则回目形成对偶，与《无声戏》的回目安排相似。《豆棚闲话》的故事框架由作者的一位“乡先辈”的诗集《豆棚吟》说起，作者想续《豆棚吟》，但又不擅长作诗，于是以故事续《豆棚吟》。豆棚是讲故事的场所，又用来标记时间，十二则故事记录了从春天到秋天在豆棚下的十二次聚会，每次聚会的时间都以豆标示，豆从生长到结实，表明了时间的流动，而且每篇故事都由豆引起，以联想、象征、比喻等手法将豆与故事主题联系起来。这部小说集以豆棚下的十二次聚会构成了一个框架，在这个框架中展开故事，故事讲述的过程中有听众说笑、插话，故事讲述者和听众对事件的看法不一样时就会有争论，背景叙述者对这些争论不予置评。

《豆棚闲话》中的多篇故事带有历史翻案性质。第一则《介子推火封妒妇》说介子推不是被别人放火烧死的，而是自焚。介子推很想

1. 胡士莹：《话本小说概论》，第649页。
2. 赵景深：《中国小说丛考》，齐鲁书社1980年版，第399页。
3.〔美〕韩南著，尹慧珉译：《中国白话小说史》，第191、225页。
4. 郭英德：《明清传奇史》，江苏古籍出版社1999年版，第412—413页。

出去做官，但他的妻子不同意，用绳索将他绑起来，他非常气闷，别人在山外放火搜求介子推时，介子推趁着妻子熟睡，自己也点起火来，与妻子一起被火烧死。历史上的介子推被后世奉为忠孝典型，而《介子推火封妒妇》中的介子推迷恋且害怕老婆。在第三则故事《范少伯水葬西施》中，老年人认为才子佳人小说的描写不可靠，现实生活中没有才貌德福四者俱全的女子，青年人却认为戏中的西施就四者皆备。老者于是讲述了一个与传说完全不同的故事。据老者讲，西施并没有传说中讲的那样美，她同意到吴国去，也与爱国无关，作为一个平时无人拘管的乡野女子，西施听了范蠡的话，就呆呆地跟他走了。越国复兴之后，范蠡遭两国之忌，西施了解范蠡的底细，知道范蠡的家底，这一点让范蠡很是担心，范蠡便设计将西施推到湖中淹死，然后逃走了。

艾衲居士关注历史因果、宇宙善恶等问题，不像李渔那样关注人生哲学，也不像传统的白话短篇小说那样谈论儒家道德。艾衲居士认为宇宙间不存在决定赏善罚恶的道德原则，改朝换代和战争是宇宙防止人口过快增长的一种手段。这种观点或者是愤激之言，是对明清易代战争杀戮的批判。第七则《首阳山叔齐变节》是对早已被神化的伯夷、叔齐传说的翻案。小说写伯夷和叔齐在周灭商之后，不承认周朝，他们隐居首阳山采薇而食，坚决不食周粟。不久叔齐有了自己的想法，不食周粟是为了名，但自己即使饿死而有了名，也只能附在兄长之后。他无法为了靠不住的名而忍受饥饿、耐住寂寞，决定下山到周朝去追求功名富贵。叔齐下山之前做了一个梦，他梦见自己下山时被一群兽挡住，叔齐说服了这些兽放他下山，途中又遇见了一队商朝兵马的幽灵，在危机之时，齐物主现身，告诫那些亡灵，宇宙不考虑道德是非，只主持生杀，历史之循环、朝代之兴亡如同个人之生死，又如同四季之变化，受自然规律支配，商代的时运过去了，反周复商违逆天道自然，只会给生灵造成伤害。第八则故事《空青石蔚子开盲》写了两个名叫迟先和孔明的盲人的故事，两人上华山去求仙人让他们重见光明。陈抟老祖无法帮助罪孽深重的迟先和孔明，让他们去找蔚蓝大仙。蔚蓝大仙用空青石治好了迟先和孔明的眼睛，但迟先和孔明下山看到红尘世界时，竟然哭了起来，因为红尘世界那么脏乱空幻，还不如看不见。蔚蓝大仙只好让他们钻进从杜康那里借来的一只大酒罐，酒罐口很小，但里面是一个风俗淳朴的世界。这篇小说的开头讲电光罗汉和自在罗汉的故事，这两个罗汉在天上发生了争执，下凡后对各自管束的人间采取了不同的态度，电光罗汉选择毁灭，而自在罗汉则想拯救，金甲神人警告自在罗汉，他的做法会违背天道。

第十二则《陈斋长论地谈天》是全书的终章，这则故事中的主要人物陈刚是个斋长。陈斋长非常自负，他抨击了佛家、道家以及流行的各种宗教，指出传说中许多相互矛盾之处和与历史相悖之处。他认为春秋时的盗跖、战国时秦国的白起、金国之主、元之太子都是宇宙用以调节人口的杀戮工具。

艾衲居士模仿说书人的口气讲述故事，又借鉴了文言小说的写法，有的段落用第一人称来写。《豆棚闲话》的语言与以前的白话短篇小说不同，有案头文学的雅洁，每一节开头对豆棚小景的描写，几乎可以当作小品文来读。后来《儒林外史》《红楼梦》等文人小说使用的就是这种糅合文言、白话的优点，有着丰富表现力的白话书面语。艾衲居士以虚构的故事委婉曲折地表现对传统道德和旧观念的怀疑，很少发表评论，很少直接讽刺，而是运用机智的反讽，这种讽刺笔法与同时代的小说《西游补》有相似之处。艾衲居士对视觉焦点的处理也比较独特。第十则正话写一群苏州“老白赏”等人来敲竹杠，这个时候走进来几个人，“老白赏”特别注意走在前边的相公，小说从“老白赏”的视角详细描写了那个相公的装束和动作。这部小说集的结尾方式也很独特。最后一次聚会，城里来的陈斋长误将“豆棚”听成了“窦朋”，赶到村子里向“窦朋友”请教，谈了一通儒家迂腐之论。这个斋长的到来让大家担心官府要来访拿“异端曲学”，大家决定停止集会，豆棚随之倒塌。有的听众埋怨陈斋长执迂腐之说，扫了大家的兴，一个长者评论，认为陈斋长的迂僻之论败坏了很多事，不单单一个豆棚。小说就此结束。

此前的《宜春香质》分四集，各以风、花、雪、月为名，每集以若干回讲述一个故事，其后的《鸳鸯针》也以这种形式写文人的故事，《跨天虹》《人中画》进一步发展了这种形式，风格的雅化色彩得以强化，对后来的《五色石》《八洞天》等小说有直接的影响。特别是《豆棚闲话》的独特构思，显示了文人对白话短篇小说进行革新的努力。《跨天虹》署“鹫林斗山学者初编，圣水艾衲老人漫订”[1]，圣水艾衲老人或即圣水艾衲居士。《跨天虹》分卷分则，每一卷用几则讲述一个故事，形式上与李渔的《十二楼》接近。《人中画》也分卷

1.《跨天虹》，孙楷第《中国通俗小说书目》未著录，中国艺术研究院戏曲研究所藏残本存三、四、五卷，每卷四则，讲一个故事，卷四、五第一则前署“鹫林斗山学者初编，圣水艾衲老人漫订”，则作者当为杭州人斗山学者，校订者即为《豆棚闲话》作者圣水艾衲居士。此小说集的成书年代当为顺治至康熙初。参见《古本小说集成》所收《跨天虹》前言。(清）斗山学者：《跨天虹》，载《古本小说集成》第二辑第十三册，上海古籍出版社1994年影印版，第1—2页。

分回，[1]十六回分为五篇，讲述了五个故事，这五个故事分别为《风流配》（四回）、《自作孽》（二回）、《狭路逢》（三回）、《终有报》（四回）、《寒彻骨》（三回）。《风流配》是一篇才子佳人故事，写有才有德有貌的解元司马玄先后娶礼部侍郎华岳之女华峰莲和农家女尹若烟为妻，最后考中探花，情节模式与章回体的才子佳人小说相同。这个故事宣扬因果报应，强调道德教化，故事中的司马玄宁可放弃功名，也要成全他人的婚姻。他的善行得到了回报，娶了两个才女为妻。《自作孽》写汪费忘恩负义，黄舆以德报怨，善恶各有报应；《狭路逢》写李天造为人忠厚，最后人财两得；《终有报》写唐季龙与庄玉燕相爱，又能以礼自持，最后成就美好姻缘，而元晏与花素英贪淫，双双出丑；《寒彻骨》写柳春萌以孝为本，又忠于爱情，最后中了进士，报了父仇，娶佳人为妻。这些故事大都讲善恶报应，不过多以读书人为主角。

《载花船》的作者署"西泠狂者"，当成于清初，与《豆棚闲话》《跨天虹》等作品产生的时间相近。这部小说集共四卷十六回，现在只残存八回。残存的八回写才女尹若兰与才子于楚的故事，有道德教化、

1.《人中画》当成于清初，刊刻于康熙前期，啸花轩本收小说五篇，乾隆十年植桂楼刊本被收入《海内奇谈》中，只有《唐继龙传奇》《李天造传奇》《柳春荫传奇》三篇，即所谓"三传奇"，题风月主人书。乾隆四十五年尚志堂刊本含小说四篇，大冢秀高《增补中国通俗小说书目》著录，日本内阁文库藏，中华书局《古本小说丛刊》第三十六辑收。当为自乾隆二十年刊行的尚志堂藏版《今古奇观》别本中摘出单行。小说集的编撰者风月主人或即烟水散人，烟水散人著有文言小说《女才子书》，其于《女才子书》自序中说"予乃得为风月主人"；而白云道人编、南湖烟水散人校阅的《赛花铃》有烟水散人的题词，后序题"风月盟主漫笔"。《万锦娇丽》收话本小说集三种，总题为《精选新劝世传奇》，署白云道人编次，烟水散人重校，其中一种为《人中画》（选取前三回），另两种为《风流配》《梧桐影》。有的研究者认为白云道人和烟水散人为同一人，都是徐震的笔名，而徐震所编的小说大都由啸花轩刊行。参见陈良瑞：《也说〈万锦娇丽〉及其所收的三种小说》，《文学遗产》1990年第3期，第194—105页。烟水散人编撰、啸花轩刊刻的小说还有《三国志传》《后七国志乐田演义》（古吴烟水散人演辑）、《灯月缘奇遇小说》（槜李烟水散人戏述）、《玉楼春》（龙邱白云道人编辑），可见烟水散人、白云道人和啸花轩有着密切的关系，但烟水散人为南湖人，白云道人为苕溪人，应不是一人。

善恶果报的成分，廖良辅不肯淫人妻，自己的妻子保住了贞节。但小说写武则天的糜烂生活，武则天派尹若兰去“选龟”，详细介绍了“选龟”之法，皆持欣赏态度。小说还写了尹若兰判案。年轻貌美的秦氏嫁给了年老的邬瑰，她与闻人杰通奸，被当场捉住。尹若兰断这个案子，不仅没有惩罚秦氏和闻人杰，反而强逼秦氏离婚，让她嫁给闻人杰。这些描写体现了作者对情欲的肯定，在作者看来，年轻的秦氏嫁给老年的邬瑰是不合人情的，秦氏是值得同情的，她与闻人杰偷情是可以理解的。但作者对纵欲是持批判态度的，小说中茹光先与倪硕臣易妻而淫，二人的妻子为胡人所淫，几乎死去，这是纵欲之恶报。

这个时期有创新意义的章回小说是才子佳人小说。成书于崇祯末年或南明时期的《玉娇梨》，[1]在很多方面为后来的才子佳人小说提供了范例。《玉娇梨》的作者天花藏主人科场失意，怀才不遇，于是借才子佳人故事逃避现实，表达在现实中无法实现的白日梦。这部小说的书名借鉴了《金瓶梅词话》的命名方式，由小说中女主人公的名字组成。后来的才子佳人小说多采用这种命名方式。《玉娇梨》提出了一种新的爱情观，佳人不仅有貌，还要有才，当然还要有情。小说中男主人公苏友白表示，有才有色才算佳人，如果才色兼备却与他没有情缘，也算不得他的佳人。才子则不仅有才，还要有貌。小说中的女主人公之一白红玉欣赏张轨如的诗，但张轨如相貌丑陋，她认定相貌丑陋的人写不出这么好的诗，后来证明张轨如是个假才子，他的诗是窃取真才子苏友白的。苏友白不仅有才，而且相貌英俊。相比之下，才子之才最重要，因为这关系到才子能否金榜题名，而只有金榜题名，洞房花

1. 林辰：《明末清初小说述录》，春风文艺出版社1988年版，第142页。

烛才有可能。《玉娇梨》的白红玉在家中以《新柳诗》考才子，卢梦梨女扮男装，假称为妹妹择婿，寻找可托付终身的才子。女子主动寻找才子成为才子佳人小说的情节模式。《玉娇梨》中塑造的佳人相对来说比较真实，不像后期才子佳人小说中的佳人那样无所不能、十全十美、毫无瑕疵。白红玉有才华，但不通世故，其父为奸人陷害，她投靠舅舅，以免受奸人欺凌。卢梦梨慧眼识人，比较精明，但诗才不很出众。《玉娇梨》写了官场的黑暗，没有几个官员真心为国，都是遇事推诿，尸位素餐。白太玄出使瓦刺，是激于意气，也是被迫，心里并不情愿。其他官员更是徇私枉法，小说中的正面人物吴翰林因为苏友白不肯答应婚事，让学政黜革了他的秀才身份。这些描写应该是明代后期政治的反映。小说还表现了人情险恶、世态炎凉。白太玄的同年、朋友苏方回在朋友之女白红玉被杨御史强娶时，没有挺身而出，而是找借口逃避。苏友白做官后，与苏有德、张轨如这样的小人妥协，让他们做媒人，扶持他们，这样的描写并不能表现苏友白的以德报怨，反而有同流合污之嫌。《玉娇梨》写二女同事一夫，开后来才子佳人小说拥双艳情节的先河。这种安排与爱情的专一、忠诚是相悖的。实际上，苏友白甚至有滥情之嫌，他与白红玉、卢梦梨订立婚约后，化名柳生，又答应娶皇甫员外的女儿和外甥女。《玉娇梨》为了使故事情节曲折，借鉴了明代爱情传奇中的巧合、误会、冒名等戏剧手段，但《玉娇梨》对这些戏剧手段用得不够成熟，有不少矛盾、漏洞和重复。吴翰林为女寻婿，看中了苏友白，苏友白亲自探看，发现吴女不美，不符合他的貌、才、情的标准，断然回绝，可是皇甫员外向他提亲，苏友白却轻易答应了婚事。再如小说先写张轨如冒名顶替，又写苏有德冒名顶替，情节重复。白玄化名皇甫员外，遇到化名柳生的苏友白，过于巧合，不够真实。

《玉娇梨》之后出现了《平山冷燕》《玉楼春》《醒名花》《金云翘传》《女才子书》等才子佳人小说，这些才子佳人小说在人物设置和情节构思上相互模仿，走向了模式化，同时也促进了通俗小说的文人化。《平山冷燕》以小说中两个才子和两个佳人的名字组合成书名。《平山冷燕》强调爱情的忠诚和专一，这一点与《玉娇梨》有所不同。才子平如衡与冷绛雪相爱，考取探花后，皇帝赐婚，让他娶宰相山显仁的义女，他断然拒绝了。《平山冷燕》为后来的才子佳人小说树立了典范。后来的才子佳人小说《驻春园小史》中评论前代才子佳人小说，认为《平山冷燕》《玉娇梨》写得最好，用笔不俗，可以称为“大雅典型”[1]。

《玉楼春》和《醒名花》与《平山冷燕》有很大区别。《玉楼春》的书名取自小说中三位女子的名字玉娘、翠楼、春晖，这是才子佳人小说常用的命名方式，但这部小说不是典型的才子佳人小说。小说中的男主人公邵十洲才学出众，先中解元，后中进士，凭其相貌与才学，受到很多女子的喜爱，他不仅娶妻纳妾，还与其他女子偷情。他在尼姑庵中看到有姿色的悟凡，想勾引她而未得，结婚之后带着妻妾到福寿庵，终于与悟凡发生了关系。《玉楼春》全称《觉世姻缘玉楼春》，以“觉世”标榜，实际毫无“觉世”之意。《醒名花》的故事情节与《玉楼春》相似，“醒名花”是小说女主人公梅杏芳的别号。这部小说的全称为《墨憨斋新编绣像醒名花》，“墨憨斋”应为伪托。小说写醒名花与湛国英的爱情，男主人公湛国英喜欢醒名花，却与不染庵的五

1.（清）吴航野客：《驻春园小史》，载《古本小说集成》第三辑第九十九册，上海古籍出版社1994年影印版，第2页。

个尼姑淫乐。《玉楼春》《醒名花》被有的学者认为是才子佳人小说的变异，实际上是艳情小说与才子佳人小说的混合，这样做是为了迎合读者，偏离了才子佳人的路数，文人色彩减弱。这样的小说在当时似乎比较受欢迎，影响较大，刘廷玑的《在园杂志》提了《玉楼春》，《醒名花》中也说有人阅读《玉楼春》。

青心才人的通俗小说《金云翘传》的书名由小说中的三个主人公金重、王翠云、王翠翘的名字组合而成，也采用了才子佳人小说的命名方式，但这部小说比一般的才子佳人小说复杂得多。这部小说写了妓女王翠翘的人生遭遇。王翠翘实有其人，其生平见于多书，这些记载和故事大都对王翠翘表示同情。在给《金云翘传》写的序中，天花藏主人称王翠翘为"古之贤女子"，认为她是"以淫为贞"[1]。《金云翘传》在史料记载的基础上进行虚构，王翠翘的形象丰满且有深度。小说中的王翠翘重情重义，关心国事，坚守贞节，性格刚强。她两次被卖入娼家，但不屈服于命运。王翠翘爱上了金重，甘愿为爱情付出一切。王翠翘和金重的故事是才子佳人故事，但他们的故事只是整部小说的开头。因为变故，金重远走关外，王翠翘为了救全家而卖身。她觉得对不起金重，让自己的妹妹王翠云代替自己嫁给金重。王翠翘两次被卖入妓院，在妓院中先后遇到了两个男人。一个是束生，束生将她从妓院中赎出来并纳为妾，这让王翠翘非常感激，对束生产生了感情，但王翠翘不为束生的妻子所容，受到妒妇的摧残，后来找机会逃了出来。另一个男人是大盗徐海，徐海以重金将她从妓院中赎出来，而且为她报仇雪恨，王翠翘感激徐海，对徐海倾注了全部感情。王翠

1. 丁锡根编著：《中国历代小说序跋集》（下），第1253页。

翘后来误信官府之言，害了徐海，愤而自杀以殉情。王翠翘先后与三个男人相好，不符合女性从一而终的传统观念，但王翠翘的不幸遭遇，使其行为获得理解和同情。社会黑暗，官场腐败，人心险恶，使王翠翘这样一个善良、纯洁、多情的女子被欺骗，被侮辱，被损害，一步步地被黑暗吞噬。王翠翘故事的悲剧性和现实性，使《金云翘传》超越了一般的才子佳人小说。

在这个时期，贯华堂刊刻了金圣叹评点的《第五才子书施耐庵水浒传》，此后毛宗岗父子评点的《三国演义》、张竹坡评点的《金瓶梅》等名作相继出现，小说评点的兴盛标志着通俗小说理论走向成熟。金圣叹删除了一百二十回本《水浒传》的后四十九回，将原来的第一回改为楔子，将第七十回改为“梁山泊英雄惊恶梦”，删掉了梁山好汉受招安、立功受赏等情节。他对《水浒传》的艺术叹赏不已，称《水浒传》为“第五才子书”。他既论定这部书本为忠义之书，又认为“忠义”不在“水浒”；他既赞美梁山好汉，又对好汉们的起义大加挞伐；既肯定宋江的才干，又批判宋江的虚伪、阴险、狡诈。金圣叹对梁山起义的敌视，与明末起义导致明朝灭亡有关。崇祯十五年（1642），刑科给事中左思第奏请焚毁《水浒传》，认为白莲教起义、李青山啸聚梁山都受《水浒传》影响，《水浒传》“邪说乱世”“贻害人心”。朝廷下旨严禁《水浒传》，但朝廷禁令反而引起人们对《水浒传》的好奇心和阅读兴趣，书坊也不断刊刻。金圣叹就是在这样的背景下删削、评点《水浒传》的。金圣叹在评点中认为发生起义的根本原因在于上层统治者，在第一回的卷首评点中，金圣叹认为《水浒传》之所以从高俅写起，而不是直接写一百单八位好汉，是为了表现“乱自上作”之意，与乱自下生相比，乱自上作更为严重，所以作者非常忧惧。他在《宋史纲》中说，强盗并非生而为盗，是统治者让他们“失教”“饥寒”“才与力不得自见”，他们才会铤而走险。在第五十一回的回评中，金圣叹批评朝廷纵无数虎狼噬食百姓，将百姓视为鱼肉。金圣叹虽然认为起义的根本原因在朝廷，但又坚决反对起义，一旦起义为贼盗，便十恶不赦。金圣叹对《水浒传》的评点最有价值的是对小说艺术的探讨，他以八股文法评点小说的结构和叙事技巧，对《水浒传》人物塑造的艺术成就赞不绝口。金圣叹的《水浒传》评点引起了很大反响。在他的影响下，小说评点兴盛一时。

第四节　清前期通俗小说的文人化特征

清代前期，文人独立创作的通俗小说越来越多，出现了《醒世姻缘传》《水浒后传》等有创新意义和文人化特征的章回小说。才子佳人小说继续发展，这个时期的才子佳人小说多沿袭以前的才子佳人小说的情节模式。天花藏主人、烟水散人等文人创作了大量才子佳人小说，步月主人参与了至少十一部小说的编订。这一时期的才子佳人小说有一个变化，不少才子金榜题名后带兵出征，立功升迁，获得荣华富贵。才子佳人小说的这种描写或许与康熙时期的战事频仍有关，也因才子佳人小说的作者想有所创新，在情节上求新求变。这个时期也有一些白话短篇小说集，但因为缺少李渔、艾衲居士这样的文人参与，白话短篇小说创新不足，出现了消亡的趋向。

这个时期是才子佳人小说的兴盛期。才子佳人小说起于明末，盛于清初，乾隆年间，才子佳人小说数量减少，乾隆后期，才子佳人小说发生变异，这一小说类型走向消亡。才子佳人小说之所以能风靡一时而成为一个流派，与晚明社会思潮关系密切，也因为很多科场失意的文人参与通俗小说的写作，选择自己感兴趣的题材，对社会上流行的爱情传奇加以改造，在才子佳人的爱情故事中寄托自己的人生梦幻。小说家将对知己的渴望与读者喜欢的爱情婚姻故事结合，在才子佳人小说中表现新的爱情婚姻观。才子佳人小说写才子有才且有貌，佳人不仅有貌且有才，才子和佳人是平等的，才貌匹配，互为知己，惺惺相惜。《定情人》中的蕊珠要“做一对平等夫妻”[1],《玉娇梨》中的才子苏有白认为佳人不仅要才色兼备,还要有“脉脉相关之情”[2]。这种观念比起以前的爱情故事，无疑有很大进步。这是建立在明代后期思想解放、个性解放的基础之上的。

明代后期的文学尚情，冯梦龙甚至提出情教之说。明末清初的才子佳人小说重才情，虽然才子、佳人都貌美，但才情相知更为重要，而才情相知需要过程，所以才子佳人小说很少写一见钟情的故事。之所以强调才子佳人守礼，也是为了突出情感因素，与艳情小说中的肉欲形成对比。才子佳人小说不仅写才女有才，强调才女与男子的人格平等，在很多时候，女子的才华甚至超过男子。《平山冷燕》极写才子平如衡、燕白颔之才华，这两个才子在诗里讽刺山黛“脂粉无端污墨池”，在与才女考较诗才后，两个才子承认才女之才确实远远超过他们，对才女佩服到了极点。对女子才华的颂扬是才子佳人小说的重要主旨，才女不仅有诗才，而且有智谋，甚至懂得武略，对政治有深入、独到的见解。后来的《红楼梦》在开篇即强调该小说的写作目的是“使闺阁昭传”，是对才子佳人小说的延续和回响。

这时的才子佳人小说张扬女性之才，甚至有才女的崇拜倾向。这不符合社会实际，是一种理想观念的表达。与同时期小说、戏曲中的悍妇、妒妇形象对比，更能看出这种才女崇拜的意义所在。才子佳人小说中表现的对情的肯定和追求，对婚姻自由、自主选择的描写，以

1.(清) 天花藏主人:《定情人》，载《古本小说集成》第二辑第八十六册，上海古籍出版社1994年影印版，第367页。

2.(清) 荻岸散人:《玉娇梨》，载《古本小说集成》第四辑第三十七册，上海古籍出版社1994年影印版，第169页。

才情作为爱情、婚姻的重要基础，都与明代后期的个性解放思潮有关。才子佳人小说中对婚姻道德的强调、对礼的坚守，又与明朝灭亡后的文化反思有一定关系，与明代后期宣扬纵欲的艳情小说形成鲜明对比。才子佳人小说对才子、才女的描写，也反映了一定的社会现实。明代中期以后，受商业发展和社会思潮的影响，女子读书识字较为普遍，特别是江南地区出现了大量女作家，这些女作家与男文人唱和，举办诗社，成为一种重要的文化现象。既有大家闺秀如叶纨纨、叶小纨、叶小鸾三姐妹，也有钱谦益《列朝诗集小传》、陈维崧《妇人集》、余陛云《清代闺秀诗话》中记载的许多女诗人。才子佳人小说虽有模式化的不足，但这到底是文人独立创作长篇小说的尝试，有着浓厚的文人习气和审美观念，标志着通俗小说文人化、雅化的转变，对后来的文人小说如《儒林外史》《红楼梦》产生了重要影响。

这个时期天花藏主人创作的《赛红丝》《两交婚》《玉支玑小传》属于才子佳人小说。《赛红丝》写知府贺秉正主持作诗比赛，才子宋采及其妹宋萝、才子裴松及其妹裴芝参加了诗歌比赛，贺知府出的诗题是《咏红丝》，故小说名为“赛红丝”。才子宋采与佳人裴芝、才子裴松与佳人宋萝以诗定情，因为小人从中作乱，他们的爱情受到阻挠。最后两个才子考取进士，皇帝赐婚，结局圆满。才子与佳人相见、相爱之前，父母已为他们订下婚约，他们的情爱符合社会道德规范，情和礼之间没有任何冲突。在小说最后，礼部上奏说，裴、宋两家结为婚姻，有父母之命，媒妁之言，是合乎礼教的。《两交婚》也是描写两对兄妹的爱情婚姻故事，一对是甘颐、甘梦兄妹，另一对是辛发、辛古钗兄妹，《两交婚》的情节与《赛红丝》相近，只不过把两对兄妹之间的爱情故事演绎得更为复杂。甘颐与辛古钗的爱情得青楼女子黎青之助。小说对几个女子的才大加赞赏，甘梦、辛古钗、黎青的才都远胜男子，她们的才不限于诗文之才，还包括处理事情的能力。甘梦在兄长不在家时独自处理事务，能对付小人刁直。辛古钗见识不凡，对婚姻有自己的主张。黎青是烟花女子，经历丰富，见识不俗。天花藏主人的《两交婚》和《赛红丝》都写两对兄妹的爱情故事，力图在情节上求变。《玉支玑小传》则极力夸大管彤秀的才能，将才女崇拜推向了极致。管彤秀识见过人，才子未婚夫长孙肖、父亲管春吹都对她言听计从。管彤秀有头脑，机智沉着，轻易识破小人的诡计，化险为夷，并给对方以回击。天花藏主人写《锦疑团》时又换了一个写法，这部小说写了真假两对才子佳人，以假才子假佳人衬托真才子真佳人，嘲讽假才子假佳人不学无术而又附庸风雅。阴翰林的女儿阴小姐以诗选婿，实际上阴小姐无才且无貌，假才子杨公子前来应选，阴小姐看不上他，而看上了相貌英俊的真才子金不倚。金不倚以为阴小姐是个佳人，发现受骗后坚决拒婚。金不倚后来又碰上石阁老为女儿赛诗择婿，石阁老之女是个才女。最后金不倚与石阁老之女终成眷属。这部小说借鉴爱情喜剧中的错认、误会等手法，使情节巧生波澜。

《春柳莺》和《吴江雪》也是才子佳人小说的正宗。《春柳莺》写书生石池斋与才女梅凌春、毕临莺的爱情故事，书名由小说中三个女子的名字构成，“柳”指石池斋买的妾柳姑。书生石池斋看到梅凌春的诗，喜欢上了梅凌春，到处寻找她，梅凌春看到石池斋的诗，也喜欢上了他。两人的爱情遭到小人的破坏，石池斋历经坎坷，被诬陷入狱，后来考取探花，与佳人成就美满姻缘。小说中才子佳人因诗词而相知相爱，定情后坚守清白，不发生肉体关系，他们的爱情经受住了磨难的考验，才子参加科考获得功名后，才缔结婚姻。这是典型的才子佳人小说的情节模式。梅凌春和毕临莺惺惺相惜，希望姐妹同嫁，因为才子难得，这也是《玉娇梨》的写法。在正宗才子佳人小说中，虽然一男娶几女，但他们结合的基础是情，最后得到父母的同意才成婚。

《吴江雪》的书名由吴媛、江潮和雪婆三人的名字组成，吴媛和江潮是男女主角，老年妇女雪婆不是主要人物，之所以将她的名字放进书名，是因为她在男女主角的情爱交往中起了重要作用。佩蘅子对流行的才子佳人小说做过研究，力图有所创新。小说中的雪婆形象就是一个创新。雪婆将李阁老的二小姐所作伤春诗带给吴媛看，吴媛读后受到触动，渴望爱情。吴媛和江潮相互爱慕，但比较软弱，不敢行动，雪婆热心帮助他们，最后促成了他们的美满姻缘。雪婆的角色相当于传统才子佳人故事中的丫鬟，不过雪婆比丫鬟老于世故，敢说敢做。她还有侠义精神，施恩不图报，功成不受赏，江潮、吴媛成婚后欲以母事之，她拒绝了，而且不接受丝毫馈赠，飘然而去。

才子佳人小说《麟儿报》也有新变的因素。小说写廉清自幼聪慧，长大后为乡居的幸尚书所欣赏，与幸尚书之女昭华订了婚。但幸尚书的夫人比较势利，她趁幸尚书不在，将女儿许配给了有权势的贝公子。幸昭华女扮男装逃走，在途中被毛御史看中，毛御史强行将假扮男子的幸昭华招为女婿。毛御史之女毛小燕也是个才女，她知道幸昭华的身份后，与幸昭华惺惺相惜，成为朋友。最后廉清考上状元，奉旨回乡完婚，幸昭华和毛小燕一起嫁给廉清。这部小说采用了才子佳人故事的情节模式，两个才女相约嫁给一个才子；才女拒绝嫁给不学无术的权贵之子而扮男装逃跑，又被另一权贵强招为女婿；才子和佳人相爱之前，已有父母之命、媒妁之言，所以是合乎礼教规范的，最后更得到皇帝的支持，奉旨成亲。但这部小说中没有作乱的奸邪小人，才子佳人情爱的阻碍是家长的嫌贫爱富。才子中了状元，有了功名富贵，一切问题迎刃而解。这部小说中的才子形象有了新变，才子廉清出身于社会下层，廉清的父母以卖豆腐为生，行善积德而得子。小说如此安排，既为增加故事性，更主要是从下层读书人的视角构思情节，是下层读书人的白日梦的呈现。但这样的美梦实现的可能性很小，所以小说又将下层读书人获得功名富贵归因于因果报应。廉清的父亲廉小山积德行善，感动了上天，于是葛仙翁指点他选吉地葬亲，好风水助其子发达。这样的故事隐含着一层意思，出身贫寒的读书人完全凭借才学获得功名富贵非常艰难，对他们来说，科举成功是一种侥幸，只能用命相、风水、感应和因果报应来解释。科第成败与文章才学的关系反而不大。这部小说的描写是对文人科场现实的一种反映，从一个侧面体现了文人特别是下层读书人在得失之间的彷徨心态。

《画图缘》中的才子也有所变化。小说中的男主人公花天荷是个美男子，既是饱学之士，又是真豪杰。他得异人传授两幅图，一为两广地图，一为花园图。凭借两广地图的地形引导，他平定了两广叛乱，成为两广总兵。凭借花园图，他娶了京兆尹之女柳蓝玉。柳蓝玉之弟柳路因花天荷的关系与广东赵参将之女红瑞成亲。花天荷和柳路功成名就，婚姻美满。花天荷身上融汇了文人的理想。论相貌，花天荷是美男子；论学问，花天荷是大才子；他还有一般才子没有的武功，是豪杰之士；而他处事谨慎，是个“老成人”。他有张子房之貌，有诸葛亮之智，有“正人君子之风”，有“豪杰英雄之志”[1]，简直是个全人。花天荷凭智谋、军功当上两广总兵，又回乡参加科考，不费吹灰之力就考上了举人，接

1.（清）天花藏主人《画图缘》，载《古本小说集成》第一辑第八十八册，上海古籍出版社1994年影印版。下文所引《画图缘》原文亦用此版本，不赘。

着考取解元。才华远不如花天荷的柳路参加会试，考上了进士。花天荷建功立业，被封为侯爵，其夫人也被封为一品夫人。柳蓝玉有才学，代弟弟与花天荷和诗十章。她对花天荷有情，但不流露，由弟弟和母亲安排。她落落大方，谨守闺范，知书达理，是个淑女。她朝夕揣摩仙人授予花天荷的地图，在关键时刻帮助花天荷平定了两广叛乱。

雀市道人的《醒风流奇传》和名教中人的《好逑传》强调礼对情的节制。雀市道人在《醒风流奇传》的自序中批判才子佳人小说是凭空捏造，以淫艳故事吸引读者以谋利，有很深的罪孽，他写这部小说要警醒世上以风流自诩的人。小说写才子梅干和佳人冯闺英由父母安排订了婚，梅干落难时曾在冯家为仆，后来立功受封，当了丞相，按照当年两家订的婚约，要与冯闺英完婚，但为了避嫌和不伤名教，两人入洞房而不同床。皇帝出面，他们才奉旨成婚。名教中人编次的《好逑传》，书前的序署“宣化里维风老人敬题于好德堂”，这部小说写爱情故事，却反复强调名教。《好逑传》写男主人公铁中玉和佳人水冰心互为知己，水冰心曾将铁中玉接到家中养病，单独相处时以礼自持，丝毫不及儿女私情。为了维护礼教和避嫌，即使父母出面请媒人说合，他们仍不肯成婚，后来举行了结婚仪式，仍不同居，皇后亲自验证水冰心为贞女，证明他们从无暧昧，皇帝下令，让他们重结花烛，以光名教。

与《醒风流奇传》《好逑传》完全不同的是烟水散人写作或校评的才子佳人小说。烟水散人写作或校评的才子佳人小说中，才子、佳人不顾名教，他们的结合基于欲望，男主人公常常与多位女子发生肉体关系，将她们一个个纳为妻妾。《赛花铃》写世家子弟红文畹与方素云、何媚娘等女子的情感纠葛，最后红文畹一人娶了几个女子。《赛花铃》署白云道人编写、烟水散人校阅，“白云道人”“烟水散人”和

《赛花铃后序》的作者“风月盟主”或为同一人。烟水散人编写的才子佳人小说除《鸳鸯媒》写一夫一妻、强调感情外，其他小说如《桃花影》《春灯闹》《梦月楼情史》等皆写一夫多妻，且多涉肉欲。《桃花影》署“槜李烟水散人编次”，写男主人公魏瑢先后与多位女子发生关系，考取进士当了官，官场得意之时急流勇退，修仙得道，原来他是香案文星下凡，妻妾为瑶台仙子。功名富贵、娇妻美妾、得道成仙，这部小说写出了下层文人的庸俗妄想。《春灯闹》又名《灯月缘》，称《桃花影》二集，以晚明历史特别是李自成起义、南明政权为背景，写真楚玉与多个女子淫乱。真楚玉以自己的色相满足喜爱男风的男人，与他们的妻妾淫乱。故事的结局是真楚玉酒色过度，积劳成疾，家破人亡，妻妾被卖入妓院。这部小说明显为迎合世俗口味而作。《梦月楼情史》也写书生风流有才华，与多位女子有私情，后来考取状元，官至兵部尚书，不久看破红尘，修道成仙。

这种一男娶多女的情节模式为这个时期的很多小说所采用。嗤嗤道人编著的《催晓梦》写男主人公与多名女子有私情，得志之后将这些女子都娶为妻妾。署“古棠天放道人编次”的《杏花天》写风流多才的封悦生与多名女子发生关系，得志之后将十二名女子纳为妻妾，后来止淫行善，多子多福，得到好报。安阳酒民编写的《情梦柝》中的男女主人公更显滥情。女主人公若素先是喜欢上了楚卿化名的喜新，不久又对楚卿产生了感情。小说中的丫鬟衾儿美丽聪慧，喜欢上了楚卿，若素之母将衾儿许给喜新，喜新实为楚卿之化名。楚卿利用衾儿接近若素，后来又将衾儿作为礼物送给朋友吴子刚。楚卿喜欢若素，为了接近若素费尽心机，但他后来又用不道德的手段娶了秦小姐。古吴素庵主人编的《锦香亭》也写一男娶多女，但没有涉及淫乱。这部小说写才子钟景期考中状元，带兵平定安史之乱，建功立业，被封平北公，升为太保，当了二十年太平宰相，最后看破红尘，辞官修行，高寿而终。这部小说将文人的梦想渲染到了极致。钟景期多次得到女子帮助，先后娶三位女子为妻。

苏庵主人的《绣屏缘》与烟水散人的小说相近。《绣屏缘》写赵青云与王玉环、孙蕙娘、吴绛英、秦素卿、季苕等多名女性有情感纠葛，考取状元后将这些佳人全部娶为妻妾。值得注意的是男主人公对众妻妾的安排，婚前守身如玉的两个女子正式婚娶，排在前面，婚前与男主人公发生关系的女子排在后面为妾，这种基于贞节观的安排体现了男性的自私和矛盾心态。苏庵主人的另一部小说《归莲梦》又称“苏庵二集”，作者想突破才子佳人小说的情节模式，将故事写得新奇，写女子反过来追求男子。小说写莲花转世的白莲岸创立了白莲教，占据一方，她想学女皇武则天搜寻男宠，对书生王昌年一见钟情，但王昌年只爱自己的未婚妻香雪。白莲岸为王昌年付出了一切，最终仍未获得王昌年的爱，她皈依佛门，成全了王昌年和香雪。这部小说写女子反过来追求男子却为男子所拒，这在以前的小说中极少写到。白莲岸相貌美丽而且有才能，王昌年喜欢香雪，也可以同时娶白莲岸，他拒绝白莲岸，不是因为对爱情专一，而是因为他无法接受才能大大超过他、让他感到自卑的女人。这种情况在后来的文人小说中有所改变——才子在佳人的帮助下建功立业，获得功名富贵。

古吴娥川主人的《生花梦》、《世无匹》(《生花梦》二集)、《炎凉岸》(《生花梦》三集)都写了情爱婚姻，并用很多笔墨描摹世情。《生花梦》分元、亨、利、贞四集，十六回，写书生康梦庚是个才子兼豪杰，品德高尚，行侠仗义，为山东按察使贡鸣岐欣赏，因《咏雪》二诗为贡小姐欣赏，贡按察欲招他为女婿，但小人从中作梗，康梦庚历经磨难，考取榜眼，平定流贼，娶两才女为妻。这部小说借才子佳人故事，以婚姻遇合为线，反映了较为广阔的社会生活。《世无匹》分风、花、雪、月四集，共十六回，写豪杰之士干白虹乐善好施，那些接受他救济的人，有的知恩图报，有的恩将仇报，最后善恶各有报——小人一时得意，最终没有好下场。这部小说表现世态人情，有着明显的教化意图。《炎凉岸》写冯国士在袁七襄有用的时候，将女儿许配给其子，后来冯国士考取了进士，而袁家遭难，冯家悔婚，将女儿另嫁给王御史之子，将进京求助的袁七襄之妻赶出京城，致使袁妻及其幼子饱受艰难。最后善恶各有报，袁七襄父子做了官，青云直上，有情人终成眷属。这部小说表现世态炎凉、人情冷暖，较为真实。

在这个时期，白话短篇小说在雅化的同时回归道德教化，由于没有李渔、艾衲居士这样的文人参与，白话短篇小说缺少创新。成于1661年前后，署名酌元亭主人的《照世杯》继承了教化传统，但故事比较有趣。[1]小说集以“照世杯”为名，照世杯是传说中的魔杯，在魔杯中可以看到整个世界。这部小说集用四卷讲了四个故事，每卷分若干段，每段有对偶的题目。这种分卷分回的形式是短篇向中篇的过渡。但因每一篇短小，虽然题目分为若干段，文中并未分段。小说集中四卷的题材各不相同，涉及社会生活的多个方面。第一篇《七松园弄假

1.《照世杯》现存四篇，署酌元亭主人编次，扉页题“谐道人批评第二种快书”，谐道人即谐野道人，另批评“第一种快书”《闪电窗》，《闪电窗》的作者亦为酌元亭主人，刻本署“酌玄亭”，而《照世杯》改为“酌元亭”，当为避康熙帝讳，则《照世杯》当成于康熙之前，康熙初年再次刊刻。谐野道人在《照世杯》序中谓其于西湖与紫阳道人、睡乡祭酒“纵谈古今，各出其著述，无非忧悯世道”，借三寸管为大千世界说法。日本《佐伯文库丛刊》收《照世杯》序，中华书局据此本收入《古本小说丛刊》第十八辑。紫阳道人即《续金瓶梅》的作者丁耀亢，睡乡祭酒即杜濬。丁耀亢、杜濬同聚杭州，当为顺治十七、十八年前后，则《照世杯》当成于此前不久。

成真》是对才子佳人小说的反讽，对才子佳人故事提出质疑，故事中的阮兰江到山阴寻访佳人，遇到一群佳人结诗社，这些佳人不仅不欣赏他这样的才子，还把他灌醉了，涂了花脸扔在地上，他狼狈而回。后来阮兰江在朋友的帮助下中举，娶了名妓畹娘。作者通过这个故事说明佳人其实并没有将才子放在心上，多情女子都出自青楼。这篇故事是对社会上流行的才子佳人故事的反写，在对迂腐而好色的读书人的嘲笑中，又蕴含着文人的感叹，现实中的佳人无慧眼，才子只好到青楼中寻找知己。第二篇《百和坊将无作有》讽刺了假斯文。第三篇《走安南玉马换猩绒》写的是一个商人的传奇故事，其中的描写充满了想象。最后一篇《掘新坑悭鬼成财主》充满了谐谑意味，这篇小说写财主穆太公非常悭吝，他看见农民从城里运粪种田，想出了生财之道，把自家房子改成粪坑，出售粪便。为了招徕顾客，穆太公粉刷粪坑的墙，还在墙上贴上字画，又请人写招贴宣传。新坑非常兴旺，钱财随着粪便源源而来。但接着发生了一件事让穆太公很难过，穆太公一直以为儿子到城里是读书的，后来才知道儿子在城里学的是赌博，在赌博学堂里，所谓的“吊师”向赌博学员宣讲《牌经》。小说开头就宣称这篇小说讲的是忍气，作为一个人，如果不能忍气，会招致灾祸，但小说中的很多描写和叙述者宣称的主题毫不相干。

另一部白话短篇小说集《警寤钟》也宣扬道德教化。[1]《警寤钟》卷四讲述了海烈妇的故事，海烈妇为清人陈有量之妻海无瑕，海无瑕于康熙六年（1667）自杀，当时很多文人为她作传，有长篇小说《百

1.《警寤钟》全书分四卷，每卷分四回，共四卷十六回。小说集题“云阳嗤嗤道人编著”“广陵琢月山人校阅”，前两卷正文前又云“溧水嗤嗤道人编著”，“云阳”或为江苏“丹阳”。嗤嗤道人另编有《五凤吟》《小野催晓梦》。

炼真海烈妇传》。《警寤钟》卷四云“现在不远的事”，则小说当成于清代康熙初年至康熙中期。小说集四卷分别讲兄弟关系、父子关系、夫妻关系等人伦准则，宣扬传统道德。但小说情节没有充分展开，人物没有性格特点，成为宣扬道德教化的符号。《笔梨园》和《纸上春台》署潇湘迷津渡者，书名体现了作者的小说观，小说作者将小说称为“笔底之梨园”“纸上之春台”，[1]与李渔将小说称为“无声戏”有相通之处。《纸上春台》由《换锦衣》《倒鸾凤》等六篇小说组成，仅存《换锦衣》和《移绣谱》。《笔梨园》只存第二本《媚婵娟》。[2]现存的几篇故事对世态人情的描写比较真实，有一定深度，如《换锦衣》写兄弟之情，《媚婵娟》写朋友之义。但在写男女情爱时，仍不脱才子佳人小说的俗套，写男主人公获功名富贵，娶娇妻美妾，得大团圆，字里行间散发着作者的艳羡之情。

潇湘迷津渡者的另一部白话短篇小说集是《批评绣像奇闻都是幻》，这部小说集收了《写真幻》和《梅魂幻》两个故事，每个故事两卷六回，整部小说集四卷十二回。《写真幻》写才子池苑花与以燕飞飞等十个女子的情爱故事，池苑花不求取科举功名，因擅画而为皇帝所赏识，小说中的佳人是池家祖传名画中的十个美人。《梅魂幻》写才子南斌梦游明帝十二陵，与陵园中的十二株梅花之魂结婚，十二株梅花

1.《批评绣像奇闻都是幻》题“潇湘迷津渡者辑”，共四卷，每卷三回，每两卷演一故事，分别是《梅魂幻》和《写真幻》，另有《梅魂幻》单行本，或为书商从《都是幻》中抽出。《都是幻》见载于日本《舶载书目》，小说中提及李自成和鼎革之事，称明朝为“先朝”，而又不避“玄”字讳，则此书成于顺治至康熙初年间。

2. 江苏省社会科学院明清小说研究中心编：《中国通俗小说总目提要》，第346—347页。现存残本卷端题“新小说笔梨园第二本　媚婵娟”。评语云：“一本佳戏，此回乃纲领也。”《笔梨园》现存版本目录前题“笔梨园第二本”，“潇湘迷津渡者编辑”“镜湖惜春痴士阅评”，卷端题“新小说笔梨园第二本媚婵娟”，则小说集当有第一本，但已不存。《媚婵娟》分六回，未分卷。故事中提及“明朝嘉靖”，应刊刻于清朝顺治至康熙初年。

之魂实为明朝十二位公主所化。南斌在梦中建功立业，醒来后日夜思念梦中所遇十二位女神，竟感动了公主，公主帮助他娶了十二位女子。这两个故事皆为带有神怪色彩的奇幻故事，所以皆以“幻”为名。这两个故事是文人的白日梦，在梦幻之中实现功名梦、事业梦、佳人梦。集芙主人批评、井天居士校点的《花幔楼批评写图小说生绡剪》属于白话短篇小说合集，集中收小说十八篇，其中第一篇分两回，全书共十九回，每篇各有作者，共有谷口生、篱隐君、铁舫等十五个作者。该小说集中各篇的写作时间不相同，早者写于入清不久，晚者写于康熙十八年（1679）后。集中所收故事描写世情，讽刺世态，涉及社会生活的诸多方面。

这个时期的章回小说出现了《醒世姻缘传》《水浒后传》《济公全传》《吕祖全传》《孙庞斗志演义》《后七国乐田演义》《铁冠图分龙会》等作品。汪象旭评点的《西游证道书》和毛宗岗评点的《三国志演义》在这个时期刊刻，引起较大反响。署名“西周生”的《醒世姻缘传》是一部结构比较独特的世情小说，一般认为西周生就是《聊斋志异》的作者蒲松龄。这部小说共一百回，写了一个两世姻缘故事，这部小说对社会现实的反映非常真实。小说描写了畸形的夫妻关系，泼悍的妻子视丈夫为寇仇，对丈夫进行变态的虐待。小说用这样夸张的描写矫正传统文学中对举案齐眉、夫唱妇随的家庭生活的过度美化，揭示家庭生活的真相和夫妻生活中的矛盾，引人思考。小说最后以因果报应解释男性受到妻子虐待的反常现象，削弱了对社会问题的思考深度。总体说来，这部小说对各种社会现象的思考，包括对不良风气的批判，都比较真实，而且有一定深度。

陈忱的《水浒后传》有鲜明的文人色彩。这部小说虽为续书，但与一般的续书有所不同，是借《水浒传》的人物虚构新的故事，表达作者的家国情怀。陈忱认为《水浒传》借宋江而成书，“盖多寓言也”。他创作的《水浒后传》则是一部泄愤之书。宋江等人如此忠义却被奸党所害，他要在后传中写余下的梁山好汉再次聚义，“救驾立功，开基创业”[1]。这部小说写幸存的梁山英雄和英雄后代汇聚,重新走上武装反抗之路。在金兵南下、国家危急之时，英雄们以国家、民族的利益为重，从金兵围困中救出宋高宗，功成之后不接受朝廷的招安，而是到海外建立理想国。这部小说在清初创作，表达了复杂的思想情感。小说反映了明末的黑暗政治，对明末起义持理解、同情的态度，对起义失败的原因进行了反思，反映了南明政权与义军残部联合抗清的史实，又将复国的希望寄托到占据台湾等地的反清势力上。作者自称“古宋遗民”，在小说中表现出鲜明的民族情感，借揭露金兵烧杀抢掠的罪行表达了对清政权的批判。这部小说继承了《水浒传》中“替天行道”“保国安民”的精神，宣扬忠君爱国，而又将爱国置于忠君之上，梁山英雄在功业成就之后却又拒绝封赏，不受招安，而是远赴海外立国，反映了作者对现实政治的清醒认识。梁山英雄忠心耿耿，却屡遭迫害，报国无门，在国家危亡之际，以民族大义和国家存亡为重，挽救了濒临灭亡的大宋王朝，但他们不再信任现实政权，海外建国的描写，体现了作者对文人出路的探索，又融入文人的桃花源情结。在这部小说中，民族问题、政治问题、文人情怀、人生理想交汇，形成了有时代意义的丰富深刻的多重主题。

《济公全传》和《吕祖全传》是以佛道为内容的神怪小说。《济公

---

1. 朱一玄编:《明清小说资料选编》上册，南开大学出版社2012年版，第335页。

全传》根据民间流传的济颠故事加以改写，写济颠和尚游戏人间，救苦救难，除暴安良，赏善罚恶，教化众生，讲述其种种灵验事迹，具神怪传奇色彩。这部小说宣扬因果报应，有道德教化的因素。《吕祖全传》讲述吕纯阳成仙得道的故事，作者为汪象旭，可汪象旭却称自己只是修改，真正的作者为吕祖本人。由于汪象旭假托吕祖为小说作者，因而小说以第一人称叙事，这在通俗小说中是极少见的。汪象旭在清初入道，笃信道教，因而在小说中尊崇道教，赞赏修道者的坚定意志和高尚品格，实际上是借吕祖故事写自己的人生选择，在一定意义上是作者本人的自我表现，有一定的文人化倾向。《孙庞斗志演义》与《后七国乐田演义》都署烟水散人。这两部小说都有明刊本，烟水散人对原本进行修改，改头换面后署上自己的名字刊刻，显然是为了商业利润。《梁武帝西来演义》四十回写梁武帝出生至失败的故事，是历史和神怪的杂糅。第一、二回写太祖积德行善感动上天，又写其迁墓地而得风水，以因果、神怪解释历史。用不少文字写梁武帝与郗后的故事，两人下凡结为夫妇，后来迷失本性。郗后嫉妒成性，在后宫中滥杀无辜，这是受当时流行的悍妻妒妇故事的影响。

第三章
通俗小说雅化的高峰

从康熙后期到嘉庆初年，是清王朝的鼎盛时期，这个时期社会相对稳定，经济有所发展，文化事业也取得了较大成就。[1]但此时封建社会开始走向衰落，衰败迹象在乾嘉之际显露。这个时期的政治、经济和文化政策对通俗小说产生了重要影响，通俗小说的文人化达到高峰。

1. 关于康乾盛世的标志或表现，可参考高翔《康雍乾三帝统治思想研究》卷之四第一节，中国人民大学出版社1995年版。

第一节　清中期通俗小说文人化的时代文化背景

虽然从明代后期开始就有人对科举制度提出质疑，明末清初不少白话短篇小说揭示科举考试制度的弊端，嘲讽沉迷于科场和无才却侥幸高中的士子，但文人对科举仍惦念不已，比起明代来，清代科举让汉族士人爱恨交加。康熙三十九年（1700），童试名额的限制取消，士子队伍急剧扩大，但乡试和会试仍有名额限制，这使得无数士子无缘高阶功名，很多士子寒窗苦读数年，青春渐逝，斗志消磨，最后一事无成。实际上，由于有各种名目的捐纳，不少职位又为满族人所占，汉族士人即使考中科举，进入仕途也有一定难度。[1]正因如此，清代中期文人小说的作者多科场失意，沦落潦倒，小说中的文人主人公也多放弃科考，通过其他途径实现自己的抱负。

康、雍、乾时期的文化政策对文人精神世界的影响很大。清廷对汉族士人既压制又笼络，软硬结合。特别是文字狱对士人心态的影响很大，大规模、残酷的文字狱令多年后的文人心存余悸。[2]有的研究者认为，《儒林外史》《红楼梦》等小说写得非常含蓄，对政治的批判隐

1. 可参考章中如《清代考试制度资料》，文海出版社1978年版，第74—86页。

2. 关于清代文字狱的影响，可参考喻大华《清代文字狱新论》，《辽宁师范大学学报（社会科学版）》1996年第1期，第72—75页；孔立《论清代的文字狱》，《中国史研究》1979年第3期；白新良《乾隆朝文字狱述评》，《故宫博物院院刊》1991年第3期，第37、72—80页；唐玉萍《清朝康熙、雍正、乾隆时期的文字狱及禁书简论》，《昭乌达蒙族师专学报（汉文哲学社会科学版）》1993年第2期，第46—55、70页。

约含糊，民族感情的表达更为隐晦，与文字狱的影响有很大关系。[1]康熙晚期，由明入清的汉族士人相继故去，明清易代的影响已经淡化，在清朝成长起来的汉族士人关注举业，追求科举功名，而因为各种原因，汉族士人获得科举功名的机会很小，很多士人在诗文中为怀才不遇而慨叹，这种科场失意的牢骚抑郁也体现在康、雍、乾时期的通俗小说中。

一般认为，康、雍、乾时期是封建社会的最后盛世，这个时期的经济获得了很大发展，国库充盈。朝廷多次蠲免赋税，虽不断发起战争，耗费了大量财力，但国库仍有大量盈余。据史书记载，雍正时户部库银由康熙末年的八百余万两累积到六千余万两。乾隆连年用兵，特别是对两金川用兵花费巨大，又多次免天下钱粮、七省漕粮，六次出巡花费巨大，但到乾隆五十一年（1786），户部库银仍有七千余万两。[2]由于耕地的大量增加，[3]良种的培育、推广，水利的兴修，清代中期的农业生产获得了很大的发展。值得注意的是水利治河工程。康熙帝、乾隆帝几次出巡，重点考察河道。[4]黄河几次决

---

1. 如张国风《〈儒林外史〉的政治倾向》，《铁道师院学报（社会科学版）》1987年第3期，第75—84页；潘夏《〈三话红楼梦〉附录：清文字狱档》，第14—16页。

2. 参考萧一山《清代通史》第二卷第一篇第四章第二十五节“康雍以来之财政状况”，中华书局1986年版。

3. 土地开垦与经济发展的关系，可参考陈锋《清代的土地开垦与社会经济：〈清代土地开垦史〉述评》，《中国经济史研究》1991年第1期，第57—64页；江太新、段雪玉：《论清代前期土地垦拓对社会经济发展的影响》，《中国经济史研究》1996年第1期，第47—62页。乾嘉时期的土地开垦情况，可参考萧一山《清代通史》第八章第五十节。

4. 康熙、乾隆巡游与水利的关系，可参考商鸿逵《康熙南巡与治理黄河》，《北京大学学报（哲学社会科学版）》1981年第4期，第42—51页；徐凯、商全《乾隆南巡与治河》，《北京大学学报（哲学社会科学版）》1990年第6期，第99—109页；张华《乾隆南巡与浙西海塘》，《南京大学学报（哲学·人文科学·社会科学版）》1989年第4期，第23—30页。

口，给两岸地区造成严重灾害，朝廷为治理黄河投入巨大。不少人因懂得治河而被重用，这种情况让很多文人对水利产生了兴趣。水利在清代前期被颜元、李塨等人视为经世致用之学；到了清代中期，河渠水利成为学术研究的重要门类。治河工程也为士人提供了施展才能的机会。清代中期的文人小说经常写文人治河，兴修水利，造福一方，立功当代。清代解除了工籍，手工业者可自由从事生产活动。商业的发展使商人获得巨额利润，有很多富裕的商人向朝廷捐献了大量财富。工商业的繁荣使遭受战争破坏的江南城市很快恢复甚至比以前更繁华，这为江南文化的发展提供了经济基础，[1]文化消费刺激了文化产业的形成，通俗小说的阅读是重要的文化娱乐，江南地区的书坊大量编刊通俗小说，繁华的江南城市成为这个时期编刊的通俗小说和传奇的故事背景。

清代中期，由于连年征战，加上大兴土木，应对频繁发生的自然灾害，国库储备迅速消耗，人口的急剧增加又使经济增长被抵消，到嘉庆年间，国家财政已捉襟见肘。早在乾隆前期，人口激增对经济的负面影响即已显现，湖南巡抚杨锡绂在乾隆十三年（1748）上奏，指出人口增长引起粮食和土地的涨价。[2]清代中期的诗人黄景仁在《春日楼望》中感叹“绿杨低罩几家贫”[3]，在被称为康乾盛世的王朝鼎盛时期，衰败迹象已经显现，广大民众生活在贫困线上。到了乾隆中后期，

1. 江南经济的发展繁荣情况，可参考秦佩珩《清代江南经济发展实况蠡测》,《财经科学》1987年第5期，第25—29页。

2. 见《清实录》第十三册《高宗纯皇帝实录》卷三百一十一，中华书局1986年影印版。关于清代人口增长和经济危机的关系，可参考胡果文《论清代的人口膨胀》,《人口学杂志》1984年第6期，第75—79页；陈权清《清代人口的增长与危机》,《湖南师范大学社会科学学报》1991年第6期，第54—58页。

3.(清) 黄景仁:《两当轩集·春日楼望》, 上海古籍出版社1983年版，第29页。

原本富庶的江南地区也出现了经济衰退，很多人失去耕地，背井离乡，谋求生路。朝廷大量靡费，不断提高租税，贪官污吏大肆盘剥，加上各种自然灾害频发，使乡村和城市下层百姓日趋贫困，也造成了城乡的两极分化。虽然朝廷设立养廉银制度，反贪措施也极为严厉，但官场贪腐之风仍无法遏止，渎职和道德败坏也随之而来，庞大的贪官队伍给国家造成了巨大损失，造成了社会风气的败坏。[1]普通士子的生活同样受到影响。有功名的士人可以酌减赋税，但因为无地可耕或不善耕作，很多读书人离开了土地，士人所推崇的耕读传家只剩下了寒窗苦读。因为没有其他谋生手段，大批被挤出科考队伍的士人沦为胥吏，或自己经商，或为商人记账，很多士人以教书为生。《儒林外史》开篇写周进到薛家集教书，忍受嘲笑挖苦。周进是当时很多读书人的缩影。这个时期，士人的诗文集中充满了啼饥号寒之句，士人的叹息汇入盛世衰音。不少读书人为书坊所雇佣而编写图书，才子佳人小说的编写者天花藏主人、烟水散人等都是科举失意的读书人，他们编写的小说中充满了人生如梦的感喟，充满了才华无以施展、人生价值无由实现的慨叹，这些小说往往带有感伤色彩。封建社会的黄金时代在士人的哀吟中迅速逝去。

清代中期是学术的黄金时代，这个时期搜集、整理、校注古代文献成为一种风气。乾隆时期，《四库全书》的编辑对清代中期的学术风气起了重要的引导作用。虽然编辑《四库全书》也有查抄禁书的用

1. 官吏贪污渎职的盛行及其对社会经济的腐蚀作用，可参考萧一山《清代通史》卷二第四章第二十三节。还可参考夏家骏《乾隆惩贪述评》,《求是学刊》1984年第1期，第84—90页；林永匡、王熹《乾隆时期的贪污风与惩贪措施》,《中州学刊》1988年第1期，第98—104页；唐文基《乾隆后期贪污案》,《福建师范大学学报（哲学社会科学版）》1994年第4期，第117—122页。

意，在《四库全书》的编写过程中，借征书之名，搜查焚毁书籍538种13 862部。[1]但《四库全书》的编辑还是保存了大量典籍，特别是对文献的整理、校订引发了考据之风，考据学兴盛一时，成为乾嘉学术的重要部分。清初的顾炎武等人提倡实学，其学术研究的方式与宋明理学和心学有所不同，被认为是考据学的开端。康熙年间，阎若璩、毛奇龄等人对古籍的辨伪考证产生了很大影响，到了乾隆时期，特别是《四库全书》编辑前后，考据学才真正兴盛。[2]

考据学兴盛的原因，还应该考虑江浙一带的经济文化环境，因为考据学从南方兴起，而最兴盛的也是南方。值得注意的是，江浙一带是清代中期考据学的中心，有的学者认为这与江浙一带的经济繁荣有一定关系，纯粹的学术研究需要经济支持，当时很多学者的考证工作得到了商人的资金支持。另一方面，江浙一带有反功名的传统风气，再加上名额限制使功名获取非常艰难，所以江浙一带的学者鄙视科举，而科举考试指定的经籍训释也被他们舍弃，他们另外开辟新的学术路径，在经史辑校、小学等方面取得了很大成就。他们给“四书”“三礼”等经籍作辑佚和注疏，对《尔雅》《说文解字》等古代字书进行整理和训释，对先秦至魏晋的其他古籍进行校勘与辑佚，对旧史进行改作、补作、校勘及注释，还主持或参与方志和谱牒的修订。他们沉浸在故纸堆中，远离了现实问题。但很多考据学者声称自己是有为而作，

1. 参考左步青《乾隆焚书》，载《明清人物论集》（下），四川人民出版社1983年版；张杰《〈四库全书〉与文字狱》，《清史研究》1997年第1期，第45—54页。

2. 如曹德琪、秦勤《乾嘉汉学的勃兴是对清朝文化政策的否定》，《天府新论》1992年第1期，第88—93页；路新生《排拒佛释：乾嘉考据学风形成的一个新视角》，《天津社会科学》1996年第2期，第58—64页；王俊义《论乾嘉学派的学术成就与历史局限》，《社会科学辑刊》1991年第2期，第91—97页。参考钱穆《国史大纲》修订本下册，商务印书馆1994年版，第857页。

钻研古旧是为了将来的经世致用。[1]他们对经典著作进行整理、校注，纠正后世流传中造成的错讹，恢复经典原貌，儒家原典精神得以重显，这是一种兼济天下的理想主义精神。考据学者相信古代典籍中有齐家治国之道，即使是小学，也与经世致用之学有关，为了借古资今而读经明史，要读经明史，就需要注音识字。学者们将自己的用世之志寄托在考据著述中，其通经致用的思想体现了人文实用主义，是一种将实用价值与文化价值结合的理想。[2]清代中期的学者孙星衍一开始写诗，后来转向考据学，之所以从事学术研究，是为了明白“圣人制作之意”，学习“立身出政”之道。[3]另一位学者汪中在给朋友的书信中将考据之学称为有用之学，考据之学探究古今制度之沿革，关注“民生利病之事”，他胸怀用世之志，“耻为无用之学”，即使目前才学无处可用，也要对有用之学进行广博而深入的研究，“以待一日之遇”。[4]学者戴震说，君子应该博学明辨，积累学识，一旦有机会，就可以“措天下于治安”[5]。

尽管考据学风靡一时，但普通士人无意也无条件从事考据，因为考据无直接收益，需要图书，更需要资金。清代中期的诗人袁枚在《再答黄生》中劝诗人黄景仁不要放弃写诗而搞考据，因为考据需要很多资料，而黄景仁这样的贫士不可能购买太多图书，即使偶有所得，也很难成名成家。[6]不少学者的考据研究得到了对文教事业感兴趣的官

1. 关于乾嘉考据学者的社会人生理想，可参考李葆华《乾嘉考据学者的理想追求》，《求是学刊》1993年第5期，第86—88页。

2. 可参考林聪舜《明清之际儒家思想的变迁与发展》，台湾学生书局1991年版，第274页。

3.（清）孙星衍：《芳茂山人文集·问字堂集》，清光绪丁酉刻本。

4.（清）汪中：《述学》卷六《与朱武曹书》，清道光、光绪间伍氏刊本。

5.（清）戴震：《戴东原集》，影印上海涵芬楼藏经韵楼刊本，第12页。

6.（清）袁枚：《小仓山房尺牍》，江苏古籍出版社1988年版，第81页。

员的资助，或者得到了一些富有的藏书家的帮助。有的学者主讲于书院，利用书院中的图书，边教书边考据，如学者卢文弨曾主持暨阳书院，学者戴震、段玉裁、孙星衍、洪亮吉等曾在扬州的安定、梅花书院任教，赵翼曾主持安定书院，钱大昕曾主持南京钟山书院，齐召南曾主持杭州敷文书院。

受考据学风的影响，科举试题中渗入考据学因素，甚至出现了与考据有关的试题，这必然对士人产生影响。[1]许多文人把经学之外的诗文视为消遣，有的文人为了考据放弃了诗文创作，比较典型的是学者孙星衍，他早年写诗，有诗歌才华，但从事考据后基本上不再写诗。考据之对象，除了儒家经典、先秦诸子，还涉及天文、地理、乐律等。受考据学的影响，清代中期兴起了博学之风，这对通俗小说产生了重要影响。清代中期的文人小说中，主人公的过人才学不再像此前小说中的才子那样仅限于诗文，这些主人公多才多艺，天文、水利、医术、礼乐等无所不通，既善于处理政务，又熟读兵书，富有谋略，能率军出征平叛。被称为才学小说的《镜花缘》中，作者展示各种杂学，特别是作者精通的音韵学。考据学之兴盛还助长了游幕之风。很多文人游幕各地，为幕主编校图书，为地方官员编校方志。文人小说中的漫游，是现实中游幕、游学之风的反映。小说主人公在漫游途中锄强扶弱，救济百姓，甚至平定叛乱，安定边疆，实现了作者在现实中无法实现的抱负。小说家与考据学者大都处境困窘，都有怀才不遇的悲慨，也有相同的英雄梦、相同的心灵伤痛。

---

1. 以1868年学海堂的一份试卷为例。容肇祖的文章《学海堂考》收录了这份试卷，该文见《岭南学报》1934年第3期。

在考据学兴盛的同时，清代中期的理学则走向衰落。[1]清代前中期，朝廷倡导理学，康熙帝、雍正帝和乾隆帝都大力扶持理学。但与此同时，康熙、乾隆又对理学有看法，怀疑理学名臣的言行。实际上，正如雍正主张神道设教，清廷倡导理学也是为了国家治理，沿用明代的科举制度，以八股文考试，从儒家经典中命题，以程朱注解为标准，让天下士子皓首穷经，统一思想或者没有思想。《儒林外史》中，沉迷于八股科举的读书人知识贫乏，没有思想。清代统治者利用理学表面上的东西而排斥理学的内在精神。程朱理学强调以天下为己任，这种济世情怀被称为“秀才教”精神，而乾隆帝在《御制程颐论经筵札子》中却称这种“秀才教”精神为大逆不道，他认为天下治乱是君主之事，即使是宰相也不能以天下之治乱为己任，否则就是“目无其君”。乾隆时期的文字狱案，有的与此有关，如谢济世注《大学》案、尹嘉铨《名臣言行录》案。四库馆大臣在《四库全书提要》中批评程朱理学，当为逢迎乾隆帝之意。理学自身也没有发展创新，当时的理学名臣宣扬的仍是宋明理学中的陈旧之说，尽管如此，从思想方面说，考据学仍逊色于理学。清代中期的考据学者中只有戴震有系统的思想，他在《孟子字义疏证》等著作中阐述了对理、性、情欲等的理解，有自己的新见，表述了新的知识观念，通过对天理和人欲的新解对传统宋明理学提出了质疑。不过像戴震这样有思想的考据学家极为少见，因为科举考试以朱熹对儒家经典的解读为标准，所以理学对以功名为念的读书人影响甚深。清代中期，有的作家同时是理学家，如李绿园和夏敬

1. 关于清代理学的发展情况，可参考魏鉴勋《清代理学与反理学斗争辨析》，《社会科学辑刊》1988年第3期，第78—84页；吴雁南《清代理学探析》，《重庆师范学院学报（哲学社会科学版）》1984年第4期，第68—78页。

渠。李绿园的《歧路灯》探讨儒家的修身齐家之道，夏敬渠的《野叟曝言》中，男主人公文素臣以除灭异端、复兴儒学为终极追求，实现了儒家的修齐治平理想，他浑身正气，令鬼怪惧怕，他做到了不欺于暗室的慎独，是受人敬仰的理学英雄。

在清代中期，“三教”真正合一。清代前期儒学复兴，原始儒家的理想主义精神得以彰显。佛教中的一些因素已成为社会生活习俗的组成部分。顺治、雍正等清代帝王信佛，特别是雍正，他自称教主，经常召僧人入宫交谈，他还下令以满文翻译佛经，在朝中设置僧纲，管理佛教。帝王过于亲近佛教徒，甚至受到大臣的质疑，如雍正在一份奏折的批文中，对自己的佛教信仰作了解释：他对佛教的信仰属于神道设教。[1]另一方面，朝廷又禁止俗众随意出家，控制僧人数量，限制僧纲的权力。也正是由于朝廷对佛教的这种态度，才会有儒士敢于倡导反佛，不少地方甚至发生了拆除寺庙、驱赶僧人的事件。

对佛教的这种态度也反映在清代中期的通俗小说中。在《野叟曝言》中，主人公文素臣将灭佛作为伟大的功业。不过居士佛教在这个时期兴盛，不少士人信仰佛教，特别是净土宗和禅宗。净土宗的兴盛，体现了佛教的世俗化趋向。禅宗的思辨、顿悟不仅与文人的精神契合，而且与文学创作有某种相通之处。文人信仰佛教，更多是为寻找精神寄托，在文学作品中借佛教表达出世思想。在他们看来，佛教的出世思想与儒教的“处”有某种相通之处。《儒林外史》中，挽救世运、文运努力的失败，人格理想的破灭，使作者由儒家理想转向佛教以安顿

1. 中国第一历史档案馆编：《雍正朝汉文朱批奏折汇编》第一册，江苏古籍出版社1989年版，第525—526页。

心灵，“伴药炉、经卷，自礼空王”[1]。在《红楼梦》中，失去了大观园和爱情寄托的贾宝玉遁入空门，以此超脱尘世的纷扰和苦难。

这个时期的道教融入日常生活。据记载，乾隆帝曾将道士赶出宫廷，因为这些道士比较虚伪，但朝廷对道教仍能容忍。长生信仰、与社会生活的密切关系，使道教在民间社会很受欢迎。道教的神仙谱系和传说为叙事文学提供了丰富的素材，除了神怪小说，历史演义、英雄传奇甚至世情小说中也经常出现降妖除魔、修道成仙等神怪情节。在《红楼梦》等通俗小说中，道士预测人间祸福，见证社会家庭的兴衰，成为小说中具有象征意义的形象。《绿野仙踪》等通俗小说描写文人放弃功名后出家寻仙修道，在修道过程中锄强扶弱、赈灾救民、平定叛乱、安定国家，尘世功业是成仙得道的必要条件，这体现了道教的世俗化。文人借助道教修仙故事表达自己的人生理想。据说雍正帝佞佛，有的大臣提出质疑，雍正帝说，儒、释、道都讲究修身养性，都可以用来劝世。佛家的思辨特点对儒家的理学产生了比较重要的影响；佛教的善恶因果之说为道教所吸收，道教还借鉴了佛教的一些仪式；佛教则借鉴了道教的诸神谱系。儒、释、道思想融合，很多因素已难分彼此，这在清代中期的文人小说中有所表现。《野叟曝言》中的文素臣以儒家正士自居，身上却有道教的影子。《红楼梦》中僧道一起出入神话世界和红尘人间。《绿野仙踪》中的冷于冰本为儒士，出家求道，而又念念不忘儒家的修齐治平理想。《瑶华传》杂糅儒、释、道三家，小说中的无碍子自称“超出于三教之外”，却又“游扬于三教之中”，还将剑术比作文人之笔，其共通之处是“达我

1.（清）吴敬梓著，李汉秋辑校：《儒林外史汇校汇评》，上海古籍出版社2010年版，第685页。

心曲”。[1]

清代中期的文学和各种艺术样式都强调“达我心曲”。书法于一涂一抹中见个性，文人画的一草一石都体现出画家的人格和情怀。“扬州八怪”的绘画很有代表性，他们的绘画在内容、构思、用笔等方面都突破了传统，目的是突出画家的主体人格特征，有的画家将自己绘入画中，或为画中之人，或化为画中之物。清代中期的文人小说与此相通，作家将自己写入小说，在主人公身上寄托了自己的人生情怀和人格理想，如《儒林外史》中的杜少卿、《红楼梦》中的贾宝玉。在《女仙外史》中，作者则将自己化身为小说中的洛阳布衣吕律，在这个次要人物身上寄托情怀。清代中期的其他文学类型也都强调个性，有鲜明的文人特点。

明清时期，戏剧创作繁荣，同为叙事文学，戏剧和通俗小说相互影响，在题材上相互改编，在艺术上相互借鉴，在精神上也有相通之处。从明代开始，戏剧逐渐走向雅化，到了清代中期，戏剧的文人化达到了极致。剧本案头化是戏剧雅化、文人化的必然结果，到了清代中期，剧本案头化成为普遍现象，因为写好的剧本主要供案头阅读，忽视了情节和音律，不适合演出，即使演出也无法吸引观众，只适合作者自娱自乐或者志趣相投的朋友一起欣赏。有的剧作家创作短篇杂剧，不是为了演出娱乐，而是为了抒情言志，最典型的是杨潮观的《吟风阁杂剧》。传奇的书面化色彩也越来越明显，成为一种书斋化的创作，适合私人化的案头阅读。清代中期的词人将儒家诗教引入词学，强调比兴寄托，将词与诗、史并列，借此推尊词体。这个时期的剧作

1.（清）丁秉仁：《瑶华传》，载《古本小说集成》第四辑第八十三册，上海古籍出版社1994年影印版，第911页。下文所引《瑶华传》原文，皆出自该版本。

家也向正统文学靠拢，以戏剧进行道德劝化，借此提高戏剧的地位。以史传为内容的传奇增加，羽翼正史成为传奇的最高追求。传奇作家以诗、词、文为曲，评论家以古文理论评论传奇，“案头文章”被认为是对传奇艺术成就的赞扬。[1]这些文人化的传奇剧作被研究者称为文人传奇。

戏剧，特别是传奇剧在明代成熟后即由文人创作，戏剧创作需要深厚的文学修养，还需要有充裕的创作时间。自明代中期开始，就有文人借戏剧抒写自我，明清之际更有文人将明清易代引发的故国之思和人生情怀借戏剧加以表达，这些戏剧被称为“写心剧”。写心剧兴起的时期也是通俗小说出现文人化转型的时期。清代中期，戏剧成为书斋化、案头化的创作，成为抒情言志的载体。戏剧的发展和成熟比通俗小说早，通俗小说从戏剧中借鉴了很多东西。在内容上，通俗小说从戏剧中借鉴情节元素，有的小说和戏剧采用相同的题材，通俗小说和戏剧之间也经常相互改编，如通俗小说《桃花扇》是从孔尚任的传奇剧《桃花扇》改写而来的，通俗小说《幻中游》是对李渔的戏剧《凤求凰》的改编，小说《梦中缘》和张坚的传奇《梦中缘》情节相同。比较典型的是爱情剧和才子佳人小说，情节模式和人物类型相近。章回小说的体制也吸收了传奇剧的一些因素，特别是结构艺术、人物设置和物象的使用。[2]清代中期不少文人小说采用片段组合式结构，与传奇剧的组合式结构很相似。通俗小说多在开头说明创作目的，介绍主人公的出身等情况，在主体情节中，由主人公串联起一系列人物和

1. 可参考郭英德《明清文人传奇研究》，第32—36页。

2. 关于戏曲与小说在叙事艺术上的相互影响，可参考郭英德《叙事性：古代小说与戏曲的双向渗透》，《文学遗产》1995年第4期，第63—71页。

事件，小说情节发展到大约三分之二的地方，人物开始聚合，到了结尾实现大团圆，这样的情节安排与传奇剧有很多相似之处。文人小说常在主人公的游历主线上关联很多人物和故事，使小说情节变得丰富而曲折，有的次要人物及其故事游离于主线外，却使小说情节变得丰富，而且增加了趣味性，与戏剧的插科打诨有相似之处。传奇剧强调人物语言的个性化，重视场面的描写，其艺术手法为通俗小说提供了借鉴。《儒林外史》《红楼梦》等文人小说中的人物对话、场景描写、细节描写都受到戏剧特别是传奇剧的影响。

在清代中期，书坊继续编刊面向市井大众的历史演义和英雄传奇，虽然也有一部分通俗小说介于文人小说和面向市井大众的通俗小说之间，但文人小说与面向市井大众的通俗小说的分界还是比较明显的。与文人小说相比，面向市井百姓的通俗小说，读者对象明确，艺术粗糙。书坊为商业利益而炒作迎合大众趣味的通俗小说，比较典型的是说唐、说宋系列的历史传奇，不仅形成系列，而且在先刊刻发行的小说扉页等醒目位置为续书作广告，这些小说艺术水平很低，但刊刻质量比明代的书商小说高很多。在这个时期，说唱仍然是市井社会的主要娱乐形式，书坊刊刻的以市井大众为预期读者的通俗小说中，有的成为说唱底本，也有一些说唱被记录下来，整理为通俗小说而刊刻。[1]这类小说的关注焦点、思想观念与文人小说有明显的不同，更强调故事性、趣味性。而文人小说往往淡化故事情节，故事被用来为主人公的形象塑造和社会人生思考的表达服务，文人小说的主人公几乎都是读书人，这与书坊刊刻的以市井大众为预期读者的通俗小说形成鲜明

1. 清代评书与通俗小说之间相互改编的情况，可参考胡士莹《话本小说概论》第十五章第一节。

的对比。

在清代中期，被研究者称为拟话本小说的白话短篇小说走向衰落，由于白话短篇小说千篇一律的道德劝诫，短篇故事很难有曲折的情节，更主要的是没有李渔这样的高层次文人写作，缺乏创新，陈陈相因，索然无味，失去了读者，没有了市场，书坊也就不愿刊刻。清代中期成书的《娱目醒心编》等白话短篇小说集过于强调道德教化，内容枯燥，形式僵化，完全失去了活力。这个时期的文人关注白话长篇小说即章回小说，因为长篇小说可以虚构一个广大的小说世界，在小说世界中表现人生追求，表现自我，炫示才华，可以将无机会表现的诗文才华和各种才学在小说中呈现，像《儒林外史》可以通过众多的人物形象反思功名富贵，探索人格理想，《红楼梦》可以借爱情故事和家庭兴衰表达人生感悟，同时将作者自己创作的诗歌借小说人物之手加以展示……这些诗歌如汇编成集，刊刻的大量费用需要作者自己承担，就算刊刻，也少有人购买。《野叟曝言》《镜花缘》的作者将自己在现实中很难有机会展示或应用的学问、技艺写进小说。无论是才学的炫示还是情志的表现，长篇通俗小说都是最好的载体。

文言小说创作在这一时期也非常兴盛，清代前期蒲松龄创作的《聊斋志异》对清代中期的文言小说创作有示范作用，这部以传奇体志怪的文言小说集代表了文言小说的最高成就。清代中期出现了多部仿《聊斋志异》的文言小说集，形成了所谓的“聊斋体”，而纪昀的《阅微草堂笔记》则是另外一种写法，也引起不少人的模仿，由此形成了文言小说的“聊斋”“阅微”两派。与戏剧的雅化、通俗小说的文人化相比，清代中期的文言小说有着更为突出的文人特点，有的作者将古文笔法用于文言小说，有意为文，如《谐铎》就有着鲜明的文人化特点：篇目对称，结构整齐，寓意深刻。传奇体的文言小说在客观叙事、视角焦点控制等叙事艺术上为清代中期文人独立创作的通俗小说提供了借鉴。

清代中期的出版业繁荣，刊刻技术大为进步，除了官府和书坊，私家刊刻的图书比较常见。清代中期出现了很多私人藏书家，这些私人藏书家往往又是出版家，比如鲍廷博利用自己的藏书编刊了《知不足斋丛书》，他曾将一些抄本付梓，使抄本得以广泛传播。清代中期的刻书费用仍然很高，书坊刊刻书籍必须考虑收益，而清代中期通俗小说的大量刊刻，既说明当时通俗小说创作的繁荣，也说明通俗小说受读者欢迎，有较大的市场，是文化娱乐的重要组成部分。不过，清代中期书坊刊刻的通俗小说，或为流传已久的前代小说，或为艺术水平较低的以市井大众为预期读者的通俗小说，而当时文人创作的寄托怀抱的通俗小说，即使刊刻，也往往在小说创作完成多年之后，而且有时还需要补贴刊刻费用。这种情况恰恰说明了文人小说的特质。另外，虽然上自帝王下至市井大众都将阅读通俗小说作为重要的娱乐，但官方和私人藏书目录中仍不收通俗小说。在官方和私人藏书目录分类中，小说被归入子部。清代学者孙星衍在《孙氏祠堂书目》中提出图书十二部分类法，小说被单列为一部，但单列的小说仍然只指文言杂记等。

第二节　清中期通俗小说的衍变

康熙后期到嘉庆初年是通俗小说的繁荣期，在这个时期出现了数量众多的通俗小说，很多有较高文化修养的文人直接创作通俗小说，在通俗小说中抒情、言志、炫学，完成了通俗小说的文人化。这个时期的一些小说家跨越了两个世纪，如《女仙外史》的作者吕熊生于崇祯末年，卒于康熙末年或雍正初年，据《女仙外史》的序跋和其他相关记载，《女仙外史》成书于康熙四十三年（1704），虽然吕熊以遗民自居，实际上明朝灭亡时他年龄很小，可能只是个幼童，所以他的《女仙外史》虽借明初历史表达亡国之痛，但这部小说在内在精神上与清代前中期的文人小说有相通之处，如在小说中炫示学问，表达文人的济世情怀等。

嘉庆前期的小说作者多跨十八世纪和十九世纪，他们的小说在乾隆年间开始写作，到嘉庆前期甚至中后期才完成。《镜花缘》的作者李汝珍生于乾隆二十八年（1763），他三十五岁时开始写《镜花缘》，到嘉庆二十年（1815）才完成。李汝珍在《镜花缘》中连篇累牍地炫示才学，将通俗小说的炫学特点和文人化倾向推向极致。这个时期的很多通俗小说的创作时间难以确定，这些小说没有明确的时代背景，序跋的写作时间和刊刻时间可以作为参照。但文人小说的自我表现特点不符合大众的审美趣味，书坊很少刊刻这样的小说，而有的作者将自己的小说藏起来以待知音，所以很多小说创作完成后多年才刊刻，甚至最终没有刊刻，一直以手抄本的形式流传。根据小说的最早刊刻时间、笔记和诗文集中的相关记载、附于小说前后的序跋，再加上小说文本中的一些内证，可以确定大部分小说成书的大致时间。

一、酝酿与过渡

从康熙后期到乾隆初年（1702—1740），通俗小说的创作相对低落，白话短篇小说缺少创新，走向衰落。章回小说延续前一个时期文人化的趋势，属于过渡时期。[1]这一阶段的通俗小说保留着前一阶段的特点，但较为明显地显出文人小说的特征。从现存的小说数量看，在这四十年的时间中，只有大约十五部小说。

这个时期，清廷笼络和压制并用的文化政策，对文人产生了重要影响，进而影响了通俗小说的创作。这个时期，通俗小说创作相对低落，与明清之际相比，倾力于通俗小说写作的文人不是很多。文人独立创作的通俗小说数量虽然不多，但文人色彩鲜明。就章回小说来说，这个时期产生的十五部小说，大致可分为书商系列和文人独创两类。历史演义《说唐演义全传》《说唐后传》《征西说唐三传》艺术水平较低，编写方式是剪裁、移植等，有的情节根据《隋唐演义》进行改写。《隋唐演义》成书于康熙年间，为褚人获所作，

1. 以1740年为界，主要是因为此前的一个时期文人小说创作的数量和质量与后一时期的差距，当然也是因为在1740年后的十余年间，可以作为十八世纪文人小说繁荣标志的《儒林外史》《红楼梦》以及《野叟曝言》《绿野仙踪》《歧路灯》等小说开始创作。

有较为鲜明的文人色彩。有的研究者认为，《说唐演义全传》《说唐后传》等小说之编刊，是因为《隋唐演义》这样的小说写得太雅，不合乎大众的口味，于是“黠者另编此等书，以俗好”[1]。《说唐演义全传》《说唐后传》《征西说唐三传》明显是书商为营利而组织编写刊刻的，面向具有一定识字水平的市井大众读者，以故事取胜。名为演义，实则为英雄传奇，故事大都为虚构，有着鲜明的民间色彩，表现的也是民间的伦理观念。这类小说与明代的书商小说很相似，比起明代书商编刊的历史演义来，这些小说的民间性更为突出，其目标读者更为明确。这个阶段的其他小说改编自一些叙事文学题材，如《桃花扇》是据孔尚任的传奇剧改编而成，《疗妒缘》采用的是前代小说的题材。

文人独立创作的通俗小说中，值得注意的是《女仙外史》，这部小说体现出鲜明的文人特征，而且在抒情言志、炫示才学等方面对后来的文人小说有所影响。[2]《女仙外史》之选题初创与书坊无关，由吕熊于书斋中创作，康熙四十三年（1704）前后成书，至康熙五十年（1711）才由钓璜轩刊刻。吕熊是个典型的文人，他“文章经济，精奥卓拔”，爱好诗歌，擅长书法，精通医术，被称为奇士，曾参赞于成

1. 蛮:《小说小话》,《小说林》1907年第4期。

2.《女仙外史》的作者吕熊，在康熙四十年曾经见过当时任江西学使的刘廷玑，在康熙四十七年受江西南安太守陈奕禧之聘纂修郡志，现存最早的刊本卷首有“辛卯人日吕熊文兆氏自跋”，“康熙辛卯中秋望日广州府太守叶旉南田跋”，康熙四十七年江西南安郡守陈奕禧序，根据这些序跋和刘廷玑《在园品题》,《女仙外史》为吕熊寄托“平生学问心事”之作，从康熙四十年开始写作，于康熙四十三年完成，成书四年之后请陈奕禧作序，又过三年才刊刻行世。关于《女仙外史》作者姓名的争论，可参考杨钟贤《〈女仙外史〉作者的名字及其他——与胡小伟同志商榷兼答周尚意同志》,《天津师范大学学报（社会科学版）》1988年第5期。柳存仁在《伦敦所见中国小说书目提要》中著录了康熙间的钓璜轩刻本《女仙外史》，并对小说的成书时间作了考证，参见柳存仁《伦敦所见中国小说书目提要》，书目文献出版社1982年版，第152页。另可参考谭正璧、谭寻《古本稀见小说汇考》，第312页。

龙幕府。[1]他创作小说《女仙外史》，是为了表彰忠臣义士、孝子烈媛，使他们不至于湮没无闻，又黜罚奸邪叛逆，同时抒写情怀，“自释其胸怀之哽咽”[2]。他创作小说没有什么功利性，也正因为如此，才会用多年时间编写一部通俗小说。

《女仙外史》讲述了明初燕王靖难和唐赛儿起义的故事，框架依据历史，但小说将史事进行了很大改动，将本来毫无关系的唐赛儿起义与燕王靖难两件事牵合到一起。燕王朱棣从发起“靖难之役”到登上皇位，历时不过四年，小说将时间拉长到二十多年。唐赛儿起义发生在燕王称帝十余年后，几个月后即被镇压，小说却将起义提前到建文四年（1402），而且将史书上称为“妖妇”的唐赛儿写成勤王诛叛的女英雄。小说改变历史，虚构怪诞的情节，是为了“褒忠殛叛”[3]。在小说中，代表正义的唐赛儿得到了仙界神仙、人间忠义之士甚至魔道的支持。小说中的吕律是作者吕熊的化身。吕熊生活在明清易代的乱世，其父让他以行医为业，不要参加科举考试。吕熊文才出众，又精通实务，陈奕禧在为《女仙外史》所作的序中称吕熊为“当今奇士”[4]。怀才不遇的吕熊难平胸中抑郁之气，借小说人物展示才学，寄抱负于人物。吕律加入义军，施展才智，在勤王之战中立下了功绩。吕律虽有经天纬地之才，但没有实现抱负，随着勤王大业的失败，他的理想也成为空幻。《女仙外史》借历史抒发兴亡之感，寄寓了清初汉族文人的历史沧桑感。《女仙外史》问世后，

1.（清）吕熊：《女仙外史》陈奕禧序，载《古本小说集成》第二辑第四十九册，第1页。

2.（清）刘廷玑：《在园品题》，载《古本小说集成》第二辑第四十九册，第27页。

3.（清）吕熊：《女仙外史》，载《古本小说集成》第二辑第四十九册，第19页。

4.（清）吕熊：《女仙外史》陈奕禧序，载《古本小说集成》第二辑第四十九册，第1页。

刘廷玑、王士禛等文人为之作序跋、品题，说明这部小说引起了他们的共鸣。

这一时期文人创作的通俗小说与十七世纪后期的通俗小说有一定的相通之处。明清易代已过半个多世纪，但针对汉人的思想压制，让汉族文人无法忽视民族隔阂，他们将故国之思和民族遗恨化为文学作品中的淡淡云烟。这种故国之思、民族遗恨也表现在文人创作的通俗小说中。时事小说《台湾外纪》讲述的是郑成功及其后代的故事，郑氏开发台湾岛，凭借台湾岛与清兵对抗，作者在对郑成功的描写中隐寓了故国之思。明初建文帝失去帝位，引起当时无数人的同情，甚至“深山童叟”也为之涕下，吕熊在几百年后读到建文帝之事，仍然“酸心发指”[1]，遂创作《女仙外史》。实际上，吕熊借建文帝悼怀故明。清代前期的通俗小说《姑妄言》通常被归入艳情类小说，实际这部小说的艳情描写中寄寓了作者的文人情怀。[2]男主人公钟情关心国事，冒死进谏，但国家大势已去，明王朝灭亡，钟情认为，国破如此，如“恋恋妻子家园”[3]，会成为名教罪人，异日无颜见先帝和祖宗父母之灵于地下。钟情最后离开妻子做了隐士。这部小说将明朝灭亡的主要责任

1.(清) 吕熊：《女仙外史》自序，载《古本小说集成》第二辑第四十九册，第8页。

2.《姑妄言》，现存抄本前自序署“时雍正庚戌中元之次日三韩曹去晶编”，则小说当成于雍正八年前。《姑妄言》向无刻本传世，小说书目与清代文献中也不见著录或记载。1941年上海优生学会、1942年上海中华书局刊刻了残存的第四十、四十一回，但流传不广。直到1966年李福清在《亚非民族》杂志上发表的《中国文学各种目录补遗》著录了他在列宁图书馆发现的24册《姑妄言》，世人才知有全本。1996年7月，陈益源撰写《〈姑妄言〉素材来源二考》，并发表于1997年第4期的《明清小说研究》上，1997年1月收录全本《姑妄言》的《思无邪汇宝》排印出版，该书才引起了广泛的关注。要了解该书的主要内容，可参考陈益源《〈中国通俗小说总目提要〉补遗》，《明清小说研究》1997年第2期。关于《姑妄言》的流传、刊刻情况，可参考薛亮的《明清稀见小说汇考》（社会科学文献出版社1999年版）对《姑妄言》的考评。

3.(清) 曹去晶：《姑妄言》，载《思无邪汇宝》第四十五册，台湾大英百科股份有限公司1999年版，第3011页。

归于朝中奸臣和李自成起义，但又歌颂史可法为忠臣，将民族遗恨深深隐藏。

清廷在对汉族文人进行思想压制的同时，又以科举、纂史、编书和博学鸿词特科等形式笼络汉族文人，特别是康熙时博学鸿词试举行之后，很多汉族文人包括遗民文人对清朝的态度发生了转变。即使像朱彝尊这样曾有反清复明之志的文人也参加了博学鸿词科，被录取之后进入仕途，其诗歌的思想和风格发生了很大变化。明清易代已成历史，汉族文人转而关注人生理想和价值的实现，文人在通俗小说中表现自我。《飞花艳想》《幻中真》《终须梦》《梦中缘》等小说写的是才子佳人的爱情，表达文人的人生理想。有的文人开始将自己的才学借通俗小说炫示。《女仙外史》就借吕律展示了作者的文韬武略和治国才干，据清代的刘廷玑说，这部小说是作者的学问、心事之寄托。这部小说也抒发了作者的愤世嫉俗之情。

这个时期的很多通俗小说都塑造了文人形象。《幻中真》等小说中的文人主人公身上体现了作者的人生际遇，寄托了作者的人生梦想。《女仙外史》以唐赛儿为主人公，以表彰忠义为主旨，但作者特意在小说中塑造了文人吕律的形象，这个形象是作者理想的化身，所以作者在这个次要人物身上倾注了太多热情，将自己的才学借吕律展现。《姑妄言》中的书生钟情也不是小说主人公，但他在小说中非常重要，在淫欲横流的社会中洁身自好，保持了文人的高洁正直。他和瞽妓钱贵基于知遇之感的纯洁爱情，是欲望世界中的一丝清凉，是灰暗世界中的一点亮光。钟情有才华，有品操，他忠于朝廷，也忠于爱情，是个典型的文人，他最后选择归隐，这也是历史上很多文人的人生选择。怀才不遇的自怜、对知遇的渴望、深沉的忧患，都是文人情怀的体现。虽然作者的生平不详，但可以肯定，钟情身上寄托了作者的人生感怀。

这个时期的文人小说在艺术上也进行了有益的探索，力图突破旧有的模式而有所创新。《女仙外史》采用的是编年结构，以神怪为引子，以历史为框架，主体情节写英雄征战，其中穿插神怪因素。这种题材的混融对乾隆中后期的通俗小说如《绿野仙踪》等产生了重要影响。再如《姑妄言》的回目比较独特，全书采用对偶回目，每一回有一个正标题，正标题下有副标题，之所以有两个标题，一方面因为每一回篇幅太长，内容多，情节复杂，用一个标题概括不了全部内容；另一方面，主、副标题结合，可以突出情节主线，主线内容由正标题概括，旁见侧出的情节由副标题概括。楔子借阴间判案交代主要人物，引出主体故事，借鉴了以往通俗小说的写法。小说以钱、钟二人的爱情、婚姻为线，主体情节写三个家庭，以三个家庭为中心辐射广阔的社会现实，这种构思情节的方法借鉴了《金瓶梅》等世情小说和《水浒传》等英雄传奇的写法，而又有所创新，线索清晰，结构严谨，针线细密。《姑妄言》使用白话，简洁流畅，清新自然，介于雅俗之间；小说人物的语言则是高度性格化的。[1]这些文人化的特点在乾隆中后期的通俗小说中进一步强化。

二、文人小说的繁荣

乾隆时期是清王朝的鼎盛期，政权巩固，社会安定，经济繁荣，

1. 关于《姑妄言》的语言特色，可参考王长友《〈姑妄言〉的语言特色》，《明清小说研究》1999年第4期，第196—209页。

文化发达。这个时期（1736—1786）也是通俗小说的繁荣期。[1]在这一时期，通俗小说完成了文人化，《儒林外史》《红楼梦》等文人小说代表了通俗小说的最高成就，文人小说开始成为通俗小说的主流。通俗小说观念发生了重要变化，虽然一些通俗小说的序跋、评点仍倡导史鉴、劝惩，但更多的作者和批评者强调通俗小说的抒情言志作用。即使是书坊为营利而编刊通俗小说的书坊主，既以史鉴、劝惩作宣传，又认为这些历史传奇可以感发情志，清远道人在《〈东汉演义评〉序》中说，编写历史演义也可以"自写性情"[2]。文人以通俗小说抒情、言志、炫学，所以其人生境遇和心态对小说创作产生了很大影响。

在乾隆时期，话本小说走向衰落，历史演义也失去活力，古代王朝的历史基本上都已被编为历史演义，也因为书商运作的历史演义小说艺术水平低下，质量粗糙，已经不能满足欣赏水平有所提高的读者，历史演义转变为英雄传奇如《征西说唐三传》《反唐演义传》《说呼全传》等，这些小说中的历史被随意改动，小说中的人物虽有历史人物作原型，但更多的时候仅仅借用一个名字。这些英雄传奇往往写一个家族几代人的故事，形成一个系列。真正的历史演义如《东周列国志》《东汉演义评》《列国志辑要》，是对前代历史演义的修订、删节或重编。像《后三国石珠演义》这样的小说，虽然称为"演义"，但实际上与历史关系不大，只是借用历史朝代作为引子和框架，主要情节皆为虚构，而且其中掺杂大量的神怪描写。

---

1. 1786年左右，一大批文人小说刊刻面世，《红楼梦》的影响开始扩展，产生了一批模仿《红楼梦》的小说。从整体上说，此后一段时间内文人小说的质量有所下降。

2. (清) 清远道人：《东汉演义评》序，载《古本小说集成》第二辑第二十九册，上海古籍出版社1994年影印版，第3页。

这个时期的白话短篇小说集可能只有《五色石》和《八洞天》。[1]白话短篇小说集的衰退以至于消亡，与其体制僵化、题材狭窄有关，这个时期的文人转向长篇章回小说，没有高素质文人的参与，白话短篇小说没有创新，生命力趋于枯竭。[2]对文人来说，章回小说容量大，可以借以展现才学，可以通过人物形象的塑造表现自我，寄托理想。而白话短篇小说容量小，故事无法展开，正因为如此，明末清初才会出现多回体话本小说，与其采用多回体，不如直接写章回小说。这个时期的文人已经对道德劝诫失去了兴趣，他们更关注自我，而像李渔、艾衲居士这样可以在白话短篇小说中表达历史思考和人生哲学的文人作家，毕竟是少数，更多的白话短篇小说以道德劝诫为目的，也是因为白话短篇小说的体例适合编写道德教材。这个时期历史演义衰退的原因相似，历史题材发掘殆尽，文人失去了普及历史知识的兴趣，粗制滥造的历史演义也不能吸引读者。

这一时期编创、刊刻的通俗小说中，文人独立创作的占百分之六十以上。这些文人小说在艺术手法上借鉴了其他文学样式。文人创作的章回小说开头多有引子或楔子，作为主体情节的序幕。这样的引子由话本小说的入话头回转化而来，又借鉴了戏剧中的楔子结构。引子或楔子在章回小说的整体结构中有非常重要的作用，成为强化小说

1.《五色石》和《八洞天》均题“笔炼阁编述”，或疑“笔炼阁”即徐述夔。徐述夔约生于康熙四十年，卒于乾隆二十八年。但有的研究者对此持否定态度，认为《五色石》应为清初作品。有的研究者对五色石主人即徐述夔说提出质疑，如林辰《编余缀遗（二）：五色石主人不是徐述夔》，见《明清小说论丛》（第四辑），春风文艺出版社1986年版。有的研究者则认为《五色石》和《八洞天》的作者不是一人所撰，参见欧阳健《〈五色石〉〈八洞天〉非一人所撰辨》，《复旦学报（社会科学版）》1989年第2期，第93—98页。关于《五色石》的作者，还可参考诸祖仁《〈五色石〉为徐述夔作新证》，《明清小说研究》1994年第3期，第83页；丁祝庆等《〈五色石〉〈八洞天〉作者考》，《明清小说研究》1994年第4期，第197—199页。

2. 关于话本小说衰歇的原因，可参考胡士莹《话本小说概论》第十五章第一节。

主题的重要手段。《儒林外史》的楔子写的是王冕的故事，王冕看星象，预言文人有厄和星君维持文运，预示了小说主旨，而且王冕的高洁和独立人格与小说中沉迷于功名富贵的腐儒、陋儒形成鲜明对比。《红楼梦》第一回写了石头的神话，写了太虚幻境的故事，特别描写了神瑛侍者和绛珠仙草的故事，预示了小说的主体情节，确定了小说的主线。《瑶华传》第一回写两个狐精的故事，引出主要人物，而且预示了结局。文人小说特别注意情节结构，情节结构的选择与小说主旨的表现有紧密关系。《儒林外史》的结构特点是"虽云长篇，颇同短制"[1]，以一个人物引出一个人物，空间不断转移，这种情节结构是为了表现一代文人的厄运和天下士风的败坏。《红楼梦》采用的是多线网状结构，既适用于以家庭、家族的兴衰反映社会人生的世情描写，也出于小说多重主旨表现的需要。《绿野仙踪》既以主人公冷于冰的漫游为线，又注意情节上的起伏照应，在情节结构等方面下了很大功夫。这个时候的文人小说多写世态人情，即使是神怪小说如《绿野仙踪》也用很多文字描写世情，而世情描写用言行细节表现人物的性格特点。叙事视角的把握、叙事速度的控制、时空架构的方式，都体现了文人对通俗小说艺术的自觉探索。

通俗小说在艺术上有了很大进步，这是文人参与通俗小说创作的结果。具有较高文化水平的文人将其才学表现于通俗小说中，将其他文学类型的艺术手法应用于通俗小说中，促进了通俗小说艺术水平的提升。夏敬渠、吴敬梓、李绿园等作者都有很高的文化修养，有的是理学家。曹雪芹、李百川、汪寄、陈朗等文人小说家都很有才华，他

1. 鲁迅：《中国小说史略》，第176页。

们创作通俗小说，在小说的叙事艺术上进行探索，给通俗小说注入了新的因素。很多文人小说家用数年甚至十数年的时间创作一部小说，于小说中展示才学，抒写情怀，将通俗小说当作可以藏之名山、传之后世的著作。文人借通俗小说抒情言志，使小说观发生了重要变化，他们要用小说抒写不平之鸣，他们写小说是信腕抒怀，这些传统的诗文理论被文人小说家用来评论通俗小说。一些通俗小说借鉴了传统诗词的艺术手法，营造意境以抒情，借意象表达主旨，使通俗小说有了鲜明的抒情化倾向，比较典型的是《儒林外史》和《红楼梦》，这两部小说被有的研究者称为抒情小说。[1]

《儒林外史》从功名富贵的角度反思科举，探索文人出路，表达对理想人格的追求，达到了前所未有的深度，而且有着强烈的抒情性。[2]作者将自己化身为小说中的人物，既反映了自己的人生遭遇，又表达了自己的人格理想。《红楼梦》被认为是作者的自传，小说中的贾宝玉既有作者曹雪芹的影子，又寄托了作者的人生理想。作者通过贾宝玉抒写文人情怀，表达了人生道路选择的困惑、彷徨。作者所要补的天，既指文化之天，又指家庭之天，曹雪芹经历家道兴衰，穷困潦倒，以诗人的敏感和高超的艺术手法创造了具有浓郁诗情的艺术境界。

由于作者感情的渗透，《红楼梦》有浓厚的诗意。小说中的艺术形象又有象征意义，蕴含着丰富而深邃的思想内涵。小说用诗词、绘

1.〔美〕高友工《中国叙述传统中的抒情境界——〈红楼梦〉与〈儒林外史〉的读法》，载〔美〕浦安迪《中国叙事学》，第200—219页。

2.《儒林外史》，作者吴敬梓，生于康熙四十年，卒于乾隆十九年，他在移家南京之后开始创作《儒林外史》，至乾隆十四年基本完成。关于《儒林外史》的作者和版本情况，可参考陈美林《吴敬梓身世三考》，《南京师大学报（社会科学版）》1977年第3期；李汉秋《〈儒林外史〉版本源流考》，《文学遗产》1982年第4期，第117—123页。

画、酒令、灯谜、戏剧、景物乃至细节描写暗示人物命运和结局，结合浪漫主义和象征主义，形成了多层次的诗化意境。清人汪大可认为《红楼梦》的言情空前绝后。脂砚斋说曹雪芹曾“领略过乃事，迷陷过乃情”，以小说“自写其照”，《石头记》以“真正一把眼泪”写成，所以写得“情之至极，言之至恰”[1]。林黛玉的《葬花吟》、贾宝玉的《芙蓉女儿诔》表达了作者对生命脆弱、人生短暂、青春美好易逝的幻灭、哀伤，神瑛侍者和绛珠仙草的还泪之缘、贾宝玉和林黛玉缠绵哀婉的爱情，融入作者的情感。作者借鉴诗歌的意境营造手法，以情写景，情景交融，形成了诗一样的艺术境界。小说写贾母带着一家人在凸碧堂赏月，以静夜的明月清风、呜咽悲怨的笛声，营造了凄凉寂寞的意境。写林黛玉和史湘云联诗，见天上皓月和池中水月上下争辉，史湘云吟出“寒塘渡鹤影”之句，林黛玉对以“冷月葬诗魂”，情景完全交融，形成了凄清的意境。小说还借景物描写表现人物的心理活动。贾宝玉看到“绿叶成荫子满枝”的杏树，想到杏树子落枝空，由邢岫烟即将出嫁想到她红颜将槁，流泪叹息。再如林黛玉被关在怡红院外，想到自己的处境，心中悲戚，“花魂默默无情绪，鸟梦痴痴何处惊”[2]，小说借苍苔露冷、花径风寒、宿鸟、栖鸦飞起等景表达了林黛玉难以言传的苦情愁绪。

这一时期的文人小说大都有鲜明的情感色彩，因而被称为抒情小说。这些小说在对历史人生的感悟和对文人命运的思考中，常常渗透着感伤情调。《红楼梦》感悟人生，以为万境皆空，充满了幻灭感。《儒林

1.（清）曹雪芹著，邓遂夫校订：《脂砚斋重评石头记庚辰校本》，作家出版社2006年版，第356页。

2.（清）曹雪芹、高鹗：《红楼梦》，人民文学出版社1992年版。下文所引《红楼梦》原文，如无特别说明，皆出于该版本。

外史》充满了救世失败、人格理想幻灭的浓重感伤。《绿野仙踪》中有出世与入世的矛盾,《希夷梦》有历史幻灭感。清代前期的一些小说中也有感伤情调,但那种感伤主要是易代巨变的沧桑感,夹杂着不得仕进的抑郁。清代中期是清王朝最为繁盛的时期,易代巨变已成往事,文人创作的通俗小说中的感伤有了不同的原因和内涵。文人小说中的感伤与时代文化环境和士人的境遇有关。考据学的兴盛、儒家精神的复兴,使士人充满了建功立业的迫切感,而才华不得展现、抱负无法实现,又使他们无奈而伤感。文人小说家将自己无法实现的理想写进小说,让主人公在虚拟的小说世界中实现兼济天下的抱负,成就伟业。文人小说中的主人公不仅会吟诗作赋,博学多才,而且有实际的才干,往往文武双全,如《野叟曝言》的文素臣、《雪月梅》的岑秀,都是典型的文人英雄。像《野叟曝言》这样塑造文人英雄形象的通俗小说形成一个类型,有的学者称这类小说为儿女英雄小说,其中,富有才学、兼通文武的女子与文人英雄相辉映。

学识渊博的文人创作通俗小说,在小说中表现才学就很自然。清初通俗小说中即已出现炫示才学的现象,到了清代中期,这种现象更为突出。文人小说中不仅穿插诗文,而且展示医学、天文、地理、兵书战策以及各种杂学。借通俗小说言志和炫学,最典型的是《野叟曝言》。《野叟曝言》按编年顺序,[1]以成化、弘治两朝为背景,讲述了主

1.《野叟曝言》,原书不署作者,据知不足斋主人的序言,作者为夏敬渠,而据《江阴夏氏宗谱》,夏敬渠生于康熙四十四年,卒于乾隆五十二年,小说的成书时间,为乾隆十五年前后,一说为乾隆四十四年前后。关于小说作者的情况,可参考孙楷第《夏二铭与"野叟曝言"》,《大公报》1931年3月9日。还可参考赵景深《小说戏曲新考·〈野叟曝言〉作者夏敬渠年谱》,世界书局1939年版;赵景深《中国小说从考·〈野叟曝言〉与夏氏宗谱》。关于《野叟曝言》的版本,可参考胡适《野叟曝言的版本》,《文献》1994年第3期。

人公文素臣建功立业的故事。夏敬渠是理学家，不仅精通经史，而且对兵法、医学、天文、历算等无所不通，他将自己的学问借小说主人公文素臣加以展示，特别是小说中谈论经史、评论诗歌、阐述医学的文字多取自作者的相关著作，小说中插入的诗歌多采自作者的诗文集《浣玉轩集》。《野叟曝言》以通俗小说"庋学问文章"[1]，被有的研究者称为才学小说。《野叟曝言》的凡例称这部小说是"镕经铸史人间第一奇书"，作者有借小说炫示才学之意，但这些才学主要用于文素臣形象的塑造，将文素臣写成"奋武揆文天下无双正士"。文素臣的学问、武功是实现抱负、建立功业的重要手段，与同被称为才学小说的《镜花缘》《燕山外史》《蟫史》有所不同。

《镜花缘》被称为"学术之汇流，文艺之列肆"[2]，多数学问、才艺与人物塑造和主旨表现没有紧密关系，特别是一百位才女游园聚会，显示杂艺，完全脱离了情节发展，纯为炫学而作。《燕山外史》的才学主要体现为以骈文写作长篇小说。《蟫史》的才学主要体现为以文言写长篇故事。《野叟曝言》中，有些才学展示与前后情节联系不紧，如第七十三回至七十九回，文素臣发表对众多历史人物和事件的评论，冗长乏味，脱离了情节，是作者将自己的史论著述直接搬到小说中。但《野叟曝言》中的学问、才艺大多能融入小说叙事，为小说整体构思、情节发展和人物塑造服务。像兵学、医学、算学等实用才学多融入小说情节，促进情节发展，塑造文素臣的全能形象。文素臣之所以能娶素娥、湘灵为妾，为东宫太子所宠信，得以大展抱负，都得益于其出神入化的医术。在第一百十一回中，文素臣以历算方法测天体运行，

1. 鲁迅：《中国小说史略》，第195页。
2. 鲁迅：《中国小说史略》，第205页。

用勾股算法测海岛距离，设计攻破了敌巢。《野叟曝言》中的才学以经史为主，重视各种实用的学问和技术，甚至包括武艺。小说强调文素臣的超人武功，既因为武功为建功立业之所需，也因为对过去文人病态的反思。

这个时期出现的类型融合现象，比较典型的是《绿野仙踪》。[1]《绿野仙踪》写冷于冰放弃科举功名，对世事心灰意冷，外出求仙访道。冷于冰修道的途径是济世行善，他惩奸除恶、拯救百姓、度化凡人，最后功德圆满，成道升仙。小说实际上借冷于冰的求仙访道表达了儒家的治平理想。与一般的行善积德不同，冷于冰还平定叛乱、抵御倭寇、惩治权奸、赈济百姓。这种对政治的积极参与和明代神魔小说中的斩妖除魔有所不同。将《绿野仙踪》置于清代中期的文人小说中，才可以理解《绿野仙踪》表现的济世热情。冷于冰一再强调自己信仰的道教不同于世俗的道教，作者借修道求仙表达文人情怀。大济天下苍生，实现自身价值，是文人的人生理想，这种理想主义表现在通俗小说中，也表现在诗文中，甚至表现在考据学中。考据学者相信自己所从事的考据有益于治世。在清代中期的文人小说中，文人主人公不走科举仕途，通过其他途径参与政治，铲除权奸，赈济灾荒，参加征战，平定叛乱，安定国家，表现出超群的文韬武略和治世才干。无论是世情小说还是才子佳人小说、神怪小说，都有相似的故事情节。表

1.《绿野仙踪》的作者李百川，据抄本前的自序，他于乾隆十八年开始写《绿野仙踪》，至乾隆二十七年才最后完成。现存的抄本前有乾隆二十九年陶家鹤序，乾隆三十六年侯定超序及虞大人评语，则《绿野仙踪》开始流传最迟不晚于乾隆三十六年。关于小说作者的情况，可参考辰伯《〈绿野仙踪〉的作者》，《清华周刊》1931年第36期。还可参考侯忠义《论抄本〈绿野仙踪〉及其作者》，《北京大学学报（哲学社会科学版）》1985年第1期。有关版本的情况，可参考孙楷第《中国通俗小说书目》，第201页；柳存仁《伦敦所见中国小说书目提要》，第63页。

现文人英雄功业梦的通俗小说中，故事结局多为文人主人公弃世出家或退隐山林，这样的结局安排体现了儒家功成身退的理想，表现了道家渴望回归自然的思想，但也是小说作家的无奈安排。《绿野仙踪》中，冷于冰功德圆满，得道成仙，表面上看是大团圆，实际上隐含了作者的无奈和感伤。《儒林外史》以一曲哀婉的《沁园春》词结束，作家表示要“伴药炉、经卷，自礼空王”，却又提及“濯足沧浪”的道家理想[1]。《红楼梦》中贾宝玉在经历红尘繁华之后，带着无限的感伤和失落，跟随一僧一道回归大荒山。不少小说选择以道教作为主人公的精神归宿，这与当时理学家对佛教的批评有关，也因为道教的世俗性，道教的神仙世界与现实世界相互关联，仙道可以自由往来世间，干预世事，救济度脱。后来的《瑶华传》中，剑仙无碍子称自己信仰的是剑仙道，剑仙道超出三教之外，又游于三教之中，在三教之中，“尤切近儒教”[2]。无碍子把剑术与文人之笔相比，与当时的学者戴震以剑比书[3]、黄景仁在诗中反复吟咏剑[4]，有相通之处。剑代表入世的热情，仙道是出世的象征，二者却在文人小说中相结合，这体现了文人在济世与出世间的矛盾、徘徊，所以剑仙道可以说是文人的宗教。

清代中期的文人以严肃的态度创作通俗小说，使通俗小说成为文人抒情达意的媒介。文人小说关注士人自身，抒发士人之人生理想。而理想之幻灭，往往使小说充满感伤色彩，这种感伤是盛世之衰音，

1.（清）吴敬梓著，李汉秋辑校：《儒林外史汇校汇评》，第685页。

2.（清）丁秉仁：《瑶华传》，辽沈书社、吉林文史出版社、巴蜀书社、齐鲁书社1992年版，第368页。

3. 戴震《序剑》：“剑其书也，书其剑也……”（清）戴震：《戴东原集》，第2页。

4. 如其《十四夜京口舟次送别张大归扬州》《和容甫》《夜起》《旅馆夜成》《题萍乡旅店》等。值得注意的还有黄景仁的自绘肖像《蒲团看剑图》，其朋友左辅《题黄秀才蒲团看剑图》：“昔年读书复击剑，如今按剑将逃禅。雄心岂向湖海尽，欲摄天地归蒲团。鱼鳞不合尚鸣跃，怜君犹被嗔猿缚。”（清）黄景仁：《两当轩集》附录第五。

又展现了文人从激情到幻灭的心路历程。这个时期的小说《希夷梦》值得注意。这部小说虽然艺术成就不高，但其中对济世情怀的抒写、对文人理想幻灭的表现，非常有典型意义。《希夷梦》的作者汪寄在自序中称这部小说的创作目的是表彰五代的殉国忠臣韩通，之所以写仲卿，是因为只写韩通的忠烈事迹，“未免短窄无奇”[1]，因而同时写韩速、仲卿的故事。实则韩通在故事开始时即已死去，整部小说写的是仲卿和韩速梦入海外岛国建功立业的故事。后来仲、韩二人得知宋为元所灭，反宋复周之大业一时落空。仲卿寻找韩速，骑马冲入海中而惊醒，方知海外岛国五十年之功业，实为希夷洞三百日之大梦，而洞中三百日，中原已过三百年。二人梦醒时，雪鬓霜髯，衰形残质，他们重游汴梁，物变人非，满眼凄凉。在随园酒家，韩速弹铗高歌，感叹人生百年如浮沤，富贵荣华皆成空。二人有感于人生空幻，于是摆脱世事，决心修道。

《希夷梦》中的这种幻灭、感伤在同时期的很多文人小说中都有所表现。吴敬梓的《儒林外史》写三山门贤人饯别，有一种悲凉之意，贤人君子风流云散，泰伯祠尘封荒凉，结尾一回写于老者听荆元弹琴，琴声“忽作变徵之音，凄清宛转”，于老者“听到深微之处，不觉凄然泪下”[2]，于老者的凄然之泪和小说结尾的《沁园春》词，体现了势利社会中文人理想和儒家济世理想破灭后的悲凉和感伤。《红楼梦》写贾府被抄，大观园败落，众女儿或死亡，或出家，或远嫁，或守寡，富贵荣华终成一梦，人生虚幻、万缘皆虚，贾宝玉梦醒之后回归大荒山。《瑶华传》的瑶华有力平叛，却无力挽救气数已尽的明王朝，天命如

---

1. 丁锡根编著：《中国历代小说序跋集》（下），第1438页。
2.（清）吴敬梓著，李汉秋辑校：《儒林外史汇校汇评》，第673页。

此，人力无可奈何。文人小说的作者多是穷愁不遇的文人，身世凄凉，却又怀抱救济天下苍生、实现人生价值的理想。因为科举制度本身的问题和现实社会的各种原因，文人被迫放弃了政治追求，放弃了儒家理想中最根本的东西，因而失去了精神依托。《希夷梦》用大部分篇幅写仲、韩二人在岛国的功业，对仲、韩二人的才干不厌其烦地铺叙。《希夷梦》的幻灭、感伤背后是强烈的用世热情。清代中期的很多文人小说有相似之处，文人小说中的幻灭不是一般的感伤，而是浓浓的悲凉，是那个时代文人心态的反映。

三、延续与发展

从乾隆五十二年（1787）到嘉庆中期，文人小说继续发展。文人小说的叙事方式在这个时期得以延续发展，文人小说的炫才炫学倾向在这个阶段进一步强化。这个阶段出现了新的小说类型。有的通俗小说贴近现实，反映了社会的变动。此期创作的通俗小说较上一阶段有所增加，有刻本传世的就有36部。从类型上看，历史演义减少，英雄传奇的艺术水平较低，公案小说有所发展。这个阶段的历史演义有《南史演义》《北史演义》《鬼谷四友志》等。《南史演义》《北史演义》的作者是文人杜纲，杜纲和散曲家许宝善相友善，许宝善在为《南史演义》所作的序中强调这部小说的史鉴教化作用，认为小说中有作者之歌哭，而读者读了可明白劝惩之义。这个阶段的英雄传奇多假借历史框架，虚构英雄传奇，重视故事性，不注意人物形象的塑造，小说中的英雄主人公有民间色彩。这些小说明显是书坊组织编写的，往往成系列刊刻，如《万花楼》《粉妆楼全传》《五虎平西前传》《五虎平南后传》等就形成了一个“说宋”系列。像《雷峰塔奇传》《飞跎全传》《清风闸》等通俗小说都是根据民间叙事文学记录整理或改编而成的，市井文学的色彩较为浓郁。乾嘉时期，民间说唱复兴，出现了不少有名的说书艺人，如邹必显、浦琳等。邹必显以扬州土语将所讲的评书《飞跎子书》编辑成书，就是《飞跎全传》。浦琳所讲的评话被记录下来，整理为小说《清风闸》。

在这个阶段，公案小说有了新的发展，出现了长篇公案小说，不再像以往的公案故事那样连缀短篇。《警富新书》是一部公案小说，整部小说只写了一个案子。《施公案》以施仕伦为线，串起多个断案故事，各个案件之间相互联系，前后呼应，使整部小说成为一个有机整体，与以往公案小说的短篇形制、简单的连缀形式不同。也就在这个阶段，公案小说与侠义小说合流为公案侠义小说。上述小说都以有一定识字水平的市井大众为期待读者，迎合大众的审美趣味，强调故事性，语言通俗，风格粗放，与文人创作的通俗小说有很大区别。

这个阶段产生了大量文人独立创作的通俗小说，几乎占本期创作的通俗小说的一半。这个时期文人独立创作的通俗小说，受前一阶段的通俗小说影响很大，出现了《绮楼重梦》《续红楼梦》《后红楼梦》《红楼复梦》等“仿红”“续红”“补红”之作。被归入神怪小说的《瑶华传》也受《红楼梦》的影响，这部小说的很多世情描写有《红楼梦》的影子，其园林和庭院的描写也借鉴了《红楼梦》的写法。另一部小说《蜃楼志》则学习《红楼梦》的写实精神。这部小说写商人的家庭生活，有着鲜明的时代特点，其对家庭生活琐事的描写，对《红楼梦》有所借鉴。男主人公苏笑官和《红楼梦》的贾宝玉有相通之处：苏笑官不愿为官，贾宝玉厌恶仕途经济。与贾宝玉不同的是，苏笑官与多名女性发生性关系，有的研究者认为苏笑官兼有贾宝玉和西门庆的特点，实际上苏笑官淫而不乱，与西门庆很不一样。在《蜃楼志》的结尾，文人李匠山看透世事，拒绝荐举，这种出世心态与《红楼梦》有相通之处。小说名为“蜃楼”，寓虚幻之意，应该也受“红楼梦”之名的影响。

这个阶段产生的《岭南逸史》等通俗小说与前一阶段的《野叟曝言》等小说在内在精神上有相通之处。文人独立创作的通俗小说中的文人主人公形象和女性形象很有特点，尤值得注意的是巾帼英雄。《岭南逸史》中的李小环、张贵儿、梅映雪，《绿牡丹》的花碧莲，《瑶华传》的朱瑶华，《镜花缘》的骆红蕖、颜紫绡等，都有武功或谋略，可以除去猛兽，造福一方，可以带兵出征，建立功业。这种对女子的称扬，对女子文韬武略的夸大描写，与小说中文人情怀的抒发有密切关系。

这一时期文人小说中的男主人公多为文人，文人主人公身上则都有作者的影子，是作者人生理想的表现，如《岭南逸史》《虞宾传》《白圭志》《蟫史》以及稍后的《西湖小史》《三分梦全传》等。《蜃楼志》通过对商人家庭生活的描写反映社会现实，这部小说中的文人李匠山值得注意，虽然小说对他没有过多的描写，但这个人物形象有着特殊的意义，应该带有作者的影子。清贫文人李匠山品格高洁，他在纷乱的社会中保持清醒，他看透了世事，淡泊名利，或出或处，一切随心。《常言道》的落魄秀才名叫时伯济，带有寓言性质。小说通过时伯济的形象，表达了对金钱世界、势利社会中文人处境的同情和感叹。作者署名“落魄道人”，小说中的落魄秀才应该是作者的化身。另一部具有荒诞寓意性质的通俗小说《何典》很有特色，作者署名“过路人”，据考证，“过路人”为张南庄。这部小说描写滑稽荒唐的鬼世界，借鬼世界反映现实，表达了作者对黑暗世界的绝望心态和怀才不遇的郁愤。

这个时期，文人创作的《岭南逸史》《如意君传》等小说与前一阶段的《野叟曝言》有相通之处，被称为儿女英雄小说。这不是一个流派，但这些小说“精神面目相仿佛”[1]，也就是在精神上有相通之处。这类小说与才子佳人小说有所不同，小说中的才子文武双全，佳人亦往往武艺高强。这类小说与英雄传奇相似的地方是描写英雄征战，不过平定叛乱的英雄是文人。而且这类小说强调儿女真情，借鉴了才子佳人小说的情爱描写因素。但这类小说又不是才子佳人小说和英雄传奇的简单糅合。当然，此期小说类型的相互渗透较为普遍。神怪小说中写人情，如《海游记》被称为“荒唐的人情小说”[2]。《锋剑春秋》和《希夷梦》则融神怪和历史演义于一体，借历史框架写神怪之事，但又与明代的历史类神怪小说《封神演义》有所不同，像《希夷梦》假托历史，实写神怪，而要表达的是文人的人生感慨。有的世情小说借鉴才子佳人小说的情节模式，有的穿插公案故事，《玉蟾记》甚至融合才子佳人、神怪、历史演义和侠义等因素；才子佳人小说则点染世情，铺陈妖异，杂糅兵戈战阵，与明清之际的才子佳人小说有很大不同。这种类型的融合和跨越现象，是基本类型发展的必然趋势，也是求新求异的结果，而且世情、神怪、历史、英雄在社会历史中本就交融，无法分割，强为分割是为便于写作，吸引特定的读者，而一旦成熟，或显单调，所以必然混融。“英雄、儿女、鬼神，为中国小说三大

1. 孙楷第：《中国通俗小说书目》，第171—175页。
2. 林辰：《明末清初小说述录》，第421页。

元素。凡作小说者，其思想大抵不能外乎此。且有一篇之中三者错见，不能判别其性质者；又有其宗旨虽注重于一端，而亦不能偏废其他之二种者。此由社会心理使然，不能以此衡作者之短长也。”[1]

清初，通俗小说的跨类型现象即已出现，到清代中期，跨类型成为一种普遍现象。通俗小说之发展要求新求变，而类型之间的借鉴、糅合是求新求变的重要途径。不同类型的杂糅可以使故事情节变得丰富曲折，能吸引更多的读者，可以为出版商赢得更高的利润。[2]清代中期的儿女英雄小说属于不同类型的相互渗透。与被称为儿女英雄小说的文人小说相比，书商编刊的英雄传奇在文字和艺术上非常粗糙，比较有代表性的是说唐、说宋系列。儿女英雄小说和英雄传奇的最大区别是主人公。英雄传奇完全忽视文人，而儿女英雄小说的男主人公都是文人，《野叟曝言》中的文素臣、《雪月梅》中的岑秀、《岭南逸史》中的黄逢玉等。这些小说尊崇士人，赞美他们的文才、武功和社会责任感。主人公大多是作者的化身，他们多科举不第，怀才不遇，没有家族背景，有的出身贫寒，与明清之际的才子佳人小说中出身世家的才子有很大不同。这些文人英雄凭着自己的文韬武略建立不朽功业，可以说是个人英雄主义者。儿女英雄小说和英雄传奇的女性描写也有很大不同。英雄传奇对女性缺乏尊重，有浓厚的性别歧视色彩。儿女英雄小说中的女子才貌双全，而且能够慧眼识英雄，在才子落魄之时给予真诚的帮助，更重要的是她们帮助文人英雄建立了功勋，所以儿女英雄小说中对女性的尊重常与文人小说家的知遇之感相联系，比较

---

1. 管达如：《说小说》，载邬国平、黄霖编著《中国文论选·近代卷》（下），江苏文艺出版社1996年版，第788页。

2. 关于十八世纪通俗小说的跨类型现象及其成因，参考刘书成《论中国古典长篇小说的跨类型现象》，《社科纵横》1993年第1期，第52—56页。

有代表性的是《岭南逸史》。

《岭南逸史》描写了张贵儿、李小环、梅映雪、谢金莲等女性形象，女主人公塑造得比男主人公生动，男主人公黄逢玉的文武双全流于概念化。《岭南逸史》中的女主人公容貌美丽，而且智谋超群，是巾帼英雄。《岭南逸史》上半部写黄逢玉访亲，串联起张贵儿等女性形象；下半部以张贵儿寻夫为线，写张贵儿联合谢金莲剪除了岭南贼寇，四个女子同归黄逢玉。张贵儿、李小环、梅映雪和谢金莲凭自己的智谋和武功救黄逢玉于危难之中，又助黄逢玉建功立业，与以前小说中的女性形象完全不同。她们像才子佳人小说《红楼梦》中的女子一样貌美、有才、重情，同时武艺高强，有侠义情怀，既是佳人，又是英雄。

《岭南逸史》塑造的女性形象和同时代的《野叟曝言》《雪月梅》等小说中的女性形象有相通之处。清代后期，通俗小说《儿女英雄传》中的侠女何玉凤、《生花梦》中的女主人公冯玉如，身上都有《岭南逸史》中张贵儿、李小环、梅映雪等巾帼的影子。《岭南逸史》《雪月梅》等小说的创作目的都是抒写情志，表现自我，与同时期的说唐、说宋系列的英雄传奇完全不同。《野叟曝言》《岭南逸史》《雪月梅》被有的学者称为儿女英雄小说。之所以称为儿女英雄小说，是因为这类小说都写文人的英雄梦和儿女情，小说中的男主人公都有作者的影子。“说唐”“说宋”等英雄传奇由书坊组织编写，书坊重利，希望编刊的小说为市民大众所喜欢，所以重视故事性和趣味性，吸收民间传说故事，表达的也是市井大众的人生价值观。而儿女英雄小说是夏敬渠、陈朗、黄耐庵等有较高文化修养和文学素养的文人在书斋中独立创作而成的，这类小说将“英雄至性”与“儿女真情”相结合，借英雄、儿女故事

"寄托救世之志","宣泄游放之气","抒写豪侠之情",[1]其中蕴含了作家的身世之感,体现了一代失志士人的文化心态。这类小说是典型的文人小说。

早在清代前期,有的小说作者就在通俗小说中表现才学。到了清代中期,文人小说作家以通俗小说显示才学的动机更为明确,比较典型的是《野叟曝言》《镜花缘》《燕山外史》《蟫史》等,这些小说或者显示文章之才,或者显示学问,炫才炫学之意非常突出。《燕山外史》的作者表示要"自我作古",他用骈文写长篇小说,有意在小说的艺术形式上求新求变,表现才华。长达二十卷的小说《蟫史》则全用文言写成,显示了作者的古文功力;在故事讲述中引经据史,又显示了作者的学问。《镜花缘》的作者李汝珍则在小说中显示自己的音韵学知识和杂学,历算、星相、医学、艺术以及各种杂艺无所不包。以小说见才学之风的兴盛,一方面因为小说作者是文化修养水平较高的文人,《蟫史》的作者屠绅有深厚的古文功底,《燕山外史》的作者陈球有较高的文学修养,尤擅辞赋。另一方面也与学术风气有关,乾嘉时期,考据学大为兴盛,骈体文在沉寂了几个世纪之后得以复兴,也与考据学风有一定关系。

这一时期,文人创作的通俗小说对现实有及时而真切的反映,如《蜃楼志》就有浓郁的时代气息。这部小说描写了洋商的家庭生活,反映了清代海禁开放后的社会现实,揭示了海关官场的腐败。这个时期文人创作的通俗小说,文人色彩逐渐加重,自我抒写的特征越来越突出,炫才炫学的倾向越来越明显,对现实人生的反映越来越真切,艺

1. 张俊:《清代小说史》,第313—314页。

术上也有很多探索和创新。这个时期通俗小说的文人化特点，为下一时期的通俗小说所继承和发展。清代后期，古典小说的规范式微，清代中期繁荣一时的世情小说、神怪小说、英雄传奇都走向衰退，代之而盛的是侠义公案小说和狭邪小说。这一方面是古典小说发展的结果，另一方面也与政治的变动有关，历史大变迁引发的思想文化的变化对小说的内容和艺术形式都产生了重要影响。这个时期是古典小说的繁荣时代，但在一定意义上也是中国古典小说的终结。[1]

1. 当然近代小说特别是十九世纪上半叶的通俗小说与古典小说有诸多相通之处，不过从关注的焦点、深层的精神上说，十九世纪中期以后的通俗小说发生了较为明显的变化。

第三节　清中期通俗小说的文人化特征

清代中期，大批文人参与通俗小说的创作，给通俗小说带来重要变化，传统诗文的艺术手法被引入通俗小说，通俗小说的观念有了变化，抒情言志说取代了史鉴说和劝惩说，成为通俗小说的重要理论，通俗小说的创作和传播方式有了很大改变。文人创作的通俗小说关注文人的人生境遇，抒写文人的人生情怀，伴随着关注焦点的变化，叙事手法也有了新的变化。

一、清中期通俗小说的文人笔调

在清代中期，通俗小说创作从书坊回到书斋。通俗小说之诞生，与市井大众的娱乐需求紧密相关，因此有浓重的市民色彩。宋元时期的小说话本、讲史平话，或为说话之底本，或为说话之记录整理。到了明代，在书坊的推动下，通俗小说迅速发展，走向成熟。书坊编刊通俗小说是为了商业利益，选题时首先考虑市场，注重小说的娱乐性和可读性。冯梦龙受书坊主之托编写了话本小说集《古今小说》(后改为《喻世明言》)，市场反响良好，于是接着编写续集《警世通言》《醒世恒言》。看到“三言”畅销，有书坊主请凌濛初仿照“三言”编写新的话本集。由于冯梦龙的“三言”将前朝小说话本搜罗殆尽，无法推脱书坊主之请的凌濛初只好改编当代故事。[1]因为通俗小说有众多读者，不少书坊雇文人编写通俗小说，有的书坊主自己动手编写通俗故事，比较典型的是余氏书坊和熊氏书坊，余氏家族的余邵鱼、余象斗，熊氏家族的熊大木，都编写了很多通俗小说，特别是历史演义。书坊主导通俗小说的编刊，以市场为导向，以营利为目的，决定了通俗小说的审美趣味，影响了通俗小说的艺术水平和刊刻质量。明代后期，书坊之间跟风仿效，话本小说、历史演义、神怪小说、公案小说成批刊行，促进了通俗小说的类型化。为了竞争，各个书坊也力求新变，明清之际的时事小说就是历史演义的新变。时事小说感慨改朝易代的沧桑巨变，抒写故国之思，反思王朝灭亡之因，在特殊的历史背景下，吸引了不少读者。但书坊编刊这类时事小说，仍以营利为目的，大多文字粗糙，不少小说相互抄袭，或改头换面重刻。才子佳人小说在清初盛行，也与书坊的跟风仿效有关。早出的才子佳人小说在人物塑造、情节结构上有创新之处，但后来成批刊刻的才子佳人小说陈陈相因，人物形象类型化，故事情节模式化，了无新意，这些才子佳人小说当由书坊组织编写。烟水散人、天花藏主人为书坊编写了多部才子佳人小说。烟水散人在《赛花铃》题词中说，他编写《赛花铃》等美人书，是应书坊主之请。

在书坊操纵通俗小说的编刊发行之时，仍然有小说独立于书坊运作系统外。被称为“四大奇书”的明代通俗小说《三国志通俗演义》《水浒传》《西游记》《金瓶梅》在编写完成后，以手抄本等形式在社会上传播，书坊主发现其市场价值，才加以刊刻。这几部小说的编写

1.（明）凌濛初：《二刻拍案惊奇》小引，载《古本小说集成》第五辑第七册，第1—5页。

独立于书坊运作之外，被有的学者称为文人小说。再如清初西周生的《醒世姻缘传》也不是书坊组织编写的，这部小说也被称为文人小说。[1]《三国志通俗演义》《水浒传》《西游记》虽然有故事原型，特别是《三国志通俗演义》《水浒传》被认为是累积型创作或集体创作，但加工写定的过程渗入作者的历史观或人生感悟。《西游记》虽然有故事原型，但取经故事只是框架，小说主体部分是作者的创作，有作者的个人风格。《金瓶梅》虽然由《水浒传》的一段故事引出，插入不少戏曲韵文，但这部小说仍被认为是文人的创作。不过这样的通俗小说在整个明代比较少见，而且《三国志通俗演义》《水浒传》等小说的早期版本比较粗糙，在书坊的一次次翻刻重刊中，文人不断加工润色，这两部小说才一步步完善，最后成为经典。由于易代的刺激，明清之际的通俗小说出现了文人化现象，产生了一些文人独创的通俗小说，如白话短篇小说集《豆棚闲话》、陈忱的章回小说《水浒后传》等，这样的小说明显不是为书坊营利而作。

明代到清初，李贽、汪道昆、金圣叹、毛宗岗等具有很高文化素质的文人阅读通俗小说，为通俗小说作序跋、写评点，推动通俗小说由素朴一步步走向精致化。但高层次文人直接创作小说的情况还比较少见。清初，文人开始在书斋中创作通俗小说，抒写个人情志，这种书斋中创作的通俗小说有鲜明的文人特色。这种书斋创作直到康熙后期才形成潮流。不少文人科场失意，生活困窘，将怀才不遇的感慨、实现人生价值的渴望以及人格理想的追求等借助通俗小说的创作来表达，他们在旅途中，在书斋里，用数年甚至大半生创作一部通俗小说。

1.〔美〕宇文所安：《地：金陵怀古》，载乐黛云、陈珏编选《北美中国古典文学研究名家十年文选》，第312页。

吴敬梓写《儒林外史》，前后用了十多年时间。《红楼梦》是作者“披阅十载，增删五次”而成。《绿野仙踪》的写作历时十年。丁秉仁用数年时间完成《瑶华传》，又用四年时间反复修改。《歧路灯》断断续续二十多年才完成。《野叟曝言》的作者几乎用了一生来写这部小说。创作一部小说花费这么长的时间，可见作者创作态度之严肃，他们的小说不是为书坊而写的。许多小说完成后藏于家中，或者以手抄本的形式在朋友圈子中流传，多年之后才由书坊刊刻。有的是朋友推荐给书坊刊刻，出版费用甚至由欣赏小说的朋友们凑集。从康熙后期开始，文人小说家发现通俗小说的言志功用和传世价值。通俗小说完成后，作者请人为小说作序，不是为了宣传，而是渴求知音理解。陈朗完成《雪月梅》后，将稿本送给董寄绵看，董寄绵阅读后为之作跋。蓉江完成《西湖小史》后，请李荔云作序。明代和清代前期书坊刊刻的通俗小说前多有序，这些序有的为书坊主请知名文人而作，大多为假托名人而作，借此宣传，抬高书价，在市场竞争中占据优势。文人的诗文集一般都会请人作序，后来戏曲也有人愿为之作序，但请人为通俗小说写序，又不是为了广告宣传，这是前所未有的现象。这种现象说明文人的通俗小说观念有了改变。文人小说的序跋极少宣扬劝惩、史鉴，以劝惩、史鉴为创作宗旨的主要是拟话本小说和书坊组织编写的历史演义、英雄传奇，文人在书斋中独立创作的通俗小说则强调个人情怀的抒写。《红楼梦》的作者称自己十年辛苦，著成此书，“字字看来皆是血”。李海观（李绿园）在自序中讲述了自己创作《歧路灯》的过程，他写这部小说前后用了三十年。[1]《野叟曝言》的作者夏敬渠为

1.(清)李海观:《歧路灯》原序，载《古本小说集成》第三辑第一百四十九册，上海古籍出版社1994年影印版，第35页。

了创作这部小说，“屏绝进取，一意著书”[1]。文人在通俗小说上投入那么多的时间和精力，只因相信通俗小说可以和诗文一样传世不朽。李春荣在《水石缘》的自序中认为小说“文则有可传”[2]。董寄绵在《雪月梅》的跋中认为通俗小说可使“古今事业”为后人所知。[3]无数豪杰之士沉埋于草莽间，幸有通俗小说使这些豪杰之士得以传名世间。赏心居士在《后水浒叙》中说，英雄豪杰一开始“困顿郁抑”，但终会“显于当时，垂之竹帛”，为天下、后世之人所敬仰，成为楷模。[4]蔡奡在《评刻〈水浒后传〉叙》中认为，与立德、立功相比，立言更为重要，因为立德和立功都必须借立言而传，没有“言”，后人无从“知之志之”。[5]而立言之中就包括通俗小说。镜湖逸叟（陈朗）在自序中将自己的小说《雪月梅》与名贤著述相比，认为自己的小说也属于“立言”，即使比不上名贤著述，也如春鸟秋虫应时而鸣，不得不发。[6]李荔云在阅读了朋友的小说《西湖小史》的稿本后，为小说作序，高度评价了《西湖小史》，既为朋友蓉江的怀才不遇而鸣不平，又为朋友能写出《西湖小史》这样的作品而高兴，认为《西湖小史》“已足以藏之名山，传之来世矣”[7]。

曹丕在《典论·论文》中将文章称为经国之大业，人生短暂，功业虚幻，只有文章可传世不朽。这种对文章的肯定，说明了文学的自

1. 丁锡根编著：《中国历代小说序跋集》（下），第1573页。
2. 丁锡根编著：《中国历代小说序跋集》（下），第1293页。
3.（清）镜湖逸叟：《雪月梅》跋，载《古代小说集成》第四辑第四十六册，第2页。
4.（清）赏心居士：《后水浒叙》，载《绘图荡平四大寇传》，清光绪二十一年文宜书局石印本。
5. 丁锡根编著：《中国历代小说序跋集》（下），第1511页。
6.（清）镜湖逸叟：《雪月梅》自序，载《古代小说集成》第四辑第四十六册，第2页。
7. 丁锡根编著：《中国历代小说序跋集》（下），第1310—1311页。

觉。不过小说被目为小道，源于民间说唱的通俗小说更为正统文学所排斥。明代的李贽认为《忠义水浒传》是“发愤之所作”，将《忠义水浒传》与《史记》并提；袁宏道称通俗小说《水浒传》《金瓶梅》为“逸典”，通俗小说在文学中获得了一席之地，其地位开始为正统文人所承认。但通俗小说被当作商品，用以谋利，影响其艺术水平的提升。书坊主为了营利，标榜史鉴、劝惩，实则更重视娱乐性。到了清代中期，文人开始在书斋中写通俗小说，认为通俗小说可以和诗、文、史书一样传世不朽，通俗小说观念有了重大转变。文人将自己的人生理想和怀才不遇的悲慨借通俗小说加以抒写。《野叟曝言》的作者夏敬渠“抱奇负异”而不遇，将无法实现之抱负“发之于是书”。[1]西岷山樵在《野叟曝言》的序言中认为这部小说“抒写愤懑，寄托深远”[2]。李百川表示，他的《绿野仙踪》是“遣愁”之作，是以笔代祢衡之三挝。[3]李春荣在《水石缘》的《自叙》中说，他写的这部小说即使“无文藻可观”，但可以“使悲欢离合各得其平而不鸣”。[4]

与诗文的抒情方式不同，作为叙事文学的通俗小说，在虚构的小说世界中塑造人物形象，以此抒发人生情怀，表达对历史的认识和感受。清代中期文人独立创作的通俗小说多以文人为主人公，这些文人形象多为作者的化身。《野叟曝言》中的文素臣非常典型。被称为“极有血性的真儒，不识炎凉的名士”的文素臣，在放弃科举之后漫游天下，以其韬略武功挽救了王朝，开创了太平盛世，建立了不朽

1.（清）夏敬渠：《野叟曝言》序，载《古本小说集成》第四辑第五十五册，第1页。
2. 丁锡根编著：《中国历代小说序跋集》（下），第1573页。
3.（清）李百川：《绿野仙踪》辑补序，载《古本小说集成》第一辑第一百三十册，第4页。
4. 丁锡根编著：《中国历代小说序跋集》（下），第1294页。

功绩。文素臣的科场失意，是作者的自我写照；而文素臣的伟大功业，则是作者的人生梦幻。《绿野仙踪》的冷于冰放弃科举，出家求道，锄强扶弱，救济百姓，平定叛乱，功德圆满而升仙。作者将“吕纯阳欲度众生之志”与儒家兼济天下的理想糅合为一，抒写自己的济世情怀。《儒林外史》中，杜少卿的人生经历、性格特点和为人处世都与作者吴敬梓相似，实为作者自况。小说中的庄绍光、虞育德等人物都有原型，王冕是历史人物，作者借这些人物以及最后一回的市井四奇人，又寄托了自己的人格理想。《红楼梦》一度被认为是作者的自传，男主人公贾宝玉身上应该有作者的影子，作者借贾宝玉的形象抒写了有材不得补天，枉入红尘的深沉感慨，表达了对人生意义的深刻思考，抒发了理想破灭、失去寄托的无奈感伤。文人小说家承认自己的小说为“谎”为“谬”，而虚构是为了表达情志。李春荣在自序中承认《水石缘》中很多情节乃自己“悬拟”[1]；李绿园强调自己的小说《歧路灯》是“空中楼阁”[2]；陶家鹤认为，《绿野仙踪》为说部，虚构很正常，实际上古代史书也未必皆真，左丘明可以说是“千秋谎祖”，关键在于能否把谎写得逼真，能否“谎到家”[3]。董寄绵认为稗官小说虚构很正常，《雪月梅》就是“凭空结撰”。[4]《英云梦》的作者说，没有必要询问小说中人物“果有是人”，关键在于小说“所设之境，所传之事”能否使人“移情悦目”。[5]《蟫史》的作者认为，小说

---

1. 丁锡根编著:《中国历代小说序跋集》(下)，第1294页。

2.(清) 李海观:《歧路灯》原序，载《古本小说集成》第三辑第一百四十九册，第35页。

3.(清) 李百川:《绿野仙踪》陶家鹤序，载《古本小说集成》第一辑第一百二十六册，第3页。

4.(清) 镜湖逸叟:《雪月梅》董寄绵跋，载《古本小说集成》第四辑第四十六册，第2页。

5. 丁锡根编著:《中国历代小说序跋集》(下)，第1318—1319页。

故事“有不尽有，无不尽无”[1]。清代中期的文人小说强调虚拟，以小说抒情、言志、炫才，使通俗小说与传统诗文在精神上达成一致。文人小说的兴盛标志着通俗小说走向独立和成熟。

与文人化的书斋写作相应的是文人化的阅读。清代中期，通俗小说的阅读分层现象更为明显。很多文人的通俗小说创作是密室写作，期待读者也是具有较高文化修养的文人。明代商业繁荣，印刷技术有了很大进步，出现了很多书坊，许多下层文人参与通俗小说的编写，书坊为了营利，以商业运作方式宣传通俗小说，明代中后期，通俗小说的数量大大增加。书坊组织编写的历史演义、英雄传奇、公案故事，刊刻速度很快。书坊主策划好选题后，自己动手或雇用下层文人，以最快的速度编写，多采用民间传说，或杂抄各种书中的材料，拼凑到一起后稍作调整。有时书坊先作宣传，如在先刊刻的小说扉页等处预告。

自打清初，这种情况有了改变，文人创作小说，不受雇于书坊，不以营利为目的。他们用数年时间创作一部小说，完成后不急于刊刻，因为不合乎大众的审美趣味，娱乐性不足，书坊也不愿意刊刻。清代中期，刻书业繁荣，书坊大量刊刻经书、考据著作，不少书坊也刊刻大量通俗小说。据统计，清代中期刊刻通俗小说的书坊有一百六十多个，超过此前小说书坊的总数。[2]这些书坊刊刻通俗小说二百十七版，除去重刻前朝小说近七十版，近期创作的通俗小说刊刻了一百五十版左右，远超前代。从现存版本看，清代中期，书坊刊刻的小说增多，说明通俗小说的阅读需求增加。书坊刊刻小说以营利为目的，个别书

1. 丁锡根编著：《中国历代小说序跋集》（下），第1428—1430页。

2. 当然这是就现在所知的情况而言，据孙楷第《中国通俗小说书目》，江苏省社会科学院明清小说研究中心编《中国通俗小说总目提要》。

坊也会刊刻文人创作的通俗小说，这些小说读者有限，所以书坊刊刻不是为了营利。《儒林外史》《水石缘》《雪月梅》《驻春园小史》都是作者友人或同寅帮助刊刻的，《岭南逸史》则由作者自己出钱刊刻，目的是为了使小说流传百世。

清代中期书坊刊刻的各类通俗小说中，历史演义刊刻的版次最多，目前所知有六十九版次，占清代中期通俗小说刊刻版次总数的三分之一左右；文人独创的通俗小说数量大大增加，从现存作品看，文人独创的通俗小说在清代中期全部通俗小说中所占比例超过三分之二，但是文人独创的通俗小说刊刻的版次很少，目前所知仅有二十九版次。[1]文人独创的通俗小说即使刊刻，也大多在小说完成多年之后。吴敬梓在乾隆十四年（1749）前后完成了小说《儒林外史》，一直没有刊刻，到嘉庆八年（1803）才刊刻行世，其时作者已去世半个世纪。完成于乾隆十九年（1754）前后的《红楼梦》，到乾隆五十六年（1791）才有刻本。李绿园的《歧路灯》完成于乾隆四十二年（1777），一直没有刊刻，一百多年后才有印本。汪寄的《希夷梦》完成于乾隆五十一年（1786）前后，到了嘉庆十四年（1809）才有人搜求稿本刊刻行世。李百川在乾隆二十七年（1762）前后完成了《绿野仙踪》，七十年后才有书坊刊刻。《岭南逸史》完成于乾隆五十八年（1793）之前，到嘉庆十四年才有刻本。这些通俗小说大都在作者去世后才刊刻行世，不少作者不想刊刻自己创作的通俗小说，比如夏敬渠完成了小说《野叟曝言》后，有朋友劝他刊刻，但夏敬渠拒绝了，因为“言多不祥，非

1. 主要根据以下著作统计：孙楷第《中国通俗小说书目》，柳存仁《伦敦所见中国小说书目提要》，江苏省社会科学院明清小说研究中心编《中国通俗小说总目提要》，石昌渝《中国古代小说总目》，朱一玄、宁稼雨、陈贵声编著《中国古代小说总目提要》，刘世德主编《中国古代小说百科全书》（中国大百科全书出版社2006年版）。

所以鸣盛也”[1]。李春荣完成小说《水石缘》后，“秘之行笥”，不准备刊刻，同僚看了之后，大为称赏，于是“强付之梓”。[2]不急于刊刻，缘于对自己创作的通俗小说的珍视，作者也希望自己的作品能够流传，但又认为自己在小说中表达的人生情怀难以令一般人理解，只好将之藏之名山，以待后人。

文人独立创作的通俗小说在刊刻之前，以稿本、抄本的形式传播。文人小说作家常将稿本赠给友人或同僚阅读，请他们作序跋。夏敬渠完成《野叟曝言》后，将小说稿本送给友人阅读，友人读后“始识先生之底蕴”[3]。《儒林外史》完成后一直没有刊刻，嘉庆时才有书坊刊刻，而程晋芳等人在诗文传记中都提及《儒林外史》，他们读的应该是稿本。[4]《绿野仙踪》写完后，陶家鹤、侯定超为小说写了序跋，他们是作者李百川的朋友，是《绿野仙踪》最早的读者，其时《绿野仙踪》没有刊刻，他们读的是稿本。陈朗完成小说《雪月梅》后，将稿本交给朋友董寄绵，请他对小说提出修改建议。董寄绵阅读《雪月梅》后，有“泠然洒然”之感，对小说称赏不已。[5]与董寄绵受朋友陈朗之托，对小说《雪月梅》的稿本进行“校正”不同，李荔云听说朋友蓉江著有小说《西湖小史》，向朋友索要稿本，阅读之后，叹赏不已，主动为小说作序。[6]《白圭志》的作者崔象川在完成小说后，带着小说稿本去

1. 丁锡根编著：《中国历代小说序跋集》（下），第1573页。
2. 丁锡根编著：《中国历代小说序跋集》（下），第1294页。
3. 丁锡根编著：《中国历代小说序跋集》（下），第1573页。
4.（清）程晋芳：《勉行堂文集》卷六《文木先生传》，清嘉庆二十五年江宁邓氏刻本。
5.（清）镜湖逸叟：《雪月梅》董寄绵跋，载《古本小说集成》第四辑第四十六册，第2页。
6. 丁锡根编著：《中国历代小说序跋集》（下），第1310—1311页。

见何晴川，请何晴川为小说作序。[1]《希夷梦》的作者汪寄在小说刊刻前死去，后来有人搜到了小说稿本，将稿本加以整理并刊刻了，《希夷梦》才不致湮没无闻。[2]

稿本的传阅范围有限，在刊刻之前，抄阅是文人创作的通俗小说的主要传播形式。《野叟曝言》和《绿野仙踪》完成后很长时间没有刊刻，都以抄本的形式流传。西岷山樵在为《野叟曝言》写的序言中说，《野叟曝言》百余年未刊刻，光绪八年（1882）六月吴中书贾将之刊刻。[3]《歧路灯》完成后一百多年都没有刊刻，传抄使得这部小说得以流传。现存乾隆四十五年（1780）的传抄本《歧路灯》附过录人所写《题识》，过录人在《题识》中讲述了自己抄写《歧路灯》的经过，他游学时读《歧路灯》，“悟其文章之妙”，从几个人那里借来抄，春天开始抄，直到秋天才抄完。[4]这个过录人还讲述了《歧路灯》在当时的传阅情况，“某某老先生”敬慕李绿园，向他借阅《歧路灯》；[5]乡间许多人也想借阅，他没有答应，因为这些人把《歧路灯》当作闲书看，无法理解这部小说。《红楼梦》的传抄情况更为复杂，现存抄本都只有前八十回，这些抄本在文字上有不少差别，据第一个刊刻《红楼梦》的程伟元所说，《红楼梦》的后四十回在当时也有人传抄。[6]舒元炜在《〈红楼梦〉序》中说，他看到《红楼梦》的八十回抄本，而自己

1. 丁锡根编著：《中国历代小说序跋集》（下），第1316页。
2.（清）汪寄：《希夷梦·南游两经蜉蝣墓并获希夷梦稿记》，载《古本小说集成》第二辑第一百五十一册，上海古籍出版社1994年影印版，第1—10页。
3. 丁锡根编著：《中国历代小说序跋集》（下），第1573页。
4. 丁锡根编著：《中国历代小说序跋集》（下），第1631—1632页。
5. 丁锡根编著：《中国历代小说序跋集》（下），第1631—1632页。
6.（清）程伟元：《〈红楼梦〉序》，载丁锡根编著《中国历代小说序跋集》（中），第1160页。

手上只有五十三回，于是从邻家借了另外二十七回，“合付钞胥”。[1]张汝执在《〈红楼梦〉序》中说，已酉年有人拿三册《红楼梦》手抄本给他看。[2]程伟元在《〈红楼梦〉序》中说，他在庙市上见过《红楼梦》的抄本。[3]

通俗小说由私家刊刻，文人独立创作，以抒写情志为目的，不可能有太多读者，不是为了营利，但还是有一部分私家刻本通过书坊等途径出售。乾隆五十七年（1792）刊刻的《红楼梦》的引言中说，当时有的书坊收购私家刻书，转而出售。[4]松林居士在《〈二度梅奇说〉序》中提到坊间有卖《二度梅》者。[5]从书坊的刻书数量可以推测通俗小说的销售情况。乾隆、嘉庆年间，金阊书屋所刻书现存十五版，其中文人独创的通俗小说只有《英云梦》一种，《济颠大师醉菩提全传》却在乾隆四十二年至四十四年（1777—1779）间连续刊刻三次，说明书坊编刊的神怪小说在当时很畅销。

抄本的传播形式较为复杂。一种情况是借阅；一种情况是辗转传抄，如现存《红楼梦》的各种抄本即为辗转抄写而成。据《歧路灯》乾隆五十七年（1792）传抄本过录人之《题识》，他手中的《歧路灯》是从几个人那里借来抄写而成的。石华在《〈镜花缘〉序》中说，李汝珍的《镜花缘》由于辗转抄写，“鲁鱼滋甚”[6]。抄本也可以出售，比

1.（清）舒元炜：《〈红楼梦〉序》，载丁锡根编著《中国历代小说序跋集》（中），第1159页。

2. 丁锡根编著：《中国历代小说序跋集》（中），第1156页。

3.（清）程伟元：《〈红楼梦〉序》，载丁锡根编著《中国历代小说序跋集》（下），第1160页。

4.（清）小泉、兰墅：《〈红楼梦〉引言》，载丁锡根编著《中国历代小说序跋集》（下），第1161页。

5. 丁锡根编著：《中国历代小说序跋集》（下），第1327—1328页。

6. 丁锡根编著：《中国历代小说序跋集》（下），第1442页。

较典型的是《红楼梦》，据程伟元《〈红楼梦〉序》，当时的市场上有人出售抄本，“昂其值得数十金”[1]，逍遥子《〈后红楼梦〉序》也说“每购（《红楼梦》）抄本一部，须数十金”[2]。

演义、公案故事以刻本形式流传，文人创作的小说有很大一部分是以稿本、抄本形式传播的。通俗小说作者在创作之前即预想读者群。书坊组织编写的历史演义、英雄传奇等小说的期待读者群是有一定识字水平的市井大众。滋林老人为《说呼全传》作序，认为《说呼全传》将“文古”而“义深”的历史写得通俗易懂，使读者喜欢读，能读懂，从中受到教益，“不无裨于世教”;[3]《五虎平西前传》序的作者评价这部小说“雅俗共赏”，能为各个层次的读者所接受，“于世不无小补”。[4]这类小说和《珍珠舶》《雨花香》等标榜劝惩的拟话本小说被书坊多次刊刻。与此不同，抒写文人情怀、探索理想人格、思考士人命运的《野叟曝言》《儒林外史》等通俗小说是大众读者不感兴趣的。何昌森称《水石缘》为“心有所触，意有所指”的写心之作；镜湖逸叟陈朗将自己的小说《雪月梅》比喻为春鸟秋虫之鸣；李百川称自己写《绿野仙踪》是“呕吐生活”[5]；蜉蝣子汪寄称自己写作小说《希夷梦》为“信腕抒怀”[6];上谷蓉江氏借小说《西湖小史》表现自己的才华，希

1.（清）程伟元:《〈红楼梦〉序》，载丁锡根编著《中国历代小说序跋集》（中），第1160页。

2. 丁锡根编著:《中国历代小说序跋集》（中），第1175页。

3. 丁锡根编著:《中国历代小说序跋集》（中），第993页。

4.（清）佚名:《〈五虎平西前传〉序》，载丁锡根编著《中国历代小说序跋集》（中），第998页。

5.（清）李百川:《绿野仙踪》辑补序，载《古本小说集成》第一辑第一百三十册，第6页。

6.（清）汪寄:《希夷梦》辑补自序，载《古本小说集成》第二辑第一百五十四册，第4页。

望这部小说能“传之来世”[1];李汝珍借《镜花缘》炫示自己的学问和各种杂艺。这些通俗小说以抒情、言志、炫学为目的，是文人在书斋中的独立创作，不由书商编写，不迎合大众趣味。他们为自己而作，借小说抒写情怀志向；为具有较高文化修养的士人而作，因为只有这样的士人才能读懂这类小说。陶家鹤为李百川的小说《绿野仙踪》作序，就强调这部小说“可供绣谈通阔之士赏识”[2],略识几字而文化修养较低的人不可能读懂这部小说。文人小说家渴望知音,《红楼梦》的作者就感叹世上少知音:“都云作者痴，谁解其中味?”

文人创作的通俗小说的读者层次，可以从小说的序跋评点、诗文记述和其他相关记载中看出。吴敬梓的友人程晋芳曾官编修，程晋芳阅读《儒林外史》后，对吴敬梓的才华大为叹赏，他在《怀人诗》中评价吴敬梓以小说写儒林,“刻画何工妍”[3]。《红楼梦》的阅读需要较高的文化水平，参与《红楼梦》整理刊刻的高鹗官至侍读，仿、续《红楼梦》的秦子忱、兰皋居士都是文人官员,《石头记》的早期抄阅者杨畹耕曾任考官。[4]《歧路灯》乾隆四十五年（1780）抄本所附《题识》称很多私塾先生、游学士子喜欢读《歧路灯》。[5]《水石缘》刊刻前，稿本的阅读者为官员；[6]松林居士为《二度梅奇说》作的序中提到了这部小说的传播阅读情况，他在旅途中看见士人阅读这部小说，“意义甚

1.(清) 上谷氏蓉江:《西湖小史》序，载《古本小说集成》第二辑第九十五册，上海古籍出版社1994年影印版，第3页。

2.(清) 李百川:《绿野仙踪》陶家鹤序，载《古本小说集成》第一辑第一百三十册，第2页。

3.(清) 程晋芳:《勉行堂诗集》卷二。

4. 据《红楼梦》乾隆五十六年程甲本程伟元《红楼梦序》,《绮楼重梦》嘉庆本兰皋居士《楔子》,《续红楼梦》嘉庆四年抱瓮轩刊本秦子忱《续红楼梦弁言》等。

5. 丁锡根编著:《中国历代小说序跋集》(下), 第1631—1632页。

6.(清) 李春荣:《〈水石缘〉自序》, 载丁锡根编著《中国历代小说序跋集》(下), 第1293页。

正”。[1]最早阅读《瑶华传》并作弁言、序跋的尤夙真、冯苇村等都是有较高文化修养的士人。[2]《绿野仙踪》的早期抄录者和序作者陶家鹤是小说作者李百川的朋友，他是个传统士人，“每于经史百家披阅之暇”，阅读小说。[3]《岭南逸史》最早的读者和序作者李梦松曾执教于广东书院。[4]学者官员杭世骏致仕闲居后喜欢读小说，他曾阅读《飞龙全传》。文人学者偶尔也会阅读通俗演义，不过他们对文人小说更感兴趣。与此相反，大众读者主要阅读书坊编刊的通俗小说，虽然他们也会阅读文人小说，但这类小说中的文人情怀不为他们所理解。

文人阅读通俗小说，首先是为了娱乐消遣。陶家鹤在为《绿野仙踪》所作的序中说，他抄阅经史时比较费心力，偶尔阅读通俗小说，感觉很轻松，可以“娱目适情”。[5]通俗小说特别适合在舟车旅次中阅读，可以消磨时间，排遣寂寞。松林居士在为《二度梅奇说》作的序中说，他在旅途中阅读通俗小说解闷。生活安闲的文人读小说以消磨时日、娱情悦目。杭世骏致仕后经常阅读小说。何晴川评《白圭志》，说自己年纪大了，静养中“好观小说”。[6]文人阅读通俗小说，不仅为了娱乐消遣，他们在文人小说中发现同调，产生强烈共鸣。海圃主人阅读《红楼梦》后，感叹“知心”难求，“同调”难遇。[7]李荔云读了友人蓉江的小说《西湖小史》后，产生了共鸣，既为友人之怀才不遇

1. 丁锡根编著：《中国历代小说序跋集》（下），第1327—1328页。
2.（清）丁秉仁：《瑶华传》弁言，载《古本小说集成》第四辑第八十二册，第1页。
3.（清）李百川：《绿野仙踪》陶家鹤序，载《古本小说集成》第一辑第一百二十六册，第1页。
4. 丁锡根编著：《中国历代小说序跋集》（下），第1575—1576页。
5.（清）李百川：《绿野仙踪》陶家鹤序，载《古本小说集成》第一辑第一百二十六册，第3页。
6. 丁锡根编著：《中国历代小说序跋集》（下），第1316页。
7.（清）海圃主人：《续红楼梦楔子》，载丁锡根编著《中国历代小说序跋集》（中），第1180—1181页。

而叹息，又为友人之小说可传之后世而高兴。文人阅读通俗小说，态度较为严肃，常常采用细读的方式，在阅读中对小说加以批注，有的文人在阅读小说之后，应作者之请，为小说写序跋、识语。清代中期文人独立创作的通俗小说大都有序跋，序跋多为作者同辈好友所作，同辈好友能理解小说，明白作者创作通俗小说的本意。有的文人阅读通俗小说后，根据自己对通俗小说的理解和感受，对小说进行删改，或写续书。吴璿阅读《飞龙传》后，深有感触，对《飞龙传》进行改写，以抒发自己的“穷愁闲放之思”[1]。海圃主人反复阅读《红楼梦》，不能“自已”，于是仿《红楼梦》而作《续红楼梦》，表达自己的感受。[2]兰皋主人读《红楼梦》后，深有所感，借鉴《红楼梦》而作《绮楼重梦》。[3]丁秉仁受《红楼梦》影响而作《瑶华传》，又有《红楼梦外史》。

从文人小说的序跋、批注看，文人读者阅读通俗小说，对小说立意的理解把握比较准确、深刻，与小说作者有相似的情怀、抱负。闲斋老人认为《儒林外史》以功名富贵为一篇之骨，侯定超认为《绿野仙踪》中的冷于冰体现了冷与热的人生体验。有的序跋批注评论小说的叙事手法、艺术技巧，如梦觉主人评《红楼梦》“事有重出，词无再犯”“工于叙事，善写性骨”[4]；陶家鹤认为《绿野仙踪》“百法俱备”，讲究“脉络关纽”“章法句法”；[5]《歧路灯》被认为是“以左丘、司马

1.(清)东隅逸士：《飞龙全传》自序，载《古本小说集成》第四辑第一百三十六册，上海古籍出版社1994年影印版，第5页。

2.(清)海圃主人：《续红楼梦楔子》，载丁锡根编著《中国历代小说序跋集》(中)，第1180—1181页。

3.(清)兰皋居士：《绮楼重梦楔子》，载丁锡根编著《中国历代小说序跋集》(中)，第1182—1183页。

4.丁锡根编著：《中国历代小说序跋集》(中)，第1158页。

5.丁锡根编著：《中国历代小说序跋集》(下)，第1424页。

之笔法，写布帛菽粟之章”；[1]何昌森评论《水石缘》的结构，合而观之“如一串牟尼珠”，分而观之“又如琼瑶堆案”[2]。

清代中期，阅读通俗小说的现象十分普遍，书坊为营利而编刊的通俗小说仍有很大的市场，文人独立创作的通俗小说，其艺术水平大大提高。书坊组织编刊的通俗小说，其目标读者是一般读者；文人于书斋中独立创作的通俗小说，其期待读者是文化层次很高的文人。通俗小说创作和阅读的自觉分层是通俗小说成熟的标志。从整体上说，传统的历史演义、英雄传奇以及被称为拟话本小说的白话短篇小说在清代中期走向衰落，数量减少，质量下降，与文人小说的繁荣形成鲜明对比。在这个时期，虽然通俗小说仍没有为正统文学所接纳，不为官方目录所著录，但通俗小说作为文学类型已为社会所承认，特别是文人创作的通俗小说，成为抒情言志的媒介，成为中上层文人的精神食粮，通俗小说在文学中的地位进一步确定。文人化的写作和文人化的阅读，推动通俗小说走向巅峰。

二、清中期通俗小说内在精神的文人化

随着文人的介入，通俗小说逐渐变为表情达意的媒介。作者、创作动机以及期待读者的变化，引起通俗小说关注焦点和思想内容的变化。在清代中期，通俗小说的创作从书坊回到书斋，关注焦点也由外转向内，由对外在社会现实的关注、对道德劝诫的强调，转向表现个人情怀、关注个人价值的实现。明代通俗小说的编写几乎全由书坊操

1. 丁锡根编著：《中国历代小说序跋集》（下），第1632页。
2. 丁锡根编著：《中国历代小说序跋集》（下），第1296页。

作，为了营利，面向广大的市井阶层，迎合大众的审美趣味，即使是《三国志通俗演义》《水浒传》，面对的也是大众读者，关注外在的社会现实，表现王朝兴衰、沙场征战、发迹变泰、江湖恩怨、商业冒险、市井悲欢，更重视故事情节的离奇曲折。至于白话短篇小说，标榜醒世、警世、喻世、型世等，教化、宣传流于外在化，缺乏对道德的深入挖掘。清初的李渔、艾衲居士借拟话本小说表达人生和历史观念，促进了拟话本小说的创新，但李渔仍重视营利，艾衲居士思考的是外在的历史，借翻历史之案以求异。明末清初的才子佳人小说“借乌有先生发泄其黄粱事业”[1]，虽表现了读书人的人生梦幻，但很少表达文人情怀。这些才子佳人小说情节简单，相似的题材反复炒作，很快走向模式化，明显是书坊为营利而作；后来为了吸引读者，在情爱故事中加入神怪、战争等，使情节变得新异。到清代中期，文人小说兴盛，通俗小说仍分为几个层次，书坊编刊的通俗小说仍有较大市场，文人小说家创作通俗小说，抒写个人怀抱，畅想功名事业梦，展现个人才华，是真正的“发愤著书”。文人小说的关注焦点有了明显变化，虽然仍涉及社会现实，但更关心文人自身，关注文人的精神世界。

科举是文人最关注的问题。科举与功名富贵相关，又是实现人生价值、抱负的最佳途径，在古代社会中几乎是唯一途径。隋唐之后，诗文中的感喟大都与科举相关，文人埋怨科举制度不公，慨叹自己怀才不遇。早期的通俗小说源于市井说唱，关注世俗悲欢，虽也写科举考试，但只是将科举考试看作获取富贵、发迹变泰的途径，比科举更直接、更快的发迹方式是沙场立功。这些早期的通俗小说对科举很少

1.(清) 荻岸散人：《平山冷燕》序，载《古本小说集成》第二辑第八十五册，上海古籍出版社1994年影印版，第13页。

有批判，更没有深刻的反思。明代后期的通俗小说经常写科举考试，如《老门生三世报恩》(《警世通言》卷十八)、《赵伯升茶肆遇仁宗》(《喻世明言》卷十一)、《钝秀才一朝交泰》(《警世通言》卷十七）等小说或写书生报答知遇之恩，或写书生意外获得功名，充满了对科举功名的艳羡。明清之际的白话短篇小说集《清夜钟》《鸳鸯针》中的小说或写士人意外发迹，或借科举功名说明因果报应之理，或写士人对科举功名的迷恋。到清代中期，文人创作的通俗小说对八股科举进行了深刻反思，表达了对科举功名的矛盾心态，既热切渴望又厌恶无奈。《儒林外史》从功名富贵的角度反思八股科举对士人心灵的腐蚀。《红楼梦》的贾宝玉厌恶仕途经济，唯一理解他的是林黛玉，两人互为知己，思想基础就是对功名利禄的态度。《绿野仙踪》中的冷于冰本热衷功名，几次科场失利，得罪了权奸，失去了希望，又因师友之死而勘破人生，由热转冷，才离家求道。《镜花缘》中的唐敖也在科场失意后心灰意冷，出海寻仙。这些描写反映了现实中文人的处境。士人要施展才干，实现济世抱负，实现人生价值，科举入仕是最重要甚至唯一的途径；否定、抛弃了科举，只好将胸中抱负寄托于虚拟的小说世界。

清代中期文人小说塑造的文人主人公形象多是作者的投影，这些文人主人公大都科场失意，放弃仕途，却经由其他途径实现了理想。《野叟曝言》中的文素臣放弃了科举功名，却以自己的文才武功挽救了一个危难的王朝，缔造了一个太平盛世。《绿野仙踪》中的冷于冰斩妖除魔，救济百姓，平定叛乱，除掉权奸，成就功业，升天成仙。《希夷梦》中的韩速、仲卿在岛国充分施展了自己的才能，以文治国，以武安邦。这些小说中文人主人公建立的不世功业是作者的人生梦幻。文人小说不仅写文人主人公治国平乱，还让他们显示才学。这些文人小说中表现的积极用世精神与儒家文化传统有关，还与清代的社会现实相关。小说中的才学炫示与乾嘉学风有关，乾嘉考据学者对儒家经典进行整理、校注，儒家经典中蕴含的理想主义精神对清代中期文人的积极用世精神产生了很大影响。

明代的通俗小说也经常塑造文人形象，即使是描写历史风云和江湖好汉的《三国志通俗演义》和《水浒传》，也少不了文人的身影。《三国志通俗演义》中的隐士和谋士，特别是诸葛亮，被视作文人的典范。《水浒传》中的吴用也是个读书人。明代中后期的不少历史演义和英雄传奇也常常写文人。特别是拟话本小说写了知恩图报的士子，如《警世通言》中的《老门生三世报恩》；写了因权要甚或皇帝青眼有加而骤获荣华的读书人，如《古今小说》中的《赵伯升茶肆遇仁宗》；有的读书人因为阴骘积善改变了命运，如《石点头》中的《感恩鬼三世传题旨》。在明清之际的通俗小说中，读书人为了获取功名，不惜使用卑劣的手段；有的小说描写读书人一朝得中的狂喜。才子佳人小说中，才子将功名和美人兼得作为人生理想。在清代中期的文人小说家看来，这些读书人不是真正的文人，文人应有救济天下的社会责任感和独立的人格。文人小说家将自己的人生抱负借小说中的人物表达出来，这些主人公可以称为文人英雄。

清初的通俗小说《女仙外史》在小说书目分类中多被列为历史演义，这部小说的前二十回多为史实，作者吕熊强调小说中所写燕王、建文之事皆为真人真事，“非空言也”[1]。但《女仙外史》的主体情节是虚构的。小说以嫦娥和天狼星的天上恩怨来解释人间唐赛儿与朱棣的

1.（清）吕熊：《女仙外史》，载《古本小说集成》第二辑第四十九册，第13—14页。

对抗。在主体故事中，前代传说中的神仙魔怪一一出场，还虚构了一个令上界神仙、西方佛祖敬让三分的魔教，魔教以女子为领袖，是女性之教。作者说，他创作这部小说，是为了褒忠殛叛，但布衣文人吕律出场后，逐渐成为故事的中心，仙界、人间的争斗成就了吕律，如果没有这场争斗，吕律只能在偏僻一隅默默无闻。小说反复渲染洛阳布衣吕律之才干，其经天纬地之才可与诸葛亮相比。吕律出山之后，凭文韬武略，率领军队，攻城陷阵；治理国家，恢复古礼，改革取士制度，笼络人才。他和诸葛亮一样，也被封为侯。吕律虽是配角，但在其身上寄托了作者的追求。作者将自己的学问和才干通过吕律展示出来。据记载，吕熊“文章经济，精奥卓拔”[1]，游幕足迹半天下，最终却无所遇。

《野叟曝言》的作者夏敬渠的人生经历与吕熊相似。夏敬渠在滇、黔等地游幕，“抱奇负异，郁郁不得志”。[2]他以异常严肃的态度创作《野叟曝言》一百五十四回，在小说主人公文素臣身上寄托了自己的人生梦幻。文素臣是苏州府第一名士，科举落第后离家出游，除恶救弱，结交英豪，赈济灾荒，平定叛乱，拯救了一个王朝，被天子尊为素父。小说写文素臣直承周公，以光大理学为己任。作者虚构了荒诞离奇的情节以神化文素臣，为了表现文素臣的堂堂正气，不惜以淫秽笔墨描写变态的场面。[3]小说将文素臣的学问、武功、品德夸张到了极点，甚至多次强调文素臣与太阳的关系，[4]《野叟曝言》可以说是文

1.（清）吕熊：《女仙外史》，载《古本小说集成》第二辑第四十九册，第1页。

2.（清）夏敬渠：《野叟曝言》，载《古本小说集成》第四辑第五十五册，第1页。

3. 如侯健《野叟曝言的变态心理》，载卢兴基选编《台湾中国古代文学研究文选》，人民文学出版社1988年版。

4. 黄燕梅：《文明时代新的英雄神话：〈野叟曝言〉神话意象及思维研究》，《文学遗产》1997年第2期，第97—105页。

人的神话。

《绿野仙踪》的作者李百川一生“风尘南北”，在旅店里创作了这部小说。[1]《绿野仙踪》一般被归为神怪小说，但这部小说中对世态人情的描写非常精彩，描写之形象和细致甚至可以媲美世情小说《金瓶梅》和《红楼梦》。据作者说，他创作这部小说的目的是谈鬼，本来给小说取名《百鬼图》。小说主线是冷于冰求仙访道，他放弃了科举功名，离家访道，但却在访道求仙途中除灭奸邪，扶助弱小，救济百姓，参与政治，普济世间，功行圆满，成就正果。道教强调行善积德，道教中的全真派更强调普济众生。[2]但冷于冰的所作所为却与道教的积德行善有所不同，冷于冰关心政治，积极入世，体现了儒家的入世精神。

《希夷梦》也值得注意，它一般被归为神怪类小说。作者汪寄在自序中说，他创作这部小说是为了表彰殉国忠臣韩通，[3]主体内容写的是仲卿和韩速的故事。仲卿和韩速本想借兵复国，在华山希夷洞中入梦，梦入岛国，全身心投入事业之中，比如仲卿在岛国中改造河道，改革砂政，肃清吏治，抵御外敌入侵，平定国内叛乱，奠定了岛国的永久和平。仲卿和韩速从梦中醒来，感叹世事虚幻，却又驾鹤巡视曾大展才华的岛国，万事虽虚幻，事业却实在，体现了作者兼济天下的强烈理想主义精神。《岭南逸史》中的书生黄逢玉奉朝廷之命，率军征剿强盗，被封为安东侯。用文言写作的《蟫史》却有章回小说的特点，这

1.(清) 李百川:《绿野仙踪》辑补序，载《古本小说集成》第一辑第一百三十册，第6页。

2. 可参考任继愈主编《中国道教史》第十四章和第十七章第四、第五节，上海人民出版社1990年版。

3.(清) 汪寄:《希夷梦》辑补自序，载《古本小说集成》第二辑第一百五十四册，第1页。

部小说写桑蠋生帮助指挥甘鼎筑城御敌，平定叛乱，功成后衣锦还乡。《快士传》写书生董闻身为国子监博士，参加抵御外敌的战争，功绩卓著而被封为兵部尚书。《金石缘》写书生金玉任征西大元帅，征剿萧化龙，得胜班师，被封为征西侯。

这些文人小说中一致的地方是对事业的执着与渴望。这些小说被归入完全不同的类型，创作动机也各不相同，异乎寻常的一致就更值得注意。这些小说所描写的辉煌事业，是作家的白日梦。明代中后期的通俗小说多肯定欲望，渴望富贵，即使有道德劝诫，也是曲终奏雅。明末清初，才子佳人小说流行，这些小说借爱情表现士人的人生追求，士人的最高理想是美人与富贵兼得。天花藏主人说他在小说中写的是“黄粱事业”，但才子佳人小说写的只是黄粱美梦而不是“事业”，所以这些小说写至状元及第、洞房花烛时往往戛然而止。清代中期的文人小说也写爱情、婚姻，但重点在英雄事业。明代的李贽认为《水浒传》为发愤之所作，但那只是李贽的个人理解，作者的本意未必如此。清代中期的文人小说才是真正的发愤著书，东隅逸士吴璿改写《飞龙传》为《飞龙全传》，以“寄郁结之思”[1]；吕熊创作《女仙外史》，借唐赛儿勤王表达历史感悟和故国之思，借吕律展示自己的才学，抒写自己的心事抱负；《野叟曝言》的作者夏敬渠是个学者，学问广博，却科场失意，郁郁不得志，他将自己的人生情怀和理想“发之于是书”[2]；李百川半生落拓，生活困窘，为“呕吐生活”而创作小说《绿野仙踪》；[3]汪寄

1.（清）东隅逸士：《飞龙全传》自序，载《古本小说集成》第四辑第一百三十六册，第3页。

2.（清）夏敬渠：《野叟曝言》知不足斋主人序，载《古本小说集成》第四辑第五十五册，第1页。

3.（清）李百川：《绿野仙踪》辑补序，载《古本小说集成》第一辑第一百三十册，第6页。

著《希夷梦》以抒写“用舍行藏之怀”[1]。这种用世精神和人生感喟也蕴含在清代中期的诗文中，如赵翼在《不觉》诗中感叹“蹉跎愧此身”，因为“无穷千古事，只作一诗人”。[2]宋湘在《书愧》诗中慨叹：“多少书生心里事，不曾做得与人看！”[3]

这种强烈的用世精神与儒家的理想主义精神有深刻的渊源，士人以兼济天下为己任，有一种“近乎宗教信仰的精神”[4]。清代中期文人的用世精神还与清代中期的社会文化背景有关。值得注意的是学术思想的流变，乾嘉时期考据学代理学而兴，考据学对儒家经典进行整理、校注，使长期流传造成的错讹和误解得到纠正，在最大程度上回归儒家原典，因而儒家精神再一次凸显，在某种程度上得以复兴。儒家精神是一种胸怀天下的理想主义精神，这种理想主义精神令考据学者激情澎湃。通经致用的思想将实用价值与文化价值结合，强调在经学中寻找经世致用之道，在追求“致用”的同时又防止功利主义的泛滥。[5]不少学者致力于学术，放弃了诗文创作，比较典型的是孙星衍。孙星衍说，他之所以由诗文转向经术，是因为“欲知圣人制作之意”，探求儒者立身出政之道。[6]另一位学者汪中在《与朱武曹书》中讲述自己的治学宗旨，他怀用世之志而“耻为无用之学”，他对古今制度的沿革和关系国计民生之事作广博了解和深入探究，“以待一日之遇”。[7]到了清

1.（清）汪寄：《希夷梦》辑补自序，载《古本小说集成》第二辑第一百五十四册，第8—9页。

2.（清）赵翼著，李学颖、曹光甫校点：《瓯北集》，上海古籍出版社1997年版，第1008页。

3. 周锡韫选注：《宋湘诗选》前言，广东人民出版社1986年版，第16页。

4. 余英时：《士与中国文化》，上海人民出版社1987年版，第35页。

5. 林聪舜：《明清之际儒家思想的变迁与发展》，第274页。

6.（清）孙星衍：《芳茂山人文集·问字堂集》。

7.（清）汪中：《述学》卷六《与朱武曹书》。

代中期，明清易代已成历史，汉族士人特别是清初出生、清代中期成长起来的新一代士人将科举入仕作为人生重要的甚至唯一追求。入仕之途异常狭窄，无数士人挤独木桥，加上科举考试的种种舞弊，大部分士人没有机会通过科举考试进入仕途，人生抱负无法实现，理想落空，而且还要为衣食奔波，只有怨叹命运。很多学者投身幕府，[1]虽然幕主给予优待，但学者仍因济世理想无法实现而备感凄凉。[2]有的士人选择教读为生，有的士人投笔从商。

与此前小说中的“白面书生”形象相比，文人小说中的文人形象有了很大变化，他们不仅有文才，而且会武功；不仅精通儒典，而且通达时务。《女仙外史》中的吕律通天文，懂地理，会带兵，会布阵，会奇术，更精通礼乐，有经国安民之道。吕律自称“正士”，蔑视腐儒。[3]他认为程、朱等宋儒只会空谈性理，不懂得经国安民，不如张良、诸葛亮能于兴亡之际定邦安天下。[4]他羡慕诸葛亮生逢乱世却能展现才学、实现人生价值：“君如生治世，草野竟谁知？”[5]他甚至在梦中见到了诸葛亮，得到了诸葛亮的称许。[6]吕律如同诸葛亮一样，出山前即了解天下大势，登坛拜将后，亲率大军，攻城陷阵，征战之暇，谋划刑律、赋税、用人等治国之道。《野叟曝言》中的文素臣博通古

1. 关于清代学人的游幕情况，可参考尚小明《学人游幕与清代学术》，社会科学文献出版社1999年版。

2. 如金埴自叹“文人失职”，见（清）金埴《不下带编》卷二，中华书局1982年版，第34页；沈尧谈及游幕时“多沉痛语”，见（清）沈尧《落帆楼文集》卷十《与丁子香》，吴兴刘氏嘉兴业堂刊本；金兆燕为“依阿俳谐，以适主人意”的处境感叹万分，见（清）金兆燕《棕亭古文钞》卷六《程绵庄先生莲花岛传奇序》，清嘉庆十二年至道光十六年全椒金氏赠云轩刊本。

3.（清）吕熊：《女仙外史》，百花文艺出版社1985年版，第132页。

4.（清）吕熊：《女仙外史》，第470页。

5.（清）吕熊：《女仙外史》，第822页。

6.（清）吕熊：《女仙外史》，第825页。

今，有学问，有文才，文才可与司马相如媲美；会用兵，谋略可与诸葛亮相比；力大无穷，可以抗鼎；勇猛无畏，可以屠龙；而且精通历数，明先天阴阳；懂得医术，堪比张仲景。文素臣的才学武功在锄强扶弱、平定叛乱、安定国家中都发挥了作用。他用医术为百姓解除疾苦，而且治好了皇帝的病，得到皇帝的信任，得以进忠言，发挥治国理政之才干。他凭神奇的武功、超人的谋略，粉碎了权阉的阴谋，消灭权奸，扫除叛乱，一统天下。《绿野仙踪》中的文人冷于冰凭着谋略和法术，除灭奸邪，平定叛乱，功业圆满，得以成仙。《希夷梦》中的韩速是个文雅书生，却武功超群，富有谋略，他梦入岛国，惩处邪恶，理政安民，又率军出征，攻城略地，立下赫赫战功；仲卿在岛国治河理砂，清除权奸蠹吏，使国内政治清明，又率军抗击敌国之进犯。《雪月梅》《岭南逸史》《跻云楼》等小说中的男主人公都是有武功谋略的文人，在国家危难之时可以带兵出征。这些小说描写文人形象时之所以渲染武功，既与清代前期颜元等学者的反思有关，也与清代的政治现实有关。清代前中期，战争连续不断，征台湾，平三藩，对西藏、新疆及南方用兵，乾隆帝有所谓的“十全武功”，在大半个世纪中战事频仍。战时的将帅幕府中需要文书和谋士，不少文人投身幕府，希望能立功边塞。平定三藩的战争中，不少文人投身戎幕，参赞军务。

这些小说强调文人主人公的文武双全，文不仅指诗才，还包括学问，而学问又强调实践应用，是经世致用之学，可以用来治国理政。对经世致用的强调，与清初兴起的实学思潮有关。清初学者颜元对宋学提出批评，将宋学称为圣学之时文，又把时文与僧、道、娼合称为“四秽”。颜元反对死读书，认为书本不仅祸害文人，而且会进一步祸害百姓:"书之病天下久矣。"[1]他认为"六府三事"才是真正的学问,他总结出使天下富、强、安的治世二十二字诀。[2]他还主张文人习武,认为文人要文武兼通,批评朱子重文轻武使"四海溃弱"[3]。颜元自己读兵书,练武术。文人小说塑造的文人英雄形象符合颜元的文人标准。清代中期的考据学也重视有益于世的河渠、地理等学问。清代中期文人小说中的文人主人公与此前的小说特别是才子佳人小说中的才子有根本的不同,才子之才主要是诗才,没有经世致用的学问,后来的才子佳人小说为了使故事情节曲折,加入了战争情节,让才子带兵出征,但征战描写只是点缀。

文人小说中的文人英雄与现实毕竟遥远,文人小说家多给文人英雄安排了出世退隐的结局。《女仙外史》中的吕律悄然隐退;《儒林外史》的庄绍光、虞育德等黯然告别,选择了退隐;《绿野仙踪》的冷于冰离弃尘世,得道成仙;《岭南逸史》中的黄逢玉功成身退;《希夷梦》的仲、韩二人从梦中醒来,参透了世事;《蟫史》中的桑蠋生不知所终。文人小说常常由开篇的激情逐渐转为结尾的感伤。成仙了道,是因为对现实绝望;放弃治平理想退隐,是文人的无奈选择。除了《野叟曝言》从始至终充满激情外,其他文人小说几乎都由儒家济世热情转向从佛道中寻找精神支撑和归宿。

与文人英雄相伴的是女性形象。清代中期的文人小说对女性表现出异乎寻常的关注。和文人主人公相似,文人小说中的女主人公不仅有貌有才,而且多文武双全,会武功,有谋略,可以带兵征战。《红

1.(清)颜元撰,(清)钟錂纂:《颜习斋先生言行录》卷十一《禁令》,清光绪五年定州王氏谦德堂刻本。

2.(清)李塨编,(清)王源订:《颜习斋先生年谱》卷下,清光绪定州王氏刻本。

3.(清)颜元:《存学编》卷二,清光绪定州王氏刻本。

楼梦》的作者宣称其写作目的是“使闺阁昭传”[1]。小说中的女子不仅青春貌美，而且富有才华。“女儿是水做的骨肉”[2]，男人的污浊反衬出女子的清纯。女子成立诗社，举办诗会，显示了诗歌才华。女子还有才干，王熙凤、贾探春都有理家才能。《野叟曝言》的创作目的是写文人的人生梦幻，炫示才学，但小说中塑造的女性形象也值得注意，小说主人公文素臣之母水夫人为母仪之象征，文素臣之妻为贤淑之典范，璇姑、素娥等有才有貌，还有一个叫红豆的女子几次在危机时刻救了文素臣，而且助文素臣实现了抱负。《岭南逸史》中，男主人公黄逢玉得李小环、梅映雪等女子之救助，才得以建功立业。《瑶华传》的女主人公朱瑶华才干过人，她为国平叛，立下赫赫战功。《镜花缘》被有的研究者称为女权主义小说。[3]这部小说的故事框架是百花仙子被谪下凡，成为百位才女，她们后来汇集京城，参加女科考试，展示了才学。

文人小说中的女性形象与清代前期小说中的女性形象以及清代中期书坊刊刻的历史演义、英雄传奇中的女性形象形成鲜明对比。清初文言小说《聊斋志异》写书生和异类女子的爱情，小说中的书生才德兼优，但是穷困潦倒，遭受世俗白眼，但异类女子却钟情于书生，陪伴书生度过漫漫长夜，使书生不再寂寞，而且照顾书生，帮他理家，甚至使他变得富足，助他获得功名。书生功成名就之后，她们往往主动离去，书生则娶大家闺秀为妻。这是下层士人欲望的幻化，表现了

1.（清）曹雪芹：《红楼梦》（戚序本），载《古本小说集成》第四辑第二十四册，上海古籍出版社1994年影印版，第2页。

2.（清）曹雪芹：《红楼梦》（戚序本），载《古本小说集成》第四辑第二十四册，第59页。

3. 徐若萍：《一个女性同情者李汝珍》，《妇女月刊》1948年第4期，第13—15页。鲍家麟：《李汝珍的男女平等思想》，《食货月刊》1972年第12期，第12—21页。

男性自我中心的想法：要求女性无私奉献，强调女性的贞节。[1]明末清初的才子佳人小说有同样的问题。才子佳人小说写佳人主动寻爱，佳人有貌有才，有胆有识，总能战胜各种阻挠，找到心仪的才子。[2]这是下层士人的黄粱梦。[3]这些小说写男女情爱看似开明，实则很保守，强调坚守礼教，要求女性忠贞，而男子却可以拥双美、多美，这也是男性自我中心的体现。清初出现了不少描写悍妇、妒妇的通俗小说，悍妒之妇受到指责，受到严厉的惩罚，署名西周生的《醒世姻缘传》最有代表性。

明清之际的白话短篇小说宣扬教化，以道德劝惩为主旨，而女性的道德中最重要的是贞烈。也有小说表达对女性的同情，或赞扬女子的才华，如文言小说集《女才子书》。《女才子书》讲了十二个女子的故事，她们有的为情而私奔，有的是寡妇再嫁，有的是妓女从良，小说对这些女子表示宽容，对她们的不幸深表同情，对她们的才华识见大加赞美。作者在自序中感叹知己难求，他编写这部小说集，讲述十二名媛轶事，以寄托自己的牢骚之慨。像《女才子书》这样的小说在清代前期比较少见。清代中期的通俗小说塑造了大量女性形象。借历史框架写英雄传奇的通俗小说中，女性有着共同的特点。《说唐后传》中的北番公主、《征西全传》《说唐三传》中的樊梨花、《五虎平西全传》中的双阳公主、《五虎平南后传》中的段红玉、《粉妆楼全传》

1. 王溢嘉：《欲望交响曲——〈聊斋〉妖狐故事的心理学探索》，载辜美高、王枝忠主编《国际聊斋论文集》，北京师范学院出版社1992年版，第213—227页。叶舒宪：《高唐神女与维纳斯——中西文化中的爱与美主题》，中国社会科学出版社1997年版，第463页。

2. 参见周建江《明末清初才子佳人小说创作的心理渊源》，《许昌师专学报（社会科学版）》1990年第3期，第63—69页。

3.（清）荻岸散人：《平山冷燕》，载《古本小说集成》第二辑第八十五册，第13页。

中的祁巧云等女子，都容貌美丽、武功超群，她们的另一个共同点是喜欢世家子弟，在危难之时救助世家子弟，她们虽然是巾帼英雄，可以在战场厮杀，御敌救国，但为了嫁给世家子弟，宁愿忍受各种屈辱。

清代中期的文人小说赞美女性，张扬女性才能，对女性极度尊重，甚至被认为是女性崇拜。[1]明代后期的思想解放潮流中，女性受到尊重和同情，如归有光、韩君望批判贞节观念，认为贞节是灭绝人性的；[2]王文录对男尊女卑观念提出批评；[3]徐汝廉对强迫妇女守节表示反对；李贽宣称“好女子”一样可以“立家”，[4]斥道学家亵渎妇女为猪狗之行。李贽在明代后期影响很大，受其影响，很多作家在诗文、戏曲、小说中表达对女性的尊重和同情，肯定女性的爱情追求。易代的沧桑巨变引发了士人的反思，有的学者认为王学特别是王学左派败坏社会风气，导致明朝灭亡，在这样的氛围中，理学复兴，礼教强化，而男女平等思想却得以延续。《桃花扇》中的李香君不仅有才有貌，而且性格刚烈，深明大义，“男子不如”[5]。毛奇龄认为应该禁止未婚女子守节；袁枚批判贞节观念，认为封建女教可畏可恨；[6]阮葵生对“妇女无名”深表同情。[7]明清之际的才子佳人小说中，女子才华出众，吟诗作

1. 有的论者甚至将之归结为女性崇拜的复活，如〔日〕合山究《红楼梦的女性崇拜思想及其源流》，《红楼梦学刊》1987年第2辑，第103—123页。

2.（明）归有光《震川文集》卷三《贞女论》：“阴阳配偶，天地之大义也，天下未有生而无偶者；终生不适，是乖阴阳之气，而死天地之和也。”（清光绪六年常熟归氏刊本）。

3.（明）王文录：《海沂子》卷五《敦原篇》：“父重而母轻，况制礼乃男子；故父重为己谋，私且偏也……不孝甚矣。”（《海沂子》，清道光十一年晁氏刻本）。

4.（明）李贽著，张建业主编：《李贽全集注》第一册《焚书》卷二《答以女人学道为见短书》，第144页。

5.《杨园先生全集》卷四十八：“妇之于夫终身攸托，甘苦同之，安危与共……斯情亦可念也；事父母，奉祭祀，继后世，更其大者也……狎侮可乎。”（清）张履祥：《杨园先生全集》，清同治十年刻本。

6.（清）袁枚：《小仓山房文集》卷三十二《祭妹文》，清嘉庆刻本。

7.（清）阮葵生：《茶余客话》卷十二，清光绪十四年铅印本。

赋。许多女子受时风感染，创作诗文，展示才华，出版诗集。[1]袁枚大收女弟子，为闺阁诗人作宣传。[2]但现实社会中，将女子当作玩物的心态仍存在，贞节观念几乎成为一种宗教，正统文学和戏剧强调三从四德，指责悍妒之妇。所以文人小说中对女性的称扬是一种理念和情怀寄托。文人小说中的女性是巾帼英雄，她们的才华、武功、智谋超过男子，作者和文人主人公对女性的态度不是玩赏、同情，而是赞美、尊重甚至崇拜。

文人小说对女性的特别关注，与文人的境遇有一定关系。《女仙外史》的作者吕熊入清后放弃了科举功名，曾入幕府参赞军务，后郁郁而终。[3]《野叟曝言》的作者夏敬渠博学多才，抱负却不得实现，只好以游幕为生计。[4]《岭南逸史》的作者花溪逸士黄耐庵郁郁一生。《瑶华传》的作者丁秉仁才学优异，却穷困不遇，大半生都在游幕。[5]《儒林外史》的作者吴敬梓中年家境败落，放弃了科举功名。《镜花缘》的作者李汝珍科举失意，“可怜数十载，笔墨空相随”[6]。文人小说家大多穷困不遇，即使科举中第，也大都不得施展抱负，往往黯然引退。这似乎是个文人失志的时代，文人推己及人，对女性深表同情，希望女性走出闺阁、融入社会，他们在小说中让女性和文人英雄一起建功立业。

1. 清代闺阁诗集有《妇人集》《随园女弟子诗选》《香咳集》《国朝闺阁诗钞》等。

2. 参见《随园诗话》，对袁枚此行加以指责的如章学诚，他说：“近有无耻妄人，以风流自命，蛊惑士女；大率以优伶杂剧所演才子佳人惑人，大江以南，名门大家闺阁多为所诱，征刻诗稿，标榜声名，无复男女之嫌，殆忘其身之雌矣。”（清）章学诚：《丙辰札记》，中华书局1986年版，第98页。

3. 参考（清）郐召南、张予介修，王峻纂《乾隆朝昆山新阳合志》卷二十五，广陵书社2017年版。

4.（清）夏敬渠：《野叟曝言》，载《古本小说集成》第四辑第五十五册，第1页。

5.（清）丁秉仁：《瑶华传》序，载《古本小说集成》第四辑第八十二册，第1页。

6.（清）孙吉昌：《镜花缘题词》，载（清）李汝珍《绘图镜花缘》，中国书店1985年影印版，第1页。

小说中的文人英雄即使在穷困之时，仍以兼济天下为己任，他们敬佩女性，不仅渴望红颜知己，而且渴望女英雄。《女仙外史》中的吕律甘愿听命于唐赛儿。《岭南逸史》等小说中，文人主人公之所以能够成就功业，是因为有女子相助，没有巾帼英雄之助，文人将一事无成。

在文人失志的时代，文人需要女子抚慰心灵创伤。文人被迫放弃了救济天下的理想。小说中描写的女性英雄助书生建功立业，只能是幻想；但以红袖揾文人之泪，给文人受伤的心灵以慰藉，则是女性可以做到的。在文人创作的通俗小说中，文人主人公最后多选择了归隐，他们的退隐常得到女性的理解。《幻中游》中，女主人公劝文人主人公退隐。在《儒林外史》中，庄绍光退居山林，同妻子一起欣赏湖光山色，吟诗品茶，相互一笑，化解了“我道不行”的忧伤。在《红楼梦》中，贾宝玉将青春女子当作情感寄托和心灵慰藉，大观园即贾宝玉的心灵憩园，他对仕途经济充满厌恶，将理解自己的林黛玉视为知己，他们的爱情被写成前世姻缘。

文人小说家又是清醒的，他们在小说中表现自己的人生梦幻，但又没有沉迷其中，纸上事业终是云烟，文人小说中女才子、女英雄的结局与文人英雄的结局相似。《女仙外史》的唐赛儿感叹无力回天，突然离去。《瑶华传》中的女主人公瑶华武功高强，智勇双全，虽能平定叛乱，却无法挽救危难的王朝，在王朝倾覆之后，她只好离弃红尘。《红楼梦》中代表青春和美的众女子或死或嫁，或沦落风尘，或伴青灯古佛，结局悲凉。《镜花缘》中的才女一个个死于兵难。所谓“千红一窟”“万艳同杯”，所谓“泣红”，对女子命运的哀挽中，蕴含了士人的自我哀挽。《女仙外史》中的吕律再度退隐山林，《红楼梦》的贾宝玉回归大荒山，《镜花缘》的唐敖消失在小蓬莱的荒烟浩渺中，文人小说家也在迷惘、无奈中走完了自己的人生历程。

这一时期的文人小说中的婚恋观更突出了男女平等的思想，在男女才貌相悦的基础上进一步强调了相知，如《红楼梦》中宝黛的爱情已有近代爱情的影子，《儒林外史》中庄征君、杜少卿两对夫妇相亲相爱的婚姻生活，一改以前的虚幻浪漫，显得朴素而真实。文人小说中的爱情和自我表现，与怀才不遇以及知遇之感紧密相连，与市民小说中的爱情故事形成鲜明对照。明清之际的才子佳人小说的情节模式化，受到《红楼梦》作者的非议，[1]但早期的才子佳人小说有原创性，表现了一种新的爱情观。男女双方主动追求爱情，强调两情相悦，轻视财富门第，重视才学、容貌，强调对感情的坚贞不移，有某些近代爱情的要素。才子佳人小说受明代中期的中篇传奇和爱情婚姻剧的影响较大，但天花藏主人等作家在小说中融入自己的身世之感，[2]借小说自我排遣。与明末清初的才子佳人小说相比，清代中期文人小说中的爱情描写有新的变化，这种变化是文人精神世界之反映。在明末清初的才子佳人小说中，才子重视科举功名，佳人也很少主动追求爱情，在很多情况下，家长为子女的婚姻操心。《玉娇梨》中的白玄带女儿红玉入京，是为了寻找佳婿。在有的才子佳人小说中，男主人公在参加科考追求功名的途中邂逅佳人。《玉楼春》中的才子邵卞嘉先获得功名，婚事则由李虚斋操持。《吴江雪》中的才子江潮得到爱情也在意料之中。《定情人》中的双星不相信姻缘天定，不愿消极等待，以游学为名寻找

1.《红楼梦》第一回和第五十四回中叙述者直接发表的对才子佳人小说的批判，以及第五十回中通过贾母之口对才子佳人小说的批评，常常被论述曹雪芹小说观的文章引用。

2. 天花藏主人在《平山冷燕》序中说明创作小说的动机，“奈何青云未附，彩笔并白头低垂”，故不得已而写小说，“凡纸上之可喜可惊，皆胸中之欲歌欲哭”。(清) 荻岸散人 :《平山冷燕》，载《古本小说集成》第二辑第八十五册，第1—13页。

有情人，这在清初的才子佳人小说中比较特殊。在天花藏主人等文人的才子佳人小说中，作者所渴望的黄粱事业，是功名和佳人兼得，而功名似乎更为重要，这表现了下层读书人对功名、富贵的渴望。

从整体上说，清代中期的文人小说中的爱情故事发生了变化，[1]即使是才子佳人小说也有了改变，小说中的才子把寻找佳人作为人生的重要目标。《蝴蝶缘》中的才子蒋青岩、张澄江和顾跃仙远游东浙，寻找意中人；《终须梦》中的才子康梦鹤发誓，即使寻遍天下，也要找到合意的佳人；父母在，不远游，而《梦中缘》中的才子吴瑞生为了寻找佳丽，却辞别父母而远游。《飞花艳想》中的才子柳友梅谈论人生志向，将寻找佳人放在第一位，佳人难觅，佳人也比功名重要，"君臣、朋友间遇合有时"[2]，而佳人则要主动去寻觅。相对于寻觅佳人的热情，小说中的才子对功名富贵比较淡漠。《水石缘》中石莲峰认为不应该执着于功名，得志了就"为栋为梁"，做一番事业，不得志就"寻丘问壑"，悠然自适。[3]石莲峰科举高中，却辞官归隐田园，他参加科考只是为了证明自己的才华，也是为了"副吾母丸熊画荻之望"。[4]《梦中缘》中的吴瑞生也急流勇退。有的才子追求功名是为了寻找佳人。《凤凰池》中的云剑劝水伊人"当进取功名，然后徐图淑女"，没有功名，深闺名姝不会与寒士笑语，所以"功名乃婚姻关头"[5]。重视情爱而不去看重功名，反映了文人的无奈，现实中获得功名的机会渺茫，爱情或者可以弥补人生缺憾，这是一种情感转移。实际上，文人内心深处仍

1. 关于清代中叶才子佳人小说的衍变，可参考张俊《清代小说史》第四章第六节。
2.（清）樵云山人编：《飞花艳想》，延边人民出版社1999年版，第6页。下文所引该小说原文，如无特别说明，皆据此版本。
3.（清）李春荣：《水石缘》，延边人民出版社1999年版，第6页。
4.（清）李春荣：《水石缘》，第168页。
5.（清）烟霞散人：《凤凰池》，延边人民出版社1999年版，第84页。

惦念着功名。

向情爱中寻找精神寄托，在清代中期的文人小说中有着独特意义。明末清初的才子佳人小说中，才子将功名富贵和美满姻缘作为人生追求，这也是作家的“黄粱事业”。这些小说调和情与理，将情纳入名教。清代中期的文人小说也辨别情与欲，调和情与理，但辨别、调和的目的是为了强调情爱的寄托意义。《姑妄言》这部小说以极端的形式对比情与欲。[1]在淫欲横流的世界中，书生钟情和瞽妓钱贵的纯真爱情显得尤为特异。钱贵被称为妓女中的英雄，一个瞽女却能够慧眼识英，爱上才华出众的穷书生钟情。钟情中举后，不顾世俗偏见，娶钱贵为妻。钟情说，钱贵是他的知己，她虽然瞽目，却胜过有眼的男子万倍。在小说中，爱情与忠贞及知遇之感紧密关联，与淫欲形成对照，体现了文人情怀。在文人遭受厄运的时代，情爱成为文人的精神慰藉和寄托。

三、清中期通俗小说的抒情特征

从书坊回到书斋，将通俗小说用于抒写情志，使文人小说具有感情色彩。清代中期的文人小说多有感伤情调。这种感情色彩特别是感伤色彩是书商小说所没有的。话本小说重在讲故事，拟话本小说多借因果进行道德宣传，善恶报应、天道循环体现了世俗社会的乐观信念。《三国志通俗演义》的正统选择和道德悲剧中有些许感伤，但书坊模仿《三国志通俗演义》而编刊的历史演义以识字的市井大众为期待读者。明代后期冯梦龙等人编写的白话短篇小说集注重教化，所谓“醒

1. 关于《姑妄言》中的“情”与“欲”，可参考〔美〕黄卫总《“情”“欲”之间：清代艳情小说〈姑妄言〉初探》，《明清小说研究》1999年第1期，第213—223页。

世”“警世”“型世”“醒心”等，表现了小说编纂者的道德劝诫热情和社会责任感，但极少有感情投入。明清之际文人创作的通俗小说开始有了抒情特点，其中的感伤多与明清易代有关。

中国古代文学有感伤的传统，有以悲为美的审美习尚，这体现在传统诗文中。通俗小说兴起后，文人参与编写、修订，归隐、游仙等正统文学的常见主题被引入通俗小说，通俗小说开始有了情感因素。后来通俗小说由书坊编刊变为个人化的书斋创作，抒情特点越来越突出。清代中期的很多文人小说的情感色彩和感伤情调如此明显，以至于这些小说被称为抒情小说或诗化小说。这些文人小说中的感伤，是一种末世情怀，也与文人的穷愁不遇有关。“我意先秋感摇落”[1]，清代中期的诗歌中多盛世衰音，这种盛世衰音是末世情调与个人身世之感的混合。清代中期文人独立创作的通俗小说中多带有感伤色彩，这种感伤与诗歌中的感伤有相通之处，不过文人小说中的感伤又有自己的特点，更多的是一种壮志难酬、理想破灭的感伤。这种感伤情调与文人小说家的人生境遇和情怀有关，是文人小说家对社会人生进行冷静、深入思考的结果。文人小说讲述文人的故事，表达文人的情怀。文人小说中的出世情调和幻灭、感伤，表现了文人于出处之间的徘徊、迷茫，展现了文人的心路历程。

《红楼梦》和《儒林外史》比较有代表性。《红楼梦》虚构的大观园荟萃了象征青春和美的众女子，贾宝玉将大观园、将与林黛玉的爱情作为人生寄托，但贾府盛极而衰，大观园亦随之败落，大观园中的女子或死或散，千红一哭，万艳同悲，富贵荣华终归一梦。失去人生

1.(清) 黄景仁:《两当轩集·晚眺》，第259页。

寄托的贾宝玉悬崖撒手，回归大荒山。人生虚幻，万缘皆空，小说中充满了深沉的人生幻灭感。《儒林外史》于嬉笑怒骂中蕴含了深沉的悲剧。楔子借王冕之口预言“一代文人有厄”，预示了士人宿命般的悲剧命运。王冕身处乱世，隐居乡间，保持了人格独立；但在现实世界中，势利之风之压迫、功名富贵之引诱，使士人难以保持人格独立。沉浸于八股科举中的士子知识贫乏，人生意义缺失，人性扭曲，人格丧失。周进见贡院大痛而哭，范进中举大喜而疯，一哭一笑写出士子为功名富贵所役的悲剧，字里行间充满对士人的悲悯。农家子弟匡超人本分孝顺，因功名思想的熏染，一步步丧失本真，堕落为势利小人。在势利成风的时代，士人的科场失意意味着贫困潦倒，而且会遭到势利小人的白眼，科举不第的士人内心自卑，变得猥琐。士人是势利社会中厄运的承受者。小说寓哭于笑，对士人更多的是“哀其不幸”，所谓“感而能谐，婉而多讽”。[1]小说同情一代文人的厄运之外，又寻求挽救世运、文运之良方，这个良方就是“文行出处”和“礼乐兵农”。但在科举时代，士子沉迷于功名富贵，醉心于八股，没有才学，缺少识见，“文行出处”荡然无存。少数几个讲究“文行出处”的真儒名贤，本着社会责任心和使命感，想通过祭泰伯祠复兴传统礼乐，重构道德体系，挽救文运和世风。祭泰伯之后，小说又写了余二先生的悌，郭孝子的孝，萧云仙、汤镇台的忠义。小说写萧云仙在青枫城劝农垦荒，兴修水利，兴办学校。但复兴古礼挽救文运、世运的理想很快幻灭。第四十回中，萧云仙登广武山赏雪，感到无限凄凉，读了墙上古人题的七言古风《广武山怀古》，“不觉凄然泪下”[2]。五河县的势利之风愈演愈

1. 李汉秋编：《儒林外史研究资料》，上海古籍出版社1984年版，第281页。
2.（清）吴敬梓著，李汉秋辑校：《儒林外史汇校汇评》，第497页。

烈，俗儒依然追逐功名富贵。王冕的唯一知音是一乡间老者，最后一回中，市井奇人荆元的唯一知音是一个灌园老者。“功名富贵无凭据，费尽心情，总把流光误”，在变徵之音中，作者对救世之路和人格理想的探索宣告失败，小说充满了浓重的感伤。

清代中期的《希夷梦》《瑶华传》等小说也弥漫着感伤、幻灭。《希夷梦》写的是一场大梦，之所以名“希夷梦”，是因主人公仲卿和韩速在希夷洞中入梦。仲卿、韩速梦入海外岛国，在岛国中受到赏识重用，才华得以施展，成就了辉煌功业。但事业巅峰之时，二人梦醒，悟功名事业皆为梦幻泡影，决定超脱尘俗而修道，后来留下一部《仲韩合传》，成仙而去。仲卿、韩速为后周旧臣，后周为宋所取代，仲、韩二人心怀故国，策划反宋复周，他们在得知宋为元所灭后，深感是非成败转头皆空，小说充满浓重的感伤。《瑶华传》中的女主人公瑶华郡主文武双全，她率军平叛，铲除妖邪，镇压强盗，功绩卓著，却无力挽救衰落的王朝，因为明朝气数已尽，天命使然，人力难以逆转，无可奈何的瑶华只好离去，入山修道。这部小说将历史和神怪杂糅，表达了深沉的幻灭感。清代中期文人独创的通俗小说中，主人公大都选择了归隐或出世，如《歧路灯》的谭绍闻、《蜃楼志》的李匠山、《幻中游》的石生、《镜花缘》的唐敖等。对怀抱儒家理想的士人来说，回归家园，离尘出世，是一种无奈的选择，就像贾宝玉出家，是因为失去了大观园的精神依托。《红楼梦》写大荒山，写太虚幻境，写前世，写今生，写历劫，写还泪，看似满纸荒唐，实则作者于其中渗入辛酸之泪。作者感慨无人能解“其中味”，“其中味”即人生理想幻灭的悲凉。

文人小说蕴含作家的身世之感。清代中期的文人小说家多穷愁不遇。吴敬梓晚年穷困潦倒，曹雪芹后期绳床瓦牖，李百川中年后“日与朱门作马牛”[1]，吴璿一生郁郁不得志，庾岭劳人“捉襟露肘兴阑珊”[2]，丁秉仁以游幕求温饱，[3]张南庄“身后不名一文”[4]，汪寄死时竟至于无墓地。[5]文人身世之凄凉，源于地位之低落。与明代相比，清代士人的地位大大降低。在明代，“官横而士骄”，清廷“知其敝而一切矫之”，[6]以各种手段打压士气。汉族读书人甚而“为吏役之所鱼肉”[7]，“困辱于舆隶之手，迫胁于贿赂之场”[8]。士人失去了人格理想，士风亦因此而日趋堕落。《儒林外史》充满了对士人命运的悲悯。清代中期的诗人黄景仁在《圈虎行》中将士人比为被压抑、被束缚、受嘲讽的圈中之虎。在这样的处境下，士人感叹“功名富贵无凭据”[9]（《儒林外史》卷首词），劝其他读书人“早醒青云志，休恋春霄梦”[10]（《白圭志》卷首词），与政治的疏离，使士人对现实有了较为清醒的认识，对传统价值观进行了深刻反思。《儒林外史》中泰伯祠的坍塌有象征意义。士人放弃了政治追求，放弃了儒家理想，失去了精神依托，孤独而悲哀。

1.（清）李百川《绿野仙踪》辑补自序，载《古本小说集成》第一辑第一百三十册，第6页。

2.（清）庾岭劳人：《蜃楼志》，山西人民出版社1993年版，第1页。

3. 张俊：《清代小说史》，第264页。

4.（清）张南庄：《何典》，载《古本小说集成》第二辑第一百五十五册，上海古籍出版社1994年影印版，第165页。

5.（清）汪寄：《希夷梦》，载《古本小说集成》第二辑第一百五十一册，第2页。

6.（清）管同：《拟言风俗书》，载《清代名人书札》，文海出版社1980年影印版，第31页。

7.（清）邵齐焘：《玉芝堂文集》卷五《敕封文林郎浙江云和县知县加一级原任砀山县教谕勉庐先生行状》，清光绪八年宁波群玉山房藏本。

8.（清）陈寿祺：《答朱咏斋侍郎书》，载《清代名人书札》，第5页。

9.（清）吴敬梓著，李汉秋辑校：《儒林外史汇校汇评》，第1页。

10.（清）崔象川：《白圭志》，载《古本小说集成》第四辑第五十册，上海古籍出版社1994年影印版，第1页。

文人小说中的感伤是因为济世理想的幻灭，所以这些小说中又洋溢着救济天下的激情。汪寄说，他创作《希夷梦》是为了表彰韩通殉国，但是小说的主体情节写的却是仲卿、韩速的故事，而写仲卿、韩速，本应写其复周之志，小说却不厌其烦地描写他们在岛国的功业。仲卿在浮石国治河，解决了漕运问题，又治理砂政，保障了国库税收，接着受命巡关，镇压叛乱，抵抗外敌，收复失地，降服敌国，缔造了百世和平之基。吴云北的《〈希夷梦〉序》对这部小说的理解比较透彻，作者之所以要托兴于梦，而且“缩三百余年为数十载之长梦”，是以漫长之梦境代短促之人生，充分抒写“用舍行藏之怀”。[1]

文人小说中表现的济世情怀，与时代文化环境和文人境遇有着密切的关系。明代的通俗小说既娱乐大众，又宣扬道德教化以提升地位，在游戏和教化之间寻求平衡。由于易代巨变的影响，由于小说作者群的变化，清初的通俗小说在游戏、娱乐之中融入了作者的故国之思、民族情感或隐逸心态。明末清初，才子佳人小说一度盛行，编写者多为下层文人，他们在小说中表现功名和美人兼得的人生梦幻，借“黄粱事业”抒发现实中怀才不遇、潦倒沦落的感慨。与以往的通俗小说相比，清代中期的文人小说在创作动机上有了很大变化。《儒林外史》《野叟曝言》《绿野仙踪》《希夷梦》等小说的作者不仅有较高的文化水平和文学素养，而且对文人身份有自觉的体认，有着强烈的文人意识，与荣华富贵相比，他们更渴求展示自己的才能，实现自己的抱负和个人价值。他们将现实中无法实现的理想写进小说，通过小说中的人物特别是文人主人公加以表现。这种强烈的入世精神与清代中期的学术

1.(清) 汪寄:《希夷梦》，载《古本小说集成》第二辑第一百五十一册，第8—9页。

思想有一定联系。清代中期的考据学者在对经典的整理、校注中，为经典中蕴含的儒家精神所激励，在考据著述中寄托用世精神。清代中期的诗人将兼济天下的情怀、怀才不遇的感慨直接抒写于诗。与诗歌相比，通俗小说特别是长篇通俗小说的宏大叙事更适合展示才华、抒写抱负，文人小说家借助人物形象，在小说的虚拟世界中直接而形象地炫示才学，表现理想追求。《儒林外史》写真儒名贤借祭祀泰伯复兴礼乐，培养人才，写汤镇台、萧云仙实践兵农理想，写王冕、杜少卿、庄绍光、虞育德等真儒名士讲求文行出处、探索人格理想，都体现了作者的理想主义和济世热情。正因为这种热情和执着，泰伯祠的荒圮、名士的风流云散、挽救世运和文运的失败，才让作者异常感伤。《红楼梦》的作者感叹“无材可去补苍天，枉入红尘若许年”，“无材”云云，实为自谦和反说，实则有材而不得补天，“枉入红尘”是说作者的价值无法实现，只能像小说中的贾宝玉那样在大观园里、从女子那里、从爱情中寻找精神寄托。在另一部小说《希夷梦》中，男主人公韩速不愿意避世修道，因为“古圣先贤，皆以致君泽民为教”[1]。这种济世热情如此强烈，甚至可以淡化亡国之痛。仲卿心怀故国，不愿在浮石国做官，只接受客卿封号，但他却以客卿身份建立了不世功勋。“客卿”之称，有着特殊的意义，建功立业，兼济天下，实现理想才是最重要的，功名本身并没有多大意义。

只有理解文人的理想主义和兼济天下的抱负，才能理解文人小说中幻灭与感伤的深刻内涵。使命很庄严，现实却很荒诞；理想很崇高，人生却很卑微。文人面对着出与处的矛盾，为了实现自身的价值，实

1.（清）汪寄：《希夷梦》，载《古本小说集成》第二辑第一百五十一册，第250页。

现兼济天下的理想，选择了出，但又难以忘怀现实。乾隆时期的诗人黄景仁在诗中说:“勋业夫何常，成者天下见。”[1]现实迫使文人消解热情，充满了宿命般的孤独感。即使到了穷途末路，文人仍胸怀天下，希望维持文运。但世风日下，势利成风，贤人散去，文运颓败，士人坚守独立人格都很艰难，“飞扬无限意，奈此暮途何!”[2]从这个角度，就可以理解清代中期文人小说中的感伤和幻灭。清代中期文人小说中的幻灭感，是一种浓浓的悲凉。《希夷梦》虽艺术成就一般，但很有代表意义，小说将现实织进梦幻，作者之本意是要表现人生空幻，却对建功立业进行了不厌其烦的描写，这样的构思表达了作者心态的矛盾。《希夷梦》的作者名寄，号蜉蝣，有两种含义，既可理解为对人生短促、人生空幻的彻悟，又可理解为对人生短促、功业难成的深沉感喟。《希夷梦》反映了当时士人的心态，折射了士人的困惑、矛盾。《希夷梦》是清代中期文人的《枕中记》。

1.(清) 黄景仁:《两当轩集·宿练潭用王文成韵》，第167页。
2.(清) 黄景仁:《两当轩集·颍州南楼》，第178页。

第四章

通俗小说中的自我抒写与內在精神

通俗小说中文人情怀的抒发和文人形象的塑造的变化，体现了通俗小说文人化的渐进过程。在明代的通俗小说中，有的历史演义特别是人物传记类历史演义写了读书人，不过这些读书人都是传奇人物，有的是历史名人，描写时拘泥于史实。在英雄传奇中，读书人多是情节的点缀。通俗小说源于说话，面对市井大众，重视故事的趣味性、传奇性，编写者主要是下层文人，以娱乐读者为目的，极少表现个人情感和思想，更不会在小说中塑造自我形象。不过早期的《三国志通俗演义》《水浒传》在整合改造、选择取舍、再创作的过程中融入了作家的思想和情感。明代中期书坊主或下层文人编写了大批历史演义小说、神怪小说、公案故事集等，这些小说是文化商品，其中极少融入个人的思想情感。明代后期的《金瓶梅》思考人性问题，反映现实政治，被称为“泄愤”之作，体现了明末文人的心态。《西游记》思考心的哲学。明代后期白话短篇小说由文人编写，倡导道德劝诫，有的作品涉及文人最为关心的科举问题。明末清初受社会生活变化特别是易代的刺激，文人小说作者开始有意识地在小说中表达自己的思想情感，寄托个人怀抱。清初兴盛一时的才子佳人小说将在现实中无法实现的梦幻在小说虚拟世界中实现。清代中期文人小说多以作者本人的生活经历为基础，甚至将自己化身为小说中的人物形象，通过小说中的人物故事反映自己的生存境遇，表现自己的情感和对社会人生问题的思考，寄托自己的志向，炫耀才学。小说中文人主人公的事业是作家的白日梦，表达了发挥才华、建功立业、实现个人价值的渴望，体现了文人积极用世的精神。

第一节　早期通俗小说中的文人心态

《三国志通俗演义》和《水浒传》整合长期流传的三国、水浒故事进行加工改造，有集体创作的性质，但在对原有故事进行取舍和再创作的过程中，必然要以作家自己的思想认识和情感倾向为根据，将零散的材料进行整合，所以《三国志通俗演义》和《水浒传》在某些地方体现了作家的思想情感。

《三国志通俗演义》展现了积极用世的文化心态，体现了文人建功立业的渴望。刘备与关羽、张飞桃园结义，立誓"上报国家，下安黎庶"[1]。曹操青梅煮酒，与刘备论天下英雄，认为真正的英雄应该胸怀大志，有"吞吐天地之志"。周瑜舞剑而歌："丈夫处世兮立功名，立功名兮慰平生。"小说中的曹操具有雄才大略。公卿大臣对董卓专权束手无策，只会痛哭流涕，曹操嘲笑他们毫无用处，提出暗杀董卓的计划，前往行刺。行刺失败，曹操又和各路诸侯商议讨伐董卓。诸侯之间发生利害冲突，讨伐董卓无果而终，曹操"挟天子以令诸侯"，占据有利条件，灭掉袁绍，统一了北方。曹操的自强不息，体现了传统士人的人生价值追求。小说写曹操横槊赋诗，一曲《短歌行》唱出了才士的忧思和寂寞。[2]

1.（明）罗贯中《三国志通俗演义》，载《古本小说集成》第三辑第五十册至第五十五册。下文所引原文，如无特别说明，均出自该版本。

2. 鲁迅：《中国小说史略》，第101页。

《三国志通俗演义》中的诸葛亮被后世奉为文人典范。小说情节过了三分之一，诸葛亮才出场。第三十六回中，徐庶向刘备推荐诸葛亮，将诸葛亮比作吕望、张良，认为“此人不可屈致，使君可亲往求之”。诸葛亮隐居隆中，但并非真正的隐逸。《后汉书 · 逸民列传》中将隐逸分为“隐居以求其志”等六种情况，[1]诸葛亮身居隆中却洞悉天下，渴望成就管仲、乐毅一般的功业，属“隐居以求其志”者。诸葛亮好为《梁父吟》，寄寓了胸怀壮志而不得实现的感慨。[2]刘备“三顾”之后，诸葛亮与刘备相见，为其诚意所动，表示“愿效犬马之劳”，但又嘱咐其弟诸葛均照管好田园，他一旦功成，仍归隐田园。出山后的诸葛亮竭其所能，忠心耿耿，任劳任怨，为刘备出谋划策，助刘备占荆州、取益州、夺汉中，扩大势力，成就帝业。在《三国志通俗演义》中，刘备死前托孤，认为诸葛亮有安邦定国之才，一定会成就大业，如果其嗣子刘禅不成才，诸葛亮就没有必要辅佐他，可以自立为蜀汉之主。诸葛亮听了“汗流遍体”，“泣拜于地”，表示一定会忠于蜀汉，殚精竭虑，死而后已。刘备死后，诸葛亮尽心辅佐后主。其时蜀汉政权元气大伤，客观形势发生变化，蜀国要战胜魏国以“复兴汉室”几乎不可能，但诸葛亮仍毅然出兵，决定北伐以实现天下统一。诸葛亮的北伐是“知其不可为而为之”，诸葛亮在《后出师表》中感叹：“至于成败利钝，非臣之明所能逆睹也。”[3]诸葛亮以对事业的高度责任感，为国操劳，唯恐“托付不效”，至于自己的生死存亡，早已置之度外，直至星落秋风，病死在北伐前线。

1.（南朝宋）范晔：《后汉书》卷八十三《逸民列传》，中华书局1965年版，第2755页。
2.（宋）姚宽：《西溪丛语》，中华书局1993年版，第48—49页。
3.（三国蜀）诸葛亮：《诸葛亮集》，中华书局2009年版，第165页。

诸葛亮在很多方面成为后世士人的典范。“为王者师”是士人的最高人生理想，成为帝王之师，不仅是至高无上的荣耀，而且治平之志可以借此而实现。封建时代君臣之间多猜忌，而刘备和诸葛亮之间却肝胆相照，这种理想的君臣关系，为后世士人所羡慕。诸葛亮有独立的人格、高尚的品德，严于律己，廉洁自律，淡泊宁静。但他也有不足之处。小说里的诸葛亮始终对魏延抱有成见，认定魏延脑后有反骨，日后必反，处处压制魏延，多次想除掉他，死前仍安排杀魏延之计，最后魏延死于诸葛亮留下的“锦囊妙计”。杀魏延表现出诸葛亮的狭隘，而杀刘封则体现了诸葛亮的自私。这些皆为历史上实际发生之事。但总体上说，诸葛亮仍可称为道德楷模，他的忠诚品德为后世所称颂。宋代理学家胡瑗高度评价诸葛亮，认为诸葛亮对蜀主能“终之于人臣之分，能存万世之义”[1]。诸葛亮为蜀汉之事业鞠躬尽瘁，虽然大业未成，“出师未捷身先死”，却实现了人生价值。明清时期，诸葛亮形象越来越理想化，与传统伦理观念和审美理想之渗入有关，亦因《三国志通俗演义》之成功塑造，小说《三国志通俗演义》中的诸葛亮身上寄托了士人的人生理想和政治抱负。诸葛亮成为后世士人的崇高典范，成为士人理想人格之化身。

但诸葛亮是历史人物，小说描写诸葛亮时，主要采用了历史材料。诸葛亮出与处的选择、建功立业的渴望、酬答知己的情怀、人事与天命的矛盾，都是历史上的诸葛亮所具有的。小说还采用了一些民间传说，进行了适当的虚构，这些传说和虚构主要是为了将诸葛亮传奇化，增加故事的曲折性，诸葛亮原有的文人色彩反而被淡化了。《三国志》

1.（宋）胡瑗：《周易口义》，载《钦定四库全书荟要》，吉林出版集团2005年版，第315页。

论诸葛亮，谓诸葛亮有治国理政之才干，而不擅长“应变将略”，所以连年出师而未获成功。[1]陈寿认为诸葛亮善于治军治国，精通“工械技巧”。[2]而小说《三国志通俗演义》为了突出传奇性，反复渲染诸葛亮的智谋，对他的治国才干则略而不写。小说中的诸葛亮身上有纵横家和方士的色彩。鲁迅谓《三国志通俗演义》“状诸葛之多智而近妖”[3]。“智绝”的诸葛亮许多行为与方士相似，有道教色彩。第四十九回写诸葛亮祭风，他还精通占星学，预测人事吉凶祸福。第一百〇三回，孔明“仰观天文”，得知自己“命在旦夕”。与小说中的诸葛亮相比，《三国志》等史书中记载的诸葛亮更接近文人。

后来的历史演义、英雄传奇等通俗小说中多有军师形象，形成一个系列。这些军师形象的塑造多受《三国志通俗演义》的影响。姜子牙、张良、孙膑、王猛、刘伯温、范蠡、徐茂公等军师大都有隐居经历，与诸葛亮相似，这些军师是为显而隐：姜子牙隐居磻溪等待王侯来聘；张良的理想是为帝王师；刘伯温隐居红罗山而渴望救济天下。有的军师则是功成身退而隐，如范蠡、张良、刘伯温等。《英烈传》中的刘伯温由仕而隐，又由隐而仕，最后退隐是因为天下已太平，自己的使命已完成，再加上朱元璋疑忌功臣，所以刘伯温决定隐居山林，与苍松、翠竹、麋鹿为侣，遨游以消余生。《西汉演义》中张良佐刘邦定天下后飘然归隐。严光、姚道衍也是在功成之日退隐，淡泊自持，逍遥无为。与《三国志通俗演义》中“三顾茅庐”的故事相似，后世小说中的军师也多是在几次聘请后才答应出山相助。姜子牙在周文王

1.（晋）陈寿撰，（南朝宋）裴松之注：《三国志》，中华书局1982年版，第925页。
2.（晋）陈寿撰，（南朝宋）裴松之注：《三国志》，第934页。
3. 鲁迅：《中国小说史略》，第101页。

一请再请之下才答应出山。邓禹、严光因刘秀亲自拜谒，才允诺相助。这些小说中的军师的道教方士色彩更重，神异的法术几乎和智谋一样重要。姜子牙、张良、诸葛亮、王猛、刘伯温等都遇到过神仙，身上都有神异色彩。《大唐秦王词话》中的李靖曾跟异人在终南山修道，不仅精通文韬武略，而且有道术。《残唐五代史演义》中的周德威用占卜预知黄巢军队的动向。《英烈传》中的刘伯温从白猿那里得到黄石公秘传，又得周颠指点，有韬略，会法术。《女仙外史》中的吕律精星象，通谶纬，又能望气占风。《锋剑春秋》中的孙膑、《说岳全传》中的诸葛锦等军师都精通法术。这些军师都有很浓厚的道教色彩，而文人色彩淡化了。

《水浒传》中写了吴用、公孙胜、朱武三个军师，其中吴用是梁山为数不多的读书人，他科考落第，在乡下做教书先生。他自视很高，自号“加亮先生”。“加亮”意为超过诸葛亮。他不安于现状，晋升之路被堵，心有不甘，于是另谋出路。吴用绰号智多星，很有智谋，他一出场就参与劫生辰纲，“智取生辰纲”之智主要是吴用之智。吴用上梁山后，成为梁山第一军师，历次战役，特别是攻打大名府、两赢童贯、三败高俅等，都是吴用出谋策划。梁山好汉接受招安后，为朝廷征辽，征方腊，征田虎、王庆，也是吴用运筹帷幄。《水浒全传》中第十五回、第十六回、第五十回、第五十九回、第六十一回、第六十六回、第七十六回、第八十五回、第九十二回、第九十八回等的回目中都有吴用之名，且与智谋相连。吴用身为读书人，但小说却没有写出他的文人特点，反而是与文人没有关系的林冲和燕青身上体现了文人情怀。

林冲故事是《水浒传》“乱自上作”这一主题的体现，他的性格特点值得注意。金圣叹在《读第五才子书法》中评论林冲，称林冲为“上上人物”，将林冲的性格概括为“狠”。金圣叹认为，林冲“算得到，熬得住，把得牢，做得彻”，这样的人在世上一定会做出一番事业。[1]林冲外表粗豪，“生的豹头环眼，燕颔虎须，八尺长短身材”[2]，绰号“豹子头”，与《三国志通俗演义》中的张飞形象相似，他使用的兵器也和张飞的一样，都是丈八蛇矛。第四十八回诗赞中直接以张飞比林冲：“满山都唤小张飞，豹子头林冲便是。”但林冲与其他好汉不同，既爱枪棒，又重家庭和感情，他与妻子张氏非常恩爱，结婚三年“不曾有半些儿差池”，“未曾面红面赤，半点相争”。他在被刺配前提出离婚，也是为妻子着想，体现了对妻子的关爱和深情。林冲火并王伦后，在梁山上有了安身之处，思想起妻子，想将妻子接到山上来，小喽啰打听到张氏不堪高太尉威逼，半年前已自缢身死，林冲听了悲伤不已，潸然泪下。林冲性格精细，待人接物谨慎周全。以他在柴进庄上与洪教头比武一事，即可看出他为人着想的精细。他听说沧州府到处捉拿自己，担心累及柴进，主动离开横海郡，投奔梁山。晁盖、吴用等人上梁山后，林冲向吴用等人解释，是他主动离开柴大官人庄，“非他不留林冲”。金圣叹评点说，“非他不留林冲”六个字“令我读之骇然”，这几个字将林冲写活了，写出了林冲的精细。与其他好汉的快意恩仇不同，林冲对自己的恩怨情仇采取隐忍态度，即使遭到欺凌、陷害也“熬得住，把得牢”。妻子被调戏，他隐忍下来，以高衙内“不认得荆妇”作解，担心“太尉面上须不好看”，因为“不怕官，只怕管”，还

1. 朱一玄、刘毓忱编：《水浒传资料汇编》，南开大学出版社2002年版，第221页。
2.（明）施耐庵、罗贯中：《水浒传》，人民文学出版社1997年版，第101—102页。下文所引《水浒传》原文，如无特别说明，皆据此而来。

可以理解，但差役薛霸、董超虐待他，甚至要在野猪林置他于死地，他竟然也能原谅。他上梁山后，受王伦刁难，也是一忍再忍，只是暗自叹息。这种沉潜襟怀是江湖好汉所没有的。考虑到林冲性格的急躁火爆，则其隐忍沉潜更值得注意。林冲的隐忍沉潜和沉郁忧愤更像是怀才不遇、遭受压抑的落拓士人的心态。小说中的林冲一直是沉郁忧闷的。他的妻子被高衙内调戏，他不得已放走了高衙内后，“连日闷闷不已”。他与朋友陆谦饮酒时感叹自己空有一身本事，却不遇明主，“屈沉在小人之下”。在梁山山脚下的酒店中，林冲乘着酒兴，在墙上写了一首诗，他在诗中感慨身世，叹息功名不成：“身世悲浮梗，功名类转蓬。”这首诗更像是怀才不遇、潦倒沦落的文人抒怀。林冲身为武人，却手执象征文人风雅的折扇，这似乎也在强调林冲形象的混融特点。

《水浒传》的另一个人物燕青也在某种程度上体现了文人作者的矛盾心态。燕青的本事，历史文献中没有记载。南宋龚开《宋江三十六人赞》中“浪子燕青”一段是关于燕青的第一条资料。《大宋宣和遗事》中有两处提到燕青。以水浒故事为题材的元杂剧，只有李文蔚的《同乐院燕青博鱼》流传下来，这个杂剧的情节与《水浒传》中的燕青故事没有联系，与杨雄、石秀杀潘氏上山的情节倒有相似之处。[1]《水浒传》中的燕青形象发展成熟。清初陈忱评论燕青，认为燕青“忠其主，敏于事，绝其技，全于害”，有“大学问、大经济”，梁山其他人物都无法和燕青相比。[2]《水浒传》第七十四回开篇的古风说燕青“功成身退避嫌疑，心明机巧无差错”。后来宋江筹划招安，燕青起了关键作用。梁山好汉攻打方腊时，燕青打入敌人内部，里应外合，立下

1. 庄一拂编著：《古典戏曲存目汇考》，上海古籍出版社1982年版，第223页。
2. 朱一玄、刘毓忱编：《水浒传资料汇编》，第492页。

战功。最值得注意的是燕青的归宿。几次征战后，梁山好汉死亡殆尽，活着的好汉或接受朝廷封赏，或中途出家（如武松），或死于班师回朝途中（如鲁智深、林冲等），或中途归隐（如燕青、李俊等）。燕青归隐与李俊等人的归隐不同。小说特别描写了燕青归隐前与卢俊义的交谈，他劝卢俊义一起归隐，因为历史事实说明功臣没有好结局，狡兔死，走狗烹，像汉初的韩信、彭越、英布都为刘邦建汉称帝立下汗马功劳，最后都被杀。卢俊义难舍功名富贵，燕青只有叹息，拜别卢俊义而去。燕青功成身退的选择，体现了作者的人生感悟和历史感慨，表达了文人的隐逸情怀。

不过这些文人情怀是后来读者的理解，而且在小说中体现得并不明显。明代中后期出现了大批历史演义小说。这些历史演义小说的作者大都标举“裨益风教”。余邵鱼在《题全像列国志传引》中强调“维持世道，激扬民俗”，而其所作《列国志传》能令读者“善则知劝，恶则知戒”。齐东野人在《隋炀帝艳史凡例》中认为“著书立言”以“关于人心世道者为贵”，《隋炀帝艳史》即“有裨于风化”。这些说法有为历史演义张目之意，但历史演义确实受到史书风教意识的影响。历史演义的编写者选材时强调“风化”。林瀚在《隋唐志传通俗演义》的序中说，这部小说所写人物是隋唐时各种书籍中记载的英明君主、文臣武将和其他忠义之士，这些人物有关风化。为了强调道德教化意义，由讲史平话发展而来的初期历史演义像平话那样插入诗词或论赞评议历史，对小说人物进行道德评判，形成了相对固定的结构体例。这些小说大多由书坊主或者下层文人所编写，将通俗小说当作文化商品，为了赶上市场热点，在短时间内编刊出来，文字粗糙，艺术水平低下，更不可能融进个人真实的思想情感。

第二节　明代中后期通俗小说中的主体意识

从明代中后期开始，通俗小说的主体意识不断增强，这与明代后期兴起的通俗小说批评有一定关系。这些批评常常强调通俗小说中的寄托。李贽评论《水浒传》，将这部小说称为发愤之所作。欣欣子认为《金瓶梅词话》“寄意于时俗”[1]，廿公称《金瓶梅词话》为寓言。湖海士在《〈西湖二集〉序》中认为《西湖二集》是作者借他人之酒杯，浇自己胸中之块垒。清初张竹坡认为《金瓶梅》是“作秽言以泄其愤”[2]。这些评论对通俗小说的创作有引导作用。

这个时期产生的《西游记》与书商粗制滥造的通俗小说有所不同，这部小说有历史和传说作基础，作者在加工改造中融入对社会政治和文化思潮的思考。但受《西游记》影响产生的一批神怪小说，大都根据文献记载和民间传说改写，蕴含一定的伦理观念和宗教意识，但书坊编刊这些小说的目的是营利，以荒诞离奇的故事迎合大众趣味，极少表现个人化的思想情感，与书商编刊的历史演义相类。

《金瓶梅》被认为是第一部文人独创的长篇通俗小说，这部小说

1.（明）兰陵笑笑生：《全本金瓶梅词话》序，香港太平书局1982年版，第1页。

2.（明）兰陵笑笑生撰，（清）张竹坡评：《皋鹤堂批评第一奇书金瓶梅》，清康熙三十四年序刊本，《竹坡闲话》第1页。

以《水浒传》中的一段故事作为引子，但主体情节与《水浒传》没有关系。《金瓶梅》通过一个家庭的兴衰思考了人性问题，对过度的欲望放纵提出了警戒。小说作者对社会生活有着敏锐的观察和感受，但批判和反思中少有作家个人情感。张竹坡说《金瓶梅》是“泄愤”之作，认为孟玉楼是作者“自喻”，是因为他将自己的愤世之情融入小说批评，有牵强附会之嫌。不过这部小说体现了明代后期文人的心态。张竹坡认为《金瓶梅》意在劝惩，既入世又出世，表面上写淫欲，实际上每句话谈的都是性理，是一部真正的“道书”。欣欣子在《金瓶梅词话》序中认为，《金瓶梅词话》宣扬人伦，劝善惩恶，可以净化读者之心，于世道人心不无小补。至于《金瓶梅》作者的创作心态，张竹坡认为《金瓶梅》的作者“怨恨深而不能吐”，于是将“一腔愤懑”“一腔炎凉痛恨发于笔端”，因此小说中“到底有一种愤懑气象”。[1]明代中期开始，士风发生变化。士人生不逢时，怀才不遇，赍志以老，垒块郁结，如痴如狂，于是成为狂士。明代中期之后出现了大批放浪形骸的狂士。明代文人的癫狂是对传统价值观念产生怀疑，精神支柱因此而动摇，文人内心充满了困惑。张岱分析文人狂放心态的成因，认为文人有用世之才，但生不逢时，“赍志以老”，“胸中真有一股不可磨灭之气”无法发抒，“以致垒块郁结”。[2]明代后期，王学左派、泰州学派肯定人的自然欲求，对社会风气产生了重要影响。受社会风气的熏染，明代后期的文人追求世俗享乐。袁宏道提出“五快活”[3]的人生哲

1.(明) 兰陵笑笑生撰，(清) 张竹坡评：《皋鹤堂批评第一奇书金瓶梅》，《竹坡闲话》第3页、《竹坡闲话》第1页、第七回回首总评、《金瓶梅寓意说》第2页、《批评第一奇书金瓶梅读法》第21页。

2.(明) 张岱：《琅嬛文集》，岳麓书社1985年版，第272页。

3.(明) 袁宏道著，钱伯城笺校：《袁宏道集笺校》，上海古籍出版社1981年版，第205页。

学，何心隐认为追求味、色、声和安适为人之性[1]，陈乾初（陈确）提出“天理正从人欲中见”[2]。传统价值观念式微，明代后期的不少文人不再执着于仕途，不再为仕进和退隐纠结，而是在欲望世界中随波逐流。

明代后期，白话短篇小说繁荣一时，除了少数宋元旧本外，大多为明人改编和创作，文人创作的白话短篇小说蕴含了时代意识，表现了作家个人的思想，但这些小说主要根据文言小说、野史杂传和社会传闻加工改写，以娱乐大众为主，以道德劝诫为辅，以刊刻营利为目的，极少反映作家的生活境遇和人生感受。不过道德劝诫中包含着积极入世思想和以天下为己任的社会责任感。即使是一些自娱娱人的小说，也时常流露出对社会与人生的关注。这种社会责任感体现为明代中晚期小说中浓厚的道德教化意识。很多通俗小说的书名就表明了道德教化的创作主旨。冯梦龙编写的白话短篇小说集名为《醒世恒言》《警世通言》《喻世明言》，可一居士在《〈醒世恒言〉叙》中解释书名：“明者，取其可以导愚也。通者，取其可以适俗也。恒则习之而不厌，传之而可久。三刻殊名，其义一耳。”[3]陆人龙的小说集名为《型世言》，取“以为世型”之意，要为时人树立道德楷模。明代中晚期的历史演义小说多由书坊主组织编写、刊刻，以牟利为目的，但编写者为中下层文人，或多或少会在叙事中融入个人情感和思想寄托。这些历史演义小说塑造的英雄人物，如《大宋中兴通俗演义》中的岳飞、《杨家府演义》中的杨继业和杨六郎、《西汉通俗演义》中的张良、《隋史遗文》中的秦琼、《英烈传》中的刘基、徐达、常遇春，《于少保萃忠

1.（明）何心隐著，容肇祖整理：《何心隐集》，中华书局1960年版，第40页。

2.（明）陈确：《陈确集》，中华书局1979年版，第461页。

3. 黄霖、韩同文选注：《中国历代小说论著选》（上），江西人民出版社1982年版，第225页。

全传》中的于谦等，虽然多带有民间色彩，但作者在这些人物身上倾注了热情，借助这些人物展示自己的才智，将现实中不能实现的建功立业渴求在虚幻世界中实现。

明代中晚期士人追求“不朽”的人生价值，[1]“立功”必须借助仕途，“立言”则可以自己独立完成。明代中晚期的小说编创者基本都是下层文人，作为士人，他们也追求不朽，希望借小说编写而实现立言之不朽。无碍居士在《警世通言》的叙中说，他编写小说是以儒家六经为圭臬，是为了立言，所以要在小说中进行道德劝诫，让人读了能变成忠臣、孝子、贤牧、良友、义夫、节妇。[2]明代中晚期士人编创小说时，为提升小说地位，将小说与儒家的立言联系起来，在小说中塑造出很多道德模范。士人在小说评点中也注重挖掘道德意义，借以提高小说地位。李贽为《水浒传》写序，以“忠义”概括《水浒传》的主旨，他认为梁山好汉“皆大力大贤有忠有义之人”。而宋江更为“忠义之烈”。[3]

明代后期，有的人物传记类历史小说写了读书人，但这些小说中的读书人是传奇人物，不是典型文人。明代后期话本小说中写的读书人只关心自己的温饱和功名富贵，全无儒家兼济天下的情怀。冯梦龙编写的话本小说集中偶尔写到的读书人多庸庸碌碌、一事无成，一旦有人赏识，则感之终身，如《老门生三世报恩》中的鲜于同（《警世通言》）。有的读书人为了博得一第，四处奔波，钻求门路，偶因某大员甚或皇帝的一时青眼而骤获荣华，比较典型的是《赵伯升茶肆遇仁宗》中的赵伯升（《古今小说》）。有的则因为阴骘积善而顿改落魄不遇的命

---

1. 李学勤主编：《十三经注疏·春秋左传正义》，北京大学出版社1999年版，第1003—1004页。
2.（明）冯梦龙：《警世通言》，载《古本小说集成》第四辑第六册，第1页。
3. 郑振铎：《郑振铎古典文学论文集》，第433页。

运，甚至有时鬼神也来帮助，如《感恩鬼三古传题旨》中的书生仰邻瞻（《石点头》）。按儒家的标准衡量，这些读书人甚至不能算真正的文人，文人不仅识字能文，还要有独立的人格和兼济天下的责任感，而不应该计较个人名利。

明代戏曲的自我表现对明代中后期的通俗小说产生了一定影响。嘉靖至隆庆年间，更多文人参与戏曲创作，促进了戏曲创作的进一步文人化。明代文人创作戏曲多为自娱，不是为生计而写作，以自我排解、自我慰藉为目的。他们在戏曲中表现自我，展示才华，抒写情怀，寄寓一己悲欢，表现自己的生活雅趣。他们喜欢从前代史传或文学作品中取材，但不注重历史真实，对故事原型进行大胆改造，以符合寄托情志的需要，无论是写文人风流韵事、才子佳人爱情，还是写忠臣孝子、节妇义夫之事，都不是为他人作传，而是为自己写心，同时蕴含着对社会政治的批判、对人性的深刻思考，体现了文人道德观念和审美趣味。康海、王九思等文人在戏曲中虚构理想的自我，表现对现实政治的无奈和无法实现心中抱负的愤懑。李开先在《宝剑记》中塑造的林冲不仅有武功，而且有很高的文化素养，有士大夫的气节，有自己的政治理想，他关注朝政，指斥奸佞，以“清君侧”为己任。林冲身上寄寓了李开先的人生情怀，容易引起其他文人的共鸣，雪蓑渔者在《〈宝剑记〉序》记载：“搬演此戏，坐客无不泣下沾襟。”[1]袁于令等则借戏剧人物表达对名士风流的追求。很多文人创作的戏剧与科举有关。科举制度决定着士人的命运。文人剧作家有着“治国平天下”的儒家情怀，但科场失意、仕途坎坷，内心充满了牢骚不平，于是借戏曲宣泄个人情绪，表达个人情

1.(明）李开先著，卜键笺校：《李开先全集》，第929页。

怀，指斥科举弊端，表现了士人阶层的迷茫、消沉与痛苦，反映了明代士人的心灵世界。吕天成在《曲品》中说，南曲多风流自赏，北曲则为牢骚肮脏之士“不得于时者之所为也”[1]。程羽文在《盛明杂剧》序中说，才人韵士的牢骚、抑郁、激愤、慷慨，不能直写，于是在戏剧中“曲摹之”“戏喻之”[2]。如王衡的杂剧《郁轮袍》揭示科场黑暗及其对士人心灵的摧残，剧中的王维是王衡的化身。沈泰在《郁轮袍》眉批中说：“能言一已所欲言，畅世人所未畅。”[3]直到明末，文人戏剧仍以科举和文人逸事为主要题材，多借历史人物反映个人际遇，抒写不平之气，或描写风花雪月，表达对闲适生活的向往。

不过通俗小说的发展晚于戏曲，通俗小说中的自我表现也略晚于戏曲。明代中晚期的通俗小说出现了自我表现倾向，通俗小说作者喜欢在小说中炫耀自己的诗才，在小说中插入大量的诗、词、曲，这些诗、词、曲很少能与小说情节融为一体。《西湖二集》书前的《西湖秋色一百韵》与小说情节并无多大关系，纯为作者展露诗才。除了诗才，明代中晚期的通俗小说作者还在小说中炫示广博的学识。《西湖二集》卷三十四写胡宗宪平定倭寇，故事中插入了海防之策和救荒良法，这些对小说情节和人物塑造没有多大意义，没有必要如此详细地说明，作者不厌其烦地陈述，目的是借小说表现自己的军事、政治才能。湖海士认为周清原创作《西湖二集》是为了浇自己心中“磊块”[4]，实际上，除了浇胸中“磊块”外，周清原还想借小说炫示自己在现实中没有机会展示的才学。

1.(明) 吕天成：《曲品》，中国戏剧出版社1959年版，第190页。
2.(明) 沈泰：《盛明杂剧》(初集) 卷首，上海古籍出版社2002年版。
3.(明) 沈泰：《盛明杂剧》(初集)，第512页。
4.(明) 周清原：《西湖二集》，浙江人民出版社1981年版，第12页。

第三节　明末清初通俗小说中的文人情怀

明末清初社会生活的变化对文人产生了很大影响，文人小说作者开始有意识地在作品中表达自己的思想情感，寄托个人怀抱，小说作者自己承认创作小说是为了“发泄”“自喻”，小说中有自己的情怀寄托。即使是以历史为题材的小说，也往往渗透作家的个人意识。《水浒后传》的作者雁宕山樵陈忱说，他之所以创作《水浒后传》，是因为穷愁潦倒，满腹牢骚，借写小说排解胸中块垒。作者在《水浒后传》抒写的主要是民族、家国之恨，在为起义者寻找的出路中也蕴含着文人理想，但所有这些都与作者的人生体验无关，没有个人抒写的成分在内。明末清初兴盛一时的时事小说关注现实政治，表现了一定的社会参与热情，但这些时事小说与一般历史演义的区别只在于反映事件的时间远近，同一般历史演义一样，这些时事小说中极少有作家的个人思想情感。

清初，很多有较高文化修养的文人参与创作白话短篇小说，白话短篇小说的雅化和文人化色彩增强。白话短篇小说不仅体制上规范定型，文字上变得雅致，而且开始关注读书人，表现作者的思考。比较有代表性的是李渔和艾衲居士，他们利用白话短篇小说表达人生理想、文人情怀和对历史人生的独特理解。李渔的小说带有明显的个人特点，小说的主题是他自己对社会人生的看法，而且他的看法与社会上一般的观点不同，有的时候是相反的；他的小说中经常插进成段的议论，这些机智的评论也多出现在李渔的其他作品中；李渔小说的喜剧风格也有个性特点，在游戏、讽刺和闹剧之间寻求平衡。李渔的大多数小说推翻了某种神话或已成定论的老套子，形成社会反论。《无声戏》中的一些小说将常见的主题进行反写。《无声戏》第一篇一反才子配佳人的常见套路，写一个丑男娶几个美女。李渔用这个故事和那套奇怪理论表达了他的“不要奢求”的人生哲学。李渔有的小说有意识颠倒一般观念。《无声戏》第二篇写了一个案子被错判了，判案的官员是个清官，而案子被错判的主要原因就是那个清官以清廉自诩，自认没有道德瑕疵，断案时没有私心，别人无可指责。相对于容易受到责难的贪官，清官的刚愎自用也许更为可怕。李渔用这个故事和那套奇怪理论表达其“不要奢求”的人生哲学。小说中的一些人物虽然不是作者的化身，但从某个方面代表了李渔的个人理想和人生态度，表达其人生哲学。他的另外一部小说集《十二楼》以“楼”作为情节布局的重要因素，楼也有一定的象征意义。第一座楼名“合影楼”，池中的“合影”象征着两座楼里开始的爱情，表达了既不要太道学也不要太风流的观念。第三座楼名“三与楼”，以三层楼分别代表人、文化、神仙的三种境界，谈的也是一种人生观念。第九篇《鹤归楼》将“惜福安穷”“安分守己”的人生哲学写得更为清楚，李渔在其他文章中反复说这种人生哲学。第十二座楼名“闻过楼”，建筑在城乡接合部，象征小说中隐逸者的思想和人生态度，既想影响社会，又不想完全参与社会。这篇小说集中展现了李渔的人生观念和理想表达，有鲜明的自传色彩，小说中对科举和社会关系网的厌恶、对教养的关注，预示了后来《儒林外史》的主题。小说的主人公也是李渔的自我表现。李渔的很多小说从各个方面展示了他的自我形象。

李渔选择本业治生，靠写作刊刻小说、编写和表演戏剧求利，维持生计。他的小说创作商业化特征比较明显，他在小说创作中首先考虑如何吸引读者，其小说雅中有俗，力求创新，取材于现实，从平常生活中发现独特、新颖的视角，表达与众不同的爱情观、生活观，标新立异是为了吸引读者，最终还是为了营利。《无声戏》主要写家庭琐事，关注大众感兴趣的话题，如财产问题、子嗣问题、伦常问题等，不写严肃的重大题材，多写男女情爱、妻妾矛盾等，用巧合与误会造成喜剧效果。李渔将小说当作一种商品，更注重娱乐性。能将个人表现和为商业营利而必须重视的故事娱乐性有机结合，体现了李渔的故事写作才华。

艾衲居士的《豆棚闲话》在形式上与以前的拟话本小说集有很大不同，这部小说集以豆棚聚会为框架，讲述了十二个故事。与李渔小说有所不同，艾衲居士关注历史因果关系和宇宙善恶问题。他认为宇宙是无情的，不存在道德原则。艾衲居士以这种思想为基础，思考人在新环境下的生存方式。第七则故事《首阳山叔齐变节》是对早已被神化了的伯夷叔齐传说的翻案。第八则《空青石蔚子开盲》写盲人迟先、孔明的故事，他们请求大仙治好了他们的眼睛，但看到红尘世界时却大哭起来。两人后来钻进一只大酒罐里，这只酒罐里面是一个风俗甚醇的世界。艾衲居士用这个故事表现了一种幻灭感。

清初的不少小说描写了读书人，如《鸳鸯针》卷一和卷三中的读书人为了获取功名，不惜使用种种卑劣的手段；《西游补》第四回描写了读书人历经挫败后一朝得中的狂喜。不过集中描写读书人的是才子佳人小说，才子佳人小说大都是“借乌有先生以发泄其黄粱事业”[1]，将在现实中无法实现的梦幻，在小说虚拟世界中假借才子佳人故事实现。明末兴起的才子佳人小说，在清初顺、康、雍三朝兴盛一时，早期的一些才子佳人小说被反复翻刻，如《玉娇梨》各种版本有四十六种，《平山冷燕》有四十五种，可见才子佳人小说在当时传播之广、影响之大。才子佳人小说的情爱描写与唐宋爱情传奇相似，又借鉴了宋、元、明话本的特点，受元明时期的中篇传奇的影响更为直接。才子佳人小说篇幅加长了，但情节结构仍比较简单。小说写男女主人公邂逅，一见倾心，多次诗词唱和，相互欣赏，更成异性知己，于是订下婚约，权贵之子、假冒才子、无耻小人挑拨离间，才子佳人被迫离散，历经坎坷，待才子中状元，皇帝赐婚，才子佳人成就美满姻缘。因为故事情节比较简单，所以很容易雷同——类型化的人物形象、相似的故事情节，形成了模式化特点。另一方面，这种类型化、模式化的特征也从侧面反映出当时读书人的普遍心理期待。

在才子佳人小说中，科举功名是一个重要的因素，虽然小说对科举考试的过程着墨不多。才子佳人相互欣赏，山盟海誓，可一旦没有功名，就很难有美满团圆的结局。小说中的才子都自幼聪颖，饱读诗书，满腹才华，凭借真才实学，在考场上取功名简直不费吹灰之力。《玉娇梨》中的才子苏友白在秋试中毫不费力就中了第二名经魁，春闱又高中第十三名进士，殿试“又是二甲第一”[2]。《平山冷燕》中的燕白颔中了第一名解元，平如衡中了第六名亚魁，等到放榜，几乎毫无悬

1.（清）荻岸散人：《平山冷燕》序，载《古本小说集成》第二辑第八十五册，第13页。

2. 林辰主编：《才子佳人小说集成》（一），辽宁古籍出版社1997年版，第294页。

念，燕白颔是第一名会元，平如衡是第二名会魁。[1]《两交婚》中的甘颐初次入场，就中了第一名解元，殿试中了探花。[2]《定情人》的双星中第六名，殿试状元及第。《玉支玑小传》中的长孙肖中会榜第二名，不久殿试又中了榜眼。才子佳人小说中的才子取功名易如反掌，但现实情况并非如此，中举并非易事，考取进士更是难上加难。由于教育的普及，明代后期读书人队伍庞大，无数士子挤上科举的独木桥，而科举录取名额却很有限，以进士为例，少的时候每年只有几十个名额，士子考中举人都不容易，更不用说进士。很多士人屡试不第，又身无所长，于是困于科场而一生潦倒。天花藏主人、烟水散人等才子佳人小说的作者都是科场失意，生活困窘，烟水散人说自己“壮心灰冷，谋食方艰”[3]。年华老去，壮志难酬，作家于是躲进书斋做白日梦，在虚构世界中实现状元及第、洞房花烛的人生梦想。小说创作既是谋生之路，又可借小说世界逃离现实，自我慰藉、排解。正因如此，才子佳人小说特别关注科举和婚姻，每一部才子佳人小说都写才子状元及第，与佳人洞房花烛。

才子佳人小说中的才子是小说作者的自况和心理投影。小说极力渲染才子之才貌。才子出生时即伴有祥瑞，《定情人》中的男主人公之所以名双星字不夜，就是因其母亲梦太白投怀而生。[4]才子长大后异于常人，相貌秀美，才华出众，一心寻找才貌相配的佳人为偶。小说反复强调才子相貌出众，因为相貌是一见钟情的基础。《玉娇梨》通过吴翰林的眼睛描写苏友白的外貌，苏友白美如冠玉，润比明珠，可与卫

1. 林辰主编：《才子佳人小说集成》（一），第609页。
2. 林辰主编：《才子佳人小说集成》（二），第164页。
3.（清）鸳湖烟水散人：《女才子书》，春风文艺出版社1990年版，第5页。
4. 林辰主编：《才子佳人小说集成》（三），第253页。

玠、潘安相比，[1]吴翰林一眼便断定他是苏公子。[2]《平山冷燕》写冷绛雪见到书生平如衡俊俏风流，马上心动，念念不忘，甚至“看山水的情兴早减了一半”[3]。山黛推开窗户，一眼看见年轻俊秀的燕白颔，“未免生怜，伫目而视”[4]。《两交婚》中的甘颐“颜如闺秀”[5],《定情人》中的双星“姿容秀美，矫矫出群”[6],《侠义风月传》的铁中玉“丰姿俊秀，就像一个美人”，被人唤作“铁美人”。[7]

才子佳人小说中的佳人是文人作家的梦中幻影。《女开科传》中就明白地说，世间根本没有绝色女子，小说中的绝色美女实为作者“胸中一段妄想”，因为日思夜想，最后忘记了是虚构想象，“只说是真的”。[8]才子佳人小说中的佳人也往往出身不凡。《玉娇梨》中，白红玉出生前，其父白太玄梦神人赐红色美玉，所以给她取名红玉。[9]《平山冷燕》中山黛的父亲梦瑶光星堕于庭中，其母吞之而生山黛。[10]冷绛雪之父梦见一庭红雪，所以给女儿取名绛雪。[11]佳人集美貌、才情、忠贞于一身，汇集了女子的所有优点。美貌自不必说，重要的是出众的才学。佳人诗文才华出众。《玉娇梨》中的白红玉十四五岁时便被称为女学士。[12]《平山冷燕》又名《四才子书》，冷绛雪和山黛也被称为才子，

---

1. 林辰主编：《才子佳人小说集成》(一)，第164页。
2. 林辰主编：《才子佳人小说集成》(一)，第167页。
3. 林辰主编：《才子佳人小说集成》(一)，第457页。
4. 林辰主编：《才子佳人小说集成》(一)，第532页。
5. 林辰主编：《才子佳人小说集成》(二)，第9页。
6. 林辰主编：《才子佳人小说集成》(三)，第253页。
7. 林辰主编：《才子佳人小说集成》(三)，第586页。
8. (清)岐山左臣编次，韩镇琪点校：《女开科传》，春风文艺出版社1983年版，第9页。
9. 林辰主编：《才子佳人小说集成》(一)，第119页。
10. 林辰主编：《才子佳人小说集成》(一)，第379页。
11. 林辰主编：《才子佳人小说集成》(一)，第431页。
12. 林辰主编：《才子佳人小说集成》(一)，第119页。

山黛小小年纪吟成《白燕诗》，才压群臣，深得天子赞赏。[1]《玉支玑小传》中的管青眉“诗工咏雪，锦织回文”[2]。《两交婚》中的辛荆燕诗词文赋要写就写，而且写出来“生香流艳，戛玉敲金”[3]。才子佳人小说之所以强调佳人的才华，是因为只有佳人有才华，才能赏识才子，成为才子的红颜知己。天花藏主人在《〈平山冷燕〉序》中说：“致使岩谷幽花，自开自落，贫穷高士，独往独来。揆之天地生才之意，古今爱才之心，岂不悖哉！”[4]佳人在才子困顿之时慧眼识才，料定才子不会久居人下，于是给才子以精神支持。[5]小说中的佳人不仅有才，而且有识见，聪明干练，在才子有难时出手相救，在才子困顿时给以资助，让才子可以专心攻读。

小说中的佳人还有贤淑之德。佳人可以男扮女装外出寻找爱人，可以同才子比试诗才，主动向才子示爱，但佳人严守礼教，决不会逾男女之大防，更视贞操甚于生命。《定情人》中，被选入宫的江蕊珠准备在船中殉情，她说：“我闻妇人之节，不死不烈；节烈之名，不死不香。”[6]佳人不仅不妒，而且将两个佳人共嫁一个才子视作娥皇、女英一样的美事。《玉娇梨》中苏友白说：“若果淑女，哪有淑女而生妒心者?”《宛如约》中赵如子与司空约订婚后，又替司空约娶了赵宛子。佳人一旦爱上才子，就忠贞不贰，而才子却还可以与其他女子交往，以风流韵事为荣。《定情人》中的双星与佳人定情后，又与妓女黎青缱绻。才子苏友

1. 林辰主编：《才子佳人小说集成》(一)，第382页。
2. 林辰主编：《才子佳人小说集成》(二)，第394页。
3. 林辰主编：《才子佳人小说集成》(二)，第37页。
4. 林辰主编：《才子佳人小说集成》(一)，第622页。
5. 董国炎：《论才子佳人小说的创作特点》，载《明清小说论丛》(第五辑)，第180页。
6. 林辰主编：《才子佳人小说集成》(三)，第362页。

白、石池斋、双星都娶了两三个佳人，佳人之间互敬互爱，苏友白娶两个佳人为“千古一段佳话”[1]。文人即使在困顿之中,借白日梦自我慰藉、排解，仍然不忘男性中心，文人情怀和世俗伦理混杂在一起。

以理节情是清初才子佳人小说的共同特点，反映了当时的社会思潮。明代后期兴起的思想解放思潮反对禁欲，倡导个性，促使人性觉醒，但走向极端又矫枉过正，造成人欲泛滥，道德沦丧。明清易代促使文人进行文化反思。清初统治者重新提倡理学，重刊《性理大全》。理学名臣李光地、汤斌等受到宠幸。这种变化也体现在通俗小说创作中，很多小说强调教化，宣扬伦理道德。清初才子佳人小说强调贞节和男女大防，风格为之一变,《好逑传》写水冰心感铁中玉相救之恩，将铁中玉接到家中治病，两人隔帘对饮，无一字及于私情，两人连续五夜同处一室，毫无苟且之事。他们虽然相互有情，但谨守礼教，自我克制；为了避嫌，不愿提及婚姻，即使父母同意婚事，迫于父命拜堂成亲，也分室而居。才子佳人小说的作者以“名教中人”“维风老人”等为号，可见其以宣扬名教为己任。贞节问题在明清之际成为敏感话题。清初，朝廷大力提倡忠孝节烈，不少亲历明清易代的士人有感于社会道德沦丧、伦理失范，也希望通过提倡忠孝节义重建伦理规范。入清以后，有的士人将女性贞节同世风联系起来，借女性殉节讽喻和激励士人。不少士大夫对妇女的贞节要求达到苛刻的程度。明清之际的文献记烈妇贞女事迹，有嗜“奇”嗜“酷”的倾向，对女性过情之举的称许，透露了男性的自私与偏见。[2]

1. 林辰主编:《才子佳人小说集成》(一)，第366页。
2. 参见周玉琳:《时代变化与士人贞节观念关系探析——以明中期至明末清初的归有光和归庄为个案》,《广州大学学报(社会科学版)》2005年第2期，第55—60页。

才子佳人小说对后来的小说特别是《野叟曝言》《岭南逸史》等文人独创的小说产生了很大影响。但才子佳人小说中的美好故事几乎皆为向壁虚构，小说中没有作者的人生境遇，没有人生感悟，没有个人情感和思想，正因为没有个人体验，不是以作者的人生经历为基础，所以很容易走向模式化，后来的才子佳人小说在人物情节上千篇一律，陈陈相因。

第四节　清中期通俗小说中的“补天”

清代中期是文人小说创作的高峰期。文人以严肃的态度创作通俗小说，借通俗小说记录自己的人生阅历，表达自己的感悟，甚至将自己化身为小说中的人物形象，通过小说中的人物故事反映自己的生存境遇，表现自己的情感和对社会问题的思考，寄托自己的志向抱负。这种言志抒怀的创作动机与以往通俗小说的创作动机有很大不同。

传统诗文理论有“发愤著书”之说，刘勰谓“发愤以表志”[1]，韩愈谓“物不得其平则鸣”，欧阳修谓“诗穷而后工”，皆与“发愤著书”之意同。明代李贽在《〈忠义水浒传〉序》认为《水浒传》为“发愤之所作”[2]，将通俗小说创作与“发愤著书”联系起来。明末清初，文人独立创作的通俗小说增多，通俗小说被用来抒写情志。到了清代中期，文人小说继承发愤著书的传统，通过小说人物反映自己的身世，寄托怀抱，抒情言志的功能得以强化。这些小说中塑造的文人主人公多为作者的化身或者寄寓了作者的人生理想。值得注意的是，清代中期的文人小说家大都是诗人。吴敬梓才思敏捷，“诗赋援笔立成”，其诗文被编为《文木山房诗文集》。曹雪芹之诗“有奇气”，《红楼梦》中人物所写诗词皆为曹雪芹自己的作品。夏敬渠有《浣玉轩集》。传统诗歌是

1. 穆克宏：《魏晋南北朝文论全编》，上海远东出版社2012年版，第302页。
2.（明）李贽：《焚书》，中华书局1975年版，第109页。

文人言志抒情的工具。文化修养较高的文人参与通俗小说创作，借小说表现才学寄托抱负，传统诗歌的言志抒情因素被引入通俗小说。到了清代中叶，文人独立创作的长篇通俗小说，个人抒写特点如此鲜明，以至于被称为抒情小说、言志小说或才学小说。

这种文人化的抒情言志倾向在康熙后期即已比较突出。成书于康熙后期的《女仙外史》假借历史人物和事件表现兴亡之感，融入了作家的身世际遇，寄托了作家的抱负。刘廷玑评论《女仙外史》，认为作者吕熊在这部小说中寄托了自己的"平生学问心事"[1]。小说中的吕律是作者的化身。吕律虽为布衣，但学贯天人，无所不知，无所不能。他上知天文下知地理，精通奇门遁术，能够带兵布阵，而且擅长制礼作乐，治国安民。自称"正士"的吕律对宋儒提出批评，认为宋儒偏离了孔子之道，孔子之道"正而至极""奇而至极"，可参天地，赞化育，可称神圣，却"不意千载之下，泥于宋儒"。[2]吕律论道统，认为留侯、武侯、程朱皆有所偏，但相比之下，留侯、武侯优于程朱等宋儒。宋儒只会空谈，而留侯、武侯则关注现实，积极用世，在国家危亡之际，能够安定国家天下。在南阳武侯庙，吕律瞻仰诸葛亮遗像，感慨万端，他认为诸葛亮生逢乱世，才学却得以展现，人生价值得以实现，不可不谓幸运："君如生治世，草野竟谁知？"吕律梦见诸葛武侯，诸葛武侯称许吕律之才，谓"当今之世，舍子其谁"。[3]吕律以才华自负，对建功立业充满了强烈渴望。他见到月君，纵论天下，对天下大势了如

1.(清)刘廷玑:《在园杂志》，中华书局2005年版，第63页。

2.(清)吕熊:《女仙外史》，百花文艺出版社1984年版，第132页。下文所引《女仙外史》原文，如无特别说明，皆据此版本。

3.(清)吕熊:《女仙外史》，载《古本小说集成》第二辑第五十二册，第1743、1748页。

指掌，让人想到诸葛亮的隆中对。《女仙外史》中的自我表现和排解与怀念故明的群体意识融合，引起了很多文人的共鸣。

清代中期，以章回小说为中心的通俗小说达到了高峰。此期产生的《儒林外史》《红楼梦》《野叟曝言》《绿野仙踪》等长篇小说标志着通俗小说完成了文人化转型。而文人化的重要特点即抒情言志倾向，在这些小说中有充分的体现。有的小说反映了作者的人生经历和体验，表达了作者的反思，比较典型的是《儒林外史》。《儒林外史》从功名富贵的视角反思八股科举，比清初的白话短篇小说深刻得多，其中有作者自身的体验。吴敬梓还将自己化身为小说中的人物杜少卿，在杜少卿身上寄托了自己的人格理想，金和在《〈儒林外史〉跋》中说，小说中的杜少卿是作者吴敬梓的自况。杜少卿移家南京后拒绝荐举，只想陪着妻子看花吃酒逍遥自在，写的就是作者自己的经历。吴敬梓比较看重自己所著的《诗说》，在小说中，杜少卿对《诗经》的解读得到了迟衡山等人的称许。吴敬梓通过小说中的杜少卿形象，表达了对功名富贵场中的暴发户的蔑视。杜少卿实际上渴望知音，也想做一番事业。在第三十二回中，娄焕文劝杜少卿到南京去，在南京“或者遇着个知己，做出些事业来”。杜少卿在南京与迟衡山一见如故，迟衡山认为杜少卿是“自古及今难得的一个奇人”[1]。在第三十六回中，虞育德认为杜少卿“风流文雅”，非俗人所能了解，他是杜少卿的另一个知己。

小说中的迟衡山、虞育德、庄绍光等真儒名贤形象，大都以真实人物为原型，作者将挽救文运、世运的希望寄托在真儒名贤身上，这些真儒名贤“辞却功名富贵，品地最上一层”，是社会文化的中流砥

1.(清) 吴敬梓著，李汉秋辑校：《儒林外史汇校汇评》，第423页。

柱。他们都想做一番事业，挽救世运。庄绍光应朝廷征辟，想向朝廷献策。迟衡山希望借祭祀泰伯复兴礼乐，成就人才，助益政教。迟衡山希望杜少卿被征辟后能够做些正经事，这样“方不愧我辈所学”。但真儒名贤的济世努力以失败而告终。小说第四十六回写三山门贤人饯别，杜少卿送别虞育德时甚为伤感：“老叔此去，小侄从今无所依归了。”吴敬梓为《玉剑缘传奇》作序说：“君子当悒郁无聊之会，托之于檀板金樽以消其块垒。”[1]吴敬梓创作《儒林外史》的心态也是如此。吴敬梓通过杜少卿表达了自己科场蹭蹬的痛苦和放弃功名富贵的解脱。第三十二回，娄焕文的一番话说中了杜少卿的心事，也说出了吴敬梓后来的悔悟。但吴敬梓和小说中的杜少卿一样，能够坦然面对过去，“布衣蔬食，心里淡然”。吴敬梓和杜少卿一样，对功名富贵有清醒的认识。杜少卿认为，在当时的社会环境中，即使走出去也不可能做出事业，与其被高人耻笑，还不如不出去。杜少卿不仅拒绝了征辟，连秀才都放弃了，只想过逍遥自由的生活，做自己喜欢的事。这种自适的人生理想，正是作者所追求的。

吴敬梓及其化身杜少卿的人生选择，反映了清代中期文人的矛盾和困惑。清代中期，由于文化高压，一些士人的人格发生变异，“士节日以贬”，文学创作也受到影响。李祖陶感叹，当时的文章不再以明道、论事为务，只想着避祸自保，因为“畏避太甚”，刚正之气日消，柔媚之风日长，世道人心因此大坏。[2]在这样的形势下，不少士人为“仕”与“隐”的抉择而纠结，有的士人壮年时即归隐山林。乾隆

1. 李汉秋编：《儒林外史研究资料》，第36页。

2. (清) 李祖陶：《迈堂文略》，载《续修四库全书》第1672册，上海古籍出版社2002年版，第250页。

二十八年（1763），刚过四十岁的王鸣盛辞官卜居苏州，专力著述，不再出仕。钱大昕于乾隆四十二年（1777）五十岁时以母老为由辞官归田。袁枚刚到四十岁即“绝意仕宦”[1]。金学诗壮年辞官故里，专心从事诗歌创作。壮年归隐，以著述、讲学、吟诗为乐，在乾隆时期成为较为常见的现象。在当时的社会背景下，有的文人不趋同时俗，保持耿介率真的人格，如胡天游“性耿介，公卿欲招致一见，不可得”[2]，严长明“荷衣蕙带，辄志江湖”[3]，赵翼不谄媚权贵，郑燮性格耿直。

《红楼梦》被有的研究者称为作者的自叙传，小说中的贾宝玉既有作者的影子，又寄托了作者的人生理想。《红楼梦》的作者曹雪芹有“顽石”情结。曹雪芹不仅写石头记，而且以诗咏石头，将石头入画。曹雪芹之友人敦敏在《题芹圃画石》中称曹雪芹之傲骨如画中之石，是借画石“写出胸中块垒”[4]。《红楼梦》第一回写女娲补天所遗之石，实为以石自比。小说第一回中作者自谓“今风尘碌碌，一事无成”，“愧则有余，悔又无益”，于是编述一集以告天下人。小说作者借石上偈语慨叹“无材可去补苍天”，“无材补天”是作者的愤世牢骚之语，并非不想补天，亦并非无材，是因为材不为所用，是因为天已不可补。被弃于青埂峰下的顽石所化的贾宝玉退避大观园，以女子和情爱为寄托，是不得已而为之。贾宝玉虽为贵公子，不是典型文人，但作者通过贾宝玉抒写文人情怀，表达了文人在人生道路选择上的困惑彷徨。作者要补的天，既指文化之天，又指家庭之天，曹雪芹经历了

1.（清）姚鼐：《惜抱轩诗文集·袁随园君墓志铭并序》，上海古籍出版社1992年版，第202页。

2. 赵尔巽：《清史稿》卷四百八十五《文苑传》，中华书局1998年版，第13382页。

3.（清）王昶：《蒲褐山房诗话》，齐鲁书社1988年版，第101页。

4. 一粟：《红楼梦资料汇编》（上），中华书局1964年版，第6页。

家道兴衰，穷困潦倒，深切体验到大厦将倾、独木难支的无奈与绝望。

清代中期通俗小说的文人化、抒情化，与戏曲的案头化、雅化有相通之处。清初戏曲作家在戏剧中表现个人境遇，表达痛苦、迷茫、愤懑等复杂心态，这些戏剧被称为写心剧。清初的丁耀亢、吴伟业、程煐等通过戏曲表达易代之际的人生境况和家国情怀。吴伟业改编历史，影射现实，他的剧作《秣陵春》和《通天台》表现自己的人生境遇，抒发兴亡之感。嵇永仁、尤侗等文人在戏剧中表达了科场失意的牢骚和辛酸。《钧天乐》是尤侗自伤怀抱之作，阆峰氏在《〈钧天乐〉题词》中说，尤侗"不得志而作"《钧天乐》，传奇中的人物沈子虚是尤侗之自我写照，另一个人物杨墨卿的原型是其朋友卿谋。[1]嵇永仁的杂剧《杜秀才痛哭泥神庙》借杜默的故事抒发自己久困场屋的愤懑。另一些剧作家在戏曲中表达了厌恶官场、追求适意生活的人生态度。到了清代中期，文化压制和政治专制加剧，剧作家较少抒写个人怀抱，影射社会现实。文人戏剧不注重舞台性，像诗文一样抒写情志，雅化、案头化走向极致。

1. 蔡毅：《中国古典戏曲序跋汇编》(三)，齐鲁书社1989年版，第1464页。

第五节　清中期通俗小说中的文人英雄与济世情怀

清代中期文人创作的通俗小说中的文人主人公大都为作者的自我写照，小说中的文人主人公和作者一样穷愁不遇、科场失意，但他们有着积极入世的精神，离家出游或寻仙修道，在仕途之外实现了救济天下的人生理想，体现了作者的济世热情和实现自我价值的渴望，这些文人主人公被称为文人英雄，比较典型的是《野叟曝言》《岭南逸史》《雪月梅》等儿女英雄小说和《绿野仙踪》《希夷梦》等神怪小说。

《野叟曝言》写文素臣才华出众，学问广博深厚，但他时运不佳，怀才不遇，后来放弃科举而远游，凭着自己的才学、智谋和武功，除暴安良，救济弱小，赈济灾荒，平定叛乱，安定边疆，功业卓著，又出将入相，辅佐皇帝，治国理政，完成了“灭佛兴儒”的志愿。他被称为“从古来第一英雄”，被天子尊为素父，与韩愈等同列为圣贤，道德文章受世人敬仰，也享尽富贵荣华。小说极尽夸张之能事，在文素臣身上集中了古代知识分子的一切理想。《野叟曝言》大胆夸张虚构，通过文素臣形象的塑造，表达作者的人生梦幻，补偿现实中科场失意的人生缺憾。文素臣身上有作者的影子。文素臣之名文白实为“夏”字之析分，隐作者夏敬渠之姓；文素臣之父名“继洙”，作者之父名“宗泗”，“继洙”即为“宗泗”，圣人孔子曾于洙水、泗水之间聚徒讲学，后世以“洙泗”代指儒学宗风。文素臣之母为水夫人，夏敬渠之母为汤氏，水即为汤。小说主人公文素臣和作者夏敬渠都是七岁丧父。夏敬渠怀才不遇，文素臣年过二十仍为诸生。夏敬渠曾游历京师，足迹几乎遍及海内，其诗文集《浣玉轩集》中所收《西游辞》记录了漫游路线，小说前半部中文素臣的游历路线与《西游辞》的漫游路线相近。夏敬渠所认识的杨名时、孙嘉淦、徐无梦等显宦，知己张天一、明直心、张鲁传等，都被檃栝进小说中，成为人物原型。夏敬渠博学多才，经史诸子、礼乐兵刑、天文历算等无所不通，他将自己的学问借小说主人公文素臣加以展示，特别是小说中谈论经史、评论诗歌、阐述医学的文字取自作者的相关著作，小说中插入的诗歌多采自作者的诗文集《浣玉轩集》。

《野叟曝言》被称为“以小说为庋文章才学之具”者，[1]有的研究者把这部小说称作才学小说。《镜花缘》中所描写的学问才艺与人物塑造和主旨表现没有紧密关系，特别是一百位才女游园聚会显示才艺，完全脱离了情节发展，纯为炫学而作。《燕山外史》的才学主要体现在以骈文写作长篇小说。《蟫史》的才学主要体现在以文言写长篇故事，小说中的桑蠋生不是主人公，小说中的才学也没有集中在桑蠋生身上。《野叟曝言》所描写的才学与前后情节联系不紧密，纯为炫学，但学问才艺大多能融入小说叙事之中，为小说整体构思、情节发展和人物塑造服务。《野叟曝言》中的才学以经史为主，重视各种实用学问技术，甚至包括武艺。这部小说融入了作者的社会阅历、世情观察、人生感悟、社会思考。小说中的文素臣被描写为才学之师、帝王之师。文素

1. 鲁迅：《中国小说史略》，第195页。

臣之名即寓帝王师之意，所谓“素臣”，指“素王之次”，而素王则指孔子。第八十七回写太子受教，视文素臣为师。第一百〇七回中，太子登基前对素臣跪地哭求，甚至有禅让之意，文素臣被称为“天下第一忠臣”，内心实藏有“不臣之心”。成化帝听到文素臣手下铁丐分天下酬功劳的狂言，又亲见百姓争睹文素臣神采以致道路堵塞的情景，深感文素臣“功高震主”，故示非常之礼以待缓图。[1]

《绿野仙踪》被研究者归入神怪类或世情类，其对世情的细致入微的描写甚至可与《金瓶梅》《红楼梦》媲美。小说的主线是冷于冰求仙访道。冷于冰才名倾动一时，但乡试却连连失利，第三次乡试前，功名心切的冷于冰被罗文龙举荐给严嵩作幕宾，后因赈疏一事得罪严嵩，失去了榜首。这一次落榜使冷于冰彻底清醒，决意放弃科举功名。师友暴病身亡，令冷于冰感叹富贵如梦，人生无常，决心外出求仙访道。冷于冰惩奸除恶、拯救百姓、度化凡人，最后功德圆满，成道升仙。据小说中的火龙真人说，只有普济世间，功行圆满，才能成正果、升天界。冷于冰是一介儒士，因看透世事而出家，却又以救济天下为功业，而功业圆满即可成仙，这实际上体现了作者对儒家济世精神的深切惦念。主人公冷于冰身上有作者李百川自己的影子，寄托了作者的人生理想。

值得注意的还有《希夷梦》。有的研究者将《希夷梦》归入演义神怪类。作家汪寄在序中称小说是为表彰殉国忠臣韩通而作，实际上韩通殉周故事只占不到一回的篇幅，小说重点写的是仲卿和韩速，仲卿和韩速为复兴故国四处奔走，在华山希夷洞中，两人先后入梦，梦入

1.（清）夏敬渠：《野叟曝言》，载《古本小说集成》第四辑第五十五至六十册，上海古籍出版社1994年影印版。下文所引小说原文，皆出自此版本。

浮石、浮金岛国，很快忘了匡复故国的大事，而将全部身心投入岛国事业中。在梦中岛国，仲卿改造河道，为浮石岛国解决了运粮的困难，改革砂政，肃清吏治，以超人的武略抵御外敌入侵，又平定了国内的叛乱，为岛国的永久和平奠定了坚实的基础。二人从梦中醒来，一面感叹世事的虚幻，一面又驾鹤巡视自己曾大展才华的岛国，而岛国的安定繁荣看来又非虚幻。这种安排给人以万境归空而事业却永恒的感觉，体现了作者参与现实、改造社会的强烈愿望。

《岭南逸史》中，书生黄逢玉奉朝廷之命，率军征剿强盗蓝能，被封为安东侯。《蟫史》用文言写成，但仍被许多研究者归入通俗小说，这不仅由于它的长篇结构，更由于它的内容、内在精神和这一时期的文人小说相通。在《蟫史》中，桑蠋生航海坠水，被渔人救起，被引荐给指挥甘鼎，桑蠋生助甘鼎筑城垣，御敌寇，擒斩叛乱的邝天龙，又平定交人、诸苗的叛变，最后大功告成，衣锦还乡。据考证，《蟫史》以傅鼐镇压苗人起义的历史为原型，桑蠋生当为作者自况。[1]才子佳人小说《快士传》中，书生董闻以国子监博士的身份参加抵御外敌的战争，功绩卓著而被封为兵部尚书。《金石缘》中，书生金玉任征西大元帅，征剿萧化龙，得胜班师，被封为征西侯。类似的小说还有《雪月梅》等。

这些小说共通的地方是对事业的执着。考虑到这些小说属于完全不同的类型，最初的创作动机也各不相同，这种异乎寻常的一致就更值得注意。这些小说中，作者所化身的文人主人公不仅有文学才华，而且精通实务，大都文武双全。《野叟曝言》一开始就详细介绍男主人

1. 鲁迅：《中国小说史略》，第197页。

公文素臣的性格、才能和品性。文素臣既是铁汉，又是奇才，吟诗作赋，文才可比司马相如；谈兵论战，谋略可比诸葛亮；外表文雅，却力大无穷；他是个守礼之正士，又和宋玉一样多情；他忠于朋友，坚奉名教。总而言之，文素臣是个“极有血性的真儒，不识炎凉的名士”。文素臣博学多识，贯通古今，能解千古未解之谜，断离奇荒诞之案；他精通医术，可比医圣，他以医术救治百姓，医好成化帝之疾，得成化帝之信任和重用；他精通术数，明先天阴阳。文素臣既有高强的武功，又有超群的智谋，他粉碎权阉的暗杀阴谋，只身闯入被围困的皇宫救天子，消灭权奸，扫除叛乱，使天下归于一统。《绿野仙踪》中的冷于冰文才出众，获得了奇异的法术，凭此法术，他完成了几乎与文素臣一样伟大的功业。《希夷梦》中的韩速外表秀雅而武功超群，且谋略深沉。韩速漂浮到浮金岛国后受到重用，他率军出征，战功赫赫。仲卿梦入浮石岛国后，也为国主所重，他疏通运河，治理砂政，消灭蠹吏，铲除权奸，显示了治国才干；在外敌入侵之际，仲卿又率军出征，取得了一系列胜利。另外像岑秀（《雪月梅》）、黄逢玉（《岭南逸史》）、柳毅（《跻云楼》）等文人文武双全，在国家有事之时率军征战，平定叛乱。在这些小说中，除了文才之外，还特别强调武功。对武功的强调与清代前中期的战事频繁有关。康熙朝攻台湾，平三藩，康、雍、乾三朝接连对西藏、新疆及南方用兵，乾隆帝的“十全武功”延续了大半个世纪。许多文人投身戎幕，参赞军务。清人陈鼎在《嵇永仁传》中说：“国家养士惟隆，故多得士报。西逆难作，投笔从戎者以千数，死难死事者累累。”[1]

1.（清）陈鼎：《留溪外传》卷一，清刊本。

清代中期的文人小说家大都科场失意，郁郁不得志。《〈野叟曝言〉序》的作者夏敬渠富有才学：他写的诗歌被编为《浣玉轩诗集》；他还是个学者，精通理学，有史学著作；他“抱奇负异”[1]，科举不第，才学无所表现，抱负无由实现，以游幕维持生计。他在《〈浣玉轩诗集〉自序》中感叹家业苍凉，仕途坎坷。《绿野仙踪》的作者李百川半生落拓，流离漂泊，“日与朱门作马牛”[2]。《希夷梦》的作者汪寄不仅怀才不遇，功业成梦，而且还要为衣食而奔波。《岭南逸史》的作者镜湖逸叟黄耐庵多次参加科考，皆落榜，生活困窘。《雪月梅》的作者陈朗怀才不遇，潦倒沦落。这些小说中所描写的文人主人公的功业，是作家自己的“黄粱事业”。《飞龙全传》的作者吴璿说，他编写《飞龙传》是为了“寄郁结之思”[3]；《野叟曝言》的作者夏敬渠将怀才不遇的郁愤“发之于是书”；[4]《绿野仙踪》的作者李百川写《绿野仙踪》是为了“呕吐生活”；[5]汪寄著《希夷梦》是为了表达“眷眷忧民为国之心”，抒发“用舍行藏之怀”。[6]

这种济世情怀和才不得其用的感慨郁愤在同期诗文中有更为直接的表现。赵翼在诗中感叹康济苍生之志无从实现：“多少苍生待康济，始怜试手乏牛刀。”[7]他为蹉跎此生，只能做个诗人而喟然叹息：“无穷千

1.（清）夏敬渠：《野叟曝言》知不足斋主人序，载《古本小说集成》第四辑第五十五册，第1页。

2.（清）李百川：《绿野仙踪》附录，载《古本小说集成》第一辑第一百三十册。

3.（清）东隅逸士：《飞龙全传》，载《古本小说集成》第四辑第一百三十六册，第3页。

4.（清）夏敬渠：《野叟曝言》，载《古本小说集成》第四辑第五十五册，第1页。

5.（清）李百川：《绿野仙踪》附录，载《古本小说集成》第一辑第一百三十册。

6.（清）汪寄：《希夷梦》辑补自序，载《古本小说集成》第二辑第一百五十四册，第8页。

7.（清）赵翼著，李学颖、曹光甫点校：《瓯北集·奉命出守镇安岁杪出都便道归省途次纪恩感遇之作》，第246页。

古事，只作一诗人。”[1]这种人生感喟，茫茫天地之间，无人能够理解。洪亮吉在诗中表示，他虽然身份低贱，但救济天下之志无时或忘：“十年此志不暂忘，世人不知谓我狂。”[2]宋湘在诗中表示，自己虽仅为书生，但胸中有很多事，只是没有机会“做得与人看”[3]。王昙认为，读书必须有用，或“有益于身”，或“有益于人民”；他的志向是做一番事业，“视文字功名如敝屣”。他感叹自己如此了解民生疾苦和政治利弊，却没有机会施展才学，治理地方，成为贤良循吏。[4]如余英时所论，士人之所以有着如此强烈的用世精神，是儒家的理想主义使士人超越一己和群体之利害得失，对整个社会有着深厚的关怀，“这是一种近乎宗教信仰的精神”[5]。清代中期学术由理学转向朴学，很多学者从事考据，整理、校注古代典籍，特别是对儒家典籍的整理，使儒家原典精神得以呈现。修齐治平的人生追求、兼济天下的理想精神，令学者们心潮澎湃。在外人、后人看来，考据学者是在故纸堆中讨生活，考据学者却认为考据著述中寄托了他们的用世之志。孙星衍早年创作诗文，后来专力从事考据，目的是知晓“圣人制作之意”，学习“儒者立身出政”之道。[6]汪中称考据之学为有用之学，考据的目的是探究“古今制度沿革”，知晓“民生利病之事”。[7]戴震说，用舍虽由时，但行藏在于我，君子不被用则已，一旦被用，“必措天下于治安”。[8]卢文弨说，君

1.（清）赵翼著，李学颖、曹光甫点校：《瓯北集·不觉》，第1008页。

2.（清）洪亮吉著，刘德权点校：《洪亮吉集》第二册《卷施阁诗·送崔二景俨》，中华书局2001年版，第494页。

3. 周锡䪖选注：《宋湘诗选》前言，第16页。

4.（清）王昙：《虎邱山夕室志》，载（清）王昙《烟霞万古楼文集》卷四，清道光二十年刻本。

5. 余英时：《士与中国文化》，第35页。

6.（清）孙星衍：《芳茂山人文集·问字堂集》。

7.（清）汪中：《述学》卷六《与朱武曹书》。

8.（清）戴震《戴东原集》卷九《与某书》，第12页。

子圣贤潦倒不遇之时，“赡一身而犹不足”，但其才学仍在，一旦被用，“实足以拯一世而有余”。[1]但在现实中，士人极少有机会施展济世抱负。他们要为衣食奔波，或奔走于各幕府之间，或以教读为谋生手段，有的为了生计不得不投笔从商。清代中期，科举录取名额有限，士子千军万马挤独木桥，再加上科举试卷评阅的主观性以及种种营私舞弊，许多士人只能怨叹命运。[2]实际上，即使中式，也并非能进入仕途，即使进入仕途，也未必就能实现自己的抱负，清代中期不少文人壮岁即辞官返乡。

文人们认识了科举的陷阱，明白了文人的两难处境。于是通俗小说中的文人形象有了很大改变。主人公不再是只会吟风弄月的白面书生，而是兼有超群文才和非凡武功且深达时务的文人英雄。这些文人英雄形象体现了清代前期强调经世致用的实学思想。清初的颜元批判宋代理学空谈性理，不仅于世无补，甚至对文人和社会造成祸害：“书之病天下久矣！使生民被读书者之祸，读书者自受其祸。”[3]他还认为，读书人必须习武，宋代理学家特别是朱熹重文轻武，对后世读书人产生了很大负面影响，甚至造成“四海溃弱”[4]。清代中期的文人小说中，文人英雄文武双全，特别是精通兵法，武艺高强，不仅锄强扶弱，甚至平定叛乱，挽救国家，是颜元思想的形象体现。清代中期，很多学者反思科举制度，这种对八股科举的反思和批判也体现在文人小说中。《儒林外史》中沉迷于八股科举、功名富贵的腐儒、陋儒一无所能，因为缺乏自立的谋生之道，只能依附于封建政权，丧失独立的人格。清

1.(清) 卢文弨:《抱经堂文集》卷二十《与陈立三上舍书》，清乾隆乙卯年刊本。
2.(清) 诸联:《明斋小识》卷三《中式有命》，清同治四年刊本。
3.(清) 颜元撰，(清) 钟錂纂:《颜习斋先生言行录》卷十一《禁令》。
4.(清) 颜元:《存学编》卷二。

代中期的很多文人反思自身，感叹书生“百无一用”，乾隆时的诗人汪灼就感叹读书人百无一能，不会经商，不会耕种，不会武术，手无缚鸡之力，不喜学律，不愿为吏，结果是“百计无所归，旧物青毡耳”[1]。另一方面，《儒林外史》中的真儒名贤则精通儒家治平之道，关注现实，他们以礼乐救世，以兵农富国强国，体现了儒家的理想主义精神，是实学思想的形象化。

小说中的文人英雄毕竟虚幻，现实中没有文人英雄的用武之地。文人小说作家英雄梦醒，让小说中的文人英雄黯然退场。《绿野仙踪》中外冷内热、关注现实的冷于冰最后还是超脱尘世，升仙而去。《岭南逸史》的男主人公黄逢玉选择了功成身退。《希夷梦》中的仲卿、韩速梦醒之后，省悟到不仅功业是一梦，历史亦为虚幻，最后放弃了复国梦，而且离弃红尘，修道成仙。《儒林外史》中的真儒庄绍光、虞育德等是文化英雄，他们挽救世风、文运的努力以失败而告终，意识到“我道不行”[2]之后选择了退隐。像庄绍光退居山林，赏景咏诗，看似悠然，实则不得已，其中蕴含了深沉的感伤。文人小说的感情基调，由小说开始到小说结尾有一个变化的过程，小说前半部分充满了积极乐观的情调，而到了后半部分，感情基调渐渐变为消沉，结尾则变为感伤。不少结尾写文人主人公出家修道成仙，这种出世的描写中蕴含着对现实的失望乃至绝望。文人受儒家理想主义浸润，渴望兼济天下，实现自己的人生价值，放弃理想而退隐田园或出家修道，是一种万不得已的艰难抉择。在这些文人小说中，除了《野叟曝言》始终洋溢乐观激情外，其他文人小说几乎都有感情基调的变化，在小说上半部分

1.（清）汪灼：《渔村诗集》卷一《述怀赠仲则》，清刻本。
2.（清）吴敬梓著，李汉秋辑校：《儒林外史汇校汇评》，第434页。

是儒家的济世热情，到结尾转向释道，向释道中寻求精神寄托，像《绿野仙踪》《希夷梦》等小说中的文人主人公出世修道，甚至《儒林外史》的结尾也选择“伴药炉、经卷，自礼空王”[1]作为精神依托。文人小说中这种描写与明清时期的宗教普及和世俗化有关，也有文人在理想破灭后寻找精神寄托的需要。

清代中期文人小说的这种自我抒写对嘉、道及其之后的通俗小说特别是狭邪小说产生了很大影响。狭邪小说作者多科场失意，且身逢乱世。《青楼梦》的作者俞远潦倒沦落，《花月痕》的作者魏秀仁多次参加科考皆不第，《品花宝鉴》的作者陈森半生潦倒。《绘芳录》的作者西泠野樵更生逢寇乱而废读。这些作者借小说抒发内心的抑郁牢骚。《花月痕》的作者魏秀仁借稗官小说，借男女之情，抒发“肮脏抑郁之气”[2]。《绘芳录》的作者西泠野樵贫居无聊而作小说述生平抑郁之志。怀才不遇的狭邪小说作者对功名充满了渴望，在小说中表达功名富贵和美人婚姻兼得的人生梦幻。《青楼梦》写风流才子与青楼妓女的故事，表现了士人的人生理想，所谓“游花国，采芹香，掇巍科，任政事，报亲恩，全友谊，敦琴瑟，抚子女，睦亲邻，谢繁华，求慕道”[3]。《三分梦全传》更将现实和梦幻对照，表达了功名富贵的虚幻。小说中的男主人公梦瑶多次助官府平定匪乱，却没有受到重用，选择归隐林泉，后来做了一个梦，在梦中为番邦所用，得以施展才能，作为联军统帅，率军出征安南，立下赫赫战绩，最后功成身退。小说中的富贵功名不过是一场春梦，所以狭邪小说往往给男女主人公安排升仙的结

1.（清）吴敬梓著，李汉秋辑校：《儒林外史汇校汇评》，第685页。
2. 孔另境编辑：《中国小说史料》，上海古籍出版社1982年版，第227页。
3. 刘世德：《中国古代小说百科全书》，第394页。

局。《载阳堂意外缘》中，邱树业与众女子一起得道成仙，离世而去。《青楼梦》中，众名妓散去，金挹香感人生虚幻，弃家修道，升入仙界后又与众名妓重逢。潇湘馆侍者在第三回的评点中说，这部小说以梦起又以梦结，别人以梦为真，而金挹香则以真为梦，所以才能够参透人生，跳出梦境。

这些狭邪小说中的男主人公是作者的自况。西泠野樵说自己的《绘芳录》中所写皆为"实事实情"[1]。《品花宝鉴》中的屈本立"学贯天人，神通六艺"，却"一生运蹇时乖"，[2]不仅有作者的影子，更代表了天下无数读书人的命运。《花月痕》的作者用两条线索写了两个才子的遭遇，韦痴珠无路报国，沦落天涯，忧郁而死；而韩荷生立功扬名，获得荣华富贵，娶美人，衣锦还乡。作者魏秀仁在韦痴珠身上寄寓了自己的身世遭遇，而借韩荷生表达了人生梦幻。[3]身逢乱世，人生理想幻灭，失意文人将治国平天下的理想转移到美人身上，以美人知遇表达人生寄托，抒写英雄失路的牢骚抑郁。与才子佳人小说不同的是，狭邪小说中欣赏才子的不是佳人，而是青楼妓女，潦倒沦落的才子只能从青楼妓女中寻找知音，可悲可叹。魏秀仁在《花月痕》中说，才子万不得已才寄情于名花、时鸟，才子之所以与名妓交往，是因为只有名妓"爱才""慕才""怜才"[4]，她们不仅给才子以精神慰藉，而且在

1.(清) 西泠野樵:《绘芳录》序，北京大学出版社1990年版。
2.(清) 陈森:《品花宝鉴》，载《古本小说集成》第四辑第三十册，上海古籍出版社1994年影印版，第1528页。
3. 潘建国《魏秀仁〈花月痕〉小说引诗及本事新探》对小说情节及作者本事进行了详细的论证。他认为，《花月痕》小说的创作，本不是演义，不是改编，也不是凭空杜撰，是"苦闷的象征"，是"情动于中"而形于文，是情感郁积后的自然宣泄，故小说中"痴珠"与"秋痕"的苦恋，大多被描摹得酣畅淋漓、入木三分。潘建国:《魏秀仁〈花月痕〉小说引诗及本事新探》，《文学评论》2005年第5期，第161—162页。
4. 丁锡根编著:《中国历代小说序跋集》(下)，第1264页。

物质上帮助才子，使才子能专心攻读，得以考取功名，获得荣华富贵。但即使是青楼之中，真正的知音也难以寻觅，觅到了也难以终身相伴。《花月痕》中的韦痴珠与刘秋痕就是典型例子，他们心心相印，互为知己，但有情人却难成眷属，韦痴珠病亡，刘秋痕殉情而死。虽然有韩荷生的人生得意作为映衬，但整部小说还是显得异常悲凉。

第五章

以情为寄与通俗小说中的女性形象

明清通俗小说中，女性形象值得注意，在以描写爱情的小说中，女性形象更为重要。明清通俗小说中的女性形象和爱情描写，有一个演变的过程，书坊编刊的通俗小说中，对女性的态度、对爱情的描写，都有市井色彩。作为明清通俗小说重要源头之一的宋元话本即强调佳人胆，突出了女性的情欲追求，在不少话本故事中，女性主动追求情欲满足。对女性的偏见和歧视在明代后期的艳情小说中表现得更为明显。在这些小说中，男性纵欲，女性却要承担责任和果报，字里行间表现了对女性的戒备、轻视甚至敌视。随着文人参与通俗小说写作，小说中的女性形象逐渐发生变化，明末清初的通俗小说特别是才子佳人小说赞美女性的才华，肯定女性的追求，有的小说表达了对女性不幸命运的同情。在清代中期的文人小说中，女性形象可以说是男性自我认识的一种隐喻，女性形象与文人英雄形象相互辉映，女性和爱情成为文人作家的情怀寄托。

第一节　历史演义和英雄传奇中女性的符号化

明初的通俗小说多以历史为题材，这些被后世称为历史演义的小说写王朝兴亡、沙场征战，是男性的故事，但还是塑造了一些女性形象，这些作为配角的女性形象体现了小说编写者的女性观。从文化的角度看，儒家伦理以男性为中心，而历史传奇是男性活动的舞台，女性自然边缘化了。实际上，对女性的态度在很大程度上受题材的影响。在作为章回小说源头的宋元话本中，讲史、铁骑儿等讲乱世兴废、铁马金戈，自然以男性为中心，而烟粉、传奇写男女情爱，写凄婉的离合之情，以女性为主要描写对象，写的是“春浓花艳佳人胆”[1]。

在历史演义小说中，作为男性附属品存在的女性，多是符号化的人物形象，没有什么实质地位，女性在这些小说中的失落也就在所难免。在《三国志通俗演义》中，女子不仅被比作衣，甚至被当作食。即使是历史上的真实女性，在历史小说中也被描写得很简单，很多时候是一笔带过，只是重要事件的引子。而在《三国志通俗演义》中，女性则是政治斗争的工具。小说忽略女性的内心情感，女性没有个性，形象模糊，完全依附于男性的意志。《三国志通俗演义》中的貂蝉凭着美色，周旋于董卓和吕布之间，挑起他们的矛盾，使吕布除掉了董卓，

1.（宋）罗烨：《醉翁谈录》，古典文学出版社1957年版，第3页。

完成了自己的使命。而女性形象的塑造在这里也主要是为了推动故事的发展。

在虚构成分较多的《水浒传》等英雄传奇小说中，女性也多是为了叙事需要而设置，如林冲娘子是为了引出高衙内调戏、高俅设计陷害林冲、林冲被逼上梁山等情节，当故事情节不再需要这个角色时，就安排林冲娘子自缢而死，金圣叹在第十九回批点中说，作者写林冲娘子采用的是“随手架出,随手抹倒之法”[1]。当然《水浒传》中塑造了一些较为丰满的女性形象，但即使是这些女性形象，程式化的痕迹也比较明显，如潘金莲、潘巧云、贾氏等女子在很多地方都很相似，似乎是从同一原型中演化而来的。《水浒传》描写的女性主要分为三类。一类是男性化的女人，如孙二娘、顾大嫂不仅相貌丑恶，而且杀人不眨眼，除了性别，与男性没有多大区别。[2]一类是潘金莲、潘巧云等所谓的“淫妇”，她们凭着美色诱惑、祸害男人。另外，相貌美丽、武艺高强的扈三娘虽然并不淫邪，但她的美色令王矮虎神魂飘荡，无心应战。再如林冲娘子、金翠莲都是本分的女性，但她们的美色给林冲和鲁智深带来了麻烦甚至灾难。

《水浒传》在英雄世界中表现“淫妇”的情欲，是为了突出好汉不好色的品质。作者对女性持敌视、贬斥、轻视的态度，详细描写好汉残酷虐杀“淫妇”的场面。在《水浒传》中，不近女色是好汉的一个重要特征，小说中的宋江对好色的王矮虎提出批评。实际上，梁山好汉与女子的交集中，除了王矮虎情迷扈三娘之外，还有宋江将阎婆惜

1.(明)施耐庵:《第五才子书水浒传》，载《古本小说集成》第四辑第八十九册，上海古籍出版社1994年影印版，第1035页。

2. 陈洪、孙勇进:《漫说水浒》，人民文学出版社2001年版，第60—65页。

纳为外室，安道全迷恋妓女李巧奴，史进和妓女李瑞兰交往（后来被李瑞兰出卖）。历史演义和英雄传奇中经常描写抢亲逼婚、比武招亲等情节，不少英雄无法抗拒女色的诱惑，美人计因而得逞。在《西汉志传》这样的小说中，女人在英雄的人生起伏中扮演了重要角色，虽然相关故事在整部小说中只占很小的篇幅，描写较为简陋。这些小说之所以在历史烟云、沙场征战、江湖恩怨中穿插英雄美人的故事，是因为市井大众对这类故事充满了兴趣。元代和明初的六部水浒戏中，有四部写了通奸，另两部写了衙内、强盗抢亲，《水浒传》中的通奸、杀嫂、救美故事显然吸收了说话技艺、杂剧等市井文学的因素，不过比市井文学中的描写更为复杂。在历史演义和英雄传奇中，对女色的兴趣、排斥和畏惧混杂在一起，正史中的红颜祸水观念被世俗化了。在很多故事中，女色导致祸患——家庭破裂、英雄逃亡、国力衰微、贤臣被逐。在正史中，女色被看作历史兴亡的原因之一，但儒家学者又以理性的态度，对女色亡国之说进行反驳，认为亡国的真正原因在帝王。民间出于娱乐，将历史兴亡简单地归因于女人的不贤，而女人的不贤又主要表现为淫。《水浒传》中充斥着女色诱惑，弥漫着血腥之气，好汉们对女性既畏且恋。实际的情况是男人贪恋女色。《列国志传》中，伍员的妻子为了断绝丈夫对家庭的留恋选择自杀。重耳流亡到齐国，与齐姜结婚，厌倦事业，追求享乐，贪图安逸，忘记了复兴晋国的大业，妻子齐姜设计将重耳送出齐国。《南宋志传》中，周主留恋二姬，不听赵匡胤和郑恩的劝谏，赵匡胤和郑恩设计烧死了二姬，认为女色误国，柴荣宽容了赵匡胤和郑恩，嘉奖他们的忠义，但因思想二姬，一病而亡。

有的研究者对《三国志通俗演义》和《水浒传》等历史演义和英

雄传奇中的女性描写提出批评，认为这些小说表现了落后的女性意识。如夏志清就在《从比较上探讨〈水浒〉》中认为《水浒传》有性虐狂和厌女症的描写。[1]有的研究者从传统政治文化的视角解读这些小说的性别意识，或者以性心理学解释这些小说中的性压抑。[2]

而《西游记》《封神演义》中的不少女性是真正的妖精。《西游记》中的女妖杀人害命，阻碍唐僧师徒取经，特别是想吸取唐僧元阳的美貌女妖，对唐僧的取经决心是很大的考验。《封神演义》中狐狸精变成苏妲己，与琵琶精一起以狐媚之术迷惑商纣王，让商纣王杀妻子，戮忠臣，干出种种伤天害理之事，导致众叛亲离，激起了反叛，最后身死国亡。实际上神怪小说《西游记》中的色欲考验故事，与历史传奇有不少相似之处。不过《西游记》中诱惑考验取经人的主要是女妖。小说描写了取经人特别是唐僧在女色面前的紧张、尴尬。第二十三回写四圣试禅心，黎山老母化身的妇人要招赘女婿，唐僧受到惊吓，非常紧张，好比“雷惊的孩子，雨淋的虾蟆”[3]。取经途中每遇女色，唐僧总是战战兢兢。在《西游记》中，“女色”是最重要的心魔和考验。《西游记》和《封神演义》一方面将有诱惑力、祸国害人的女色写成妖精，否定正常的情欲；另一方面，写人间女子时又强调贞节等传统伦理道德，如《西游记》中的满堂娇、金圣宫娘娘。

早期历史传奇中描写女性形象时虽然有时也会提及儒家伦理规范，如《英烈传》中的花云妾、《春秋列国志传》中的赵姬和秦姬、《大宋

1.〔美〕夏志清：《从比较上探讨〈水浒〉》，《比较文学和一般文学年刊》1962年第11期，第121—128页。

2. 吕兴昌：《〈水浒传〉初探——从性与权力的观点论宋江》，载柯庆明、林明德主编《中国古典文学研究丛刊　小说之部（三）》，巨流图书公司1979年版，第31页。

3.（明）吴承恩著，（明）华阳洞天主人校：《西游记》，载《古本小说集成》第四辑第六十七至七十二册。下文所引该小说原文，皆据此版本。

中兴通俗演义》中的岳飞妻女等，但小说作者的着眼点并不在此，女性形象是男性单色世界的点缀，女性形象也更适于表达乱离之感，同时女性形象还是男性欲望的外显。《三国志通俗演义》中的貂蝉很典型，她以自己的美色，被当作政治斗争的棋子。在有的小说中，儒家伦理规范甚至受到蔑视，如《春秋列国志传》的雍姬之母认为女子“人尽可夫”；秦姬一开始拒绝侍候重耳，因为她是重耳之侄妻，但最后她还是嫁给了重耳。明代中后期的社会重视人情，女子改嫁乃正常行为，舆论甚至对女性的淫行也不加重责。[1]但经过后世文人的评改，小说中的女性形象发生了微妙的改变，儒家伦理特别是贞洁忠诚被强调，当然男性形象的道德因素也被强化了，有的研究者认为，这是文人介入通俗小说、文人观念注入的表现，文人的关注焦点发生了变化。比较典型的是《三国志通俗演义》。《三国志通俗演义》的毛宗岗评本中，貂蝉之所以愿意为王允所用，去离间董卓、吕布，是出于义。在《三国志通俗演义》的明代版本中，汉献帝因被曹丕逼迫禅让帝位而饮泣，曹后训斥汉献帝不知感恩，声称如果不是曹家父子的庇护，他早已化“为齑粉”（卷十六第九则）；但毛宗岗评本改为曹后深明大义，对其兄曹丕行乱逆之事大为愤怒（第八十回）。在嘉靖刊本中，孙夫人不知所终；而毛宗岗评本中，孙夫人在得知刘备病死后，投水而死，以示贞烈。

当然，明清小说的作者在思考社会伦理的同时，终究未能逃脱将女性符号化的窠臼，女性形象的塑造也仍旧是为了满足凸显男性地位的初衷。明代的历史演义和英雄传奇中的女性描写在很大程度上沿袭

1.（明）谢肇淛：《五杂俎》卷八《人部四》。

了宋元说话，体现了市民意识。在市井文学中，男性往往将事业的成败甚至国家的兴衰都归因于女性，虽然在具体的情节描写中，女性并没有过多的参与，事业失败或国家败亡是因为男子荒淫享乐，不思进取，没有自制力和责任心。宋元说话中，吕后、石敬瑭的妻子、秦桧的妻子都被描写为所谓的“贼妇”。明代中期的《水浒传》容本评点对女性形象仍坚持相似的态度，将国之贼臣与家之贼妇相提并论，认为“有意为天下者”应先教育妻子（第三十四回评）。宋元说话和早期章回小说特别是历史演义、英雄传奇对女性的态度，在某种程度上体现了历史事件和家庭生活中女性的真实作用，但在小说叙事中，更体现了男性对女性既渴望又畏惧的矛盾心态：女性是男性欲望的外化，是男性事业追求的动力；同时又对男性的身体、精神和事业有潜在的威胁，男性必须心怀戒备。这种矛盾心态也体现在明代后期的世情小说中，明代后期的章回小说既借鉴了市井文学的外在形式，情节、思想也不能不受其影响，不过在市井意识中渗入了文人的观点和视角。

第二节　市井风情描写中女性形象的性别意蕴

历史演义中的女性形象多是类型化的，绝大多数是男性的依附品，所以人物形象也比较单薄。小说中的正面女性形象多是贞女、烈女。这些贞女、烈女缺乏人性，成为代表某种道德的类型化形象。女性对节操忠义的坚执甚至超过男性。《三国志通俗演义》中的马邈和《隋唐两朝史传》中的吕广选择了投降，他们的妻子都自缢而死。《三国志通俗演义》的赵昂之妻王氏和姜叙之母也是典型。而历史演义小说中的反面女性形象多为妒妇、淫妇，她们受到严厉的道德批判。小说极力夸大女性的酷妒，女性的酷妒甚至成为丧失人性的疯狂。《三国志通俗演义》写袁绍之妻刘夫人在袁绍死后将袁绍宠爱的五个妾杀死，还担心她们死后在阴间与袁绍相会，遂剃光她们的头发，刺烂她们的脸，毁坏她们的尸体。《全汉志传》写吕后在汉高祖死后砍断戚夫人的手足，剜掉她的双眼，熏聋她的两耳，以喑药让她变哑，置之于厕中，称为“人彘”。《隋唐两朝史传》写武则天被立为皇后，杀害了王皇后和萧淑妃，断其手足，投到酒瓮中。历史演义中的淫荡女性也成为空洞的类符号，如《新列国志》的文姜、《隋唐两朝史传》的武则天。

相较于历史演义，《金瓶梅》则从历史传奇转向市井风情，用更多笔墨描写女性。《金瓶梅》中，潘金莲、李瓶儿、庞春梅等女性淫荡放纵、不讲节操，不受伦理制约。特别是潘金莲，她两次被卖，后来被送给武大为妻。她不听从命运的摆布，但出于本能对命运进行抗争，一步步堕落，变得淫荡狠毒，她为了欲的满足害死了几个男人。庞春梅被卖给周守备为妾，扶正后，与陈敬济私通，与下人苟合，最后死于疯狂的纵欲。另如宋惠莲、林太太、王六儿等为欲所驱使，以至于人性发生了扭曲。《金瓶梅》对女性的描写一度受到诟病，被认为含有性别歧视因素，表现了落后的女性意识，实际上这与小说反思欲望的主旨有关。在小说中，女性既是色欲的象征，同时又为本能的肉欲和贪欲所役而丧失了自我。

《金瓶梅》化用了宋元话本《小夫人金钱赠年少》的故事，主要写市井子弟通过与有钱或官宦人家的妻妾发生关系而发迹变泰。《金瓶梅》中，西门庆与孟玉楼、李瓶儿、林太太的故事，演绎了男性通过女性而发迹变泰的市民欲望。小说对不加节制的纵欲持警戒态度，除了在回首诗和结尾部分宣扬因果外，小说故事的叙述中实际上也隐含着因果观。孟玉楼在西门庆死后嫁入官宦人家，获得一个较圆满的结局。吴月娘虽然丧夫失子，但最后还算安稳。与潘金莲等人的狂热纵欲相比，孟玉楼、吴月娘以“冷”消解了躁动的欲望。这实际上已经表明作者在尝试利用女性形象阐述社会思考，而女性在作者笔下也具有了主体性。

虽然《金瓶梅》中的女性已经具有了主体选择的意义，但我们也不能否认，女性形象的塑造还是具有单一性、符号化的特征，而这种符号在《金瓶梅》中则主要呈现为“荡妇”的形象。作者通过“荡妇”的妖魔化形象来阐述自己对人性的思考、对欲望的认识，而女性，在这里更多是一种情欲的代名词。

与《金瓶梅》中的“荡妇”形象相似，《醒世姻缘传》极力渲染薛素姐的悍妒。薛素姐打小玉兰，当薛父劝阻时，她与父亲顶嘴，将自己出嫁后的不幸归罪于父亲，因为是父亲给她找的这个女婿（第五十二回）。小说用了很多篇幅描写薛素姐对丈夫狄希陈的虐待、折磨，有一次甚至用箭射狄希陈，险些让狄希陈丢了性命。薛素姐对贞节牌坊不屑一顾，对张大、张二夫妇由于孝道而获得旌表很是鄙夷。薛素姐不孝顺公婆，担心公公娶妾生子会分割家产，竟算计着要将公公阉割了，婆婆被气成了半身不遂，公公被气死。

薛素姐的"悍"与"妒"相连。薛素姐的悍妒是对男权社会性别不平等的本能反抗。作者有男权思维，对思想违逆的女性持有偏见。对于素姐，作者百般嘲讽，让她当众出丑。书中出现的女性角色大多被嘲讽或批判，只有晁奶奶和童奶奶算是例外。晁奶奶有菩萨心肠，慈悲为怀，宽容大度，照顾穷亲戚，在灾荒年月救济乡人。这些描写都是男权社会中男子对于女子的想象和定位，把不符合男权伦理、有反叛倾向的女性称为悍妇、恶魔，在文本中大肆渲染女性的"恶德"。西周生依然恪守男权伦理道德。彻底颠覆"妇德"的"悍妇"薛素姐在男权社会中被人唾弃，结局只有毁灭。薛素姐的泼悍愈演愈烈，描写就愈来愈夸张。但同时薛素姐又节节败退。她婚姻不自主，被迫嫁给狄希陈，成亲后为发泄不满而虐待狄希陈，被众人责难，遭到相大妗子等人的毒打。后来她甚至遭到了一群流氓光棍的侮辱和殴打，丢尽了颜面。薛素姐诉之于官府寻求公道，却被太守教训，张榜公示，受到羞辱。狄希陈偷娶童寄姐，薛素姐不得已接受了。薛素姐最后死去，了却恶姻缘，她的本能抗争也以彻底失败而告终。

明清时期商品经济发展，社会思潮出现涌动，宣扬人的个性、崇尚真情的新思潮对传统思想造成了冲击，社会对女性的看法有所改变，个性解放氛围使传统的“女德”对女性失去了吸引力。另一方面，女性在家庭中的作用越来越重要，归有光在文章中写太学生陈某“不能治生产，几无以自赡”[1]，靠妻子持家。女性经济地位的提高，必然促使女性权利意识、主体意识的觉醒。正是在这种社会时代背景下，悍妇、妒妇大量出现。西周生在《醒世姻缘传》中感叹世上男人都惧内。鸳湖烟水散人认为，世上不妒的女子非常罕见，相比之下，绝色美女反而显得容易找到。静恬主人说，世上的女子，有的一开始贤淑，后来变成妒妇了，但从没有听说妒妇变贤淑了。明末小说家周清原在小说中总结出女性的“六恨”，这所谓的“六恨”让女性变得悍妒。男女之情具有排他性特点，女性悍妒，主要因为对丈夫将爱分给其他女人的行为无法容忍。妒妇大都反对丈夫纳妾、嫖妓，对丈夫管束严格。男性感受到男权地位的动摇，于是在文学作品中以夸张手法来塑造悍妇形象，警醒世人，描写悍妇的戏剧和小说大量出现。明代描写女性悍妒的戏剧有汪廷讷的《狮吼记》、吴炳的《疗妒羹》、冯梦龙的《万事足》等。清代产生了一批专门描写妒妇的通俗小说，比较典型的有《醒世姻缘传》《疗妒缘》《醋葫芦》等，这些小说中的女主人公薛素姐、秦淑贞、都氏都是典型的妒悍之妇。在这类小说中，女性因妒而悍，对丈夫百般折磨、严加管制，多数悍妇没有子嗣，却又千方百计阻止丈夫纳妾，对家中之妾进行残酷虐待。但这些悍妇实际上孤立无援、势单力薄，其他人物包括很多女性几乎都站在男主人公一方。《醋葫芦》中，周智夫妇为男主人公出谋划策，帮着他偷偷娶妾生子，连神明都暗中助其延续香火。而女主人公都氏只有雷部邓天君之妻霍闪

1.(明)归有光著，周本淳校点:《震川先生集》，上海古籍出版社2007年版，第500页。

娘为她稍作辩白。小说大都为悍妇安排了悲惨的结局。《醋葫芦》中的都氏在地狱中遭受种种酷刑，由于波斯尊者委托地藏菩萨求情，都氏才得以还阳，被抽去了背上一条妒筋，从此痛改前非，不再泼悍。有的悍妇则以死亡收结，如《李凤娘酷妒遭天谴》里的李凤娘甚至在死后连棺木都被震碎，尸骨不留。明清时期这类小说的作者大肆渲染并夸大悍妇的恶德，目的在于警醒世人，教育女子，重树男性权威。

从这种悍妇、妒妇、淫妇的负面女性形象的塑造中，我们也可以发现这时候的通俗小说已经从简单的市井构想转化到了深层次的伦理理解上。而随着资本主义的萌芽，小说作者也逐渐关注个人与社会、欲望与节制之间的关系，小说的内涵也更为深厚，呈现出一种文人化的思考倾向。

《金瓶梅》思考人性，对欲望提出警戒，从整体上说，女性仍多被描写为淫女荡妇，对女性的认识和市井社会的观点相近，充满性别的偏见。在《金瓶梅》同时和之后的艳情小说中，这种性别的偏见表现得更为明显。明清小说对因果报应的宣扬，与佛教和道教世俗化以及各种劝善书的流行有一定关系。明清艳情小说一面写淫欲，一面谈因果，似乎充满悖论，因为宣淫和淫欲本身一样，在宗教和劝善书、功过格中被认为是罪中之罪。保存至今的明清艳情小说四十余部，半数以上涉及因果报应。这些艳情小说中的因果报应更强调现世的果报。明清艳情小说中的因果又有与其他文学类型和以功过格为代表的劝善书所显示的世俗因果观有所区别。在功过格和其他劝善书中，男子在淫欲之罪中处于主动地位，女子主要是被动的承受者或者受害者，关于淫欲的戒律和违反色戒的果报惩罚主要为男子所设，男子要为自己的非礼行为甚至欲念的蠢动承担不容推卸的责任。这也和佛教所宣扬的自身担当罪孽观点相合。但是在明清艳情小说中，极度淫乱的男主人公不仅没有得到应有的惩罚，反而常常财、色、功名兼得，以欢喜的大团圆收场。值得注意的是，在这些小说中男性主人公是性冒险的主动者。与对男性的宽容相对的是对女性沉迷于色欲的严厉果报惩罚。

中篇小说《天缘奇遇》写吴中杰士祁羽狄的风流故事。祁羽狄肆无忌惮地诱惑各种女性，沉迷于色欲之中，与多个女子发生性关系，淫乱到了极点。这篇小说充满了矛盾，一方面要女子对男子忠贞不贰，而男子则可以到处留情，四方猎艳，这种矛盾的主题是男性中心观念的体现。微妙的是，女主人公丽贞在婚前拒绝发生性关系，受到男主人公的尊重，在众妻妾中排名靠前，说话很有分量。另一则中篇传奇《花神三妙传》写青年男女幽期密约，甚至是一男数女交合，连床大会，极为淫乱。但小说却又奇怪地强调女子的节烈。小说中的奇姐落入贼兵之手，为了守住清白而自杀，其节烈甚至引起了贼兵的崇敬，贼兵将奇姐的尸体抬到后月台上，以红绫被覆盖，“相与环泣”[1]。小说又写了白生原配曾徽音的故事，曾徽音有才有貌，性情贞烈。在明代后期的艳情小说中，这种矛盾更为明显。

值得注意的是这些小说中所表现的因果报应观念。现存明清时期的艳情小说多半会写因果报应，这与明清社会风气有关。彼时劝善书盛行，在文人圈子里流行功过格，劝善书的核心观念是善恶因果。但明清艳情小说中的因果与劝善书有很大不同。劝善书中与淫欲有关的戒律和果报惩罚主要针对男性，而艳情小说中的男性主人公即使纵欲淫乱，最后的结局也是功名富贵美色兼而得之，有的还得道成仙，根

1.(明)吴敬所:《国色天香》，春风文艺出版社1989年版，第179—180页。

本没受到惩罚。《巫梦缘》中男主人公四处诱奸女性却被称为风流，甚至科举高中，娶四个美女，成为所谓的陆地神仙。《杏花天》的男主人公极度放纵，迷奸、勾引有夫之妇，却被称为“多情”。《春灯闹》的男主人公金华极为放纵，却被称为“不伤名节”，而女性的放纵却受到果报惩罚。《醉春风》中张三监生奸淫女人，报应却由他的未婚妻顾大姐承担，顾大姐因此慢慢变得放纵，被好色成性的张三监生休弃，后沦为娼妓，悲惨地死去。而张三监生一旦改过，中举做官，妻贤子孝，幸福美满。再如《绣榻野史》中的东门生非常淫乱，一旦忏悔，罪孽全消，而女性却受到了严厉的果报惩罚，金氏托生为母骡子，麻氏轮回成母猪。

在很多艳情小说中，女性的放纵固然要受到惩罚，男性纵欲淫乱的果报竟然也体现在女性身上，所谓“人心或可昧，天道不差移。我不淫人妇，人不淫我妻”[1]，看似合乎情理，实则严重违背公正原则，所谓的“以淫报淫”，实际上含有非常明显的性别歧视，女性被看作男性的附属物、所有物，没有独立人格，却要承担男子纵欲淫乱的果报惩罚。小说写男主人公四处猎艳，诱奸女性，却又将责任推到女性身上。女性被动接受男性的引诱，被称为淫荡；女性如果主动追求情欲满足，就被认为是没有廉耻的（《巫梦缘》第五回）。小说认为女性水性杨花（《一片情》第七回）；认为男女同样纵欲，“而女犹甚”（《一片情》第一回），“除死方休”（《一片情》第六回）。明清艳情小说中也分辨“情”和“欲”，不过这种情与欲的分辨中也蕴含着性别意识，体现了对女性的偏见和歧视。在小说中，男主人公的纵欲被称为“多

1.（明）冯梦龙：《喻世明言》，人民文学出版社1958年版，第1页。

情”“厚情”，男主人公见到美貌的女子即动情，于是想方设法接近并加以挑逗引诱。小说中的女性除了有美丽的容貌外，又多有诗才，自诩为风流才子的男主人公才可借诗文挑逗传情，如《刘生觅莲记》中的刘一春所说，女子懂文，才“可以笔句动也”[1]。只有风骚的女子才可能受引诱，但男主人公又鄙夷风骚放荡的女性。在很多艳情小说中，女性本来放荡，一旦遇到男主人公，马上变得忠贞。《寻芳雅集》中的柳巫云婚后偷情，娇鸾、娇凤未婚而乱，但她们遇到男主人公吴廷璋，与吴廷璋发生性关系后，马上变得异常忠贞，甚至为了节操“宁玉碎而沉珠”[2]。《花神三妙传》中的奇姐竟然自刎殉节，遗诗云：“甘为纲常死，谁云名节亏。”[3]这些中篇传奇和艳情小说中还有另一种模式，与男主人公发生性关系的众多女性中，比较正派的女性不仅受到男主人公的尊重，而且为其他女性所敬畏，这样的女性最后成为正房妻子，那些比较放纵的女性只能做妾。小说中的这种二元标准是男性中心理念的表达。

1.（明）吴敬所：《国色天香》，第34页。
2.（明）吴敬所：《国色天香》，第124页。
3.（明）吴敬所：《国色天香》，第186页。

第三节　才女形象描写中的男性本位意识和文人自怜心态

晚明小说中的女性形象出现一个非常明显的转变，一改早期的悍妇、淫妇面貌，而多以才女、贞妇的形象出现，这种现象在晚明传奇中表现得甚为突出。

晚明传奇中的才女形象大都博学多才，才情甚至超过才子。叶宪祖《鸾锟记》中的赵文姝从小就“爱观书史”“好就诗词”[1]。陈汝元《金莲记》中的王朝云“金笺玉管,偏超织锦之才”[2]。《金花记》中的娄金花“学副文章之首,神游翰墨之乡”[3]。吴炳《绿牡丹》中的车静芳精通百家诸史，“诗词歌赋，援笔立成”[4]。《双珠记》中的王慧姬、《赠书记》中的贾巫云、《景园记》中的罗惜惜等女子都才华过人，令男子自愧弗如。才女涉猎群书，多才多艺。《绿牡丹》中的车静芳是个书痴。《赠书记》中的贾巫云喜欢读书，家中遭窃，她不以钱财为意，只关心自己喜欢的书。

才女有文人的价值追求。《赠书记》中的贾巫云像文人般恬淡自

1.(明) 叶宪祖:《鸾锟记》第三出《闺咏》，载 (明) 毛晋《六十种曲》(六)，中华书局1958年影印版。

2.(明) 陈汝元:《金莲记》第三出《弹丝》，载 (明) 毛晋《六十种曲》(六)。

3.(明) 无名氏:《金花记》第二折，载《古本戏曲丛刊三集》，文学古籍刊行社1957年影印版。

4.(明) 吴炳:《绿牡丹》第四出《倩笔》，载《古本戏曲丛刊三集》。

适。[1]有的才女像名士一样洒脱，有文人化的情趣。才女们像男性文人一样吟咏诗词、参禅论道、交游赠答。《绿牡丹》中的车静芳、沈婉娥只爱读书、摹帖、吟咏，不做女红，不喜脂粉。与“女子无才便是德”的传统观念相反，晚明传奇中的女主人公以才华自诩，她们希望像男性一样参加科举，施展才华，做一番轰轰烈烈的事业。《鸾镲记》中的赵文姝坚信，以她和鱼玄机（蕙兰）的诗才，如果去应举，中女状元不在话下。《金花记》中的娄金花改扮男装，万里寻夫，偶进科场，竟然考上了状元，又被任命为将军，率军北伐，以奇谋大获全胜，实现了文人“兼济天下”的人生理想，顺带提携丈夫获得了功名。《赠书记》中的贾巫云熟读兵书，精通文韬武略，她改扮男装，招安敌军，不费一兵一卒而大获全胜。

晚明传奇中出现的才女形象，与晚明时期的社会思潮有关。倡导男女平等，同情女性遭遇，肯定女性才华，是明代后期个性解放思潮的重要内容。很多文人赞赏女性的才华。冯梦龙批驳“女子无才便是德”之说[2]；他感叹才士豪杰碌碌风尘，无人赏识，“而女子能识之”[3]。谢肇淛认为史书《列女传》应收才女。[4]晚明时期很多文人关注女性的文学创作，为女性编刊诗文集，为她们的诗文集写序作跋，这个时期出现了大量女性诗文专集和诗文选集，如《午梦堂集》《香奁诗》《名媛诗归》《名媛汇诗》等，《千顷堂书目》著录了多种女性诗文集，这些女性诗文集大都编刊于明代后期。胡文楷的《历代妇女著作考》考证著录万历至崇祯年间一百二十多位女性的著作。晚明时期，很多

1.（明）无名氏：《赠书记》第八出《秘书赠合》，载（明）毛晋《六十种曲》（八）。
2.（明）冯梦龙：《智囊》，中州古籍出版社1986年版，第652页。
3.（明）冯梦龙：《情史类略》，岳麓书社1984年版，第145页。
4.（明）谢肇淛：《五杂组》卷八《人物四》。

文人关注才女，欣赏女性的才华，社会上也出现不少才女，这些才女多以才华自诩，希望以才扬名。晚明才女蔚然成为大观。她们交游结社、唱和赠答，比较自由，有文人特点。晚明文人以才女为原型，在戏剧小说中塑造了不同于以往的佳人形象，《锦笺记》《霞笺记》等传奇中的女性富有才情，诗词唱和成为佳人与才子传情定情的重要方式。

晚明传奇中的才女又是作家自我人格的投射。文人阶层只作为皇权的附庸而存在。自隋以来的科举制为文人创造了一步登天的机会，但也强化了文人对政权的依附关系，文人成为一个尴尬的群体。文人将仕途追求作为人生目标，但能通过科举入仕的读书人毕竟是少数，更多的读书人难以实现人生价值，既面临着谋生问题，又遭到世俗社会中势利之人的白眼，他们对传统男权社会中女性的弱势地位表示同情，有同是天涯沦落人的惺惺相惜之感，他们从女性那里寻求安慰，将女性世界当作避风港，在避风港中暂忘人生失意之痛，他们在小说、戏曲中营造幻想之境，将现实世界中无法实现的人生目标在幻想世界中实现，寻求精神上的自我满足。

在以男性为主导的小说中，女性形象的塑造主要是为了满足男性的幻想，即使并不是通常意义上的完美女子，也因为有某方面的特长并始终不渝地恋慕才子而被冠以女主角的称谓。与此同时，小说作者也常常借用失足但是美貌有才学的妓女进行自我投射。明末清初的小说家多为中下层士人，因为录取名额的限制和科场腐败等原因，大多数士人难以进入仕途，容易产生孤愤心理。明清之际士人的孤愤与早期士人的“愤孤直不容于时”[1]不同，更多与人生际遇有关，关注的是

1.（汉）司马迁：《史记》，中华书局1999年版，第1707页。

功名富贵的追求和人生价值的实现，这种心理转向与科举取士制度密切相关。科举是士人博取功名富贵的主要渠道和实现济世抱负的必由之路，又是滋生腐败的渊薮。士人怀才不遇，生活窘迫，又遭受势利社会的白眼，他们不再惦念“济苍生”“安社稷”，而以功名富贵为人生目标。酌元亭主人在《照世杯》中说，人生在世，立世的根基在人品、文章、财帛。在小说中，女性助士人实现了发财、中式、生子的梦想，本着这种功利主义人生观，小说将心造幻影外化为佳人形象。明人傅山将名妓与名士相提并论，认为“名妓失路，与名士落魄，赍志没齿无异也”[1]。在势利社会，反而妓女还有真情。酌元亭主人说，众人都说妓女情假而滥，实际上妓女的情最真最专。[2]士人与妓女交往，可以获得精神抚慰。在明末清初的通俗小说中，妓女助落拓士人取得功名富贵。《拍案惊奇》卷二十五《赵司户千里遗音　苏小娟一诗正果》中，钱塘名妓苏盼奴周济家事萧条的太学生赵不敏，在精神上给以鼓励。赵不敏最后获得了功名。明末清初小说集《最娱情》中的《王魁》写秀才王魁得青楼女子桂英之助，考中了状元。《西湖佳话》中的《西泠韵迹》写苏小小慷慨赠金助身处贫困的鲍生赴考，鲍生科举高中，后来做了刺史。《西湖二集》卷二十《巧妓佐夫成名》中，穷秀才吴尔如在妓女曹妙哥的多方帮助下，终于考上进士。

明末清初到乾隆之前的才子佳人小说有五十多种，这些小说塑造了一系列色、德、才、情兼备的女性形象，但这些理想女性形象实际上是按男性作者的心理期待虚构的，体现了男权社会中的男性需求。

1.（清）李中馥：《原李耳载》，中华书局1987年版，第126页。

2.（清）酌元亭主人：《照世杯》，载《古本小说集成》第三辑第十二册，上海古籍出版社1994年影印版，第2页。

《平山冷燕》的苏友白想趁昏夜无人时与小姐白红玉见面，受到丫鬟嫣素的斥责。嫣素告诉苏友白，小姐白红玉坚守礼法，即使传诗递简，也是为了百年大事，不是怀春怨女。苏友白万分羞愧。强调女性以礼自持，仍然是从男性视角出发，女性为男性保持贞操被当作礼的重要内容。《吴江雪》中，金乡公主的丈夫赫腾凶恶而好色，但赫腾战死后，当天子要把金乡公主另嫁给才子江潮时，金乡公主却表示要做个烈女，“誓当断首，永无二心”[1]。《定情人》中的江蕊珠与才子双星订有盟约，她被选入宫，在被送往深宫的途中投江自尽。江蕊珠说，女子只有殉节，才会留下节烈之名，才能流传后世。

才子佳人小说无论写爱情还是写婚姻，都以男性为本位。小说中的佳人因为爱才子，爱屋及乌，也爱才子喜欢的其他女子，没有丝毫嫉妒怨恨之心。才子可以多情，佳人必须专一。《玉娇梨》中的卢梦梨爱上了苏友白，而苏友白此前已与白红玉订下婚约，她担心白红玉不容于她，但她又认为，只要是淑女，就不会有妒心。《合浦珠》中，五品高官之女范梦珠爱上了钱兰，她听说钱兰与妓女赵友梅相好，竟然表示愿居其次而为妾。才子佳人小说中的佳人往往情愿双美共一夫，甚至主动帮才子寻找佳人。所谓姊妹情谊，惺惺相惜，实际上是男子坐拥双美甚至多美的白日梦和自恋。

明清才子佳人小说称扬女子的才能，表现佳人的才情，赋予了女性形象以新因素。[2]但是才子佳人小说在赞扬女性的才情时，又表现出男性中心的叙事立场。这些作者大都科场失意，生活困窘。他们在虚

1.（清）佩蘅子：《吴江雪》，载《古本小说集成》第四辑第三十六册，上海古籍出版社1994年影印版，第392页。

2.〔美〕孙宜康：《明清文人的经典论和女性观》，《江西社会科学》2004年第2期，第206—211页。

拟世界中借黄粱事业获得心理补偿，排遣抑郁、愤懑。小说中的佳人是为才子而塑造，也是为作者自己而写。小说中，佳人有才，才会赏识虽然潦倒落魄但才华横溢的才子，即使举世皆贬抑、冷落才子，只要有佳人的赏识，才子就能保持自尊和自信，就不会沉沦。佳人有情，才会对才子产生惺惺相惜之情。佳人之识，主要用于慧眼识才子。佳人有胆，不仅可以自我保护，而且可以在危难之时救助才子。小说描写的貌、才、情、胆、识无所不备的佳人，是现实中下层文人的梦中幻影。

另一方面，虽然才子佳人小说强调女性的才情，但女性获得男性的欣赏仍是因为美貌。才子佳人小说描写佳人的美貌，根据的是男性的审美趣味，佳人之美让才子赏心悦目，心醉神迷。《飞花艳想》中的柳友梅看见两个佳人"貌凝秋月，容赛春花"，"不觉神驰了半晌"，回到船中，辗转难眠，睡着后梦见了白天所遇的那两个佳人，又是"不觉魂飞魄舞"。小说中的才子欣赏女性的诗才，更像是一种借口。《金云翘传》中，当金重赞叹翠翘之诗才时，翠翘说，她写的诗并没有金重说的那样好，金重是因为喜欢她而"推爱于诗"[1]。所以女性的才情在很大程度上不过是一种点缀。小说中的才子充满了道学气而又自命风流，遍游各地寻觅理想的定情之人，而所谓的定情之人为了才子相思成疾，痴情守候。对女子痴情的描写，表现了男性作者的自恋和自怜。

才子佳人小说又强调佳人的德，即能以理节情，这又隐含着男性对女性贞洁的苛刻要求。对女性贞节的强调，并非缘于官方对女子节

1.（明）青心才人：《金云翘传》，载《古本小说集成》第四辑第四十一册，上海古籍出版社1994年影印版，第24页。

烈的鼓吹，而是为了满足男性的心理需要，因而才子佳人小说中才德兼备的完美女性，实际是男权社会的臆想，而这种臆想也使小说中塑造的女性形象变得“非人化”。明代章回小说中塑造的女性形象，由淫妇、妖精到佳人。这种类型的变化，体现了审美观的演变。才子佳人小说大力渲染情，但小说中的佳人又多“守礼”，《山水情传》中的素琼与旭霞两情相悦，没有私订终身，更没有私自苟合，甚至在订婚后也没有发生违礼之事。但才子佳人小说中的两情相悦，两性并不平等，才子相对自由，与佳人暂别后，往往会有新的艳遇，最后可以坐拥双艳，而佳人在分离后则要在寂寞痛苦中承受各种压力，坚守节操，否则会受到惩罚。这样的描写不仅是对传统礼教的妥协，而且体现了男性文人的自恋和男性中心主义。

贞节被认为是女性最重要的德。明末清初的小说家塑造了数量众多的贞节烈女。《型世言》《二刻拍案惊奇》《醉醒石》《连城璧》《连城璧外编》等小说集里的贞节烈女故事大都取材于前人笔记、史料、碑传等。《二刻拍案惊奇》卷三十二《张福娘一心贞守　朱天锡万里符名》取材于洪迈《夷坚志补》中的《朱天锡》，凌濛初详细描写了张福娘在生活艰难的情况下，缝衣补裳维持生计，守节教子，为朱家保留香火的故事。陆人龙在《型世言》的《烈妇忍死殉夫　贤媳割爱成女》中对陈雉儿故事进行改编，将陈雉儿改为儒者之女。陈雉儿年幼时就读《列女传》，受女教书的熏陶，出嫁后不久丈夫病死，她决定殉节。母亲年老无人奉养，她竟为了节烈之名而置母亲于不顾，实际上是大不孝，但作者故意忽视了这一点。

与此同时，明清之际的小说对超出常理、违背人情、有悖人性的贞女、烈女、孝女的描写，与明代后期文学尚奇求新的追求有关。陈与郊在《鹦鹉洲》卷首中说，“传奇”之意为“演奇事，畅奇情”。[1]睡乡居士在《二刻拍案惊奇》的序言中评价这部小说集的编写者即空观主人不仅“人奇”“文奇”，“其遇亦奇”[2]。一些话本集以“奇”为名，如《今古奇观》《警世奇观》等。明末清初的小说家和戏曲家对奇闻轶事表现出极大兴趣，他们在小说、戏曲中写奇人奇事，无论是言行举止、才华识见、计谋气节等，皆以异于常理、常态为尚。在这样的社会氛围中，通俗小说塑造了很多奇人，包括有奇节、奇孝行为的女性。明末清初的小说家塑造侠女形象时，强调其孝、节、义的品质。明末清初小说中的侠女如谢小娥等本为唐宋传奇的人物，因为身世不凡、奇节奇侠而为明末清初小说家所关注并改写。《西湖二集》卷十九写的是侠女朵那女殉节的故事。朵那女对主人忠心耿耿，最后殉义而死。小说编写者高度评价朵那女，认为她可与伯夷、叔齐相提并论。由此可见，即使是“奇”，小说作者也未能摆脱伦理观念的束缚，他们塑造的人物形象主要建立在对女性的支配和压迫之上。

明末清初以道德劝诫为目的的通俗小说中的女性大都遵守封建伦理。这些小说中，卑弱者被要求向尊长者无条件地屈从，放弃自己的尊严，奉献自己的肢体甚至生命。这样的描写有夸张之处，是为了树立典型，但这些描写也在一定程度上反映了社会现实，引起某些开明人士的反思。清代中后期的小说对女性的描写有了很大变化，这些小说颂扬女性的才华，张扬性的权利，有的表现女性的不幸命运，表达了对女性的深切同情。

1.(明) 陈与郊:《鹦鹉洲》卷首，明万历四十八年刻本。
2.(明) 凌濛初:《二刻拍案惊奇》序，载《古本小说集成》第五辑第七册，第5页。

第四节　巾帼英雄形象描写中的情怀寄托

明末清初的许多才子佳人小说将“欲”升华为“情”，塑造了才、德、貌、情兼具的佳人形象。小说《章台柳》强调情，写柳姬与韩翊真心相爱而结合，柳姬忠于情，为了表示守节的决心，削发为尼。在小说最后，有情人终成眷属。《山水情传》中，旭霞为了爱情拒绝了乡宦的逼婚，而素琼在旭霞生死未卜的情况下，坚守爱情盟约。才子佳人小说中的女性追求爱情，不仅有貌有才，而且有胆有识。通俗小说对女性的关注、对爱情主题的表现值得注意。对女性的不同态度、对爱情的不同理解和表现也可看出通俗小说的雅俗之别。明清时期文人化的通俗小说尊重个体，重视个人的情感，对女性表示尊重和同情，这被现代研究者认为具有近代意义，特别是从明末清初的才子佳人小说到清代中叶的《红楼梦》，被认为蕴含着现代情爱意识的萌芽。

明末士人的尚情之风对才子佳人小说的兴盛也有重要影响。不少士人以情之所钟作为人生的寄托和生活的意义，一旦遇到中意的女子，就全身心投入，追求爱情。冒辟疆与董小宛的爱情故事在当时传为佳话，据说他们第一次见面，没有多少交流，凭直觉就一见而订终身。明末士人在诗文中表达了对两情相得的爱情的珍惜。董小宛在与冒辟疆结婚九年后病死，冒辟疆哭之曰：“吾不知姬死而吾死也。”[1]余怀在《板桥杂记》中记载了他们的爱情故事和董小宛死后冒辟疆的哀痛。

明末士人的爱情多与妓女有关，一些妓女不仅相貌美丽，而且有才华，在情趣上与士人相投，在情感和文学上可以同士人交流，一旦结婚，在婚姻生活中能同士人平等相处。钱谦益和柳如是的婚姻就比较典型。明末士人与妓女的爱情、婚姻中，有不少是妓女的自主选择。柳如是就是因为“独心许虞山”[2],才主动相就。据说董小宛第一次见到冒辟疆，觉得冒辟疆有“神趣”，是自己喜欢的类型，所以决定“委心塌地”于冒辟疆。[3]她用婚爱标准去衡量冒辟疆。明末一些才貌双全的妓女有更为自觉的择偶意识。明末的话本小说中有不少篇目写女性自主择偶，主动向自己喜欢的男子示好，如根据《戒指儿记》改写的《闲云庵阮三偿冤债》,《二刻拍案惊奇》卷三《权学士权认远乡姑 白孺人白嫁亲生女》，但集中表现男女情爱、写女性自主择偶的小说还是明清之际的才子佳人小说。小说中的佳人按照自己的标准，通过考诗等形式挑选意中人，有的佳人男扮女装外出寻情，这样的描写实际上是明代后期妓女与士人爱情故事的反映。

明清之际的才子佳人小说，在某种程度上反映了明清时期江南的女性文化，这种女性文化甚至影响了《红楼梦》的创作。受社会思潮的影响，明代后期开始，对女性的评价标准发生了变化。叶绍袁提出了与传统“妇德、妇言、妇容、妇功”不同的评价标准 :“丈夫有三不朽，立德、立功、立言；而妇人亦有三焉，德也，才与色也。几昭昭

1.(清) 张明弼 :《冒姬董小宛传》，载 (清) 张潮《虞初新志》卷三，清咸丰元年小琅嬛山馆刻本。

2.(清) 徐芳 :《柳夫人小传》，载 (清) 张潮《虞初新志》卷五。

3.(清) 张明弼 :《冒姬董小宛传》，载 (清) 张潮《虞初新志》卷三。

乎鼎千古矣。”[1]这个标准特别强调了“才”。即使是“美”的标准，也强调了形神兼备、内外兼修、独具个性，而神采气质来自读书吟咏，仍与“才”有关。鸳湖烟水散人说：“不读书、不谙吟咏，则无温雅之致。”“必也丰神流动，韵致飘扬，备此数者而后谓之美人。”[2]之所以强调女性之才，是因为明清时期，特别是江南地区，女性受教育的机会大增，在一些文学世家中，女性的教育受到重视，才女群体得以产生。当时的文人对女性才华的肯定和欣赏，更鼓励很多受过教育的女性从事文学创作。明清时期女性文学作品数量大增，出现了徐灿、贺双卿、沈宜修、叶小鸾等成就较高的女诗人，出现了不少女性诗社。

明代后期，由于社会环境和社会思潮的变化，女性的生活空间有所拓展，女性意识日渐觉醒。明清之际的才子佳人小说反映了这种变化，这种变化一直影响到清代中期的《红楼梦》等通俗小说。《红楼梦》中的女子不仅美丽，而且有才华，有才干，这些女子被称为“脂粉英雄”[3]。她们的才华首先是诗才。林黛玉诗才冠群，薛宝钗有惊艳之作，史湘云才思敏捷。小说中的女子多次结诗社或集会作诗，先结海棠社，后在螃蟹宴共吟菊花诗，再后来林黛玉重建桃花社，同填柳絮词，另有芦雪庵联句、中秋联句等。这些女子不仅有文才，还有识见，有经世之才，小说用很多篇幅表现了王熙凤和贾探春的理家才干。探春表示，如果她是男子，一定能走出去干一番事业。

《红楼梦》表现了女性的不幸，小说中的女性多才高而命薄。在太虚幻境中，记录预言这些女子命运的金陵十二钗册子保存在薄命司中，

1.(明) 叶绍袁：《午梦堂集》序，中华书局1998年版，第1页。
2.(清) 鸳湖烟水散人：《女才子书》，第71页。
3. 赖志明：《“脂粉英雄”的末路——论贾母、凤姐和探春悲剧命运的根源及曹雪芹的精神悲剧》,《广东教育学院学报》2000年第5期，第30—34页。

警幻仙姑招待贾宝玉，饮“千红一窟”之茶、“万艳同杯”之酒。林黛玉葬花，吟唱“冷月葬花魂”，都暗寓了女性的悲剧命运。有才华的女性，命运大都是悲剧。“红颜薄命”是传统文学特别是诗词吟咏的重要主题，而明清时期，不少才女才高而命蹇。陈同、谈则均、叶纨纨、叶小鸾等江南才女不幸早夭。林黛玉生于江南、容貌出众、富有才华、追求爱情、不幸早逝，有“江南才女”的特征。她对人生价值的自觉追求，反映了明清时期才女的女性意识的觉醒。她的爱情追求和人生观念，体现了叛逆精神。林黛玉的爱情悲剧让人叹惋，她的薄命更有悲剧意味。

《红楼梦》之前的世情小说《林兰香》就表达了对女性的同情。《林兰香》刻画了才女燕梦卿。燕梦卿是理想的化身，她德、才、貌兼备，而且有胆有识。她为了救父亲，甘愿解除婚约；父亲被赦后，她又遵守婚约，甘为侧室。她默默奉献，无怨无悔。她经常规劝丈夫耿朗，希望他回归正路，成就一番事业。耿朗沉迷酒色，所交非类，燕梦卿直言相劝。燕梦卿对任香儿很好，教她读书，但任香儿却与平彩云一起以谗言诬陷燕梦卿，对此燕梦卿甚为忍耐。她暗中断指为生病的耿朗和药，带病剪发为出征的耿朗编制护身软甲。燕梦卿身上寄寓了作者才华受到压抑的郁愤。耿朗生性多疑，加上任香儿的谗言，燕梦卿逐渐被耿朗疏远。第十五回写燕梦卿治家，第十六、十七、十九回中，燕梦卿劝耿朗谨慎择友，使耿朗免去一场灾祸。耿朗对燕梦卿钦佩之余，又心生怅然，有一种危机感，感慨“妇人最忌有才有名”[1]，他对燕梦卿由嫉妒而猜疑，加上任香儿等人的诋毁中伤，终于与燕梦

1.(清) 随缘下士:《林兰香》，春风文艺出版社1985年版，第10页。

卿反目，燕梦卿失去了实现人生理想的平台。燕梦卿身上有明清之际士人的影子，明清易代的动荡背景下，士人怀才不遇的失意、人生空幻的感悟，融汇为一种失落、迷惘和伤感。

《红楼梦》中的女性大多具有主体意识和反思精神，但是身处大观园之中的她们，仍然没办法摆脱命运的捉弄。而《红楼梦》之后的《镜花缘》则超越了才子佳人模式，将女性置于广阔的社会生活中加以观照，她们努力摆脱男性附庸地位，获得与男性同样的实现自我价值的权利。清代嘉庆、道光年间，《红楼梦》在社会上广为传播，李汝珍创作的《镜花缘》受《红楼梦》的影响非常明显。“镜花缘”取“水月镜花”之意，蕴意理想幻灭，与《红楼梦》中“红楼一梦”之叹相通。《红楼梦》中，太虚幻境中的众女子下凡历劫，《镜花缘》中，小蓬莱百花仙子也历劫下凡。《红楼梦》中，贾宝玉在太虚幻境中看到了预言众女子命运的册子；《镜花缘》中，唐小山和阴若花在镜花岭泣红亭中的白玉碑上看到了众才女的名字。《红楼梦》中众女子在大观园中结社赋诗、猜谜行令、展示才情；《镜花缘》中，殿试高中的才女在卞园中游赏娱乐，展示了各种才学技艺。

不过《镜花缘》中塑造的女性形象与《红楼梦》有所不同。《红楼梦》主要写贵族小姐，她们和才子佳人小说中的佳人一样，才华主要体现在自我消遣、陶冶情操的诗词写作上，没有实用的技艺和能力，这也是她们依附于家庭、无力应对环境、对命运更显脆弱无力的原因。面对社会、家庭对她们的人生命运的安排，即使不愿接受，也无力反抗，最后只能以悲剧收场。元春贵为皇妃，实则失去自由，郁郁寡欢，病死宫中。迎春出嫁后被“中山狼”孙绍祖折磨而死。探春被迫离开父母、家园，远嫁他乡。惜春出家为尼，独伴青灯古佛。黛玉泪尽而逝。宝钗接受家长安排的婚姻，金玉良缘成为一场春梦。千红一哭，万艳同悲。

《镜花缘》中的女子精通经史，长于诗赋，她们参加专门为女子而开设的科举考试，百位才女全被录取，皇帝为她们设红文宴。她们以才学改变了自己的地位。《镜花缘》中的女子还多才多艺，精通有实用价值的专门性学问。黎红薇、卢紫萱、唐小山、阴若花博通经史，米兰芬精通数学、物理学等。林书香、谢文锦擅长书法，苏亚兰射艺出众，孟云芝通六壬之术。《红楼梦》中的女性有貌有才，有强烈的人格意识和自我尊严，但她们的命运仍然是悲剧。《镜花缘》中的女性形象则有所不同。作者在小说中表达了对女性的关注，倡导女性解放，强调女性的平等权利，具体来说就是禁止缠足、废除纳妾制度等，更重要的是女性的受教育权。受教育的女性可以参加科举考试，可以进入仕途，参政议政。小说写黑齿国普及女子教育，十年举行一次女试。武则天也创设女试制度，女性中式者可以免除徭役，入宫担任女官，享受俸禄，父母和夫家都得到赏赐。女性得以自立，也就不会有《红楼梦》中女性那样的悲剧，她们受到尊敬，社会地位得以提高。小说甚至涉及女子的参政问题。在京城参加女科考试之后，阴若花回到女儿国，成为太子，黎红薇、卢紫萱、枝兰音三人表示，待阴若花登基后，她们要辅佐她，制定礼乐，兴利除弊，举贤才，去奸佞，使阴若花成为一代贤君，而她们也将成为女名臣，史册流芳。这是女子参政的宣言。但是，作者仍受传统伦理的影响，强调女德女教，宣扬女子的节孝。

相比之下，与《镜花缘》同一时期的章回小说《岭南逸史》中的女性形象更有特色。《岭南逸史》中的女子集佳人与英雄于一身。《岭南逸史》分为上下两部分，分别以黄逢玉访亲和张贵儿寻夫为线，串联起一系列人物和故事。上半部分由黄逢玉引出张贵儿、李小环、梅映雪；下半部分由张贵儿引出谢金莲。小说用很多笔墨描写张贵儿。张贵儿由父母做主许配给黄家，与黄逢玉订了婚。强盗夜袭，在混乱中张贵儿与父母失散，她扮成男子逃亡，暂住黄家，图谋复仇。张贵儿非常明礼。第十八回中，与双亲失散、寄住在黄家的张贵儿，对公婆非常孝敬，为了不让公婆担心，只在夜晚偷偷哭泣。后来张贵儿女扮男装，外出寻找黄逢玉。她在寻夫途中陷入贼窟，镇定自若，侃侃而谈，显示了渊博的学识，贼寇首领蓝能对张贵儿非常佩服，将张贵儿招为女婿。张贵儿又用计谋帮助蓝能除掉了对手，赢得了蓝能的信任。张贵儿怂恿蓝能称王，目的是引起朝廷注意，朝廷会派兵围剿。张贵儿又使用计策令盗贼自相残杀。黄逢玉率军征剿，被蓝能封为军师、总督兵马的张贵儿与黄逢玉里应外合，蓝能等贼寇最后被剿灭。

李小环是瑶王之女，她不仅容貌秀美，而且才学出众，精通韬略，武艺高强。她曾率三百女兵杀入二十万敌军之中，如入无人之境。她在战场上枪挑敌军大将，大败敌军。父亲死后她被推举为瑶王，治军有方，为政有术。她归顺朝廷后被封为金花公主，嫁给了黄逢玉，非常贤淑。她对丈夫充满深情，忠于婚姻，得知丈夫被困，率领大军前去营救，误认为丈夫被害，因为思念而形销骨立。梅映雪前来请罪，李小环得知丈夫未死，与梅映雪冰释前嫌，一起率军营救黄逢玉；救出黄逢玉后，她又助他建功立业。

梅映雪为天马山瑶王梅英之姊，她武功超绝，敢爱敢恨。她听军师说自己与黄逢玉有姻缘，便倾心于黄逢玉。得知黄逢玉牵挂旧情人，心生妒忌，为了使黄逢玉死心塌地住下，施用计谋要除掉李小环，与李小环在东山大战。黄逢玉听说李小环战死，决意跳崖自杀，梅映雪大惊，赶到山后抱住黄逢玉认罪。黄逢玉逃跑后，梅映雪痛苦不已。梅英劝梅映雪不要为此烦恼痛苦，可以另择佳婿，梅映雪勃然大怒，表示黄逢玉如果不回来，她就终身不嫁，对爱情异常坚贞。她立誓寻找爱人，寻找机会下山，不畏危险困难，千里寻爱，她得知黄逢玉被陷害的消息后，立马返回山寨，带兵攻打省城。

谢金莲是强盗蓝能的养女，她长于贼窝之中却能洁身自好，富有同情心，她想尽办法减少强盗对百姓的祸害。缩巡抚率军进攻蓝能，大败而逃，谢金莲担心追兵流毒百姓，让张贵儿火速召回军队。谢金莲的母亲邓氏在她十四岁时告诉了她真相，原来蓝能杀死了谢家全家，霸占了邓氏。邓氏嘱咐谢金莲为谢家报仇，自己绝食而死。谢金莲在贼窝里隐忍了两年，等张贵儿上山之后，与张贵儿联手，制定复仇大计，除掉了蓝能。

《岭南逸史》中的四位女主人公都貌比天仙，令男主人公黄逢玉心旌摇荡。更主要的是，她们都有才，张贵儿、李小环、谢金莲诗才出众，梅映雪一开始不识字，后来很快学会了识字和写诗，第二十八回记了她写的《唐王岩》《棋盘石》两首诗。石禅师对张贵儿、梅映雪几个女子的诗才大为欣赏，称赞她们的诗可与唐代柳宗元的诗媲美，并准备将她们的诗刻在石上，为名山增光。她们不仅有文才，还有武功和韬略，李小环、谢金莲更能统帅军队。她们都重感情，深爱黄逢玉。

《岭南逸史》中的四位女主人公张贵儿、李小环、梅映雪和谢金莲与以前小说中的女性形象完全不同。明末清初的才子佳人小说赞美女性，《红楼梦》中的女性多为贵族家庭的小姐，不会武功不懂韬略，无力把握自己的命运。《岭南逸史》中的女主人公不仅貌美、有才、重情，还有英雄豪杰的本领，她们武艺高强，有侠义情怀，是佳人和英雄的结合。西园老人在《岭南逸史》序中称这部小说中的女性形象“抑亦新之至”[1]。《岭南逸史》塑造的女性形象在清代中期文人创作的通俗小说中具有代表性。

清代中期文人独立创作的通俗小说中，女性形象和文人主人公相互辉映。吕熊的《女仙外史》中描写了以唐赛儿为领袖的女性群体。唐赛儿文武双全，她招兵买马，以褒忠殛叛、恢复正统为己任。以她为中心汇聚了众多女性。小说描写了这些女子的才干。小说还虚构了一个以女性为主的魔教，魔教教主剎魔公主蔑视优柔寡断、依附男人的女子，不喜欢表现男女缠绵悱恻情爱的传奇剧《牡丹亭》。这部小说以神怪形式，营造了一个女性世界，表达了对女性的崇敬。小说中的军师吕律认为唐赛儿的志向和识见远胜男子，他甘愿为之驱驰。这种对女性的尊崇，在文人创作的各种类型的通俗小说中都有表现。《红楼梦》开篇即说明小说写作目的是“使闺阁昭传”。作者认为女子的行止见识都超过他。小说中的贾宝玉称“女人是水做的骨肉”。大观园中的女子都很纯洁，有着青春美，不受世俗污染，而且富有才华。模仿《红楼梦》的《镜花缘》极力赞美女性的才华，小说中泣红亭主人穷探野史而有所见，担心所见所闻湮没无闻，特别是“哀群芳之不传”，于是作百花碑记以志之。[2]作者借泣红亭主人点明小说创作目的。

受文人小说影响，清代中后期，即使是在以男性为主角的历史演义中，也出现了一些巾帼英雄，女性形象也更为丰富。清代出现了一系列演绎隋唐历史的长篇小说，可称为“说唐”系列小说，其中，成

1.(清) 花溪逸士:《岭南逸史》书前序，清嘉庆十四年楼外楼本。
2.(清) 李汝珍:《镜花缘》第四十八回，人民文学出版社1979年版。

书于乾隆年间的《说唐演义全传》较有代表性。这部小说主要写薛丁山之子薛刚与众英雄反对武则天的故事，塑造了众多人物形象，其中的女性形象尤值得注意。这些女性形象可大致分为三类：纪鸾英等武艺高强的巾帼英雄；胡凤娇等忠于爱情婚姻的女性；武则天等淫乱女性。前两类女性形象有新的特点，体现了作者宣扬的道德观念和价值标准，肯定女性的能力，强调对爱情的忠诚专一。

文人小说对女性的赞美，与当时的社会思潮有关。明代很多学者对传统的性别观念提出质疑，如归有光指责贞妇观念[1]，王文禄反对男尊女卑[2]，李贽宣称："有好女子便立家，何必男儿。"[3]张履祥认为女子值得同情和尊重。[4]孔尚任在《桃花扇》中借李香君表达了男子不如女子的思想。对女性才华的强调，还与明末至清中叶的才女现象有关，如前所述，当时出现了很多女诗人，为女子出版诗文集成为一时风尚。明末清初的才子佳人小说在一定程度上反映了这种社会风气，但才子佳人小说中所描写的才女形象有较多的虚构成分。清代中期文人小说中的女英雄和女才子更倾向于一种理念的表达。

清中叶文人创作的通俗小说中，与女性形象变化相连的是爱情描写的变化。这些小说特别强调爱情婚姻。小说中的文人主人公将寻找佳偶作为人生重要目标。《蝴蝶缘》中的蒋青岩、张澄江、顾跃仙为了寻找佳偶远游东浙。《终须梦》中的康梦鹤发誓，即使走遍天下，也要找到合意的佳人。《梦中缘》中的吴瑞生为了寻找佳丽，离家远游。

1.(明) 归有光：《震川文集》卷三《贞女论》。

2.(明) 王文禄：《海沂子》卷五《敦原篇》，清道光十一年晁氏刻本。

3.(明) 李贽著，张建业主编：《李贽全集注》第一册《焚书》卷二《答以女人学道为见短书》，第144页。

4.(清) 张履祥：《杨园先生全集》卷四十八。

《飞花艳想》中的柳友梅将寻找佳偶置于求取功名之上，认为佳偶比功名重要，也比功名更难得到，君臣、朋友遇合可以随缘，佳偶必须主动寻找，如找不到，他“便死也不甘心”。与明末清初的才子佳人小说不同，清代中叶文人创作的小说将爱情置于功名之上，小说中的士子即使参加了科举考试，也是为了姻缘。《凤凰池》中，云剑劝水伊人参加科举考试，获取功名，因为“功名乃婚姻关头”[1]。正因为本无意于功名，小说中的男主人公大都选择了功成身退。《梦中缘》中的吴瑞生急流勇退。《飞花艳想》中的柳友梅表示，他读书的目的不是为了功名，所以他虽获得了功名，在找到佳偶之后就对仕途失去了兴趣。《水石缘》中，男主人公石莲峰的朋友松涛、云影认为，读书人不应执著于功名，人生得志就“为栋为梁”，否则就去“寻丘问壑”，[2]只要不负所学也就可以了。石莲峰参与平乱而立功，但他拒绝了荐举，后来考中了状元，却不愿为官，毅然退隐江湖。[3]这种对情爱的重视和对功名的淡泊实际上反映了清代中期文人的人生境遇。清代普通读书人获取功名的机会渺茫。这些小说中所描写的对功名的淡漠，实际上是面对科场严酷现实的无奈心酸和自我排遣，轻视功名，渲染爱情，实际上转移情感，在功名难得、功业难成的情况下，需要寻找精神寄托，这体现了士人的矛盾心态，正是这种矛盾使小说中的爱情描写有文人色彩，与现实中的情爱婚姻有很大不同。在这些小说中，男主人公以才华自矜，才华被认为是爱情婚姻中最为重要的因素，被反复强调。小说中的佳人也有出众的才华和能力，所以才能赏识潦倒落魄的才子的才华。

1.(清) 烟霞散人:《凤凰池》，第84页。
2.(清) 李春荣:《水石缘》，第6页。
3.(清) 李春荣:《水石缘》，第168页。

在不少小说中，女才子或女英雄帮助文人主人公建立了不世功业。在清代中期文人创作的通俗小说中，文人主人公对自己的才华和能力充满了自信，也正是这种自信，支持文人主人公经受了各种考验，实现了自己的人生理想。

清代中期的文人小说家的人生境遇远没有他们笔下主人公那么理想。《女仙外史》的作者吕熊才华横溢，而卒无所遇。《野叟曝言》的作者夏敬渠博学多才，胸怀远大，却“郁郁不得志”[1]。《绿野仙踪》的作者李百川为生活奔波,“风尘南北”[2]。《岭南逸史》的作者黄耐庵科场失意，半生潦倒。[3]《雪月梅传》的作者陈朗沦落不偶，游幕为生。[4]在文人失志的时代，小说家将目光转向女性，从女性中寻找知己；他们对爱情、婚姻和家庭表示前所未有的关注，爱情可以成为精神寄托，家庭和田园一样，是身和心的退隐之所。清代中期的文人小说中，男主人公最后选择了退隐田园。很多小说写园林，园林是家园的转化，如《红楼梦》中的大观园就是作者的心灵憩园。向情爱中寻找精神寄托，也与明清时期的思想解放潮流有关。清中叶的文人小说中分辨情与欲，对纵欲提出告诫。丁秉仁在《瑶华传》的自序中说，他写这部小说是为唤醒沉沦欲海不能自拔的子弟。[5]在《红楼梦》中，情被警幻仙子称为“意淫”，而与意淫相对的是皮肤滥淫，也就是肉欲。文人小说辨别情和欲，渲染男女主人公之间的真情、纯情，是为了强调知己，强调慧眼识英雄的知遇之感。比较典型的是常被归为艳情小

1.(清) 夏敬渠:《野叟曝言》，载《古本小说集成》第四辑第五十五册，第1页。
2.(清) 李百川:《绿野仙踪》附录，载《古本小说集成》第一辑第一百三十册。
3.(清) 黄耐庵:《岭南逸史》序，清嘉庆辛酉刊本。
4.(清) 董寄绵:《〈雪月梅传〉跋》，载(清) 陈朗《雪月梅传》，清乾隆四十年刻本。
5.(清) 丁秉仁:《瑶华传》自序，载《古本小说集成》第四辑第八十二册，第2—3页。

说的《姑妄言》，这部小说用很多笔墨写情欲的放纵，甚至写了各种变态的欲望，但在淫欲横流的小说世界中，作者特意描写了书生钟情和瞽妓钱贵的爱情，他们的爱情建立在相知的基础上，对爱情的忠贞与知遇之感紧密相连。钟情和钱贵的爱情描写中蕴含的文人理念和情怀，使这部小说与其他艳情小说有很大差别。以情为寄、以情为隐是清中叶通俗小说中文人化爱情的鲜明特点。对女子的颂扬、对情爱的关注中，蕴涵着文人的自怜、自恋，小说中的爱情实际上是自我的寄托。在女性和爱情的慰藉中，文人才有足够的勇气走过遭受厄运的时代。但纸上事业终是梦幻，小说中女性的结局令人叹惋：《女仙外史》中唐赛儿因无力回天而离世，《瑶华传》中瑶华离弃红尘而修道，《红楼梦》中众女子风流云散，《镜花缘》中的才女死于兵难。所谓“千红一窟”“万艳同杯”，所谓“泣红亭”，都表达了作者对女子命运的深沉哀挽，而就在这哀挽中蕴含了士人对自我命运的体认。

第六章

通俗小说中的文人情怀与感伤情调

通俗小说重在讲故事，与抒情文学有所不同，不过即使在市井说话，对人物故事的评价中也带有某种情感倾向性。有较高文学修养的文人参与通俗小说写作，逐渐融入个人情感，给通俗小说带来了新的东西——抒情。诗歌与小说在本质上是相通的，诗歌在中国古代文学中长期占有正统地位，对其他文体产生了渗透和影响。文人将诗骚传统引入通俗小说，借用比兴等手法，突出情志，使通俗小说有了强烈的表现意味和感情色彩。像《红楼梦》这样强调抒情性的小说被称为诗化小说或抒情小说。由于作者强烈感情的介入，《红楼梦》才会感染读者。早在明清之际，通俗小说即已出现抒情或诗化倾向。清代中期，通俗小说创作发生了明显变化，很多文人参与通俗小说创作，通俗小说成为文人个性抒发的工具。文人创作的通俗小说多有或浓或淡的感伤色彩，越到后来，这种感伤色彩越突出，感伤的性质也有所变化，由早期的历史感悟、人性悲剧，转变为后期的理想主义的幻灭、壮志难酬的悲慨。小说情感由激情到幻灭的转变，展现了文人作家的心路历程。

第一节　历史演义中的幻灭与感伤

早期章回小说源自宋元说话，不过对宋元说话的重写渗入文人的理性思考。文人的理性思考与市井社会的欲望之间的矛盾，常常使乱世英雄传奇具有悲剧意蕴。早期历史演义和英雄传奇讲述历史兴亡、英雄成败时，市民的功名富贵欲望与儒家价值观交织。《三国志通俗演义》和《水浒传》中文人理性的渗入，造成了这种矛盾，特别是“忠”与“义”的矛盾常常造成悲剧，《三国志通俗演义》表现了儒家圣君、贤相政治理想的破灭，《水浒传》表现了建功立业、封妻荫子的儒家自我实现的理想的破灭。到了明中叶，文人借章回小说中的矛盾思考个体存在的意义，预示着通俗小说的转型。

明初一些历史演义和英雄传奇并没有刻意构造悲剧情节，但小说中一些人物的人生选择体现了作者对人生的看法。一些小说通过悲剧角色的塑造，体现了历史和人生的幻灭感。像《水浒传》写梁山好汉被招安后的悲剧结局，特别是魂游蓼儿洼的描写，感伤色彩浓重，容易打动文人读者。《三国志通俗演义》中，代表正统、正义的蜀汉政权的灭亡，义的代表关羽、忠的化身诸葛亮的死亡，体现了道德悲剧。成于明初的这两部小说中的幻灭感伤，与朝代更迭、社会动荡的社会现实有一定关系，明末清初通俗小说中的感伤基调也属于这种情况。

《水浒传》开篇词感叹“兴亡如脆柳，身世类虚舟”[1]。毛宗岗批点《三国志通俗演义》，将明代杨慎的词作为卷首词，所谓“是非成败转头空”[2]，这种感喟与《水浒传》开篇词相通。

《三国志通俗演义》中的刘备和曹操代表了善与恶、崇高与卑下、正统与僭越。刘备说，他与曹操势同水火，所以处处要与曹操相反，曹操狭隘、残暴、谲诈，他则要宽厚、仁义、忠信，这样才能成就大事。刘备宽仁信义，深得民心。刘备任安喜尉时对百姓秋毫无犯，百姓皆感化；到了徐州为百姓所拥戴；到新野不久就为百姓所歌颂；即使败走江陵，十几万百姓甘愿追随；入西川时，百姓扶老携幼，焚香礼拜；任益州牧时，军民都非常高兴。小说还用不少情节表现了刘备的正义、机智、诚信、慈善、求贤若渴、善于知人等。为了突出刘备甚至不惜夸张增饰，以至于产生“近伪”的效果。

与刘备相对，曹操集残暴、奸诈、阴险、虚伪于一身。小说写曹操年轻时就诈称中风诬陷叔叔。他错杀吕伯奢的家人，不仅不自责忏悔，还杀了好友吕伯奢，宣称“宁教我负天下人，休教天下人负我”。他为报父仇，杀戮百姓，挖掘坟墓，可谓不仁。他指使粮官克扣军粮，军士嗟怨，他又诬以罪名，将粮官杀死，可谓奸诈。他除掉董承而株连董贵妃，杀伏完连伏皇后也不放过，不仅株连其宗族，而且将王子全部杀死，可谓残暴。他因为黄奎、耿纪、韦晃等朝中公卿反对自己而将他们满门抄斩，他因为嫉恨孔融、刘馥、杨修的才智而找借口将他们杀死。小说为了反衬刘备，渲染了曹操的“奸”，但另一方面又依

1.(明) 施耐庵：《第五才子书水浒传》，载《古本小说集成》第四辑第八十八册，第1页。

2.(明) 罗贯中：《三国演义》，人民文学出版社1979年版，第1页。

据历史传说，表现了曹操的“雄”。曹操暴病而死前，发生了一系列怪异之事，他敢于与神鬼抗拒，死得有几分悲壮。

小说中关羽的悲剧与其刚愎自用的性格有关，属于性格悲剧。正因为高傲和刚愎自用，他才会中陆逊、吕蒙之计，失去荆州，败走麦城。关羽性格高傲，无宽厚之心，待部下过于苛刻，所以刘封、孟达在关羽危难之时才会坐视不救，而傅士仁、糜芳甚至背叛他投奔敌人。不过关羽兵败被擒后正气凛然，拒绝投降，其死又充满悲壮色彩。

另如张飞、周瑜的悲剧也属于性格悲剧。至于刘备的悲剧，更多的是由于“忠”与“义”的矛盾。[1]刘备不听诸葛亮、赵云等忠臣的劝告，以“义”为先，举兵为关羽复仇，结果惨败，致使蜀汉走向衰落。刘备将私人之“义”置于公“忠”之上，体现了桃园结义的江湖色彩，也因为“忠”以“义”为基础，虽然忠、义并重，忠在义前，但在实践中“义”为“忠”之根本。

作者无意将《三国志通俗演义》写成悲剧，但小说中很多英雄人物有悲剧色彩。悲剧色彩更浓重的还是诸葛亮。他的悲剧也与忠义有关。他出山辅佐刘备，有感激刘备三顾茅庐的肝胆真诚的“义”的因素，他出山后对刘备忠心耿耿，鞠躬尽瘁。刘备去世后，刘禅继位，诸葛亮虽掌握大权，但仍忠于无能的刘禅，因为忠而一度丧失了复兴大汉、统一中原、实现人生抱负的大好机会。诸葛亮知其不可为而为之，这是儒家勇气的表现。曹操占有天时，孙权占有地利，在《隆中对》中，诸葛亮希望刘备以“人和”对抗，一开始就注定了抗拒“天命”的悲剧。

---

1. 沈伯俊：《〈三国演义〉新探》，四川人民出版社2002年版，第87—102页。

《三国志通俗演义》的许多人物慨叹时不我待、功业难成。刘备暂依刘表，黯然叹息，岁月蹉跎，老之将至，而功业不建，令人悲慨。曹操在赤壁之战前已建立了稳固基业，但仍然慨叹人生易老，壮志难酬，他在诗中感叹人生如朝露，来日无多。继承诸葛亮遗志的姜维渴望早灭曹魏，建功立业，他感叹人生如白驹过隙，岁月迁延，不知何时能完成恢复中原之大业。苏飞劝不为黄祖重用的甘宁，人生短暂，要抓紧时间谋划人生。小说中的幻灭感伤与儒家的忧患意识有关，又是知识分子面临两难困境时的心态反映。在古代社会，“士农工商”四民里，士人的地位最高，但在现实生活中实为游离性的群体，必须服务于皇权政治才能获得功名富贵，实现人生理想。而皇权政治的专制特点，使入仕的士人难以实现自己的济世抱负。未入仕的士人因为自己的心理优势和在世俗社会中的生存困境，成为现实社会中孤独的一群。士人与生俱来的孤独感，在明清时期的社会文化背景下更为强烈。无论在朝在野，士人都有忧国忧民的忧患意识，形成了一种“政治情结”，在文学作品中表现出无可奈何的失意、感伤。在小说、诗歌里的失意感伤情调，变为一种深沉的幻灭感。

英雄传奇小说《水浒传》虽不是以士人为描写对象，但通过好汉们上梁山和被招安的遭遇，特别是被招安后的悲惨结局，曲折反映了抱有儒家济世理想的士人的矛盾彷徨和自我哀挽。既不甘心沦落为草寇，又不为皇权所容，梁山好汉特别是宋江的选择，从某种程度上代表了古代士人尴尬的社会地位和进退两难的窘境。清代的王韬评论，《水浒传》中一百单八位好汉，都是穷途势迫、不得已而为强盗。朝廷腐败，官场黑暗，君子在野，小人在位，黑白颠倒，贤人才士无处容身，上者“隐身以自全”，下者“失身于盗贼”，归根到底，当权者

“不得不任其咎”。[1]好汉们上山后“论秤分金银，换套穿衣服”，大块吃肉，大碗喝酒，一时亦很快活。可一旦接受招安，由义而忠，为国征战，在战场上接二连三惨死，残存者又被权奸以毒酒害死，只有放弃封赏的少数人得以保全性命。江山依旧，权奸仍高居庙堂。梁山好汉可谓悲剧!

《水浒传》误走妖魔与罡星归天的设计是全书悲剧的框架。第一回写上天一百单八位魔君临凡，在小说的高潮部分，梁山好汉大聚义，排座次，上天显应，降下石碣。天罡地煞临凡是天意，梁山大聚义也是天意，所谓“合当聚义”；梁山好汉的悲剧结局也是天命所定，所谓“天罡必然归天界,地煞还应入地中”[2]。作者在描写招安时充满了矛盾。小说写好汉接受招安是“英雄从此做忠良”；但一心主张招安的宋江却感叹“拣尽芦花无处宿”。小说写梁山好汉征方腊是“竭力只因靖国难”，却又叹息“伪取功名人杀人”。被招安后，阮氏兄弟对朝廷的安置不满，要重上梁山造反；但阮小二为朝廷出力阵亡后，阮小五、阮小七又认为阮小二是为国捐躯，“强似死在梁山泊里埋没了名目”。实际上，除了宋江等少数几人外，梁山好汉大都无忠于朝廷之心，不少好汉是出于“义”而跟随宋江接受了招安。可以说，“忠”与“义”的矛盾造成了梁山好汉的悲剧。

梁山好汉的悲剧是依据历史的，但《水浒传》不是历史演义，可以加入更多的虚构成分。宋江是梁山好汉悲剧的关键。宋江本人也充满了矛盾。在上山前，他自认是平庸的“文面小吏”，又认为自己是

---

1. 朱一玄、刘毓忱编:《水浒传资料汇编》，第373页。

2. (明) 施耐庵集撰，(明) 罗贯中纂修:《李卓吾批评忠义水浒传》，载《古本小说集成》第二辑第一百三十一册，第3273页。本章以下所引《水浒传》原文，除特别注明外，皆据此版本。

通经史、有权谋而“潜伏爪牙”的猛虎，自命不凡。上山后，他打出“替天行道”的旗帜，却又一心想得到朝廷的宽恕。在为国征战，班师回朝后，被奸臣假借朝廷名义以毒酒加害，他回首一生，认为自己“为人一世，只主张忠义二字，不肯半点欺心”，心中充满了怨愤。梁山好汉的悲剧是作品的客观展现。古代知识分子感叹有才之士遭到压抑迫害，贤良之士、有德有才之人竟被逼做“强盗”，而“强盗”比官府更代表天道正义，他们一心想替天行道，为朝廷出力，最后却为朝廷所害。“千古蓼洼埋玉地，落花啼鸟总关愁”，《水浒传》的结尾充满了无限的感伤悲凉。

第二节　世情小说中的人性悲剧与人生感悟

《三国志通俗演义》和《水浒传》等明代前期的通俗小说中虽然有感伤情绪，但作者还是秉持历史叙事的初衷。虽然小说中人物形象的塑造带有虚构的成分，但作者并未将自己的人生经历投射到人物身上。明代后期到清代前期，出现了反映世情的通俗小说，特别是以家庭为舞台的世情小说通过家庭映射广大的社会现实，在对家庭兴衰的描写中表现人物的命运悲剧。《金瓶梅》《林兰香》等以家庭生活为内容的小说弥漫着感伤情绪。

明代后期的世情小说《金瓶梅》一度被称为“淫书”“秽书”，实质上《金瓶梅》是一部“哀书”[1]，这部小说揭示金钱、情欲放纵引起的人性扭曲，写欲望的放纵带来生命的毁灭。作者借用女性角色的人生选择和整个家庭的兴衰来思考人生意义，实际侧面表现了作者对于生命的认识。《金瓶梅》以西门庆的家庭兴衰为背景，描写了西门庆、李瓶儿、潘金莲、陈敬济、庞春梅等人不加节制的纵欲带来死亡的故事。小说写西门庆死后不久，时局发生动荡，很快国家彻底沦亡。小说中写了玉皇庙和永福寺，张竹坡认为这两个寺庙在小说中有重要意义，以玉皇庙起，以永福寺终，是小说“大关键

1.（清）张潮著，孙硕夫译评：《幽梦影》，吉林文史出版社1999年版，第74页。

处”[1]，特别是永福寺，小说中人物“皆于死后同归于此”[2]，象征意味更为突出。

《金瓶梅》写的是“一场春梦”[3]，小说中用很多情节表现了梦幻色空的观念，有时作者直接“现身”，抒发感慨。小说中的僧道既是情节的有机组成部分，又有着超出具体情节的象征意义，有的时候代表作者抒发感慨，表达了人生如梦的主旨。小说中的黄真人咏叹：兔走乌飞，时光流逝，人生百年，短暂虚幻，而时人不悟，只有死亡到来，才知道色即是空。僧尼在演说经卷时宣扬人生如春梦，生命如风灯。西门庆得子并加官，设筵庆贺，筵席上刘太监点的曲子《商调·集贤宾》吟唱“叹浮生有如一梦里”。重阳节宴席上申二姐唱《罗江怨》曲子，唱的是“四梦八空”[4]。第九十一回的回首诗吟唱“一场春梦由人作”，第九十七回的回首诗吟唱“世事到头终有尽，浮华过眼恐非真”，都强调人生如梦终是空。

“盛筵必散”是古代小说的重要主题，是人生有限、盛极而衰的人生命运的形象化概括。《金瓶梅词话》写西门庆之死，写西门家庭的离散衰败，表现了浓重的生命悲感。西门庆纵欲而亡后，西门家庭土崩瓦解。而在西门家庭由盛而衰的过程中，死亡如影相随，而这些死亡又几乎皆为非正常死亡，多与欲望的放纵有关，可以说是疯狂不加

1.(明) 兰陵笑笑生撰，(清) 张竹坡评：《皋鹤堂批评第一奇书金瓶梅·批评第一奇书金瓶梅读法》，第1页。

2.(明) 兰陵笑笑生撰，(清) 张竹坡评：《皋鹤堂批评第一奇书金瓶梅·金瓶梅寓意说》，第5页。

3.(明) 兰陵笑笑生撰，(清) 张竹坡评：《皋鹤堂批评第一奇书金瓶梅·金瓶梅寓意说》，第5页。

4.(明) 兰陵笑笑生撰，(清) 张竹坡评：《皋鹤堂批评第一奇书金瓶梅》第三十一回，第12页。以下所引《金瓶梅》原文，如无特别说明，皆据《皋鹤堂批评第一奇书金瓶梅》。

节制的纵欲导致了死亡和家庭的衰败。西门庆纵欲而死，他的死亡直接导致了家庭的衰败。潘金莲彻底为肉欲所支配，最终死于武松之手。庞春梅嫁给周守备后“淫情愈盛”，以至于得了骨蒸痨之病，最后死于纵欲。在作者看来，众人的死亡和西门家庭的衰败有着必然性，“一已精神有限，天下色欲无穷”，人生的欲望很难节制，而纵欲必然导致“亡身命”“破业倾家”的下场。

但作者又将西门家庭的衰败归于“天数”，归结为天道循环，小说通过相面、卜卦、谶语、诗词等预示了西门庆等人和西门家庭的结局。西门庆的死亡很突然，他的死既是必然，也是偶然，他的疯狂纵欲必然会导致死亡，但他死在潘金莲之手又是偶然。他死亡时，他的家业正是兴旺发达的顶点。作者通过西门家庭的盛衰聚散，表达了对人生盛衰消长的慨叹。西门家不仅是具体的家庭，而且是一个代表，西门家的“盛筵散尽”的悲剧性有普遍性。小说借西门家庭的盛衰聚散，表达了对世态炎凉的慨叹，抒发了人生变化无常的沧桑感和生命悲感。第九十六回写春梅旧地重游，张竹坡评点说，小说中插入春梅重游一段，是为了感慨成败兴亡，“哭杀人，叹杀人”，通过聚难散易之描写，表现“无限悲伤兴感之意”。

《金瓶梅》把人生归于空幻虚无，但又空得不彻底，吴神仙把“掌威权之职”“多得妻财”看作“喜”“荣”。普静师点化吴月娘后劝她：“你每回家去，安心度日。”《金瓶梅》宣扬的色空，很大程度上是为了道德劝诫。小说作者看到了生命的虚无，但又对生命充满执着，对死亡表示哀痛。小说感叹人生如春梦，生命如风灯，如朝露，如残花，“转眼韶华顿成幻景”，一想到死亡，就令人悲伤欲断肠。作者内心是充满矛盾的，小说中的佛道描写主要目的是警示尘世欲望和罪恶。作者在小说中又不时宣扬及时行乐的想法，将及时行乐当作一种“解脱”方式，人生短暂，转眼两鬓苍然，不如开怀行乐，因为“碌碌营营总是空”。正因如此，作者没有把笔下人物写成简单的恶人，小说写“楼月善良”，西门庆、潘金莲、李瓶儿、庞春梅也都有善的因素。西门庆慷慨好施，也有重情的一面。李瓶儿嫁给西门庆后变得善良、宽厚。庞春梅在吴月娘遭难时尽力帮助，显得大度、仁义。潘金莲一生多有罪恶，但作为被侮辱与被损害者，她的一些恶行与生存的危机感、情欲的饥渴煎熬有关，又值得同情。所以作者对西门家庭的享乐生活时时表现出肯定和欣赏，在对生命欲望的肯定之中蕴含了作者及时享受生命的人生观。

《金瓶梅》虽然是伦理和家庭悲剧，但是整部小说并没有刻意将悲剧施加其上，作者也主要借用角色刻画和情节推动来阐述自己对社会问题的认识，顺便嗟叹世事无常，而在人物形象的塑造上，也只从侧面展现自己的价值选择，并未将自己的人生经历投射进去。而有些学者认为的孟玉楼是作者兰陵笑笑生在故事中的缩影，也只是猜测而已，并未有实质的证据。

清初的世情小说《林兰香》也以家庭生活为中心，这部小说中的感伤、幻灭比《金瓶梅》更突出。小说中的人物塑造、情节设计和主题内涵都与梦密切相关。作者称这部小说为“黄粱梦境”。作者在《林兰香》的“开卷自叙”中说，他写众女子的遭际，是为了揭示人生的真相，人生不过“一梦幻而已”。[1]《林兰香》书名中之“兰”，指的是燕梦卿。“梦卿”之名暗示其一生实为一梦。贯穿小说始终的梦大多与

1.(清) 随缘下士:《林兰香》，载《古本小说集成》第四辑第二十六册，上海古籍出版社1994年影印版，第4页。

燕梦卿有关，如寄旅散人所说，燕梦卿未嫁时，先以梦示之，燕梦卿将死时，又结之以梦，可以说燕梦卿与梦相始终。第五回中，燕梦卿梦到了乔木、细草、流水、浮萍，预示了小说中主要人物的命运，而梦中一声雷响，萍沉草化，林木皆空，与第六十一回的大火描写呼应，象征了“万样皆空”。第三十五回中，燕梦卿将死时做梦，发现自己的一生是个悲剧，“人生世上，寿夭穷通，终归乌有”。

作者认为，不仅林、兰、香三主角是梦中之人，小说中的人物皆为梦中之人，世上之人皆为“梨园中人、弹词中人、梦幻中人”，甚至作者自己也不是“梨园外、弹词外、梦幻外之人”。第三十七回写耿朗在军中做了一个梦，这个梦体现了他内心的矛盾，对功名利禄既渴求又厌倦，对宦海沉浮充满忧惧，在第六十回中，燕梦卿在耿顺之梦中劝他“反本穷源”“寻自家面目”。小说第一回开头先写邯郸侯孟征上奏，“孟征”言“梦之征”也，“邯郸侯”寓邯郸道上黄粱一梦之意。寄旅散人评论说，小说以邯郸侯开场，意谓小说中所写“乃梦梦空空之事也”。第六十四回耿顺之梦与开端呼应，开篇始以邯郸侯，末尾结以邯郸道，形成了起于梦终于梦的结构，表达了“世事如漆，人生若梦”的思想。

小说着力刻画了燕梦卿这一理想的化身。耿朗对燕梦卿钦佩之余，又心生怅然，有一种危机感，感慨“妇人最忌有才有名”[1]，他对燕梦卿由嫉妒而生猜疑，加上任香儿等的诋毁中伤，终与燕梦卿反目，燕梦卿失去了实现人生理想的平台。

《林兰香》六十四回，有二十一回写了死亡。从第三十六回到

1.（清）随缘下士：《林兰香》，载《古本小说集成》第四辑第二十六册，第566—567页。

六十一回，男主人公耿朗，其妻妾燕梦卿、林云屏、任香儿、宣爱娘、平彩云和田春畹等先后死亡，或抑郁而亡，或抱病而亡，或寿终正寝。而小说最后，耿顺虽实现了理想，但在梦中受其母点化，有感于人生无常、世事险恶，在人生巅峰之时隐遁山林。这是明末清初士人的人生选择。明代末年，朝政腐败，党争激烈，官场险恶，士人崇尚自由，一旦跻身庙堂，治平理想无法实现，就会放弃官场，选择归隐。明代后期士人的人生观和价值观有了很大改变，很多士人放弃了济世的人生理想，选择了独善其身。这对有着济世情怀、以修齐治平为己任的士人来说是一种无奈的选择，有的士人借佛道排解内心的痛苦。明清易代，很多士人目睹了“天崩地陷”的王朝更替，不能挽救已逝的王朝，而又感到清初文化专制和思想禁锢的压迫，有的士人选择了归隐，在文学创作中表现出浓厚的感伤情调。

《林兰香》写耿家百余年盛衰荣枯中各色人物的悲欢离合，通过描写燕梦卿等女子的遭遇，表达了对女性不幸命运的同情，寄寓了明末清初文人的感伤、幻灭。怀才不遇的悲慨、生死无常的哀伤、理想前途的迷茫，加上家族衰落的无奈，所有这些赋予了《林兰香》中的人生悲剧和感伤情调以深刻的内涵，表现了易代之际士人的幻灭与迷茫。这种感伤与时代巨变有一定关系，对美好事物逝去的伤感中蕴含了历史兴亡感，这种人生感悟和历史兴亡感有文人特点。

第三节　通俗小说中的文人情怀与盛世衰音

《林兰香》借用完美女性角色来表达自我，而清代中期的很多小说直接塑造了文人主人公形象，文人主人公是作者的自况，如《儒林外史》士人命运的写真，嬉笑怒骂之中蕴含了深沉的悲剧意识。小说楔子借王冕之口预言“一代文人有厄”，预示了士人宿命般的悲剧命运。作为理想人格化身的王冕身处乱世，隐居乡间，保持了人格独立。但在现实世界，面对冷酷的势利之风，在功名富贵的引诱下，士人保持人格独立非常艰难。渴望功名富贵的士子，将八股文奉为神圣，沉浸其中，导致知识和思想的双重贫乏，人生意义缺失，人性扭曲，独立人格丧失。

《儒林外史》塑造了一系列人物，揭示了科举对士人心灵的毒害，充满了对为功名富贵所驱役的士人的悲悯。周进参观贡院，触景生情，悲不自胜，头撞号板，哭得口吐鲜血。听到几个商人要凑钱为他捐监生，立马趴到地下给他们磕头，称他们为“重生父母”，表示来生变驴变马报答他们。为了功名，周进完全失去了人格尊严。周进为得不到功名而哭，范进则在得到中举的喜讯后，大喜而疯。小说通过周进和范进的一哭一笑，写士子为功名富贵所役，丧失了灵魂和人格尊严。本分淳朴的农家子弟匡超人因为功名富贵思想的熏染，一步步堕落，沦为势利小人。为功名富贵所驱役的读书人丧失了本真。在势利成风的时代，对士人来说，科场失意不仅意味着贫困，而且会遭到势利小人的白眼，科举不第的士人内心自卑，变得猥琐，心灵扭曲，丧失了人格。所以文人是势利社会的受害者，是厄运的承受者。作者认识到士人厄运的根源，对士人更多的是哀其不幸，所谓“感而能谐，婉而多讽”[1]，小说寓哭于笑，在对沉迷科举功名的读书人的嘲讽中，蕴含着对读书人的悲悯。

对儒林失望的作者将目光转向儒林之外的小人物，如鲍文卿、牛老等质朴淳厚，真诚待人，保留了人性之本真。在最后一回，作者塑造了市井四奇人的形象，他们自食其力，保持了人格独立。程晋芳在《寄怀严东有》一诗中评价吴敬梓，认为吴敬梓虽然生在近世，却“抱六代情”。吴敬梓受魏晋名士影响，超脱世俗，不为物役，恣情任性，有魏晋风度。他在小说中塑造的王冕、杜少卿、市井奇人身上都有魏晋名士的影子，寄寓了作者的人格理想。杜少卿有思想，有独立人格，鄙视功名富贵，是作者理想人格的体现。和现实中的作者一样，超脱世俗的杜少卿在以“五河县”为缩影的势利社会中生存很艰难，物质上困窘，精神上孤独。

杜少卿移家南京后，不顾礼法，携妻子在清凉山上游玩。他拒绝了荐举，只想过闲适自由的生活，陪着妻子看花吃酒。吴敬梓著有《诗说》。在小说中，杜少卿对《诗经》的解读得到了迟衡山等人的称许。杜少卿认为《诗经》中的《溱洧》和《女曰鸡鸣》讲的是夫妇同游、夫妇同心，而《女曰鸡鸣》中的夫妇更是乐天知命，有君子之风。作为世家子弟，吴敬梓通过小说中的杜少卿等人物形象表达了自己世

---

1. 李汉秋编 :《儒林外史研究资料》，第281页。

家出身的自豪感。小说中的郭铁笔称赞杜府“一门三鼎甲，四代六尚书”[1]。吴敬梓在《儒林外史》中对功名富贵场中的暴发户充满了蔑视，对世家子弟倾注了特别的感情。

杜少卿实际上渴望知音，也想做一番事业。第三十二回中，娄焕文在去世前劝杜少卿到南京去，说不定在那里能遇到知己，以杜少卿之才情，可以做出一番事业。杜少卿果真在南京找到了知己。迟衡山认为杜少卿是“自古及今难得的一个人”。两人一见如故，“谈了些礼乐之事，甚是相得”。杜少卿的另一个知己是虞育德，虞育德理解杜少卿，认为杜少卿“风流文雅”，非俗人所能了解，他称许杜少卿的才华，认为杜少卿的诗文“无人不服”。逃婚到南京的沈琼枝仰慕杜少卿是个豪杰。理解杜少卿的这些真儒名贤也都想做一番事业，挽救世运。庄绍光得朝廷征辟，没有拒绝，一方面因为“君臣之礼是傲不得的”，更主要的是想向朝廷献策，做一点事。迟衡山希望借祭祀泰伯复兴礼乐，成就人才，助益政教。迟衡山对杜少卿充满期待，希望他被征辟后能够“替朝廷做些正经事”，这样“方不愧我辈所学”。

《儒林外史》充满了末世情调。楔子说“一代文人有厄”。小说对读书人特别是科场失意的读书人充满了同情。即使是周进、范进、鲁编修这样的沉迷于八股科举中的士人，也写出了他们的无奈和辛酸。作者推崇的真名士和真儒名贤人生凄凉，才子名士向知县二十多年才做到知县（三十五回），虞育德的同年，南京老名士尤扶徕也只做到知县。真儒庄绍光征辟进京，廷对时蝎子作怪，只好自认“吾道不行了”。复兴古礼、古乐，挽救文运、世运的理想很快幻灭。第四十六

1.(清) 吴敬梓著，李汉秋辑校:《儒林外史汇校汇评》，第370页。

回中，杜少卿饯别虞育德，感叹虞育德离开南京，使他“从今无所依归矣”，其中蕴含无限悲慨。社会势利之风愈演愈烈，吴敬梓对浇薄世风充满了绝望。杜少卿靠典当度日。余氏兄弟被俗人讥嘲。虞华轩对趋炎附势的余、虞两家无可奈何。泰伯祠大典中主祭的虞育德离开了南京，为了生计而做官，讲仕途经济。萧云仙立功边关，接着治理青枫城，垦荒开渠，兴办学校，功绩显著，却被卷入追赔案中，倾家荡产。汤镇台平定叛乱，却被降级调用。“兵农”理想就此破灭。第四十回中，萧云仙登广武山赏雪，感到无限凄凉。他看到墙上古人题的《广武山怀古》，读了几遍，“不觉凄然泪下”。五河县的势利之风愈演愈烈，俗儒依然追逐功名富贵。伴随着礼乐救世的失败，作者的理想破灭了，吴敬梓感到极度的孤独。第四十八回写王玉辉重游泰伯祠，看到昔日繁盛已被尘封。第五十五回中，盖宽登上雨花台望泰伯祠，泰伯祠大殿屋山头已倒了半边，两扇大门倒了一扇，红日“沉沉的傍着山头下去了”[1]。那沉沉的落日，象征着真儒名贤礼乐救世努力的失败。

吴敬梓为《玉剑缘传奇》作叙说：“君子当悒郁无聊之会，托之于檀板金樽以消其块垒。”[2]吴敬梓创作《儒林外史》的心态也是如此。杜少卿放弃了功名，选择自由适意的生活，表现的是吴敬梓自己的人生境况和理想追求。小说写娄焕文临去的一番言论，说出了杜少卿的心事，也说出了吴敬梓后期的悔悟。但吴敬梓和杜少卿一样，能够坦然面对过去，“布衣蔬食，心里淡然”。和杜少卿一样，吴敬梓对功名富贵有着清醒的认识，在当时的社会环境中，即使出仕也做不出事业，

1.（清）吴敬梓：《儒林外史》，人民文学出版社1977年版，第627页。
2. 李汉秋编：《儒林外史研究资料》，第36页。

与其被那些势利之人嘲笑，不如不出去。小说中的杜少卿辞掉了征辟，甚至放弃了秀才资格，只想过逍遥自在的生活，做自己喜欢的事，这种自适的人生理想，正是作者所追求的。

与《儒林外史》相比，《红楼梦》的悲剧色彩更浓。“补天”理想破灭，贾宝玉无力回天，最后只好带着理想幻灭的哀愁逃离尘世。在故事情节的渲染过程中，《红楼梦》有着无处不在的悲剧因素。《红楼梦》开卷的神话就点明了万事皆空的主题。宝玉是女娲造就、弃而不用的“补天”之石，石头感叹“无材补天”，在僧道的帮助下，“幻形人世”，在现世中又虚度一生，枉入红尘。脂评“补天”二字：“补天济世，勿认真，用常言。”[1]《红楼梦》借助青埂峰、太虚幻境、空空道人、警幻仙姑、癞头和尚等意象表现了人生的空幻感，表述了虚无空幻的人生哲学。小说从大荒山、灵河岸边的三生石写起，设置了一条宿命的伏线，宝黛相逢，是因为前生已结下“风流孽债”，所以初见“倒像在哪里见过”“恍若远别重逢一般”。嗟叹“喜荣华正好，恨无常又到”。作者借茫茫大士和渺渺真人之口，说红尘乐事不能持久，乐极生悲，人非物换，只在一瞬间，到头来都是一梦，“万境皆空”。

《红楼梦》利用角色和意象来抒发悲挽情怀。在《红楼梦》中，作者曹雪芹以花喻女子，花的意象贯穿整部小说。林黛玉在《咏白海棠》一诗中咏白海棠“借得梅花一缕魂”。林黛玉性情孤傲，品格高洁，被称为花魂。小说以“落花”来比拟女性的死亡，寄寓了作者对女性的深切同情。第二十三回写宝玉和黛玉葬花，第二十七回写黛玉葬花，花谢花飞，红消香断，令人怜惜，之所以葬花，是为了让品性高洁之

1.（清）曹雪芹：《脂砚斋重评石头记》，载《古本小说集成》第二辑第六十六册，上海古籍出版社1994年影印版，第7页。

花不至于陷于污淖渠沟之中而被玷污。小说以花比女子，春残花落，象征着红颜老死。“落花”意象体现了对死亡的恐惧感和生命悲剧意识。生命短暂，美好易逝，无法抗拒死亡，那就以纯洁的死亡来坚守高洁的灵魂。葬花表达了对生命的留恋和生命消亡的哀伤。第七十八回中，贾宝玉撰“芙蓉诔”祭晴雯，以花比晴雯，称晴雯为芙蓉花神，以花蕊、冰鲛、沁芳之泉、枫露之茗作祭品，这四样祭品象征了血泪之悲。

在看似平凡的琐事背后掩藏悲剧，是一种“几乎无事的悲剧”。鲁迅在《中国小说史略》中说：“颓运方至，变故渐多；宝玉在繁华丰厚中，且亦屡与‘无常’觌面……悲凉之雾，遍被华林。然呼吸而领会之者，独宝玉而已。”[1]《红楼梦》的整体氛围是人生如梦的悲凉，即使是良辰美景，其中亦弥漫着悲凉之雾，即使是赏心乐事，其中隐含着喟叹感伤。赋诗欢笑背后隐藏着悲凉感慨，赏花、吟唱的闲情逸致中透露“怅望西风抱闷思”的愁绪。“烈火烹油、鲜花着锦”的极盛中预示着“盛筵必散”。[2]作为小说主线的宝黛爱情，也是欢乐少而忧虑多。“茜纱窗下，我本无缘；黄土垅中，卿何薄命！”对美好爱情的咏叹中带有无限感伤。小说将宝黛爱情追溯到前生，美丽而哀伤的还泪故事赋予宝黛爱情以神秘色彩和感伤基调，也注定了宝黛爱情的悲剧结局。美好爱情的幻灭，使小说中充满了绵绵无绝期的感伤。

《红楼梦》的感伤是一种追忆旧日繁华、物是人非的感伤。小说的男主人公贾宝玉是作者的化身，是作者人生感悟和人生理想的寄托，

1. 鲁迅：《中国小说史略》，第186页。
2. 李泽厚：《美的历程》，文物出版社1981年版，第205页。

贾宝玉的人生理想与社会格格不入，他对污浊现实感到绝望，将大观园作为逃避之所，从大观园中保持本真的女子身上寻找情感和精神寄托。庚辰本脂批曰："大观园系玉兄与十二钗之太虚幻境。"[1]在小说前八十回中，对大观园的集中描写从第二十三回到第七十四回，占有很大篇幅。小说一名"红楼梦"，主体内容是对往昔繁华的追忆，而大观园中的生活是作者追忆的主要内容，也是作者之梦的中心。大观园是作者虚拟的人间乐土，而大观园被抄被毁，使贾宝玉失去了最后的避难所和人生寄托，贾宝玉的人生理想彻底幻灭。理想的幻灭、人生中的美好被毁灭，使《红楼梦》具有深刻的悲剧意义。《红楼梦》将世事无常、好景难再的人生哀痛上升到人生哲理的高度。

《红楼梦》把家族衰败、爱情悲剧、理想幻灭最终归结到人生空幻。在甲戌本《石头记》中，脂砚斋评点说，"红楼梦"三字点明小说题旨，作者所历"不过红楼一梦耳"，正如小说第一回中所说人生"究竟是到头一梦"，所以"红楼梦"是整部小说之总名。女娲补天所遗之石到人间的历劫是《红楼梦》的整体框架，在小说最后，历尽人间悲欢的石头回归大荒山青梗峰，现实世界不过是暂时寄居的他乡，人世不过是一场梦幻。《红楼梦》的结局是"落了片白茫茫大地真干净"。贾宝玉"悬崖撒手"是所有美好事物被毁灭之后的绝望，是梦醒了无路可走的哀痛，是对人生空幻的彻悟。

《红楼梦》有浓重的感伤色彩，这种感伤是时代氛围的体现，这是一种封建末世的情调。《红楼梦》中表现的荣枯盛衰之感，是作者在现实生活中的感受。家族的盛衰、生活的巨变，使作者对世事无常

1.(清)曹雪芹著，霍国玲、紫军校勘：《脂砚斋全评石头记》，东方出版社2006年版，第201页。

有了痛切的体验。那种沧海桑田的今昔之感在《红楼梦》中表现得异常强烈而沉痛。《红楼梦》中的“空幻感”和感伤色彩都与作者的身世经历密切相关。“满纸荒唐言，一把辛酸泪”，《红楼梦》饱含着作者的心血泪水。这种感伤情调在《桃花扇》《长生殿》《儒林外史》等作品中都有表现。清代文学整体上的感伤，是末世气象的文学体现，末世气象造成的情绪感染和心理影响，使感伤成为整个时代的情感基调。

《红楼梦》的感伤来自作者对现实的切身感受和深刻体悟，也与文学审美传统有关，嵇康在《琴赋》中说：“赋其声音，则以悲哀为主；美其感化，则以垂涕为贵。”[1]古代诗学认为，与“喜”相比，“悲”更为感人；古代诗学又倡导“中和之美”，如果在诗文中写悲，应该“哀而不伤”。古代文学中的“悲”常表现为时不我待、青春易逝、人生命运难以把握的无可奈何的感伤。《红楼梦》中“旧梦难寻”的忧伤和“人生空幻”的悲哀，是文学感伤传统的体现，是“无可奈何花落去”的伤逝情怀，蕴含着生命意识的觉醒，表现了时间永恒、生命易逝的哀伤与无奈。

当然，《红楼梦》的感伤不仅是个人感伤，还饱含丰富的社会历史。前代知识分子的感伤多与其官场失意或生活坎坷有关。政治上不得意，发出不得已的感叹。贾宝玉则出于对人生的独特领会，主动放弃了仕途经济道路。他为“补天”理想破灭而“自怨自叹”。脂评在“无材可去补苍天，枉入红尘若许年”这一偈语处夹批道：“惭愧之言，呜咽如闻。”甲戌本第一回“无材补天，幻形人世”一语旁批道：“八

1.(清) 严可均辑：《全上古三代秦汉三国六朝文》，中华书局1958年版，第1319页。

字便是作者一生惭恨。”感伤不是因为官场失意，也不是因为境况凄凉，而是因为对社会的独特认识，因为补天理想的幻灭，因为作为寄托的大观园的倒塌，“悲金悼玉”中包含着对美好事物的赞美与惋惜、对前途的忧虑与绝望。“无材补天”是叛逆者梦醒了无路可走的绝望和哀鸣。《红楼梦》的感伤色彩带有明显的时代烙印。

第四节　清中期文人小说中的激情与感伤

清代中期，通俗小说成为文人个人抒写的工具。作者化为小说中的人物，借人物表达人生理想，而人生理想的幻灭，使这些通俗小说有浓厚的感伤色彩。兼济天下的理想主义精神的幻灭，使小说由激情转为感伤。这种幻灭和感伤展现了文人的心路历程。科场失意、生活困顿的文人有强烈的入世热忱，但人生理想在现实中不能实现，作者将价值失落、精神幻灭的悲哀表现在小说中。这种幻灭感伤在封建末世文学中表现得比较普遍，不过通俗小说中表现得更为突出、更有特点。

以成于康熙时期的《女仙外史》和成于乾隆时期的《希夷梦》为例。《女仙外史》讲唐赛儿起义的故事。小说大胆虚构，将唐赛儿起义与燕王靖难两件本来毫无关系的事件牵合到一起。小说写唐赛儿起义勤王，讨诛叛逆。小说之所以牵合改变历史，是为了"褒忠殛叛"。军师吕律虽为布衣，但有经天纬地之才、内圣外王之学，他胸怀大志，甘愿追随唐赛儿。唐赛儿得到了三界的共同支持，义军连战连捷，定都济南。但大业将成之时，唐赛儿突然尸解，复国大业烟消云散。作者将勤王失败归为"天命"。甚至上帝也强调"数"："数在，朕不能拗也。"[1]作者认为，勤王正义之师的失败，虽然有人事上的原因，"亦有

1.（清）吕熊：《女仙外史》，载《古本小说集成》第二辑第四十九册，第21页。

天意存焉”[1]。作者不得不让正义一方失败,邪恶一方取得胜利。作者只能以超越道德尺度的“数”来加以解释和排解。文人吕律加入义军,施展才智,在勤王之战中立下了功绩,是作者的化身。吕律虽有经天纬地之才,但没有实现自己的抱负,随着勤王大业的失败,他的理想也化为泡影。

汪寄在《希夷梦》自序中说,这部小说是为表彰韩通而作,韩通为五代时后周的忠臣,殉国而死。或认为这部小说立意新警之处在于写历史循环之报,赵匡胤在周世宗死后,欺负寡妇与孤儿,发动兵变,篡夺后周政权,“谁知三百余年后,寡妇孤儿亦被欺”。[2]实际上,韩通在第一回就已殉难,整部小说的主人公是仲卿和韩速。小说主体部分是仲卿和韩速的一场大梦。小说之所以名《希夷梦》,就是因为仲卿和韩速于希夷洞中入梦。在梦中,他们分别飘到了海外岛国浮石国和浮金国。在这两个岛国中,他们展示自己的才学,施展文才武略,治国理政,率军征战,建功立业。在事业达到巅峰之时,他们从梦中醒来,既感慨人生空幻,又感叹历史循环,于是离弃红尘而修道。吴云北在为《希夷梦》作序时说,古代关于梦的典故有黄粱梦、高唐梦、蝴蝶梦、南柯梦等,这些梦名异而实同,而这部小说所写大梦,“义有所洽,情有所通”,可以希夷名之。[3]《枕中记》写黄粱一梦,言人生短暂而荣华富贵皆为空幻,《庄子》中写庄周梦蝶,言真与幻、醒与梦难辨,《希夷梦》则融黄粱梦和蝴蝶梦为一。小说中的仲卿只知梦是梦,却不知醒仍是梦,现实与梦幻交织。仲卿和韩速在梦中不忘复国,

1.(清)吕熊:《女仙外史》,载《古本小说集成》第二辑第四十九册,第382页。
2.孔另镜编辑:《中国小说史料》,第207—208页。
3.(清)汪寄:《希夷梦》辑补自序,载《古本小说集成》第二辑第一百五十四册,第5页。

仲卿拒绝接受浮石岛主之封，只答应以客卿身份为之效劳；韩速拒绝了浮石国主的提亲，也是因为复国大业未成。后来李之英、王之华由现实世界漂浮到梦中岛国，陆秀夫背负幼主也漂到了岛国，仲、韩二人得知宋又为元所灭，虽庆幸天道循环，然而复国之梦亦成空。洞中三百日，岛上五十年，中原已过三百载，仲、韩二人重游汴梁，见城郭已变，人民亦非，韩速弹铗高歌，感叹"人生百岁如沤释"，白发老者也咏叹"三百年过如泡幻"，不如饮酒送斜阳。这是一种深沉的幻灭与无奈的悲凉。

类似的幻灭感伤在同时期的文学作品中多有表现。通俗小说《锋剑春秋》中，齐国灭亡，天命已定，孙膑为无力回天而痛哭。《瑶华传》的瑶华智勇双全，却无法挽救家庭和王朝，因为天命"难以回逭"。《儒林外史》中，礼乐救世、兵农济世的理想纷纷失败，真儒名贤黯然退场，小说后半部分渗透了浓重的感伤色彩。在《儒林外史》最后一回中，夕阳残照下的泰伯祠残败不堪，荆元弹琴"忽作变徵之音"，于老者听了"不觉凄然泪下"，这变徵之音是作者理想破灭后的感喟。在更多的小说中，主人公的人生归宿体现了作者的幻灭和感伤。很多小说写文人放弃仕途，归隐田园，如《蜃楼志》中的李匠山、《幻中游》中的石生等。《绿野仙踪》《镜花缘》等小说的主人公对现实失望后，选择出家修道。考虑到士人对儒家济世理想的坚守，放弃功名、退隐田园是文人的无奈选择，其中蕴含着幻灭和感伤。《红楼梦》的作者感叹"谁解其中味"，这其中的"味"是人生理想破灭的悲凉。

清代中期文人小说中的感伤与同一时期抒情文学中的盛世衰音相通。这个时期的诗文中也充满了感伤悲凉，被称为盛世衰音的诗歌中的激楚苍凉中，蕴含了诗人的身世之感。洪亮吉在一首回忆亡友的诗中感慨人生之多艰:"劳劳身计本无涯,生傥多愁死亦佳。"[1]汪中在诗中慨叹文士胸怀济世之志,却潦倒风尘,生计艰难:"壮士空耗千年上,垂着风尘常苦贫。"[2]赵翼得知友人蒋士铨病逝,作诗以哭之,在诗中感慨万端:"书生不过稻粱谋,磨蝎身偏愿莫酬。"[3]文人小说家有着相似的境遇。吴敬梓散尽家财后移家金陵,家业衰败,穷困潦倒,历尽炎凉;曹雪芹后期生活困窘,以至于食粥度日;李百川半生漂泊,"日与朱门作马牛";[4]吴璿科举不第,郁郁不得志;[5]庾岭劳人自称"捉襟露肘",自比为江湖野鹇;[6]丁秉仁"优于才而穷于遇",不得已以游幕为生;[7]汪寄穷困潦倒,赍志以殁。[8]文人身世之凄凉,源于士人地位之低落,不仅失去了往昔的地位和优遇,甚而"为吏役之所鱼肉"[9],"困辱于舆隶之手"[10],士气低落,良士不愿为儒。正是在这种情况下,《儒林外史》充满对士人命运的悲悯;也正是这样的处境,使士人最终放弃了政治追求,放弃了儒家的理想主义,与封建王朝疏离。而放弃了儒家思想中最根本的东西,则使士人失去了精神依托,使士人产生前所未有的强烈孤独感和浓重的感伤、深沉的悲哀。

1.(清)洪亮吉著,刘德权点校:《洪亮吉集》第二册《卷施阁诗》卷一《清明后一日与孙大携酒饮王七秀才廷俞南圃归过县门忆亡友林嗣基作》,第466页。

2.(清)汪中著,叶纯芳、王清信点校:《汪中集·周生刻印歌》,台北"中研院"中国文哲研究所筹备处2000年版,第364页。

3.(清)赵翼著,李学颖、曹光甫校点:《瓯北集·子才书来,惊闻心余之讣,诗以哭之》,第645页。

4.(清)李百川:《绿野仙踪》附录,载《古本小说集成》第一辑第一百三十册。

5.(清)吴璿:《飞龙全传》自序,载《古本小说集成》第四辑第一百三十六册,第2页。

6.(清)庾岭劳人:《蜃楼志》,第1页。

7.张俊:《清代小说史》,第264页。

8.(清)汪寄:《希夷梦》,载《古本小说集成》第二辑第一百五十一册,第10页。

9.(清)邵齐焘:《玉芝堂文集》卷五《敕封文林郎浙江云和县知县加一级原任砀山县教谕勉庐先生行状》。

10.(清)陈寿祺:《答朱咏斋侍郎书》,载《清代名人书札》,第5页。

文人小说中表现出的感伤不仅因为身世，更因为抱负无由实现，理想破灭。《希夷梦》本为歌颂忠烈而作，但忠臣韩通在小说开始时即已殉难。写韩速、仲卿二人，本应写他们的复国之志，但小说用绝大部分文字写二人在岛国得到重用，展示才干，建立功勋。小说极力渲染仲、韩二人之才干和功绩。由于功勋卓著，韩、仲二人，一被封为冠军，一被封为武侯大将军。仲、韩二人显然是作者之化身，小说中很多情节都反映了清代前中期的政治事件，显示了作者对现实的强烈关怀。小说对仲、韩才干和实绩的描写，体现了作者的用世精神，吴云北在序言中就指出作者之所以将三百余年缩为数十载长梦，目的是"舒用舍行藏之怀"。[1]同时期的很多小说都充满了这种用世热情，如《野叟曝言》写文素臣凭武功和谋略助朝廷平定内乱，安定边疆，排抵邪说，承传名教，挽救了一个危难的王朝，造就了一个理想王国和太平盛世；《绿野仙踪》中的冷于冰出家修道，却关怀现实，他参与平叛，赈济灾民，助力除奸，最后功德圆满而升仙。这种强烈的用世情怀与明清之际才子佳人小说中的所谓"黄粱事业"有着本质不同。

这种强烈的入世精神有深刻的渊源，与康、雍、乾时期的社会文化思潮也有紧密联系。特别是乾嘉时期，考据学兴盛一时，学者们于考据中寄托用世之志。乾嘉诗人在诗歌中抒发济世之志无法实现的感慨，文人小说作家则营造小说世界，借人物展示才学，在虚拟世界中实现济世抱负。《儒林外史》中的真儒名贤们希望以礼乐兵农济世，挽救文运和世风。《红楼梦》的作者感慨"枉入红尘若许年"。《希夷梦》中的韩速一开始不愿出世修道，作为儒士，应该以致君泽民为责任。

1.（清）汪寄：《希夷梦》辑补自序，载《古本小说集成》第二辑第一百五十四册，第8页。

韩速和仲卿梦入岛国，在岛国中实现了济世抱负。小说中有一个细节值得注意，仲卿怀念故国，不愿在浮石国任职，他以客卿身份在浮石国施展才能，建立了功勋。客卿云云，实际上说明了济世热情甚至可以淡化亡国之痛。明清易代之际的汉族士人还有出世与入世的矛盾，至清代中期，易代已成历史，士人充满了用世热情，渴望实现自身的价值，实现儒家理想的终极目标。但用世热情越高，幻灭的感伤就越浓重。“勋业夫何常，成者天下见”[1]，在虚拟的小说世界中可以做梦，但出了小说世界则要面对严酷的现实，无数士人不仅无法实现济世抱负，还要为生存而奔波。文人有着崇高的理想，但人生却很卑微。面对着这种矛盾，文人仍不愿放弃儒家的理想主义精神，他们坚守道统，不相信文运衰微。文人小说常由激情始，而以感伤终，这种转化体现了他们的心路历程。

1.(清) 黄景仁:《两当轩集·宿练潭用王文成韵》，第167页。

第七章

通俗小说的时间叙事及其象征意蕴

古代小说重视时间和空间，现代小说叙事理论所说的叙事速度、频率体现在时间之中。古代农耕文化对时间特别是季节的流转有特别的关注。在通俗小说特别是长篇章回小说中，时间不仅是叙事线索，还是小说主旨表达的重要因素。生命流逝、青春老去、人事变迁、家庭兴衰、王朝更替、历史循环，都与时间有关。作为时间刻度的季节和节日，往往有象征意义；与季节和节日有关的物象，有着重要的启示意义。特别是在文人创作的小说中，季节和节日成为重要意象，对主旨表达有必不可少的作用。

第一节　通俗小说中的时间控制与艺术空间的扩展

时间就是历史，因此历史演义最重视时间因素。在历史演义中，时间不仅是叙事的重要线索，而且在主旨表现中有重要意义。历史演义讲述朝代兴衰，虽偶有插叙、倒叙等，但在讲述重大事件和主要人物事迹时，常标出具体的年月，与正史记载大多相符。像史书一样，历史演义常常以年号标示时间，这也是历史演义的作者标榜的按鉴叙事的特点。嘉靖本《三国志通俗演义》中有六十多处有年号纪元，《唐书志传通俗演义》有四十多处，《东西晋演义》有四百五十多处。这种历史纪年，一方面遵照史实，另一方面也是为了强调历史真实性，如《三国志通俗演义》卷八写曹操出师江南，时间是建安十三年（208）秋七月；卷十写曹操横槊赋诗，时间为建安十三年冬十一月；卷十七中，刘备兴兵为关羽报仇，选章武元年（221）七月丙寅日出师。司马炎于十二月甲子日篡权称帝，改元太始，这些时间都合乎历史记载。

《水浒传》虽然不是历史演义，但以历史上的宋江起义为故事原型，为了增强真实性，一些重要的情节标示了准确的时间。小说前七十回写英雄传奇，很少出现这种时间，后半部分写被招安的梁山好汉为朝廷征战，采用历史演义的叙事方式，以年号、月、日标示的时间增加，如第七十一回写宣和四年（1122）四月初一日，第八十二回写宣和四年春二月、三月，第九十三回写宣和五年（1123）元旦，

第一百〇一回写宣和五年四月，第一百十九回是宣和五年九月，第一百二十回是宣和六年（1124）首夏初旬。

历史演义的故事时间都很长，多叙百年之事。《三国志通俗演义》从汉灵帝建宁二年（169）写到晋武帝太康四年（283），故事时间长达112年。《列国志传》从商纣王即位写起，到秦统一全国止，历时数百年。这种故事时间的纵向延伸可以产生宏大叙事的效果，突出历史兴亡之感。像《大宋中兴通俗演义》这样的历史演义小说，故事时间相对较短，这样的小说实际上偏离了历史演义，重点讲述人物的传奇故事，与英雄传奇小说较为接近。《水浒传》用两回篇幅概述了五代残唐到宋哲宗的一百多年的历史兴衰，作为小说的引子和背景，叙事时间跨度很大，但主体故事只写了六七年。

故事时间的缩短意味着艺术空间的扩展，这成为章回小说发展的一个趋势。在明代后期的章回小说中，叙事时空的变化还不是很明显，万历至天启年间产生的五十五种章回小说，大部分为历史演义、神魔小说和公案小说，将近四十种，这些小说总体仍采用史传时空模式，只有少数作品出现了变化。成书于天启、崇祯年间的《禅真逸史》，从梁武帝即位写到唐贞观十一年（637），故事历时百余年，有历史演义的特点。同一个作者所写、成书时间稍后的《禅真后史》，其故事时间明显缩短了，从隋末写到唐贞观年间，不过数十年时间。时间缩短的同时艺术空间扩大了，小说对社会人生的反映更为深刻真实，在有限的时空中纳入更多的社会生活内容。明清之际的章回小说在故事时间和叙事时间上有了更为明显的变化。明清之际的几部英雄传奇小说均与《水浒传》有关，特别是陈忱的《水浒后传》加入了对世俗生活的描写。神怪小说《西游补》中的故事时间几乎只是一瞬。即使是历史演义，或者偏向讲述人物的传奇故事而接近英雄传奇，如《隋炀帝艳史》《隋史遗文》《孙庞斗志演义》等，或者转向反映时事、截取近期历史的横断面，故事时间较短，重点放在横向、立体地展示社会生活上。这一时期产生的二十多部历史小说中，时事小说就有十四部。这些时事小说往往选取人物活动的特定时间段，如讲述魏忠贤事件的几部时事小说，故事大多集中于魏忠贤当权时。《辽海丹忠录》中的故事时间近四十年，前五回近三十年，为主人公毛文龙的出场张本，其余三十五回重点描写毛文龙的功绩。当然，明清之际，有的章回小说故事时间仍然很长，如《有夏志传》《有商志传》《盘古至唐虞传》等小说的故事时间长达几百年甚至上千年，这类小说大都创作或刊刻于崇祯初年，属于朝代补缺类历史小说，而且多为书商为营利而编刊的，文字粗糙，艺术水平较低。

故事时间的缩短往往伴随着空间的缩小。历史演义和英雄传奇的题材决定了其涉及空间的广阔和变化。《三国志通俗演义》的故事地点遍及大江南北，卷一至卷六的中心活动场所在中原地区，卷七至卷十二的舞台中心移到长江流域，卷十三至卷十八以西蜀为故事的中心，卷十九至卷二十四写蜀魏之战，地点东移。《水浒传》中，好汉们上梁山之前，活动的地域空间频繁变动。小说以梁山为中心，向东南西北辐射，梁山众人的活动范围遍及全国。地域空间不断延伸，地点不断转变，必然影响场景和细节描写。只有地域空间相对集中、固定，才可以集中笔墨描写场景，深入细致地描写人物。从整体上说，明清之际通俗小说的故事时间缩短的同时，地域空间也相对缩小和固定，不再像以前的章回小说那样游移不定。与书坊为营利而编刊的历史演义不同，明清之际文人创作的历史演义，空间也趋向固定，如《隋炀帝艳史》的故事空间主要是皇宫。至于时事小说，不仅故事时间缩短，而且空间范围也较为集中。地域空间缩小、固定之后，描写的密度就会增加。即使是历史演义，往往也充满了生活气息。《隋炀帝艳史》《隋史遗文》由讲述正史转向帝王私生活的描写和奇情侠气的表现。时事小说《梼杌闲评》写明末魏忠贤事，又用很多笔墨描写了魏忠贤和客印月的私情，有言情小说的因素，所以这部小说又被称为《明珠缘》。

故事时间缩短，意味着场景描写增加而概述减少，叙事速度变慢，叙事时间加长。历史演义的故事时间很长，概述自然很多，小说开头以概述交代故事背景，结尾又常常以时间跨度很大的概述介绍后续事件。在小说主体部分的叙事中，经常以概述连接场景，概述成为场景和场景之间的过渡。概述和场景反复交替，形成了急与缓、忙与闲、浓与淡相间的叙事节奏。场景是对戏剧性情节的敷演，叙事速度变慢，叙事时间变长。历史演义中精彩的战争场面往往是重笔描写的场景。《三国志通俗演义》中写了几百场大大小小的战争，但只对少数几场规模较大的战役进行浓墨重彩的场景描写，其他战争则为略写或概述。其他历史演义小说也有这个特点。场景、概述交替，形成张弛相间的叙事节奏。在有的历史演义中，激烈紧张的战争场景之间往往穿插闲逸的描写，形成起伏错落的节奏。毛宗岗在《读〈三国志〉法》中认为《三国志通俗演义》善于"笙箫夹鼓、琴瑟间钟"[1]，常常在写动乱、阴谋、鏖战之时，忽然插入与女性有关的情节，如写黄巾作乱时忽然插入宫中何后、董后之争论，写李傕、郭汜之乱时忽然插入吕布送女、严氏恋夫，写冀州之战时忽插入袁谭失妻、曹丕纳妇，写赤壁

1. 陈曦钟、宋祥瑞、鲁玉川辑校：《三国演义会评本》，北京大学出版社1986年版，第14页。

鏖兵时忽插入二乔。龙争虎斗之中插入凤鸾莺燕，干戈旌旗之间掩映红裙粉黛，一部《三国志通俗演义》可以说“以豪士传与美人传合为一书矣”[1]。《北史演义》第四至六卷写高欢与昭君私恋、订婚，胡后逼幸清和王，第十三卷写胡后思念杨白花，第十七卷写高欢纳金娥，也形成一种“浓淡相配，断续无痕”[2]的效果。

历史演义中浓墨重彩描写的场景多取材于平话或传说，有着较为浓厚的传奇色彩和市井气息，也说明这些小说源于市井文学，属于累积型集体写作。《残唐五代史演义》全书六十回，用二十六回写李存孝的传奇故事。《西汉通俗演义》用二十回描写韩信筑坛拜将、暗渡陈仓、平定三秦等故事，时间只有两个月。《南宋志传》用全书五分之一的篇幅描写赵匡胤济困扶危、行侠仗义的传奇，这些故事历史上没有记载，乃根据民间传说敷演而成。《隋史遗文》前四十五回写秦叔宝的故事，叙事节奏舒缓，场面描写细致，人物形象鲜明；从第四十六回开始，转入以李世民为中心的正史讲述，概述增加，场面描写减少，叙事速度加快，叙事节奏变得急促。

历史演义不能随意变更史实，但可以操控叙事的时间和节奏以表达立场、爱憎。《三国志通俗演义》第一则开始于汉灵帝建宁二年（169），第四则讲至汉灵帝中平六年（189），四则的故事时间是二十一年。第四十二则中袁术死于建安四年（199），第六十三则中袁绍死于建安七年（202），十二则篇幅讲了三年内发生的事件。在历史上，刘备在当阳之战中被曹操打败。《三国志通俗演义》没有改变史实，却通

1. 陈曦钟、宋祥瑞、鲁玉川辑校：《三国演义会评本》，第14页。

2.（清）杜纲：《北史演义》凡例，载《古本小说集成》第二辑第三十五册，上海古籍出版社1994年影印版，第3页。

过对叙事时间的处理表达了感情倾向，以概要的形式虚写刘备的惨败，对赵子龙单骑救主、张翼德大闹长坂桥等场景重笔实写，渲染了赵云、张飞的勇猛无敌，也写出了他们对刘备的忠诚，表达了对刘备一方的同情和赞美。这种通过掌控叙事时间来对事件进行详略处理的方式，可以在不改变史实的前提下表达叙事者的主观评价和情感态度，造成历史与审美的错位。

相比之下，世情小说的故事时间更短，叙事速度缓慢，以场景描写为主。《金瓶梅》写了十六年间的故事。第一回写的是宋徽宗政和二年（1112），第一百回写南宋高宗建炎元年（1127）。小说前七十九回的故事时间仅为七年，发生地点主要在清河县。《金瓶梅》以大量笔墨描写日常生活画面，重在刻画人物，第二十八回用了整整一回写潘金莲丢失绣鞋的故事，第三十三回详细描写了陈敬济向潘金莲讨还钥匙的前后经过。《金瓶梅》叙事中对时间的强调，增加了小说的真实感，又蕴含了时间流逝、生命短暂的悲剧意识。《金瓶梅》对岁月流逝充满了无可奈何的情绪，小说中反复出现“光阴迅速”“光阴如梭”“光阴似箭”“白驹过隙”等词语。第二回中说：“白驹过隙，日月如梭，才见梅开腊底，又早天气回阳。”第八回中说：“光阴似箭，日月如梭，又早到八月初六日……”第十三回说：“光阴迅速，又早九月重阳令节。”第二十回说：“光阴似箭，不觉又是十一月下旬。”第九十六回说：“话说光阴迅速，日月如梭，又早到正月二十一日……”第一百回说：“时光迅速，日月如梭，又早腊尽阳回，正月初旬天气。”[1]《金瓶梅》

1.（明）兰陵笑笑生撰，（清）张竹坡评：《皋鹤堂批评第一奇书金瓶梅》第二回第13页，第八回第11页、第十三回第5页、第二十回第15页，第九十六回第2页、第一百回第5页。

中的男女主人公除吴月娘、孟玉楼外，都短命而死。西门庆三十三岁纵欲身亡，潘金莲惨死在武松刀下，仅三十一岁。宋惠莲羞愤自缢，死时二十五岁。李瓶儿血崩丧命时才二十七岁。庞春梅纵欲而死，年二十九岁。西门大姐经受不住殴打、辱骂，上吊自杀，死时二十四岁。陈敬济为张胜所杀，死时三十一岁。

在《红楼梦》中，神话时间和日常时间交错，对小说主旨的表达有重要意义。《红楼梦》最高层次的叙述者讲了两个神话故事，一个是女娲补天的故事，小说借这个故事引出无材补天的石头；小说还化用佛教中西方极乐世界的说法，讲述了绛珠仙草和神瑛侍者的故事。《红楼梦》利用女娲炼石补天的神话，将时间上溯到洪荒时代，接下来跳到几世之后，一僧一道经过青埂峰，将女娲补天所余之石点化为玉，恰逢神瑛侍者意欲下凡，西方灵河岸边的绛珠仙草为报其浇灌之恩也一并下凡，一僧一道将顽石所化美玉夹入其间，一起带到尘世历练。太虚幻境将女娲神话与神瑛、绛珠的神话连到一起。超叙述层的时间遥远，无法纪年，但主叙述层写主人公的成长经历，虽然“无朝代年纪可考”[1]，但仍有具体时间可循，“倏忽又是元宵佳节”“正月初八日”“腊月二十九”“四月二十六日”“端午佳节”“八月二十日”“十五日五鼓”“时已丑正三刻”等时间标示细致连贯，甚至可以列出小说叙事年表。[2]小说主体部分以贾府为中心，讲述了现实世界中的生老病

1.（清）曹雪芹：《脂砚斋重评石头记》，载《古本小说集成》第二辑第六十六册，第12页。

2. 从《红楼梦》问世以来，就不断有人编排年表。范锴的《槐史编年》是红学史上第一部《红楼梦》年表；姚燮评点该书，每回都注明干支年月；张笑侠有《红楼梦大事年表》。二十世纪下半叶以来，关注者更多，周汝昌的《红楼纪历》问世较早，影响颇大；后来周绍良、王彬、沈治钧等纷纷根据各自的理解，编出了自己的《红楼梦》年表。

死、悲欢离合与爱恨情仇。现实世界中的日常时间虽跨越百年，但小说集中笔力讲述的是贾宝玉从出生到最后出家十九年间发生的故事，在这十九年中，贾宝玉十二三岁、林黛玉十一二岁前后发生的事又是描写重点，从第十八回到第五十三回用了三十六回。小说中的日常时间多用季节、节日、生日等作为时间刻度。对林黛玉、薛宝钗、王熙凤、贾宝玉、贾敬、贾母等人的生日活动的描写，是小说中的重要场景，串联起很多情节。小说中描写的生日不仅是一种时间标示，而且被用来设置情节冲突，表现主旨，寓盛衰之意。第二十二回写贾府为宝钗过十五岁生日，非常隆重，因为薛宝钗是王夫人的外甥女，薛家又是皇商，虽然败落，仍然豪富。第四十三回写王熙凤过生日，贾母倡议凑份子取乐，实则暗示贾府经济上已现拮据态，有凄凉意。生日庆祝中发生捉奸之事，更寓败落之意。贾宝玉过生日时，贾母、王夫人都不在家，众女子给贾宝玉在大观园过生日，自由欢乐。第七十一回写贾母八十大寿，排场很大，却有点悲凉。其间发生了两件事：邢夫人当众责备王熙凤，婆媳矛盾恶化；司棋和潘又安在大观园幽会，被鸳鸯撞见。这两件事预示着大观园的变故。

《红楼梦》对叙事时间的掌控非常成功。日常时间跨度小，叙事速度变得缓慢，事件也就密集，每一件事都写得非常详细，如对死亡的描写，贾瑞、秦可卿、尤三姐、尤二姐、晴雯等人的死亡，都是重点描写的场景。从第二十三回贾宝玉和众女子搬进大观园后，叙事时间慢了下来，叙事节奏变得舒缓，与场面描写相比，概要大大减少。这种情况一直持续到第五十三回。对大观园中欢乐时光的描写，叙事时间接近故事时间，有时一天的故事用几回来讲述。大观园对于贾宝玉来说非常重要。二知道人说，按贾宝玉之心思，他希望众女子能够永葆青春，永不出嫁，一直在大观园中陪着他，只聚不散，“老于是乡可也”。[1]对作者来说，大观园有理想象征意义，是作者及作者所化身的贾宝玉的人生寄托，所以大观园中发生的每一件事都细笔描写，光是茉莉粉、玫瑰露的事，就从第五十九回写到第六十一回。贾宝玉的生日写了两回，抄检大观园也写了将近两回。特别是贾宝玉挨打之事，故事时间是半天，小说却写了四回。多个事件、各种矛盾交汇，造成了贾宝玉被打。贾宝玉被打后，围绕着探病，不同人物轮流登场，有各种表现。挨打事件的影响一直延续到几回之后，贾府内部的矛盾逐渐暴露，为后来的抄检大观园埋下伏笔，预示了大观园诸芳的流散。

《红楼梦》后四十回的叙事时间、叙事节奏的安排存在问题，这使得后四十回的叙事特点与前八十回有很大不同，这也是后四十回与前八十回并非同一个作者所写的一个内证。按照小说前八十回的描写，要写出小说人物的结局需要更长的篇幅，但后四十回仓促收尾，文笔与前八十回迥异。后四十回的叙事常以“一日”“某日”“次日”等标示时间，时间模糊错乱，同时叙事节奏加快，故事不能展开，一些人物的命运处理得很草率，大观园也失去了象征意义，只是贵族之家的普通花园。

这种叙事时间、叙事节奏的失控在后来的小说《镜花缘》中表现得更为明显。《镜花缘》的开头和结尾，时间跨度很大，超越时空限制，历史与神话、虚构与现实连接，使故事充满了神秘感和历史感。小说开头两回，从王母蟠桃会写到隆冬百花违时开放，故事时间有数百年。第三回从心月狐下凡为帝写到剿灭徐敬业，故事时间只有数十

1. 一粟编：《红楼梦研究资料汇编》，第91页。

年。小说结尾，白猿受百花仙子嘱托，从唐到宋，又从宋到圣朝太平之世，将碑记交给作者，一千一百多年的事只花了五分之一回。小说的主体部分，叙事节奏变得舒缓。《镜花缘》的故事起自武则天剿灭徐敬业后的那年冬天，结束于唐中宗复位，故事时间二十年左右。小说前半部分主要写唐敖和唐小山的海外之行。第八回到第四十回主要写唐敖的海外游历，三十三回的篇幅，故事时间为一年半。第四十三回到第五十回写唐小山的海外之行，用八回写了一年的故事。小说后半部分写百名才女聚集游戏，展示才学百艺，几天的故事，却写了三十多回，从第六十回一直写到第九十三回。第八十二回到第九十三回，竟然用十二回写才女们的双声叠韵酒令等文字游戏。这种为了炫耀才学而将叙事速度放慢到接近停顿的写法，小说前半部分也出现过，如第十六回至第十九回，用三回写识字辨音之争，但前半部分的才学展示与情节发展还有联系，不像后半部分这样集中频繁，三十多回几乎没有时间的流动，也没有情节发展。实际上，《镜花缘》中的场景描写也多缺乏情节因素，多写人物对话，而人物对话又多为叙述，没有个性，体现不出人物的性格，更没有心理世界的揭示，造成人物对话与人物身份、性格的不符，与小说主题脱离。《镜花缘》的炫学目的非常明显，为了炫学，忽视了叙事节奏的控制，特别是在后半部分，所以从整体上说，这部小说的情节结构是失败的。不过《镜花缘》以“违时”引出故事，表达主题，还是比较成功的。残冬时节，武则天见庭前梅花开放，忽发奇想，趁酒兴下旨令百花齐放。百花仙子不在洞府，众花仙子无法请示，选择了开放，百花因违时而遭谪，故事由此展开。“违时”有象征意义，第六回中，麻姑将众才女的命运归为“定数”“命”。

在时间的控制上，《儒林外史》比较特殊。这部小说以“史”名篇，整部小说的叙事时间框架较为明确，第一回写元末明初，第二回写的是明代成化末年，第二十四回写到了嘉靖十六年（1537）十月，第三十五回写到了嘉靖三十五年（1556）十月，第五十五回写了万历二十三年（1595）的事，除了楔子外，小说主体部分的时间跨度有一百多年。但这部小说的叙事却以场景为主而较少使用概要，概要主要为场景作铺垫或者助场景间的过渡。《儒林外史》交代次要人物的结局往往采用省略笔法。次要人物退场后，其结局往往借他人之口交代，或在他人的故事中提及。以荀玫为例，小说第七回写荀玫回家奔丧，此后一直没出场，但第二十二回中写盐商万雪斋时，提到万雪斋家中的“慎思堂”匾为两淮盐运使荀玫所题；第二十八回写季苇萧与鲍廷玺交谈，季苇萧说荀玫送给他一百二十两银子，还安排他在瓜洲管关税；第二十九回写金东崖准备投奔荀玫，让荀玫给他安排个挣钱多的差事，但董书办告诉他，荀玫因贪赃被拿问了。值得玩味的是，《儒林外史》前半部分，祭泰伯之前，小说多写场景，叙事时间较长，叙事节奏较慢，对儒林内外人物的描写都较为细腻，充分表现了人物的性格特点和内心世界。祭祀泰伯之后，概要、省略增加，人物匆匆登场又匆匆离场，叙事节奏加快。而这种处理与小说要表达的主题相符。

第二节　通俗小说中季节叙事的循环结构及其文化意蕴

明清时期的通俗小说中，时间多以季节来标示，在传统文化中，与农事活动有关的“四时”“节日”的周而复始形成了一个循环结构，人类的社会活动随“四时”而轮转。自然时序的代谢循环也是生命历程、世态变幻的映像，所以通俗小说中的季节描写除了标示时间之外，又往往具有深刻的寓意，季节的象征寓意在文人创作的通俗小说中更为自觉而突出，在文人创作的世情小说中，季节甚至成为表达小说主题的重要因素。

在历史演义、英雄传奇和神怪小说中，季节的主要作用是标示时间。《三国志通俗演义》以时间为序讲述历史，标志性的事件以年号标示，而具体的时间则多以季节标示，如“三气周瑜”单元中，赤壁大战在隆冬时节；刘备续娶是在建安十四年（209）冬季十月；二气周瑜发生在建安十五年（210）春季正月元旦；三气周瑜在建安十五年春天。小说前四卷所写的董卓之乱、袁绍起兵等事件是三国争雄的背景，写得比较粗略，其中的季节描写是单纯的时间标志。卷五之后季节描写增多，季节不仅是时间标志，有时是情节发展的重要因素，如赤壁之战发生在冬季，周瑜想用火攻，火攻必须有东南风，而冬季则主要刮西北风，虽然万事齐备，但没有东南风就计谋成空，在这种情况下，诸葛亮在七星坛上祭风，东南风大作，曹操大军被火烧得大败。后来陆逊火烧刘备大军七百里连营，则利用了夏天的东南风。卷十五写关羽水淹七军，时间在秋季八月，秋雨连绵，襄江水涨，关羽才能用水攻。

《水浒传》前七十回以人物为中心，描写人物则以时间为序。小说用了十回写武松，从横海郡遇宋江写到白虎山孔太公庄上再遇宋江。在讲武松的传奇时，以时间为序，季节转换又有特殊的意义，武松在横海郡遇到宋江和景阳冈打虎均在秋季，遇到兄长武大在冬季，杀奸报仇在春季，刺配孟州、醉打蒋门神在夏季，大闹飞云浦、血溅鸳鸯楼在秋季，在白虎山孔太公庄上再遇宋江是冬季十一月，前后历经一年。前七十回的季节描写多与节日描写结合，用节日写季节，用季节表时间，以时间为线索串联起人物和故事。小说中经常写中秋节和元宵节。武松大闹飞云浦、鸳鸯楼，史进夜走华阴，都发生在中秋，宋江看小鳌山而被刘高抓获、时迁火烧翠云楼作为内应攻打大名府、李逵大闹东京都发生在元宵节。以节日为时间背景，是因为节日可以推动情节发展。节日里聚会饮酒，容易生事；节日里人多杂乱，便于行事。单就季节来说，好汉们上梁山大都在夏季。林冲被刺配是在夏季六月，天气炎热，棒疮易发。杨志押送生辰纲在夏季五月，天气酷热难行，众人买酒解渴，才会中计，吴用才能智取生辰纲。梁山好汉大规模的军事行动多在冬季，秋冬天气肃杀，属刑杀季节。后来的英雄传奇叙事时也多以季节为时间标记。

《西游记》等神魔小说中也经常写季节，写季节的转换，写不同季节的景物，但这些描写并无深意，只是故事发生的背景。《西游记》写天宫地府不存在季节划分，但唐僧师徒取经之路在人世间，四季分明。季节描写大都安排在一回的开头，以程式化的韵文铺叙景物，标示时间的流逝、季节的转换，以引起一个新的故事。唐僧师徒经过黄风岭是在炎热的夏天（第十九回），路经西梁女国是早春时节（第五十三回），经过火焰山，三调芭蕉扇，是在秋天（第五十九回），通天河遇阻是在寒冬。在有的回目中，季节描写是情节的重要因素。从整体上看，春夏秋冬的季节流转使取经的路程显得漫长，表明取经和修心都是艰苦的过程，需要有足够的毅力。

在传统文化中，与农事活动有关的“四时”“节日”的周而复始形成了一个循环结构，人类的社会活动随“四时”而轮转。自然时序的代谢循环也是生命历程、世态变幻、社会历史循环的映像。《三国志通俗演义》的主体故事从桃园结义开始，发生在春天。在小说后半部分，诸葛亮在秋天病逝于五丈原，司马氏冬天篡权，三国时代在“四时”轮转中终结。《三国志通俗演义》表现的是“一治一乱”的历史循环规律，首尾遥相呼应。经过毛宗岗父子的修订、润色，这种“一治一乱”的历史循环更为突出，开篇写天下大势合久之分，结尾写天下大势分久之合。毛宗岗在《读〈三国志〉法》中说《三国志通俗演义》“首尾有大照应，中间有大关锁处”，小说开头写宦官十常侍之乱，最后写刘禅和孙皓宠信宦官，这是“一大照应”。[1]《三国志通俗演义》中的季节景物描写隐喻了天道自然对人道历史的胜利，季节循环，天道永恒，而王朝、个体的生命都很短暂。卷五第四则中，关羽从徐州发兵打曹操，时间在初冬，“阴云布合，雪花乱飘”。卷五第一则中，曹操和刘备在夏天青梅煮酒论英雄，转眼就是“白雪如花”，曹、刘两军在雪天对阵，时光飞逝，季节转换，人事随天时而变。卷二十二第四则中，

1. 朱一玄、刘毓忱编：《三国演义资料汇编》，百花文艺出版社1983年版，第308页。

天降大雪，蜀兵分粮化雪而食；卷二十二第五则中，魏将在严寒的雪天设席高会。转眼就是一个季节轮回。毛宗岗评点，蜀兵取雪化水而饮与魏兵对雪饮酒，同样是雪天，而忧乐不同，形成鲜明对比。小说接着写诸葛恪和张特对峙，时值夏天，天气炎热，军士多生病。从严寒的雪天劫寨，到炎热的夏天对峙，转眼间“寒暑一更”。人的生命很短暂，季节的流转让人产生“时不我待”的忧伤和物是人非的感慨。季节变化又与朝代兴衰紧密联系，让人起兴亡之叹。曹丕篡权，在秋季八月登基，台前忽起怪风，毛宗岗评论说，这阵怪风是汉末之悲风，让人想到汉初之雄风，“同一风而有盛衰之异焉”[1]。

百回本《水浒传》开篇也提到了“天道循环”，开始是“千古幽扃一旦开，天罡地煞出泉台”[2]，结尾是“天罡尽已归天界，地煞还应入地中”[3]，完成了天命主导的循环。金圣叹批评本七十回《水浒传》楔子写洪太尉命人掘开石碣误走妖魔，第七十回写“忠义堂石碣受天文”，也是首尾照应，形成一个圆形循环的结构。金圣叹评点说，《水浒传》以石碣始，以石碣终，石碣象征着定数。[4]

清初小说评点多以冷热评点小说的人物和事件，认为小说中的季节有冷与热的象征意义。毛宗岗评点《三国演义》，在书前所附的《读〈三国志〉法》中说，《三国演义》常常于极喧闹处忽然插入僧、道、隐士、高人，热中有冷，给读者以“寒冰破热，凉风扫尘”之感，如写关羽过关斩将，忽然插入高僧普静长老；写刘备马跃檀溪，插入隐

1. 陈曦钟、宋祥瑞、鲁玉川辑校：《三国演义会评本》，第972页。
2.（明）施耐庵、罗贯中：《水浒传》，人民文学出版社2005年版，第16页。
3.（明）施耐庵、罗贯中：《水浒传》，第1309页。
4.（清）金圣叹：《贯华堂第五才子书水浒传》（下），载《金圣叹全集》（二），江苏古籍出版社1985年版，第223页。

士司马徽；写孙策占据江东，插入道人于吉；写刘备三顾茅庐，插入高士崔州平，如此等等，令人“躁丝顿清，烦襟尽涤”。[1]《三国演义》写刘备向司马徽打听诸葛亮，司马徽笑着说：“元直欲去，自去便了，何又惹他出来呕心血也？”[2]毛宗岗评点说，同样是推荐诸葛亮，水镜先生司马徽和徐庶有所不同，徐庶是“极忙极热”，极力推荐，希望诸葛亮出山助刘备，司马徽是“极闲极冷”，认为徐庶推荐诸葛亮是多事之举，以诸葛亮出山为可惜。[3]《水浒传》中的季节除了标示时间外，有时也有隐喻意义，如以四季寒暑隐喻人事冷热。在秋季的重阳节聚会上，宋江吟《满江红》，倡导招安。而招安对梁山好汉来说预示着盛极而衰，是悲剧之始。在小说最后，宋江等人征方腊归来，是在萧瑟的深秋。征战虽取得了胜利，但梁山好汉死伤大半，梁山实力消解殆尽，昔日辉煌不再，剩下的好汉有的辞官退隐，有的接受朝廷封赏后被奸臣害死，梁山理想最后破灭。深秋的肃杀使悲剧气氛更为浓重。

但《三国志通俗演义》《水浒传》中季节描写的象征寓意主要是后世文人的解读。《三国志通俗演义》《水浒传》虽为累积型作品，但写定者为具有较高修养的文人作家，他们在写作中或者注意季节描写的意义，但季节主要用来标示时间，作为故事的时间背景。后来书坊编刊、模仿《三国志通俗演义》《水浒传》的历史演义小说和英雄传奇小说中，季节描写更没有深刻的内涵。在文人独创的通俗小说中，季节描写被提升到了哲理高度。在描写家庭生活的世情小说中，季节是日常生活环境的一部分，季节描写为情节发展提供了清晰的时间线索，

1.（明）罗贯中：《三国演义》，中华书局2011年版，第3页。
2.（明）罗贯中：《三国演义》，第239页。
3.（明）罗贯中：《三国演义》，第231页。

而四时的周而复始、自然时序的代谢循环，又有着象征生命流逝、世态变幻的深层意义。

欣欣子在《〈金瓶梅词话〉序》中认为，善恶福祸之报，“皆不出循环之机”，有如春夏秋冬之轮转。[1]自然界的时令变换与人间社会的冷热相应，春夏秋冬的季节循环往往有象征意义。第一回写潘金莲在一个寒冷的雪天生着炉火，引诱武松。第二十七回写一个炎热的夏日，西门庆和潘金莲在葡萄架下纵欲。在小说最后一个单元，叙事节奏加快，在四季迅速轮转中结束了故事。在《金瓶梅》中，“天道循环”归结于“空”。张竹坡评《金瓶梅》“以空字起结”[2]。世情小说中常以四季循环表现“空虚”“幻灭”的人生悲凉。在《金瓶梅》中，时令季节不断变换，人间社会的繁华热闹与萧瑟凄冷也随之更迭，西门庆家的盛衰与季节的冷热变化相应。欣欣子在《〈金瓶梅词话〉序》中说，热极必冷，乐极必悲，“所不能免也”[3]。

张竹坡在《冷热金针》中说，《金瓶梅》中的“冷热”不仅指天气，而且象征人生的起落、人情的冷暖，所谓“热中冷”“冷中热”。《金瓶梅》开篇就写了“热”和“冷”。西门庆等十人结拜，是为“热结”；而在“热结”之前，先写西门庆对兄弟卜志道之死的冷淡反映，是为“冷”。张竹坡在评点中称《金瓶梅》为“炎凉书”，这部炎凉书的开首诗就没有“热”气，从中可见作者重视小说的下半部，读者“益当知看下半部也”[4]，小说的下半部写的都是“冷”。

1.（明）兰陵笑笑生：《金瓶梅词话》，第12页。
2.（明）兰陵笑笑生撰，（清）张竹坡评：《皋鹤堂批评第一奇书金瓶梅·批评第一奇书金瓶梅读法》，第26页。
3.（明）兰陵笑笑生：《金瓶梅词话》，第10—11页。
4.（明）兰陵笑笑生撰，（清）张竹坡评：《皋鹤堂批评第一奇书金瓶梅》第一回，第1页。

小说接着写西门庆请花子虚加入十兄弟，十兄弟一起到玉皇庙结拜，众人在庙中送神开席，猜枚行令，可谓“热”。具有讽刺意味的是，西门庆死后，应伯爵马上唆使西门庆的仆人背叛，曾得到西门庆慷慨相助的吴典恩把西门庆家偷东西的小厮屈打成招，逼迫小厮诬陷吴月娘与仆人有奸情。这些描写是用人情之冷反讽“热结”之热。

与《金瓶梅》中的“四时”描写相比，《红楼梦》的“四时”描写更有明确的哲理内蕴。《红楼梦》中的季节描写烘托气氛，使场景描写富有诗意，柳叶渚边嗔莺叱燕、《西厢记》妙词通戏语，写春光明媚；龄官画蔷、晴雯撕扇，写夏日静寂；风雨夕闷制风雨词、凹晶馆联诗悲寂寞，写秋夜凄凉；琉璃世界白雪红梅，栊翠庵茶品梅花雪，写冬景奇丽。季节描写又有隐喻之意。黛玉葬花，以落花飘零寓青春易逝、红颜薄命，是伤春。黛玉病卧潇湘馆，秋夜听雨而题风雨词，是悲秋，亦隐喻生命之秋。

贾府之盛衰如同四季之更替。二知道人在《红楼梦说梦》中说，整部《红楼梦》可分为春夏秋冬四季。开头数卷写贾府之繁华，是“梦之春”。贾元春省亲，贾府耗费巨资建省亲别墅，极度奢华，是“梦之夏”。写通灵宝玉丢失，荣、宁二府被查抄，好比万木为严霜所摧落，是为梦之秋。小说最后，贾母死去，贾宝玉出家，贾府衰败凄凉，如冬暮光景，是为梦之冬，亦为“《红楼》之残梦”。[1]姚燮在《读〈红楼梦〉纲领》中说，整部《红楼梦》以炎夏起，以寒冬终。在一个炎热的夏日，甄士隐做了一个梦，醒后看到了癞头和尚和跛足道人。小说最后，贾政在漫天飞雪中遇到了出家的贾宝玉。小说“始于热，

1. 一粟编：《红楼梦研究资料汇编》，第84页。

终于冷”，天时与人事相吻合，其中寓深微之意。[1]《红楼梦》第一回中也有四时循环，写甄士隐在一个炎夏做了一个梦，接着写中秋节，甄士隐请贾雨村到家中饮酒；后直接写元宵节，中间时光则以“真是闲处光阴易过”带过，正是在元宵节看灯之时，甄士隐的女儿英莲被人贩子拐走。甄士隐参透人生后，在一个春日遇上跛足道人，听道人唱《好了歌》，为《好了歌》作解，随道人出家，不知所终。

大观园是《红楼梦》的描写重点，园内有春之希望、夏之盎然、秋之萧条、冬之雅兴，所谓四时之景皆备，贾宝玉和众姐妹在一个春日搬进大观园，历经了几个春夏秋冬后，大观园被抄检，晴雯、龄官、司棋等人被逐，迎春错嫁中山狼，探春远嫁，薛宝钗搬出，大观园变得荒芜、悲凉，林黛玉魂归离恨天，贾宝玉搬出大观园，大观园夜间幽魂鬼怪出入，人间净土不复存在。贾宝玉最后出家，被空空道人携到太虚幻境勾销名号，回到青埂峰的起点。程本《红楼梦》最后一回与第一回遥相呼应，故事始于炎夏，贾宝玉回归青埂峰是在大雪纷飞的冬季，四季循环寓人世兴亡，形成叙事的圆环结构。《儒林外史》的最后一回与第一回楔子也遥相对应，楔子的时间是元朝末年，小说结尾是万历二十三年（1595），那时南京名士渐渐消磨尽了，市井中出了几个奇人，季节轮换多次，日月转换不息，名流儒士或生或死，不知历经几代人，暗合全书“百年圆转”的叙述结构，正如卷首词所写“百代兴亡朝复暮”。[2]

大观园中的女子，特别是林黛玉等具有诗心的女子对节候变化非常敏感。季节景物触发林黛玉的人生感悟，林黛玉感叹青春易逝，红

1. 一粟编：《红楼梦研究资料汇编》，第170页。
2.（清）吴敬梓：《儒林外史》，中华书局2009年版，第2页。

颜飘零，生命短暂而脆弱，以花自喻。第二十三回中，林黛玉听《牡丹亭》曲，听见“如花美眷，似水流年”，细细品味，感动不已。在第二十七回中，落花唤起林黛玉的时间意识，使她产生人生如寄的悲哀。第五十四回中，秋雨黄昏令林黛玉感到生命的流逝，她写的《秋窗风雨夕》充满了时间感。林黛玉之所以对季节变化很敏感，是因为季节变化让她感受到时光的流逝。第七十回中，林黛玉吟桃花诗，重建桃花社。林黛玉在万物更新的初春时节，看着眼前的桃林花叶，想起了上一年的葬花之事，心中充满了哀伤，写下了《桃花行》诗，以艳丽如霞的桃花反衬自己终将飘零的命运。桃花开时尽管绚烂，但很快就会凋零。春归花谢，黄昏日落，季节轮回，总是触动林黛玉敏感的心灵。林黛玉对季节转换敏感，也和她内心深处的不安有关。寄人篱下，身世孤凄，使她觉得异常孤独，变得多愁善感。

贾宝玉对时间也有深切的感受。他听到林黛玉的《葬花词》深受触动，不觉恸倒，他无法想象林黛玉的如花容颜枯萎凋零，无法想象薛宝钗、香菱、袭人等人无可寻觅，无法接受花园无主。在第五十八回中，贾宝玉去看林黛玉，路上看到杏树花落结子，想到邢岫烟将要出嫁，最后红颜老去，乌发如银，感伤不已。他听说薛宝钗搬出了大观园，怔了半天，觉得大观园中青翠的藤蔓忽然变得凄凉。时光流逝、筵散花谢、生离死别让贾宝玉无限悲伤。他希望时间停止，韶华永驻，青春常在，人生常聚不散；但众女儿或死亡，或离散，时间无情，生命脆弱，人生的幻灭感使贾宝玉最后弃绝红尘，回归大荒山。《红楼梦》第一回中，甄士隐注解《好了歌》，感叹人生如梦，人世变幻无常，今昔对比产生的幻灭感伤，从根本上说是时间问题。

世情小说中，季节描写为人物活动之背景，可渲染气氛，烘托情感。明末清初的才子佳人小说写青年男女的恋爱故事，诗词赠答是男女主人公交往的重要方式和日常生活的重要内容，这类小说很少有真切的日常生活画面的描绘，季节景物的描写也极少，季节景物多用诗词曲赋加以描写，如《好逑传》中水冰心在秋祭时看到菊花盛开，写《踏莎行》词一首；《驻春园小史》中，看到残冬雪飞，姐妹各成一词。除了男女主人公的诗词唱和外，才子佳人小说中的其他景物描写显得程式化。与才子佳人小说、神怪小说中的韵文形式的程式化景物描写不同，《儒林外史》用散文描写季节变化和自然景色，如小说第一回写王冕的故事时，以白描手法写雨后景色，色彩、构图如同山水画，富有诗意，充满了隐逸情调。

第三节　通俗小说中的节日叙事与人生寓言

在通俗小说中，节日和季节往往联系在一起标示时间，节日中有人物活动，在推动故事情节发展、表现矛盾冲突、塑造人物性格等方面有重要作用。在文人创作的通俗小说中，节日反复出现，成为意象，有了深刻的文化内涵。

宋元话本小说中多以节日为故事的时间背景，其中以元宵节、清明节为最多。元宵节、清明节是宋元时期的重要节日，休闲娱乐是节日的重要内容，有丰富的文化内涵。"元夕"灯市，火树银花，男女相遇，往往会产生浪漫的爱情。清明节踏青、扫墓也为青年男女邂逅提供了机会，而祭拜死者又使清明节与鬼神有了联系，所以收录在《清平山堂话本》中的宋代话本小说《西湖三塔记》《洛阳三怪记》和《西山一窟鬼》讲述鬼怪故事，都以清明节为背景。明代后期，拟话本小说集中的小说也多以节日为背景，如《张舜美灯宵得丽女》(《喻世明言》卷二十三)、《蒋淑真刎颈鸳鸯会》(《警世通言》卷三十八)都以元宵灯会为背景。《钱舍人题诗燕子楼》(《警世通言》卷十)、《金明池吴清逢爱爱》(《警世通言》卷三十)等均以清明节为故事背景。"三言""二拍"中有二十七篇小说写了清明节，有六篇小说写了端午节。端午节与死亡、鬼神有关，《陈可常端阳仙化》(《警世通言》卷七)中，主人公陈可常的生日是五月初五，他也在端午节这天坐化。《蒋淑真刎颈鸳鸯会》写蒋淑真和情人在端午节约会，被丈夫张二官杀死。

《水浒传》前七十回写好汉故事，多以季节和节日标示时间的推移。第二回、第三十回写了中秋节，第三十三回、第六十六回、第七十二回写了元宵节，第十三回写了端午节，第七十一回写了重阳节，第五十一回写了盂兰盆大斋日。将重大的场面、事件安排在节日展示，是因为节日喧闹，便于行事。梁山好汉从大名府救出卢俊义、石秀，李逵大闹东京，都以元宵节为背景。史进和少华山的三个头领聚会，官府来捉拿他们，时间是中秋之夜。张都监在鸳鸯楼宴请武松，设计陷害他，也发生在中秋节。

《金瓶梅》中的节日描写反映了明代的世俗生活。小说中的场景描写多与节日有关。第六回写西门庆在端午节与潘金莲偷情。第十三回写西门庆在重阳节与李瓶儿偷情。第二十三回写西门庆在春节期间与宋惠莲偷情。第二十四回写孟玉楼、潘金莲等女子和陈敬济在元宵节游赏嬉笑，陈敬济与潘金莲、宋惠莲相互嘲戏。第二十五回写清明节西门庆众妻妾在花园中打秋千。第四十二回写元宵节西门庆在狮子街的店铺放烟火，与王六儿偷情。第七十八回中，西门庆在春节期间先后与贲四娘子、林氏、王六儿及惠元偷情，又与潘金莲交合，最后因纵欲过度而丧命。西门庆之所以选择在节日偷情，是因为节日期间人多喧杂，私情不容易被发现，更重要的，对西门庆来说，偷情是节日狂欢的重要内容。

《金瓶梅》中与节日有关的意象往往有象征意义。《金瓶梅》所涉及的节日中，元宵节描写较为突出，小说中详细描写了四个元宵节，涉及十多回。元宵节的反复描写，使元宵节已超越了一般节日的意义，有了丰富的意蕴，成为节日意象。元宵节的花灯、烟火等意象隐喻繁华易散、灿烂成空，象征世事的无常与变迁。《金瓶梅》中四次写元宵节。第十五回写李瓶儿过生日，请吴月娘等到狮子街的家中看灯吃酒，是为嫁入西门家作铺垫。吴月娘和潘金莲、孟玉楼等在楼上观灯，小说插入一篇写灯市的灯赋，这篇灯赋是从《水浒传》中摘抄的，只作了少许改动，如将原赋中花灯的名字改为金莲灯、玉楼灯，与潘金莲、孟玉楼对应。小说描写潘金莲、孟玉楼看花灯的情景，她们在楼上指点着，看花灯和街上游人，街上游人也仰头看她们，把她们当成风景。小说特别描写潘金莲看见婆子儿灯下半截被风"刮了一个大窟窿"，大笑不已。这些描写以灯的意象隐喻了潘金莲、孟玉楼的命运。第八十七回描写武松杀潘金莲，在潘金莲身上"剜了个血窟窿"。值得注意的是，李瓶儿的生日是正月十五，她在一年的正月十五从李逵手里逃了出来，嫁给了花子虚。李瓶儿与元宵节有紧密的关联。李瓶儿有美貌和财富，像元宵节的烟花一样美丽绚烂。她嫁给西门庆为妾，很快为西门庆生下第一个儿子，也给西门庆带来了官运和财运。在第三个元宵节，李瓶儿卜龟儿卦，婆子说她"只可惜尺头短了些"，暗示李瓶儿寿命短暂，官哥也保不住。果然后来官哥夭折，李瓶儿不久病重而死。元宵节的灯火绚烂昭示了李瓶儿的辉煌，烟花易散又预示了李瓶儿的脆弱生命。第四十二回写西门庆、应伯爵等在狮子街赏灯饮酒，西门庆听说吴月娘等女人在大门首看烟火，很多人围观，便安排排军拦挡人群。烟火豪奢绚烂，如同西门庆的势焰熏天。烟火绚烂美丽，又脆弱易散，预示了西门庆的死亡和西门庆家的衰败，如小说中插入的烟火赋中所说："总然费却万般心，只落得火灭烟消成煨烬。"在第四个元宵节，烟火还未来得及扎成，西门庆就暴病而亡。西门庆家的兴衰以元宵节始，以元宵节终。西门庆死后，他家迅速衰败，小说后半部分，直到孝哥出家，再也没有写元宵节。元宵节隐喻了西门庆及其家庭的命运，“以元宵节之‘热’写西门府之‘热’”[1]，而元宵节的意象表面繁华，内在混乱，“热中带冷”，西门庆家表面的豪奢掩藏着危机。《金瓶梅词话》第四十二回引用唐人的《上元夜》诗说：“万般傀儡皆成妄，使得游人一笑回。”[2]

《金瓶梅》中三次写清明节，两次写重阳节。同一节日的反复描写，突出了人、物、家庭、社会的变化。第十三回中，李瓶儿和西门庆在重阳节饮酒作乐；第六十一回中，李瓶儿在重阳节得了重病。第二十五回中，西门庆的妻妾于清明节在花园中欢快地打秋千；第四十八回中，西门庆一家在清明节上坟祭祖。有的节日描写有某种反讽意味。第八十九回中，吴月娘与孟玉楼在清明节给西门庆上坟，孙雪娥在家门首遇到了旧情人来旺，孟玉楼在清明节这天起了改嫁之心。值得注意的是，《金瓶梅》未写七夕节，没有描写中秋节的节日活动（虽然提了中秋节，也只是因为吴月娘的生日在中秋节）。七夕节与男女情爱有关，中秋节是家人团圆的节日，小说不写七夕节和中秋节或有深意，说明《金瓶梅》的世界是一个无爱的、残缺的世界。

《红楼梦》中也多次写元宵节。与此前的通俗小说相比，《红楼梦》在元宵节的节日描写中注入了更多的东西。《红楼梦》描写元宵节是为描写人物性格、预示人物命运和表达小说主题服务。小说第一回就写了元宵节。正是在元宵节那一天，甄士隐的女儿甄英莲被拐走，不仅甄英莲的命运从此发生转折，甄家也很快走向败落，甄士隐勘破世

1. 魏远征：《岁时节日在〈金瓶梅〉中的叙事意义》，《安庆师范学院学报（社会科学版）》2004年第6期，第88页。

2.（明）兰陵笑笑生：《金瓶梅词话》，第1117页。

事而出家。这一回虽然没有对元宵节的场景进行描写，但元宵节的社火花灯隐含幻灭之意。第十七、十八回写被封为贤德妃的贾元春在元宵节回贾府省亲，刻画人物、烘托气氛。以元宵节的热闹衬托贾府之兴盛。但热闹中暗藏危机。贾府耗费巨资建省亲别墅，贾妃“默默叹息奢华过费”[1]。省亲为荣耀之事，元宵节为热闹节日，而贾元春与家人见面却很显戚惨。第二十二回写元宵节的猜灯谜活动，各人制作的灯谜预示了各自的结局，元春的谜底是爆竹，迎春的谜底是算盘，探春的谜底是风筝，惜春的谜底是海灯。贾政认为这些东西都是“不祥之物”，他心有预感，一晚上翻来覆去，难以入睡。《红楼梦》第五十三回和第五十四回第三次写元宵节。表面上仍很热闹，显示钟鸣鼎食之家的气派。但元宵夜宴的娱乐活动通过看戏和讲笑话，暗示了贾府的盛极而衰。贾母等人听外面的戏班和梨香院的优伶唱了《观灯》《寻梦》等戏曲。这些戏曲有预示意义。元宵宴会上讲笑话娱乐，凤姐讲了两个笑话，这两个笑话强调的是同一个主题——散了。这两个笑话带有寓言性质，预示着贾府盛筵将散。

1.(清) 曹雪芹:《红楼梦》，载《古本小说集成》第三辑第二十五册，第626页。

第四节　通俗小说中的时间倒错与叙事控制

在通俗小说中，故事时间是顺序延伸的，但叙事时间可以改变故事时间的顺序，颠倒故事时间，或者提前讲后面发生的故事，预示故事的结局或人物的命运。颠倒故事时间也就是倒叙或补叙，提前讲述后面的故事就是预叙。明清通俗小说中的预叙形式与宋元说话有一定的联系。在宋元说话中，说书人为了引起听众的兴趣，往往在开头先交代故事后面的精彩情节或者人物的结局。话本中的预叙由说书人直接说明，而长篇章回小说更注意预叙的手法。小说评点常用“遥断结果”“预补法”等术语指预叙。文人创作的通俗小说中，预叙和倒叙的使用不仅可以平衡结构，还可以造成波澜，使情节曲折，在叙事结构上有重要意义，而且在表达小说主旨上有重要作用。

历史演义采用时间顺序，但有时为了营造悬念，使情节曲折，也会对时间进行移位变形，主要表现为倒叙、预叙。历史演义的楔子往往具有寓言性质，这是预叙的一种形式，如《英烈传》第一回写元顺帝做了一个梦，梦见一个穿着红色衣服的人“左肩架日，右肩架月”[1]，以扫帚扫尽蝼蚁毒蜂，这个梦预示朱元璋将建立明朝。异兆、占卜、谶语等是历史演义常采用的预叙形式。预叙在历史演义中频繁出现，

1.(明) 无名氏:《皇明英烈传》，载《古本小说集成》第二辑第四十八册，上海古籍出版社1994年影印版，第7页。

主要是为了表现宿命或命定的历史意识，在叙事效果上又可以制造悬念，满足读者的好奇心。有的时候，预叙交代次要人物的结局，是为了保证小说主线的明晰，减少旁枝末节。

世情小说中多用梦幻占卜等预叙情节暗示人物命运。《金瓶梅》第二十九回写吴神仙给西门庆一家人相面，预言西门庆将加官、生贵子，但“中岁必然多耗散”，预言李瓶儿“三九前后定见哭声”，预言大姐“不过三九，当受折磨”，预言吴月娘一定会生贵子，孟玉楼“到老无灾”，而潘金莲和孙雪娥都没有好结局。吴神仙的预言后来一一应验，张竹坡认为第二十九回是整部小说的“大关键”，前二十八回所写人物在这一回里预示了最后结果，作者担心随意写下去可能导致情节错乱，“故一一定其规模”，在后面按照这个预示描写人物，写出各人的结局，整部小说也就写完了，甚至可以说“此书至此结”。[1]第四十六回再次以占卜预示吴月娘、孟玉楼、李瓶儿的命运，与第二十九回的吴神仙相面一事照应。占卜预言吴月娘将生儿子，而这个儿子将会出家。占卜说李瓶儿“主有血光之灾”，预示了李瓶儿的死亡。

《金瓶梅》的叙述者有时直接出面讲述后来的事，这种预叙方式多用于交代次要人物的结局。第三十一回中写西门庆借给吴典恩一百两银子，叙述者出面，将后来西门庆死后之事告诉“看官”，西门庆死后，吴月娘守寡，仆人平安儿因偷盗和宿娼被捉拿，吴典恩指使平安儿诬陷吴月娘与玳安有奸情，恩将仇报。第四十九回写蔡京报复巡按曾孝序，将曾孝序贬为庆州知州，叙述者出面，交代了曾孝序的结

1. 刘辉、吴敢辑校：《会评会校金瓶梅》，天地图书有限公司1998年版，第599页。

局：蔡京暗中指示，诬陷曾孝序，将曾孝序流放到了岭表。西门庆托蔡御史关照苗青之事，蔡御史后来将苗青放了，也采用叙述者插话的倒叙形式。第七十回写吴月娘怀孕，叙述者出面，提前交代吴月娘的遗腹子的结局。

除了预叙、倒叙之外，《金瓶梅》中还出现一些时间上的错乱，张竹坡认为这种时间错乱是作者的有意安排。张竹坡认为，《金瓶梅》中的时间安排可以像《史记》那样列出一个年表。不过《金瓶梅》在整体时间安排上，无论是春秋交替、节日生日，时间脉络都分明，但具体到甲子次序，则有紊乱之处。比如西门庆的卒年，小说中说是戊戌年，而根据前面的描写推算，吴神仙相面时西门庆二十九岁，这一年李瓶儿生下官哥，而小说中写官哥生于丙申年，则丙申年西门庆二十九岁。西门庆三十三岁死去，按甲子推算，其死时当为庚子年。同样，按照时间推算，李瓶儿死于政和五年（1115），小说中却写李瓶儿死于政和七年（1117）。这几处时间上的错乱是作者“故为参差之处”。[1]

《红楼梦》中的预叙与小说整体结构有机融合，对人物形象塑造和表达小说主题有重要作用。《红楼梦》第二回写贾雨村娶娇杏作二房，提前交代娇杏后来被贾雨村扶作正室，成为了所谓的“人上人”。这种由叙述者直接出面的预叙一般用于交代次要人物的归宿，或对偏离叙事主线的主要人物的结局作补充说明，古代小说评点中又称为“补叙”。《红楼梦》以梦僧、道预言和判词绘画等预示人物命运，梦幻的迷离恍惚、诗词的意在言外，使预叙显得含蓄深晦，形成悬念，增加

1.（明）兰陵笑笑生撰，（清）张竹坡评，王汝梅等校点：《张竹坡批评第一奇书金瓶梅》，齐鲁书社1987年版，第37页。

了人物的神秘色彩，这种预叙被有的研究者称为隐性预叙。《红楼梦》第一回写甄士隐在梦中听到了石头下界和绛珠仙草准备以泪报神瑛侍者浇灌之恩的故事，预示了贾宝玉的人生经历和归宿，也注定了宝黛爱情的悲剧色彩。在第五回中，贾宝玉梦游太虚幻境，在薄命司中看到了“金陵十二钗”的册子，册子上的判词和绘画预示了小说中主要女子的归宿。《红楼梦》中僧、道对英莲、林黛玉命运的预示，也属隐性预叙。这种预叙体现了人生无常的命定观念。《儒林外史》也有预叙。卧闲草堂本《儒林外史》第一回评点说：“观楔子一卷，全书之血脉经络无不贯穿玲珑，真不肯浪费笔墨。”[1]在楔子中，王冕夜观天象，预言“一代文人有厄”，可视为预叙。第一回以王惠扶乩预示小说情节和人物命运，也属于预叙。

小说评点中常用的“倒卷帘”“补叙法”“追述”“插叙”等术语即指倒叙。毛宗岗在《读〈三国志〉法》中将倒叙、插叙等手法称为“史家之妙品”，前篇中未讲的在后篇中补叙，上卷内容太多，就匀到下卷，这样，篇与篇之间就显得均衡。[2]毛宗岗在《读〈三国志〉法》中所说的“补”“匀”主要指倒叙。重要人物出场时，需要交代人物的过去，这是一种倒叙，杜纲在《〈南史演义〉凡例》中说，小说写忠义智勇、对社稷有功绩的人物时，会“追溯其先代，详载其轶事”，这是“暗用作传法”。[3]《三国志通俗演义》写杨修为曹操所杀，接着讲述了关于杨修的六个故事，揭示曹操杀杨修的真正原因，这也是倒叙。陈奕禧在《女仙外史》第四回的评点中将对“横插入来”的情节说明

1.(清) 吴敬梓著，李汉秋辑校：《儒林外史汇校汇评》，第685页。
2.(明) 罗贯中著，(清) 毛宗岗批评：《三国演义》，岳麓书社2006年版，第9页。
3.(清) 杜纲：《北史演义》凡例，载《古本小说集成》第二辑第三十三册，第4页。

称为“文法倒行，如逆流之水”[1]。许宝善在《北史演义》第十五卷评点中称插入式的说明为“补叙”[2]。当小说情节线索发生交叉时，叙述者用“花开两朵，各表一枝”的方式分别讲述。有的时候，小说通过人物之口回叙过去之事，是另一种形式的倒叙。《三国志通俗演义》卷五第一则写曹操与刘备煮酒论英雄，说道望梅止渴之事，这件事发生在上一年征张绣时；《英烈传》第四十回写李文忠向朱元璋汇报攻打张士诚的经过，也是这种形式的倒叙。《儒林外史》中也有这样的倒叙。第三十六回中，虞育德出场后，叙述者交代了虞育德的家世和生活经历。《儒林外史》的另外一种倒叙是小说中人物追述过去，这种倒叙有的时候可以表现人物的心理世界，有时抒发抚今追昔的感慨。在小说后半部分，追忆成分增加，形成一种浓重的感伤。不同的人物回忆泰伯祠大祭时的繁盛热闹，而就在众人的追忆中，泰伯祠日渐衰败。借小说人物追忆的倒叙方式，有助于保持小说的客观叙事效果，强化叙述的真实性，也使小说结构显得紧凑。

《红楼梦》开篇，作者自云创作缘起：“曾历过一番梦幻之后”，深感“风尘碌碌，一事无成”，又愧又悔，于是把过去的所作所为以及“行比见识”皆在自己之上的女子的故事“编述一集，以告天下人”。[3]《红楼梦》第一回写女娲补天剩下一块石头，这块被遗弃的补天之石被一僧一道携入红尘，在红尘世界中经历了富贵荣华，在幻灭之后重回大荒山，几世几劫之后，空空道人经过青埂峰下，将石上所记故事抄写下来。石头的故事是全书的引子，交代了缘起，定下了基调，在主

1.（清）吕熊：《女仙外史》，载《古本小说集成》第二辑第四十九册，第86页。
2.（清）杜纲：《北史演义》，载《古本小说集成》第二辑第三十五册，第292页。
3.（清）曹雪芹、高鹗：《红楼梦》，第1页。

体故事中，石头是叙述者、旁观者和见证者，是小说叙事的独特视角。从石头的角度说，整部小说就是一个大的倒叙。在主体故事中，倒叙主要用于次要人物出场时的介绍，如贾雨村、林如海等角色初次登场，叙述者简要介绍了他们的家庭出身或其他情况。第二回写冷子兴演说荣国府，讲述了贾府的历史，介绍了贾府人物及其关系，这个倒叙为《红楼梦》故事的展开作了铺垫。《红楼梦》叙事时序的颠倒变化与叙事视角的转移有一定关系。小说第一回和第二回的开头讲甄士隐的故事，甄士隐请贾雨村到家中饮酒，贾雨村看到甄家丫头娇杏后，叙事视角转到贾雨村身上，第二回对贾雨村的官场沉浮进行了补充说明。视点的变换使得《红楼梦》的叙事时间多变，突破了历史演义的单线结构。

《红楼梦》在日常时间中经常穿插神话时间，这种穿插不仅出于结构的考虑，也是以神话世界的神秘和恒久来映衬现实世界的虚幻，增加人生的宿命意味，强化小说的悲剧色彩，对小说的主旨表达有重要意义。一僧一道经常穿越现实和神话两个时空，连接神话时间和日常时间。一僧一道在现实世界中第一次出现，是要度甄英莲出家；林黛玉三岁时，癞头和尚出现，也要度化她出家；薛宝钗的冷香丸方和金锁由癞头和尚赠予；贾瑞病重时跛足道人出现，以风月宝鉴挽救其性命；贾宝玉和王熙凤被诅咒，一僧一道现身，以宝玉驱邪，救了二人；尤三姐死后，柳湘莲心灰意冷，随跛足道人出家；贾宝玉勘破红尘，僧、道度贾宝玉出家。一僧一道将动了凡心的石头化作宝玉，宝玉随神瑛侍者和绛珠仙草一起带到尘世历练，最后又回归大荒山，恢复本来面目，在神话时间和日常时间之间形成了一个圆环。神话时间和日常时间的联系，对表现小说主旨有重要意义。在神话时间中，神瑛侍者以甘露浇灌三生石畔的绛珠仙草，预示了日常时间中贾宝玉和林黛玉的爱情，使他们的爱情悲剧有了宿命意味，无论他们如何坚持“木石前盟”，终究无法对抗命运、改变定命。贾宝玉梦游太虚幻境所见的册子，在情节中属于预叙，将小说人物的不幸结局归因于命运，强化了悲剧主题。[1]

1. 何永康：《〈红楼梦〉研究》，中华书局2011年版，第199页。

第八章

通俗小说的空间叙事及其文化隐喻

明清时期的通俗小说中，空间在叙事中有着重要意义，早期的英雄传奇小说《水浒传》以人物游历串联起情节单元，空间的转移是情节发展和场景转变的重要标志。神怪小说《西游记》构建了天、地、人三界的叙事空间，而主体部分以取经为线，串联起若干情节单元，而情节单元的转变以空间为标志。英雄传奇小说和神怪小说多借鉴《水浒传》《西游记》的情节模式，人物游历和空间转移上很相似。在这些小说中，空间只是故事的背景，是情节转移的线索。但随着通俗小说的文人化，空间在叙事中越来越受到重视，成为结构小说的重要因素，甚至在爱情传奇和世情小说中，空间有了象征意义。空间逐渐缩小并固定，主要故事发生在庭园和花园这样狭小的空间中，场景描写更为细致，更多的笔墨集中于人物和细节描写，花园和庭园、祠堂等空间有了象征意义，成为小说主旨表达的重要组成。即使是采用游历模式的文人小说，也不是简单的空间场景串联，而更为严谨完整，空间的转移也具有独特的表达意义。

第一节　早期通俗小说的游历模式和空间转移

历史演义、英雄传奇和神魔小说的空间范围比较大，空间随情节和人物而不断转移。《三国志通俗演义》和《水浒传》还保留着说话的痕迹，以故事情节为重，注意故事的完整和情节的连贯、曲折。《三国志通俗演义》中的空间随沙场征战和宫廷斗争，从南到北，遍及全国。《水浒传》前七十一回的空间随着人物的行走而变化，众多好汉从各地奔赴梁山，梁山队伍下山攻打州府，被招安后为朝廷征讨辽国和田虎、王庆、方腊，空间转移频繁，几乎遍及全国。《水浒传》主要通过人物的行动或主观感受来描写空间环境，空间随人而走，或大或小，或详或略，转换频率大小，完全取决于人物的行动和故事的发展。

《水浒传》主要英雄好汉走上梁山可以说是以梁山为方向的空间移动，英雄好汉串联起一系列场景，如林冲本在东京任禁军教头，为高俅所害，被发配沧州，途中经过野猪林差点被董超、薛霸杀害，幸亏为鲁智深所救，又经过柴进庄上，棒打洪教头，结识了柴进，到沧州不久即被安排看管草料场，陆谦等人奉命赶来火烧草料场，要置林冲于死地，忍无可忍的林冲在山神庙杀死了陆谦等人，雪夜上梁山。林冲的经历串联起一系列场景，空间随林冲的行踪而变化。鲁智深因打死镇关西而逃亡，上五台山为僧，因大闹寺庙而离开五台山，前往东京大相国寺途中，经过桃花村，出于义愤而打小霸王周通，又火烧瓦官寺，到相国寺不久与林冲结为好友，出于义气一路暗中保护被刺配的林冲，为救林冲而大闹野猪林，上山后聚义打青州，鲁智深的行动带动了空间的转换。至于武松，小说写他在景阳冈打虎，在阳谷县杀西门庆为兄报仇，刺配孟州后威震安平寨，醉打蒋门神为施恩夺回快活林，因受张都监、张团练等小人陷害而大闹飞云浦、血溅鸳鸯楼，投奔二龙山途中经过蜈蚣岭，一系列情节场面构成了以武松为线索的空间转换。宋江、杨志、石秀等其他好汉的情况相似，由一点到一线再到一片，众好汉从各地汇聚梁山，“如千里群龙，一齐入海”[1]。

《水浒传》中人物繁多，故事头绪错综复杂，叙事往往通过人物行踪于不同场景之间自由转换，而场景之间的转换和衔接，多数情况下需要场外说书人的介入来完成，一个场景的叙事接近尾声或完成时，虚拟书场空间的说书人插入，可以很自然地实现空间叙事的转换。小说第十三回写送生辰纲之前的一系列事件，就有几次这样的转换：“且把这闲话丢过，只说正话。”“不说梁中书收买礼物玩器……且说山东济州郓城县新到任一个知县……”[2]说书人介入概述了杨志在大名府比武结束后的情况，包括杨志如何受赏识，在叙事场景过渡到端午节后，再通过梁中书和蔡夫人的对话引出生辰纲。筹备生辰纲的线索发展的同时，晁盖等七人聚义谋夺生辰纲，说书人的介入使两个空间自然转换。晁盖等七人做好了充分准备，只等押送生辰纲的人来时，说书人又把叙事重新拉回送生辰纲的梁中书一方：“话休絮繁，却说北京大名府梁中书收买了十万贯庆贺生辰礼物完备。”接着叙述梁中书一方关

1.(清) 金圣叹：《贯华堂第五才子书水浒传》(下)，载《金圣叹全集》(二)，第514页。

2.(明) 施耐庵集撰，(明) 罗贯中纂修：《李卓吾批评忠义水浒传》，载《古本小说集成》第二辑第一百二十七册，第399、401页。

于押送生辰纲的精密安排。现实空间场景的转换有时需借助说书人的交代来完成。对于同时发生的两个空间的场景，作者不可能同时叙述，可以借助虚拟的书场，由说书人来“花开两朵，各表一枝”。空间场景在虚拟的书场中实现转换。第四十九回中，宋江二打祝家庄失利，解珍、解宝、孙立、孙新等人到来，为战况带来转机。作者运用虚拟的书场进行叙事中的空间转换，完成了共时性事件的讲述。

梁山泊独特的地理条件是梁山事业发展的空间基础。林冲投奔梁山，受王伦刁难，为王伦所忌，后来晁盖上山，林冲出于义愤火并王伦，推晁盖为梁山寨主。梁山泊在晁盖领导下快速发展，与官军斗争几次后，站稳了脚跟。叙事的焦点转到宋江，空间随着宋江而转换，许多人物因为宋江而上梁山，梁山实力不断增强，空间影响日益扩大，渐渐与庙堂分庭抗礼。宋江上梁山后，带领梁山好汉三打祝家庄，攻打高唐州救柴进，挫败呼延灼的征讨，三山聚义打青州救孔明，攻打华州救史进和鲁智深。晁盖在中箭死去时，梁山空间已扩大到可与庙堂空间分庭抗礼的地步，众人推举宋江接替寨主时，李逵呼喊着要杀到东京夺了皇位。

后来的英雄传奇多借鉴《水浒传》的空间叙事模式。明末的《禅真逸史》前半部分写林澹然避祸出家，行走江湖，结识好汉，为民除害；后半部分写林澹然所收的三个徒弟杜伏威、薛举及张善相的故事，他们结交豪杰，铲除恶霸，占山为王，对抗官军，后来被招安做了官。小说最后，林澹然升天，杜伏威、薛举及张善相三人云游学道。《禅真逸史》的整体结构与《水浒传》不尽相同，但在写游侠上却相通。林澹然师徒游历行侠，除奸惩恶，以空间转移引领情节场景的变化。这部小说杂糅了不同的小说类型，加入历史小说、人情小说、才子佳人小说的成分。

与历史演义、英雄传奇等立足现实的小说相比，神魔小说的空间灵活多变，可以借助想象把空间扩展到极限，把自由发挥到极致。在《西游记》中，天界、人间、地府互通共存，形成了一个宏观的三维世界。小说中的孙悟空可以超越三界，在天庭、人间、地府、龙宫之间自由穿梭，打破了空间限制。小说第一回将世界分为东胜神洲、西牛贺洲、南赡部洲、北俱芦洲四大部洲，而东胜神洲的傲来国附近大海的花果山上，一块石头中生出了石猴。在世外桃源花果山上，猿猴们自由自在，但是他们虽然不受麒麟、凤凰、人王管束，却有阎王管着生死，于是石猴决定外出访道，活动空间随之扩大，学成归来的孙悟空入东海得到了武器金箍棒，打入地府，从生死簿上抹去众猿猴之名，后来被招入天庭，被封为弼马温，小说的叙事空间于是扩大为天、地、人三界。小说主体部分写唐僧师徒赴西天取经，情节以此展开。从第十四回孙悟空加入取经队伍开始，空间以取经为线铺展开来，沿途经过宝象国、乌鸡国、车迟国、女儿国等人间国度，山林、魔窟、恶水，无所不有。与《水浒传》不同，《西游记》有一以贯之的主人公，唐僧师徒的取经历险串联起若干情节单元，这种单线纵向结构如同彩线贯珠，将它们以不同形式有机组织进小说基本框架中。作品中人物是行走的，情节发展是单一线性的。

受《西游记》影响，明代后期神怪小说兴盛一时，像《北游记》《飞剑记》《韩湘子全传》等写修行历练，借鉴了《西游记》的空间叙事方式，利用游历结构故事。《咒枣记》以萨守坚的云游济世将发生在不同地方的除妖驱鬼故事串联起来。小说先交代了萨守坚的出身，写他因为大悟而弃医修道，之后写他云游各地，除灭妖精，驱疫治鬼，积累善行。小说最后写萨守坚游历地狱，回到西河，飞升成仙。《飞剑记》写火龙真人赠给吕洞宾雌雄二剑，吕洞宾仗剑游历各地，斩妖除魔，济人度世，最后在终南山升天。人物四方行走，以修道成仙为目的，但没有空间意义上的终点，而《西游记》中唐僧师徒赴西天灵山朝圣取经，有明确的目的地。

《西游记》对《三宝太监西洋记通俗演义》的影响更为直接。《三宝太监西洋记通俗演义》写三宝太监郑和率领船队，经历西洋三十九个国家，一路上降妖除怪。小说中三宝太监郑和是出使船队的首脑，但作者用大量笔墨描写碧峰长老在征伐中降妖除怪之事。这部小说是历史演义与神怪小说的糅合，不过小说中的历史事件只是背景，小说中的时间要素被淡化了，空间因素更为重要，主人公的奇幻游历是贯穿故事的叙事线索，空间转换推动情节发展。这部小说第一次描写海洋历险，通过对郑和率船队远洋巡行的描写，表达对了解异域的渴望，又通过对帝国强盛时期的描写，抚今追昔，表达对当前国势衰微的担忧。

早期小说之所以采用空间游历的模式，是因为这种结构模式简便易行。短篇小说的结构比较简单，因为篇幅小，容易安排，而长篇小说就必须注意结构问题。这些采用空间游历模式的章回小说有话本小说整合拼凑的痕迹，不同地点发生的事形成相对完整的情节单元，由小说中的人物特别是主人公将无逻辑关联的情节单元串到一起。这种情节单元的串联与戏剧的场景连接相似，特别像传奇剧由男女主人公串联起相对独立的各出。

《西游记》等小说的奇幻行游描写，在一定程度上受明代行游之风的影响，除了士人的游学和宦游外，明代士人喜欢旅游，写下大量山水游记，如都穆的《游名山记》等游记专集，杨慎的《游点苍山记》等单篇游记。《西游记》的各个叙事单元类似于奇幻之旅，两个叙事单元之间常常以山水景致描写过渡、衔接，小说记述行踪，描写途中所见山水名胜，记录观看山水名胜时的情感和感想，这种写法与游记很相似。另外，明代正德之后兴起的文人游幕之风，对明代后期通俗小说的空间游历模式也有一定影响。在正德之前，文人极少游幕。文人重视科举功名，而明代实行严格的选官制度，从中央到地方，各级官员都由朝廷任命，通过游幕而入仕的可能性几乎没有。嘉靖年间，东南沿海一带倭寇猖獗，朝廷派大臣前往平倭，于是出现了军事幕府，很多文人参与幕府，为幕主掌管文书、出谋划策，游幕之风再兴，据记载，“其时辟置幕府者率皆国士”[1]。另一方面，明世宗迷信道教，喜欢青词，众多权臣投其所好，写作进献青词，上行下效，愈演愈烈，青词甚至成为嘉靖朝的流行文体。权臣们延纳有才华的文人为自己写作青词，四方文人游幕京师，寻求机会。游幕之风再兴，与士人的境遇有关。明代的学校教育比较普及，士人群体庞大，而科举的录取名额有限，很多人没有机会通过科举进入仕途，为谋生计，只好另寻出路。文人游幕，为幕主代写文书，获得报酬，还可凭借与幕主的关系，为他人“居间”[2]而有所收益。游幕文人常常能获得较为丰厚的收入，足以维持生活，这对科举失意而又缺少其他谋生手段的文人来说，有一定的吸引力，游幕之风因此兴盛一时。

1.(清) 吴景旭:《历代诗话》卷七十八，文渊阁《四库全书》本。

2.(明) 王世贞:《弇州史料后集》卷三十八，载《四库禁毁书丛刊》史部第50册，北京出版社1997年版，第56页。

第二节　世情小说中的空间结构功能和文化意蕴

与历史演义、英雄传奇、神怪小说相比，文人创作的世情小说更加重视空间在叙事中的作用。相比之下，世情小说描写的空间范围小，在有限的空间内展开对世态人情的细致描写。《金瓶梅》主要写西门庆及其妻妾的故事，西门庆的主要活动空间限于清河县，特别是他的家庭。以家庭小说为主要内容的世情小说中，空间往往缩小为庭院甚至花园，庭园空间在小说叙事中有非常重要的意义。无论是《金瓶梅》《林兰香》《红楼梦》中的豪门巨宅，还是《醒世姻缘传》《歧路灯》中的乡绅宅院，庭园空间都是家庭伦理的体现，围墙将家庭与外面的世界隔开，使家庭成为一个相对独立的世界，在这个小社会中演出着悲欢离合。家庭建筑空间不仅是小说人物活动的场所，而且与人物性格的塑造、故事情节的发展有密切关系，具有重要的结构功能和特殊的意义。历史演义、英雄传奇和神怪小说中偶尔也会写到庭园，如《三国志通俗演义》卷之二写董卓的凤仪亭，卷之五写曹操和刘备在后园中煮酒论英雄；《水浒传》第三十一回“张都监血溅鸳鸯楼”也涉及庭园；《西游记》写乌鸡国王被狮子精所化的妖道推入御花园井中杀害，御花园关闭了三年，变得破败荒凉。但庭园在这些小说中只是故事发生的地点。

《金瓶梅》的回目表明空间在小说叙事中的重要性。崇祯本《金瓶梅》的回目整齐对偶，结构形式完善，不同于早期小说的因文生目，而是先目后文，《金瓶梅》第十回“义士充配孟州道　妻妾玩赏芙蓉亭”，第十五回“佳人笑赏玩灯楼　狎客帮嫖丽春院”，第二十七回“李瓶儿私语翡翠轩　潘金莲醉闹葡萄架”，回目都标示园林空间，强调了空间与事件、人物的紧密关系。小说中的庭园空间对情节发展、人物塑造甚至主旨表达都有重要意义。张竹坡在《〈金瓶梅〉杂录小引》中将《金瓶梅》中的房屋花园的布局和分配称为小说的“立架处”[1]。小说要写西门庆的六房妻妾，如果将六房妻妾完全分开，安排在六处居住，难以写出关系纠葛；如果将六房妻妾安排在一处，既难以写出各人之事，表现各人的特点，又无法写出西门庆之豪富。作者将吴月娘和孟玉楼安排在一处，李娇儿隐现于其间。小说写大妗子看见西门庆进来，慌忙往李娇儿那边跑，说明李娇儿住的是厢房，厢房与上房东间相连，有门可通。孙雪娥住在后院，靠近厨房。小说特意将潘金莲、李瓶儿、庞春梅三人安排在前院花园中，三人虽然为妾，名分却像外室，反而不如李娇儿是明媒正娶而来，名正言顺。潘金莲和春梅住在一处，李瓶儿别为一院，一墙之隔，“为妒宠相争地步”，西门大姐住在前厢房中，花园在仪门外，“又为敬济偷情地步”。[2]《金瓶梅》中的庭园布置和居所安排体现了人物的身份、地位，而人物之间的矛盾纠葛和情节发展也与庭园有紧密关系。《金瓶梅》的叙事空间集中在清河县，主要场景集中在西门庆的宅院、狮子街、永福寺、玉皇庙几个地方，而描写中心是西门庆家的庭园。

1.（明）兰陵笑笑生撰，（清）张竹坡评：《皋鹤堂批评第一奇书金瓶梅·杂录小引》，第1页。

2.朱一玄编：《金瓶梅资料汇编》，南开大学出版社2002年版，第424页。

元明时期的中篇传奇就已经采用以空间结构情节的方式。在这些传奇小说中，私宅大院是人物活动、故事情节展开的重要空间背景。男女交往的空间受到严格限制。中篇传奇小说多将男女主角设置为表兄妹，比如《娇红记》中的男主人公申纯与女主人公娇娘，《钟情丽集》中的男主人公辜生与女主人公瑜娘，《贾云华还魂记》中的男主人公魏鹏与女主人公贾云华。这种姻亲关系便于男女主角接触，有可能触发爱情，但仍有空间限制。作者往往在故事开始时先交代宅院的布局。《娇红记》写男主人公申纯三次到其舅王家，通过申纯之眼看王家的宅院布局，王家宅院为两进院落，前后两院有多所房屋，中堂设在后院，后院中还有后园。《贾云华还魂记》中贾家的庭院也分前、后两院，花园也在后院中。《钟情丽集》中黎家宅院分外院和内院，后花园建在内院，内院中还有多个亭子和兰房。小说中的私家宅院多为两进的宅院，前院住着关系较疏远的亲戚和奴仆，后院是自家人的住房，男主人公只能住在外院的厢房。申纯一开始住在中堂东面的厢房，魏鹏住到前堂外东厢房，辜生被安排在中堂之侧的西庑清桂西轩住下。女主人公的闺房一般在内宅家长住房之侧，距离外院厢房较远，与男主人公见面机会很少。男女主人公一见钟情后，只能选择隐蔽的交往方式。男主人公设法移到中堂居住，出入内宅便利。中堂为宅院的中心，处于外院和内院之间，是主人会客、处理家务之所，表兄妹可以在中堂见面。申纯初到舅家，在中堂见到了表妹娇娘，几次交流，产生了爱情。在中堂宴会时，娇娘的母亲劝申纯饮酒，娇娘担心申纯醉酒，加以劝阻。申纯借机在中堂侧惜花轩内赠诗给娇娘，娇娘怕母亲知晓，将诗词藏在袖间，回到堂中坐下。男子无故不入中堂，但向尊长问安，可以进入内宅。《贾云华还魂记》中，男主人公魏鹏趁着给长辈问安的机会，打探娉娉闺房所在位置。《钟情丽集》中，男主人公辜生在看望长辈的途中乘机到了兰房东轩小姐的闺房中。辜生装病，得以移住东轩，东轩仍无路到春晖堂，于是他再次假装生病，请巫者来祈禳祛病，厚赂巫者，得以移居中堂，接近瑜娘更为便利。由厢房到中堂，有着突破礼教限制的象征意义。有的小说中，男主人公为了接近女主人公，直接“逾窗”或“逾垣”而入内宅。《娇红记》中，娇娘让申纯逾外窗，穿过荼蘼架，到熙春堂下相会。《钟情丽集》中辜生第二次到祖姑家，瑜娘告诉他去自己闺房的路线，辜生在更深夜静之时逾垣而入。相比之下，逾垣更意味着对礼教的颠覆。相对于男主人公，女主人公熟悉自家宅院的布局，可以借助侍女突破宅院的空间限制。《娇红记》中娇娘令两个丫鬟在夜晚去申纯住处了解情况，《贾云华还魂记》写娉娉叫侍女到厢房去打探消息，《钟情丽集》中侍女碧桃将自己在轩中的所见所闻告诉瑜娘。婢女经常替男女主人公传递书简。女主人公寻找机会，亲自前往男主人公的卧室交流感情。《贾云华还魂记》中女主人公偷偷到厢房赴约，《钟情丽集》中女主人公几次到生轩中与男主人公约会。

作为长篇小说，《金瓶梅》中的空间叙事更为复杂。《金瓶梅》中的很多情节发生在花园中。小说开始时，西门庆的花园不大，后来在旧花园的基础上进行扩建，为娶李瓶儿作准备。在第十三回中，西门庆开始和李瓶儿偷情，将一部分家私悄悄转运到西门府中。在丈夫花子虚死后，李瓶儿等着嫁给西门庆，不巧这时西门庆摊上了官司，李瓶儿在西门庆处理官司期间，匆匆嫁给了蒋竹山。西门庆摆平官司重新出现时，李瓶儿甚为后悔，赶走了蒋竹山，决定改嫁西门庆。在第十九回中，花园扩建完成，西门庆将李瓶儿娶进府中为妾。值得注意的是，扩建的花园是在花子虚住宅的基址上，所以这座花园盘旋着死去的花子虚的阴影。花园在花子虚住宅基址上建成，还暗示着这个花园最终将归于乌有。花园建成伊始，吴月娘带众妾和仆妇游赏，对花园作了介绍。嫁进西门府的李瓶儿住在花园中玩花楼上，让此前独占旧花园一隅的潘金莲感到威胁，为后面潘金莲与李瓶儿争宠、打击坑害李瓶儿埋下了伏笔。

《金瓶梅》不厌其烦地描绘花园，描写花园中的人物和生活琐事。潘金莲和李瓶儿都曾害死亲夫。她们同住在花园中，争风吃醋，钩心斗角。潘金莲为了与李瓶儿争宠，无所不用其极，甚至训练雪狮子猫抓扑李瓶儿刚满周岁的儿子官哥儿，使官哥儿惊吓而死。李瓶儿在扩建的花园中所住的房子正在花子虚原来的园子里，所以她不断被花子虚的阴魂所困扰直至病死。西门庆的花园里还充满了乱伦通奸的污浊糜烂。潘金莲与女婿陈敬济在花园中乱伦，与仆人通奸。西门庆在花园中的藏春坞雪洞里与多个女人疯狂地淫乱。第二十二、二十三回中，西门庆与仆妇宋惠莲在藏春坞雪洞中偷情。第五十二回中，西门庆和李桂姐在藏春坞雪洞中纵欲。第六十七回中，西门庆梦见李瓶儿后，与潘金莲在雪洞中交欢。所有这些都显示出花园本质上的肮脏。西门庆建花园，是暴发户的炫耀和附庸风雅。但园子里充斥着酒、色、财、气，甚为俗气。第四十九回中，西门庆在园中接待蔡御史，饮酒听曲罢，西门庆派人接来两个妓女董娇儿、韩金钏儿伺候蔡御史过夜，蔡御史不好意思，于是西门庆将蔡御史比为谢安，蔡御史亦将西门庆比为王羲之。蔡御史是蔡京义子，人品卑劣，贪婪猥琐，西门庆则是地痞流氓、淫棍恶霸，这种类比简直荒唐不堪，殊为可笑，产生了讽刺和喜剧效果。《金瓶梅》的花园显然有强烈的反讽意味。

西门庆等人在花园中的纵欲和人性扭曲的邪恶，决定了他们和花园毁灭的必然，西门庆死于疯狂纵欲，李瓶儿血崩而死，潘金莲被吴月娘卖掉后不久被武松杀死。西门庆死后，家败人散，象征着西门家繁华和充满欲望的后花园很快荒败。第九十六回中，庞春梅重游花园，昔日繁华荡然无存，花园墙壁倾斜，台榭毁坏，画壁上长满了青苔，地上乱草丛生，野兽在荒草亭阁间出没，西门庆等红尘男女曾纵欲狂欢的石洞中结满了蛛网，狐狸黄鼠往来其中。小说描写花园的荒凉："料想经年人不到，也知尽日有云来。"[1]花园空间见证了家庭的兴衰和人物的命运，主体故事从人物聚合于花园开始，最后又回到起点，归于空幻。

《林兰香》也写家庭生活，采用庭园叙事。作者对耿府的空间布局颇为用心。第七回介绍了耿府的整体布局、各色人等的居住位置。第十五回"五美"入耿府后，又一次介绍五房妻妾的居处分配情况和庭园周围的环境布局，为以后故事的展开精心设计好舞台。在第二十回中，妻妾们在九畹轩赏景游玩。第二十五回中，七夕之夜，男主人公与众妻妾在正楼梧桐树下分瓜果、乞巧。第二十八回中，众人在秋夜于坪前设筵饮酒，歌舞欢笑，妻妾争宠。第三十一回中，香儿搬入西一所，得耿朗专宠，而燕梦卿则受到裁抑，燕梦卿所住的东一所随之衰败。到第三十二回，耿朗在九畹轩中见鬼，大为惊骇。第四十三回中，在正月十五那天，耿朗与众妻妾放烟火，每人所放烟火名字暗示了各自的品性和命运。第四十七、四十八回，任香儿搬入东一所，东一所花草随之枯萎。第四十八回中，耿朗将九畹轩改作燕梦卿

1.(明) 兰陵笑笑生：《金瓶梅词话》，第2849页。

祠堂，名为冷梅轩。第五十五回中，众人在庭园中聚会作乐，在九月九日为病中的耿朗拜寿。耿朗在百花台设宴，与林云屏、宣爱娘、彩云、春畹赏菊饮酒行令，回忆昔年之事。第五十八回中，林云屏在百花台与爱娘、病中的春畹赏菊花，饮菊酒，悲叹耿朗、香儿、彩云之逝。

与《金瓶梅》相似，《林兰香》中的庭园也进行过改建。一开始众人住的是泗国公旧府，当时有耿朗、林云屏和任香儿三人，人物关系较为简单。后来燕梦卿、宣爱娘、平彩云等女子被娶进耿府，耿府花园也进行了改建。第十五回描写了新花园的环境，妻妾的住所进行了调整，东一所为燕梦卿所住，东一所内有九皋亭、九回廊等，宣爱娘住在东一所后；西一所是耿朗的书斋。任香儿移居东厢，东厢后有晓翠亭、午梦亭、晚香亭等，从假山洞内穿过去便是东一所；平彩云住在西厢。五个妻妾的住所安排体现了她们在耿府中的地位，另一方面，花园的景物布局也彰显了人物的品格，再加上日常生活和娱乐活动的描写，渲染了每个人的性格特点，为后来的矛盾冲突作好了铺垫。耿府的庭园也见证了耿家的兴衰和人物命运。小说写春畹重游旧园，感慨物是人非。第六十一回中，耿顺将燕梦卿的遗物以及梦卿、爱娘、云屏的诗集收藏在一座小楼上，小楼意外失火，遗物和诗集被烧得荡然无存。第六十二回是全书尾声，耿家往昔繁华和众女子的风流隽秀已成云烟，只留在人们的追忆中。

清初的李渔将园林美学应用于拟话本小说创作，以园林空间结构故事，表达自己的人生志趣。李渔《十二楼》中的十二个故事都发生在楼阁之中。合影楼、夏宜楼、三与楼既是小说主人公居住的场所和故事发生、发展的主要空间，又有着某种隐喻意义。李渔在小说中通过空间的不断切换，推动小说情节发展。《夏宜楼》描写书生在高楼上用千里镜窥视闺阁，顺势写出小姐的闺中情思和小姐之父的管教，以空间切换描写人物互动，促进情节发展。李渔常以居室外部的环境描写衬托人物的个性和品格，表达情怀。《闻过楼》中引用绝句《山斋十便》描写山中耕种伐薪、水边垂钓灌洗、方塘边筑园、竹梢引水等情形，把自然山水引发的情思融入园林，表达了一种隐逸情怀。《闻过楼》中的顾呆叟为人恬淡，为远离尘俗，在山林结庐隐居，但又被朋友纠缠不过，搬到了城乡之间居住。顾呆叟身上有作者的影子，李渔借顾呆叟的迁居表达了自己的生活态度。《三与楼》中的虞素臣绝意功名，将居住的小楼分为“与人为徒”“与古为徒”和“与天为徒”三层，第一、二层用来待人接物、读书临帖，最后一层只有一炉名香和道教经卷，是他避世静修之所。三与楼是虞素臣精神趣味的外化，也体现了作者的生活态度，他不能过与世隔绝的生活，但内心深处又渴望能有一方躲避喧嚣、安顿心灵的净土。

描写才子佳人爱情的小说，或写才子偶经花园外而巧遇佳人，或写才子读书之所邻近佳人所居后花园而偶见佳人，或写才子游览花园时巧遇佳人，总之花园是才子、佳人遇合的重要地点。才子、佳人相识后，经常在后花园中约会，诗词唱和，表白心迹，订立盟约。白话短篇小说《宿香亭张浩遇莺莺》写莺莺住在张浩家东边，在一个春日带着丫鬟到张浩家的花园游玩，在宿香亭见到了张浩，两人互致爱慕而定情，后来莺莺在家人赴婚宴时托病不往，登梯逾东墙，与张浩在宿香亭欢好，两人经历种种曲折，终成眷属。在这篇小说中，花园是爱情的起因，又是恋情发展的重要环境。花园既幽静优雅，游鱼戏水、鸳鸯双栖、并蒂莲花等景物成为男女相悦之象征，暗示人的情感欲望。[1]在诗文、戏曲和小说中，花园意象反复出现，成为人的情欲的隐喻。

明末清初的才子佳人小说张扬才情，富有才情的佳人和才子往往在充满诗情画意的花园中巧遇并订下婚约。比较典型的是《平山冷燕》，这部才子佳人小说写了两对青年男女的爱情，一对是燕白颔和山黛，另一对是平如衡和冷绛雪。才女冷绛雪居住在浣花园中，才女山黛居住在梅园中，这两个花园，一个清幽，一个宏丽，与她们的性格特点相呼应。[2]这种以居住环境体现人物性格的写法，影响了后来的《红楼梦》。《玉娇梨》《平山冷燕》等早期才子佳人小说对花园意象的应用比较成功，但后来的才子佳人小说相互模仿，陈陈相因，情节模式程式化，花园也失去原本丰富的内涵，成为符号性的场所和惯用的道具。在《锦香亭》《锦疑团》《宛如约》等后期的才子佳人小说中，花园仅是才子佳人的活动地点。这些才子佳人小说中的花园脱离了生活，花园意象降格为空洞的符号，文化积淀荡然无存。

1. 周宁：《花园：戏曲想象的异托邦》，《戏剧文学》2004年第3期，第25页。
2. 李致中校点：《平山冷燕》，春风文艺出版社1982年版，第148页。

第三节　清中期文人小说中的空间结构隐喻和象征意义

清代中期的文人小说中，空间成为叙事的重要方式，空间不仅是人物活动的背景，是小说结构的重要因素，是人物性格的外化，参与小说人物形象的塑造，而且有深刻的内涵，对小说主旨表达有重要作用。

《儒林外史》的地点变化频繁，但这部小说中的地点转移与以前的通俗小说有所不同，在以往的漫游模式的通俗小说中，主人公的游历使空间地点自然转移，而《儒林外史》的空间地点转移与小说的主旨表现紧密相关，是作者有意识的构思和精心的安排。小说前半部分由一个人物引出另一个人物的写法与《水浒传》的撞球式、连环传记式写法相似，不过在《儒林外史》中，空间地点的转移有特殊意义。作者在楔子之后就写周进，周进在山东兖州府汶上县薛家集教书，不久失了馆，给做生意的姊丈金有余记账，跟着到了省城，得众人资助捐监进场，竟然考中了，这样通过周进将视角由一个破落的乡村转移到了省城；周进被点广东学道，于是空间转移到了广东，自然过渡到了范进，而对范进的描写，使南海、番禺、高要等地的世风与士风得到展示；范进中进士后被点山东学道，地点又转回山东；在范进的照顾下，荀玫考中了进士，同乡进士王惠来拜，叙事视角转向王惠，而王惠的升任，使笔触转向江西；王惠穷途出逃，遇到蘧公孙，自然过渡到蘧公孙的故事，而由蘧公孙回乡探亲，地点转移到浙江。人物的游走接替将广大的地域纳入描写视界，如此安排是为了表现士风与世风的普遍腐化堕落，所谓悲凉之雾，遍被华林。在小说高潮，真儒名贤会集南京，南京成为人文荟萃之所和文人的最后一块心灵净土，真儒名贤筹划祭泰伯，以此兴礼乐而挽救文运。正是在这样的背景下，泰伯祠成为文运的象征，成为文人表达治世理想的心灵意象。

泰伯祠是作者用心营造的意象，可以说泰伯祠是时空的交叉点。在空间上是中心，儒士们从各地汇聚到南京，参加泰伯之祭；在时间上是焦点，祭祀古人泰伯，是复兴古礼、古乐以挽救当今之文运、世运之举，祭泰伯之后，泰伯祠与时间有了更为紧密的关系，在时间之流中，泰伯祠渐渐被势利社会所淡忘，破旧倒塌。泰伯祠体现了时空的主题表现作用。《儒林外史》写泰伯祠的祭祀，从迟衡山、杜少卿等人议论礼乐，到举行泰伯祠大祭，有五回的篇幅，这五回在整部小说中有着特别重要的意义，作者不厌其烦地描写泰伯祠修建、泰伯之祭的准备、祭祀泰伯的场景，表明作者对泰伯之祭非常重视，把祭泰伯当作小说的核心情节，用以表现"礼乐兵农"的救世理想。[1]《史记·吴太伯世家》中对泰伯有详细的介绍，泰伯是西周太王之子，周太王欲立季历为继王，泰伯主动离开，到了荆蛮之地，"文身断发，示不可用，以避季历"，荆蛮称赞泰伯之义，立他为吴太伯。[2]在封建时代，泰伯之让与后世封建政权内部的残杀争夺形成鲜明对比，因此泰伯受到推崇，被视为礼让之典范。《儒林外史》中，迟衡山称泰伯为古

1. 祭泰伯祠与小说主旨的关系，可参考李汉秋《〈儒林外史〉泰伯祠大祭和儒家思想初探》，《江淮论坛》1985年第5期，第96—102页。

2.（汉）司马迁：《史记》卷三十一《吴太伯世家》，第1221页。

今第一大贤人。《儒林外史》的作者吴敬梓曾参与吴泰伯祠的修建和吴泰伯的祭祀。[1]吴敬梓的朋友程廷祚记载了泰伯祠修建和泰伯祭祀的情况，首倡修建泰伯祠者为程廷祚之父程京萼。金和在《儒林外史》跋中说吴敬梓和一伙志同道合的友人建造了先贤祠。顾云在《吴敬梓传》中说吴敬梓等人修复了先贤祠。《儒林外史》中修泰伯祠和祭泰伯的描写有现实根据，但为了突出主题有意作了改动。祭泰伯在小说中被安排在中间偏后的位置，祭泰伯之前，作者用很多笔墨描写了士林的堕落，士人沉溺于功名富贵，因为功名而痛苦或疯狂，扭捏作态、坑蒙拐骗，而年轻的读书人不断加入其中。吴泰伯的让国与士人对功名的孜孜以求和为了功名而丧失人格、无所不为，形成鲜明的对比。泰伯之祭聚集了楔子中王冕所说的维持文运的星君。王冕所说的“一代文人有厄”，指的是士风的堕落、士人人格的丧失，而造成这种情况的是朝廷取士政策之失，致使文行出处被看轻。在这种情况下，文人地位下降，文人受到势利社会的嘲笑和轻视，而读书人在嘲笑和轻忽中逐渐异化。文人要改变这种局面，就要找回儒士之本，既要自重，又要担当起挽救文运、世风的责任。正是在这样的背景下，泰伯祠成为一种象征。

《儒林外史》写迟衡山解释祭泰伯的目的说，以古礼、古乐祭泰伯，可以习学礼乐，成就人才，有助于政教。迟衡山与杜少卿说话，感慨当时的读书人只知道举业，或者附庸风雅做两句诗赋，对礼乐兵农全然不知不问。真儒名贤祭泰伯是为了复兴礼乐，而后来的萧云仙治理青枫城，则是对兵和农的实践。祭泰伯是《儒林外史》的高潮，

1. 当然也有研究者对此提出质疑，如谢谦《吴敬梓等人修先贤祠质疑》，《南京师大学报（社会科学版）》1986年第3期，第21—24页。

因为泰伯之祭象征着挽救文运和世运的努力。无论从时间还是空间上看，泰伯祠和泰伯之祭都有着特殊的意义。整部《儒林外史》，空间不断转换，时间在暗中流动，而以泰伯祠祭祀为界，之前和之后的时空安排有所不同。祭泰伯之前，空间位移为主；祭泰伯之后，时间流逝明显。真儒名贤的理想主义无法对抗势利的现实，贤人风流云散，世俗势利之风愈刮愈烈。泰伯祠慢慢被世俗侵蚀，被无边的灰暗吞没。随着时间的流逝，文人挽救文运的努力渐渐成为模糊的回忆。小说写庄濯江话旧秦淮河，接着写虞华轩重修元武阁，与南京泰伯祠遥遥相对，但虞华轩受到势利乡人的冷落和嘲笑。余氏兄弟和虞氏兄弟回忆泰伯祠的祭祀，感慨不已。余大先生感叹县里没有南京虞育德那样的真儒，以至于礼义廉耻丧尽。余二先生赞叹虞育德以德化人，让人不好意思做非礼之事。小说写王玉辉带着自编的礼书不远千里到了南京，其时南京的贤人皆已散去，泰伯祠里的乐器、祭器被锁在柜子里，祭祀仪注单和执事单蒙上了一层灰尘。多年之后，陈木南和徐九公子回忆起泰伯祠的祭祀和参加祭祀的贤人。在小说的结尾，乡人在闲谈中提到泰伯祠，将泰伯祠的祭祀称为古事。盖宽和邻居老爹站在雨花台上，望见泰伯祠大殿屋山头倒了半边，两扇大门倒了一扇。走进泰伯祠，几个乡间老妇人在里面挑荠菜，大殿上的槅子都没了，后边五间楼的楼板一片都没剩。残破的泰伯祠，傍着山头沉沉落下的红日，象征着文运的最后没落。

《红楼梦》的空间叙事模式与《儒林外史》完全不同，不过在构建核心空间意象这一点上又与《儒林外史》相通。《红楼梦》中的庭园叙事对主题表达、人物塑造都有重要作用。和《金瓶梅》一样，《红楼梦》的标题凸显了空间在叙事中的重要性，如第二十七回的回目标明滴翠亭，第三十七回的回目标明秋爽斋和蘅芜苑，第五十回的回目标明芦雪庵和暖香坞，如此等等。《红楼梦》中的花园描写也受《金瓶梅》的影响。《红楼梦》中写大观园建成，脂砚斋评点“深得《金瓶》壶奥”[1]。不过《红楼梦》的空间叙事比《金瓶梅》更为成熟和复杂。

在通过空间转移串联无直接关联的人物和情节时，《红楼梦》更为熟练，更为自然。第七回写周瑞家的送宫花，按其行走路线组织起一系列情节，在园中见到了香菱，到王夫人正房后三间小抱厦见到了迎春、探春，然后写到惜春，预示了惜春未来出家的结局。周瑞家的穿过夹道，从李纨后窗下经过，过了西花墙，出西角门，到了凤姐院中，遇到贾琏和王熙凤嬉戏。过穿堂时，周瑞家的遇到了自己的女儿，女婿冷子兴被人告发，女儿来找她向贾府讨情分。周瑞家的最后到贾母处，见到了贾宝玉和林黛玉，林黛玉对周瑞家的将最后剩下的宫花送给她有点恼怒。

《红楼梦》还将空间与人物性格描写联系在一起。翠竹森森、环境幽静的潇湘馆适合林黛玉，而雪洞一般的蘅芜苑与薛宝钗的性格相合，探春所居为秋爽斋，秋爽斋与其阔朗的气质相合，人工造作的稻香村里住着守寡的李纨。《红楼梦》还以庭园中的植物象征人物的品格，如秋天的菊花、潇湘馆的竹子象征黛玉孤高的人格。大观园空间的四季气象与人的性灵精神相合。人文与自然融合，形成了生命化的时空结构。沁芳泉水引入大观园，在园中曲折穿绕，最后合在一处流出园外，有着深刻的内涵。

1. 朱一玄：《红楼梦脂评校录》，齐鲁书社1986年版，第189页。

《红楼梦》的主体情节集中在贾府，尤其是大观园。小说第一回写了甄士隐家的庭园，甄士隐邀请贾雨村到书房闲谈，士隐去接待来客，雨村在书房等待，听到女子咳嗽声，往窗外看去，看到一个丫鬟正在庭园撷花，那丫鬟回了两次头。雨村便想入非非，以她为“风尘知己”。丫鬟娇杏的回头意外地迎来了她人生中的“侥幸”。对甄家花园空间的描写是对才子佳人小说的戏拟，表示了对才子佳人陈腐旧套的反讽。小说第三回写林黛玉进贾府，通过林黛玉的陌生视角看荣国府的庭园布局，展现了荣国府的贵族气象，“为大观园伏脉”[1]。从第十六回修建大观园开始，逐渐进入大观园叙事。第二十三回宝玉与众姊妹迁入大观园，中心故事由此展开。大观园在小说的整体结构中有重要作用，作者对大观园进行反复细致的描写。第十七回至十八回借贾政、贾宝玉以及众门客游览和元妃省亲之机，对大观园主要景观进行了描写。第四十至四十一回写贾母带刘姥姥等人在园中宴游，补写了大观楼、潇湘馆、秋爽斋、缀锦阁、蘅芜苑等景观，更进入房间写室内空间。第七十四回中，凤姐带人搜检大观园，又一次写大观园的环境。大观园的一个个景点都有一个或几个故事，形成了一个个情节单元。小说中写得最多的是怡红院和潇湘馆，这两个地方是贾宝玉和林黛玉的居所，除了他们的情感纠葛，晴雯、袭人和紫鹃等丫鬟的故事也主要发生在这两个地方。沁芳桥连接怡红院和潇湘馆，使发生在两处的情节得以衔接和过渡。

《红楼梦》将人物集中在庭园中，描写人物之间的矛盾关系和情感纠葛，表现人物性格，推动情节发展，与《金瓶梅》的写法有相似

1.(清) 曹雪芹:《脂砚斋重评石头记》，载《古本小说集成》第二辑第六十六册，第79页。

之处。大观园的营建也占用了别的庭园基址。第十七回详细讲述了大观园的筹建：拆除宁国府会芳园的墙垣楼阁，将会芳园与荣国府东大院连起来，会芳园中本有一股活水，不再需要从外面引水。山石树木、亭榭栏杆可以从贾赦住的荣府旧园中挪来，“两处又甚近，凑来一处，省得许多财力”[1]。大观园建在宁国府的会芳园和荣国府贾赦所住庭园内的旧花园基址之上。“会芳园”第一次出现是在第五回，贾珍、贾蓉父子聚赌淫乱是在会芳园，按照甲戌本《脂砚斋重评石头记》中的批语和通行刊刻本中的暗示，秦可卿在会芳园的天香楼自缢而死，死前曾与贾珍在天香楼中乱伦，会芳园是污秽肮脏的，而贾赦也贪婪好色。小说不仅说明大观园建在这两个庭园基址上，而且强调会芳园中的水是后来大观园中诸水之源。甲戌本批点说：“园中诸景，最要紧是水，亦必写明方妙。”[2]

不过和《金瓶梅》中的西门庆的花园不同，《红楼梦》中的大观园虽建立在肮脏和废墟之上，但作者反复强调大观园的纯洁。荣、宁二府是世俗世界，大观园为相对封闭而独立的空间，与园外的喧嚣、肮脏和堕落形成鲜明对照。在第四十九回中，史湘云告诉薛宝琴，平时就在大观园中，大家一起吃喝玩乐，大观园外，贾母和王夫人那里可以去，但也要小心其他人，比如王夫人如果不在屋里，就不要进去，“那屋里人多心坏，都是要害咱们的”[3]。虽为玩笑，但确实看出了大观园内外的差别。在第二十三回中，按照贾元春的意思，贾宝玉和众女儿一起搬进大观园，众女儿住进大观园，在园里吟诗作赋，既使佳人

1.（清）曹雪芹：《红楼梦》，载《古本小说集成》第三辑第二十四册，第554页。
2. 朱一玄编：《红楼梦资料汇编》，第263—264页。
3.（清）曹雪芹：《红楼梦》，载《古本小说集成》第三辑第二十七册，第1819页。

得其所，又使园子和园中花草不受冷落。贾宝玉虽为男子，却与其他男子不同，他自幼和众女儿一起长大，如把他一个人留在大观园外面，他会感到冷清寂寞。余英时在《〈红楼梦〉的两个世界》一文中将“大观园”称作“乌托邦的世界”。[1]在“大观园试才题对额”一回中，跟随贾政的清客将“蓼汀花溆”拟作“武陵源”或“秦人旧舍”，这个乌托邦世界是主人公贾宝玉的理想家园，在大观园中，他的灵魂获得了暂时的安顿。脂砚斋评点说，大观园实际上是为十二钗建的，只是工程浩大，耗费太多，所以借元春省亲之名而建，又借元春之命让十二钗搬进大观园，显得很自然。除了作为“诸艳之冠”的贾宝玉外，大观园住着清纯女儿。第二十五回中，贾芸带花匠进园植树，第五十一回中，胡太医入园为晴雯治病，各处丫鬟全被告知回避。贾芸、贾环等人问候贾宝玉，也只在靠近大观园的怡红院内活动。所以大观园这一人间仙境，是一个隔绝尘世的女儿国。

大观园被描写成诗意世界。园中植物随季节变化而更改颜色，有色彩美；水声、风声、雨声、琴声、笑声交织，有音响美；潇湘馆、蘅芜苑、秋爽斋、栊翠庵、绛芸轩、滴翠亭、柳叶渚等园内建筑甚具韵味，有建筑美。贾宝玉和众女子在大观园中作画弈棋、品茗赏花、吟诗联句，有着文人的清雅意趣。小说还成功化用诗、词、曲的意境，描写有抒情色彩的场景，如“牡丹亭艳曲警芳心”“宝钗扑蝶”“黛玉葬花”“栊翠庵茶品梅花雪”“琉璃世界白雪红梅”“湘云醉卧”等，诗意浓浓。这些精彩的场景都发生在大观园，大观园被诗化了。

1. 余英时：《中国思想传统的现代诠释》，江苏人民出版社1995年版，第323页。

《红楼梦》描写了三个世界：神话世界、现实世界和理想世界。[1]大荒山和太虚幻境是神话世界，大观园是理想世界，人间社会是现实世界。现实世界以贾府为中心向外辐射，包括上自宫廷下至乡村的广大社会。大观园在现实之中，又有浓厚的理想色彩。作为理想世界的大观园与神话世界中的太虚幻境遥相呼应，大观园是人间的太虚幻境。小说中写贾宝玉梦游太虚幻境，看到了太虚幻境中的建筑和景色，甲戌本中脂批云："已为省亲别墅画下图式矣。"[2]贾府筹建省亲别墅，找人画图样，庚辰本有侧批云："大观园系玉兄与十二钗之太虚幻境，岂可草率？"[3]贾政带贾宝玉和一伙清客游览刚建成的省亲别墅，贾宝玉看到"蓬莱仙境"，朦胧想起梦中的太虚幻境，"心中忽有所动"[4]，也照应了太虚幻境。太虚幻境里也只有贾宝玉一个男子。

强调太虚幻境与大观园的联系，也预示了大观园的空幻。在太虚幻境的映照下，大观园只是尘世间一座埋香冢。在苍莽时空中，大观园在时间上是短暂的一瞬。相对于茫茫苍穹、渺渺大荒，大观园在空间上不过是微尘一点。太虚幻境中的十二钗判词、图册与《红楼梦》曲子，以及"千红一窟""万艳同杯"、群芳髓等意象，预言了大观园中群芳的命运。故事开始之先，群芳的命运就已注定。大观园衰败之前，林黛玉的葬花就预示了伤逝主题，表达了对红颜易逝的哀叹。庚辰本第二十七回眉批说，埋香冢葬花是"诸艳归源"，《葬花吟》为预言诸艳结局的偈子。[5]己卯本夹批说，作者苦心经营大观园，只为了

1. 赵冈：《"假作真时真亦假"：红楼梦的两个世界》，香港《明报月刊》1976年第6期。
2. 朱一玄编：《红楼梦资料汇编》，第169页。
3. 朱一玄编：《红楼梦资料汇编》，第262页。
4.（清）曹雪芹、高鹗：《红楼梦》，第229页。
5. 朱一玄编：《红楼梦资料汇编》，第416页。

一个葬花冢。贾宝玉梦游太虚幻境，警幻仙姑室内所焚之香名“群芳髓”，所饮之茶名“千红一窟”，所品之酒名“万艳同杯”，谐音“群芳碎”“千红一哭”“万艳同悲”。与“如花美眷，似水流年”“水流花谢两无情”“流水落花春去也，天上人间”“花落水流红，闲愁万种”等曲文诗词前后呼应，暗喻大观园中的群芳最终都逃不脱枯萎、凋谢、零落成尘的悲剧命运。贾宝玉撰《芙蓉女儿诔》，预示了林黛玉的死亡。第七十六回“凹晶馆联诗悲寂寞”，所联诗句悲凉落寞，预示着美好的逝去。从抄检大观园开始，这座花园逐渐走向衰落，外界各种势力开始侵入、干预大观园，随着司棋、晴雯的被逐，宝钗的搬出，迎春、探春的出嫁，黛玉的死亡，大观园不可避免地走向荒芜破败。“欲洁何曾洁，云空未必空”，这句诗描写的是妙玉的悲剧，也是大观园中女性群体的悲剧。一度繁盛热闹的大观园，只剩下“落叶萧萧，寒烟漠漠”[1]。贾宝玉失去了人生的最后寄托，怀着对大观园的深深怀念，遁入空门。

《红楼梦》等小说中的庭园描写特别是花园描写，受明清时期私家园林的影响，但对小说中花园描写影响更直接的是明清之际遗民文人在心灵深处和文学作品中构建的梦想花园。明清之际，遗民文人张岱将所见各处园林重组，加上想象，营造了梦想花园“琅嬛福地”。琅嬛福地构建于梦中，坐落在人世，隐含对往昔繁华秾丽的美好记忆，又融入了人生寄托。明清之际的另一个遗民文人黄周星在《将就园记》中也营造了自己的梦想花园“将就园”，以表达人生理想。黄周星在《将就园记》中说，将就园既在世间又在世外，亦真亦幻，真假

1.（清）曹雪芹：《脂砚斋重评石头记》，载《古本小说集成》第二辑第六十六册，第401页。

难辨。[1]将就园分两个部分，将园代表入世，就园代表出世。园子名为“将就”，“将”表明寄希望于将来，“就”表明无可奈何，权且为之。与将就园类似的纸上园林、梦中花园还有很多，如王也痴的意园、孙坦夫的想想园、吴石林的无是园等。梦中花园的构建带有深沉的幻灭感。《红楼梦》的大观园与遗民文人的梦想花园相似。大观园中有回忆，又是太虚幻境的人间投射，[2]是作者的梦想花园。大观园将过去和未来融合在一起，梦想和现实界限模糊。大观园有现实的影子，如俞平伯所说，《红楼梦》中的描写可以“按迹寻踪”，不可能全部为虚构，对荣国府和宁国府的描写，特别是对大观园的描写，一定有现实的依据。[3]但大观园又和文人的梦想花园相似，是封闭的，隔绝现实；是私人的，园中完全自由；是永恒的，绝对理想。梦想花园穿越时空，逃避现实，是对现实的安慰与补偿，表达了寻找精神家园的渴望。然而梦想终究不是现实，梦想花园往往会蒙上失落的情绪与黯淡的色彩。

《红楼梦》中的庭园空间叙事特别是大观园对后来的通俗小说产生了重要影响。清代后期的狭邪小说《青楼梦》《品花宝鉴》《绘芳录》都写了园林，这些园林描写都直接借鉴了《红楼梦》，有大观园的影子。《品花宝鉴》中的怡园是小说人物徐子云的私家园林。第二十回写诸名士看龙舟、赏榴花，通过诸名士之眼，以游踪为线，展现

1.（清）黄周星：《黄周星集》，岳麓书社2013年版，第41页。

2. 脂砚斋在贾宝玉梦游时批道：“已为省亲别墅画下图式矣。”第十七回宝玉随贾政初游大观园，行至一座玉石牌坊之前，“宝玉见了这个所在，心中忽有所动，寻思起来，倒像哪里曾见过的一般，却一时想不起哪年月日的事了”。第十六回脂批明确说：“大观园系玉兄与十二钗之太虚玄镜，岂可草率？”俞平伯在《读〈红楼梦〉随笔》中也指出：“可见太虚幻境牌坊，即大观园省亲别墅。”俞平伯：《俞平伯论红楼梦》，上海古籍出版社1988年版，第783页。

3. 俞平伯：《俞平伯论红楼梦》，第210页。

了怡园中的缥缈亭、停云叙雨之斋、吟秋水榭等景观。[1]在第四十六回中，“赐书楼”落成，众人再游怡园，为园内景点题匾。这种写法明显借鉴了《红楼梦》，《红楼梦》第十七回写贾政带着贾宝玉和众清客游览刚建成的大观园，为各处景点题名。《青楼梦》借钮爱卿偕爱郎在挹翠园四处游玩，展现了“海棠香馆”“宜春轩”“观鱼小憩”等美景。[2]怡园中八龄班弹唱以佐清欢，挹翠园中众人成立梅花吟社作诗唱和，绘芳园中众人飞觞雅集、猜枚行令，都借鉴了《红楼梦》中的相关描写。《青楼梦》直接写了《石头记》和大观园，男主人公金挹香游完挹翠园，对爱卿说，《石头记》中众姐妹居住在阔绰的大观园中，经常聚会吟诗，令他艳羡，他准备借挹翠园也“作一佳会”。[3]在第十九回、二十九回中，金挹香与三十六美两宴挹翠园。《绘芳录》也多次提及《红楼梦》。狭邪小说的园林书写，是落魄文人自伤怀抱的排遣。《品花宝鉴》的作者陈森“半生潦倒，一第蹉跎”[4]。《青楼梦》的作者俞达时乖命蹇，“半生诗酒琴棋客，一个风花雪月身”[5]。《绘芳录》的作者依人做幕，游食四方。[6]他们胸怀抱负却无可实现，于是借虚构的乌托邦来宣泄内心郁愤[7]，寻找心灵的安顿之所。

《儒林外史》中的泰伯祠和《红楼梦》中的大观园对小说主旨的表达有独特的意义，是小说中的重要意象。《儒林外史》关注人格理想，

1.（清）陈森：《品花宝鉴》，宝文堂书店1989年版，第278页。
2.（清）俞达撰，邹弢评：《青楼梦》，北京大学出版社1990年版，第96页。
3.（清）俞达撰，邹弢评：《青楼梦》，第98页。
4.（清）陈森：《品花宝鉴》序，载《古本小说集成》第四辑第二十八册，第2页。
5. 陈汝衡：《说苑珍闻》，上海古籍出版社1981年版，第86页。
6.（清）西泠野樵：《绘芳录》，江西人民出版社1989年版，第8页。
7.（清）俞达撰，邹弢评：《青楼梦》，第358页。

哀挽文运、世运，小说中的泰伯祠象征了一种文化精神。《红楼梦》关注爱情，同情女性，感悟人生，小说中的大观园象征的是一种人生态度。泰伯祠和大观园代表了文人的两种精神世界。[1]

1. 美国学者高友工对这两部小说的分析可供参考，他在《中国叙述传统中的抒情境界——〈红楼梦〉与〈儒林外史〉的读法》一文中说："吴敬梓观照在社会群体中展现的个体生命及归于仪式的客观关系所构成的历史间架。曹雪芹则观察被安排在神话架构里且主观地呈现于梦中的私人生活。"载〔美〕浦安迪《中国叙事学》，第210页。

第四节　清中期文人小说的漫游模式和空间叙事

清代中期文人独立创作的通俗小说在情节结构上有相似点，这些小说多以主人公的游历为线串联起散漫的故事情节，形成了漫游模式。小说空间频繁变动。清代中叶文人小说的漫游模式与明代通俗小说特别是书商为营利而编刊的英雄传奇和神怪小说中的游历描写有所不同。清代中叶的文人小说中，漫游的主人公是文人，他们的旅游动机、方式蕴含着独特的文化意义。

清代中期的通俗小说中，文人主人公的漫游有几种不同动机。《蝴蝶梦》《水石缘》等小说中，男主人公为了寻找良缘而出游。《蝴蝶梦》写三个书生从一个法号自观的和尚那里得到预言诗，诗中预言了佳人的位置，他们决定离家出游，到东浙寻找心中佳人。《水石缘》中，一个神僧赠给石莲峰一个蜡丸和一幅画，石莲峰根据蜡丸和画提供的线索，远游寻觅良缘。在有的小说中，男主人公为了避难而出游，在漫游途中遇到佳人良缘，或者遇到机会，得以施展才能。《五凤吟》中，文才出众的祝琪生被朋友平君赞诬陷入狱，他越狱后，为了避祸而出游，历经曲折，最后考取进士，与相爱的几个女子成婚。《小野催晓梦》写马欲恩将仇报，侵占匡家财产，不认贫穷落魄的匡荆生为女婿，而且诬陷匡荆生奸盗杀人，匡荆生得救逃脱，为躲避官府搜捕而逃亡，最后考中功名，报了大仇。《雪月梅》的男主人公岑秀为了逃避仇家陷害，携家外出躲避，开始了漫游。《希夷梦》中，后周为赵匡胤所篡夺，仲卿和韩速为逃避迫害而出走，图谋复国。《快士传》写书生董闻得结义兄弟董济之助，离家出游，求取功名，科举高中后作为监军参与平定叛乱，立功受封赏。《幻中真》中，书生吉梦龙遭到陷害，勘破红尘而出家，得知自己日后当发迹，于是学习兵法，参加科考，开启功名之旅。也有人参透世事，对功名心灰意冷，离家出游，在漫游途中却干出一番事业。《野叟曝言》中的文素臣放弃功名而出游，最后成就了不世功业。《绿野仙踪》的冷于冰参透生死，对现实心灰意冷，出家求道，游历途中斩妖除怪，锄强扶弱，参与平定叛乱，最后功德圆满，升天成仙。《镜花缘》的唐敖科场失意，意懒心灰，到海外漫游。

这些小说中，文人主人公漫游的动机各不相同，但后来都转向了功名事业，结局也很相似。《水石缘》的石生参与平定木客之乱，后来又科举高中。《五凤吟》的祝琪生获得功名后，率军出征，为国立功。《雪月梅》的岑秀虽为文官，却能率军平倭，立下战功。《快士传》中的董闻消弭两国矛盾，维护国家太平，立功受封，被称为快士。《野叟曝言》中的文素臣漫游途中除暴安良，平定叛乱，肃清奸党，排抵邪说，挽救了濒危的王朝。《岭南逸史》的黄逢玉在漫游途中结识了几个奇女子，得她们相助，诛灭强盗，功勋卓著，被封为侯。《绿野仙踪》的冷于冰出家求仙修道，在求道途中参与平叛除奸，功德圆满，升入仙界。《幻中真》的吉梦龙不仅凭文才而获功名，又熟读兵书，镇压强盗之乱，立下卓越功勋。《跻云楼》中的柳毅得螭娘、虎女虓儿之助，考中进士，治理地方，斩杀妖孽，救出皇帝，大败吐蕃，官至极品。《蟫史》中的桑蠋生加入幕府，参赞军务，绘图筑城，出谋划策，平定叛乱，安定边疆，功成而归。

这些被归入不同类型的小说有相通之处。男主人公为着不同的目的，不辞艰辛，不畏危险，漫游各地。《蝴蝶媒》的三个秀士从杭州出发，到了东浙，经过会稽，在苎萝山稍停，接着又进京救人，最后回苎萝山隐居。《驻春园小史》中的黄玉史追随苏玉娥从浙江到了金陵，不久乘船返回浙江，遭到诬陷而被发配，途中被劫上大义山，冤屈得伸后，他入京参加考试，中了探花，与两个佳人成亲，最后放弃了官职，返回浙江，定居驻春园。《幻中真》的吉梦龙被诬告而遭受酷刑，得遇大赦后，改名藏智，到宜兴游玩，返回途中，迷路误入深山，从山中出来后到了山西，不久改名换姓，进京参加科考，中了状元，受命率军到山东征剿盗寇，功绩卓著，最后微服回乡。《野叟曝言》的文素臣放弃功名，离开家乡苏州漫游，经过杭州，捕杀孽龙，救助弱女，被推荐入京，不久又南返，经过东阿，收服盗首，又经由杭州到了丰城，除掉蹂躏妇女的头陀，又进京看望好友，经过大法轮寺，救下解氏兄妹，将他们送往东阿，然后返回南方，经过济宁，救下被骗卖的女子，不久因为直言极谏，被流放辽东，流放途中经过通州，感化了行刺的红须客，在沙河驿住宿，擒杀了行刺的阉党走狗，经过宝青寺，焚毁叛党的粮草，经邯郸、天津、东阿，到了丰城，又前往南昌，回家辞别母亲，经浙江、福建，到了台湾，剿灭了叛贼，到山东除掉了景王死党，又奉命巡边，为了对付赤身峒叛变，经过山西、甘肃、四川、云南、贵州，到广西探察敌情，又进京入宫救太子，到海上迎接上皇。《绿野仙踪》的冷于冰放弃科举，离家访道，在深山中遇到猛虎，在泰山庙中打女鬼，又经由山西、潼关，到了华山，被游方恶僧所骗，云游五六年，过了黄河，经过淮安、扬州、苏州，抵达杭州，在天竺寺前遇上火龙真人，一年后到湖南安仁县收服厉鬼，在玉屋洞中得天书，又到泰安救了连城璧，在川江上斩怪，救了朱文炜，到荆州帮助平叛，又到陕西赈济灾民，到江西斩杀鱼妖，上虎牙山收服狐妖，最后在玉屋洞修成正果。

在漫游模式的通俗小说中，以人物的游历为线，把松散的故事连接在一起。为了使小说结构显得紧凑，这些小说常常运用伏笔、照应、草蛇灰线等手法，尽量使小说情节形成一个有机整体。不过从整体上说，这类小说的情节还是显得散漫。文人小说家采用这种模式，与现实中的文人漫游有关，也是要用这种形式表现文人在精神世界中的探索和追求。与明代游历模式的通俗小说不同，清代中期漫游模式的小说中，主人公几乎都是文人。文人小说家采用这种模式，与小说的类型有一定关系。小说以主人公的漫游将一系列本没有紧密关系的故事串联起来，漫游中的主人公会在若干地点有较长时间的停留，停留期间发生的事形成相对完整的情节单元，不同地点的情节单元由主人公串起来就是一部小说。《绿野仙踪》就有若干个情节单元。第一回到第十回写冷于冰决意放弃功名，离家出游修道，得火龙真人传授道术；第十一回和第十二回写冷于冰在安仁县用法术收鬼诛妖，得到神书；第十三回至第十五回写连城璧的遭遇；第十七回至第十九回写朱文炜的故事；第三十回至第三十五回写朝廷征讨大盗师尚诏，冷于冰以法术相助；第四十七回到第六十回写浪子温如玉为小人所诱，败尽家财，在相好的妓女金钟儿死后，有所醒悟；第七十九回至第八十九回写纨绔子弟周琏和齐惠娘的故事。主人公冷于冰穿插其间，将这些情节单元连接起来。再如《跻云楼》以柳毅的漫游串联起发生在陕西、江西、广东、福建、四川等地的故事，因为这部小说篇幅不长，所以地点变换较为频繁，几乎每一回都是一个情节单元，如第三回写柳毅在山阴岭遇到虎女，第四回写柳毅在泾阳陂遇到螭娘，第五回写柳毅到长安参加科举考试，中了进士，第六回写柳毅娶二女，第七回写柳毅在江西断狱。

文人小说采用这种模式有很多原因。一方面，以游历为线串联起很多没有直接关系的情节，比较容易、简便；另一方面，文人小说广泛采用这种情节结构模式，还与文人的漫游之风有关。士人漫游之风可溯源至战国，那个时候很多士人游历各诸侯国，或推广自己的思想，或寻找实现抱负的机会。从汉代开始，幕府兴起，很多士人游历各地幕府，既是为了生计，也是为了寻找机会施展才华，边塞立功是进入仕途、实现济世抱负的捷径。唐代之后，科举考试成为选拔官员的重要途径，特别是明代之后，中央集权加强，幕府没有荐举的权力，游幕文人逐渐减少。明末清初，社会动荡，特别是易代的沧桑巨变使很多士人偏离了原来的人生轨道，不仅面临文化选择，而且生活变得困窘，为了生计，他们四处奔波，而参加幕府成为谋生方式之一种。康熙时期，战争不断，先是攻打台湾，不久又平定三藩之乱，将军幕府中需要士人负责文书和出谋划策，于是在这个特殊的背景下，文人游幕之风再次兴盛。乾嘉时期又有另一种形式的游幕。在考据之学兴盛的背景下，不少文人到地方幕府中助理公务，同时帮助幕主考编书籍文献。另外，在清代中期，无数士人游学各地，远赴省城、京城参加科考。清代中叶，文人漫游之风大兴，漫游对这个时期文人的精神世界产生了重要影响。很多学者有过游幕经历，根据《清史列传》等史籍的记载，考据学者有近半数曾参与幕府。关于清代文人的游幕情况，据清代的周星誉记载，康熙、乾隆时期社会稳定，朝廷重视文教，王公大臣重视文学，争相延请儒士，不少文学之士得到赏识推荐而“致身通显”，一些地方官员也设立馆阁，招募文人学者，文人有“一艺足称”皆可“坐致嬴足”。[1]

文人的漫游大都为稻粱谋，出于不得已，因而饱含辛酸。清代中叶，读书人队伍急剧膨胀，而科举录取名额有限，大多数读书人科考失意，久困场屋，无缘仕途，又不习于农工商，只好当塾师或游幕，清中期游幕的学者多因屡困场屋，家贫无以为生。文人游幕又不仅仅是为了谋生，也是为了寻找机会，施展才干，实现人生价值。文人难以忘怀世事，有积极入世精神，对社会有着深厚的关怀。对于那个时代的文人来说，科举入仕是实现济世志向的最好途径，也几乎是唯一的途径。但是到了清代中期，士人队伍更为庞大，而科举录取名额却没有增加，科场竞争更为激烈，再加上各种科场腐败，寒微之士考取功名的机会很小。士人在科场上受到挫折，而八股科举又对士人的人格、精神造成腐蚀，再加上社会势利之风的影响、朝廷对士人阶层的压制和打击，使士气衰落，士人地位下降，士风因而趋于败坏。作为一个相对独立的社会阶层，士人脱离了农、工、商，又失去了以往的优势地位，处于一种无根浮游的状态，士人的这种心灵状态在文人小说中有所表现。文人小说写文人主人公的漫游，表现的是文人小说家的心灵漂泊。文人小说家寻求心灵寄托和归宿，于是在小说中写才子佳人、写美满姻缘、写家庭田园，这是文人兼济天下的理想幻灭后万不得已的移情。文人小说所渲染的功业，是现实中的文人无

1.（清）周星誉：《王君星諴传》，载（清）缪荃孙纂录《续碑传集》卷八十一，明文书局1985年版。

法实现的梦想。文人小说家如夏敬渠、李百川、吴璿、汪寄等都科举失意，他们创作的通俗小说中的文人主人公也都放弃了科举，通过其他途径实现了自己的理想，建立了伟大的功业。这些文人小说家几乎都有过游幕的经历，如夏敬渠曾到过燕、晋、秦、陇等地，登山临水，考察中原形势，经过黔蜀之地，从湘江乘船到汉水，进入长江，溯流而上，回到家乡；[1]李百川在家庭遭遇变故之后，离开家乡，到扬州经商，因受骗而遭到重大损失，只好在扬州、盐城、辽州、梁州等地漂泊，过着“日与朱门作马牛”的生活[2]，他于旅途漂泊之中完成了小说《绿野仙踪》；《水石缘》的作者李春荣在“取博士弟子员”后“以异籍被攻”，愤而负囊远行，放弃了举子业，“究习幕学”，游历齐鲁、荆楚等地[3]；《雪月梅》的作者镜湖逸叟在成年后“北历燕、齐，南涉闽、粤”，他将自己的漫游经历写入小说[4]。小说中所描写的漫游，既是现实世界中士人漫游的真实反映，又象征了士人心灵的漂泊。

清代中期通俗小说的漫游模式，对清代后期乃至晚清的通俗小说创作产生了很大影响。十九世纪到二十世纪初，不少小说沿用了这种模式，如《老残游记》《二十年目睹之怪现状》等都以一人游历为主线，写其所见所闻，串联起很多无紧密关系的情节，反映广阔的社会现实。不过与清代中期小说的漫游模式相比，清末小说家对游历模式的运用比较成熟，情节结构紧凑，节外生枝的情节较少，注意处理叙

1.（清）夏敬渠：《野叟曝言》，载《古本小说集成》第四辑第五十五册，第1页。
2.（清）李百川：《绿野仙踪》辑补序，载《古本小说集成》第一辑第一百三十册，第6页。
3. 丁锡根编著：《中国历代小说序跋集》（下），第1293页。
4.（清）镜湖逸叟：《雪月梅》自序，载《古本小说集成》第四辑第四十六册，第1页。

述者与小说主人公的关系，注意对叙事视角的控制。可以说清代中期的通俗小说是十九世纪至二十世纪初通俗小说叙事艺术探索的先导。从个人化、书斋化创造和密室化阅读等方面说，清代中期的通俗小说是小说近代化的开端。

第九章

明清通俗小说的意象叙事与诗化特征

物象叙事是古代叙事文学的特殊技巧，构成了古典叙事文学的特色。这种物象的使用有一个发展过程，由简单的结构因素，变得具有内涵和象征意义，借助物象组织情节，物象与时间或空间线索结合，使整体结构严谨，情节发展脉络清晰，不仅是场景描写的核心，而且在场景转换中起重要的勾连作用。作为市井文学的宋元话本则很少使用这种叙事手法。明清通俗小说中，书商组织编写的历史演义、神怪小说极少运用物象叙事，而文人介入通俗小说写作，将文言小说、戏剧等叙事文学的技巧运用于通俗小说中，具有结构功能的物象被有的学者称为“针线性物象”[1]，除了叙事、结构与情节层面上起贯穿性连缀作用，推动情节发展，还可以参与人物塑造与主题表达，有的学者称这种物象为“功能性物象”[2]。有的物象还有一定的隐喻象征意义。具有结构功能和象征意义的物象在小说中反复出现，显然经过有意识的选择。明清文人创作的通俗小说有意识地运用物象，使作品结构完整严密，情节紧凑巧妙，缜密地组织故事要素，表达主题。在清代的文人

1. 纪德君：《“三言”“二拍”结构艺术新探》，《广东社会科学》2001年第1期，第150—153页。李胜、张德云：《〈三言〉中“物”的场域功能及类型》，《楚雄师范学院学报》2004年第5期，第16—19页。

2. 李鹏飞：《试论古代小说中的“功能性物象”》，《文学遗产》2011年第5期，第119—128页。

小说中，物象吸取了诗歌意象的手法，具有诗意。《水浒传》《西游记》中的物象不是自觉的应用，还不够纯熟，有缺憾。明代后期的白话短篇小说运用得更自然。在清代文人小说中，作者有意识地运用物象，使之成为意象。

第一节　通俗小说中物象的结构功能和象喻意义

长篇小说的结构最初比较常见的有按照时间或者空间次序来连接不同故事段落这两种基本手段，空间次序或游踪次序是原始、简便、十分有效的结构模式。作者在空间结构的基础上再运用物象，以进一步加强小说各个部分之间的联系。

早期章回小说《水浒传》中的石碣和天书是重要的结构性的物象，金圣叹评点说："盖始之以石碣，终之以石碣者，是此书大开阖；为事则有七十回，为人则有一百单八者，是此书大眼节。"[1]《水浒传》中石碣出现了三次。第一次在第一回，金圣叹删改《水浒传》，将第一回改为楔子。楔子写宋仁宗时瘟疫流行，朝廷派太尉洪信去龙虎山请张真人祈禳。洪信上山后没见到张真人，他恃钦差的权势闯龙虎山禁地，在伏魔之殿打开石碣，放出了被镇锁的一百零八个魔君，小说写道："只见那道黑气，从穴里滚将起来，掀塌了半个殿角。那道黑气，直冲到半天里，空中散作百十道金光，望四面八方去了。"[2]金圣叹点评说："楔者，以物出物之谓。此篇因请天师，误开石碣，所谓楔也。"[3]"以

1.(清) 金圣叹：《贯华堂第五才子书水浒传》(下)，载《金圣叹全集》(二)，第514页。

2.(清) 金圣叹：《贯华堂第五才子书水浒传》(上)，载《金圣叹全集》(一)，第36页。

3.(清) 金圣叹：《贯华堂第五才子书水浒传》(上)，载《金圣叹全集》(一)，第28页。

瘟疫为楔，楔出祈禳；以祈禳为楔，楔出天师；以天师为楔，楔出洪信；以洪信为楔，楔出游山；以游山为楔，楔出开碣；以开碣为楔，楔出三十六天罡、七十二地煞，此所谓正楔也。”[1]一百单八个魔君下界，才有后面轰轰烈烈的大起义和大聚义。

石碣第二次出现在第十四回，吴用等人在阮氏三兄弟居住的石碣村密谋劫取生辰纲，石碣村在梁山泊附近。晁盖、吴用等七人相聚石碣村，预示了后来的梁山大聚义。金圣叹认为，《水浒传》开篇中的石碣为定数之象征，实为一种叙事手法，为“托始之例”，目的是引出梁山好汉，而阮氏三兄弟所居住的石碣村，在小说情节发展中有重要意义，因为“一百八人之入水浒，断自此始也”[2]。在第七十回中，梁山好汉大聚义，石碣再一次出现。小说写公孙胜作法，夜晚三更，天门洞开，一个火团入地化为石碣，“正面两侧，各有天书文字”，这个石碣预示了好汉的结局。金圣叹评点说，这一回是整部小说的“大结束”，好比“千里群龙，一齐入海”，整部小说七十回写好汉的故事，大开大阖，而“始之以石碣，终之以石碣”[3]，是石碣使整部《水浒传》文字贯通，首尾照应。

《水浒传》并没有充分发挥石碣的结构功能，让一百零八个魔君重归伏魔殿，前后照应，结构才完整，但容与本、袁本以及金圣叹删改本都没有这样设置结尾。容与堂本、袁本《水浒全传》都以魂聚蓼儿洼结束，而金圣叹评改本则以卢俊义一梦作结。这也证明作者并没有

1.（清）金圣叹：《贯华堂第五才子书水浒传》（上），载《金圣叹全集》（一），第28页。

2.（清）金圣叹：《贯华堂第五才子书水浒传》（上），载《金圣叹全集》（一），第223页。

3.（清）金圣叹：《贯华堂第五才子书水浒传》（下），载《金圣叹全集》（二），第514页。

自觉地运用石碣物象来结构情节。后来的续书《后水浒传》有意避免《水浒传》物象叙事上的这个缺陷，《后水浒传》的作者写宋江、卢俊义等托生的好汉在洞庭湖起义，朝廷派岳家军征剿，杨幺等好汉化为黑气，恢复天罡原身，返回龙虎山伏魔殿。

小说中的天书也是重要物象，是石碣的补充。宋末元初的《大宋宣和遗事》中，宋江杀了阎婆惜，躲进宅后玄女庙中，发现了天书，携天书上了梁山泊，晁盖已死，吴加亮等人看了天书，就将宋江奉为大头领。《水浒传》将《大宋宣和遗事》里的天书内容分开，写入不同回目。四句谶诗改为童谣，出现在三十九回中，宋江被晁盖带兵救上梁山后，不愿坐第一把交椅，勉强坐了第二把交椅，但他在酒席间向众人讲了那四句谶谣，抬高自己的身份，“正应着天上言语”。第四十二回写宋江在还道村古庙里梦见九天玄女，九天玄女授他三卷天书，九天玄女称宋江为“星主”，令宋江替天行道。九天玄女还告诫宋江，天书只可以给天机星吴用看，不能让其他人看到。有的评点者认为所谓遇九天玄女，实为宋江之权术，王望如称宋江遇玄女而受天书是“寇莱公之诈”，是“神道设教，英雄欺人”。[1]金圣叹也认为宋江遇九天玄女是“奸雄捣鬼”，[2]甚至认为所谓天书，实际上是宋江自己带去的。[3]容与堂刻本第七十一回的回评说，李逵、武松、鲁智深等梁山好汉都是“莽男汉”，宋江和吴用联手以石碣天文、鬼神之事愚弄他们，才使他们“死心塌地”“同心一意”。[4]

1. 陈曦钟、侯忠义、鲁玉川辑校：《水浒传会评本》（下），北京大学出版社1981年版，第787页。
2. 陈曦钟、侯忠义、鲁玉川辑校：《水浒传会评本》（下），第790页。
3. 陈曦钟、侯忠义、鲁玉川辑校：《水浒传会评本》（下），第790页。
4. 陈曦钟、侯忠义、鲁玉川辑校：《水浒传会评本》（下），第1276页。

明代中后期书坊编刊、模仿《水浒传》的英雄传奇极少采用物象叙事。实际上《水浒传》也没有自觉运用物象叙事，金圣叹评改《水浒传》，为了突出石碣等物象的叙事功能，还有意将原本中不一致的“石碑”也改为石碣。物象叙事需要一定的技巧，对长篇小说来说更有难度，而书坊组织编刊的通俗小说以营利为目的，目标读者是市井大众，编写者没有时间也没有必要在艺术上花费太多工夫。

与《水浒传》相比，明代中期的神怪小说《西游记》在物象叙事上用力稍多。小说写唐僧师徒越过千山万水，经历九九八十一难，到西天求取真经。有的学者认为，《西游记》以取经这一事件贯穿始终，真经是有结构功能的物象。实际上，小说只是借取经展开故事，真经直到全书结尾才出现，并不能称为结构性的物象。小说中有结构和寓意功能的物象是《心经》。在取经故事流变过程中，《大慈恩寺三藏法师传》《独异志》中就出现了《心经》，后来的《大唐三藏取经诗话》《西游记》杂剧都写到了《心经》。在百回本小说《西游记》中，《心经》失去了《大慈恩寺三藏法师传》《独异志》《大唐三藏取经诗话》《西游记》杂剧等文献记载、描写的神异功能，却在小说中反复出现，成为组织情节、表达主旨的重要物象。第十九回写唐僧在浮屠山受传《心经》，其后《心经》在第二十回、第三十二回、第四十三回、第四十五回、第八十回、第八十五回、第九十三回等回中反复出现。有几回都写唐僧在遇阻时心生惊疑，孙悟空说唐僧忘记了《心经》要义，给唐僧解释《心经》。唐僧身为高僧，却对《心经》之义不甚理解，而孙悟空半路出家，却对《心经》有深刻领悟。孙悟空甚至被称为“心猿”。小说反复强调“佛即心兮心即佛”（第十四回）、“法本从心生，还是从心灭”（第二十回）。第五十七、五十八回写真假美猴王，讲的是“人有二心生祸灾”。第八回、第十三回、第十七回、第二十九回、第七十八回、第八十七回反复强调的“一念”也是“心”。第七十九回中，孙悟空剖开自己的腹部，露出悭贪心、利名心、嫉妒心、计较心、好胜心等各种心，作者以“多心”喻世俗之人的妄心。清人张书绅说:“凡如许的妙论，始终不外一心字，是一部《西游》，即是一部《心经》。”[1]

《西游记》中不少情节是对《心经》的形象阐释。《心经》中讲“度一切苦厄”，而小说写观音菩萨大慈大悲，寻找取经人，救助孙悟空、猪八戒、沙和尚、白马等，就是表现“度一切苦厄”；玄奘之出生遭遇、孙悟空被压五行山下、卷帘大将受飞剑穿胸之苦以及取经途中的八十一难都是苦厄。小说写须菩提为孙悟空取名“悟空”，强调了“空”，而孙悟空对“空”有独特领悟，他多次提醒唐僧关注《多心经》，认为唐僧不能空，才“招来这六贼纷纷”。这些情节讲的是《心经》中的“空”。而第二十三回四圣试禅心，第五十三回、五十四回，第七十二、七十三回，第八十至八十三回，第九十三至九十五回，都以“女色”之“色”讲《心经》中的“色空”之“色”。

模仿《西游记》的《西洋记》写郑和率船队前往西番，历经三十余国，寻找“传国玺”。“传国玺”和《西游记》中的真经相似，是故事的引子和线索。不过《西游记》中唐僧师徒最后取得了真经，与开头相呼应，使整部小说情节完整；而《西洋记》中，直到小说结尾也没有找到“传国玺”，这样就没有呼应开头。《西洋记》在模仿《西游记》时有很多缺陷，在运用物象结构情节时也如此。

1.(清) 张书绅:《新说西游记》，载《古本小说集成》第一辑第一百十一册，上海古籍出版社1994年影印版，第18—19页。

白话短篇小说运用物象叙事相对来说比较容易。明末文人参与编写拟话本小说集，有意识地使用衣衫、戒指、手帕、手镯、玉佩、扇子、破毡笠等物件作为针线结构故事，使小说紧凑而完整。《喻世明言》卷一、《醒世恒言》卷三十二、《警世通言》卷十一、《初刻拍案惊奇》卷二十七、《二刻拍案惊奇》卷一和卷九、《鼓掌绝尘》第十一回、《型世言》第三十二回，以珍珠衫、玉马坠、罗衫、芙蓉屏、玉蟾蜍、《金刚经》、石蟹、鼎等物件的流转结构情节，使小说紧凑而完整。有的小说采用物件循环的模式，针线性的物象辗转易手，历经曲折，终归原主。

有的物象具有象喻意义。《警世通言》卷一的古琴、《初刻拍案惊奇》卷二十七的芙蓉屏、《二刻拍案惊奇》卷一的《金刚经》、卷三十六的宝镜，《型世言》第三十二回的龙纹鼎等都有一定意义上的文化联想和隐喻意义。《警世通言》卷二十二的破毡笠、《喻世明言》卷一的珍珠衫等物件与人生命运紧密相关，破毡笠还体现了男主人公处富贵而不忘糟糠妻的本分。《警世通言》卷三十二《杜十娘怒沉百宝箱》是对文言小说《负情侬传》的改编，强调了百宝箱，百宝箱对情节发展、形象塑造、主题表达都有重要意义。《醒世恒言》卷三十一的神臂弓、卷三十二的玉马坠、《二刻拍案惊奇》卷一的《金刚经》、卷三十六的宝镜则具有超现实意义，蕴含了宗教哲理或者特殊意味。

“三言”对一部分宋元篇目加以润色后重新命名，如《错斩崔宁》在《醒世恒言》中被改为《十五贯戏言成巧祸》，《红白蜘蛛》在《醒世恒言》中被改为《郑节使立功神臂弓》，《黄损儿》在《醒世恒言》中被改为《黄秀才徼灵玉马坠》，都强调了物象的作用。

明末文人编写的拟话本小说集中的物象叙事受文言小说和戏剧的

影响。唐传奇《古镜记》写古镜的流徙及其异迹，以古镜串联起众多本无联系的故事，使小说成为一个整体，而宝镜的得失又与人事兴衰相关，表达了王朝易代之悲。《流红记》《四合香》《双桃记》《玉尺记》等宋代故事皆以物件命名，像《流红记》中的红叶还有一定的象征意义。元杂剧中不少剧目以物件为篇名，如《公孙汗衫记》《张鼎智勘魔罗合》《荆楚臣重对玉梳记》等。明代传奇以道具作剧目者占百分之八十以上。汤显祖据唐传奇《霍小玉传》写传奇剧《紫箫记》，后改为《紫钗记》，皆以物件为剧名。

第二节　世情小说中日常物象的叙事功能

世情小说写日常生活琐事，不像历史演义、英雄传奇、神怪小说可以采用时间为线或空间游历为线，在网状立体结构中，物象在情节结构和场景描写中就非常重要。成书于万历时期的世情小说《金瓶梅》就有意使用物象叙事。张竹坡评点《金瓶梅》时，特别提到物象在情节结构等方面的作用。李渔称赞《金瓶梅》是“好针线”[1]。《金瓶梅》中既有对全篇有结构功能的物象，也有在局部场景描写中有重要意义的物象，有些物象的失而复得勾连不同的情节单元。《金瓶梅》中还出现了具有象喻意义的物象，具有意象的特征。

张竹坡认为《金瓶梅》以玉皇庙起，以永福寺终，玉皇庙和永福寺是“大关键处”，相应的，吴神仙、黄真人和普静禅师是小说“大照应处”。[2]《金瓶梅》中的玉皇庙、永福寺、报恩寺等寺观既是故事发生的地点，也是重要的物象，玉皇庙和永福寺在全篇结构中有重要作用，而且以其宗教意味表达了禁欲思想和人生虚幻、因果轮回的观念。玉皇庙和永福寺有象征意义，与西门庆的家庭兴衰有密切关系。张竹坡在第一回夹批中提醒读者记住玉皇庙、永福寺“是一部起结也”[3]；第

1.（明）兰陵笑笑生撰，（清）李渔评：《新刻绣像批评金瓶梅》，载《李渔全集》第十二卷，浙江古籍出版社2010年版，第5页。

2. 朱一玄编：《金瓶梅资料汇编》，第425页。

3. 刘辉、吴敢辑校：《会评会校金瓶梅》，第66页。

四十九回回评中又强调玉皇庙和永福寺是“一部大起结”[1]。崇祯本《金瓶梅》有二十回写到玉皇庙和永福寺,《金瓶梅词话》有十九回写玉皇庙、永福寺。崇祯本第一回写玉皇庙热结十兄弟。第三十回中写西门庆得子加官，在玉皇庙许愿。第三十九回写玉皇庙吴道官在腊月送来了四盒礼物，正月初九西门庆在玉皇庙中修斋建醮，为官哥儿寄名。这个时候的西门庆志得意满，他认为即使坏事做尽，只要有钱贿赂佛祖，就可保住荣华富贵。第四十九回中，西门庆在永福寺为蔡京义子、新科状元、巡按御史蔡蕴摆酒饯行，也在永福寺，西门庆遇到了胡僧，胡僧赠给西门庆的春药埋下了西门庆纵欲身亡的祸根。到第八十八回，庞春梅为潘金莲收尸，把她埋在永福寺。第八十九回中，吴月娘、孟玉楼在清明节给西门庆上坟，误入永福寺，遇到已成为周守备夫人的庞春梅。最后一回中，吴月娘在永福寺见证了被普静法师超度的西门庆，其唯一的儿子孝哥儿被度出家。从玉皇庙到永福寺，荣华富贵到头来只不过是一场大梦。小说也多次写报恩寺。张竹坡认为玉皇庙是“起手处”，永福寺是“结果处”，报恩寺是武大、花子虚、李瓶儿死后念经处，亦为“结”，而报恩以孝，“惟孝可以化孽”[2]，所以小说以孝哥幻化作结。[3]第八回写西门庆让王婆到报恩寺请和尚做水陆道场超度武大，第十六回写李瓶儿请报恩寺僧人念经除灵，第五十九回中，西门庆请报恩寺众僧人在家诵经超度夭折的官哥儿。报恩寺是超度死者、宣扬轮回的宗教意象。前八十回中，为得子、加官等举办的庆贺活动多设在玉皇庙，而永福寺多与死亡、衰败有关，永福寺寒气逼人，最

1. 刘辉、吴敢辑校:《会评会校金瓶梅》，第959页。

2.(明)兰陵笑笑生撰，(清)张竹坡评:《皋鹤堂批评第一奇书金瓶梅》第六十七回，第2页。

3. 刘辉、吴敢辑校:《会评会校金瓶梅》，第1341页。

终成了阴风凄凄的鬼魅世界。

与寺观相应，《金瓶梅》还写了三个宗教人物。他们在小说中多次出现，成为贯穿全篇的线索，预示了人物的结局，对主旨表达也有重要作用。张竹坡评论说，《金瓶梅》中出现的吴神仙、黄真人和普净师三个出家人，在整部小说中形成了“大照应”，吴神仙“总揽其盛”，黄真人“少扶其衰”，普净师“一洗其业”。[1]在崇祯本中，吴神仙首次出现是在第一回；在词话本中，吴神仙在第二十九回中首次出现。崇祯本和词话本的第四十六回、第七十九回又出现了吴神仙。在前几回中，吴神仙在西门庆气运蒸蒸日上时出现，最后一次出现时，西门庆病重难治，最终死亡。黄真人出现在第六十六回，到西门家做法事超度李瓶儿。此时杨提督已死，西门庆失去了朝中靠山，大势已去，其家由兴盛走向衰落。普净师出现在小说第八十四回，预约十五年后度化孝哥儿，最后出现在小说末回，超度了西门庆等人，度化了孝哥儿。这三个宗教人物作为意象，预示了西门庆等人的命运，见证了西门家的兴亡。

《金瓶梅》中有大量日常物象，有的物象反复出现，或者推动情节的发展，或者将不同的情节单元勾连起来，有的物象对人物塑造有重要意义。小说中多次出现的鞋就非常典型。第二十七至二十八回围绕潘金莲丢的一只鞋子，引起一系列矛盾冲突，勾连起若干人物和几个生活场景，串接了一系列事件，表现了陈敬济的猥琐、西门庆的暴戾、潘金莲的阴狠。第二十八回中，潘金莲起来换睡鞋，发现红睡鞋丢了一只，命秋菊去找，秋菊最后在藏春坞内找到了一只大红睡鞋，但这

1. 刘辉、吴敢辑校：《会评会校金瓶梅》，第2109页。

只睡鞋不是潘金莲的那只，而是宋惠莲的。潘金莲丢失的那只睡鞋已经落入陈敬济之手，而陈敬济是从仆人一丈青的儿子铁棍儿那里得到的。陈敬济以这只睡鞋要挟潘金莲，索要她贴身用的汗巾儿。潘金莲将铁棍儿捡睡鞋的事告诉了西门庆，西门庆大为恼怒，将铁棍儿打了个半死。女性的鞋子是私密之物，睡鞋更有情色意味，所以潘金莲才到处寻找，陈敬济会以鞋子要挟，西门庆才会怒打铁棍儿。实际上，与鞋有关的矛盾可以追溯到第二十三回，西门庆和宋惠莲在藏春坞私通，潘金莲前往窃听，听见西门庆夸宋惠莲的脚比潘金莲的还要小，让潘金莲大为恼怒。第二十四回中，众妻妾在元宵节"走百病儿"，宋惠莲怕地下泥泞，在自己的鞋子外面套上潘金莲的鞋子。《金瓶梅》选择大红睡鞋作为焦点物象，与家庭生活题材有关，也是出于塑造特定人物形象的需要。睡鞋引起的隐秘联想，与潘金莲、宋惠莲的"淫妇"形象契合。

另一个典型物象是皮袄。《金瓶梅》中的皮袄串联起几个情节单元。第四十六回中，吴月娘在元宵节"走百病儿"，夜间下起了雪，小厮玳安去取皮袄，潘金莲没有皮袄，吴月娘让玳安顺便从当铺取一件给潘金莲。玳安让琴童去取皮袄，橱柜钥匙在玉箫那里，玉箫被贲四娘子请去吃酒了，琴童跑了三趟才取到皮袄。潘金莲虽然嫌弃，但还是穿上了从当铺取来的皮袄。这段围绕皮袄的描写关联起两个不相干的情节段落，而且反映了西门庆家复杂的人际关系。皮袄话题一直延续到第七十九回。李瓶儿死后，其财物归吴月娘保管，其中有一件貂鼠皮袄。在第七十四回中，潘金莲倚恃西门庆之宠，讨要李瓶儿留下的那件皮袄，令吴月娘很不高兴，因为潘金莲绕开她，向西门庆讨要李瓶儿的皮袄，没有将她放在眼里。第七十五回中，众妻妾夜归，除孙雪娥外都穿貂鼠皮袄，吴月娘穿着银鼠皮披藕金段袄。第七十八回中，吴月娘请何千户娘子蓝氏等妇人到家中赏花灯，一直玩到深夜蓝氏才回家，蓝氏回家时换上了一件大红色的金貂鼠皮袄。当晚吴月娘做了一梦，梦见潘金莲和她争李瓶儿的大红绒袍儿。天明后，吴月娘将梦告诉了西门庆，西门庆答应给她买一件和蓝氏一样的皮袄。皮袄藕断丝连式地串起若干回故事。实际上，第十五回中就写到了皮袄，元宵节到狮子街赏灯时，只有吴月娘穿貂鼠皮袄。第二十四回中又一次过元宵节，众人在一起饮酒，吴月娘穿的是大红遍地通袖袍儿和貂鼠皮袄，其他女人都穿着锦绣衣裳、白绫袄儿和蓝裙子，没穿貂鼠皮袄。第四十六回的元宵节，孟玉楼、李瓶儿和吴月娘穿着一样的貂鼠皮袄，强调孟玉楼、李瓶儿也穿貂鼠皮袄，是为了照应第二十四回的描写，说明孟玉楼和李瓶儿在财富上足以与吴月娘抗衡，对吴月娘的正房地位构成了威胁。皮袄勾连起小说第十五回、第二十四回、第四十六回、第七十四至七十九回这四段情节，显示了《金瓶梅》日常叙事的细腻缜密。

清初描写家庭生活的世情小说《林兰香》在运用物象叙事上与《金瓶梅》有相似之处。《林兰香》描写琐细的日常生活，借助物象结构故事单元。小说中的重要物象是簪儿、扇子和鞋子。簪儿在第七回中出现，一直到第六十回，成为贯穿全书情节的重要物象。两支金兰花簪儿本为燕梦卿所有，其中一只簪儿被耿朗捡去，两只簪儿由此而分。梦卿将另一只簪儿赠给爱娘，梦卿与爱娘都嫁给了耿朗，耿朗捡到的簪儿也给了爱娘，两只簪儿因此而合。梦卿的丫鬟春畹在梦卿去世后嫁给耿朗为妾，爱娘将两只簪儿赠给了春畹。燕梦卿之子耿顺长大成人娶妻，春畹将两只簪儿送给了耿顺之妻季氏。簪儿的分分合合，寓人生悲欢离合之意，又蕴含了人生代代无穷已的沧桑感慨。扇子也是《林兰香》中的重要物象。第二十三回写燕梦卿为丫鬟采芣题写扇子，这把湘竹白绫折叠扇辗转多人之手，最后与箸儿同归春畹。扇子在小说情节发展中起了重要作用，耿朗因这把扇子而怀疑梦卿，爱娘在梦卿死后找回扇子，为梦卿洗清了冤情。和扇子有相似功能的物象是春畹的绣鞋。小说第五十回描写众丫鬟展示燕梦卿生前赠给她们的物品，这些物品在第六十一回中毁于大火。《林兰香》中的物象具有重要的叙事功能，勾连起松散的故事情节。

值得注意的还有《续金瓶梅》和《梼杌闲评》。《梼杌闲评》又被称为《明珠缘》，因为这部小说以明珠的得失分合为叙事线索，客印月的三颗明珠是小说中的重要物象，有着结构功能。《续金瓶梅》中写了胡珠，第五十五回至第六十一回写吴月娘与孝哥失散，相互寻找对方，胡珠是其中的重要线索。吴月娘将胡珠施舍给了尼姑庵，这一百零八颗胡珠几经曲折，又回到吴月娘手中，而吴月娘也与孝哥团聚，回归故乡。小说为了将胡珠失而复返的经过写得合乎情理，使用了很多巧合情节，还借助了神灵的力量，孝哥得知胡珠的下落，多亏了观音的指点。

《金瓶梅》中有的地方化用了传统诗歌意象，赋予传统诗歌意象以世俗意义。黄昏是诗歌中的常见意象，与闺怨、怀人等主题有关，蕴意惆怅、伤感。《金瓶梅》写潘金莲、孟玉楼于黄昏时分在门前守望，陈敬济在一个雨中黄昏赴潘金莲之约。黄昏意象于相思怀人中掺杂了世俗的肮脏。在诗歌中，黄昏意象还有时光飞逝、人生短暂、及时行乐之意。《金瓶梅》中充满了对繁华易逝、生命脆弱的感叹，张扬及时行乐的作派。第十五回感慨“易老韶华休浪度”，繁华富贵最后皆为空。第二十七回插入诗歌："休道欢娱处，流光逐暮霞。"[1]政治腐败，道德沦丧，一群男女沉迷欲海，无法自拔，终致身死家破，小说中弥漫的末世情绪强化了黄昏意象的日暮途穷、及时行乐之意。黄昏意象的诗意荡然无存。

1.（明）兰陵笑笑生撰，（清）张竹坡评：《皋鹤堂批评第一奇书金瓶梅》第二十七回，第13页。

第三节　清中期通俗小说中意象的主旨表达功能

清代中期的文人小说更自觉地运用物象叙事，而且借鉴诗歌中的意象，赋予物象以深刻的内涵和抒情意味，使物象成为意象。这些意象不仅有结构功能，在表现人物、表达主旨上有着重要意义。这表明传统文学抒情言志的因素渗入小说，通俗小说被当作抒情言志的媒介，获得了与传统诗一致的特点和功能。比较值得注意的是《儒林外史》和《野叟曝言》，这两部小说都有意识地使用意象叙事，不过运用的方式和目的有所区别。《儒林外史》在不经意间使用意象，借意象表达社会人生反思、人格理想探索、兼济天下失败后的感伤。《野叟曝言》应用意象言志，表达人生梦幻，太着痕迹。这两部小说结构独特，物象在结构上的作用不大，其功能主要是象征意义的表达。

《儒林外史》反思科举与文运兴衰，寄托作者的理想人格。为了表达感悟，小说用心构思了湖和祠堂两类物象，这两类物象反复出现，有象征寓意，有抒情言志色彩，成为了意象。小说中反复写的湖，在古代文化中象征隐逸，体现了独善其身、自由高蹈的人格精神。[1]湖的意象主要出现在小说上半部分，如七泖湖、莺脰湖、西湖、莫愁湖、元武湖等。以湖为中心，流动的人物得以聚集，标志着一个情节单元

1. 沈金浩：《江湖与中国雅文化》，《中国社会科学》1996年第3期，第161页。

的完成。以湖为中心，既因为明清文人有游赏山水、湖上聚会之风，又因为湖隐喻江湖，与世俗相对，代表高洁的人格和隐逸情怀。小说开篇的七泖湖和第三十五回的元武湖就属于这种意象。楔子中写王冕在七泖湖边放牛，看到湖中的荷花，于是买胭脂铅粉等学画荷花，三个月后将荷花画得“精神、颜色无一不像”，乡间人拿钱来买王冕的画，王冕得到钱就买好东西孝敬母亲。七泖湖和湖中的荷花是王冕人格的写照。王冕很有才学，志趣高洁，不慕功名利禄，讲究文行出处，有独立的人格。他自制高帽阔衣，在天气好的时候，穿戴起来，用牛车载着母亲到处游玩。庄绍光的元武湖与王冕的七泖湖遥相呼应，第三十五回写庄绍光应征入朝，正要进奏礼乐教养之事，感觉头顶疼痛难忍，回到住处，除下头巾，见里面有一个蝎子，他预感“我道不行”，次日又筮得“天山遯”，把礼乐教养之事写下进奏，同时“恳求恩赐还山”，朝廷将南京元武湖赐给他著书立说。[1]庄绍光回到南京，不堪官府乡绅的骚扰，跟妻子连夜搬进了元武湖。元武湖宽如西湖，湖中种植菱、藕、莲、芡，湖内有七十二只渔船。元武湖上有五个洲，中间洲上的大花园里有房子，有老树，梅花、桃花、李花、桂花、菊花等花四时不断，另一个园子里种植了数万竿竹子。湖光山色，如同仙境。门口系了一只船，如果没有船，人根本无法到洲上来。庄绍光就住在花园里。这是一个世外桃源，庄绍光同妻子欣赏湖光山色，斟一樽酒，让妻子读杜少卿的《诗说》。元武湖以及洲上园中的梅花、菊花、竹子等物是庄绍光的人格象征。道既难行，于是退隐江湖，独善其身，保持人格独立。

1.(清) 吴敬梓著，李汉秋辑校:《儒林外史汇校汇评》，第434—435页。

作者还写了莺脰湖、西湖、莫愁湖的三次大会，参加大会的主要是一些假名士。小说以象征隐逸高蹈的江湖反衬沉迷功名的士子和假名士的人格丧失和人性扭曲，对扼杀人才、毁灭士子人格的八股科举制度和社会势利之风进行了反思和批判。在第八回中，被官府通缉的王惠坐船逃入太湖，改名换姓，削发为僧。湖的意象在这里隐喻文人的精神漂泊。也就在第八回中，娄氏兄弟坐船归家，看见两岸风景，感叹“几年京华尘土中”，没见过这样幽雅的景色，“算计只有归来是”。[1]经过一番酝酿，娄氏兄弟发起了莺脰湖大会。第十二回描写了莺脰湖集会的情景，参加大会的有娄氏兄弟、牛布衣、张铁臂、陈和甫、蘧公孙、杨执中、权勿用等人，集会延续到夜晚，月色湖光相映，湖上如同白昼，岸上的人看集会的名士如同神仙。参加集会的多为假名士，他们假装厌恶功名富贵，实际上对功名富贵充满了艳羡，有的更是骗子或恶棍，如张铁臂、杨执中、权勿用。鲁编修认为做举业才是正经，认为娄氏兄弟结交一班人，到处招摇，是不干正事，蘧公孙将鲁编修的话讲给娄氏兄弟听，娄三公子笑鲁编修“俗到这个地位”[2]。实际上，这些假名士俗到了极点却故作高雅，莺脰湖是对假名士的反讽。娄氏兄弟考不上进士，满腹牢骚，想学平原君、春申君结客扬名，结果弄了一场无趣，从此闭门谢客。

第十八回写一伙斗方名士在杭州西湖举行集会。第十四回描写西湖美景，强调西湖之景致为天下第一个，西湖之山水为真山真水，西湖之景充满生活气息和生命乐趣，又有文人雅趣。而参加杭州西湖集会的假名士与真山真水形成鲜明的对比。参加西湖诗会的有匡超人。

1.(清) 吴敬梓著，李汉秋辑校:《儒林外史汇校汇评》，第113页。
2.(清) 吴敬梓著，李汉秋辑校:《儒林外史汇校汇评》，第163页。

匡超人本来是个淳朴的青年，受马二先生鼓动，追求功名，心灵逐渐被腐蚀，一步步走向堕落。小说借西湖诗会讽刺假名士，揭示八股科举、功名富贵对人性的扭曲。

第三十回写一伙自命清高的所谓名士“逞风流高会莫愁湖”。这伙标榜风雅的名士实质上也是假名士，他们以为所做之事风雅，实际上低俗甚至恶俗。参加“高会”的名士中，季苇萧扬州入赘，自命风流；萧金铉南京选书，混骗瞎蒙；杜慎卿访友、纳姬，俗气逼人。他们在莫愁湖边召集全城旦角做戏，“细细看他们袅娜形容”，加以品评，定出“梨园榜”。这样一伙庸俗无聊的假名士竟因此事“名震江南”。

小说后半部分写了很多祠庙，祠庙代表着礼乐文化，作者写真儒名贤力图以礼乐兵农拯世，挽救世运、文运。真名士淡泊名利，洁身自好，但仍关注现实，以兼济天下为己任。名士杜少卿辞去征辟，放弃功名，但仍关注社会政教。庄绍光表示，他们与山林隐逸不同，要做一番事业，要担负拯救世风的责任。而修建泰伯祠，祭祀泰伯，就是为了倡导礼乐兵农，匡救世风。第三十三回中，杜少卿拜访迟衡山，迟衡山提议捐建泰伯祠，以便用古礼、古乐祭泰伯。之所以用古礼古乐祭泰伯，是因为很多读书人只会讲举业，追求功名富贵，对礼乐兵农之事一无所知，而“本朝”也“全然不曾制作礼乐”，祭泰伯可让读书人习学礼乐，成就人才，助益政教。泰伯是个贤人，他潜逃避位，敝屣功名，对沉溺于功名富贵而丧失文行出处的士人而言是一剂良药。泰伯祠建好后，迟衡山、杜少卿等名士商议祭祀泰伯之事，决定推选真儒虞育德主祭，而名贤庄绍光为亚献。第三十七回描写了祭泰伯的场景，七十六人参加祭祀，百姓扶老携幼来观看，轰动一城。作者借祭泰伯收拢小说前半部分中的人物，推出真儒名贤。泰伯祠大祭之后，写郭孝子寻亲，这是写孝；写萧云仙的兵农实践，这是写忠；写了余氏兄弟之悌，还写了沈琼枝之清、庄濯江之义，所有这些都是礼乐兵农理想的实践。小说还写了其他祠庙，与泰伯祠呼应。第四十回写青枫城百姓感激萧云仙建了先农祠，先农祠象征着礼乐兵农的实践。礼乐兵农实践的失败，令萧云仙非常失意，小说写萧云仙在广武山阮公祠内赏雪，觉得满目萧条，小说借阮公祠表达了英雄失意的愤世嫉俗和牢骚。第四十一回说庄濯江在鸡鸣山上修曹武惠王庙。曹武惠王庙象征着仁义：曹武惠王平定江南，以仁义服人，他与诸将盟约，城破之日不妄杀一人。

泰伯祠的意象为小说的转折点。第四十六回写三山门饯别，虞育德离开南京，杜少卿送虞育德上船，感慨万分，虞育德离开，让他感到“无所依归”[1]。虞育德也非常感伤，他本为寒士，考取了功名，在南京做了几年闲官，攒了一点俸金，买了一块薄田，他离开南京后，准备再到几个地方做几年官，再攒点俸银，够自己夫妻养老也就可以了，有时间教儿子读书、学医，对功名已没了兴趣：“我要做这官怎的？”[2]虞育德离开南京，也有象征意义。贤人君子风流云散，有着浓重的感伤色彩。此后礼乐救世和兵农实践失败，人心江河日下。小说在贤人君子散后又写了几个名士，如虞华轩重修玄武阁，尝试振兴文教；余大先生接济名士；王玉辉想编纂三部书以“嘉惠后学”。这些名士面对浇薄的世风更加无力挽救，道德风俗逐渐败坏。在第四十八回中，王玉辉参观泰伯祠，看到贴在壁上的祭祀仪注单和执事单蒙尘，楼下大柜子里锁着久已不用的乐器、祭器。泰伯祠的破落是作者社会理想破

1.(清) 吴敬梓著，李汉秋辑校：《儒林外史汇校汇评》，第563页。
2.(清) 吴敬梓著，李汉秋辑校：《儒林外史汇校汇评》，第563页。

灭的象征。第四十八回卧评说:"看泰伯祠一段,凄清婉转,无限凭吊,无限悲感。非此篇之结束,乃全部大书之结束,笔力文情兼擅其美。"[1]到了第五十五回,南京名士"渐渐消磨尽了"[2],真儒名贤或老或死或散,没人讲礼乐文章,没人重文行出处,在这样的世风之下,泰伯祠必然败落。小说借市井奇人盖宽之眼看破败的泰伯祠,泰伯祠大殿"屋山头倒了半边","两扇大门倒了一扇"。泰伯祠的倒塌象征精神祭坛的坍塌,"沉沉的傍着山头下去了"的一轮红日象征儒家理想主义的消沉。[3]作者将目光转向市井,描写了四个市井奇人,他们有独立的人格,体现了作者对知识分子出路的思考,既然不能兼济天下,只好退而独善其身,四奇人与楔子中的王冕遥相呼应,礼乐救世失败,回归人格独立,《儒林外史》的结构形成了一个闭合的圆。

《野叟曝言》有着更为明确的意象叙事意识,对意象的使用如此自觉,以至于有符号化的特点。作者借意象以夸大自我形象,将人生梦幻渲染至极点。《野叟曝言》写了众多物象,其中最值得注意的是太阳和水。太阳和水在小说中反复出现,象征意义甚为突出,成为表达主旨的重要意象。玉燕、凤凰等意象与太阳意象形成了一个意象群。小说中意象的使用是为了表达人生梦幻,太阳、水、梦等意象结合,将通俗小说的言志功能发挥到了极致。

《野叟曝言》中反复描写太阳。第一回写文素臣出生时,其父做了一个梦,梦见至圣孔子赐他一轮赤日,一僧一道争夺赤日,结果赤日发出万道烈火,将一僧一道烧成灰烬。其母梦玉燕入怀而生下文素

1.(清)吴敬梓著,李汉秋辑校:《儒林外史汇校汇评》,第593页。
2.(清)吴敬梓著,李汉秋辑校:《儒林外史汇校汇评》,第665页。
3.(清)吴敬梓著,李汉秋辑校:《儒林外史汇校汇评》,第671页。

臣，为他起乳名玉佳。古代以太阳为玄鸟，玉燕入怀之兆也就是梦日入怀。文素臣的父母梦见太阳而生文素臣，在后面的情节中，文素臣甚至成为太阳的化身。第一百十二回中，文素臣遇险被比作日蚀。第一百十三回中，文素臣救驾后，在岛上看日出，春燕评论，当时的太阳与此前皇上观赏的太阳不一样。第一百二十八回写众人登天台山观日出，景象非常壮观，但春燕、秋鸿议论，这样的日出景象虽和上皇所看的一样，但远远比不上太师（文素臣）在海岛上所看到的日出景象，当时的太阳有万道金光闪烁飞舞。东方侨评论说，文素臣为“古今第一人”，出生时就有赤日之祥瑞，他看到的太阳当然不同。文素臣为太阳化身，因而与日同辉，与文素臣相比，上皇也黯然无光。第一百三十五回写“日出五色”，文素臣一家登观星台赏日，却成为京城百姓观礼膜拜的偶像。第一百四十五回写文素臣的一个孙子出生时，是玄鸟身裹燕羽的形象，屋上凤凰百鸟和鸣，说明他为太阳之子孙。第一百五十四回中，文素臣梦见一轮旭日滚入怀内。

小说中的文素臣为太阳化身，几乎无所不能，无数次遇险，皆化险为夷，其中两次差点死于水，奇迹般复活后变得更为强大。小说强调了文素臣与水的关系，文素臣之母为水夫人，水夫人生于子年。道家以水喻道，水是母性和诞育的象征。儒家将水人格化，以水比德，以水喻智，有知者乐水之说。《野叟曝言》第一回称水夫人为“女中大儒”。第一百二十五回写水夫人为鸾吹等人讲经，讲的是《道德经》第一章和“知者乐水”一章。第一百三十七回总评说“四灵诸瑞”“实胚胎于水夫人”。《山海经·海外东经》中有汤谷浴日的记载。水诞育太阳，太阳浴于水。文素臣的住宅坐落在浴日山中，题名曰“浴日山庄”。文素臣每遇危难，总急着回到母亲身边，一听水夫人的教诲，就充满勇气和活力。

《野叟曝言》的作者夏敬渠科场失意，小说主人公文素臣和作者一样放弃了科举功名，游历天下，锄强扶弱，平定叛乱，安定边疆，拯救了一个支离破碎、摇摇欲坠的王朝，重建理想盛世，铲除异端，光大正教。文素臣位极人臣，被天子称为素父，虽无帝王之位，却有帝王之尊，士人所能想到的功业、荣耀、地位、享受等，这部书都写了，“唯尚不敢希帝王”[1]。实际上，作者将文素臣写成太阳的化身，大胆而直露，表明了文素臣的“希帝王”之心。夏敬渠通过主人公文素臣的形象表达了自我期许，文素臣实际上是作者的化身，作者借文素臣表达了自己的人生梦幻。实际上，小说中频繁出现梦的意象，有一百多次。文素臣出生时，其父母即做梦。第一百五十四回写文素臣梦中乘龙，与古今圣贤并坐，而文白居前列，东方旭日滚入怀内。最后一回写文素臣一家六世同梦，总评称此为开天辟地以来第一大梦，文素臣一家人在一日内所做的梦中聚集了历朝历代的圣人、圣君。之所以用古今第一大梦作结，是因为文素臣之功业福报皆至此而极，于是以此大梦“从旁文生色，以补足其意”。[2]作者将自己和古代知识分子建功立业的共同理想以梦境的形式表现出来，主人公文素臣成为帝王之师，是作者心灵梦幻和精神上的自我慰藉，整部作品就是作者的白日梦。

1. 鲁迅：《中国小说史略》，第196页。
2.(清) 夏敬渠：《野叟曝言》，载《古本小说集成》第四辑第六十九册，第4035页。

第四节 清中期文人小说中意象叙事的诗化特点

清代中期的文人小说《红楼梦》将物象叙事发展为意象叙事，将意象叙事发挥到了极致。小说中既有贯穿全书的中心意象，又有具备象征意义的辅助意象，意象不仅在表达主旨、场面描写、情节结构、人物形象塑造等方面有重要作用，而且蕴含着情感，有抒情意味，使小说成为诗化小说。文人小说对意象的有意识运用，既继承了此前通俗小说的物象叙事，又借鉴了诗、词、曲等抒情文体的意象塑造，受戏剧特别是明清传奇的影响也许更为直接。《红蕖记》《合剑记》《风筝误》《桃花扇》《长生殿》等明清传奇剧都以物象为线索来结构情节，《桃花扇》把桃花扇作为贯穿爱情悲欢离合和南明存亡兴衰的重要物象，比较成功。戏曲与小说在题材、情节与结构等方面往往相互影响。《红楼梦》中的意象结合写实与写意，象征、隐喻、反讽等手法的运用使意象有着丰厚的审美内涵。

“石头”为《红楼梦》最为重要的意象。女娲炼石补天，剩下一块石头没用，弃置在大荒山下，这块石头感叹自己不得参与补天。这块被弃而不用的石头，是《红楼梦》中贾宝玉的叛逆性格的象征。在中国传统文化中代表着坚硬刚强；所谓石比金坚，石头又代表深情和坚强的意志；石头不经雕琢，还代表着自然本真。古代文人多喜在诗中咏石，抒发愤世嫉俗之情，表达怀才不遇之感，以及对自然理想人格的向往。《西游记》《红楼梦》中的主人公石猴孙悟空、顽石贾宝玉有相通之处。孙悟空从石头中生出，本性自然，富有灵性，不受拘束，追求自由。《红楼梦》的石头与宝玉相互依存，彼此映照，石头是贾宝玉形象的重要组成部分。贾宝玉身上有着石性，他向往本真自然，反对虚伪做作，对现实社会中的功名利禄表示蔑视，为坚持自己的追求，直至“悬崖撒手”，弃绝红尘。

在小说中，玉与石的关系非常复杂，既紧密相连，又相互对立。玉由石而来，玉代表了人工雕琢，失去了自然本性，被赋予功利性。贾宝玉身上既有石性，又有玉性，石与玉的对立互补使贾宝玉的思想、性格非常复杂。“石”代表本性，代表对人生理想的坚守。大荒山下被弃置的补天之石与绛珠仙草一起，象征着本真自然的人格。“玉”代表世俗社会的功名利禄。甄宝玉和贾宝玉、玉和石，相互补充，相互映照，具有丰富的隐喻意义，表达了深刻的哲理。石头幻形入世，历尽荣华富贵、离合悲欢，最终重返青埂峰，表达了“因空见色，由色生情，传情入色，自色悟空”的思想，以循环往复的结构表达了天命观，表现了天道循环往复的规律。作为女娲神话中的补天之石，石头的恒久衬托了世事无常和人生的短暂而虚幻。在小说叙事中，“木石前盟”与“金玉良缘”形成鲜明对照。在太虚幻境的神话故事中，石头所化的神瑛侍者以甘露浇灌绛珠仙草，决定了现世中贾宝玉和林黛玉“木石前盟”式的爱情。

《红楼梦》中女娲补天遗弃之石及其幻化而成的通灵宝玉在叙事结构层面如草蛇灰线贯穿全书，既是小说的重要意象，又是小说中无处不在的叙事视角，观察世间人情百态、悲欢离合，体味空虚幻灭，充当着观察者和记录者的角色。《红楼梦》中有超叙事层、主叙事层、次叙事层等多个叙事层，石头勾连起这些叙事层，使不同叙事层次间的转换很自然。石头还将神话世界和现实世界联系起来。在神话世界中，石头是女娲遗弃在大荒山的补天之石；在太虚幻境中，石头化身为神瑛侍者；在现实世界中，石头是贾府公子贾宝玉和他佩戴的通灵宝玉。

草木与石相连。《红楼梦》描写了数量繁多的花草。描写太虚幻境时就写了二十多种草木，第一回中提到的蜜青果、绛珠草等为虚拟的草木，有象征意义。“蜜青”谐音“觅情”。绛珠草颜色赤红，甲戌本脂批说：“细思‘绛珠’二字，岂非血泪乎？”[1]“蜜青”“绛珠”象征林黛玉寻觅真情、洒尽血泪的宿命。在描写现实中的大观园时，作者写了七十多种草木，这些草木是小说人物活动环境的重要组成。贾宝玉所住的怡红院初名红香玉绿，后改名为怡红快绿，院中栽种了芭蕉和西府海棠，形成蕉棠两植、红香玉绿的景观。怡红院中栽的海棠、桃花、玫瑰、蔷薇等花皆为红色，贾宝玉有爱红之癖好。贾宝玉的住所名“绛芸轩”，贾宝玉前身为赤霞宫神瑛侍者，林黛玉前身是绛珠草，“绛云轩”又暗示了贾宝玉和林黛玉的关系。再如林黛玉住的潇湘馆周围有千百竿翠竹，翠竹象征着林黛玉的孤高自许。大观园的芭蕉也值得注意，除了怡红院、潇湘馆中种植芭蕉外，秋爽斋也有芭蕉，芭蕉体现文人的雅致和志向，表现探春阔朗的性格，而与芭蕉有关的典故是蕉鹿梦。探春有才干，有志气，她代王熙凤理家，兴利除弊，显示了理家之才。但抄检大观园打破了她的幻想，她预感到大厦将倾、风雨欲来，她无法掌握自己的命运，被迫远嫁，梦想破灭，其人生如蕉

1.(清) 曹雪芹著，脂砚斋评：《红楼梦脂汇本》，岳麓书社2010年版，第7页。

鹿之梦。

小说中写得最多的是花。很多场景与花有关，包括赏花、咏花、送花、饯花、葬花等，前八十回中有十六回的情节与花有关。《红楼梦》借鉴诗词中美人香草的比兴手法，以花写人，表现人物的性格、人格、气质、追求。第六十三回中，贾宝玉过生日，“群芳开夜宴”，玩抽花签游戏。薛宝钗抽到的是牡丹花，签上题“艳冠群芳”。牡丹花是世俗富贵的象征，与杨贵妃有联系，贾宝玉曾把宝钗比作杨贵妃，宝钗追求荣华富贵，其进京本为参加选秀，宫中因故停选，这成为宝钗心中之憾。黛玉抽到的是芙蓉花，签上题“风露清愁”，附一句诗：“莫怨东风当自嗟。”小说兼采水芙蓉和木芙蓉之内涵，赋予林黛玉的多元人格特点。林黛玉的生日是农历二月十二日，正好是花朝节，为百花生日，又称“花神节”，所以黛玉为花神，被称为花魂。与林黛玉有关的花还有菊花、荷花、桃花、梨花等，菊花象征隐逸人格，黛玉淡泊名利，天真自然。梨花有离散的悲情意味，黛玉父母早亡，孤独无依，她将爱情作为人生寄托，以眼泪报前世神瑛侍者的浇灌之恩，泪尽之时，便是魂归离恨天之时。另外，探春抽的是杏花，李纨抽的是老梅，湘云抽了海棠，袭人抽了桃花，都预示了她们的人格和追求。

小说以花写女子，还隐喻了人物的遭际和结局。传统诗赋以花魂寄寓理想人格之美，以落花表达悲剧意识。《离骚》以草木零落表现生命摇落。刘希夷在《代悲白头翁》中将落花意象与女儿命运联系在一起。《红楼梦》以花喻女子，以落花意象表达了万艳同悲的感伤。小说第五回中，警幻仙姑唱“春梦随云散，飞花逐水流”。在第十七、十八回中描写大观园，庚辰本脂批云：“至此方完大观园工程公案，观者则为大观园费尽精神，余则为若许笔墨，却只因一个葬花冢。”[1]第二十三回中，贾宝玉和林黛玉一起将落花装在绢袋中，埋到花冢里。在第二十七回中，黛玉在《葬花吟》中吟唱：“未若锦囊收艳骨，一抔净土掩风流。”称落花为“艳骨”，将锦囊装落花而埋之称为“掩风流”，要葬花，是为了不让其质本洁的落花飘落沟渠而陷入污淖之中。在第七十回中，林黛玉又作《桃花行》，以桃花的凋零预示众女子的悲剧命运。贾宝玉作《芙蓉女儿诔》祭晴雯，将诔文挂在芙蓉枝上，黛玉从花中走出来，脂批云：“又当知虽诔晴雯，而又实诔黛玉也。”[2]

水与石又常常共生。《红楼梦》中反复写水，水成为一个重要意象。西方灵河，太虚幻境中的愁海、情海是虚拟的水。神瑛侍者以甘露灌溉绛珠仙草，绛珠仙草修成女体，要报答浇灌之恩，随神瑛侍者下凡，于是有木石前盟的故事。水清澈而灵动，作者以水喻女儿，贾宝玉说：“女儿是水做的骨肉，男子是泥做的骨肉。我见了女儿就觉清爽，我见了男子就觉浊臭逼人。”小说特别强调林黛玉与水的关系。第十七回描写黛玉居住的潇湘馆，特别提了水，水象征林黛玉的灵性和洁净。黛玉是水的化身，宝玉为石头所化，水可去除石之污浊，显其灵性。黛玉之泪亦为水，黛玉之泪水为石而落。脂砚斋评点说，绛珠之泪“为惜其石而落”，黛玉因为惜石而惜人，贾宝玉不知自惜，而作为知己的黛玉“千方百计为之惜”。[3]第二十三回写宝玉想把落花扫起来撂到水里，林黛玉却认为，虽然大观园中的水干净，但一流出去就脏了。大观园是理想之境，与世俗社会相隔离，园中的水是洁净的，

1.(清) 曹雪芹著，邓遂夫校订：《脂砚斋重评石头记庚辰校本》，第344页。
2.(清) 曹雪芹著，邓遂夫校订：《脂砚斋重评石头记庚辰校本》，第1443页。
3.(清) 曹雪芹：《红楼梦》(戚序本)，载《古本小说集成》第四辑第二十四册，第120页。

一旦流出去就变得污浊了，同样，女儿们一旦离开大观园，悲剧命运也就开始了。水的流动常被用来喻指时间流逝，在小说中，流水、落花相连，花落水流红喻红颜易老、青春易逝、人生短暂。

《红楼梦》中的一些人物也有象喻意义。甄宝玉与贾宝玉相对，喻真假辩证之意。秦可卿神秘而复杂。她在宁国府中的地位，以及与公公贾珍、丈夫贾蓉的关系，都扑朔迷离。贾宝玉在秦可卿卧房中午休而梦入太虚幻境，秦可卿是宝玉入梦的向导，在太虚幻境中，秦可卿是警幻仙姑之妹，贾宝玉在太虚幻境中与可卿发生关系。而太虚幻境中的可卿兼有宝钗之端庄妩媚和黛玉之袅娜风流，是“兼美”的意象，象征着“钗黛合一”的理想，在现实中，“兼美”一分为二，又体现了对理智与情欲的分辨。秦可卿既是个有血有肉的人物，又有象征意义，意味“情可轻”或者“情可情”。秦钟为秦可卿之弟，与宝玉做了几天同窗。在为秦可卿送葬时，秦钟与馒头庵中的尼姑发生关系，不久生病死去。“秦钟”即“钟情”之意，是为表达情欲理念而设。

小说中更为重要的人物意象是一僧一道。一僧一道是贯穿小说的一条隐线，关联着神仙世界和现实世界，又有象征意义。一僧一道在第一回中出现了五次，第一次出现在大荒山，第二次携石头回归大荒山，第三次出现在甄士隐的梦中。甄士隐梦醒后，在现实世界中见到了一僧一道（第四次），僧人要度其女英莲出家，甄士隐拒绝了。僧、道分手，相约三劫后于北邙山相会，去太虚幻境销号。甄士隐痛失爱女，又遭火灾，投奔岳丈，贫病交加，跛足道人出现，唱《好了歌》，甄士隐顿悟，随道人出家（第五次）。一僧一道突兀而来，倏忽而去，往来天上人间，成为小说中具有象征意义的意象，体现了对人生的观照和彻悟。在主体故事中，一僧一道或单独出场，或一起出现，或直接现身，或在梦中出现，时时提醒读者现实世界与神话世界的关联。有趣的是，癞头和尚救助、度脱或点化女子如甄英莲、林黛玉、薛宝钗等，而跛足道人则拯救、度脱男子如甄士隐、贾瑞、柳湘莲等，一僧一道在第二十五回同时现身贾府，救了被马道婆所害的贾宝玉和王熙凤。

大观园也是重要意象。大观园既有写实的成分，又有诗意和象征意味，是作者人生理想的寄托。大观园与太虚幻境相呼应，太虚幻境是诗意的审美境界，大观园是太虚幻境在人间的映像，是贾宝玉和众女子的理想乐园。而太虚幻境中的册子和曲子预示了这些女性的悲剧结局，大观园衰败，青春凋零，所谓“千红一哭”“万艳同悲”，大观园、青春与美、荣华富贵最终像太虚幻境一般终属虚幻。

《红楼梦》中还有很多物象，如手帕、镜子、扇子、冷香丸、金麒麟、鸳鸯剑、绣春囊等，这些物象在情节发展和场景描写中有重要作用，而且往往含有深意。手帕与泪、情感有关，多为相爱男女互赠的信物。第二十四回中，小红在大观园中“遗帕”，贾芸凑巧“拾帕”，以手帕为线讲述了红玉与贾芸的故事，为后文埋下了伏笔。第三十四回中，贾宝玉拿出两条旧手帕，让晴雯送给黛玉，黛玉接到手帕，略一思忖，明白其意，神魂驰荡，于是“以帕题诗”，写出内心情感。镜子在《红楼梦》中多次出现，第十二回特别写了风月宝鉴，风月宝鉴有象征意义，表达了对情欲的思考，镜子正面的美女象征着欲望，是难以抵御的诱惑；反面的骷髅警示淫欲的后果。第二十七回、第三十回、第三十一回多次写扇子，第四十八回写贾雨村帮贾赦谋取石呆子所藏的古扇，扇子是场景描写的引子。“冷香丸”是薛宝钗所服之药，药方为癞头和尚所开，冷香丸的配料所用花卉皆为白色，白色为冷色。冷香丸用来治胎里带来的“热毒”，喻对功名富贵的执着。小说借冷香丸喻指薛宝钗的人格。薛宝钗外冷内热，其姓薛谐音雪，冬雪寒冷，她的房间像“雪洞”一样，她外表冷，性格冷，但内心又是热的，热衷于荣华富贵。绣春囊带有性禁忌的色彩，绣春囊在大观园中出现，引起抄检大观园，而大观园的抄检预示着大观园的衰败，也预示着贾府的衰败。

《红楼梦》的很多意象蕴含了作者的情感，隐含对社会人生的理性思考。落花、烟雨、黄昏、寒塘、鹤影、斜晖、冷月、衰草等意象本为诗歌中常常描写的意象，有悲凉感伤的色彩，《红楼梦》借用这些诗歌意象表达了对社会、家庭和人生悲剧的体悟。《红楼梦》除了借用诗歌意象，还善于化用前人诗、词、戏曲的意境。第二十三回写贾宝玉读《西厢记》，读到“落红成阵”，一阵风吹过，树上桃花落得满身、满书、满地都是。紧接着写林黛玉，她听到梨香院墙内传来歌声，唱的是《牡丹亭》，“原来姹紫嫣红开遍，似这般都付与断井颓垣”一句让她觉得感慨缠绵，又听到“良辰美景奈何天，赏心乐事谁家院”一句，点头自叹，陷入深思，再听到“则为你如花美眷，似水流年”，心动神摇，又听到“你在幽闺自怜”，更如醉如痴，细细咀嚼“如花美眷，似水流年”几个字，联想古人诗词中“水流花谢两无情”“流水落花春去也”等句，心痛神痴，眼中落泪。小说借前人诗、词、曲中的佳句，表现林黛玉的细腻心思。第五十二回写晴雯病补雀金裘，这一场景化用了秦韬玉《贫女》诗的意象。《红楼梦》写黛玉葬花，化用了唐代韩偓的《哭花》诗、北宋周邦彦的《六丑》词、南宋吴文英的《风入松》词以及曹寅写葬花的诗词的意境。再如第七十六回写中秋家宴，贾母叹息人少，脂批曰："未饮先感人丁，总是将散之兆。"[1]此时江南甄家已获罪查抄，贾家变故丛生，贾母因而伤感。夜静月明，呜咽悠扬的笛声从桂花荫里传出，大家都"寂然而坐"，"不禁有凄凉寂寞之意"，贾母竟禁不住堕下泪来。而黛玉和湘云在这个中秋之夜月下联诗，黛玉所吟的"冷月葬诗魂"预示着"诸芳将尽"。悲怨的笛声和凄凉的挽歌互相交织，预示着贾府的衰败和大观园这一理想世界的幻灭。

《红楼梦》前八十回中有诗、词、曲、赋二百十一首，参与人物形象的塑造，推动故事情节的发展，对主题的深化有重要作用，与前代小说中诗词多为点缀的情况大不相同。《红楼梦》中的诗与叙事合为一体，红楼人物所作诗词是各角色精神世界的写照。诗词意象的借用、意境的化用、诗词的穿插融入，使《红楼梦》成为诗化小说。

1.(清) 曹雪芹著，脂砚斋评：《红楼梦脂汇本》，第819页。

第十章
才子书批点与通俗小说的文人化阅读

随着创作方式和小说观念的变化，通俗小说的传播和阅读方式也有很大改变。明代的书坊编刊通俗小说以营利为主要目的，通俗小说常在完成后马上刊刻。书坊有意识的商业运作，使通俗小说广为传播，阅读通俗小说成为城市识字群体的主要娱乐方式。明清之际，文人独立创作的通俗小说增多，到了清代中期，出现了大量文人独创的小说，这类小说完成后不是立即刊刻，而是以稿本或抄本的形式在文人圈子中传阅。文人独创的通俗小说表达兼济天下的理想、人生选择的困惑和对独立人格的坚守，抒写有材却不得补天的悲慨和无可寄托的幻灭感，即使在女性的描写中也蕴含着文人天涯沦落的自怜，这些小说关注的是文人的情怀和追求，读者也主要是文化层次较高的文人。文人读者阅读通俗小说常常采用细读方式，边读边加评注，或为小说作序跋，他们和作者一样，认为通俗小说属于"立言不朽"，可以"藏之名山，传之来世"。这种文人化的阅读以清初的金圣叹、毛宗岗、张竹坡为代表。金圣叹、毛宗岗、张竹坡将《水浒传》《三国志通俗演义》《金瓶梅》当作有深意的文人小说加以批评解读，将自己的体验融入小说的批评，作者发愤著书，他们则发愤批评。他们对小说的加工润色，使小说的文人化特点更为鲜明，使这些小说最后成为经典。这几位评点家中，最有代表性的是金圣叹。

被后人视为文坛怪才的金圣叹以批点才子书而著名。金圣叹之姓名和籍贯皆有争议，[1]有关其生平情况的资料保存较少，这既因为“哭庙案”，也因为金圣叹为下层文人，才学不为世人所知。与文坛名流钱谦益的交往唱和，使他文名稍显。[2]金圣叹虽有诗文创作，但让其留名后世的是对才子书的批点。他通过对《西厢记》《水浒传》等才子书的批改，表达了对社会的理解。其才子书批注的字里行间隐含着才子的自怜，蕴涵着对科举功名、不朽之名的追求以及怀才不遇的愤懑。金圣叹表面上狂放不羁，实则甚为保守。政治幻想、现实境况与人生追求的纠结，使金圣叹的才子书评点充满矛盾，这种深刻的内在矛盾在《水浒传》的评改中更为突出。明清易代之际，很多文人面临人生选择，金圣叹的人生选择和遭遇在那个时代有一定的典型意义。

---

1. 金圣叹之姓名，或谓姓张，原名采，字若来，后改名人瑞（乐天居士：《痛史》，载《明清史料丛书八种》第六册，北京图书馆出版社2005年版，第276页）；或谓姓金，名采，字若采（廖燕：《二十七松堂文集》，载《清代诗文集汇编》第164册，上海古籍出版社2010年版，第149页）；或谓姓金，名采，字圣叹，一名彩（周亮工：《赖古堂名贤尺牍新钞》，载《四库禁毁书丛刊》集部第36册，北京出版社1997年版，第16页）。至于其籍贯，或谓江苏长洲，或谓江苏苏州。

2. 明朝天启年间，自称神灵附体而善知过去、未来的金圣叹，借天台泐法师所附之灵，为钱谦益预言未来，钱谦益受金圣叹之嘱而作《泐法师灵异记》，并和诗十首。参见（清）钱谦益著，（清）钱曾笺注，钱仲联标校《牧斋初学集》，上海古籍出版社1985年版，第1123页。

第一节　才子书批点中的才子情结

金圣叹在自己的文章和才子书批注中反复称扬“才”，才既指“材”，又言“裁”，体现为剪裁和为文之才华。他在《水浒传》的《序一》中说，古人之才“世不相延，人不相及”[1]，可称为“才子”者甚少，如庄子、屈原、司马迁、杜甫等，而他自己也是才子。他评点杜甫的《黄鱼》诗，自称为“大材”，从古至今只有他一人是“大材”，也独独他一人“沉屈”。[2]他在《水浒传》的序中讲述自己的经历，他和历史上的才人一样早慧，十一岁起就博览群书，成年后有凌云之志。[3]他认为只有圣人之作和才子之作才有价值，其他作家应该搁笔，其他书籍应该毁弃。相比之下，才子之作更值得阅读，因为“六经皆圣人之糟粕”[4]。《西厢记》《水浒传》这样的小说、戏文之所以被称为才子书，是因为创作小说、戏文是“因文生事”[5]，需要以精严的文法进行锤炼，以臻“化境”，这需要有大才。正因为如此，六才子书中金圣叹

1.(清) 金圣叹:《贯华堂第五才子书水浒传》(上)，载《金圣叹全集》(一)，第4页。

2.(清) 金圣叹:《唱经堂杜诗解》，载《金圣叹全集》(四)，第676页。

3.(清) 金圣叹:《贯华堂第五才子书水浒传》(上)，载《金圣叹全集》(一)，第9页。

4.(清) 金圣叹:《贯华堂第五才子书水浒传》(上)，载《金圣叹全集》(一)，第4页。

5.(清) 金圣叹:《贯华堂第五才子书水浒传》(上)，载《金圣叹全集》(一)，第18页。

最推崇《水浒传》，古代才子中他最推崇施耐庵，甚至称三千年中“独以才子许此一人”[1]。他认为天下文章没有超过《水浒传》的，天下的“格物君子”没有超过施耐庵的。[2]金圣叹选取庄子、屈原、司马迁、杜甫等才子的作品加以评点，有惺惺相惜之意，也只有他这样的才子才能理解历史上的才子。世人不理解《水浒传》《西厢记》，不知个中深意，唯他懂得。金圣叹对才情的自负于此可见。

才子本指有才学的文人，但在明代后期到清初，“才子”是一个独特的概念，指读书人中的一群，还指一种独特的心态。才子以才华自矜，对世俗功名有一种矛盾心态，与名士有相通之处。名士最早指以孝廉闻名的士人或隐逸的高士，到了东汉末年，有操行的士人被称为名士，魏晋名士“以风流酝藉、举止玄迈为贵”[3]。隋唐以后以科举取士，士人为了功名而干谒权贵，士气日趋卑弱，名士之风变异。明清时期，因为士子队伍异常庞大而录取名额有限，科举入仕之通道异常狭窄，士人分化成不同的类型和阶层，而名士是其中一个重要的类型。与前代名士相比，明代中后期的名士更重视名，通过诗文、讲学等途径求名，甚至为了求名而无所不用其极，或故作惊人之举、发惊人之论，或相互标榜，或奔走驰逐，或在诗文写作上标新立异。“不屑随时俯仰”的真名士反而属于少数。[4]即使是山也往往借隐居求得“虚声”，[5]或以诗文谋名，借名以谋利。

1.(清) 金圣叹:《贯华堂第五才子书水浒传》(上)，载《金圣叹全集》(一)，第349页。

2.(清) 金圣叹:《贯华堂第五才子书水浒传》(上)，载《金圣叹全集》(一)，第9页。

3.(清) 顾炎武著，黄汝成集释:《日知录集释》，中州古籍出版社1990年版，第307页。

4.(明) 沈德符:《万历野获编》，第583页。

5.(清) 方浚师撰，盛冬玲点校:《蕉轩随录》，中华书局1995年版，第165页。

才子的狂放又与明代中后期的狂士一脉相承。明代中后期，商品经济的发展对士人的价值取向和人格追求产生了重要影响，被排斥于仕途外的士人疏离传统规范，欣赏狂狷人格，以狂士自居，将名士的狂放不羁和刻意求异发挥到了极致。明代中后期的王学赋予"狂"以新的含义，王学左派更将狂的人格进一步发扬，认为狂者虽有瑕疵，但行事光明超脱。对现实政治失望，科举入仕之路受挫，加上对自身生活境遇的体认，有些士人变得狂放，这些狂放之士追求适性任情，他们自视甚高，恃才傲物，不屑混同于世俗，既轻视现实功利，又希望得到赏识，为怀才不遇而愤懑，造成矛盾痛苦的心态。狂士的狂是一种姿态，是自我表现的一种方式，所谓"不颠不狂，其名不彰"[1]。明清易代之后，兴盛一时的名士之风衰息，而名士和狂士结合，在明清之际特殊的历史背景下催生了才子群体。才子混合了名士和狂士的一些重要特征，既重视名，又追求利，对功名充满渴望；既狂傲清高，又渴望世俗的认同。喜欢标新立异，以惊世骇俗之论、狂诞不羁之举引起世人关注，内心的矛盾更为激烈，怀才不遇的悲慨更为突出。才子不掩饰对功名的追求，对世俗政权充满了崇敬，一旦得到功名则狂喜，功名未遂则悲慨不已，进而产生消极悲观的情绪，感叹人生如梦。金圣叹在诗文和才子书批点中表达的正是这种才子心态。

金圣叹对才子群体的自我认同，使他游戏科场，故作狂诞，以示不同流俗。金圣叹几次参加乡试皆落榜，其建功立业之志转为英雄失志之悲，其诗文创作和才子书批点充满了高才不遇的悲慨。金圣叹在

1.(明）袁宏道著，钱伯城笺校：《袁宏道集笺校》，第502页。

《水浒传》中感受到了怀才不遇的失意之痛。他从《水浒传》第三回写鲁智深“扑倒头便睡”几个字中体悟了“闲杀英雄”之感慨，认为这几个字蕴含了作者的血泪。[1]第十回写林冲：“因感伤怀抱，问酒保借笔砚来。”金圣叹认为这十二个字“写千载豪杰失意如画”。[2]金圣叹批点《西厢记》，从张生、莺莺的悲欢离合中体会了高才被屈之悲。他认为《西厢记》的幽怨笔调适合表达落难才子的人生感慨。他于《西厢记》的《拷艳》一折中“谁能够”三字下评点：“只三个字，便抵一大篇《感士不遇赋》。”[3]他在《西厢记》的《读法》中说，《西厢记》写的是才子佳人故事，但从作者的“眼法、手法、墨法”看，如果写三国故事、王昭君故事、伯牙学琴故事，也一定能写得非常感人；如果写诸葛亮，一定会写出无数“孤忠老臣”之泪；如果写昭君出塞，一定会写出无数“高才被屈人”之泪；如果写伯牙跟成连到海中孤岛上学琴，一定会写出无数“苦心力学人”之泪。[4]

金圣叹批注才子书，字里行间充溢着才子之自怜，古代才子之才识远超于他，却都怀才不遇，只好借诗、文、小说以发抒，令人感慨，他“欲恸哭之”。才人已逝，只留下作品，他于是对其作品进行批点，以此代替恸哭，既哭古人，也哭自己，他将批点才子书称为“我之消遣法”。[5]所谓“消遣”，实为排解，排解才士潦倒不遇之愤懑，愤

1.（清）金圣叹：《贯华堂第五才子书水浒传》（上），载《金圣叹全集》（一），第86页。

2.（清）金圣叹：《贯华堂第五才子书水浒传》（上），载《金圣叹全集》（一），第184页。

3.（清）金圣叹：《贯华堂第六才子书西厢记》，载《金圣叹全集》（三），第184页。

4.（清）金圣叹：《贯华堂第六才子书西厢记》，载《金圣叹全集》（三），第18页。

5.（清）金圣叹：《贯华堂第六才子书西厢记》，载《金圣叹全集》（三），第8页。

懑无法排解，甚至化为怨毒。他说："怨毒著书，史迁不免。"[1]在批点唐诗时，金圣叹常常"穿凿附会""借文生事"。他认为杜甫的《向夕》诗"写尽大才沦落之苦"[2]，他在《春日江村五首》批点中对杜甫"一肚皮禹、稷"不得施展深表同情，继而想到自己，发出"我如苍生何？苍生如我何"的慨叹。[3]他认为杜甫的《丹青引赠曹将军霸》一诗不仅借曹将军之末路而自写，甚至"实写尽古来盛名下士也"[4]。他读《发潭州》而哭杜甫，"亦一哭圣叹"，同时也哭天下沦落的才子。[5]他批点杜甫《早起》诗而自伤身世，他想学习稷、契，想如杜甫诗中所写的那样"致君尧、舜上"，却怀才不遇，落拓无成，为世所弃，只好颓然自放，"形为槁木心成灰"。[6]他评杜甫《蜀相》诗，感叹"英雄之计""英雄之心"如今化为了"英雄之泪"。[7]

功业难成，金圣叹转而追求立言不朽。金圣叹批注才子书，有追求不朽之名的目的。太上立德，其次立功，再其次立言，而对当时的金圣叹来说，最可靠的是立言，所以金圣叹反复强调立言的重要性，立德、立功、立言三者之中，只有立言能"长留痕迹，千秋万世，传道不歇"[8]。金圣叹认为，周公制《风》《雅》，孔子作《春秋》是立言，数千年来巨公大家抒怀言志之作也是立言，甚至荒村老翁、曲巷童妾"口口相授，称道不歇"，也是立言。他认为立言和立功、立德同等重

1.(清) 金圣叹：《贯华堂第五才子书水浒传》(上)，载《金圣叹全集》(一)，第283页。
2.(清) 金圣叹：《唱经堂杜诗解》，载《金圣叹全集》(四)，第716页。
3.(清) 金圣叹：《唱经堂杜诗解》，载《金圣叹全集》(四)，第633页。
4.(清) 金圣叹：《唱经堂杜诗解》，载《金圣叹全集》(四)，第632页。
5.(清) 金圣叹：《唱经堂杜诗解》，载《金圣叹全集》(四)，第707页。
6.(清) 金圣叹：《唱经堂杜诗解》，载《金圣叹全集》(四)，第608—609页。
7.(清) 金圣叹：《唱经堂杜诗解》，载《金圣叹全集》(四)，第596页。
8.(清) 金圣叹：《贯华堂第六才子书西厢记》，载《金圣叹全集》(三)，第7页。

要，甚至认为儒家“三不朽”中“立言”比“立德”“立功”更为重要，如无史家的“立言”，功业会湮灭无闻，要使功业流传百千万世，让后世“歌咏不衰，起敬起爱”，必须依靠“绝世奇文之力”。[1]即使圣贤“立德”，也须通过“立言”才能垂教后世。金圣叹说，天地开辟至今，不知有几万万年，如“水逝云卷，风驰电掣”，而自己生于其间，更是瞬息而已。[2]人生如此短暂，而短暂的人生中又充满烦恼，可供消遣之日更少，他评点《水浒传》等才子书，是为了消遣人生，“无法作消遣中随意自作消遣”[3]，作为功名无成的心理补偿，抒发补天之志不得实现的愤懑。在《西厢记》的序文中，金圣叹希望自己的著作可以“留赠后人”，传名后世，他认为《西厢记》本可以传之后世，但世人至今对这部杂剧并不了解，而他尽智尽力批点的《西厢记》，可以传世不朽，而他也将不朽。[4]他将批点才子书作为“立言”的事业，人生短暂，生命无常，富贵难求，不如著书，而著书亦为其所好，如果不著书，“其又何以为活也”。[5]直到人生的最后时刻，金圣叹仍念念不忘未批完的“才子书”:“鼠肝虫臂久萧疏，只惜胸前几本书。”[6]

人生境遇使金圣叹形成了人生如梦的消极人生观。金圣叹批点《水浒传》，删去了七十一回之后的故事，结于一梦，这样“宋江、卢俊义一百八人以梦终”，与晁盖等七人智取生辰纲前晁盖之梦相照应。[7]

1.(清) 金圣叹:《贯华堂第六才子书西厢记》，载《金圣叹全集》(三)，第195页。
2.(清) 金圣叹:《贯华堂第六才子书西厢记》，载《金圣叹全集》(三)，第5页。
3.(清) 金圣叹:《贯华堂第六才子书西厢记》，载《金圣叹全集》(三)，第6页。
4.(清) 金圣叹:《贯华堂第六才子书西厢记》，载《金圣叹全集》(三)，第9页。
5.(清) 金圣叹:《贯华堂第五才子书水浒传》(上)，载《金圣叹全集》(一)，第223页。
6.(清) 金圣叹:《沉吟楼诗选》，载《金圣叹全集》(四)，第839页。
7.(清) 金圣叹:《贯华堂第五才子书水浒传》(上)，载《金圣叹全集》(一)，第527页。

之所以删削掉后半部分，是因为小说后半部结构松散，文字粗疏，更因为金圣叹对《水浒传》主旨的理解。金圣叹认为晁盖梦北斗七星预示一百零八人事迹是"颠倒梦想"，他认为一切皆梦，而众生为"梦魂"。[1]金圣叹批注《西厢记》尤其重视"惊梦"一出。"惊梦"一出渲染了悲剧色彩，表达了金圣叹对人生的理解，他认为虚妄的人生有如梦幻。金圣叹也对《西厢记》进行了删改，第五本写张生高中探花，明媒正娶崔莺莺，金圣叹认为一般读书人不可能有如此圆满的结局，于是将这一段删去。金圣叹以《庄子》中的"无"评点《西厢记》，在读法中又反复强调唐代赵州从谂禅师的"无"字公案。他以"生"和"扫"论《西厢记》情节，认为《西厢记》中《惊艳》之前、《哭宴》之后都是"太虚空"。[2]金圣叹对草桥惊梦一段作了改动，张生在梦中与莺莺团圆，在喜悦中梦醒，他评点说，世间本为太虚空，妄想颠倒而有若干事，最后是"忽然还无"[3]。金圣叹自幼学佛，对佛教有深刻的体悟，其人生虚无观受佛家思想影响，又与他怀才不遇、沉沦下僚的人生境遇密切相关。他深感人生的悲凉，"长夜漫漫，胡可胜叹"[4]。他认为佛教如梦如幻之义是《西厢记》的"立言之志"，第十六章是《西厢记》之"结"。他认为梦幻是《西厢记》的最大章法，也是《西厢记》的主旨，第一章无端而来，第十五章无端而去，前十五章"如睡梦"，至第十六章方"觉醒"。

当有人询问其名"圣叹"之义时，金圣叹解释说，《论语》有两处

1.（清）金圣叹：《贯华堂第五才子书水浒传》（上），载《金圣叹全集》（一），第214页。

2.（清）金圣叹：《贯华堂第六才子书西厢记》，载《金圣叹全集》（三），第152页。

3.（清）金圣叹：《贯华堂第六才子书西厢记》，载《金圣叹全集》（三），第152页。

4.（清）金圣叹：《贯华堂第五才子书水浒传》（上），载《金圣叹全集》（一），第214页。

"喟然叹曰"，一处是颜渊喟然而叹，表达对孔子的敬仰之情；一处是孔子喟然而叹："吾与点也。"金圣叹说，他之所以自名"圣叹"，是取孔子"与点"之意："予其为点之流亚欤！"[1]曾皙表述的是一种适意的人生境界，孔子对此表示赞赏。金圣叹对这种适意的人生境界充满了向往之情，但尘世利禄的诱惑和生活的重负，又使他觉得这种境界渺然不可及，只能发出无奈的叹息，像圣人那样"喟然而叹"。怀才不遇，生活困窘，使金圣叹备感人生之悲凉，他在《野行》一诗中感叹"欢情总入悲"[2]。他之所以要批注才子书，一方面是引古代才子为同调，惺惺相惜，借批注古才子之书，展现才情；另一方面，沉迷于才子书批注也是为了暂忘现实之伤痛，与醉酒之意同。金圣叹在《王子文生日》一诗中将曾皙"风乎舞雩，咏而归"的人生境界与陶潜饮酒相比。[3]他在《贫士吟》中感叹贫士之穷困，希望有朝一日名成功就，境况有所改变："忽然仰天笑，明岁当成名。"[4]对金圣叹这样的下层文人来说，与易代沧桑巨变相比，生存问题更为现实，更为紧迫。金圣叹在《湘夫人祠》一诗中怀疑湘夫人为舜而殉情："未必思公子，虚传泪满筠。"[5]在《村妇艳》中表达对凭美色获富贵的西施的艳羡："西施尽住黄金屋，泥壁蓬窗独剩侬。"[6]这些皆为金圣叹心态的真实流露。金圣叹听说其文章为顺治帝所欣赏，对顺治帝感激莫名，也就可以理解。金圣叹《春感八首》之三云："半生科目沉山外，今日长安指日边。"[7]《酬高三十五

1.（清）廖燕：《二十七松堂文集》，载《清代诗文集汇编》第164册，第149页。
2.（清）金圣叹：《沉吟楼诗选》，载《金圣叹全集》（四），第804页。
3.（清）金圣叹：《沉吟楼诗选》，载《金圣叹全集》（四），第848页。
4.（清）金圣叹：《沉吟楼诗选》，载《金圣叹全集》（四），第811页。
5.（清）金圣叹：《沉吟楼诗选》，载《金圣叹全集》（四），第795页。
6.（清）金圣叹：《沉吟楼诗选》，载《金圣叹全集》（四），第821页。
7.（清）金圣叹：《沉吟楼诗选》，载《金圣叹全集》（四），第858页。

适人日见寄》中云:“但使青云求补衮,还将白发着纶巾。”[1]金圣叹听到顺治帝驾崩的消息，其内心的伤痛也就可想而知，他在《辛丑春感》诗中感叹:“白发满头吾甚矣，还余几日作渔樵。”[2]金圣叹之性格，狂放中有颓废，自负中有自怜，他解读杜甫之诗时，联系身世，感慨万千。他以才学自诩，本以为功名唾手可得，也曾像杜甫那样梦想着致君尧舜，没想到怀才不遇，老大无成，“世既弃我，我亦弃世”，颓然自放，心如死灰，却又为生计所迫，觉“人前短气”。[3]才子之狂傲，终抵不住生存压力。

1.(清) 金圣叹:《沉吟楼诗选》，载《金圣叹全集》(四)，第876页。
2.(清) 金圣叹:《沉吟楼诗选》，载《金圣叹全集》(四)，第859页。
3.(清) 金圣叹:《唱经堂杜诗解》，载《金圣叹全集》(四)，第609页。

第二节　才子书批点中的功名心态

金圣叹如历史上的才子型文人，狂放不羁，然而金圣叹实为外狂放而内保守，对封建伦理坚守不疑。金圣叹早年游戏科场，据《哭庙异闻》记载，金圣叹为诸生时，因岁试之文怪诞滑稽而被黜革。王应奎《柳南随笔》记载金圣叹"以诸生为游戏具"[1]。金圣叹多次讥讽儒家经典，在为《水浒传》所作的序中说，他儿时就对四书之价值产生了怀疑，他十岁时入乡塾，一读四书就"意昏如也"，便对同学说："不知习此将为何者？"[2]他反而对《妙法莲花经》《离骚》《水浒传》《会真记》等书产生了兴趣。他提出"六才子书"之说，将《庄子》《离骚》《史记》《杜工部集》《水浒传》《西厢记》与儒家六经《诗》《书》《礼》《乐》《易》《春秋》相比。

然而金圣叹在才子书批注中又坚守正统，对儒家圣人充满了崇敬之情。他在《水浒传》第二十五回的回批中赞美孔子，认为圣人为"天下之至"，而孔子又为"圣人之至"。[3]他甚至认为只有圣人可以著书，其他人作书应该受到严厉禁止和惩罚："其人可诛，其书可烧也。"[4]他

1.(清) 王应奎：《柳南随笔》，中华书局1983年版，第46页。
2.(清) 金圣叹：《贯华堂第五才子书水浒传》(上)，载《金圣叹全集》(一)，第9页。
3.(清) 金圣叹：《贯华堂第五才子书水浒传》(上)，载《金圣叹全集》(一)，第395页。
4.(清) 金圣叹：《贯华堂第五才子书水浒传》(上)，载《金圣叹全集》(一)，第2页。

批注《水浒传》，以儒家伦理批判梁山起义者，诅咒他们是豺狼虎豹，因为他们干的是杀人越货之事，是“揭竿斩木之贼”[1]。他对《水浒》之中有“忠义”之说进行严厉批判，认为提出此说的人根本不懂得“忠”和“义”，“忠”以事上，“义”以使下，以“忠”与人，以“义”处己，只有圣贤之徒才能做到。[2]以“忠”“义”之意看《水浒》，那就是不忠不义的，如果《水浒》之中有忠义，那么国家就没有忠义了，忠义就成为天下凶恶之物了。金圣叹在批注中又是充满矛盾的，他一方面否定《水浒》忠义之说，另一方面对好汉的孝悌节义大加赞美，如赞扬王进之孝，赞美武松之悌，认为小说开篇写王进是有深意的，是“推出一个孝子来做门面”[3]。在第五十七回的批注中，金圣叹以本用来评价女子的“贞烈”二字评鲁智深：“不惟爽直，兼写贞烈。”“忠臣不事二君，烈女不更二夫，好友不交二人，观于鲁达，可以兴矣。”[4]

金圣叹以儒家的“格物”评点小说艺术。“格物”一词出自《大学》，宋明理学家加以阐发，认为“格物”就是穷究事物之理。金圣叹在《水浒传》的《序三》中说，《水浒传》的人物形象塑造之所以如此成功，是因为作者善于格物，格物之要在于“忠恕”。[5]金圣叹借用儒家的“忠恕”之说评点小说，他在第四十二回的总评中说，个人

1.(清) 金圣叹：《贯华堂第五才子书水浒传》(上)，载《金圣叹全集》(一)，第8页。

2.(清) 金圣叹：《贯华堂第五才子书水浒传》(上)，载《金圣叹全集》(一)，第8页。

3.(清) 金圣叹：《贯华堂第五才子书水浒传》(上)，载《金圣叹全集》(一)，第18页。

4.(清) 金圣叹：《贯华堂第五才子书水浒传》(下)，载《金圣叹全集》(二)，第355页。

5.(清) 金圣叹：《贯华堂第五才子书水浒传》(上)，载《金圣叹全集》(一)，第10页。

之喜怒哀乐"诚于中"而"形于外"，就是"忠"。推己及人，知悉天下人之喜怒哀乐皆"诚于中"而"形于外"，就是"恕"。[1]金圣叹所说的"忠"指从内心出发，真心、真诚地表现本性，以此体会万事万物。做到了"忠"，才能达到"恕"，"尽己"为"忠"，"推己"为"恕"。[2]"反身而诚"，将心体心，就会将人物描绘得精细入微，到达"盗贼犬鼠无不忠者"的境界[3]，那就是恕了。金圣叹的"动心"之说即由"忠恕"而来，他认为施耐庵塑造人物形象时，善于将心比心，设身处地，将自己想象为"淫妇""偷儿"等："实亲动心而为淫妇，亲动心而为偷儿。"[4]阅读欣赏文学作品也需要"动心"，金圣叹阅读《西厢记》，读了第一本第二折，为其中一句话"他不瞅人待怎生"而震动，以致躺卧了三四天，不吃不喝，不言不语，他认为这句话有"勾魂摄魄之气力"。[5]这种强烈的震撼源于深刻的情感体验，而这种情感体验之所以如此深刻，也是因为"恕"。

金圣叹的才子书评点侧重艺术，其理论则主要来自八股文法。金圣叹说，他批点六部才子书用的是"一副手眼"[6]。这"一副手眼"就是八股文法，也就是"起承转合"。金圣叹认为"法"非常重要，作文如果不讲法，"便成狗嗥"[7]。"法"是相通的，可以用读《左传》之法读传

1.（清）金圣叹：《贯华堂第五才子书水浒传》（下），载《金圣叹全集》（二），第123页。

2.（清）金圣叹：《贯华堂第五才子书水浒传》（上），载《金圣叹全集》（一），第10页。

3.（清）金圣叹：《贯华堂第五才子书水浒传》（上），载《金圣叹全集》（一），第10页。

4.（清）金圣叹：《贯华堂第五才子书水浒传》（下），载《金圣叹全集》（二），第314页。

5.（清）金圣叹：《贯华堂第六才子书西厢记》，载《金圣叹全集》（三），第68页。

6.（清）金圣叹：《贯华堂第六才子书西厢记》，载《金圣叹全集》（三），第10页。

7.（清）金圣叹：《贯华堂第六才子书西厢记》，载《金圣叹全集》（三），第46页。

奇，用批点《西厢记》之法读《左传》，甚至《史记》《战国策》的文法也相通。金圣叹评点《左传》《战国策》《史记》的文法时，都将重点放在议论性文字上，关注的是议论技法，而议论技法又重在“起承转合”之法。他在《才子必读古文》中选评了《史记》的序、赞与传中议论部分，只选评了一篇传记《伯夷列传》，而《伯夷列传》通篇以议论为主，选评《左传》《战国策》和后代各家古文亦如此，重议论性文字，分析议论技法，极少选叙事文。之所以如此，是因为八股文是议论文，“起承转合”是八股文的基本结构。

金圣叹称《水浒传》为奇书，将《水浒传》与《论语》《诗经》《春秋》相比，认为既可以从中体会“道”，又可以学习作文之法。金圣叹说，《水浒传》写众人出于绿林，以劫杀为事，可谓“失教丧心，诚不可训”，但可以“略其形迹”，体会学习“其神理”。[1]所谓“神理”，就是议论技法。在《读第五才子书法》中，金圣叹强调，《水浒传》虽然是一部小说，但其中包含了许多八股文法，非常值得一读，读了这部小说，可以“凭空使他胸中添了若干文法”[2]。一般人读《水浒传》只是“晓得许多闲事”，而读了他批点的《水浒传》则能“晓得许多文法”，不仅晓得《水浒传》的文法，还能看出《战国策》《史记》等书的文法。《史记》以文运事，《水浒》因文生事。如能以读《水浒》之法读《庄子》《史记》，可了解其文之精严。所谓精严，即“字有字法，句有句法，章有章法，部有部法”。“字法”“句法”“章法”“部法”即八股文所重的篇章技巧。金圣叹将《水浒传》视为一篇议论

1.（清）金圣叹：《贯华堂第五才子书水浒传》（上），载《金圣叹全集》（一），第11页。

2.（清）金圣叹：《贯华堂第五才子书水浒传》（上），载《金圣叹全集》（一），第24页。

文字，“中间许多事体，便是文字起承转合之法”[1]。金圣叹认为《水浒传》“诗起诗结，‘天下太平’起‘天下太平’结”[2]，所谓“起结”，所谓“避”“犯”“伏应”，都是八股文法。金圣叹对《水浒传》的各种写法加以概括并取名，他给这些写法取的名字比较形象，如草蛇灰线法、大落墨法、绵针泥刺法、背面铺粉法、獭尾法、欲合故纵法、横云断山法、鸾胶续弦法等，这些写法与八股文法相通。

金圣叹以起承转合评小说、戏曲，在他看来，八股文的起承转合为无所不适的万有之法。金圣叹评《西厢记》时，实际上是将《西厢记》当作一篇文章看待的，崔莺莺好比八股文的“题目”，张生是文字，红娘则是“文字之起承转合”。[3]金圣叹视《西厢记》为“天地妙文”，从“起承转合”的角度看，金圣叹认为作品结尾四章属于狗尾续貂。金圣叹甚至以起承转合的八股文法论诗。他在《答徐翼云学龙》中认为律乃为唐人欲以诗取士而创，律诗和制义相通，制义有八股，律诗有八句，也是“二起、二承、二转、二合”[4]。诗歌和八股文表面不同，实质相通，用“一样法”，那就是起承转合，起承转合既是文法也是诗法。[5]他以所谓“分解法”论唐诗，将唐诗分为前解和后解，以两句为一个单位，形成起承转合的结构。他认为唐诗皆“分解”，一般以四句为一解，律诗分为二解，长诗甚至分数十解，不会分解就不会作诗。[6]作诗分解的目的是为了“起结”，后人不会分解，所以“无好起好结”，

1.（清）金圣叹：《贯华堂第五才子书水浒传》（上），载《金圣叹全集》（一），第18页。

2.（清）金圣叹：《贯华堂第五才子书水浒传》（上），载《金圣叹全集》（一），第28页。

3.（清）金圣叹：《贯华堂第六才子书西厢记》，载《金圣叹全集》（三），第17页。

4.（清）金圣叹：《贯华堂选批唐才子诗》，载《金圣叹全集》（四），第38页。

5.（清）金圣叹：《贯华堂选批唐才子诗》，载《金圣叹全集》（四），第46页。

6.（清）金圣叹：《唱经堂杜诗解》，载《金圣叹全集》（四），第528页。

也就不可能写出好诗。

金圣叹对起承转合等八股文法的喜好，与其幼年所受教育有关，亦可看出他对科举功名的惦念。《哭庙纪略》记载金圣叹曾补博士弟子员，岁试时因为文风怪诞而被黜革，后“顶金人瑞名就试”，得补庠生。[1]据说金圣叹被黜后说：“今日可还我自由身矣。”[2]实际上，金圣叹岁试被黜后，来年便补了庠生，其诸生资格“补而旋弃，弃而旋补”，说明金圣叹无意舍弃功名，“自由身”云云只是自我安慰罢了。他心里时时刻刻想着作为功名敲门砖的八股文，作文写诗评点时总想到八股文法。明清时期以八股科考，士子为了功名，反复揣摩时文，研读八股文选本，学习作文门径，或从《左传》《史记》《汉书》等史传著作中总结字法、句法、章法，作为写作时文的借鉴。八股取士对文学评点的兴起和发展有重要的促进作用。明代的文学创作和批评或直接或间接地受时文的影响，特别是文学评点，借用八股文的格式、方法和术语。金圣叹评点才子书，就是受这种风气的影响。金圣叹所说的“一副手眼”就是以八股文法解读文学作品。八股文讲究起承转合之法，金圣叹认为起承转合之法可以用来评点各种文体，他甚至认为起承转合为圣贤立言之体，长篇中有起承转合，短篇中也不能没有起承转合，起承转合之法自古就有，无所不在，“非如后世涂抹小生，视为偶然而已”[3]。

金圣叹惦记功名，精通八股文法，但他又希望像历史上的才人、名士那样，不由常路，一朝名动天子，立即得到破格重用。金圣叹感

1.（清）乐天居士辑：《痛史》，载《明清史料丛书八种》第六册，第276页。
2.蔡冠洛编纂：《清代七百名人传》（三），明文书局1985年版，第1740页。
3.（清）金圣叹：《唱经堂杜诗解》，载《金圣叹全集》（四），第655—656页。

叹世上无伯乐，像他这样的才士无人赏识。他评点《水浒传》，认为才士不得重用是这部小说的重要主旨之一。在第六十九回总评中，他认为水浒一百零八人中，会相马的皇甫端最后出场，有深意存焉。“灶下之厮养”未必不能“还王于异国”，关键在于贤宰相能破格赏识。世上没有伯乐，贤愚混同，贤者无所用，就会铤而走险，像梁山好汉那样上山造反，使国家受其祸。[1]像司马相如和诸葛亮这样的奇伟之才得到了破格赏用，令金圣叹非常羡慕。他羡慕刘备和诸葛亮“如鱼有水”般的关系。诸葛亮躬耕南阳，苟全性命，感激于刘备的三顾茅庐，才“许人驱驰，食少事烦，至死方已”[2]。金圣叹追慕司马相如，在诗中以司马相如自比，甚至以司马相如的消渴疾比自己之多病。他以司马相如献赋而为汉武帝重用的故事，寄托了自己被破格录用的渴望。

金圣叹在《春感八首》等诗中直接表达了破格入仕的愿望。顺治帝读《西厢记》而知道了金圣叹。据载，顺治帝读了金圣叹批评的《西厢记》和《水浒传》，对金圣叹的才华表示称赏，认为金圣叹的评点虽然有瑕疵，但如“穿凿”这样的问题也与金圣叹“才高而见僻”有关。[3]顺治十七年（1660）正月，有人告诉金圣叹，顺治帝读了他批点的才子书，评论他是“古文高手”，金圣叹非常激动，北向遥拜，甚至“感而泪下”。他以《春感》为题，连作八首诗，表达了对顺治帝的感激之情。在这组诗前的序中，金圣叹记载了顺治帝称赞他的文才之事。他视顺治帝为知己：“忽承帝里来知己，传道臣名达圣人。”他以文章得到御评而骄傲：“何人窗下无佳作，几个曾经御笔评。”他在诗

1.(清) 金圣叹：《贯华堂第五才子书水浒传》(下)，载《金圣叹全集》(二)，第506页。

2.(清) 金圣叹：《贯华堂第六才子书西厢记》，载《金圣叹全集》(三)，第6页。

3.(清) 道忞：《北游集》卷一，载《清代诗文集汇编》第10册。

中抒写了几十年来无人赏识的辛酸，表达了对破格入仕的期待："半生科目沉山外，今日长安指日边。"[1]可谓百感交集。金圣叹以才学自诩，但他在明朝不遇，到了清朝却为最高统治者所赏识，这令他充满了希望。既然自己和司马相如、诸葛亮等高才之士一样"名达圣人"，也就可能像他们那样得以破格录用。除了司马相如和诸葛亮，金圣叹在诗中经常提及的姜子牙、贾谊、东方朔等也都因帝王赏识而升迁。金圣叹梦想着科举之外破格录用，但直到顺治帝驾崩，金圣叹还是一介诸生，幻想最终成空。他在《辛丑春感》诗中感慨"《凌云》更望何人读，《封禅》无如连夜烧"[2]，帝王知己逝，事业无望，如今已满头白发，即使归隐江湖，也时日无多了。[3]诗中弥漫着深沉的绝望。

1.(清) 金圣叹：《沉吟楼诗选》，载《金圣叹全集》(四)，第858页。
2.(清) 金圣叹：《沉吟楼诗选》，载《金圣叹全集》(四)，第859页。
3.(清) 采蘅子：《虫鸣漫录》，清光绪三年申报馆铅印本，第859页。

第三节　才子书批点中的矛盾心态及其根源

金圣叹的《水浒传》评点受容与堂本影响较为明显。杭州容与堂于万历三十八年（1610）刊刻的《水浒传》有李贽的评点，或认为这些评点实为叶昼所为。李贽和叶昼都与王门心学有密切关系。容与堂本《水浒传》书前所附《〈忠义水浒传〉叙》称《水浒传》为发愤之作，认为作者身在元而心在宋，借宋事以泄愤，表达忠义之思；小说中写宋江等人大破辽国，是泄徽、钦二帝被掳之愤；写宋江等人灭方腊，是泄宋高宗南渡苟安之愤；而借以泄愤的是啸聚水浒的强盗，所以水浒的强盗被写成忠义之士，"欲不谓之忠义不可也"[1]。但在现实中，高俅、蔡京、童贯、杨戬之类小贤小德之人得势，宋江、林冲等大贤大德之人、忠义之士受到排挤打击，最终的结果必然是"天下大力大贤"都被逼入水浒，所以说梁山好汉都是"大力大贤有忠有义之人"也是对的。[2]梁山好汉接受朝廷招安后，忠心报国，征战疆场，平定叛乱，立下赫赫战功，好汉或伤或亡，可谓大忠大义的壮烈之士。评点者认为皇帝、宰相等治国理政者应该读《水浒传》，一旦读懂了这

1.（明）施耐庵集撰，（明）罗贯中纂修：《李卓吾批评忠义水浒传》辑补，载《古本小说集成》第二辑第一百三十一册，第2—3页。

2.（明）施耐庵集撰，（明）罗贯中纂修：《李卓吾批评忠义水浒传》辑补，载《古本小说集成》第二辑第一百三十一册，第6—7页。

部书，“则忠义不在《水浒》”，忠义之士就会汇集朝堂。[1]容本评点中又存在矛盾之处，如一方面赞美宋江，认为宋江善于知人、招人、用人，称宋江历经磨难，是有用之人，但又认为宋江是“盗之首”“贼首”“真强盗”，斥责众人啸聚山林，以武犯禁，认为《水浒传》以梦结尾，大有深意，“见得从前种种都是说梦”，天下没有强盗生封侯而死庙食之理。[2]

金圣叹的《水浒传》评点在很多方面继承了容与堂本。与容与堂本一样，金圣叹评点《水浒传》时特别关注小说中的人物。在评点人物时，金圣叹反复强调人物的个性，这与明代中期以后的社会思潮有一定关系。明代中后期心学盛行，心学强调个体的良知，良知被当成衡量万事万物的标准。因为强调个体，个体的感受、欲望得到肯定，个体的“我”被认为与天理同等重要，被视作理的源头和体现。正是在这样的背景下，明代中后期的小说开始注重人物的性格特点，金圣叹在小说中独选《水浒传》进行评点，将《水浒传》列入才子书，与这部小说中的人物个性鲜明、形象塑造成功有重要关系。金圣叹在《读第五才子书法》中说，被称为天罡星的三十六个好汉，出身各不相同，相貌差别很大，更主要的是性格各有特点，三十六个人有“三十六样性格”。[3]金圣叹称赞《水浒传》为天下之至文，这部小说将一百零八个人的性格写了出来。在《读第五才子书法》中，金圣叹将人物分为上上、上中、中上、中下、下下几等，被列为上上的人物个

1.(明)施耐庵集撰，罗贯中纂修:《李卓吾批评忠义水浒传》辑补，载《古本小说集成》第二辑一百三十一册，第13页。

2.(明)施耐庵集撰，罗贯中纂修:《李卓吾批评忠义水浒传》，载《古本小说集成》第二辑一百三十一册，第3274页。

3.(清)金圣叹:《贯华堂第五才子书水浒传》(上)，载《金圣叹全集》第一册，第17页。

性特点鲜明，比如李逵，个性突出，被称为天下第一快人。这种人物评价标准，与李贽只问真假不问善恶之说有相通之处。

金圣叹的《水浒传》评点也沿袭了容与堂本的矛盾，而金圣叹的人生幻想和内心矛盾使其评点中的矛盾更为突出。金圣叹在为《水浒传》所作的第二篇序言中解释小说名称的深层含义，认为小说之所以名“水浒”，取王土之外之意，“王土之滨则有水，又在水外则曰浒”。大凶大恶之人“不与同中国”，必须放逐到王土之外，所以《水浒传》的书名就已经表明这部小说的主旨不是“忠义”。水浒之中只有天下凶恶之物，而不可能有忠义。[1]“忠义”云云，为后世好乱之徒所加，以“忠义”评《水浒传》的人一定有“忍其君父之心”。[2]金圣叹认为只有朝廷才会有“忠义”，只有具宰相之材的人方能“忠以事其上，义以使其下”，只有圣贤之徒才能以忠待人、以义处己。说水浒有忠义，朝中无忠义，目的是批判不忠之臣，但这样一来，就无法为君主辩解，君主也受到讽刺。[3]金圣叹认为宋江等人一开始“杀人夺货”，进而发展为“揭竿斩木”，如有王者“比而诛之”，则会有千万人称快；如果赦免、招安宋江等人，使他们得以幸免于“斧锧”，后世就会有无数人效仿。在金圣叹看来，即使宋江号称“替天行道”，被招安之后，为朝廷出力，甚至战死，梁山众人仍不可原谅。金圣叹在为《水浒传》作的第三篇序中说，梁山一百零八人“失教丧心，诚不可训”[4]，如果赦免

1.(清) 金圣叹:《贯华堂第五才子书水浒传》(上)，载《金圣叹全集》(一)，第7页。

2.(清) 金圣叹:《贯华堂第五才子书水浒传》(上)，载《金圣叹全集》(一)，第7页。

3.(清) 金圣叹:《贯华堂第五才子书水浒传》(上)，载《金圣叹全集》(一)，第6页。

4.(清) 金圣叹:《贯华堂第五才子书水浒传》(上)，载《金圣叹全集》(一)，第11页。

了他们，就会坏了国法。他认为施耐庵原作仅有七十回，以“惊噩梦”结束，一百零八人即使逃过了“及身之诛戮”，也不能逃过“身后之放逐”[1]；梁山泊聚义之后的文字，包括众人受招安、灭方腊、受封赏等，是出自罗贯中之手的“恶札”。金圣叹根据自己的理解对《水浒传》进行了删改，以卢俊义惊噩梦，梦见水浒头领全部被捕杀结束全书。金圣叹增补的卢俊义惊噩梦一段，集中体现了金圣叹的观念。在梦中，卢俊义愿归顺朝廷，却遭到了嵇康的呵斥。嵇康之所以拒绝赦免水浒头领，是担心放过众人，日后天下再也无法治理。金圣叹自写自评，称嵇康的话是“不朽之论”，称处斩水浒众头领的描写是“真吉祥文字”。卢俊义惊醒后，看到堂上牌额上大书“天下太平”四字。[2]金圣叹认为，《水浒传》洋洋数十万言以“天下太平”四字终之，是有深意的。后世削去这一段描写而肯定招安，使罪归于朝廷而功归于强盗，至于冠之以“忠义”二字，更是大错特错：“抑何其好犯上作乱，至于如是之甚也哉！”[3]

金圣叹“独恶宋江”，他在《读第五才子书法》中说，《水浒传》对宋江“深恶痛绝”，让人读了，觉得宋江简直“犬彘不食”。[4]在第十七回的批语中，金圣叹认为众人都可宽恕，独独宋江不可恕，因为宋江是“盗魁”，其罪大大超过其他人。不少人读《水浒传》，称许宋江的忠义，这些人没有读懂《水浒传》，是“读其文而不能通其义”。

1.（清）金圣叹：《贯华堂第五才子书水浒传》（上），载《金圣叹全集》（一），第7—8页。

2.（清）金圣叹：《贯华堂第五才子书水浒传》（下），载《金圣叹全集》（二），第528页。

3.（清）金圣叹：《贯华堂第五才子书水浒传》（下），载《金圣叹全集》（二），第514页。

4.（清）金圣叹：《贯华堂第五才子书水浒传》（上），载《金圣叹全集》（一），第17页。

宋江之罪，除了作为“盗魁”之外，给晁盖等人通风报信，放走了晁盖，也是大罪，“放晁盖而倡聚群丑”，水浒之祸因此而起。[1]金圣叹借对小说文本的修改来表达自己对《水浒传》的理解。为了表达对宋江和梁山好汉的斥责，写出他们的淡漠无情，不惜更改原文。因为“独恶宋江”，金圣叹将第五十九回晁盖攻打曾头市一回作了改动。金评本删除了百回本《水浒传》中宋江劝阻晁盖下山的一段描写，把劝阻晁盖下山之人改成了吴用。金圣叹说，大写吴用劝阻晁盖，是为了与宋江的不劝形成鲜明对比，“深文曲笔，与阳秋无异”[2]。

金圣叹评点《水浒传》，在序中说明了评点目的。他删改、批点《水浒传》是为了揭示作者之本意，“削忠义而仍《水浒》”[3]。他批点的另一个目的是教人读书，读懂了《水浒传》，也就掌握了“读一切书之法”[4]。金圣叹称自己的评点是“封关之泥丸”，目的是消灭“刻画魑魅，诋讪圣贤”的笔墨之祸，他身为庶人，无力禁止天下人写书，但通过分解评注才子书，可以使未写之书不敢再写，已写之书尽废，那么他“廓清天下之功”，甚至超过秦始皇焚书之火。[5]

金圣叹在评点中又对梁山好汉充满了同情。对成王败寇之说，金圣叹表示赞同：“事或殊途，想同一辙。”[6]在《水浒传》评点中，金圣叹

1.（清）金圣叹：《贯华堂第五才子书水浒传》（上），载《金圣叹全集》（一），第269页。

2.（清）金圣叹：《贯华堂第五才子书水浒传》（上），载《金圣叹全集》（一），第375页。

3.（清）金圣叹：《贯华堂第五才子书水浒传》（上），载《金圣叹全集》（一），第8页。

4.（清）金圣叹：《贯华堂第五才子书水浒传》（上），载《金圣叹全集》（一），第12页。

5.（清）金圣叹：《贯华堂第五才子书水浒传》（上），载《金圣叹全集》（一），第6页。

6.（清）金圣叹：《唱经堂杜诗解》，载《金圣叹全集》（四），第605页。

讽刺统治者不识人才。金圣叹说，强盗并非天生，他们在年少时失教于父兄，成年后又为饥寒所驱迫，“而其才与其力，又不堪以郁郁让人”[1]，于是成为草寇，啸聚山林，杀人越货，既而揭竿而起。从情出发，金圣叹在具体评点中对梁山好汉怀有喜爱和敬意，与序中表达的观点有不少抵牾。金圣叹赞鲁智深是“上上人物”[2]，欣赏李逵“是上上人物”，“一片天真烂漫到底”。对于宋江也是如此，他一方面斥宋江“一片权术”“纯是权诈”，认为宋江是个坏人，但在评点中又时有赞美，如第十七回的批语中称宋江“真乃人中俊杰”，说宋江“矫健可爱”[3]。第二十二回中评点宋江：“真好宋江，令人心死！”[4]第三十八回写宋江看江景，金圣叹评点说：“以非常之人，负非常之才，抱非常之志，对非常之景，每每露出圭角来，写得雄浑之极。”[5]在第五十九回批语中说：“写宋江权术过人处，真是非常之才。”[6]有此种矛盾，一方面说明金圣叹尊重个体生命，主张至情至性，这是受明代中后期个性解放思潮的影响，如鲁智深遇酒便吃，遇事便做，遇弱便扶，遇硬便打，爽直刚烈，有一种生命力舒张的快活；另一方面，也表现了对现实社会压抑人才，让他这样的才子沉沦下僚的不满，他将梁山好汉引为同调，甚至有惺惺相惜之感。

1.(清) 金圣叹：《贯华堂第五才子书水浒传》(上)，载《金圣叹全集》(一)，第13页。

2.(清) 金圣叹：《贯华堂第五才子书水浒传》(上)，载《金圣叹全集》(一)，第19页。

3.(清) 金圣叹：《贯华堂第五才子书水浒传》(上)，载《金圣叹全集》(一)，第275页。

4.(清) 金圣叹：《贯华堂第五才子书水浒传》(上)，载《金圣叹全集》(一)，第343页。

5.(清) 金圣叹：《贯华堂第五才子书水浒传》(下)，载《金圣叹全集》(二)，第63—64页。

6.(清) 金圣叹：《贯华堂第五才子书水浒传》(下)，载《金圣叹全集》(二)，第372页。

金圣叹小说评点中的矛盾是立场矛盾。站在朝廷立场上，金圣叹对李自成、张献忠等起义军极为憎恨。金圣叹反对百姓以任何理由造反，对于起义者，金圣叹认为朝廷绝对不能招安。《宋史》记载侯蒙建议朝廷招安赦免宋江，让宋江等人去征讨方腊，金圣叹认为这种建议是错误的。站在庶民的立场，金圣叹又痛恨贪官污吏，对梁山好汉反抗贪官污吏持肯定态度，认为将官僚集团中的奸佞小人屠戮殆尽，大快人心。金圣叹斥责庙堂执政、贪官污吏误国伤民，因此对杀死贪墨的贼寇又产生了好感。站在士人的立场，他直接批评朝廷的用人政策，认为宋江等人啸聚梁山，是“有迫之必入水泊者也”，而宋江等人一片冰心在玉壶，“千世万世，莫不共见”[1]。天下是朝廷的天下，百姓是朝廷的赤子，如今朝廷纵虎狼为患，以百姓为鱼肉，“而欲民之不叛，国之不亡，胡可得也?”[2]

在《水浒传》评点中，金圣叹一方面认为乱自上作，对统治者提出批判，对百姓深表同情，对梁山众人的英风豪气大为赞赏，另一方面诅咒水浒众人为乱臣贼子，这种矛盾实为其自身境况与人生追求之间的矛盾。作为怀才不遇、生活困窘的下层读书人，金圣叹讥刺政治，批判统治者，而对功名的热切向往和对皇权的崇拜，又使他对平民社会的苦难缺乏深刻体验和真正关怀。金圣叹在《水浒传》第二回批语中感叹，梁山好汉有如此的才能，本应成为朝廷重臣，以他们的武功，本可作为将帅冲锋陷阵，而他们却“必不得已而尽入于水泊”，这是朝

1.(清) 金圣叹:《贯华堂第五才子书水浒传》(上)，载《金圣叹全集》(一)，第478页。

2.(清) 金圣叹:《贯华堂第五才子书水浒传》(下)，载《金圣叹全集》(二)，第262页。

廷和当权者之过。[1]与梁山英雄的相似命运，使金圣叹对他们产生了同病相怜之感。但金圣叹有浓厚的皇权思想，这种思想终其一生没有改变。他在《水浒传》的《序一》中把天子和圣人相提并论，其诗文创作和才子书批点中充满“盛世情结”和“颂圣情结”。他在选唐才子诗时，选取了“温柔敦厚”的雅颂诗歌，认为即使对帝王有所箴规，也应该用“婉曲”的方式。金圣叹或直白或婉曲地表达对儒家正统的尊重、对清廷世俗政权的忠诚，希望成为他所蔑视的官僚队伍中的一员，却为世俗政权所弃，最终没能像好友尤侗那样获得功名，融入世俗政权，并非不愿意融入，而是没有机会，这是金圣叹的人生悲剧。顺治十八年（1661）二月二十三日，金圣叹与友人阎修龄、丘象升、阎若璩等人在苏州虎丘聚会，欢饮达旦，金圣叹作绝句七首记其事，数日之后“哭庙案”即发。他寄书信给家人说：“杀头，至痛也；籍没，至惨也。而圣叹以无意得之，不亦异乎？”[2]

1.（清）金圣叹：《贯华堂第五才子书水浒传》（上），载《金圣叹全集》（一），第265页。

2.（清）佚名：《辛丑纪闻》，载《中国野史集成》第三十九册，巴蜀书社1993年版，第308页。

第四节　金圣叹的人生选择及其悲剧的时代意义

《哭庙纪略》记载了“哭庙案”之始末，事件起因是江宁巡抚朱国治指使吴县县令任维初盗卖仓粮，百余名诸生集于设有顺治灵位的庙前哭泣，击鼓鸣钟，以表抗议。据记载，顺治帝因患天花而驾崩，时为顺治十八年（1661）。官府逮捕了其中十一人，金圣叹联络生员到府学前哭拜，抗议官府镇压诸生，亦被逮捕，被以“震惊先帝之灵”之罪判处死刑，其子被发配边疆。“哭庙案”之性质为反腐，金圣叹等诸生参与这一事件，既激于义愤，也出于读书人的社会责任感，这种社会责任感体现了读书人对自我身份的确认，当然地方官府的贪腐也损害了百姓的利益甚至威胁其生存，而金圣叹等具有低阶功名的读书人自然也受到影响。金圣叹没想到的是，他最后死于梁山好汉所对抗的官府之手，而梁山好汉因为对抗官府，曾被他斥为乱臣贼子，他寄予希望的皇帝没有能够拯救他这个才子。

在明清易代之际，金圣叹的人生选择有典型意义，体现了那个时代士人的矛盾、彷徨。汉族士人在当时有几种选择，或出仕新朝，或积极反抗，或消极退隐。生存的困境使士人面临人生选择的艰难，启蒙思想的影响使士人对身心关系、家国关系有了新的思考，明清之际的汉族士人对出与处有了新的理解，如张自烈就认为“心苟同，迹不必皆同”[1]。张自烈擅长八股文，曾评选八股范文《甲戌文辨》等，但他从十九岁开始参加乡试，考了十次皆落榜。生性不羁的张自烈最终明白八股取士之弊，四十六岁最后一次参加乡试后，放弃了功名之想而专心著书。有人推荐他做官，他坚辞不就。崇祯十六年（1643），明将左良玉以“助剿”张献忠为名，率军至袁州，其部下烧杀抢掠，张自烈有多位亲人死于此难，自己也身负重伤。大难过后，他上书朝廷，认为天下之祸害不在寇，而在剿寇之兵。明亡后，张自烈闭户著书，不问世事，拒绝了永历朝桂王的征召和清廷的荐举。康熙十年（1671），他接受南康知府廖文英的延请，主讲于白鹿洞书院，两年后去世，生前自题墓碑曰“明上书言事累征不就张某之墓”[2]。

隐居要面对生存问题，需要毅力。一些遗民文人坚决不与新朝合作，游幕各地，或者参赞军务，或者撰写、管理文书，幕主则多为汉人官员，有的是仕于两朝的所谓“贰臣”，有的是入清后参加科举考试获得功名的汉人新贵。值得注意的是，不少坚守气节的遗民文人却与仕于两朝的“贰臣”交往，比较典型的是黄宗羲、归庄等。遗民文人方文就表示，是选择入仕，还是选择归隐？此乃个人自由。不能要求所有人都忍受寂寞和贫困，连抗清最坚决的王夫之也承认，生命很宝贵，保全性命很重要，像吴嘉纪、傅山、屈大均这样坚忍的遗民文人究属少数。明亡后，傅山曾被牵连入狱，出狱后归隐太原松庄。清廷开博学鸿词科，傅山受到推荐，被强迫进京，进京后“七日不食，佯

1.（清）张自烈：《芑山文集》卷九《复陆县圃书》，《豫章丛书》刊本。

2. 据谢苍霖《明清之际江西名士张自烈》，《江西教育学院学报》1989年第3期，第23页。

癫将绝"[1]，清廷不得已将他放归，他得以终老于乡间。傅山中年学道学佛，终无法忘怀故国，他在文章中张扬忠孝，于诗歌中抒写家国之痛，为遗民文人之代表。屈大均在明亡后参加抗清斗争，失败后削发为僧，遵从其父的告诫，不仕于异朝。抗清失败后，屈大均感到复国无望，重拾儒冠而归儒。屈大均说，他之所以出山而返乡，之所以还俗而归儒，是因为"家贫母老，菽水无资"，家中有老人需要孝养，有所挂念，无法隐居山中与鹿麋为伍。[2]屈大均返乡后与清朝官员交往，既是借地方官员之助整理文献，也是为了现实生存。屈大均感叹，"所恶有甚于死者"，"所欲有甚于生者"，但是他却不能去"所恶"而得"所欲"，能保全首领，归养父母，看似大幸，实则不幸。[3]归庄的人生经历和人生选择与屈大均相似。归庄亲历沧桑巨变，参加了抗清斗争，目睹清兵屠城的惨剧，所以他义不仕清，但他对仕于异朝的汉族文人并不贬斥，甚至对为后世所非议、被清廷编入"贰臣传"的钱谦益等人表示理解和同情。文人在易代之际看似有多条道路可以选择，实际上生存空间有限。归庄论诗，强调发愤著述，对诗穷而后工之说甚为赞同，体现了追求不朽的紧迫感。正是这种追求不朽的紧迫感，使不少遗民参加了清廷组织的博学鸿词试。对生命的珍惜、对家国关系的认识、维持道统文运的责任感、传世不朽的人生梦幻，使很多遗民最终向新朝妥协。

与归庄、屈大均、吴嘉纪、傅山等人不同，李渔在明清之际选择了另外一条人生道路。他疏离政治，以文学创作和文化经营为谋生手

1.（清）傅山著，陈监先批校：《陈批霜红龛集》，山西古籍出版社2007年版，第1160页。

2. 欧初、王贵忱主编：《屈大均全集》，人民文学出版社1996年版，第471页。

3. 欧初、王贵忱主编：《屈大均全集》，第155页。

段。李渔半生漂泊，中年之后曾携家庭戏班奔走于权贵之门，被当时的正统士人斥为俳优。李渔早年苦读诗书，曾有志于功名，思想受儒家影响，然而明清易代的沧桑巨变打断了李渔的正常人生轨道。李渔入清后放弃了科举功名，他对故国虽然亦有所怀念，但无反清之志，亦无法忍受贫困生活而隐居山林。慎重考虑之后，李渔选择了第三条道路，决定远离政治，尽情享受世俗人生，而其文学才华即成其谋生和自娱之依凭。李渔在文中自称为“过客”“贫士”“小人”。[1]他在给尤侗的信中称自己为“巴人下里”[2]，然字里行间流露出自负。实际上，李渔表面上对权贵卑躬屈膝，实际上仍保持着人格独立，隐含狂傲之气。1675年，六十五岁的李渔游览富春江，在严子陵钓台上写下了《多丽·过子陵钓台》词，表达了对严子陵的仰慕之情，他坚信自己作出了正确的人生选择，认为自己保住了人格的完整。

金圣叹选择的人生道路与上述诸人皆不同，与尤侗有相似之处，却没有尤侗幸运。金圣叹和尤侗为同乡，两人交往甚深，尤侗曾为金圣叹编订的《才子尺牍》作序，《贯华堂选批唐才子诗》中收金圣叹与尤侗论唐诗书。和金圣叹一样，尤侗早年被称为“神童”，然而十八岁补诸生后，多次应试皆名落孙山。尤侗亦以才子自居，他经常与吴伟业、黄周星、王士禛等知名文人交往唱和，借以传扬才名，如吴伟业赠诗称“长杨苑里呼才子”[3]，黄周星赠诗云“千古才人恨不穷”[4]，王士禛云“西堂才调古无伦”[5]。入清之后，尤侗参加了科举考试而未

1.(清) 李渔：《李渔全集》第一卷《默识名山胜概联》，第296页。
2.(清) 李渔：《李渔全集》第一卷，第191页。
3.(清) 尤侗：《西堂杂俎二集》，载《清代诗文集汇编》第65册，第169页。
4.(清) 尤侗编：《悔庵年谱》卷上，清康熙刻本。
5.(清) 王士禛：《蚕尾续集》，载《四库全书存目丛书》第227册，齐鲁书社1997年版，第355页。

中，以拔贡身份任永平府推官，未到三年就因鞭挞违法旗丁而被弹劾，愤然辞官返乡。他的五部杂剧和一部传奇都是在仕途不顺时所作。其杂剧《读离骚》《吊琵琶》《桃花源》《清平调》皆借历史故事抒写自己怀才不遇的郁愤，其对功名富贵的渴望隐含其中。剧中男主人公屈原、陶渊明、李白的性情、境遇与尤侗相似，有才情而不遇。其传奇《钧天乐》以主人公在人间、天上完全不同的两种遭遇，表达对黑白颠倒、贤愚不分的现实的不满。与改朝易代的亡国之痛相比，尤侗更关注个体价值的实现，他在剧作中抒发怀才不遇的牢骚悲慨，表现出解不开的才子情结。他渴望有朝一日能施展才华，获得功名富贵。这些剧作最后都给主人公安排了美好的结局。尤侗在《钧天乐》中说这部传奇剧的情节是"莫须有，想当然"，是"游戏成文聊寓言"。他承认写这些故事是"借他人之酒杯，浇自己之块垒"(《钧天乐》第一折)。尤侗不久被推荐参加了康熙朝的博学鸿词试，考中后被任命为翰林院检讨，参与修《明史》，从此仕途亨通，其牢骚抑郁一扫而光，只有对清廷帝王的感激和才士得志的自满。顺治帝和康熙帝的赏识让尤侗感激涕零。据记载，尤侗曾以"临去秋波那一转"的时艺得顺治帝垂青，他感激涕零，将其事刻以大字，置于著作卷首。顺治驾崩，尤侗"涕泣而不能已"，他之所以如此悲痛，是因为他在心中将顺治帝视为知己，知己难得，得一知己即可此生无憾，"况君臣之际乎！"[1]康熙十九年(1680)，尤侗与其他几十位官员一起向康熙帝进献《平蜀颂》，康熙帝对尤侗尤为关照，称尤侗为"老名士"，尤侗大感荣耀，在自编年谱特意记载自己"受知两朝"之事，对顺治帝和康熙帝感激不已，[2]而他对

1.(清)尤侗:《西堂全集》，载《清代诗文集汇编》第65册，第2—3页。
2.(清)潘耒:《遂初堂文集》卷十八，清康熙四十九年刻本。

前朝帝王特别是泰昌、天启、崇祯三帝，在诗文中却罕有提及。在尤侗看来，知遇之恩胜过一切。尤侗告老归家后，仍念念不忘顺治、康熙两朝的知遇之恩，康熙帝两次南巡，尤侗都以八十几岁高龄亲迎于道，康熙帝赐御书，为他题“鹤栖堂”匾额，尤侗万分荣幸，悬“鹤栖堂”匾于堂上，遍示亲友。

顺治时期，南明仍试图恢复，很多汉族志士怀念故国，反抗清廷，或殉节就义，或遁迹山林，皆抗志不屈。而金圣叹对易代之事不甚关心，于此时参加了新朝科考，他写诗贺友人赴任："从今礿祭同承福，南北蒸尝万寿期。"[1]他希望清廷统一南北，百姓乐业，长治久安。于《赠夏广文》中谓“圣朝日月如清镜”[2],其中所说“圣朝”指的是清朝。金圣叹对前明帝王则是另一种态度，他在《杜诗解》中借批杜诗对晚明君臣冷嘲热讽。明清易代之后，金圣叹批注杜诗，又赞颂杜甫忠君，可见其心态之变化。这种忠君思想在顺治十七年（1660）批注的《唐才子诗》中表现得更为明显。金圣叹对顺治帝之感激发自肺腑而溢于言表，较尤侗更有过之。金圣叹对顺治帝的赏识之恩至死不忘，哭庙案的刑讯中“口呼先帝”[3],希望清廷能像顺治帝一样怜惜像他这样的才子。金圣叹的功名梦没有成真，这是他的不幸，他因才子书而留名后世，又是他的大幸。哭庙事件发生于清初，其时明朝灭亡不久，归庄、屈大均等遗民文人尽管生活窘迫，仍怀故国之思，坚守气节。哭庙案之发生，体现了汉族文人在朝代更替之际、文化转型时期的思想分化。中上层文人与前朝有千丝万缕的关系，身家利益受朝代更替的影响较

1.(清) 金圣叹:《沉吟楼诗选·贺吴县汪明府涵夫摄篆长洲》，载《金圣叹全集》第四册，第865页。

2.(清) 金圣叹:《沉吟楼诗选》，载《金圣叹全集》第四册，第852页。

3.(清) 佚名:《辛丑纪闻》，载《中国野史集成》第三十九册，第304页。

大，所以亡国之恨弥漫其间，当然他们之中也有不少人为了功名利禄而投靠新朝，成为所谓的“贰臣”。下层文人在明清易代之际亦有家国之恨，但因对个体之生存和身心之安适更为关注，而易代巨变对下层社会生活之影响相对较小，所以下层文人的亡国哀痛并不强烈。由于清廷接受了汉文化，前朝的文化政策得以延续，下层文人很快融入新朝。在哭庙案中，金圣叹等诸生哭拜顺治帝，将惩治腐败之希望寄于清廷，就是下层文人心态的体现。金圣叹的才子书特别是《水浒传》评点的矛盾心态，典型意义正在这里。

附录一

明至清嘉庆时期 姓名可考的通俗小说作家和批评者情况表			
姓　名	科考经历和功名	生平情况	所著或所批评通俗小说
罗贯中	不详	名本，字贯中，号湖海散人。祖籍东原，一说太原，流寓杭州。据说他“有志图王”，曾参加与元末起义，为张士诚幕僚	著《三国志通俗演义》，《忠义水浒传》亦题“罗贯中编次”。另有多部通俗小说署罗贯中名，当为假托
施耐庵	不详	钱塘人。据说他“志气轩昂，胸襟秀丽”，欲建功名，奈时乖运蹇	著《水浒传》
郭勋（1475—1542）	世袭武定侯	南直隶凤阳府濠州人	组织编写《皇明英烈传》。刊刻《水浒传》《三国志通俗演义》
李春芳（1510—1584）	嘉靖二十六年（1547）状元	字子实，号石麓。南直隶扬州府兴化县人。累官礼部尚书，隆庆初拜首辅，后官吏部尚书	撰白话短篇小说集《海刚峰先生居官公案传》。或认为此小说非李春芳作，著者乃虚舟生，“其欲借李名以增重此书声价”。（胡士莹《话本小说概论》）
吴承恩（1500—1582）	嘉靖十年（1531）中秀才，后屡试不第，中年补岁贡生	字汝忠，号射阳山人。南直隶淮安府山阳县人。曾任长兴县丞。不久辞官。《淮安府志》谓其“性敏而多慧，博极群书，为诗文下笔立成”	著《西游记》

（续表）

姓　名	科考经历和功名	生平情况	所著或所批评通俗小说
洪楩	以门荫官詹事府主簿	字子美。浙江杭州府钱塘人	编刊白话短篇小说集《六十家小说》
潘镜若	三十六岁中武举	号九华山士。主要生活在嘉靖中期。淹蹇长安四十余载，抱负不展。壮年弃文从武，曾在无锡做官	著《三教开迷归正演义》
汪道昆（1525—1593）	嘉靖二十五年（1546）举人，嘉靖二十六年（1547）进士	字伯玉、玉卿，号南溟、天都外臣等。南直隶徽州府歙县人。生于徽州盐商之家。与李春芳、张居正、杨继盛为同年。官至兵部侍郎。与屠隆、潘之恒、梅鼎祚等结白榆、肇林诸社	撰《〈水浒传〉序》。
李贽（1527—1602）	嘉靖三十一年（1552）举人	号卓吾、宏甫，别号温陵居士、百泉居士、龙湖叟等。福建泉州府人。历任河南共城教谕、南京国子监博士、北京礼部司务、南京户部员外、云南姚安知府等。姚安知府三年任期未满便辞官讲学	评点《水浒传》
罗懋登	无科举功名	字登之，号二南里人。中原人。久居江南，佣于书坊，编辑戏曲、小说	著《三宝太监西洋记通俗演义》
陆西星	早年为诸生，“九试不第，遂弃儒服为黄冠”。	字长庚，号潜虚子。南直隶扬州府高邮州兴化县人。才华横溢，工诗文，擅书画	著《封神演义》。鲁迅认为该书作者为许仲琳。

（续表）

姓　名	科考经历和功名	生平情况	所著或所批评通俗小说
林梓	嘉靖四十一年（1562）进士	字从吾。浙江杭州府仁和人。官至云南按察副使	为《于少保萃忠全传》作序
朱鼎臣	庠生，屡试不第	字冲怀，广州府人。嘉靖末至隆庆万历年间在世	著《南海观世音菩萨出身修行传》《唐三藏西游释厄传》
顾充	隆庆元年（1567）举人	字回澜。浙江绍兴府上虞县人。史学家。历任定海教谕、国子学录等职	为《三国志通俗演义》作序
虞淳熙	万历十一年（1583）进士	字长孺，号德园，一号渔园。浙江杭州府钱塘县人。历任兵部主事、吏部稽勋司郎中等	为《西湖一集》作序
汤显祖（1550—1616）	万历十一年（1583）进士	字义仍，号若士，亦号海若，别署清远道人。江西抚州府临川县人。任南京太常寺博士，后升南京礼部祠祭司主事。万历十九年（1591）上《论辅臣科臣疏》弹劾大学士申时行，抨击朝政，被贬为徐闻典史，后调任遂昌知县。于万历二十六年（1598）弃官归里，潜心创作	白话短篇小说集《古今律条公案》，或为托名之作
余象斗	屡试不第，万历十九年（1591）弃儒业	又名世腾、象乌。字仰止、文台、子高、元素，号仰止子、三台山人。福建建宁府	著《南游华光传》《北游记》，白话短篇小说集《皇明诸司公案》《皇明诸司廉

(续表)

姓　名	科考经历和功名	生平情况	所著或所批评通俗小说
		建阳县人。约生于嘉靖三十年（1551）前，主要活动在万历年间。出生于刻书世家	明公案》等。编撰、刊行、评点小说近三十种
陈继儒（1558—1639）	诸生，屡试不第，二十九岁放弃科举。	字仲醇，号眉公，南直隶松江府华亭县人。隐居昆山和东佘山，杜门著述，屡奉诏征用，皆以疾辞	白话短篇小说集《详情公案》，或系伪托
吕天成	诸生，功名不得意	原名文，字勤之，号棘津、郁蓝生。浙江绍兴府余姚县人。曾在南京做过职位很低的官	著《绣榻野史》《闲情别传》
朱之蕃	万历二十三年（1595）状元	字符升，一作元介，号兰嵎。南直隶应天府人。历官谕德、庶子、少詹事、礼部与吏部侍郎等。工书法、绘画	为《三教开迷归正演义》作序
邓志谟	应试不第，后弃举业	字景南，又字明甫，号竹溪散人、百拙生。江西饶州府安仁县人。生于富庶之家，后家道中落。科举失意，为生计所迫，寓居建阳，做塾师，为书坊编写类书及小说	著《铁树记》《咒枣记》《飞剑记》以及《山水争奇》《风月争奇》《童婉争奇》《梅雪争奇》等
陆云龙	诸生	字雨侯，号蜕庵、翠娱阁主人、峥霄馆主人、吴越草莽臣、薇园主人、江南不易	著《魏忠贤小说斥奸书》、白话短篇小说集《清夜钟》

（续表）

姓　名	科考经历和功名	生平情况	所著或所批评通俗小说
		客。浙江杭州府钱塘县人。天启年末，对科举仕进心灰意冷，曾设馆课徒，后致力于著述，经营刻书业，书坊名峥霄馆	
陆人龙	无科举功名	字君翼。浙江钱塘人。陆云龙之弟	著《型世言》《辽海丹忠录》等
冯梦龙（1574—1646）	屡试不中，崇祯三年（1630）取得贡生资格	字犹龙、子犹，号姑苏词奴、顾曲散人、墨憨斋主人、绿天馆主人、无碍居士、可一居士等，别署龙子犹。南直隶苏州府长洲人。曾任丹桂县训导、福建寿宁知县。六十五岁归隐乡里。清兵南下时，曾参与抗清活动，后忧愤而卒	编写白话短篇小说集“三言”，改编章回小说《平妖传》《列国志》等
凌濛初（1580—1644）	十八岁补廪生，多次应试，连续四次仅中副榜贡生。四十岁前后作《绝交举子书》，四十四岁又入京谒选	字玄房、元方，号初成、雅成、迪知子，别号即空观主人。浙江湖州府乌程县人。以副贡授上海县丞，署海防事，曾任楚中监军佥事。甲申年被起义军困于徐州，呕血而死。凌家为刻书名家	先后编写白话短篇小说集《拍案惊奇》与《二刻拍案惊奇》
许曦	崇祯年间诸生	南直隶常州府武进县人。	参与编写《大英雄传》《放郑小史》。为首辅温体仁指使构陷郑鄤而作

（续表）

姓　名	科考经历和功名	生平情况	所著或所批评通俗小说
周楫	无功名	字清原，号济川子。浙江杭州人	著白话短篇小说集《西湖一集》《西湖二集》
于华玉	崇祯十三年（1640）进士	字辉山，南直隶镇江府金坛人。曾任西安、孝乌知县	著《岳武穆尽忠报国传》
王望如	顺治九年（1652）进士	王仕云，字望如，号桐庵。江南徽州府歙县人。曾任福建泉州府推官、广东程乡令等职	评点《水浒传》
袁于令（1592—1674）	明末生员，后被革去学籍	字令昭、韫玉，号凫公、箨庵、吉衣道人、剑啸阁主人、幔亭仙史等。南直隶苏州府吴县人。入清后曾官水部郎、东昌府临清关监督、荆州知府。后遭弹劾，退隐	著《隋史遗文》
金圣叹（1608—1661）	诸生	名采，字若采，明亡后改名人瑞，字圣叹。南直隶苏州府长洲人。一说本姓张，名喟。幼年生活优裕，后父母早逝，家道中落。为人狂放不羁，能文善诗，以读书著述为乐。后因“哭庙案”被杀	评点《水浒传》
丁耀亢（1599—1669）	万历四十四年（1616）秀才，二十岁为诸生，后	字西生，号野鹤、紫阳道人、木鸡道人、辽阳鹤等。山东青州	著《续金瓶梅》

（续表）

姓　名	科考经历和功名	生平情况	所著或所批评通俗小说
	屡试不第。清顺治九年（1652）为顺天籍拔贡	府诸城人。少负奇才，倜傥不羁。入清后曾任镶白旗教习、容城教谕、福建惠安知县。康熙四年（1665）八月入狱，到十二月得赦，此后双目失明	
李渔（1611—1680）	崇祯十年入金华府庠。三次参加乡试皆不中。入清后放弃科举	原名仙侣，字谪凡，号天徒，中年改名李渔，字笠鸿，号笠翁。浙江金华府兰溪人。逢鼎革之变，先后迁居杭州、南京，以编写、刊售通俗小说、剧本等为业；并组织家庭戏班，广交达官名流	著章回小说《合锦回文传》、白话短篇小说集《无声戏》《连城璧全集》《十二楼》，编《警世选言》
陈忱	入清后绝意仕进	字遐心，一字敬夫，号雁宕山樵。浙江湖州府乌程人。曾与顾炎武、归庄等组织惊隐诗社。曾参与反清秘密活动	著《水浒后传》
徐震	明末科场失意	号烟水散人、鸳湖烟水散人、槜李烟水散人等。浙江嘉兴人	编《后七国志乐田演义》《珍珠舶》《合浦珠》《赛花铃》《女才子书》《桃花影》《灯月影》《梦月楼情史》《鸳鸯配》等小说
王羌特（1615—1680）	十二岁中秀才，顺治四年（1647）拔贡	字冠卿，号梦醒主人、惊梦主人。陕西巩昌府伏羌人。考职通判，后授顺宁府。	著章回小说《孤山再梦》

（续表）

姓　名	科考经历和功名	生平情况	所著或所批评通俗小说
		幼聪颖，开口成章，善吟对。十二岁能通“四书五经”	
吴拱宸	崇祯九年（1636）举人	字襄宗，号华阳散人。江苏丹徒人。历鼎革之变，穷苦漂泊，后隐居茅山	著《鸳鸯针》（又名《觉世棒》）
董说（1620—1686）	十六岁补庠生，后无意功名	字若雨，号西庵，又号静啸斋主人，自称鹧鸪生等。明亡后改姓林，名蹇。浙江湖州府乌程县人。早年受业于复社领袖张溥，后加入复社。出身于阀阅之家，博学多才，入京应试落榜，遂无意功名。明亡后隐居丰草庵，后随灵岩大师出家	著《西游补》
汪象旭	曾攻举业，后遭遇乱世，放弃功名	字右子，更字澹漪，号残梦道人。浙江绍兴府萧山县人。原名淇，约清世祖顺治初前后在世。顺治十七年（1660）父母去世后皈依道教。（自称奉道弟子）	著《吕祖全传》，评《西游证道书》
吕熊	放弃举业	字文兆，号逸田。江苏苏州府昆山县人。“文章经济，精奥卓拔”。“性情孤冷，举止怪癖”。明亡后弃举业，转学医。曾在于成龙处做幕僚	著《女仙外史》

（续表）

姓　名	科考经历和功名	生平情况	所著或所批评通俗小说
褚人获	无科举功名	字稼轩，又字学稼，号石农、没世农夫等。江苏长洲人。工诗文，与尤侗、洪昇、顾贞观、毛宗岗等过从甚密	著《隋唐演义》
刘璋	康熙三十五年（1696）举人	字于堂，号介符、烟霞散人、樵云山人等。山西太原府阳曲县人。曾任直隶深泽县令，体察民情，受百姓爱戴。因前任县令之咎而被解职	著《斩鬼传》《飞花艳想》《幻中真》《凤凰池》《巧联珠》等
曹去晶		或谓姓林字钝翁，化名曹去晶。辽东人，久居南京。自称“愚而且卤，直而且方，不合时宜”	著《姑妄言》
石成金	康熙四十五年（1706）进士	字天基，号学海，别署惺斋。江苏扬州人。曾任宝坻知县	著白话短篇小说集《雨花香》《通天乐》
黄越（1653—1729）	康熙四十八年（1709）进士	字际飞。江苏江宁府上元县。授编修、武英殿纂修。逾年告归	作《第九才子平鬼传序》
江日升	康熙五十二年（1713）万寿恩科解元	字东旭。福建泉州府惠安县人。原姓林，字敬夫。其父江美鳌尝为郑氏部将	著《台湾外纪》
李修行	康熙五十三年（1714）举人，康熙五十四年（1715）进士	字子乾。山东武定府阳信县人。幼颖异，成进士后只任数年教习，仕途偃蹇，“晚年胸中积愤”	著《梦中缘》

（续表）

姓　名	科考经历和功名	生平情况	所著或所批评通俗小说
吕抚	乾隆元年（1736）举孝廉方正	字安世，号逸亭。浙江绍兴府新昌县人。藏书家。精天文、地理。屡试不第，绝意仕进，广结名流，以著述为事	著《二十四史通俗演义》
吴敬梓（1701—1754）	雍正元年（1723）为诸生，乾隆元年（1736）被推荐应博学鸿词试，以病未赴	字敏轩，号粒民、文木老人。安徽滁州府全椒县人。出身名门，为人清高孤傲，愤世嫉俗，晚年在贫病交加中去世	著《儒林外史》
夏敬渠（1705—1787）	诸生，屡试不第	字懋修，号二铭。江苏常州府江阴县人。出身书香门第，英敏积学，通经史。性好游历，足迹遍及四方	著《野叟曝言》
吴璿	曾攻举子业，屡困场屋，终不得志	字衡章，别署东隅逸士。江苏人。雍正、乾隆间人。后弃儒经商	著《飞龙全传》
丁秉仁	科举不第	字香城。苏州人。“优于才而穷于遇”	著《瑶华传》
李百川	科举不第	江南人。早年家境富裕，后遭变故，家道零落。加上科举蹭蹬，遂风尘南北，辗转依人。后出家修道	著《绿野仙踪》
李春荣	二十岁应童子试，后取博士员弟子，“以异籍被攻”	字芳谱。浙江绍兴府会稽县人。乾隆时人。弃举业后游幕荆楚、豫章等地三十年，一生不得志	著章回小说《水石缘》

（续表）

姓　名	科考经历和功名	生平情况	所著或所批评通俗小说
李绿园（1707—1790）	乾隆元年（1736）恩科举人	名海观，字孔堂，号绿园、碧圃老人。河南省河南府新安县人。仕途坎坷，六十六岁时才选为贵州印江知县，有循吏称，不久辞官	著《歧路灯》
徐述夔	乾隆三年（1738）中举，但答卷“不敬”，罚停考进士。	原名赓雅，字孝文。江苏扬州府东台县人。曾官知县。因所著《一柱楼诗》酿成文字狱。	著短篇白话小说集《五色石》《八洞天》，章回小说《快士传》
曹雪芹	老贡生（据梁恭辰《劝诫四录》、邓之诚《骨董琐记》）一说为举人（据毛庆臻《一亭考古杂记》、叶德辉《书林清话》）	名霑，字梦阮，号雪芹、芹溪、芹圃。满洲正白旗人	著《红楼梦》
杜纲	以诸生终老	字振三，号草亭。江苏苏州府昆山县人。约乾隆四十年（1775）前后在世	著《南史演义》《北史演义》，白话短篇小说集《娱目醒心编》
黄岩	贡生	字耐庵，号花溪逸士。广东嘉应州人。生活在乾嘉年间。精于医学，以之为业，行医于岭南各地	著《岭南逸史》
屠绅（1744—1801）	乾隆二十八年（1763）进士	字贤书，号笏岩。江苏常州府江阴县人。官至广州通判（或云同知）	著长篇文言小说《蟫史》

（续表）

姓　名	科考经历和功名	生平情况	所著或所批评通俗小说
高鹗	乾隆五十三年（1788）举人。乾隆六十年（1795）进士	字兰墅，别号红楼外史。属内务府汉军镶黄旗籍。其祖籍为辽宁。历官内阁中书、内阁侍读、江南道监察御史、刑科给事中等。为官两袖清风	续《红楼梦》后四十回
张南庄	无科举功名	号过路人。江苏松江府人。乾嘉时人。被称为“十布衣”之冠	著《何典》
汪寄	无科举功名	号蜉蝣。安徽新安人。淡泊无求，性孤寡和	著《希夷梦》
陈朗	乾隆三十四年（1769）进士	字太晖，号镜湖逸叟。尝游齐、燕、闽、粤，为人作幕僚	著《雪月梅》
李汝珍	诸生	字松石。直隶顺天府大兴县人。曾任河南县丞。他博学多才，尤精音韵学。他鄙薄时文，故与功名无分	著《镜花缘》
浦琳	无科举功名	字天玉，江苏扬州府人。家庭贫寒，身有残疾，善说书。嘉庆中在世	著《清风闸》

附录二

乾嘉时期 通俗小说创作年表			
纪年	大事记	通俗小说作家及其创作	诗文作家、学者及其活动
乾隆元年丙辰（1736）	向各省会及府州县学颁发十三经、二十一史；设盛京宗学觉罗学；苗事平；试博学鸿词，取刘纶等十五人；军机处改为总理处，不久又改回。	如莲居士为鸳湖渔叟校订的《说唐后传》写序。 如莲居士为鸳湖渔叟校订的《说唐演义全传》写序。 夏敬渠三十二岁，结识杨名时。杨名时，理学名家，曾以礼部尚书教皇子，侍直南书房，兼国子监祭酒。《野叟曝言》第十一回写文素臣所见时公即以杨名时为原型。 李绿园三十岁，赴恩科乡试，中举。 吴敬梓三十六岁，赴安庆参加博学鸿词预试毕回南京，旋以小病为借口辞去博学鸿词科廷试，自此不应乡举，放弃诸生籍。家贫。 《二十四史通俗演义》的作者吕抚被举为孝廉方正。	全祖望中进士。 方苞任三礼义疏馆副总裁。
乾隆二年丁巳（1737）	封安南国王；修永定河堤；试博学鸿词，取万松龄等四人；任命鄂尔	吴敬梓三十七岁，作《美女篇》。	全祖望左迁，南归。

（续表）

纪年	大事记	通俗小说作家及其创作	诗文作家、学者及其活动
	泰、张廷玉等为军机大臣。	夏敬渠三十三岁，结交张天一、明直心，有《结交歌》。《野叟曝言》中的洪长卿、赵日月即以张、明二人为原型。 李绿园三十一岁，赴会试，报罢。有诗《赠汝州屈敬止》。	
乾隆三年戊午（1738）	乾隆帝祭文庙；下令禁淫词小说；贵州定番苗乱平；江南水利工程修竣。	吴敬梓三十八岁。	章学诚生。章学诚，史学家，曾官国子监典籍，后主讲于各书院，曾入湖广总督毕沅幕，游历各地，修方志。 任大椿生。任大椿，经学家，工文辞，治经长于礼。曾任《四库全书》纂修官。
乾隆四年己未（1739）	直隶江南发生蝗灾；弘皙、胤禄等因结党营私获罪。	此年前后曹家再遭巨变，曹雪芹结束锦衣纨绔、饫甘餍肥的公子生活，时年十六七岁。 夏敬渠三十五岁，结识孙嘉淦。《野叟曝言》第三十四回文素臣初谒金门实为孙嘉淦事。 吴敬梓三十九岁，作《内家娇》词，有“壮不如人，难求富贵；老之将至，羞梦公卿”“恩不甚兮轻绝，休说功名”之句。客真州，筹刻《文木山房集》四卷。 李绿园三十三岁，再参加会试。	袁枚与沈德潜中同榜进士，袁枚被选为翰林院庶吉士。

(续表)

纪年	大事记	通俗小说作家及其创作	诗文作家、学者及其活动
乾隆五年庚申(1740)	湖南绥宁等处苗人乱;重辑《大清律例》,修成《大清一统志》;楚、粤苗疆乱平。	小说《桃花扇》约在此年前后成书。 吴敬梓四十岁,与祭雨花台先贤祠。所作诗中有"如何父师训,专储制举才"之句。《哭舅诗》中有"士人进身难,底用事丹铅?贵为乡人畏,贱受乡人怜。寄言名利者,致身须壮年"之句。 夏敬渠三十六岁,作《唐诗臆解》。 曹雪芹开始流浪播迁的生活。	两淮盐运使卢见曾谪戍边疆。卢见曾,吴敬梓友人。 程廷祚完成《易通》。 戴震随父客南丰。 学者崔述生。
乾隆六年辛酉(1741)	采访遗书;查永定河工;禁止武职干预民事。	吴敬梓四十一岁,结识程晋芳。程晋芳,家富裕,积书三万卷,喜招致文人学士。	江永游京师,与方苞论仪礼,著《周礼疑义举要》。 方苞主纂的《周官义疏》成书。
乾隆七年壬戌(1742)	规定十二年选拔一次;鄂尔泰获罪。	吴敬梓四十二岁,从淮安回南京,与吴蒙泉等人诗酒唱和。作《老伶行》赠王宁仲,中有"我语老伶声勿吞,曾受君王赐予恩。才人多少《凌云赋》,白首何曾朝至尊"之句。 李绿园三十六岁,第三次参加会试。	姚范中进士。姚范,古文家姚鼐之叔。 方苞回籍。 戴震从邵武归里。
乾隆八年癸亥(1743)	以时务策考选御史,杭世骏策中有"畛域不可太分"之语,因而获罪;禁止种烟。	吴敬梓四十三岁,因家益贫而移居东水关之大中桥畔,闭门种菜,冬天作"暖足"之行。 夏敬渠三十九岁,	邵晋涵生。邵晋涵,长于经学,曾任四库全书编修,有志重修宋史,未成而卒。

（续表）

纪年	大事记	通俗小说作家及其创作	诗文作家、学者及其活动
		其母六十寿辰，相国徐再思亲书联以赠。 李绿园三十七岁，在宝丰，参与纂修县志。过鲁山漫流为宋足发《性理粹言录》作跋。	
乾隆九年甲子（1744）	重修翰林院竣工，乾隆帝参加竣工典礼；命各省钱谷刑名年终汇册报呈部里。	吴敬梓四十四岁，结识衣工吴亨。吴亨，字荆国，工八分书，隐于衣工。 约在此年前后，曹雪芹入宗学任职，并开始创作《红楼梦》。 屠绅生。	王念孙生。王念孙，江苏高邮人，经学家，尤精文字之学。曾官永定河道。 赵执信卒。赵执信，山东人，著名诗人。 汪中生。汪中，学者、骈文家。
乾隆十年乙丑（1745）	会试日期改在三月；谕各省学臣厘正文体；停江南河工捐例；张广泗奏开赤水河；云贵总督奏开金沙江十五滩；禁海洋私贩钱。	吴敬梓四十五岁，为江昱的《尚书私学》作序，主张治学要废门户之见。 李绿园三十九岁，第四次参加会试。	袁枚调任江宁县令。 阎若璩的《尚书古文疏证》刊刻。 戴震著《六书论》。 武亿生。武，经学家。
乾隆十一年丙寅（1746）	普免各省钱粮一次；《律吕正义》修成；《明通鉴纲目》修成。		洪亮吉生。洪亮吉，诗人、学者，嘉庆时因为批评朝政被遣戍伊犁，与黄景仁相知，其诗多批判政治之作。 全祖望增修《宋儒学案》。 吴锡麒生。吴锡麒，文学家。

（续表）

纪年	大事记	通俗小说作家及其创作	诗文作家、学者及其活动
乾隆十二年丁卯(1747)	重刊《十三经注疏》《二十一史》；命校刊《通典》《通志》《文献通考》，并续编《文献通考》；禁止丧葬演戏；大金川乱作；停遣巡察官员；饬禁绅士把持乡曲。	吴敬梓四十七岁，致力于《诗经》研究。 夏敬渠四十三岁，大病。	金兆燕中举。 吴培源出任浙江余姚知县。 全祖望游金陵，馆于方苞家。
乾隆十三年戊辰(1748)	乾隆帝东巡，祭奠孔庙；皇后富察氏卒；起用岳钟琪；任命傅恒为经略大臣；规定大学士为三殿三阁。	吴敬梓四十八岁，有浙江遂安之行。 李绿园四十二岁，在宝丰，丁艰，去襄城向刘青芝求作表墓词。葬父后，开始写《歧路灯》。此后十年间不断写作。	吴培源调任浙江遂安县令。 袁枚借口辞官，居随园，招致诗文之士，如程廷祚、程晋芳、金兆燕等与之游。
乾隆十四年己巳(1749)	大金川乱平，傅恒班师；削张廷玉伯爵。	吴敬梓四十九岁，《儒林外史》脱稿。	方苞完成《仪礼析疑》，卒，年八十二。 黄景仁生。黄景仁，江苏阳湖人，诗人，一生贫困，诗多愁苦之音。 程瑶田与戴震结交。
乾隆十五年庚午(1750)	乾隆帝南巡，至开封还；西藏郡王作乱，平；严禁种烟草。	《金石缘》成书。 夏敬渠四十六岁，被相国高东轩聘讲性理。 吴敬梓五十岁，《诗说》七卷成。	沈德潜告归。 戴震与江永游。 理学家李绂卒。 程廷祚被荐“经明行修”。

（续表）

纪年	大事记	通俗小说作家及其创作	诗文作家、学者及其活动
乾隆十六年辛未（1751）	乾隆帝南巡，至杭州，考察蒋家坝；停止知县三年行取之例；丹麦商船到黄埔；赏赐经史书籍给书院。	吴敬梓五十一岁，与严长明等人游赏赋诗，此年后吴敬梓愈加贫困。	王又曾、吴烺迎鸾献诗赋，诏试行在，赐举人，授中书舍人。王又曾，吴敬梓友人；吴烺，吴敬梓长子。 戴震补休宁县学生。
乾隆十七年壬申（1752）	浙江温州、台州等地发生抢米事件；湖北英山天马寨起事，事泄，牵连四川、安徽、河南等地多人。	吴敬梓五十二岁，与程晋芳、严长明等人游赏赋诗。程晋芳来南京参加考试。 夏敬渠四十八岁，拟献《纲目举正》。	冯粹中参加顺天乡试，卒于京师。冯粹中，吴敬梓友人，尝裹粮徒步探淮河、黄河水道之利弊，作《治河前后策》四卷。 吴蒙泉辞官回乡。 厉鹗卒。厉鹗，诗人、词人，浙西词派重要作家。 全祖望游广东，七校《水经注》。
乾隆十八年癸酉（1753）	禁止译《水浒传》《西厢记》为满文；治伪造奏稿案；缅王入贡。	吴敬梓五十三岁，开始写《金陵景物图诗》。 李百川开始创作《绿野仙踪》。 《海游记》刊刻行世。 恂庄主人为《异说征西演义全传》写序。 如莲居士为《反唐演义传》写序。	卢见曾再调任扬州两淮盐运使。 全祖望从广东回家乡。 戴震开始写《诗补传》。 孙星衍生。孙星衍，经学家，与诗人黄景仁友善。 杨芳璨生。杨芳璨，诗人，黄景仁友人。
乾隆十九年甲戌（1754）	乾隆帝谒京师文庙；岳钟琪死；准备征伐准噶尔。	吴敬梓五十四岁，携妻及幼子客游扬州，寓居后土祠旁，为卢见曾题《出塞图》，十月无疾而终，归葬南京。	全祖望在扬州，继续治《水经》，补写学案。 戴震避讼入都，结识钱大昕、秦蕙田。

（续表）

纪年	大事记	通俗小说作家及其创作	诗文作家、学者及其活动
		约在此年前后，曹雪芹完成《石头记》初稿。	
乾隆二十年乙亥（1755）	征伐准噶尔；册封琉球国王；胡文藻文字狱起；禁止满人与汉人有文字往来；阿睦尔撒纳叛；张廷玉卒；不许东印度公司在浙江纳税的请求。		程廷祚开始写《论语说》。 戴震作《周礼太史正岁年解》等，结识纪昀、姚鼐。 凌廷堪生。凌延堪，经学家，尤精于礼。 全祖望卒。
乾隆二十一年丙子（1756）	征伐阿睦尔撒纳；青衮杂卜叛，伏诛。	李绿园五十岁，此年前后出仕，开始了二十余年"舟车海内"的生活。《歧路灯》的写作中止。 昆仑褦襶道人完成《妆钿铲传》，写自序。 曹雪芹移居京城西郊山村。	汪绂完成《易经铨义》。 戴震处馆，教王念孙。 石韫玉生。石韫玉，诗人、戏剧家。
乾隆二十二年丁丑（1757）	乾隆帝南巡，至杭州还；删明末野史；平准噶尔之乱，阿睦尔撒纳死；布政使彭家屏因收藏明末野史，刻族谱曰《大彭统纪》被杀；指定广东为各国通商所，封锁其他海港；准许吕宋船只在厦门进行贸易；更定保甲法。	曹雪芹在京城西郊山村继续写《石头记》。	汪绂完成《读困知记》《儒先晤语》。 戴震游扬州卢见曾幕府，结识考据学家惠栋，完成《大戴礼记目录后语》。 纪昀授编修。 王昶至江宁，与程廷祚论《易》。 恽敬生。恽敬，阳湖派古文的代表作家。

（续表）

纪年	大事记	通俗小说作家及其创作	诗文作家、学者及其活动
乾隆二十三年戊寅（1758）	大小和卓木叛乱，雅尔哈善兵败被杀。		程廷祚完成《论语说》，开始写《尚书通义》。 江永完成《春秋地理考实》。 戴震《勾股割圜记》刊行。 惠栋卒。 胡天游卒。胡天游，诗人，骈文家，学者。
乾隆二十四年己卯（1759）	回部叛乱平，布鲁特、哈萨克诸部相继降。	曹雪芹游江南两江总督尹继善幕府。	戴震乡试落第。 学者顾栋高卒。
乾隆二十五年庚辰（1760）	于乌鲁木齐屯田；巴达克山遣使入觐；兴建紫光阁，绘功臣像。	曹雪芹从南京返回京城，与敦敏、明琳等友人摆酒话旧。	戴震与卢文弨论校《大戴礼》事。 任大椿与戴震论“礼”。 段玉裁入都。 凌廷堪六岁而孤。 王昙生。王昙，学者、诗人，与黄景仁齐名。 孙原湘生。孙原湘，性灵派诗人。
乾隆二十六年辛巳（1761）	紫光阁落成，宴群臣；乾隆帝游五台山；任命刘统勋为东阁大学士；刑部主事余腾蛟被诬告“诗词狂悖”，文字狱险起；沈德潜《国朝诗别裁》案起。	敦敏、敦诚到京城西郊山村访曹雪芹，曹雪芹继续增删《石头记》。	戴震再与卢文弨论校《大戴礼》事。 江藩生。江藩，学者。 张惠言生。张惠言，常州词派代表作家。

（续表）

纪年	大事记	通俗小说作家及其创作	诗文作家、学者及其活动
乾隆二十七年壬午（1762）	乾隆帝南巡，至海宁；设伊犁将军。	曹雪芹往北京城中访敦敏、敦诚。 李百川完成《绿野仙踪》。	戴震获乡荐。作《江慎修先生事略状》。 江永卒。
乾隆二十八年癸未（1763）	北方发生旱灾；大学士史贻直、梁诗正卒。	曹雪芹卒。 徐述夔卒。 李汝珍生。	戴震会试不中，出都游江南。 段玉裁向戴震请教。 纪昀升任侍读。 焦循生。焦循，经学家，戏剧理论家。
乾隆二十九年甲申（1764）	重修《大清一统志》。	陶家鹤为《绿野仙踪》作序。	章学诚参编《天门县志》，作《修志十议》。 阮元生。阮元，经学家。 张问陶生。张问陶，诗人。
乾隆三十年乙酉（1765）	乾隆帝南巡，至杭州；乌什回人乱，平之；定举人大挑例；规定各省书院山长卓有成效者可议叙，改山长为院长。		戴震经苏入京。 章学诚开始读《史通》。 舒位生。舒位，诗人。 郑燮卒。
乾隆三十一年丙戌（1766）	缅甸内扰，云贵总督刘藻被革职，杨应琚代之；皇后那拉氏卒，以妃礼葬；《大清会典》编成。		戴震会试落第。 段玉裁入都参加会试，见戴震。 章学诚往游朱筠幕府。 凌廷堪开始学习经商。 王引之生。王引之，王念孙之子，经学家。
乾隆三十二年丁亥（1767）	杨应琚征缅甸不利，被赐自尽，湖南学政卢文弨交部议处；礼		钱大昕告病辞官，南归，开始写《廿二史考异》。 程廷祚卒。

（续表）

纪年	大事记	通俗小说作家及其创作	诗文作家、学者及其活动
	部侍郎齐召南被革职；再征缅甸，总督明瑞、领队大臣观音保战死。		郭麐生。郭麐，词人，词学理论家。
乾隆三十三年戊子（1768）	命傅恒带兵再征缅甸；民间哄传偷剪发辫，命将相关各省督抚交部议处；台湾黄教作乱。	小说《跻云楼》完成。 吴璿完成《飞龙全传》，写自序。	戴震受直隶总督之聘修《直隶河渠书》，未成。 纪昀遣戍乌鲁木齐。 彭兆荪生。彭兆荪，诗人。 卢见曾卒。 齐召南卒。
乾隆三十四年己丑（1769）	命撤毁钱谦益诗文集；缅甸请和。		戴震会试不第，游山西布政使幕府。 段玉裁主讲寿阳书院。 钱大昕再入京。 汪中游幕。 李兆洛生。李兆洛，经学家。 沈德潜卒。
乾隆三十五年庚寅（1770）	蠲免应征钱粮，劝谕业主照蠲免数额十分之四减免佃户田租；傅恒卒。		戴震修成《汾州府志》，点校《寿阳县志》，入京等待会试。
乾隆三十六年辛卯（1771）	乾隆帝东巡，谒孔林。	侯定超为《绿野仙踪》作序，虞大人完成对《绿野仙踪》的批评。	戴震参加会试，不第；游山西，修《汾阳县志》。 朱筠为安徽学政，章学诚、洪亮吉、黄景仁、汪中等从游。
乾隆三十七年壬辰（1772）	四川总督桂林攻小金川败，阿桂代之；禁止各省官吏延请本省幕友。	李绿园六十六岁，在贵州，任思南府印江知县。	戴震会试不第，南归主讲浙江金华书院。 钱大昕任詹事府少詹事。 王念孙至朱筠幕府，

（续表）

纪年	大事记	通俗小说作家及其创作	诗文作家、学者及其活动
			结识汪中等。 章学诚开始写《文史通义》。 方东树生。方东树，古文家。
乾隆三十八年癸巳（1773）	《四库全书》开始编纂，纪昀为总纂官；复小金川；大学士刘纶、刘统勋卒。	李绿园六十七岁，在贵州，夏秋间辞官。	杭世骏卒。 章学诚与戴震在宁波道署相遇。 戴震入四库馆。 王念孙为朱筠校《许氏说文》。
乾隆三十九年甲午（1774）	命刑部定聚众结盟罪；山东白莲教王伦起义，旋平。	李春荣完成小说《水石缘》，作自序。 夏敬渠七十岁，怡亲王遥祝其寿。 李绿园六十八岁，由黔经鄂西返豫抵宝丰。 彭元瑞为杨庸编辑的《列国志辑要》写序。	戴震在四库馆。章学诚纂修《和州志》。
乾隆四十年乙未（1775）	克小金川，移师征大金川。	陈朗完成《雪月梅》，写自序。 李绿园六十九岁，在宝丰，开始续写《歧路灯》。	戴震会试不第，赐同进士出身，授翰林院编修。 段玉裁完成《六书音均表》。 江藩从余萧客学。 包世臣生。包世臣，学者。
乾隆四十一年丙申（1776）	追谥明季殉难及建文时死事诸臣；金川平；乾隆帝奉太后东巡山东；国史馆立“贰臣传”。	李绿园七十岁，在宝丰，续写《歧路灯》。	戴震完成《孟子字义疏证》。 段玉裁开始写《说文解字注》。

（续表）

纪年	大事记	通俗小说作家及其创作	诗文作家、学者及其活动
乾隆四十二年丁酉（1777）	命自下一年起普免天下钱粮，三年轮免；阿桂等编《满洲源流考》；新昌举人王锡侯因为删改《康熙字典》被杀。	夏敬渠七十三岁，恩纶赠语。 李绿园七十一岁，在新安作教书先生。整理诗稿，续写《歧路灯》结尾。不久诗稿和《歧路灯》皆成，开始向外传抄。	章学诚中顺天乡试举人，修《永清志》。 戴震卒。
乾隆四十三年戊戌（1778）	复睿王多尔衮封号。	李绿园七十二岁，在新安教书，九月至横山参加九老诗会。 徐述夔因其《一柱楼诗》中有讥刺语被戮尸。	沈德潜获罪。 钱大昕任钟山书院院长，重订《廿二史考异》。 章学诚中进士。
乾隆四十四年己亥（1779）	和珅开始在御前大臣上学习行走。	滋林老人为《说呼全传》作序。 夏敬渠七十五岁，《野叟曝言》约于此年前后完成。 李绿园七十三岁，返宝丰，不久赴北京，时其次子在吏部为官。	王鸣盛完成《尚书后案》。 章学诚完成《校雠通义》。 汪中开始撰写《述学》。 焦循应童子试，开始治经学。
乾隆四十五年庚子（1780）	乾隆帝南巡，至海宁观潮；《四库全书》馆奉命编历代职官表；班禅喇嘛来朝。		
乾隆四十六年辛丑（1781）	乾隆帝巡五台山；暹罗遣使入贡；甘肃捏造灾荒冒赈、侵蚀监粮，总督勒尔谨被赐自		章学诚游河南，遇盗。 凌廷堪游扬州，在词曲馆校雠，结识阮元。 孙星衍、洪亮吉、严长明等游毕沅幕府。

（续表）

纪年	大事记	通俗小说作家及其创作	诗文作家、学者及其活动
	尽，布政使被判监绞候。		周济生。周济，常州词派代表作家。 朱筠卒。
乾隆四十七年壬寅（1782）	山东巡抚国泰因为贪纵伏法；誊抄《四库全书》，分藏扬州、镇江、杭州；闽浙总督陈辉祖因查抄王亶望家时抽换玉器、字画等被赐死，藩司国栋监候；恢复行商制度，由十三家行商经管对外贸易。	吴航野客已经完成《驻春园小史》，水箬散人评阅并为之作序。 李汝珍随其兄李汝璜在江苏海州，从凌廷堪受业。	钱大昕完成《廿二史考异》。
乾隆四十八年癸卯（1783）	赏和珅戴双眼花翎；命黄河沿堤种柳，禁止在河堤附近取土；国史馆奉命编“逆臣传”。	震泽九容楼主人松云氏已经完成《英云梦传》的写作。 李绿园七十七岁，自京返宝丰。 李汝珍在江苏板浦一带，直至嘉庆六年（1801）。	凌廷堪至京师，开始从翁方纲习举子业。 崔述开始撰写《考信录》。 黄景仁卒。
乾隆四十九年甲辰（1784）	乾隆帝南巡，至海宁巡视塘工；阿桂等再剿甘肃回部；美国人开始与中国通商。		汪中介绍凌廷堪结识江藩。 凌廷堪游扬州，结交阮元。 程晋芳卒。
乾隆五十年乙巳（1785）	举行千叟宴；回部乱，福康安赴阿克苏安辑回众；续修《大清一统志》，成。	《唐钟馗平鬼传》刊刻。	钱大昕主持娄东书院。 凌廷堪在京师。 程恩泽、潘德舆、林则徐生。

（续表）

纪年	大事记	通俗小说作家及其创作	诗文作家、学者及其活动
乾隆五十一年丙午（1786）	御史曹锡宝举报和珅家人刘全招摇撞骗，反而被革职；和珅被任命为文华殿大学士兼吏部尚书。	《希夷梦》于此年前成书。 《离合剑莲子瓶》已经成书。 夏敬渠八十二岁，拟献《纲目举正》，未果。	凌廷堪下第，南归。 阮元举乡试，入京，结识王念孙、任大椿等。 经学家孔广森卒。
乾隆五十二年丁未（1787）	林爽文等结天地会起事，震动台湾。	夏敬渠八十三岁，卒，葬留龙岗庄后。	章学诚游河南毕沅幕府。 凌廷堪写《礼经释例》，先游南昌，又入毕沅幕府。 严长明卒。
乾隆五十三年戊申（1788）	福康安等攻台湾，林爽文死，台湾平；两广总督孙士毅出兵征安南。		钱大昕主讲紫阳书院。 章学诚主编《史籍考》。 凌廷堪入京应试，中副榜。 今文经学家庄存与卒。
乾隆五十四年己酉（1789）	孙士毅兵败被褫职。		卢文弨主讲常州龙城书院。 章学诚在安徽学使幕府。 汪中游武昌毕沅幕府。 凌廷堪领江宁乡荐。 任大椿卒。
乾隆五十五年庚戌（1790）	乾隆帝八十寿辰，普免天下钱粮；乾隆帝东巡至曲阜谒孔林；阮光平入觐；廓尔喀侵西藏。	李绿园八十四岁，卒。	《陔余丛考》刊刻。 章学诚由安徽学使署往游武昌毕沅幕府。 汪中自武昌归里。 凌廷堪中进士。 王引之入都。

（续表）

纪年	大事记	通俗小说作家及其创作	诗文作家、学者及其活动
乾隆五十六年辛亥（1791）	福康安征廓尔喀；石刊十三经于太学。		段玉裁完成《古文尚书撰异》。
乾隆五十七年壬子（1792）	乾隆帝巡幸五台山；廓尔喀乞降；定西藏达赖喇嘛继世法；御制《十全记》昭示武功。		毕沅完成《续通鉴》。 段玉裁移家苏州，结识黄丕烈、顾广圻。 崔述至京师。 汪中刊行《述学》。 包世臣读书南京。 龚自珍生。
乾隆五十八年癸丑（1793）	英国使臣马戛尔尼至京提通商六条件，于热河觐见乾隆帝；永停捐例（贡监除外）。	花溪逸士黄耐庵已经完成《岭南逸史》，醉园狂客为作序。 杜纲的《北史演义》刊刻行世，许宝善为之作序。	姚鼐主讲钟山书院。 凌廷堪出京师。
乾隆五十九年甲寅（1794）	乾隆帝巡幸天津；命普免下一年漕粮。	西园老人为《岭南逸史》作序。	章学诚完成《湖北通志》。 孙星衍开始撰写《尚书今古文注疏》。 魏源生。 汪中卒。
乾隆六十年乙卯（1795）	贵州铜仁石柳邓、吴八月等作乱；乾隆帝宣布下一年禅位于十五子颙琰而自为太上皇。	杨景淐完成《鬼谷四友志》的评辑工作，写序。 杜纲的《南史演义》刊刻行世，许宝善为之写序。	赵翼作《廿二史札记》序言。 凌廷堪赴宁国教授任。 焦循游山东。 卢文弨卒。
嘉庆元年丙辰（1796）	举行禅位典礼；白莲教起事；贵州苗乱平；福康安卒。	逍遥子的《后红楼梦》已经成书。	章学诚刻《文史通义》。 崔述选为福建罗源知县。 刘逢禄开始写作《谷梁废疾申何》。

（续表）

纪年	大事记	通俗小说作家及其创作	诗文作家、学者及其活动
嘉庆二年丁巳(1797)	任命刘墉为体仁阁大学士；阿桂卒；制定分办教匪法。	李汝珍三十五岁，开始创作《镜花缘》。	章学诚由安庆至扬州。 包世臣游安徽朱珪幕府。 毕沅、袁枚卒。
嘉庆三年戊午(1798)	白莲教屡败。	崔象川完成小说《白圭志》，请晴川居士作序。 《施公案》刊刻行世。	阮元督学浙江，在孤山召集诸生，完成《经籍纂诂》一百零六卷。 包世臣游楚地。 沈垚生。
嘉庆四年己未(1799)	乾隆帝驾崩；和珅被抄家；禁止在京城开设戏馆；封琉球国王。	刘璋调任县令。 陈球完成小说《燕山外史》，吕清泰作序。 丁秉仁完成《瑶华传》，尤夙真作弁言。 抱瓮轩刊刻秦子忱的《续红楼梦》。	钱大昕完成《十驾斋养心录》。 崔述调任上杭县。 洪亮吉上书批评时政，被谪戍伊犁。 凌廷堪完成《礼经释例》。 包世臣游蜀。 学者武亿、江声卒。
嘉庆五年庚申(1800)	教首刘之协被擒杀；封朝鲜国王。	屠绅的《蟫史》成书，小停道人作序。 《绿牡丹》刊刻行世。	赵翼刊行《廿二史札记》。 崔述还罗源县任。 洪亮吉回籍。 恽敬著《三代因革论》一至四。 阮元任浙江巡抚，焦循等客其署。 刘逢禄入京参加考试，就张惠言问虞氏易、郑氏三礼。
嘉庆六年辛酉(1801)	永定河溢；川、楚乱仍未平。	屠绅卒。 寓情翁已经完成《虞宾传》，古吴协君氏作序。	崔述辞去罗源知县一职。 凌廷堪在安徽结识姚鼐。 阮元在浙江立诂经精

(续表)

纪年	大事记	通俗小说作家及其创作	诗文作家、学者及其活动
		李汝珍赴河南任县丞。	舍，请王昶、孙星衍主讲。 包世臣游历江浙，至扬州。 章学诚卒。
嘉庆七年壬戌(1802)	教乱肃清；阮福映统一安南。	樵云山人完成《飞花艳想》，作自序。	崔述还大名，开始专力著述。 焦循会试不第，决定家居著述。 包世臣游扬州，得尽读《日知录》。 张惠言卒。
嘉庆八年癸亥(1803)	法国人开始在广州设商馆；浙江提督李长庚在定海袭击海盗。		段玉裁开始教授龚自珍《说文》部目。
嘉庆九年甲子(1804)	浙江巡抚阮元及李长庚痛击海盗。	《婆罗岸全传》成书。	凌廷堪完成《燕乐考原》。 臧庸入京，寓王引之家，著《皇朝经解》。 钱大昕卒。
嘉庆十年乙丑(1805)	《十三经校勘记》刊刻；禁止洋人刻书传教；两广总督那彦成招降海盗被劾，遣戍伊犁。	《英云梦传》刊刻行世。 《红楼复梦》刊刻。 兰皋居士完成对《绮楼重梦》的修改，该书刊刻行世。 李汝珍的《音鉴》成书。	王昶完成《金石萃编》。 阮元丁父忧归里，完成《〈十三经注疏〉校勘记》。 包世臣游袁浦，往来常州。 刘逢禄写《公羊何氏释例》。 纪昀卒。 桂馥卒。

（续表）

纪年	大事记	通俗小说作家及其创作	诗文作家、学者及其活动
嘉庆十一年丙寅（1806）	命赛冲阿征剿海盗蔡牵；严禁贩米出洋；宁陕兵变。	芝山吴炳文为《雷峰塔奇传》作序。	郑珍生。 王昶卒。
嘉庆十二年丁卯（1807）	禁止廷臣与诸王交接；封琉球国王；英国新教徒开始在广东传耶稣教；江西天地会党人密谋起事，事泄被杀。	《五虎平南后传》刊刻。	段玉裁与顾广圻讨论王制郊学一事。
嘉庆十三年戊辰（1808）	李长庚追剿蔡牵阵亡；英国海船入黄埔，总督吴熊光因失职被革职。		凌廷堪游浙。 包世臣作《筹河刍言》两篇。
嘉庆十四年己巳（1809）	海盗蔡牵死，海盗平。	《希夷梦》刊刻行世。 《蜃楼志》刊刻行世。 《岭南逸史》刊刻行世。 《警富新书》刊刻行世。 雪樵主人完成《双凤奇缘》并作序。 约在此年前后，李汝珍开始创作《镜花缘》。	恽敬著《三代因革论》五至八。 阮元刊刻《山海经笺疏》。 刘逢禄作《公羊何氏解诂笺》。龚自珍结识诗人王昙。 包世臣入都应试。 洪亮吉卒。
嘉庆十五年庚午（1810）	试办海运；严禁鸦片流入京城；江南高堰、山盱两厅堤坝决。	《音鉴》刊刻。	王念孙开始写《读书杂志》。 阮元迁侍讲兼国史馆总纂，创立“儒林传”。 龚自珍中顺天乡试。 包世臣迁居扬州，作《策河四略》。

主要参考文献

一、著　作

（一）小说原著和古代著述

1.（明）罗贯中：《三国演义》，北京：中华书局，2011年。
2.（明）吴敬所：《国色天香》，沈阳：春风文艺出版社，1989年。
3.（明）吴承恩：《西游记》，北京：人民文学出版社，2005年。
4.（明）兰陵笑笑生：《金瓶梅词话》，香港：太平书局，1982年。
5.（明）冯梦龙：《喻世明言》，北京：人民文学出版社，1958年。
6.（明）冯梦龙：《古今小说》，北京：人民文学出版社，1979年。
7.（明）冯梦龙：《警世通言》，北京：人民文学出版社，1980年。
8.（明）凌濛初：《初刻拍案惊奇》，上海：古典文学出版社，1957年。
9.（明）抱瓮老人辑：《今古奇观》，上海：上海古籍出版社，1992年。
10.（清）西周生：《醒世姻缘传》，济南：齐鲁书社，1994年。
11.（清）张廷玉等撰：《明史》，北京：中华书局，1974年。
12.（清）李汝珍：《镜花缘》，北京：人民文学出版社，1979年。
13. 陈曦钟、宋祥瑞、鲁玉川辑校：《三国演义会评本》，北京：北京大学出版社，1986年。
14. 陈曦钟、侯忠义、鲁玉川辑校：《水浒传会评本》（下），北京：北京大学出版社，1981年。
15.《古本小说集成》，上海：上海古籍出版社，1994年。
16.（清）吴敬梓著，李汉秋辑校：《儒林外史汇校汇评》，上海：上海古籍出版社，2010年。

（二）文学研究著作

1. 叶德均：《戏曲小说丛考》，北京：中华书局，1979年。
2. 赵景深：《中国小说丛考》，济南：齐鲁书社，1980年。
3. 胡士莹：《话本小说概论》，北京：中华书局，1980年。

4. 孙楷第：《日本东京所见中国小说书目》，北京：人民文学出版社，1981年。
5. 孙楷第：《中国通俗小说书目》，北京：人民文学出版社，1982年。
6. 柳存仁：《伦敦所见中国小说书目提要》，北京：书目文献出版社，1982年。
7. 孔另境编辑：《中国小说史料》，上海：上海古籍出版社，1982年。
8. 谭正璧、谭寻：《古本稀见小说汇考》，杭州：浙江文艺出版社，1984年。
9. 郑振铎：《郑振铎古典文学论文集》，上海：上海古籍出版社，1984年。
10. 孙逊：《明清小说论稿》，上海：上海古籍出版社，1986年。
11. 林辰：《明末清初小说述录》，沈阳：春风文艺出版社，1988年。
12. 〔美〕韩南著，尹慧珉译：《中国白话小说史》，杭州：浙江古籍出版社，1989年。
13. 江苏省社会科学院明清小说研究中心编：《中国通俗小说总目提要》，北京：中国文联出版公司，1990年。
14. 郭英德：《明清文人传奇研究》，北京：北京师范大学出版社，1992年。
15. 石昌渝：《中国小说源流论》，北京：生活·读书·新知三联书店，1994年。
16. 鲁迅：《中国小说史略》，北京：东方出版社，1996年。
17. 乐黛云、陈珏编选：《北美中国古典文学研究名家十年文选》，南京：江苏人民出版社，1996年。
18. 宁稼雨：《中国文言小说总目提要》，济南：齐鲁书社，1996年。
19. 丁锡根编著：《中国历代小说序跋集》，北京：人民文学出版社，1996年。
20. 张俊：《清代小说史》，杭州：浙江古籍出版社，1997年。
21. 萧相恺：《宋元小说史》，杭州：浙江古籍出版社，1997年。
22. 王平：《中国古代小说叙事研究》，石家庄：河北人民出版社，2001年。
23. 谭帆：《中国小说评点研究》，上海：华东师范大学出版社，2001年。
24. 李忠明：《17世纪中国通俗小说编年史》，合肥：安徽大学出版社，2003年。
25. 刘相雨：《清代英雄传奇小说之女性形象研究》，长春：吉林文史出版社，2004年。
26. 莎日娜：《明清之际章回小说研究》，北京：北京师范大学出版社，2004年。
27. 石昌渝主编：《中国古代小说总目》（白话卷），太原：山西教育出版社，2004年。
28. 宋莉华：《明清时期的小说传播》，北京：中国社会科学出版社，2004年。
29. 朱一玄、宁稼雨、陈贵声编著：《中国古代小说总目提要》，北京：人民文学出版社，2005年。
30. 苗怀明：《中国古代公案小说史论》，南京：南京大学出版社，2005年。
31. 许振东：《17世纪白话小说的创作与传播：以苏州地区为中心的研究》，北京：中国社会科学出版社，2005年。
32. 刘世德主编：《中国古代小说百科全书》，北京：中国大百科全书出版社，2006年。
33. 王进驹：《乾隆时期自况性长篇小说研究》，北京：中国社会科学出版社，2006年。
34. 王庆华：《话本小说文体研究》，上海：华东师范大学出版社，2006年。
35. 〔美〕浦安迪著，沈亨寿译：《明代小说四大奇书》，北京：中国和平出版社，1993年。
36. 罗书华：《中国叙事之学：结构、历史与比较的维度》，北京：中国社会科学出版社，2008年。
37. 程国赋：《明代书坊与小说研究》，北京：中华书局，2008年。
38. 傅承洲：《明清文人话本研究》，北京：人民文学出版社，2009年。
39. 朱萍：《明清之际小说作家研究》，北京：中国传媒大学出版社，2009年。
40. 冯汝常：《中国神魔小说文体研究》，上海：上海三联书店，2009年。
41. 纪德君：《在书场与案头之间——民间说唱与古代通俗小说双向互动研究》，北京：文化艺术出版社，2009年。
42. 李舜华：《明代章回小说的兴起》，上海：上海古籍出版社，2012年。
43. 张永葳：《稗史文心：明末清初白话小说的文章化现象研究》，上海：上海三联书店，2013年。
44. 许军：《明末清初时事小说研究》，上海：复旦大学出版社，2015年。
45. 苗怀明：《红楼梦研究史论集》，沈阳：辽宁人民出版社，2019年。

（三）其他研究著作

1. 萧一山：《清代通史》，北京：中华书局，1986年。
2. 钱穆：《中国近三百年学术史》，北京：中华书局，1986年。
3. 冯尔康、常建华：《清人社会生活》，天津：天津人民出版社，1990年。
4. 林聪舜：《明清之际儒家思想的变迁与发展》，台北：台湾学生书局，1991年。
5. 张书才：《清代文字狱案》，北京：紫禁城出版社，1991年。
6. 〔日〕中野美代子著，北雪译：《中国人的思维模式》，北京：中国广播电视出版社，1992年。
7. 钱穆：《国史大纲》，北京：商务印书馆，1994年。
8. 赵园：《明清之际士大夫研究》，北京：北京大学出版社，1999年。

9. 李世愉：《清代科举制度考辩》，北京：中央广播电视大学出版社，1999年。
10. 尚小明：《学人游幕与清代学术》，北京：社会科学文献出版社，1999年。
11. 黄明光：《明代科举制度研究》，桂林：广西师范大学出版社，2000年。
12. 王炳照、徐勇主编：《中国科举制度研究》，石家庄：河北人民出版社，2002年。
13. 左东岭：《王学与中晚明市民心态》，北京：人民文学出版社，2002年。
14. 余英时：《士与中国文化》，上海：上海人民出版社，1987年。
15. 樊树志：《晚明史（1573—1644年）》，上海：复旦大学出版社，2003年。
16. 罗宗强：《明代后期士人心态研究》，天津：南开大学出版社，2006年。

二、论　文

（一）文学研究类

1. 赵冈：《"假作真时真亦假"：〈红楼梦〉的两个世界》，香港《明报月刊》1976年第6期。
2. 陈美林：《吴敬梓修先贤祠考》，《南京师院学报》1978年第4期。
3. 张俊：《说"末世"》，《北京师范大学学报（哲学社会科学版）》1980年第3期。
4. 朱泽吉：《吴敬梓的用世思想与〈儒林外史〉的主题》，《河北师院学报（哲学社会科学版）》1981年第1期。
5. 章培恒：《这是否〈儒林外史〉的局限：泰伯祠大祭的前前后后》，《吴敬梓研究》1981年第1期。
6. 林方直：《〈红楼梦〉不是"补天"书》，《内蒙古大学学报》1981年第3期。
7. 傅继馥：《一代文人的厄运：〈儒林外史〉主题新探》，《社会科学战线》1982年第1期。
8. 陈美林：《吴敬梓的家世对其创作的影响》，《文学遗产》1985年第1期。
9. 侯忠义：《论抄本〈绿野仙踪〉及其作者》，《北京大学学报（哲学社会科学版）》1985年第1期。
10. 李汉秋：《〈儒林外史〉泰伯祠大祭和儒家思想初探》，《江淮论坛》1985年第5期。
11. 屈小玲：《清代文人小说与中国文学传统》，《重庆师院学报（哲学社会科学版）》1989年第3期。

12. 陈维昭：《因果、色空、宿命观念与明清长篇小说的叙事模式》，《华南师范大学学报（社会科学版）》1989年第4期。
13. 钟竞达：《意境说和〈红楼梦〉的艺术风格》，《红楼梦学刊》1989年第4期。
14. 徐晓：《〈红楼梦〉的节奏韵律》，《红楼梦学刊》1989年第4期。
15. 唐富龄：《失落与追寻：论〈红楼梦〉的悲剧意识》，《红楼梦学刊》1990年第1期。
16. 毛忠贤：《〈镜花缘〉对〈红楼梦〉的继承与突破：兼论明清小说中女性形象的演变》，《人文杂志》1990年第2期。
17. 谢伟民：《中国小说中的两个时空世界和两大基本主题：兼论人在中国小说中的意义》，《中国文学研究》1990年第2期。
18. 王先霈：《以文为戏的文学观对明清艺人小说与文人小说之不同影响》，《华中师范大学学报（哲学社会科学版）》1990年第3期。
19. 林辰：《小说的混类现象和小说发展的轨迹》，《社会科学辑刊》1990年第4期。
20. 李俊国：《世纪末的悲哀：谈〈红楼梦〉的空间意识和悲剧性》，《湖北大学学报（哲学社会科学版）》1990年第4期。
21. 韩石：《披洒在落照时分的心灵之光：论〈儒林外史〉中一种新的生活理想及其时代和声》，《明清小说研究》1991年第2期。
22. 刘书成：《中国古典长篇小说结构形态演进轨迹考察》，《西北师大学报（社会科学版）》1991年第4期。
23. 陈美林、李忠明：《中国古代小说的教化意识》，《明清小说研究》1993年第3期。
24. 李树峰：《文学的时空及其超越：以〈红楼梦〉为例证》，《红楼梦学刊》1993年第3期。
25. 李庆信：《〈红楼梦〉叙事的诗化倾向》，《红楼梦学刊》1993年第3期。
26. 罗立群：《中国小说雅俗论》，《社会科学战线》1993年第4期。
27. 齐裕焜：《中国古代长篇小说类型的演变》，《东南学术》1993年第5期。
28. 宁宗一：《从小说文体演变看〈儒林外史〉与〈红楼梦〉的类型品位》，《社会科学战线》1994年第1期。
29. 姜宇：《论〈红楼梦〉的感伤色彩：兼及〈红楼梦〉的主题》，《社会科学战线》1994年第1期。
30. 李忠明：《中国古代小说中的悲剧意识》，《南京师大学报（社会科学版）》1994年第2期。
31. 冯保善：《炫学小说的产生与古代小说观念》，《社会科学研究》1994年第5期。

32. 郭杰：《中国古典小说中诗文融合传统的渊源与发展》，《中国文学研究》1995年第2期。
33. 郭英德：《叙事性：古代小说与戏曲的双向渗透》，《文学遗产》1995年第4期。
34. 陈浮：《〈蜃楼志〉的写作背景及其新探索》，《惠州大学学报（社会科学版）》1996年第1期。
35. 张国风：《康乾时期的文化政策的复杂性及其对小说的影响》，《中国人民大学学报》1997年第2期。
36. 黄燕梅：《文明时代新的英雄神话：〈野叟曝言〉神话意象及思维研究》，《文学遗产》1997年第2期。
37. 宁稼雨：《中国古代文人群体人格的变异：从〈世说新语〉到〈儒林外史〉》，《南开学报（哲学社会科学版）》1997年第3期。
38. 刘书成：《中国古代小说叙事模式的文化内涵及功能》，《西北师大学报（社会科学版）》1997年第3期。
39. 林虹：《论〈绿野仙踪〉在文学史上的价值》，《福建论坛（人文社会科学版）》1997年第3期。
40. 马成生：《明清作家关于英雄形象的论述》，《甘肃社会科学》1997年第4期。
41. 刘勇强：《文人精神的世俗载体——清初白话短篇小说的新发展》，《文学遗产》1998年第6期。
42. 王进驹：《“自况”性：乾隆时期文人长篇小说对传统的超越和转化》，《东方丛刊》1999年第3期。
43. 傅承洲：《文人创作与明代话本的文人化》，《求是学刊》2001年第9期。
44. 孙旭：《西湖小说与话本小说的文人化》，《明清小说研究》2003年第2期。
45. 苗怀明：《清代文化政策的调整与中国古代通俗小说的演进》，《河北学刊》2003年第4期。
46. 雷勇：《作者文人化及其对清代白话小说创作的影响》，《南开学报（哲学社会科学版）》2003年第5期。
47. 苗怀明：《二十世纪中国古代小说概念的辨析与界定》，《广州大学学报（社会科学版）》2005年第6期。
48. 莎日娜：《妙笔文心，雅俗共鉴——试论明末清初通俗小说的文人品性》，《内蒙古大学学报（人文社会科学版）》2005年第6期。
49. 邓溪燕：《试论李渔拟话本小说的文人化特征》，《湘南学院学报》2005年第6期。

50. 许军：《评明清之际李闯时事小说中的文人思考》，《上饶师范学院学报》2006年第2期。
51. 许振东：《17世纪白话小说的文人阅读与传播——以苏州地区文人为例》，《广州大学学报（社会科学版）》2006年第11期。
52. 陈才训：《陈忱〈水浒后传〉的文人英雄观——以〈水浒传〉为参照》，《南京师范大学文学院学报》2011年第1期。
53. 纪德君：《艺人小说、书贾小说与文人小说——中国古代通俗小说的不同类型及其编创特征》，《社会科学》2013年第6期。
54. 朱家英：《〈三言〉与话本小说的文人化——略析民间文学与作家文学之关系》，《商丘师范学院学报》2014年第11期。
55. 傅承洲：《文人独创与章回小说的新变》，《江海学刊》2017年第5期。

（二）历史哲学类

1. 程贤敏：《论清代人口增长率及“过剩”问题》，《中国史研究》1982年第3期。
2. 吴雁南：《清代理学探析》，《重庆师范学院学报（哲学社会科学版）》1984年第4期。
3. 邓瑞：《试论乾嘉考据》，《南京大学学报（哲学社会科学版）》1986年第4期。
4. 高正：《清代考据家的义理之学》，《文献》1987年第4期。
5. 尚君华：《乾嘉汉学及戴派汉学伦理思想的启蒙意义》，《湖湘论坛》1989年第6期。
6. 孟昭信：《试论清初的江南政策》，《吉林大学社会科学学报》1990年第3期。
7. 王俊义：《论乾嘉学派的学术成就与历史局限》，《社会科学辑刊》1991年第2期。
8. 曹德琪、秦勤：《乾嘉汉学的勃兴是对清朝文化政策的否定》，《天府新论》1992年第1期。
9. 周积明：《〈四库全书总目〉的经世价值取向》，《中国史研究》1992年第2期。
10. 周学军：《明清江南儒士群体的历史变动》，《历史研究》1993年第1期。
11. 唐玉萍：《清朝康熙、雍正、乾隆时期的文字狱及禁书简论》，《昭乌达蒙族师专学报（汉文哲学社会科学版）》1993年第2期。
12. 李葆华：《乾嘉考据学者的理想追求》，《求是学刊》1993年第5期。
13. 喻大华：《清代文字狱新论》，《辽宁师范大学学报（社会科学版）》1996年第1期。

14. 路新生：《排拒佛释：乾嘉考据学风形成的一个新视角》，《天津社会科学》1996年第2期。
15. 马东玉：《论雍正朝的仕风》，《辽宁师范大学学报（社会科学版）》1996年第3期。
16. 张杰：《〈四库全书〉与文字狱》，《清史研究》1997年第1期。

人名索引

J

K

L

M

P

Q

R

Z

后记

这部书是我关于古代小说的研究的一个小结。

之所以研究古代小说，是因为喜欢，古代小说中不仅有故事，还融文史哲于一体，将古代文学的各种样式融而为一，不仅反映古代的社会历史生活，其中对社会、历史、人生的思考感悟，对今天仍然有所启示。之所以研究通俗小说的雅化或文人化问题，不仅因为乾嘉时期的文人小说代表了古代小说的最高峰，而且与我对乾嘉时期的诗歌研究有关。我在中国人民大学读硕士时，在导师指导下研读清代诗歌，对清代中期的诗歌比较有兴趣，读到乾隆时期的诗人黄景仁的诗歌，深受震动。黄景仁的诗歌风格兼具哀怨和激楚，诗歌中经常写剑，剑在古代文化中象征着用世精神，黄景仁以诗的形式表达了乾嘉学术的经世精神，从某种程度上说，黄景仁的诗蕴涵了从古至今所有文人的精神、情怀，正因为如此，黄景仁的诗歌引起了同时代以及后来很多文人的共鸣。受黄景仁影响最直接的是龚自珍。黄景仁只活了三十四岁，才华没有充分展现。黄景仁同时的很多诗人，包括黄景仁的朋友，在诗歌中表达相似的人生感慨："身今纵贱有殊禀，冀与一世回轻樊。""十年此志不暂忘，世人不知谓我狂。""多少书生心里事，不曾做得与人看。"清代中期诗歌中的强烈济世情怀，在通俗小说中有更为形象的表现。清代中期也是通俗小说文人化的高峰期，文人小说中表达人生理想和壮志难酬的感慨，精神与诗文相通。清代中期的《红楼梦》《儒林外史》《野叟曝言》等文人小说都充满了有材却不得补苍天的深沉感喟。清代中期的小说对很多问题的思考都是有深度的，对今人仍有借鉴意义。比如爱情问题，《红楼梦》虽然不专写爱情，但对爱情本质的思考是深刻的，对知己内涵的理解是有深度的，人生价值观、人生态度的相互理解，是知己爱情的基础，《红楼梦》将爱情作为精神寄托，虽然是不得已，但也是值得深思的。再如《儒林外史》，对科举制度、功名富贵的反思是一针见血的。《儒林外史》里以礼乐兵农救世、以维持文运为己任的真儒令人感佩，王冕、杜少卿等高士、名士也很有意义，在势利社会中保持独立人格很不容易。

文人化的通俗小说中表达的文人情怀、济世热情、人生感悟，对今天的人生选择、人生价值观仍有启示。清代通俗小说中的文人英雄的形象有夸大的成分，但也体现了文人的理想——以救济天下为己任，其境界当让那些现实中的“自了汉”羞愧不已。士人即使穷困也心系天下。士人不仅不在意利，连名也不在意，不管身后是非，只管做，不管其他。但是在现实社会中，读书人何其多，文人何其少。读书人和文人是不同的，有的读书人追求功名是为了富贵，一旦入仕，贪腐弄权，只想着升官发财，想着自己，从没有想过社会，从没有想过他人，相比之下，文人小说中的文人英雄是令人崇敬的。

对通俗小说文人化的研究，反过来又让我们思考文学创作、文学研究的意义。就文学创作来说，有人是为了自我抒情而写作，但更多的人怀着功利目的，为了出名，为了挣钱，这些都无可厚非，毕竟要生活，个体生存重要，没有几个人甘愿忍受穷困。文学研究也有类似的情况，不排除有的研究者是为了职称、为了生活、为了出名而研究，这些是无可厚非的。但个体生存之外、名利之外，还有更重要的事情，儒家称之为“义”，要舍利取义，甚至舍生取义。人生百年，倏忽而过，如果只想着自身，只想着名利，蝇营狗苟，这样的一生毫无意义，死后与草木同腐。即使没有不朽，没有永恒，为社会做一些有益的事情，会使人生有意义。对文学家来说，有意义的事是反映社会，思考人生，给人生以启示，丰富人们的精神、情感生活。文学研究也应该有益于社会天下，不应该将文学研究当作求名获利的工具，文学研究之用在于解读文学，引导人们理解文学，从文学中获得人生启示。

无论是文学写作还是文学研究，都需要有情怀，而所谓情怀就是关心他人、关注社会、救济天下，即使没有机会兼济天下，但无时忘之，心向往之。我年轻时喜欢道家，特别是庄子，到了后来因为教学需求，细读儒家经典，才知道自己以前对儒家，特别是理学理解得很浮浅，了解的只是表面上的东西。实际上，理学是有情怀的，只不过被忽视或误读了，理学家的精神情怀被称为秀才教，心怀天下，以天下为己任，北宋的理学家曾提出君臣共治天下。宋代的王安石因为雪峰和尚的一句追问“这老子尝为众生，自是什么”，决心为社会做一番事业。王安石后来成为一代名相，发起了变法运动。这种秀才教精神并非所有的统治者都喜欢，乾隆帝在《御制程颐论经筵札子》中称这种“秀才教”精神为大逆不道，他认为天下是他家的，天下治乱是君主之事，即使是宰相也不能以天下之治乱为己任，否则就是“目无其君”。但正是这种秀才教精神，推动了社会的发展，促进了近代社会的变革。那些坚守道义的文人值得敬仰，有的文人在最为艰难的岁月，心中想的仍然是天下大众，且不说利，他们连名都不在意，并没有想着青史留名，在他们看来，不朽并非指个人留名，立功是泽被苍生，立德是树立楷模，立言是对后世有所启示，即使自己的名字被遗忘了，只要功业、楷模还在就可以。很多读书人没有情怀，只想着自己，才会为了权位、私利、虚名蝇营狗苟，这样的人连“自了汉”都算不上，这样的人生是没有意义的。

以上这些想法，都体现在这部著作的相关论述中。这部著作有不少瑕疵，但对文人小说的理解和把握是没有问题的。其中个别章节是我原来发表的文章，我发表的这些研究古代小说的文章和研究明清诗文的文章，虽然水平不高，但都有自己的思考，对文人精神的思考一以贯之，虽然是研究，实际是以述为作，表达自己的一些感慨。这部著作借鉴了前辈学者、同辈学长以及年轻学友的成果，在借鉴之时对他们的学术水平甚为敬佩。因为条件所限，我对古代小说的研究暂告一段落。我一直对嘉道至晚清的文人如何促进近代社会的变革很感兴趣，下一步准备研究这个问题。

记得博士毕业参加工作时还年轻，经常被误认为学生，时光飞驰，二十年转瞬而过，青丝渐变华发，倏然老矣。数年碌碌，思之慨然！即使有些微成绩，也得益于恩师的教导。回想求学时光，深感自己何其有幸，得遇良师。我在中国人民大学跟随恩师叶君远先生攻读硕士，研读明清诗文；毕业后到了北京师范大学跟随恩师张俊先生攻读博士，研究古代小说；后来又在恩师叶君远先生的指导下在中国人民大学做博士后研究。两位恩师在学习上、学术研究上对我悉心指导，严格要求，即使才思迟钝如我，也稍有开悟。在生活中，两位恩师给我无微不至的关怀，蔼然可亲。两位恩师为人正直，品格高洁，又给我树立了人格榜样。也因为两位恩师，我得以结识诸位同门兄弟姐妹，在此要感谢各位同门，他们在学术研究上给了我帮助和启发，在精神上给了我支持。虽然多位同门师兄比我早了几届，没有见过，更无交往，而偶然一见，毫无隔阂，亲如家人兄弟，有事求助，他们都施以援手，比如我在研究中遇到问题，需要资料，几位师兄将他们的大作慨然寄赠，并给以指点；有事向他们求助的时候，打个电话，他们不嫌麻烦，尽力相助。我认真阅读了各位同门关于古代小说的论著，获益匪浅。在学术研究上，各位同门都让我望尘莫及，但我为他们的成就而高兴，有他们的支持和鼓励，我要继续努力，会有所进步。

要特别感谢上海交通大学出版社的宋丽军老师，她帮助联系出版，对这部书的修改完善提出有益的建议，在这部书的编辑上花费了大量精力，使这部书得以顺利出版。

2021年9月17日